先秦散文选 上册

董洪利 张量
方麟 李峻岫 选注

中华书局

图书在版编目(CIP)数据

先秦散文选/董洪利等选注. —北京:中华书局,2017.7
ISBN 978-7-101-12584-9

Ⅰ.先… Ⅱ.①董…②张…③方…④李… Ⅲ.古典散文-散
文集-中国-先秦时代 Ⅳ.I262

中国版本图书馆 CIP 数据核字(2017)第 110578 号

书　　名	先秦散文选(全二册)
选 注 者	董洪利　张　量　方　麟　李峻岫
责任编辑	朱兆虎　许庆江　刘　明　李碧玉
出版发行	中华书局
	(北京市丰台区太平桥西里 38 号　100073)
	http://www.zhbc.com.cn
	E-mail:zhbc@zhbc.com.cn
印　　刷	北京瑞古冠中印刷厂
版　　次	2017 年 7 月北京第 1 版
	2017 年 7 月北京第 1 次印刷
规　　格	开本/850×1168 毫米　1/32
	印张 22¼　插页 4　字数 630 千字
印　　数	1-6000 册
国际书号	ISBN 978-7-101-12584-9
定　　价	49.00 元

目　录

国　语

论　语

前 言

说到先秦散文,人们脑海中立即会跳出"诸子百家"、"百家争鸣"等字眼,遥想着诸子著书立说、相互辩难的盛况。那个时代因与我们相距太远而产生了不可言说的美感,令后人无限神往。很难想象在人类的童年时代会产生如此辉煌之文化。先秦散文既以其恢宏阔大之气象创造了中国散文史上的高峰,又凭借其深厚的历史文化蕴藉成为后世文学发展的源头与典范。历代文学运动似乎总要到先秦找到老祖宗,才感觉腰板硬朗底气充实。所谓"文必秦汉,诗必盛唐",无论是唐宋古文运动还是明代前后七子的文学复古运动,都以先秦散文为创作的灵感源泉和摹仿对象。如柳宗元《答韦中立论师道书》所云:"本之《书》以求其质,本之《诗》以求其恒,本之《礼》以求其宜,本之《春秋》以求其断,本之《易》以求其动,此吾所以取道之原也。参之穀梁氏以厉其气,参之《孟》、《荀》以畅其支,参之《庄》、《老》以肆其端,参之《国语》以博其趣,参之《离骚》以致其幽,参之太史公以著其洁,此吾所以旁推交通而以为之文也。"

一

先秦散文之所以有如此辉煌的成就和深远影响,并非空无依傍,而是渊源有自。如果从先秦文化的大背景中去追溯先秦散文的渊源与嬗变,就必然要上溯到中国的巫史传统。鲁迅先生曾云:"连属文字亦谓之文。而其兴盛,盖亦由巫史乎?巫以记神事,更进,则史以记人事也,然尚以上告于天,翻今之《易》与《书》,间能得其仿佛。"(《汉文学史纲要》)先秦的殷周时代是神权和政权合一的时代,宗教祭祀是国之大事,言辞的运用也就大多与原始宗教信仰有关。巫、祝、卜、史等神职人员,作为神权和王权沟通的媒介,负责占卜、祭祀等宗教事务,同时他们也通晓文字,掌管着国家的文书、档案、历法。他们作为当时的智识阶层,是知识文化系统的主要承担者。今天我们所见的甲骨卜辞、铜器铭文以及《周易》中的卦、爻辞,即是殷周巫史所作的记录。从中已大略可以窥见先秦散文的雏形。如《卜辞通纂》第 375 片:"癸卯卜:今日雨?其自东来雨?其自南来雨?其自西来雨?其自北来雨?"句式整齐,修辞意味浓厚,颇具回环之美。其时巫史不分,史官的职务最初也是宗教性的,后来才逐渐分化出来,专门负责记录君主言行、国家政事以及保管文书档案等。如《汉书·艺文志》所云:"古之王者,世有史官,君举必书,所以慎言行,昭法式也。左史记言,右史记事。事为《春秋》,言为《尚书》,帝王靡不同之。"因"凡有关人事之簿籍皆归其保存",故而史官逐渐成为"智识之中枢"(梁启超《中国历史研究法》)。因此,由巫史传统遂孕育出一种"巫史文化"或"史官文化",在此基础上发展出的文体也就是史传散文。《尚书》是流传至今最早的上古政令档案的汇编文献,可以视为我国早期史传散文的典范。其以记言为主,兼以叙事,语辞古奥典雅。虽然已经后人整理,但还是较忠实地反映了早期史传散文的原始风貌。其后的《春秋》、《左传》、《国语》、《战国策》等都是由此一系发展下来的史传散文。

此外,兆源于史官文化而又独成一系的则是后起之诸子散文,包括春秋时的《老子》、《论语》、《孙子》以至战国孟、庄、荀、韩等诸子百家。之所以说诸子散文也是兆源于史官文化,是因为诸子百家之产生乃根源于史官文化的下移。

如前文所述,殷周时期,王朝的史官乃是"智识之中枢",文化掌握在统治集团手中,即"学在官府"。随着西周王朝的衰微以及春秋时期各诸侯国的争霸,统治者对文化的垄断逐渐被打破,所谓"天子失官,学在四夷"(《左传》昭公十七年),那些原先在周王室或诸侯国任学官的人,因为邦国动荡,散而之四方,专门之学遂流传于世。班固《汉书·艺文志》中有"诸子出于王官说":"儒家者流,盖出于司徒之官。道家者流,盖出于史官。阴阳家者流,盖出于羲和之官。法家者流,盖出于理官。墨家者流,盖出于清庙之守。"其云某某家出于某某学官虽未必可信,但云诸子之学渊源于王官之学,则是确论。《论语·微子》里说:"大师挚适齐,亚饭干适楚,三饭缭适蔡,四饭缺适秦,鼓方叔入于河,播鼗武入于汉,少师阳、击磬襄入于海。"从周王室乐官流落四方可以窥见礼崩乐坏、文化下移所带来的文化革新局面,这最终促成了诸子思想学术的发达及散文创作的兴盛。从文化下移到"百家争鸣",这其间的嬗变至少有三个方面的因素是必须提及的,即文化下移所引起的教育普及,士阶层的崛起及养士制度的兴盛,以及自由开放的社会环境和学术空间。下面试分别论述之。

关于文化下移所引起的教育普及。随着文化的下移,"学在王官"变成了"学在四夷",私人讲学日渐兴盛,教育因此得到普及。私人讲学之风兴起于孔子。孔子出生在文化发达的鲁国,年十五而志于学,醉心于西周文化,尝云:"周监于二代,郁郁乎文哉!"他敏而好学,精研《诗》、《书》、《礼》、《乐》,年五十还想学《易》。《诗》、《书》、《礼》、《乐》、《易》"五经"本是周代贵族修习的政典，经孔子的整理传布至民间，使官学得以普及。孔子首次提出"有教无类"的主张，并云"自行束脩以上，吾未尝无诲焉"（《论语·述而》）。这样就打破了社会等级的界限，扩大了教育对象的范围。孔门弟子中既有贵族也有庶民，《史记·孔子世家》记载："孔子以《诗》《书》《礼》《乐》教，弟子盖三千焉，身通六艺者七十有二人。"由于孔子对文化传播事业的热爱，中原文化得以广被四野。孔子开创了民间私人讲学的先河，其教育事业对文化的普及可谓意义重大。如钱穆先生所云："孔子是开始把古代贵族宗庙里的知识变换成人类社会共有共享的学术事业之第一个。"（《国史大纲》）同时代的如老子、墨子等亦讲学授业，波及四方。至战国时期，私学更为兴盛。诸子皆聚徒讲学，并形成了学派集团，极大地推动了思想学术的争鸣和发展。

关于士阶层的崛起与养士制度的兴盛。先秦诸子即是以士阶层为主的知识分子。士的产生有一个过程。西周时，士本是贵族阶级中的最末一个等级，战国时期社会政治经济关系发生巨变，周代政治秩序逐步瓦解，宗法制度崩溃。原有的贵族阶级分化，一部分沦落至民间，形成新型的士阶层，即所谓"游士"。他们已不具备贵族的身份地位，而是因为拥有某种知识技能而成为新兴的文化或知识阶层。随着文化下移，教育的普及，士阶层逐渐膨胀，其来源除了没落贵族以外，还有逃亡贵族的后裔、庶民子弟及部分商贾。士可分为学士、策士、侠士、方士、食客等等，可以做大夫的家臣、家宰、门客，从事游说、游侠、卜筮、行商等活动。当时"上无天子，下无方伯"，"邦无定交，士无定主"，各诸侯国为了自己的利益你争我夺，不惜一切招徕人才，纷纷养士。同样，士人要想发挥自己的才干，实现济世之理想，也必须有所依附，于是二者一拍即合，养士制度一时大盛。战国时代齐威王、齐宣王、梁惠王、燕昭王都是著名的文化保护人,平原君、孟尝君、信陵君、春申君及秦相吕不韦更是号称食客三千。其中尤以齐国稷下学宫的设立最为彬彬之盛。史载齐桓公在齐国都城临淄西门附近的稷下设置学宫,招徕学士。齐威王、齐宣王时最盛,一时之选皆集于此。学士可自由出入学宫,或在稷下讲学,宣传自己学派的观点,与别派辩论或者批评国政。《史记·田敬仲完世家》云:"宣王喜文学游说之士,自如驺衍、淳于髡、田骈、接予、慎到、环渊之徒七十六人,皆赐列第为上大夫,不治而议论。是以齐稷下学士复盛,且数百千人。"养士制度为士阶层提供了优厚的生活条件和自由论说的场所,培育了自由议论的风气,这就为学术思想的发展提供了肥沃的土壤。以学士为主的一些士人,纷纷讲学授徒,著书立说,互相辩难,针对当时的列国形势提出自己的政治或哲学主张,文章、著述遂大量涌现。他们各有其独立深刻之思想,风格多样,自成一家,是为诸子百家。《汉书·艺文志》将之概括为"九流十家",其中影响较大的有儒、墨、道、法等。

　　关于自由开放的社会环境和学术空间。百家争鸣造就了中国历史上思想最具有开创性,文化极为辉煌的一页。春秋战国时期也因此被西方学者称为中国文化的"轴心时代"。关于"百家争鸣"出现的原因,早在战国时代许多知识分子就探讨过。孟子曰:"圣王不作,诸侯放恣,处士横议。"(《滕文公下》)庄子曰:"天下大乱,贤圣不明,道德不一,天下多得一察焉以自好……天下之人,各为其所欲焉以自为方。悲夫,百家往而不返,必不合矣。后世之学者,不幸不见天地之纯,古人之大体,道术将为天下裂。"(《天下篇》)尽管他们都慨叹"圣王不作","天下大乱",但包括孟子、庄子在内的诸子百家又何尝不是在这种"道德不一"的"乱世"中才得以萌芽、发展起来的? 余英时在

《士与中国文化》一书中曾指出诸子百家"哲学的突破"，乃是起于文化秩序的"崩坏"，也就是对于"礼坏乐崩"的一种直接或间接的反应。实际上，这种局面的出现不仅仅起于文化秩序方面，更是根源于社会秩序方面。旧的宗法制业已崩溃，奴隶制度亦随之解体，这种社会秩序的巨变必然刺激思想的激烈变革。随着殷周神学桎梏的打破，人文思潮和理性精神日益勃兴。而其时新的大一统体制还未形成，还没有统一的意识形态，学术尚未定于一尊，这就给人们提供了宽松、自由的社会环境和学术空间。所谓"道术将为天下裂"，人们可以对旧有的思想价值体系进行怀疑、辩论，畅想驰骋，"各为其所欲焉以自为方"，阐述各自对世道治乱的见解、哲思，因而有了百家争鸣的盛况。思想的发展必见诸文字，这种"哲学的突破"最终也带来了散文创作的繁盛。如陈柱所云："战国诸子，始各以其学术鸣。其所为文章莫非鼓吹学术之作……亦思以其学术救时者也。故此时代之文学，可谓为学术而文学，非为文学而文学者也。昭明所谓以立意为宗，不以能文为本也。然文学者学术之华实也，有诸中者形诸外。故此一时代为吾国学术最发达时代，而亦为吾国文学最灿烂时代。"（《中国散文史》）

二

　　以上是从先秦文化的大背景中对先秦散文的产生及其嬗变进行了追溯。具体到先秦史传散文和诸子散文两个系统，又各有其发展阶段及特点，同时二者传承到后期还能互相影响，吸取长处。
　　史传散文中，《尚书》《春秋》代表了其发展的早期水平，并由此奠定了史传散文以记言或记事为主的传统，即主要借助于历史事实和人物言行阐述史家的观点，而不是论辩说理。如孔子所云："我欲载之空言，不如见之于行事之深切著明也。"（司马迁《太史公自序》）但此时的史传散文还不具备很强的文学性，尚局限于史官文书簿籍的形式。如《春秋》还仅限于提纲式的历史大事记的形式，被王安石讥为"断烂朝报"。至战国时期，史传散文则有了一个长足的发展。其原因也要追溯到文化下移所引起的政治、文化革新。如前所述，"天子失官"，王室的史官沦落至民间，各诸侯国都有了自己的史官，教育的普及也使私人修史成为可能。而社会政治秩序的急剧动荡与变化，则推动着各诸侯国的史官乃至私人去总结治乱兴衰的根源，这势必推动史传散文自身文体的革新与发展。史传散文不再局限于官修史书的旧有模式，无论是史笔还是文笔都更为自由娴熟。《左传》、《国语》、《战国策》可以看作此期史传散文的代表。《左传》是我国历史上第一部叙事完整的系统史著。它以"言事相兼"，尤以叙事见长。刘熙载《艺概》中称述其叙事"纷者整之，孤者辅之，板者活之，直者婉之，枯者腴之，剪裁运化之方，斯为大备"。注意人物言行的细致描绘和情节的剪裁安排。在语言上既继承了史官简洁的笔法，又流畅生动。要之，《左传》无论在记言、记行，还是记人、记事上都有其独特的艺术成就，其文学性已远远超过了以往的史传著述。"春秋谨严，左氏浮夸"（韩愈《进学解》），也恰恰从反面说明了这一点。但《左传》在总体上还是继承了史家"属辞比事"，寓褒贬于记事的"春秋笔法"，辞约意丰，以记叙为主，而非以思辨见长。而其后的《国语》、《战国策》则受战国剧谈雄辩之风的影响，史传叙事的面孔逐渐淡化，思辨论说之风日见浓厚，已颇近于诸子。如《国语》的一些篇章已有了长篇大论，侧重于说理分析，讲究辞采，多铺排渲染。尤其是《战国策》，汇集了战国游士的纵横谋策之术，文辞恢诡恣肆,酣畅淋漓,被誉为"文辞之胜"(李格非《书战国策后》)。它极具诸子散文的纵横气息,在风格上更近于子书。无怪乎后世著录隶属不一,或入于史部,或入于子部。其文学价值实则远大于其史学价值。其他如《晏子春秋》,是关于晏子生平、传说的汇编,表现出史传散文向传记文学的发展特征,被誉为传记文学之祖。

诸子散文可以说是经历了一个由简到繁的过程。春秋时期的《论语》、《老子》还是简短的语录体、格言式的,文句简约、精妙,颇具素朴之美。这是由中国早期哲学思想的特点决定的。"老孔时代,正是中国哲学思想发育的初期,还没有走到诸子争鸣彼此辩论的时代。因此在他们的文字里,多是说明文的形式,而不是论辩文的形式。"(刘大杰《中国文学发展史》)随着春秋末期战国初期处士横议、百家争鸣局面的出现,诸子散文的思辨性、纵横气逐渐增强,由语录体过渡到了论辩文、说理文,同时吸收了史传散文的叙事技巧和描写手法,运用寓言、譬喻等手法形成了说理形象生动的特点。在篇幅上也不断扩大,由零篇断简发展到皇皇巨制。其代表如《墨子》、《孟子》、《庄子》、《荀子》、《韩非子》等等。另外,尚有《管子》、《商君书》、《礼记》等著作,皆非出于一时一人之作,成书过程较为复杂,艺术风格亦较驳杂,但也各具其文学特色。

战国时期可以说是先秦散文史上最辉煌璀璨的时期。先秦散文,无论是诸子散文还是《战国策》等史传散文,发展至此已蔚为大观。无论是结构布局,还是表现方法、论辩技巧,都日臻完善,堪称后世文体流变之渊源。

这里试对战国散文,主要是诸子散文的特质作初步的探讨。其特质可概括如下:混沌性,本色性,辩难性,比兴性。

混沌性。所谓"混沌性"是指诸子散文文史哲融为一体的

混沌状态。读完诸子散文后我们往往会有"曲终接混茫"的感
觉,他们的文章往往哲学史学文学政治不分,显得特别大气。这
是因为诸子散文的创作不纯粹是为了审美,更是为了实用,他们
要通过自己的文章发表对社会的见解,提出一揽子方案来改革
社会政治面貌。此外先秦时文学尚未到达自觉的境界,还处于
附庸状态,仅仅是表达思想的工具而已,那种为艺术而艺术的纯
文学创作态度只有等待来者了。所以在他们的文章中,我们能
看到哲学的思辩、政治的论争和文学的风采,它们常常纠结在一
起难分彼此。比如儒家把"仁"作为自己立说的根本,《孟子·
离娄上》说:"道二,仁与不仁而已。"道家则正相反,强调因顺自
然,老子说:"失道而后德,失德而后仁,失仁而后义,失义而后
礼。夫礼者,忠信之薄而乱之首。"表面上是纯粹的哲学论争,
其实也反映了深刻的政治内容。"仁"包涵了孝悌、忠恕、爱人
及克己复礼,通过压制个性来维护既定的贵族的社会规范和道
德原则。道家的"自然说"则主张保全人之天性,否定道德规范
和社会秩序。所以哲学的背后恰恰蕴涵着政治的冲突。而诸子
深刻睿智的哲思见诸散文的形式后又能充分地展现出其文学和
审美特性。如唐代李翱云:"义深则意远,意远则理辩,理辩则
气直,气直则辞盛,辞盛则文工。"(《答朱载言书》)比如《庄子》
一书历来被认为是诸子散文中最具有审美意韵的,其文汪洋自
恣,奇幻瑰丽,充分体现了哲理和诗思的完美结合。后世研究先
秦哲学史、史学史、文学史、政治史和思想史的人都能在诸子百
家的大宝库中找到各自满意的答案,恰恰反映了诸子散文这种
文史哲不分的混沌性。和诸子文史哲不分,行文大气磅礴的散
文相比,后世的散文则越往后越内敛,只满足于修身养性、浅吟
低唱,趋近于具体而微的盆景了。

　　本色性。先秦虽然学派林立,但风格各异,所论皆能表现本

学派的特色,是为本色性。钱基博《中国文学史》概括各家本色云:"大抵儒家重实际,其文多平实。道家主想象,其文多超逸。法家尚深刻,其文多峭峻。此外如墨杂家之文质,名家小说家之文琐。"其实一家之内不同子书亦各有其风采。如同是儒家,《孟子》与《荀子》即绝然不同。《孟子》气势雄健,感情充沛,有"沛然莫之能御"之风(《孟子·尽心下》)。《荀子》则严谨细密,繁富有致,说理深透。这种本色性正是诸子的可贵之处。如明代唐顺之所论:"秦汉以前,儒家有儒家本色,至如老庄家有老庄本色,纵横家有纵横家本色,名家、墨家、阴阳家皆有本色,虽其为术也驳,而莫不皆有一段千古不可磨灭之见。是以老家必不肯剿儒家之说,纵横必不肯借墨家之谈,各自其本色而鸣之为言。其所言者,其本色也。是以精光注焉,而其言遂不泯于世。"(《荆川先生文集》)唐说至当。盖先秦诸子即使对别派思想有所损益,亦皆能保持本学派的独立性,不致泯灭本派的特色。如果他们剿袭成说,必定会湮没于诸子的喧嚣声中,听不到自己的声音。也正是这种独立的思想、本色的特性,才最终造就出独具异彩、繁盛璀璨的诸子散文。

辩难性。诸子散文大率好辩,他们对本派学说充满了自信与自豪,总想扩张领土,占领别派的阵地,故文章读来元气淋漓酣畅淋漓痛快淋漓,这也就是人们常说的"纵横气"。这种论辩既是时代所赋予的任务,也是各派存在发展的需要,《孟子·滕文公下》曰:"予岂好辩哉,予不得已也。"当时的儒墨两家在论辩中势力最为强大,号称显学,而后起之秀法家也不甘示弱,挟横扫千军之笔力,希望钳制儒墨等所谓"邪说"。幸好那个时代还没来得及把思想定于一尊,文化领域内保存着可贵的多元价值论,所以诸子得以放言无惮,互相批评,不存偶像,甚至敢于直面王侯批评国政,因而形成了恣肆纵横的文风、气势。先秦诸子为了在论辩中取胜,往往深入钻研别派学说的优缺点,《庄子·天下》所云:"譬如耳目鼻口,皆有所明,不能相通。犹百家众技也,皆有所长,时有所用。虽然,不该不遍,一曲之士也。"在互相学习、辩难的相搏相荡中,诸子散文得到进一步发展。其中《墨子》的类推法、《孟子》的论辩体、《韩非子》的难体足以启迪后世的逻辑学。

比兴性。诸子文章好为寓言、譬喻、类比、联想。章学诚《文史通义·易教下》:"战国之文,深于比兴,即其深于取象者也。"比如《庄子》一书,"寓言十九"。产生这种现象的缘由大抵是受人们的具象思维特征的限制。当时人们只能理解较朴素的东西,过于深奥只会让百姓咋舌惊叹,反而不利于本派学说的传播与发扬光大。因为人们的认识总是由具体到抽象的,在先秦尤其如此,所以诸子行文好为寓言、譬喻、类比、联想。通过这些手法的运用就使事理变得形象生动,富有谐趣,易于被人所理解和接受,从而利于本学派学说的传播。《庄子》一向被认为是诸子散文中运用寓言成就最高的。"寓言十九",且多用"谬悠之说,荒唐之言,无端崖之辞",取譬设喻,变幻奇特,以谐谑幽默的寓言孕育变化出无穷深邃的哲理,大大增强了其艺术感染力和说服力,可以说将寓言这一文学样式发挥到了极致。

关于战国散文,章学诚《文史通义·诗教上》曾对此有很高评价:"周衰文弊,六艺道息,而诸子争鸣。盖至战国而文章之变尽,至战国而著述之事专,至战国而后世之文体备。故论文于战国,而升降盛衰之故可知也……"又云:"后世之文,其体皆备于战国。"其说虽有所夸饰,但亦大致符合战国散文的艺术成就。先秦散文经由史传散文和诸子散文两个系统的发展,最终奠定了中国古代文学的思想和艺术传统,成为后世文学发展之源头与典范。

三

下面谈谈本书的编选体例与原则。

一、本书选录了从《尚书》到《吕氏春秋》等十七部著作中的二百二十余篇作品。选录标准以具有较强文学性和可读性的作品为主，同时兼顾作品在原著中的代表性。

二、在所选每部著作书名之后，列简要解题，概括叙述该书的作者、成书以及书籍内容特点等情况。

三、本书只作注释及句意串讲，不作全文今译。每篇的第一个注释，介绍本篇的内容，概括全文大意。

四、本书的注释分别由董洪利、张量、方麟、李峻岫等四人承担。董洪利负责注释《尚书》、《左传》、《国语》、《论语》、《老子》、《孙子》、《孟子》、《墨子》、《管子》；张量负责注释《荀子》、《晏子春秋》、《战国策》；方麟负责注释《商君书》、《韩非子》和《吕氏春秋》的一部分；李峻岫负责注释《庄子》、《礼记》和《吕氏春秋》的一部分。最后由董洪利负责统审全稿。

任何一个选本都必然会受到选编者个人学术素养、情趣爱好等方面的影响，本书也不例外，其中肯定存在着选目不当等缺陷；另外，由于选编者的水平有限，本书在注释、校勘等方面也可能有不少错误。这些都恳请读者有以正之。

本书编注者

2016 年 10 月

尚 书

　　《尚书》是我国最早的政事史料汇编,也是我国最早的一部散文集。最初只称为《书》,至汉代始称《尚书》,定为儒家经典后又称做《书经》。它记录了上自传说中的尧舜,下至春秋前期,大约相当于公元前二千年至公元前七世纪的历史,主要内容是上古帝王的训诫、诰令,君臣之间或大臣之间的谈话,以及一些远古的传说。

　　《尚书》大概成书于西周末年,其作者可能是各个时代的史官,相传孔子曾选编过《尚书》,用以教授学生。汉代以后,《尚书》又分为今文和古文。今文《尚书》是汉文帝时由故秦博士伏生传授的,凡二十九篇,用当时通行的隶书书写,故称今文。古文《尚书》是汉武帝时鲁恭王从孔子故居的墙壁中发现的,凡四十五篇,用古篆书写,故称古文。西晋永嘉之乱后,今古文《尚书》相继亡佚。东晋初年,豫章内史梅赜献出孔安国传《古文尚书》,凡四十六卷,五十八篇,后此本立于学官,宋人又把它编入《十三经注疏》,流传至今。但宋以后历代学者考证,梅赜本除其中所包括的今文二十八篇外,其余都是伪撰,证据确凿,已成定论,今被称为《伪古文尚书》。

　　《尚书》多由记言、叙事等应用文体组成。语言古朴质直。有些篇章运用了比喻、排比等修辞手段,形象生动,结构紧凑,条理清晰,为后世散文的发展奠定了基础。

盘庚上[1]

盘庚五迁[2],将治亳殷[3],民咨胥怨[4]。作《盘庚》三篇。

盘庚迁于殷,民不适有居[5],率吁众戚[6],出矢言[7]。曰:"我王来,既爰宅于兹[8],重我民[9],无尽刘[10]。不能胥匡以生[11],卜稽曰,其如台[12]?先王有服[13],恪谨天命[14],兹犹不常宁[15]。不常厥邑[16],于今五邦[17]。今不承于古[18],罔知天之断命[19],矧曰其克从先王之烈[20]?若颠木之有由蘖[21],天其永我命于兹新邑[22],绍复先王之大业[23],氐绥四方[24]。"

盘庚敩于民[25],由乃在位,以常旧服[26],正法度[27]。曰:"无或敢伏小人之攸箴[28]。"王命众悉至于庭[29]。

王若曰[30]:"格汝众[31],予告汝训汝,猷黜乃心[32],无傲从康[33]。古我先王,亦惟图任旧人共政[34]。王播告之修[35],不匿厥指[36],王用丕钦[37],罔有逸言[38],民用丕变[39]。今汝聒聒[40],起信险肤[41],予弗知乃所讼[42]。

"非予自荒兹德[43],惟汝含德[44],不惕予一人[45]。予若观火[46],予亦拙谋[47],作乃逸[48]。若网在纲[49],有条而不紊;若农服田[50],力穑乃亦有秋[51]。汝克黜乃心[52],施实德于民[53],至于婚友[54],丕乃敢大言汝有积德[55]。乃不畏戎毒于远迩[56],惰农自安[57],不昏作劳[58],不服田亩[59],越其罔有黍稷[60]。

"汝不和吉言于百姓[61],惟汝自生毒[62],乃败祸奸宄[63],以自灾于厥身[64]。乃既先恶于民[65],乃奉其恫[66],汝悔身何及[67]?相时憸民[68],犹胥顾于箴言[69],其发有逸口[70],矧予制乃短长之命[71]?汝曷弗告朕[72],而胥动以浮言[73],恐沈于众[74]?若火之燎于原,不可向迩[75],其犹可扑灭[76]?则惟汝众,自作弗靖[77],非予有咎。

"迟任有言曰[78]:'人惟求旧[79],器非求旧,惟新。'古我先王,暨乃祖乃父[80],胥及逸勤[81],予敢动用非罚[82]?世选尔劳[83],予不掩尔善[84]。兹予大享于先王[85],尔祖其从与享之[86]。作福作灾[87],予亦不敢动用非德[88]。予告汝于难[89],若射之有志[90]。汝无侮老成人[91],无弱孤有幼[92]。各长于厥居[93],勉出乃力,听予一人之作猷[94]。无有远迩[95],用罪伐厥死[96],用德彰厥善[97]。邦之臧[98],惟汝众;邦之不臧,惟予一人有佚罚[99]。

"凡尔众[100],其惟致告[101],自今至于后日,各恭尔事[102],齐乃位[103],度乃口[104]。罚及尔身,弗可悔[105]。"

[注释]

[1]盘庚:成汤的第十世孙,商代第二十位君主。他为了避免水患,复兴国力,率领臣民迁都至殷,却受到上下各方的反对。为安定人心,盘庚告谕臣民,言迁都之利不迁之害。其诰词由史官记录下来,编成《盘庚》三篇。上篇、下篇告谕群臣,中篇告谕百姓。

[2]五迁:第五次迁都。按殷商至盘庚时曾五次迁都。《竹书纪年》:"仲丁迁于隞(áo),河亶(dǎn)甲乙迁于庇,南庚迁于奄,盘庚自奄迁于北蒙,号之曰殷。"

[3]将治亳殷:意思是将要迁都到亳殷。治,治理,这里指迁都。亳殷,地名,今河南安阳。孔颖达《尚书正义》:"下传云:殷,亳之别名,则亳殷即是一都,汤迁还从先王居也。"据此则亳殷当属一地。

[4]咨(zī):嗟叹。胥:皆,都。

[5]这句是说,臣民不喜欢居住在这里。适:悦,喜欢。有:助词,无义。

[6]率:用,因而。吁:呼,呼吁。戚:亲戚,这里指贵戚之臣。

[7]出矢言:指盘庚呼吁群臣出来陈述意见。矢:陈述,传达。

[8]爰宅:居住。爰:语气词,无意义。兹:这里,指亳殷。

[9]重:重视,看重。

[10]无尽刘:不至于全都受到伤害。刘:杀,这里指受到水患的伤害。

[11]不能胥匡以生:不能相互救助而生存。胥,相,相互。匡,匡扶,救助。

[12]卜稽曰其如台(yí):即使占卜了又将能怎样?《周礼·春官·大卜》:
　　"国大迁,大师,则贞龟。"按古代在举行大事如迁徙、战争之前都要事
　　先占卜,以定吉凶。卜,占卜。稽,稽考,问疑。曰,句中助词,无义。
　　其,副词,将。台,疑问代词,有"何"的意思。"如台",即如何。

[13]先王:指盘庚以前的殷商诸王。服:事。

[14]恪(kè)谨天命:恭敬谨慎地遵从天命。

[15]犹:尚且。不常宁:不能长久安定。

[16]不常厥邑:不能长久地居住在一个城邑。厥,其。

[17]于今:至今。邦:国,国都。"五邦",指从成汤立国至于盘庚已经五次
　　迁都了。

[18]承:继承。古:指先王之制。

[19]罔:无。"罔知",不知。天之断命:上天断定的命运。

[20]矧(shěn):何况。克:能。从:继承。烈:功业。

[21]颠木:倒伏的树木。由蘖:树木枯槁或被砍伐后重新萌发的枝芽。
　　"由",树木萌生枝条叫做由。

[22]其:语中助词。永:永久延续。新邑:指新迁的国都。

[23]绍:继续。复:恢复,复兴。

[24]氐(zhǐ):定。绥:安。

[25]敩(xiào):教导,开导。

[26]"由乃"句:意思是,(盘庚教导百姓)服从在位大臣的命令遵守先王
　　旧制。由,服从。在位,指在位的大臣。常,遵守。旧服,先王的制
　　度。按,此句的注释颇多歧义,孔颖达《尚书正义》说:"盘庚先教于民
　　云,汝等当用汝在位之命,用旧常故事正其法度。"这里的注释略从
　　其说。

[27]正:正视,尊重。

[28]此句意思是,(盘庚又告诫群臣说),你们不要有人敢于隐匿百姓所讲
　　的规谏之言。或,有人。伏,隐匿。攸,所。

[29]众:指群臣。悉:全部。庭:指朝廷。

[30]王若曰:王这样说。按,《尚书》中,臣转述国君之言,多用"王若曰"的字样。

[31]格:来。

[32]猷(yóu):图谋,打算。黜(chù):除去。乃:你们的。心:这里指私心。按,以上二句旧读作"予告汝训,汝猷黜乃心","汝"字属下。

[33]无:不要。傲:傲慢。从:通"纵",恣肆放纵。康:这里指追求安逸。

[34]惟:只是。任:任用。旧人:指长期在位的旧臣。共政:共同管理政事。

[35]王:指先王。播告:发布公告。修:这里指所实行的政事。按一说把"播告之修"解释为"播修告","之"字是帮助宾语前置的结构助词,亦可参考。又一说"修"字属下,读作"王播告之,修不匿厥指"。

[36]匿:隐瞒。厥:其,指先王。指:同"旨",旨意。

[37]此句意思是,因此先王很敬重旧臣。用,因此。丕,大。钦,敬重。

[38]罔有:无有。逸言:过分的言论。一说"罔有逸言"指"民言上达无有伏匿",亦可参考。

[39]民用丕变:孔颖达《尚书正义》说:"言民用大变从化",意思是百姓变得服从教化。

[40]聒聒(guō):孔传:"聒聒,无知之貌。"唐陆德明《经典释文》:"马(融)及《说文》皆云拒善自用之意。"按据此二说,"聒聒"当是愚蠢而拒绝善言自以为是的意思。

[41]起信险肤:兴起邪恶肤浮的言论。起,兴起。信,通"申",申说。险,邪恶。肤,肤浅,浮夸。

[42]予:我,盘庚自称。讼:争辩。

[43]荒:废弃。兹德:此种德行。这里指任用旧臣的传统做法。

[44]惟汝含德:孔颖达《尚书正义》说:"惟汝之所含德甚恶。"意思是"是因为你们有不好的德行"。按"含德"当指前"聒聒"而言,指具有愚蠢而拒善自用的恶劣德行。一说"含德"二句是盘庚责备众臣接受了他的好处却不肯施报。又一说"含德"是指怀藏其德而不向百姓讲明。皆仅供参考。

[45]惕:畏惧。

[46]观火:比喻观察事物清楚明白。

[47]拙谋:拙于谋略,拙于心计。这里指对于臣下过于宽厚的意思。

[48]作乃逸:意思是,使你们犯了违抗上命的过错。孔颖达疏:"我若以威
　　加汝身,汝自不敢不迁,则无违上之过也。我不威胁汝徒,乃是我亦
　　拙谋,作成汝过也。"作,作成,使。乃,你们。逸,过错。一说此二句
　　读作"予亦拙谋作,乃逸",意为"我的谋略拙劣,则是过错"。仅供
　　参考。

[49]纲:提网的总绳。

[50]服田:从事田间耕作。

[51]力穑(sè):努力耕作。穑,本义是指收获农作物的劳作,这里泛指耕
　　作。秋:收获。秋天是收获的季节,故以秋代指收获。

[52]汝克黜乃心:你们如果能去掉私心。克,能。黜,除去。心,这里指
　　私心。

[53]实德:实在的好处。

[54]至于婚友:指好处施及亲戚朋友。婚:指有姻亲关系的亲戚。

[55]丕乃:王引之《经传释词》:"丕乃,犹言于是也。"

[56]"乃不畏"句:意思是,如果不怕现在以及将来出现的大灾害。乃,如
　　果。戎,《尔雅·释诂》:"戎,大也。"毒,这里指灾害。远迩,远近,这
　　里指将来和现在。

[57]惰农自安:像怠惰的农民一样自求安逸。

[58]不昏作劳:不努力劳作。《尔雅·释诂》:"昏,强也。"

[59]不服田亩:不从事田间劳作。

[60]越其:于是就。王引之《经传释词》:"越其,犹云爰乃也。"罔有黍稷:
　　泛指没有谷物的收获。

[61]和:宣,宣布。

[62]自生毒:自己招惹祸害。毒,祸害,祸殃。

[63]败:危败。祸:灾祸。奸宄(guǐ):指违法乱纪的事情。乱在外为奸,
　　在内为宄。

[64]自灾于厥身:自己危害自己。灾,这里作动词,危害。厥身,其身,这
　　里指自身。

[65]先恶于民:先于民而作恶,即引导人民做坏事。

[66]乃奉其恫:意思是,理应遭受痛苦。奉,承受,遭受。恫(tōng),痛苦。

[67]悔身何及:自己后悔又怎么来得及。

[68]相:看。时:通"是",此,这些。憸(xiān)民:小民。

[69]犹:尚且,还。胥:全,都。顾:顾及。箴言:规诫之言。

[70]其发有逸口:意思是,惟恐嘴里说出错误的言论。逸口,指错误的言论。

[71]制:掌握,操纵。短长之命:指生死之命。

[72]曷弗告朕:为什么不先来告诉我。曷,何,为什么。

[73]浮言:虚浮无稽之言。

[74]恐沈于众:按此句异解纷呈。陈梦家《尚书通论》释为"以浮言煽惑众民"。孔传解作"恐汝沉溺于众,有祸害"。一说,"恐"当作"恶"字,形近而讹;沈是尤(yóu)的假借字,流行之意;全句释为"罪恶是容易流行滋长的"。又一说,"沈"通"抌",引《说文》:"告言不正曰抌",释为"煽惑"。此取陈梦家之说。

[75]向迩:靠近。

[76]犹:副词,怎么还。

[77]自作弗靖:自己做得不好。靖:善。

[78]迟任:古代贤人。

[79]人惟求旧:意思是,用人要选择有深刻了解的旧人。

[80]暨:同,和。乃祖乃父:指大臣的祖辈父辈。

[81]胥及逸勤:在一起共享安乐一同操劳。胥及,相与。逸,安乐。勤,劳苦。

[82]敢:岂敢。非罚:不恰当的惩罚。

[83]世:世世代代。选:与"算"通,计算。孔颖达疏:"选即算也,故训为数。"尔劳:你们的功劳。

[84]掩:掩蔽。

[85]兹:现在。享:祭祀。孔颖达疏:"《周礼·大宗伯》:祭祀之名,天神曰祀,地祇曰祭,人鬼曰享。此大享于先王,谓天子祭宗庙也。"

[86]尔祖其从与享之:你们的祖先也跟着受到祭祀。按孔《传》:"古者天

子录功臣,配食于庙。"指古代天子祭祀祖先时,让有功之臣的祖先也同时享受祭祀。

[87]作福作灾:孔《传》:"善自作福,恶自作灾。"意思是,福或灾都是由你们自己善恶的行为决定。

[88]非德:指不恰当的恩惠。与上文非罚相对。

[89]告汝于难:把困难之事告诉你们。于,以。

[90]若射之有志:指做事要像射箭对准箭靶一样,不可偏离。志,射箭的标志,即箭靶。

[91]侮老:唐石经作"老侮",轻视不敬之意。陈梦家《尚书通论》:"'老侮'与'弱孤'为对,皆动字;'成人'与'有幼'为对,皆名字。"成人,上年纪的人。

[92]弱孤:藐视轻忽之意。王引之《经义述闻》:"弱孤连言,以为孤弱而轻忽之也。"有:语助词。

[93]各长于厥居:各自长久地住在所居之地。厥,其。

[94]作猷:作出的谋划。

[95]远迩:远近。

[96]用罪伐:用刑罚惩处。死:指罪恶。

[97]用德彰:用赏赐表彰。善:善行。

[98]邦之臧:国家治理得好。臧,善,好。

[99]佚罚:罪过。

[100]凡尔众:你们大家。凡,所有。

[101]其惟致告:想一想我告诫你们的话。惟,思。又陈梦家《尚书通论》说:"命众戚致告于众民也。"认为此句是盘庚让众臣向众民转告他的话。录以备考。

[102]各恭尔事:恭敬地做好你们各自的事情。

[103]齐乃位:整饬你们的职责。齐,整饬,整肃。位,这里指职位,职责。

[104]度乃口:闭上你们的嘴,不要乱说话。度,同"斁",《说文》:"斁,闭也。"斁通作"杜"。

[105]"罚及"二句,意思是,否则的话,惩罚到你们自身,可不要后悔。

无　逸[1]

周公曰：“呜呼！君子所其无逸[2]。先知稼穑之艰难[3]，乃逸[4]，则知小人之依[5]。相小人[6]，厥父母勤劳稼穑[7]，厥子乃不知稼穑之艰难[8]，乃逸乃谚[9]。既诞[10]，否则侮厥父母曰[11]：‘昔之人无闻知[12]。’”

周公曰：“呜呼！我闻曰：昔在殷王中宗[13]，严恭寅畏[14]，天命自度[15]，治民祇惧[16]，不敢荒宁[17]。肆中宗之享国[18]，七十有五年。

“其在高宗[19]，时旧劳于外[20]，爰暨小人[21]。作其即位[22]，乃或亮阴[23]，三年不言[24]。其惟不言[25]，言乃雍[26]。不敢荒宁，嘉靖殷邦[27]。至于小大[28]，无时或怨[29]。肆高宗之享国，五十有九年。

“其在祖甲[30]，不义惟王[31]，旧为小人[32]。作其即位，爰知小人之依，能保惠于庶民[33]，不敢侮鳏寡[34]。肆祖甲之享国，三十有三年。自时厥后[35]，立王生则逸[36]，生则逸，不知稼穑之艰难，不闻小人之劳，惟耽乐之从[37]。自时厥后，亦罔或克寿[38]。或十年，或七八年，或五六年，或四三年[39]。”

周公曰：“呜呼！厥亦惟我周太王、王季[40]，克自抑畏[41]。文王卑服[42]，即康功田功[43]。徽柔懿恭[44]，怀保小民[45]，惠鲜鳏寡[46]。自朝至于日中昃[47]，不遑暇食[48]，用咸和万民[49]。文王不敢盘于游田[50]，以庶邦惟正之供[51]。文王受命惟中身[52]，厥享国五十年。”

周公曰：“呜呼！继自今嗣王[53]，则其无淫于观、于逸、于游、于田[54]，以万民惟正之供。无皇曰[55]：‘今日耽乐[56]。’乃非民攸训[57]，非天攸若[58]，时人丕则有愆[59]。无若殷王受之迷乱[60],酗于酒德哉[61]！"

　　周公曰："呜呼！我闻曰:古之人犹胥训告[62],胥保惠[63],胥教诲,民无或胥诪张为幻[64],此厥不听[65],人乃训之[66],乃变乱先王之正刑[67],至于小大[68]。民否则厥心违怨[69],否则厥口诅祝[70]。"

　　周公曰："呜呼！自殷王中宗,及高宗,及祖甲,及我周文王,兹四人迪哲[71]。厥或告之曰[72]:'小人怨汝詈汝[73]。'则皇自敬德[74]。厥愆[75],曰:'朕之愆。'允若时[76],不啻不敢含怒[77]。此厥不听,人乃或诪张为幻,曰小人怨汝詈汝,则信之。则若时[78],不永念厥辟[79],不宽绰厥心[80],乱罚无罪,杀无辜。怨有同[81],是丛于厥身[82]。"

　　周公曰："呜呼！嗣王其监于兹[83]。"

[注释]

[1]本篇是《尚书·周书》中的一篇。相传是周公所作。周公姓姬名旦,周文王之子,周武王之弟,辅佐武王灭商。武王死,成王年幼,周公摄政。七年还政于成王后,害怕成王贪图安逸,故作此篇,加以告诫。篇题"无逸",即不要贪图安逸享乐之意。

[2]君子所其无逸:意思是,君子居于官位不可贪图逸乐。所,处所,引申为居官之义。一说"所"是语助词,无义。亦可参考。

[3]先知稼穑之艰难:先要了解农耕劳作的艰难。稼穑,种植谷物曰稼,收获曰穑,合称泛指农业劳作。

[4]乃:才,再。

[5]小人:指一般百姓。依:通"隐",痛苦,艰难。王引之《经义述闻》:"依,隐也,谓知小人之隐也。《周语》'勤恤民隐',韦注曰:'隐,痛也。'小人之隐,即上文稼穑之艰难,下文所谓小人之劳。云隐者,犹今人言苦衷也。"

[6]相:看。

[7]厥父母:他们的父母。厥,其,他们的。

[8]乃：副词，却，反而。

[9]乃逸乃谚：于是只知贪图逸乐，粗野不恭。乃，于是。谚，通"喭"，粗暴无礼的样子。孔颖达《尚书正义》："《论语》曰：'由也谚。'谚则叛谚，欺诞不恭之貌。"一说"谚"，当从《汉石经》作"宪"，欣乐之意。亦可参考。

[10]诞：放纵不羁之意。

[11]否则侮厥父母：于是就轻侮他们的父母。"否"与"丕"通；丕则，即"于是就"之意。又王引之《经传释词》说："《汉石经》否作不，不则，犹于是也。言既已妄诞，于是轻侮其父母也。"亦通。按一说此二句读作"既诞否则，侮厥父母曰"，则字释为法则，否则即不循法则。亦可参考。

[12]昔之人：这里指上了年纪的人。无闻知：无知无识，指老年人只知劳苦，而不知道享受逸乐。蔡沈《书集传》："古老之人无闻无知，徒自劳苦而不知所以自逸也。"

[13]中宗：即商王太戊（又称大戊、天戊、中宗），是帝太庚之子，雍己之弟。在位七十五年。又，王国维根据甲骨资料考证，认为中宗当是帝祖乙。详见《观堂集林》卷九《殷卜辞中所见先公先王续考》。

[14]严：庄重。恭：谨慎。寅：恭敬。畏：戒惧。

[15]天命自度(duó)：以上天之命自我衡量。度，忖度，衡量。

[16]治民祇(zhī)惧：恭敬谨慎地治理人民。祇惧，敬慎。

[17]荒宁：怠惰自安。

[18]肆：所以。享国：在帝位。

[19]高宗：即帝武丁，是帝小乙之子。在位五十九年。

[20]时：指武丁为太子时。旧：《史记》作久。按《史记集解》引马融说："武丁为太子时，其父小乙使行役，有所劳苦于外，与小人从事，知小人艰难劳苦也。"

[21]爰暨小人：指经常与下层劳动人民在一起。爰，于是。暨，与，同。又周秉钧《尚书易解》说："暨，盖惠之借，《说文》：惠，惠也，古文作𢛇。爰惠小人，与下文'惠鲜鳏寡'同义。"释"暨"为"惠顾"，亦可参考。

[22]作：及，等到。

[23]亮阴:帝王居丧期间,沉默不语,一切政事皆听从冢宰安排,称为亮阴。

[24]不言:指不问政事,不轻易发表言论。《论语·宪问》:"子张曰:'《书》云,高宗谅阴,三年不言。何谓也?'子曰:'何必高宗,古之人皆然。君薨,百官总己以听于冢宰三年。'"

[25]其惟不言:正因为他不轻易说话。

[26]言乃雍:所以说出话来就和顺当理。雍,和,和顺当理。

[27]嘉靖殷邦:使殷国和美安定。嘉,美,善。靖,安定。

[28]小大:泛指上下臣民。一说"小大"指小大政事,孔安国《传》:"至于小大之政,人无是有怨者,言无非。"

[29]无时或怨:没有人怨之。时,通"是",指高宗。或,有。

[30]祖甲:武丁之子,祖庚之弟。在位三十三年。

[31]不义惟王:《史记集解》引马融说:"祖甲有兄祖庚,而祖甲贤,武丁欲立之,祖甲以王废长立少不义,逃亡民间,故曰'不义惟王,久为小人'也。武丁死,祖庚立。祖庚死,祖甲立。"惟,为。

[32]旧为小人:指祖甲长久生活在民间之事。旧,久。

[33]保:安定。惠:爱护。

[34]鳏(guān)寡:老而无妻曰鳏,老而无夫曰寡。这里泛指孤苦无依之人。

[35]自时厥后:从此以后。时,通"是",此。

[36]立王:在位的君王。生则逸:生下来就耽于逸乐。按此句重言"生则逸",曾运乾《尚书正读》说:"生则逸,一语已足,两言之者,周公喜重言也。《洛诰》'孺子其朋,孺子其朋,其往'亦此类。"

[37]惟耽乐之从:指一味追求过分的享乐。惟,只。从,追求,追逐。

[38]罔:无。克:能够。寿:长寿。

[39]或四三年:即"或三四年"。孔安国《传》:"高者十年,下者三年,言逸乐之损寿。"

[40]周太王:即古公亶父,周文王的祖父。原来居住在豳(今陕西旬邑西),至商末,由于受到戎狄的侵扰,他率领族人迁至岐山,规划土地,设置官吏,使周族逐渐强大。王季:周太王少子,文王之父,名季历。

古公卒传位于季历,季历卒传位于文王。

[41]克自抑畏:指能够谦虚谨慎地治理政事。抑,谦虚自抑。畏,谨慎。

[42]卑服:微贱的衣服。孔安国《传》:"文王节俭,卑其衣服,以就其安人之功。"蔡沈《书集传》:"卑服,犹禹所谓恶衣服也。……言文王于衣服之奉,所性不存,而专意于安养斯民也。卑服,盖举一端而言,宫室饮食自奉之薄,皆可类推。"都以此义立说。一说"卑服"指从事卑贱的劳动,亦可参考。

[43]即康功田功:从事安民养民的事业。即,就,从事。康功、田功,蔡沈《书集传》:"康功,安民之功。田功,养民之功。"按"康功"的解释颇多歧义,孔《传》、孔《疏》、蔡《传》都释为安民之功,孙星衍《尚书今古文注疏》认为指营造房屋之事,又有释为平整道路之事或开垦荒地之事者。这里从蔡《传》之说。

[44]徽柔懿恭:指周文王对待百姓善良温厚、极为恭谨。徽,美、善。柔,温厚,和蔼。懿,美。

[45]怀保小民:爱护安定百姓。

[46]惠鲜鳏寡:恩惠施及孤苦无依之人。惠,恩惠。鲜,善。

[47]自朝至于日中昃(zè):即从早到晚之义。日中,日正中,即中午。昃,日西斜,傍晚。

[48]不遑暇食:没有空闲时间吃饭。遑,闲暇。

[49]用:以。咸和:谐和。

[50]文王不敢盘于游田:孔《传》:"文王不敢乐于游逸田猎。"盘,乐。游,游乐。田,田猎。

[51]以庶邦惟正之供:指只让各国进献正常的赋税,不横征暴敛。以,使。庶,众。正,赋税。供,进献。

[52]受命:接受天命,即君主之位。中身:中年。孔《传》:"文王九十七而终,中身,即位时年四十七。"

[53]继自今嗣王:从今以后即位的君王。

[54]无淫于观、于逸、于游、于田:不要过分地沉溺于观赏、安逸、游乐、田猎之中。

[55]无皇:不要自我宽纵。皇,通"遑",宽假,宽纵。

[56]今日耽乐:意思是,只在今日暂且享乐一下。蔡《传》:"毋自宽假曰:
　　今日姑为是耽乐也。"

[57]乃非民攸训:意思是,这不是用以教导百姓的做法。攸,所。

[58]非天攸若:意思是,这不是顺应天命的行为。若,顺。

[59]时人丕则有愆:这样的人就会有过错。丕则,于是。愆,过错。

[60]无若:不要像。受:商纣王名。

[61]酗于酒德:酗酒为乐,干出种种恶行。德,这里指凶德。蔡《传》:"酗
　　酒谓之德者,德有凶有吉,韩子所谓道与德为虚位是也。"

[62]胥:相互。训告:劝告,训诫。一说,训,诚也;训告,即以诚相告。
　　亦通。

[63]保惠:爱护照顾。

[64]胥诪(zhōu)张为幻:相互欺诳诈惑。孔《传》:"诪张,诳也。君臣以道
　　相正,故下民无有相欺诳幻惑也。"幻,相互诈惑。《说文》:"幻,相诈
　　惑也。"段玉裁《注》:"诡诞惑人也。"

[65]此:这些,指引述的劝诫之言。

[66]人乃训之:人们就会按照自己的意愿行事。训,顺。

[67]正:通"政",政治。刑:法,法度。

[68]小大:指大小各种法令。

[69]否则:同"丕则",于是。厥心违怨:其内心充满怨恨。违,恨。

[70]诅祝:诅咒。蔡《传》:"厥心违怨者,怨之蓄于中也。厥口诅祝者,怨
　　之形于外也。为人上而使民心口交恶,其国不危者,未之有也。"

[71]迪哲:通达明智。迪,导,这里引申为通达。哲,智。一说"迪哲"指蹈
　　行圣明之道,孔《传》:"言此四人皆蹈智明德以临下。"亦通。

[72]厥:句首助词。或:有人。

[73]詈(lì):骂。

[74]皇:用同"况",更加。王引之《经传释词》:"况,滋也;益也。……《晋
　　语》曰:'众况厚之。'又曰:'今子曰中立,况固其谋也。'韦《注》并曰:
　　'况,益也。'益,亦滋也。古通作兄,又作皇。"敬德:敬慎德行。

[75]厥愆:意思是,对于人们诬妄指出的过错。蔡《传》:"其所诬毁之愆,
　　安而受之,曰:是我之愆。"又孔《传》说:"其人有祸,则曰我过;百姓

有过,在予一人。"孔《疏》:"或告之曰,小人怨汝詈汝,其言有虚有
实。其言若虚,则民之愆也。民有愆过,则曰我过。不则彼为虚言而
引过归己者,汤所云,百姓有过,在予一人。"二说亦可参考。

[76]允若时:确实像这样。允,诚,确实。时,通"是",这样。

[77]不啻不敢含怒:意思是,不但不敢心怀怨怒,[而且还希望经常听到,
以了解自己政事的得失]。按此句下似有省略。孔《疏》引郑玄云:
"不但不敢含怒,乃欲屡闻之,以知己政得失之源也。"省略部分据郑
玄说补足。

[78]则若时:如果像这样。

[79]不永念厥辟(bì):意思是,就不能念念不忘为君之道。辟,天子,君
主。这里指为君之道。一说辟指"法度",亦可参考。

[80]不宽绰厥心:不能使自己胸怀宽大。

[81]怨有同:天下之人会共同怨恨。

[82]是丛于厥身:意思是,把怨恨集中到你的身上。丛,聚集。

[83]嗣王:指成王。嗣,继承。监于兹:以此为鉴戒。监,同"鉴",鉴戒。

左 传

　　《左传》是《春秋左氏传》的简称,又称《左氏春秋》、《左氏传》、《左氏》等。《左传》与《公羊传》、《穀梁传》合为《春秋》三传。这三种书都是阐释《春秋》经义的著作,但方式则有不同,《公》、《穀》都以阐述经义为主,间或叙述一些史事;而《左传》则以叙述、补充史实为主,阐述经义为辅。这三种书后世都被列为经书。

　　《左传》的作者,据《史记》记载是春秋时期鲁国人左丘明,但据后人考证,此书当是战国初期的作品。《左传》沿用《春秋》以鲁国编年史的方式,记述了春秋时期从鲁隐公元年(前722)至鲁哀公二十七年(前468)的历史。它不仅是研究春秋史的重要典籍,而且也是一部颇有文学价值的散文作品。

郑伯克段于鄢(隐公元年)[1]

　　初[2],郑武公娶于申[3],曰武姜[4],生庄公及共叔段[5]。庄公寤生[6],惊姜氏,故名曰寤生,遂恶之[7]。爱共叔段,欲立之,亟请于武公[8],公弗许。及庄公即位,为之请制[9]。公曰:"制,岩邑也[10],虢叔死焉[11]。佗邑唯命[12]。"请京[13],使居之,谓之京城大叔[14]。祭仲曰[15]:"都城过百雉[16],国之害也。先王之制：大都不过参国之一[17]，中五之一，小九之一。今京不度[18]，非制也，君将不堪。"公曰："姜氏欲之，焉辟害[19]？"对曰："姜氏何厌之有[20]？不如早为之所[21]，无使滋蔓[22]。蔓，难图也。蔓草犹不可除，况君之宠弟乎？"公曰："多行不义，必自毙，子姑待之。"

既而大叔命西鄙、北鄙贰于己[23]。公子吕曰[24]："国不堪贰，君将若之何？欲与大叔，臣请事之；若弗与，则请除之，无生民心[25]。"公曰："无庸[26]，将自及。"大叔又收贰以为己邑，至于廪延[27]。子封曰："可矣，厚将得众[28]。"公曰："不义不昵[29]，厚将崩。"

大叔完聚[30]，缮甲兵[31]，具卒乘[32]，将袭郑。夫人将启之[33]。公闻其期，曰："可矣！"命子封帅车二百乘以伐京[34]。京叛大叔段。段入于鄢[35]，公伐诸鄢[36]。五月辛丑，大叔出奔共。

书曰[37]："郑伯克段于鄢[38]。"段不弟[39]，故不言弟；如二君，故曰克；称郑伯，讥失教也：谓之郑志[40]。不言出奔，难之也[41]。

遂置姜氏于城颍[42]，而誓之曰："不及黄泉，无相见也！"既而悔之。

颍考叔为颍谷封人[43]，闻之，有献于公[44]。公赐之食。食舍肉[45]。公问之，对曰："小人有母，皆尝小人之食也；未尝君之羹，请以遗之[46]。"公曰："尔有母遗，繄我独无[47]！"颍考叔曰："敢问何谓也？"公语之故，且告之悔。对曰："君何患焉？若阙地及泉[48]，隧而相见，其谁曰不然？"公从之。公入而赋[49]："大隧之中，其乐也融融。"姜出而赋："大隧之外，其乐也泄泄[50]。"遂为母子如初。

君子曰："颍考叔，纯孝也，爱其母，施及庄公。《诗》曰：'孝子不匮^[51],永锡尔类^[52]。'其是之谓乎!"

[注释]

[1]本篇选自鲁隐公元年。按《春秋》是一部断代编年史,以鲁国国君十二公——即隐、桓、庄、闵、僖、文、宣、成、襄、昭、定、哀为序,逐年编排。《左传》作为解说《春秋》经义的著作,也按照这种方式排列。原无篇题,现篇题是后加的。下各篇同此。本篇记述了郑庄公兄弟之间一场争夺权力的斗争,最后功于心计、老谋深算的郑庄公赢得了胜利。

[2]初:当初。按《左传》倒叙事件时多用"初"字起始。

[3]郑武公:名掘突,郑庄公的父亲,前770年—前744年在位。申:国名,姜姓,后为楚国所灭,故址在今河南南阳一带。

[4]武姜:《左传》中对已嫁妇女的称谓,其中第二个字是娘家姓氏。"武"字表示其丈夫是郑武公。

[5]共(gōng)叔段:郑庄公之弟。杨伯峻《春秋左传注》:"共,贾逵、服虔谓是谥号,杜注以为段出奔共,故曰共叔。叔是排行,段是名。"

[6]寤(wù)生:逆生,指出生时足先头后,即难产。

[7]遂恶(wù)之:因此讨厌他。之,代词,指庄公。

[8]亟:屡次。

[9]为之请制:为共叔段请求把制地作为封邑。制,地名,在今河南荥阳县境,原属东虢领地,后东虢为郑所灭,制地遂为郑国所有。

[10]岩邑:险要之地。

[11]虢叔:东虢国君。

[12]佗邑唯命:其他地方惟命是从。佗,同"它",指其他。

[13]京:地名,在今荥阳县东南。

[14]京城大叔:即共叔段。大,同"太"。《史记·郑世家》:"庄公元年封弟段于京,号太叔。"

[15]祭(zhài)仲:郑国大夫。

[16]都城:都邑的城墙。雉(zhì):城墙高一丈长三丈为一雉。

[17]大都不过参国之一:大都邑的城墙建制不超过国都的三分之一。按古代侯伯之国的城墙建制每面为三百雉。参国之一,即百雉。

[18] 不度：指不合法度。

[19] 焉辟害：怎能避免祸害。辟，同"避"。

[20] 何厌之有：哪里能满足得了？厌，满足。

[21] 不如早为之所：不如及早安排处置。之，代词，指太叔段。所，处所，
地方。

[22] 滋蔓：蔓延。这里指太叔段的地盘扩大，势力逐渐强盛。

[23] 既而：不久。西鄙、北鄙：指郑国西部和北部边境的两个城邑。贰于
己：既从属于庄公，又从属于自己。实际上是命令二邑听命于己。
贰，两属，有二心。

[24] 公子吕：郑国大夫，即下文的子封。

[25] 无生民心：意思是，不要让百姓思想产生混乱。

[26] 无庸：用不着。庸，用。

[27] 廪延：地名，在今河南延津县东北。

[28] 厚将得众：势力雄厚将会得到众民的拥护。

[29] 不义：指不服从君命。不暱：指不亲近兄长。又杨伯峻《春秋左传注》
说："当解为不义则不暱。暱依《说文》当作黏，黏连之义。犹今言不
义则不能团结其众。"亦通。

[30] 完聚：修整城墙积聚粮食。

[31] 缮甲兵：修缮装备武器。

[32] 具卒乘：准备兵士战车。乘（shèng）：兵车。

[33] 夫人：指武姜。启之：指武姜将做太叔段的内应，为他打开城门。
启，开。

[34] 帅：率领。二百乘：二百辆兵车。按春秋时作战一辆兵车配备十名
甲兵。

[35] 鄢（yān）：地名，在今河南鄢陵县北。

[36] 公伐诸鄢：庄公到鄢地攻打他。诸，"之于"二字的合音。

[37] 书：指《春秋》。

[38] 郑伯：指郑庄公。克：战胜。

[39] 不弟：不像兄弟。一说"弟"通"悌"，指尊敬兄长，亦通。

[40] 郑志：郑庄公本人的意愿，指郑庄公蓄意要铲除共叔段。

[41] 难之:指史官记述此事感到为难。

[42] 置:安置。城颍:地名,在今河南临颍县西北。

[43] 颍考叔:郑国大夫。颍谷:地名,在今河南登封县西南。封人:镇守边疆的官员。

[44] 献:贡献礼品。按此句是指颍考叔借贡献礼品的机会接近庄公。

[45] 舍肉:指把肉留下放在一边不吃。

[46] 遗(wèi):馈赠,给予。

[47] 繄我独无:我却偏偏没有。繄(yì),句首语气词,无义。

[48] 阙:通掘,挖掘。及:到。

[49] 赋:赋诗。杨伯峻《春秋左传注》说:"此疑各人随口吟其自作辞句。"

[50] 泄泄(yì yì):愉快和美的样子。

[51] 孝子不匮:孝子尽孝没有竭尽。匮,竭尽。

[52] 锡:赐予。按以上两句诗出自《诗经·大雅·既醉》。

曹刿论战(庄公十年)[1]

十年春,齐师伐我[2]。公将战[3]。曹刿请见。其乡人曰:"肉食者谋之[4],又何间焉[5]?"刿曰:"肉食者鄙[6],未能远谋。"乃入见,问何以战[7]。公曰:"衣食所安[8],弗敢专也[9],必以分人。"对曰:"小惠未遍,民弗从也。"公曰:"牺牲玉帛[10],弗敢加也[11],必以信[12]。"对曰:"小信未孚[13],神弗福也[14]。"公曰:"小大之狱[15],虽不能察,必以情。"对曰:"忠之属也,可以一战。战则请从。"

公与之乘,战于长勺[16]。公将鼓之[17]。刿曰:"未可。"齐人三鼓。刿曰:"可矣。"齐师败绩[18],公将驰之[19]。刿曰:"未可。"下视其辙[20],登轼而望之[21],曰:"可矣。"遂逐齐师。

既克[22],公问其故。对曰:"夫战,勇气也。一鼓作气,再而衰[23]，三而竭。彼竭我盈[24]，故克之。夫大国，难测也，惧有伏焉[25]。吾视其辙乱，望其旗靡[26]，故逐之。”

[注释]

[1]本篇记述了齐、鲁之间在长勺的一场著名战役。指出"取信于民"是夺取胜利的关键因素，并用精炼传神的文字描写了曹刿指挥作战的精明。曹刿(guì)：《史记·刺客列传》作"曹沫"，是鲁国一位有勇力的将领。

[2]齐师：齐国军队。我：指鲁国。按《春秋》是鲁国的史书，所以《春秋》和《左传》中的"我"都是指鲁国。

[3]公：鲁庄公，名同。前693年—前662年在位。

[4]肉食者：指有权势的高官贵族。

[5]间：参与。

[6]鄙：鄙陋，无见识。

[7]何以战：依靠什么去作战。

[8]安：享受。

[9]专：独自享用。

[10]牺牲：祭祀用的牲畜。玉帛：祭祀用的玉石丝绸。

[11]加：夸大，虚报。

[12]信：诚实不欺。

[13]小信未孚：小的诚实不能使神灵信服。孚，使信服，使信从。又杨伯峻《春秋左传注》说："孚借为覆，古音平入通转。《孟子·离娄上》'而仁覆天下矣'，覆有盖被之意，即遍及之意，与上文之遍异字同义，意谓祝史告于鬼神之言必诚实可信。"亦通。

[14]福：降福，保佑。

[15]狱：诉讼案件。

[16]长勺：地名，在今山东曲阜县东。

[17]鼓：击鼓。按古代作战以击鼓作为进军的号令。下文的"三鼓"，就是出击三次。

[18]败绩：大败。

[19]驰之:驰兵追击。

[20]辙:车轮碾过的痕迹。

[21]轼:古代车厢前面供人扶靠的横木。

[22]既克:战胜敌军之后。

[23]衰:指士气衰落。

[24]盈:指士气旺盛。

[25]伏:埋伏的军队。

[26]靡:倒下。

齐伐楚盟于召陵(僖公四年)[1]

四年春,齐侯以诸侯之师侵蔡[2]。蔡溃,遂伐楚。楚子使与师言曰[3]:"君处北海[4],寡人处南海,唯是风马牛不相及也[5]。不虞君之涉吾地也[6],何故?"管仲对曰[7]:"昔召康公命我先君大公曰[8]:'五侯九伯[9],女实征之[10],以夹辅周室[11]。'赐我先君履[12],东至于海,西至于河[13],南至于穆陵[14],北至于无棣[15]。尔贡苞茅不入[16],王祭不共[17],无以缩酒[18],寡人是徵[19]。昭王南征而不复[20],寡人是问。"对曰:"共之不入,寡君之罪也,敢不共给?昭王之不复,君其问诸水滨!"师进,次于陉[21]。

夏,楚子使屈完如师[22]。师退,次于召陵[23]。

齐侯陈诸侯之师[24],与屈完乘而观之。齐侯曰:"岂不谷是为[25]?先君之好是继[26]。与不谷同好如何[27]?"对曰:"君惠徼福于敝邑之社稷[28],辱收寡君[29],寡君之愿也。"齐侯曰:"以此众战,谁能御之?以此攻城,何城不克?"对曰:"君若以德绥诸侯[30],谁敢不服?君若以力,楚国方城以为城[31],汉水以为池[32],虽众,无所用之。"

屈完及诸侯盟。

[注释]

[1] 本篇记述了齐、楚两国之间在军事外交方面的一场斗争。齐桓公纠集鲁、宋、卫、郑、许、曹、陈等诸侯国联合伐楚,面对大兵压境、不可一世的齐军,楚国使者和大夫屈完毫无惧色,用不卑不亢、针锋相对而又十分得体的外交辞令与敌方谈判,最终避免了战争而与诸侯订立盟约。

[2] 齐侯:指齐桓公,姓姜名小白,春秋五霸之一。前 685 年—前 643 年在位。蔡:诸侯国名,姬姓,其辖地在今河南省上蔡一带,前 447 年为楚国所灭。

[3] 楚子:指楚成王。使与师言:指派使者到齐侯军中谈判。

[4] 北海:按古人认为中国四周都是海,这里的北海以及下文的南海,犹如说极北、极南之地,相隔甚远。

[5] 风马牛不相及:指楚国和齐国相隔甚远,即使牛马发情追逐狂奔,也不会互相侵入边境。按牛马等牲畜在发情期公畜母畜相互引诱追逐称为“风”。一说风指放逸、走失。

[6] 不虞:没想到。

[7] 管仲:春秋时期著名政治家,姓管名夷吾,字仲,一字敬仲,辅佐齐桓公成就霸业。

[8] 召康公:即召公奭,曾与周公一起辅佐周成王。大公:同“太公”,即姜尚,字望,一说字子牙,后世称之为姜太公。周成王时封于齐,为齐国的始祖,故管仲称之为“先君”。

[9] 五侯九伯:旧说歧义颇多,一说指公、侯、伯、子、男五等诸侯和九州之方伯,可参考。这里可以理解为泛指天下诸侯。

[10] 女实征之:你有权力征伐他们。女,同“汝”。

[11] 夹辅:辅佐。周室:西周王室。

[12] 履:指所践履的地域,即有权征伐的范围。

[13] 河:黄河。

[14] 穆陵:地名,在今山东临朐县南。

[15] 无棣:地名,在今山东无棣县一带。

[16]苞茅:捆成束的菁茅。这是楚国进贡给周王室用以祭祀的物品。

[17]王祭不共:指周天子祭祀时缺乏苞茅。共,通"供",供给。

[18]缩酒:渗酒。祭祀时把酒从苞茅束上浇下,酒糟留在茅中,酒汁逐渐
    渗透下流,象征神饮酒。

[19]徵:问罪。"是徵",犹言"徵是",为此而来问罪之义。

[20]昭王南征而不复:《史记·周本纪》说:"昭王南巡狩不返,卒于江
    上。"又《史记正义》引《帝王世纪》说:"昭王德衰,南征,济于汉,船人
    恶之,以胶船进王,王御船至中流,胶液船解,王及祭公俱没于水中而
    崩。"按据各类史书的记载推算,周昭王南征而不复之事发生在前977
    年,距齐楚召陵之盟尚有三百余年,当时汉水亦不属楚国,所以当管
    仲以此事问罪时,楚使用"君其问诸水滨——您还是到水边问问吧"
    作答,委婉地说明此事与楚国无关。

[21]次:驻扎。陉(xíng):山名,在今河南郾城县南。

[22]屈完:楚国大夫。如师:到齐国军队去。

[23]召陵:地名,在河南郾城县南。

[24]陈:列成战阵。

[25]岂不谷是为:(诸侯出兵)难道是为了我吗?不谷,诸侯国君自称的
    谦辞。

[26]先君之好是继:犹言继先君之好,指继承先君所建立的友好关系。

[27]同好:共同友好。

[28]惠:惠临。徼(yāo)福:求福。社稷:土地、五谷之神。

[29]辱收寡君:意为承蒙您不顾屈辱接纳我国君主加盟。收,接纳。

[30]以德绥诸侯:以德行安抚诸侯。

[31]方城:山名,在今河南叶县南。以为城:当作城墙。

[32]池:护城河。

秦晋韩之战(僖公十五年)[1]

晋侯之入也[2],秦穆姬属贾君焉[3],且曰:"尽纳群公子。"

晋侯烝于贾君[4]，又不纳群公子，是以穆姬怨之。晋侯许赂中大夫[5]，既而皆背之[6]。赂秦伯以河外列城五[7]，东尽虢略[8]，南及华山，内及解梁城[9]，既而不与。晋饥，秦输之粟；秦饥，晋闭之籴[10]，故秦伯伐晋。

卜徒父筮之[11]，吉："涉河，侯车败[12]。"诘之[13]，对曰："乃大吉也。三败[14]，必获晋君。其卦遇《蛊》[15]，曰：'千乘三去[16]。三去之馀，获其雄狐[17]。'夫狐蛊，必其君也。《蛊》之贞[18]，风也；其悔[19]，山也。岁云秋矣，我落其实而取其材[20]，所以克也。实落，材亡，不败何待？"

三败及韩[21]。晋侯谓庆郑曰[22]："寇深矣[23]，若之何？"对曰："君实深之，可若何？"公曰："不孙[24]！"卜右[25]，庆郑吉，弗使。步扬御戎[26]，家仆徒为右。乘小驷，郑入也[27]。庆郑曰："古者大事，必乘其产[28]。生其水土，而知其人心；安其教训，而服习其道[29]；唯所纳之，无不如志。今乘异产，以从戎事，及惧而变，将与人易[30]。乱气狡愤[31]，阴血周作[32]，张脉偾兴[33]，外强中乾。进退不可，周旋不能，君必悔之。"弗听。

九月，晋侯逆秦师[34]，使韩简视师[35]。复曰："师少于我，斗士倍我。"公曰："何故？"对曰："出因其资[36]，入用其宠[37]，饥食其粟，三施而无报，是以来也。今又击之，我怠，秦奋，倍犹未也[38]。"公曰："一夫不可狃[39]，况国乎？"遂使请战，曰："寡人不佞[40]，能合其众而不能离也。君若不还，无所逃命[41]。"秦伯使公孙枝对曰[42]："君之未入，寡人惧之；入而未定列[43]，犹吾忧也[44]。苟列定矣，敢不承命[45]。"韩简退曰："吾幸而得囚[46]。"

壬戌，战于韩原。晋戎马还泞而止[47]。公号庆郑[48]。庆郑曰："愎谏、违卜[49]，固败是求[50]，又何逃焉？"遂去之。梁由靡御韩简，虢射为右[51]，辂秦伯[52]，将止之[52]。郑以救公误之，遂失秦伯[53]。秦获晋侯以归。晋大夫反首拔舍从之[54]。秦伯使辞焉[55]，曰："二三子何其戚也[56]？寡人之从晋君而西也，亦晋之妖梦是践[57]，岂敢以至[58]？"晋大夫三拜稽首，曰："君履后土而戴皇天[59]，皇天后土实闻君之言，群臣敢在下风[60]。"

穆姬闻晋侯将至，以太子罃、弘与女简璧登台而履薪焉[61]。使以免服衰绖逆[62]，且告曰："上天降灾，使我两君匪以玉帛相见[63]，而以兴戎。若晋君朝以入，则婢子夕以死；夕以入，则朝以死。唯君裁之[64]。"乃舍诸灵台[65]。

大夫请以入[66]。公曰："获晋侯，以厚归也[67]；既而丧归[68]，焉用之？大夫其何有焉[69]？且晋人戚忧以重我[70]，天地以要我[71]。不图晋忧[72]，重其怒也；我食吾言，背天地也。重怒难任[73]，背天不祥，必归晋君。"公子絷曰[74]："不如杀之，无聚慝焉[75]。"子桑曰："归之而质其大子[76]，必得大成。晋未可灭，而杀其君，只以成恶[77]。且史佚有言曰[78]：'无始祸，无怙乱[79]，无重怒。'重怒难任，陵人不祥[80]。"乃许晋平[81]。晋侯使郤乞告瑕吕饴甥[82]，且召之。子金教之言曰："朝国人而以君命赏。且告之曰：'孤虽归，辱社稷矣，其卜贰圉也[83]。'"众皆哭。晋于是乎作爰田[84]。吕甥曰："君亡之不恤[85]，而群臣是忧，惠之至也，将若君何？"众曰："何为而可？"对曰："征缮以辅孺子[86]。诸侯闻之，丧君有君，群臣辑睦[87]，甲兵益多，好我者劝，恶我者惧，庶有益乎！"众说[88]，晋于是乎作州兵[89]。

初，晋献公筮嫁伯姬于秦[90]，遇《归妹》之《睽》[91]。史苏占之[92]，曰："不吉。其繇曰[93]：'士刲羊[94]，亦无衁也[95]；女承筐，亦无贶也[96]。西邻责言[97]，不可偿也。归妹之睽，犹无相也[98]。'震之离[99]，亦离之震。'为雷为火[100]，为嬴败姬[101]。车说其輹[102]，火焚其旗，不利行师，败于宗丘[103]。《归妹》《睽》孤[104]，寇张之弧[105]。侄其从姑[106]，六年其逋[107]，逃归其国,而弃其家[108]。明年其死于高梁之虚[109]。'"及惠公在秦,曰:"先君若从史苏之占,吾不及此夫!"韩简侍,曰:"龟,象也[110];筮,数也[111]。物生而后有象,象而后有滋[112],滋而后有数。先君之败德[113],及可数乎[114]?史苏是占,勿从何益[115]。《诗》曰:'下民之孽[116],匪降自天。僔沓背憎[117],职竞由人[118]。'"

[注释]

[1]前645年(鲁僖公十五年),秦国和晋国之间打了一场大仗,结果秦国获胜,晋国失败。本篇则记述了这次战争的前因后果。

[2]晋侯:指晋惠公,姓姬,名夷吾,晋献公之子。入:指由秦进入晋国为君。按晋献公听信宠姬骊姬的谗言,杀太子申生,立骊姬所生之子奚齐为太子,公子重耳、夷吾等都逃亡国外。晋献公死时,夷吾在秦国得到秦穆公的帮助,回国即位,是为惠公。

[3]秦穆姬:秦穆公的夫人,晋献公之女,太子申生的同母姐姐。属贾君:把贾君嘱托给他。属,同"嘱",嘱托,托付。贾君,太子申生的夫人。

[4]烝(zhēng):以下淫上,指与长辈通奸。

[5]许赂:答应馈赠财物。中大夫:指晋国国内执政的大臣。

[6]既而:事后。背之:指背弃诺言。

[7]秦伯:秦穆公,姓嬴名任好,前659年—前621年在位。春秋五霸之一。河外:指黄河以西、以南地区。

[8]虢略:地名,在今河南灵宝县。

[9]内:指黄河以内。解梁城:即今山西永济县北的解城。

[10]闭之籴:拒绝秦国购买粮食。按僖公十三年晋国发生饥荒,秦国给予了援助;而第二年秦发生饥荒,晋国却拒绝援助。这也是导致秦穆公伐晋的原因之一。

[11]卜徒父:秦国掌管卜筮之人。筮(shì):用蓍草占卦称为筮,用龟甲占卦称为卜。

[12]败:毁坏。

〔13〕诘：追问。

〔14〕三败：三次打败晋国。

〔15〕《蛊》：《周易》卦名。

〔16〕千乘：本义是一千辆兵车，引申为大国，这里指秦国。去：同"驱"，进攻。

〔17〕雄狐：比喻晋惠公。

〔18〕贞：内卦，代表本国，即秦国的情况。

〔19〕悔：外卦，代表敌国，即晋国的情况。

〔20〕我落其实而取其材：从秦国的角度说，秦国为风，晋国为山，风吹落山上的果实，还取得山上的木材，所以是必胜之象。实，果实。

〔21〕三败：晋国三次战败。韩：地名。杨伯峻《春秋左传注》："旧说韩在今陕西省韩城县西南，据《传》'涉河，侯车败'，'晋侯曰寇深矣'之文，其不在黄河之西可知。《方舆纪要》以为今山西省芮城县有韩亭，即秦、晋战处；江永《考实》则以为当在河津县与万荣县之间。"

〔22〕庆郑：晋国大夫。

〔23〕深：深入。

〔24〕不孙：出言不逊，放肆。孙，同"逊"。

〔25〕卜右：占卜车右卫的人选。

〔26〕步扬：人名，晋国公族郤氏之后。御戎：驾御战车。

〔27〕乘小驷（sì）二句：意思是，所乘坐的马车是从郑国输入的。驷，古代以四马驾一车，所以称驾一车的四马或四马所驾之车为驷。

〔28〕其产：指本国出产的马。

〔29〕服习：习惯、熟悉。

〔30〕将与人易：指用异国出产的马作战，因不知人心，不熟悉道路，临战时就会恐惧，行动将与人的意图相反。

〔31〕乱气狡愤：指马呼吸急促，动作乖戾而暴躁。

〔32〕阴血周作：指马体内的血液奔流。

〔33〕张脉偾兴：指马的血管扩张突起。

〔34〕逆：迎战。

〔35〕韩简：晋国的大夫。视师：侦察秦国军情。

［36］出因其资：指晋惠公出亡秦国时得到秦国的资助。

［37］入用其宠：指秦惠公回国为君是受到秦国的厚爱。

［38］倍犹未也：意谓力量相差一倍都不止。

［39］狃（niǔ）：轻侮，轻慢。

［40］不佞：不才，没有才能。

［41］无所逃命：没有地方逃避君主的命令。言外之意是说将要决一死战。

［42］公孙枝：秦国大夫。

［43］入而未定列：回国以后未继承君位。

［44］犹吾忧也：即吾犹忧也，我仍然十分忧虑。

［45］敢不承命：怎敢不接受君主的命令，意思是说决心要打。

［46］吾幸而得囚：意谓我能够被囚禁就算幸运了。

［47］还泞而止：指马陷在泥泞之中盘旋而不得出。还，同"旋"，盘旋。

［48］号庆郑：向庆郑呼号求救。

［49］愎（bì）谏：不听从劝谏。违卜：违背占卜。

［50］固败是求：本来就是自找失败。固：本来。

［51］辂（yà）：迎，迎战。

［52］止：俘获。

［53］失秦伯：指失去了俘获秦伯的机会。

［54］反首：披头散发的样子。拔舍：拔起营帐。

［55］使辞：派使者来辞谢。

［56］二三子：犹言诸位、各位。戚：忧伤。

［57］亦晋之妖梦是践：只是实践晋国的妖梦而已。亦，只，只是。晋之妖梦，按《左传》僖公十年记载，晋国大夫狐突遇到太子申生的鬼魂，申生说，由于夷吾（即晋惠公）的无礼，他已经请求上帝并获得同意，把晋国交付给秦国。所谓妖梦即指此事。

［58］以：太。至：甚，过分。

［59］履后土而戴皇天：脚踩后土而头顶皇天。意为天地可以作证，希望秦侯不要食言。皇天、后土，是对天地的尊称。

［60］下风：风向的下方。古代地位高的人和地位低的人在一起，地位底的人应处于下风的位置。在下风容易听清对方的话。"敢在下风"，意

为我们在下听候您的吩咐,言外之意是说我们听清了您的话,希望您言而有信。

[61]登台而履薪:登上高台站在柴草上。以示将要自焚而死。

[62]使:动词,派使者。免(wèn):古代的一种丧服,免冠束发,用布绕于头上。唐陆德明《经典释文》解释"免"服形制说:"以布广一寸,从项中而前,交于额上,又缺向后,绕于髻。"衰绖(cuī dié):也是古代的丧服。披在胸前的粗麻布条称为"衰",唐孔颖达《左传疏》曰:"衰用布为之,广四寸,长六寸,当心。故云在胸前也。""绖"是用麻布制成的带子,系于头上或腰间。逆:迎接。

[63]匪:同非。玉帛:诸侯之间聘问会盟时用的礼物。以玉帛相见,指两国间的友好往来。

[64]裁:决断,裁断。

[65]乃舍诸灵台:秦穆公听到夫人的话,不敢把晋惠公带回国都,就把他安排在郊外的灵台。

[66]请以入:请求把惠公带回国都。

[67]以厚归:带着丰厚的收获归来。

[68]丧归:回来就要发生丧事。

[69]何有:何得,能得到什么。

[70]戚忧以重我:用忧伤来感动我。

[71]天地以要我:以天地来约束我。

[72]图:考虑。

[73]重怒难任:加重晋人的愤怒会难以承当。

[74]公子絷:秦穆公之子。

[75]聚慝(tè):聚集灾祸。

[76]质:人质,这里作动词,指用晋国太子作人质。

[77]成恶:造成两国间的仇恨。

[78]史佚:人名,西周时史官。

[79]怗:凭借,依靠。"怗乱",指依靠别国内部的动乱以求己利。

[80]陵:同"凌",欺凌。

[81]许晋平:允许晋国求和。

[82]郤乞:晋国大夫。瑕吕饴甥:晋国大夫,姓吕,字子金,又称吕甥,瑕是其封邑,因以瑕为氏。

[83]卜贰圉:占卜选择日期立太子圉为国君。卜,占卜,这里是以占卜择日之意。贰,副,这里指太子。古人认为太子是国君的副职,《国语·晋语一》:"夫太子,君之贰也。"即此贰字之义。圉,晋惠公的太子,即晋怀公。一说"卜贰圉"的意思是,用占卜来决定是否立太子圉为国君;又一说指用占卜决定如何辅佐太子即位。仅供参考。

[84]作:开始。爰田:《国语·晋语三》作"辕田",指改革田制。关于"爰田"的具体办法古今注家说解不一。杜预《左传集解》认为是把公田所收之税分赏给众人;《晋语三》注引贾逵认为是指把田地分给众人并改变田界。此外还有许多说法,不一一列举。

[85]君亡之不恤:国君不为自己的逃亡忧虑。恤:忧虑。一说"恤"为救助之义,全句意为"国君出亡在外,我们不能去救助他"。仅供参考。

[86]征缮:征收赋税,修整武器装备。孺子:指太子。

[87]辑睦:和睦。

[88]说:同"悦",高兴。

[89]作州兵:开始改革兵制。

[90]筮嫁伯姬于秦:为伯姬出嫁秦国而卜筮。伯姬,即秦穆公的夫人穆姬。

[91]《归妹》、《睽》:都是《周易》卦名。此句是指得到《归妹》卦变为《睽》卦。

[92]史苏:人名,晋国掌卜筮之官。

[93]繇:同"爻",爻辞。

[94]刲(kuī):宰杀。

[95]衁(huāng):血。

[96]贶(kuàng):赐,与。"无贶",指无所得。以上几句爻辞是说,男人宰羊不见血,女人拿筐无所得,比喻所求事情于自己不利,故曰不吉。按《周易·归妹》上六爻辞曰:"女承筐无实,士刲羊无血,无攸利。"与此记载略有不同。

[97]西邻:指秦国。责言:责备之言。

[98] 相:帮助。按表面词义来理解,归妹即女子出嫁,睽有乖离、违背义。女子出嫁而遇乖离之象,所以对女家没有什么帮助。杜预《集解》即从此义立说:"《归妹》,女嫁之卦;《睽》,乖离之象,故曰无相。相,助也。"

[99] 震、离:《归妹》上卦是八卦的震,《睽》上卦是八卦的离。

[100] 为雷为火:《周易》八卦中震卦为雷,离卦为火。

[101] 嬴:秦国之姓。姬:晋国之姓。

[102] 说:同"脱",脱离。輹(fù):把车厢固定在车轴上的木头,亦称"伏兔"。

[103] 宗丘:地名,杨伯峻《春秋左传注》:"宗丘盖即韩原之别名。"

[104] 《归妹》《睽》孤:意思是,出嫁的女子与娘家相违乖离,非常孤单。

[105] 寇张之弧:敌人张开了木弓。按杨伯峻《春秋左传注》说:"《易·睽》上九云:'《睽》孤,见豕负涂,载鬼一车,先张之弧,后说之弧。'之作其用。弧音狐,木弓也。睽有睽违睽离之象,故《易》曰'睽孤'。归妹为嫁女,上古有抢夺妇女者,故曰'寇张之弧'。"据此,"寇张之弧"是从上古抢亲之意而言的。

[106] 侄其从姑:晋太子圉到秦国为人质,秦穆公夫人伯姬是太子圉的姑姑,故云"侄其从姑"。

[107] 六年其逋:晋太子圉在秦国为质六年后逃归晋国。逋:逃亡。

[108] 弃其家:太子圉在秦国娶秦穆公之女怀嬴为妻,他逃归晋国时,把怀嬴留在了秦国,故云"弃其家"。

[109] 明年其死于高梁之虚:预言太子圉归国后将死于高梁之墟。虚同"墟"。据《左传》记载,太子圉于僖公二十二年逃回,即位为晋怀公,二十四年被重耳杀死在高梁之墟。杨伯峻《春秋左传注》说:"子圉于二十二年逃回,而死于二十四年之二月,似死于逃回后第三年;实则周正二十四年之二月实夏正二十三年之十二月,其间仅隔一年。说详阎若璩《潜邱札记》。"按《左传》所记载的卜筮之辞,有很多都是后人附会追述的,所以看起来十分灵验。

[110] 龟:龟甲。古人占卜时用火灼烤龟甲,根据灼出的裂纹形象来判断吉凶。象:指龟甲裂纹的形象。

[111]筮:用蓍草占卜。数:用蓍草占卜,根据数目来推测祸福休咎。

[112]象而后有滋:有形象而后才能繁衍滋长。滋,滋长繁衍。

[113]先君:指晋献公。败德:败坏道德之事。

[114]及可数乎:犹言"数可及乎",意思是,"岂是筮数可以推测的?"一说此句意思是"岂是数得完的",亦通。

[115]勿从何益:听从了又有什么益处。"勿从",即听从。杨伯峻《春秋左传注》说:"勿非否定词乃语首助词,无义。王引之《释词》曰:'勿从,从也;言虽从史苏之言,亦无益也。'"

[116]下民:百姓。孽:灾祸。

[117]傅(zūn)沓:聚在一起时相互说笑奉承。傅,相聚。沓,语多貌。背憎:背后相互憎恨。

[118]职竞由人:意为都是由人自身造成的。以上几句诗出自《诗经·小雅·十月之交》。

晋公子重耳之亡(僖公二十三、二十四年)[1]

晋公子重耳之及于难也,晋人伐诸蒲城[2]。蒲城人欲战,重耳不可,曰:"保君父之命而享其生禄[3],于是乎得人。有人而校[4],罪莫大焉。吾其奔也。"遂奔狄[5]。从者狐偃、赵衰、颠颉、魏武子、司空季子[6]。狄人伐廧咎如[7],获其二女叔隗、季隗[8],纳诸公子[9]。公子取季隗[10],生伯儵、叔刘。以叔隗妻赵衰[11],生盾。将适齐[12],谓季隗曰:"待我二十五年,不来而后嫁。"对曰:"我二十五年矣。又如是而嫁,则就木焉[13]。请待子。"处狄十二年而行。

过卫,卫文公不礼焉[14]。出于五鹿[15],乞食于野人,野人与之块[16]。公子怒,欲鞭之。子犯曰:"天赐也。"稽首受而载之[17]。

　　及齐,齐桓公妻之,有马二十乘[18],公子安之。从者以为不可,将行,谋于桑下[19]。蚕妾在其上,以告姜氏。姜氏杀之,而告公子曰:"子有四方之志[20],其闻之者,吾杀之矣。"公子曰:"无之。"姜曰:"行也! 怀与安[21],实败名。"公子不可。姜与子犯谋,醉而遣之。醒,以戈逐子犯。

　　及曹,曹共公闻其骈胁[22],欲观其裸。浴,薄而观之[23]。僖负羁之妻曰[24]:"吾观晋公子之从者,皆足以相国[25]。若以相,夫子必反其国。反其国,必得志于诸侯。得志于诸侯而诛无礼,曹其首也[26]。子盍蚤自贰焉[27]!"乃馈盘飧[28],置璧焉[29]。公子受飧反璧。

　　及宋,宋襄公赠之以马二十乘[30]。

　　及郑,郑文公亦不礼焉[31]。叔詹谏曰[32]:"臣闻天之所启[33],人弗及也。晋公子有三焉,天其或者将建诸[34]! 君其礼焉。男女同姓,其生不蕃[35]。晋公子,姬出也[36],而至于今,一也。离外之患[36],而天不靖晋国[37],殆将启之,二也。有三士足以上人[38],而从之,三也。晋郑同侪[39],其过子弟固将礼焉[40],况天之所启乎?"弗听。

　　及楚,楚子飧之,曰:"公子若反晋国,则何以报不谷[41]?"对曰:"子女玉帛,则君有之;羽毛齿革[42],则君地生焉。其波及晋国者[43],君之余也。其何以报君?"曰:"虽然[44],何以报我?"对曰:"若以君之灵[45],得反晋国,晋楚治兵,遇于中原,其辟君三舍[46]。若不获命,其左执鞭弭[47],右属櫜鞬[48],以与君周旋。"子玉请杀之[49]。楚子曰:"晋公子广而俭[50],文而有礼[51]。其从者肃而宽[52],忠而能力。晋侯无亲,外内恶之。吾闻姬姓唐叔之后,其后衰者也,其将由晋公子乎[53]! 天将兴之,谁能废之? 违天,必有大咎。"乃送诸秦。

　　秦伯纳女五人[54],怀嬴与焉[55]。奉匜沃盥[56],既而挥之[57]。怒曰："秦、晋匹也，何以卑我？"公子惧，降服而囚[58]。
他日，公享之。子犯曰："吾不如衰之文也，请使衰从。"公子赋
《河水》[59]，公赋《六月》[60]。赵衰曰："重耳拜赐！"公子降，拜，
稽首，公降一级而辞焉。衰曰："君称所以佐天子者命重耳，重
耳敢不拜？"

　　二十四年，春，王正月[61]，秦伯纳之[62]。不书，不告入也[63]。

　　及河，子犯以璧授公子，曰："臣负羁绁从君巡于天下[64]，臣
之罪甚多矣，臣犹知之，而况君乎？请由此亡[65]。"公子曰："所
不与舅氏同心者，有如白水[66]！"投其璧于河。

　　济河，围令狐[67]，入桑泉[68]，取臼衰[69]。二月甲午，晋师军
于庐柳[70]。秦伯使公子絷如晋师。师退，军于郇[71]。辛丑，狐
偃及秦、晋之大夫盟于郇。壬寅，公子入于晋师。丙午，入于曲
沃[72]。丁未，朝于武宫[73]。戊申，使杀怀公于高梁。不书，亦
不告也。

　　吕、郤畏逼[74]，将焚公宫而弑晋侯[75]。寺人披请见[76]。公
使让之[77]，且辞焉[78]，曰："蒲城之役，君命一宿，女即至[79]。
其后余从狄君以田渭滨[80]，女为惠公来求杀余，命女三宿，女中
宿至。虽有君命，何其速也？夫袪犹在[81]，女其行乎？"对曰：
"臣谓君之入也，其知之矣[82]。若犹未也，又将及难[83]。君命
无二，古之制也。除君之恶，唯力是视[84]。蒲人、狄人，余何有
焉[85]？今君即位，其无蒲、狄乎！齐桓公置射钩，而使管仲
相[86]。君若易之，何辱命焉[87]？行者甚众，岂唯刑臣[88]？"公
见之，以难告[89]。三月，晋侯潜会秦伯于王城。己丑晦[90]，公
宫火。瑕甥、郤芮不获公，乃如河上[91]，秦伯诱而杀之。晋侯逆
夫人嬴氏以归。秦伯送卫于晋三千人[92]，实纪纲之仆[93]。

　　初，晋侯之竖头须[94]，守藏者也[95]。其出也，窃藏以逃，尽
用以求纳之[96]。及入，求见。公辞焉以沐[97]。谓仆人曰："沐

则心覆[98]，心覆则图反[99]，宜吾不得见也[100]。居者为社稷之守[101]，行者为羁绁之仆[102]，其亦可也[103]，何必罪居者？国君而仇匹夫，惧者其众矣。"仆人以告，公遽见之[104]。

狄人归季隗于晋，而请其二子[105]。文公妻赵衰[106]，生原同、屏括、楼婴。赵姬请逆盾与其母[107]，子馀辞。姬曰："得宠而忘旧，何以使人？必逆之！"固请，许之。来，以盾为才[108]，固请于公，以为嫡子，而使其三子下之[109]；以叔隗为内子[110]，而己下之。

晋侯赏从亡者，介之推不言禄[111]，禄亦弗及。推曰："献公之子九人，唯君在矣。惠、怀无亲，外内弃之。天未绝晋，必将有主。主晋祀者，非君而谁？天实置之，而二三子以为己力，不亦诬乎？窃人之财，犹谓之盗，况贪天之功以为己力乎？下议其罪，上赏其奸；上下相蒙，难与处矣[112]。"其母曰："盍亦求之[113]？以死谁怼[114]？"对曰："尤而效之[115]，罪又甚焉。且出怨言，不食其食。"其母曰："亦使知之，若何？"对曰："言，身之文也[116]。身将隐，焉用文之？是求显也[117]。"其母曰："能如是乎？与女偕隐。"遂隐而死。晋侯求之不获。以绵上为之田[118]，曰："以志吾过，且旌善人[119]。"

[注释]

[1] 晋公子重耳，即晋文公（前697—前628），姓姬，名重耳。前636年—前628年在位。春秋五霸之一。重耳的父亲晋献公听信骊姬谗言，迫太子申生自缢而死，公子重耳流亡在外十九年，后由秦穆公派兵护送回国，立为晋君。本篇则记述了重耳被迫流亡，四处奔波，最后回国夺得君位的全过程。

[2] 蒲城：地名，今山西隰县。僖公四年，遭骊姬之难，公子重耳逃奔到蒲城。第二年，晋献公派寺人披去攻打蒲城。

[3] 保：依靠，仰仗。享其生禄：享受养生的俸禄。

[4]有人而校:有了百姓的拥护而加以抵抗。校,抵抗,反抗。

[5]狄:古代少数民族名,分为赤狄、白狄、长狄三个部族,主要分布在北方地区,故又称"北狄"。

[6]狐偃:晋国大夫,字子犯,重耳的舅父。赵衰:晋国大夫,字子馀。颠颉:晋国大夫。魏武子:即魏犨,晋国大夫。司空季子:即胥臣,又称臼季;姓胥,名臣,字季子,司空为官名,食采邑于臼,故有多个称呼。按此五人都是当时有名望地位之人,举以为从者代表。

[7]廧(qiáng)咎(gāo)如:狄人的一个部族。

[8]获:俘获。隗(wěi):廧咎如族的姓氏。

[9]纳诸公子:把两个女子送给公子重耳。

[10]取:通娶。

[11]妻:这里作动词,嫁。

[12]适齐:到齐国去。

[13]就木:进棺材。

[14]卫文公:卫国国君,姓姬,名辟疆,后又改名毁。前659年—前635年在位。

[15]五鹿:卫国地名,在今河南濮阳县南。

[16]野人:指乡下人。块:土块。按"野人"给重耳土块,意在羞辱他,但子犯却认为这是上天赐予土地的象征,有复国立君的希望,所以下文曰"天赐也"。

[17]稽首:叩头。按"稽首"是古人最庄重的礼节。子犯以稽首礼接受土块,表示对上天所赐的恭敬。

[18]乘:四匹马为一乘,二十乘即八十匹马。按此是齐桓公嫁女的陪嫁。

[19]蚕妾:采桑养蚕的侍妾。

[20]四方之志:指远大的志向。

[21]怀与安:留恋妻子贪图安逸。

[22]曹共公:曹国国君,姓姬,名襄。前652年—前618年在位。骈胁:肋骨连接在一起。

[23]薄:逼近。

[24]僖负羁:曹国大夫。

［25］相国：辅佐国家。

［26］曹其首：指公子重耳复国后诛灭无礼之人,曹国将首当其冲。

［27］盍：何不。蚤：同"早"。贰：贰心于重耳,指对重耳表示敬意。

［28］馈：赠送。盘飧(sūn)：一盘食物。

［29］置璧焉：把玉璧藏在食物里面。

［30］宋襄公：宋国国君,子姓,名兹甫,前650年—前637年在位。

［31］郑文公：郑国国君,名捷,前672年—前628年在位。

［32］叔詹：郑国大夫,郑文公之弟。

［33］启：开,这里是"帮助"的意思。

［34］天其或者将建诸：上天或许将要立他为君吧。其或者,副词,表推测。建,立,指立为君主。

［35］蕃：子孙蕃衍昌盛。

［36］离外之患：遭受逃亡在外的忧患。离,同"罹",遭受。

［37］靖：安定。

［38］三士：指狐偃、赵衰和贾佗。足以上人：能力地位足以居于别人之上。

［39］同侪(chái)：指地位同等。

［40］其过子弟固将礼焉：他们的子弟路过这里应该以礼相待。

［41］不谷：楚王自称的谦词。

［42］羽毛齿革：指鸟羽、皮毛、象牙、犀牛皮,属珍稀物产。

［43］波及晋国者：指播散流入晋国的珍稀物产。

［44］虽然：尽管如此。

［45］以君之灵：意为托楚王之福。

［46］辟：同"避"。三舍：古代行军一日的行程为一舍,而一日行程是三十里,所以也以三十里为一舍。"三舍",即三日的行程,亦即九十里。"退避三舍"的成语即源于此。"晋楚治兵"以下几句,意思是,如果晋国与楚国在中原发生战争,作为回报,我国的军队将首先退避三舍。

［47］鞭：马鞭。弭(mǐ)：没有缠绕线绳,也没有涂漆,只在两端装饰骨、角的弓。这里泛指弓。

［48］属(zhǔ)：著,挂着。櫜(gāo)：盛箭的器物,即箭袋。鞬(jiàn)：盛弓

的器物,即弓袋。

[49]子玉:楚国令尹,名得臣。

[50]广而俭:志向广大而生活俭朴。

[51]文而有礼:说话文辞华美,合乎礼仪。

[52]肃而宽:严肃而待人宽厚。

[53]"吾闻姬姓唐叔之后"以下三句的意思是:我听说姬姓中唐叔的后代,
将最后衰亡,这大概是由于晋公子的原因吧。将:大概,可能。

[54]纳女五人:送给重耳五个女子为姬妾。

[55]怀嬴:秦穆公之女。晋怀公为太子时入秦作人质,秦穆公把女儿嫁给
他为妻,因秦国是嬴姓,故名怀嬴。后怀公逃归晋国,怀嬴没有随行。
重耳入秦时,秦穆公又把怀嬴许配给他。

[56]奉匜沃盥:手捧盛水器伺候重耳盥洗。奉,同"捧"。匜(yí),古人盥
洗的用具,用以盛水。沃,浇水,倒水。

[57]既而挥之:重耳盥洗完后挥手让怀嬴走开。这个举动是无礼行为,所
以怀嬴发怒。一说"既而挥之"是指重耳洗完不用手巾擦,而是甩
掉手上的水,这也是不符合礼的行为。

[58]降服而囚:重耳脱掉上衣,把自己拘禁起来,表示谢罪。

[59]《河水》:当作《沔水》,《诗经·小雅》中的一篇。诗中有"沔彼流水,
朝宗于海"的句子,重耳赋此诗,把自己比作流水,把秦国比作大海,
意在表示对秦国的尊敬。

[60]《六月》:《诗经·小雅》中的一篇。其内容歌颂尹吉甫辅佐周宣王征
伐获得胜利,诗中有"王于出征,以匡王国"、"以佐天子"、"以定王
国"等句子。所以赵衰说"君称所以佐天子者命重耳"并为此表示
答谢。

[61]王:指周天子。

[62]秦伯纳之:秦穆公把公子重耳送回晋国。

[63]不书,不告入也:指《春秋》没有记载,是因为晋国未来报告此事。

[64]负:背着。羁:马笼头。绁(xiè):马缰绳。

[65]请由此亡:请让我在这里离开吧。亡:离开。

[66]所不与舅氏同心者,有如白水:此句意思是,如果不和舅父同心同德,

有河神为证。按此句是为消除子犯的疑虑而发的誓言。所,假设连
词,如果,常用于誓词。"有如"也是当时起誓时常用的套语。白水,
这里指河神。下句投入河中之璧,是其起誓的信物。

[67]令狐:地名,在今山西省临猗县西。

[68]桑泉:地名,在今临猗县临晋镇东北。

[69]臼衰:地名,在今山西省解县西北。

[70]晋师:晋怀公的军队,用以阻挡重耳。庐柳:地名,在今临猗县北。

[71]郇:地名,在今临猗县西南。

[72]曲沃:地名,在今山西省闻喜县东北。

[73]武宫:晋国先祖曲沃武公的神庙,每当新君主即位,都要先来这里朝
拜、祭祀。

[74]畏逼:担心受重耳的迫害。

[75]公宫:晋君的宫廷。弑:以下杀上曰弑。晋侯:指重耳。拜祭武宫之
后他即位为君,是为文公。

[76]寺人披:寺人即阉人,名披,曾奉晋君之命到蒲城杀重耳。

[77]使让之:派人责备他。

[78]辞焉:拒绝接见。

[79]君命一宿,女即至:国君命令你过一个晚上到达,你却即刻就到了。
言下之意,是指他想杀重耳之心切。下文"中宿"指过两个晚上。女,
同"汝",你。

[80]以田渭滨:在渭水之滨打猎。田,田猎,打猎。

[81]袪(qū):衣袖。寺人披到蒲城未能杀死重耳,只砍掉了一只衣袖。

[82]臣谓君之入也其知之矣:意思是,小臣以为君主回国以后,已经懂得
为君之道。知之,杜预注:"知君人之道。"

[83]及难:遇到祸难。

[84]唯力是视:尽自己最大的力量去做。

[85]余何有焉:与我有什么关系呢。

[86]"齐桓公"二句:齐桓公为公子时,与公子纠争夺君位。当时管仲在公
子纠手下做事,奉公子纠之命与桓公战于乾,并用箭射中了桓公的衣
带钩。但桓公即位之后不记前嫌,置射钩之事于不问,任用管仲

为相。

[87]君若易之,何辱命焉:君主如果要改变他这种做法,哪里用得着亲自下命令呢?易之,指改变齐桓公那样的做法。

[88]行者甚众,岂唯刑臣:该走的人很多,岂止是我这个受过宫刑的小臣?

[89]以难告:把吕、郤想作乱的事报告了晋文公。

[90]晦:晦日,即月末之日。

[91]如:去,到。

[92]送卫于晋三千人:秦穆公送给晋国卫士三千人。

[93]纪纲之仆:指得力的仆人。

[94]竖:未成年的小臣。头须:小臣之名。

[95]守藏:保管财物。

[96]尽用以求纳之:指文公出亡时,头须也窃取了财物逃走,然后把财物全部用来谋求让晋国接纳文公。

[97]辞焉以沐:以洗头发为借口拒绝接见。焉,用法同"之",代词,指头须求见事。

[98]沐则心覆:洗头发时心就会颠倒。

[99]心覆则图反:心颠倒了意图就会相反。

[100]宜吾不得见也:无怪乎我不能被接见了。宜,适宜,这里指无可奇怪。

[101]居者:指留在国内的人。

[102]行者:指随从文公一起逃亡的人。

[103]其亦可也:他们的行为都是对的。其,指居者和行者两部分人。

[104]遽:即刻,马上。

[105]请其二子:请求把季隗的两个儿子伯儵、叔刘留在狄。

[106]妻赵衰:晋文公把女儿嫁与赵衰为妻。

[107]逆:迎接,接回。盾与其母:指赵盾和他的母亲叔隗。事见前僖公二十三年《传》。

[108]以盾为才:认为赵盾有才。

[109]使其三子下之:让她自己生的三个儿子居于赵盾之下。

[110]内子:正妻。

[111]介之推:随从重耳流亡之臣,姓介名推,"之"是加在姓名中的语助
　　　词。一作介子推。不言禄:不谈论禄位。

[112]难与处矣:指难以与那些"贪天之功以为己力"的人相处。

[113]盍亦求之:何不也去要求禄位。盍:何不二字的合音。

[114]以死谁怼(duì):自己没有求得赏赐,死后又能怨谁。怼:怨恨。

[115]尤而效之:明知其错而去仿效。尤:过失,错误。

[116]文:文饰。

[117]求显:追求显荣。

[118]绵上:地名,在今山西省介休县西南。为之田:作为介之推的封田。

[119]旌:表彰。

烛之武退秦师(僖公三十年)[1]

　　九月甲午,晋侯、秦伯围郑[2],以其无礼于晋[3],且贰于楚
也[4]。晋军函陵[5],秦军氾南[6]。

　　佚之狐言于郑伯曰[7]:"国危矣,若使烛之武见秦君,师必
退。"公从之。辞曰:"臣之壮也,犹不如人;今老矣,无能为也
已。"公曰:"吾不能早用子,今急而求子,是寡人之过也。然郑
亡,子亦有不利焉。"许之。

　　夜缒而出[8]。见秦伯曰:"秦晋围郑,郑既知亡矣。若亡郑
而有益于君,敢以烦执事[9]。越国以鄙远[10],君知其难也,焉用
亡郑以陪邻[11]?邻之厚,君之薄也。若舍郑以为东道主[12],行
李之往来[13],共其乏困[14],君亦无所害。且君尝为晋君赐
矣[15],许君焦、瑕[16],朝济而夕设版焉[17],君之所知也。夫晋何
厌之有?既东封郑[18],又欲肆其西封[19]。若不阙秦[20],将焉取
之?阙秦以利晋,惟君图之[21]。"秦伯说[22],与郑人盟,使杞子、
逢孙、杨孙戍之[23],乃还。

子犯请击之[24]。公曰："不可。微夫人之力不及此[25]。因人之力而敝之[26]，不仁；失其所与[27]，不知[28]；以乱易整[29]，不武[30]。吾其还也。"亦去之。

[注释]

[1]烛之武，郑国大夫。本篇记述在秦晋大军围困郑国即将灭之的危急时刻，烛之武夜入敌营，说服秦国退兵。他紧紧抓住灭亡郑国之后的利害关系，离间秦晋联盟，终使秦国退兵，避免了一场灭顶之灾。

[2]晋侯、秦伯：即晋文公和秦穆公。

[3]无礼于晋：指晋文公为公子时逃亡经过郑国，郑文公不以礼相待之事。详前《晋公子重耳之亡》章。

[4]贰于楚：指对晋有二心，私下与楚国勾结。

[5]军：驻扎。函陵：地名，在今河南省新郑县北。

[6]氾南：氾水之南。氾水原在今河南省中牟县境内，久已干涸。

[7]佚之狐：郑国大夫。

[8]缒（zhuì）：用绳子捆着身体，从城墙上吊下来。

[9]敢以烦执事：冒昧地拿亡郑这件事麻烦您。敢，冒昧。表谦敬的副词。执事，办事人员。这里代指秦穆公，表示尊重。

[10]越国以鄙远：越过别的国家而把远方的土地作为边疆。鄙：边邑、边境，这里作动词，以……为边邑。

[11]陪邻：增加邻国的土地。陪，增加。按秦国和晋国相邻，晋国和郑国相邻，灭亡郑国只能增加晋国的土地，所以说"陪邻"。

[12]东道主：东方道路上的主人。杨伯峻《春秋左传注》："秦有事于诸侯，必须向东行，多须经过郑国国境，郑可任招待之责，为秦东道之主人。"

[13]行李：古代指外交官员。亦作"行理"。

[14]共：同供，供给。乏困：指外交官员往来时的食宿之事。

[15]尝为晋君赐：曾经赐给晋国君主好处。这里指帮助晋惠公、晋文公归国取得君位之事。

[16]焦、瑕:都是晋国城邑;焦在今河南省三门峡市以西,瑕在今河南省陕
　　　县以南。晋惠公为了求得秦国支持,曾答应归国后给秦国五座城邑。
　　　但他回国即位之后很快就背约反悔了。焦、瑕当是五座城邑中的
　　　两座。

[17]朝济:早晨渡河归国。版:夯土筑墙时用的夹版。"设版",指加固城
　　　墙构筑防御工事。"朝夕",形容其反悔的速度之快。

[18]东封郑:东边向郑国拓展疆域。封,疆域,这里作动词,指拓展疆域。

[19]肆其西封:又肆意向西边拓展疆土。

[20]阙秦:损害秦国。

[21]惟君图之:请君主您认真考虑。

[22]说:同"悦"。

[23]杞子、逢孙、杨孙:三人皆是秦国大夫。

[24]子犯:即狐偃。请击之:请求攻打秦军。

[25]微夫人之力不及此:没有他们的大力相助我不会有今天。微,无,没
　　　有。夫,助词。

[26]因:依靠,凭借。敝:败坏,损害。

[27]失其所与:失掉同盟国。与,指同盟国。

[28]不知:不明智。知,同"智"。

[29]乱:指攻打秦国。整:指同盟国之间的团结一致。

[30]不武:不算勇武。

秦晋殽之战(僖公三十二、三十三年)[1]

冬,晋文公卒。庚辰,将殡于曲沃[2]。出绛[3],柩有声如
牛[4]。卜偃使大夫拜[5],曰:"君命大事:将有西师过轶我[6],击
之,必大捷焉。"

杞子自郑使告于秦曰[7]:"郑人使我掌其北门之管[8],若潜
师以来[9],国可得也。"穆公访诸蹇叔[10]。蹇叔曰:"劳师以袭

远,非所闻也。师劳力竭,远主备之,无乃不可乎[11]?师之所为,郑必知之。勤而无所,必有悖心[12]。且行千里,其谁不知?"公辞焉[13]。召孟明、西乞、白乙[14],使出师于东门之外。蹇叔哭之,曰:"孟子[15]!吾见师之出,而不见其入也!"公使谓之曰:"尔何知?中寿[16],尔墓之木拱矣[17]。"蹇叔之子与师,哭而送之,曰:"晋人御师必于殽[18],殽有二陵焉[19]。其南陵,夏后皋之墓也[20];其北陵,文王之所辟风雨也[21]。必死是间,余收尔骨焉!"秦师遂东。

三十三年春,秦师过周北门[22],左右免胄而下[23],超乘者三百乘[24]。王孙满尚幼[25],观之,言于王曰:"秦师轻而无礼[26],必败。轻则寡谋,无礼则脱[27]。入险而脱,又不能谋,能无败乎?"

及滑[28],郑商人弦高将市于周[29],遇之,以乘韦先[30],牛十二,犒师[31],曰:"寡君闻吾子将步师出于敝邑[32],敢犒从者[33]。不腆敝邑[34],为从者之淹[35],居则具一日之积[36],行则备一夕之卫[37]。"且使遽告于郑[38]。

郑穆公使视客馆[39],则束载、厉兵、秣马矣[40]。使皇武子辞焉[41],曰:"吾子淹久于敝邑[42],唯是脯资、饩牵竭矣[43],为吾子之将行也,郑之有原圃[44],犹秦之有具囿也[45],吾子取其麋鹿,以间敝邑[46],若何?"杞子奔齐,逢孙、杨孙奔宋。

孟明曰:"郑有备矣,不可冀也[47]。攻之不克,围之不继[48],吾其还也。"灭滑而还。

晋原轸曰[49]:"秦违蹇叔,而以贪勤民[50],天奉我也[51]。奉不可失,敌不可纵。纵敌,患生;违天,不祥。必伐秦师。"栾枝曰[52]:"未报秦施,而伐其师,其为死君乎[53]?"先轸曰:"秦不哀吾丧,而伐吾同姓[54],秦则无礼,何施之为?吾闻之:'一日纵敌,数世之患也。'谋及子孙[55],可谓死君乎!"遂发命,遽兴姜戎^[56]。子墨衰绖^[57]，梁弘御戎^[58]，莱驹为右^[59]。

夏四月辛巳，败秦师于殽，获百里孟明视、西乞术、白乙丙以归。遂墨以葬文公。晋于是始墨^[60]。

文嬴请三帅^[61]，曰："彼实构吾二君^[62]，寡君若得而食之，不厌，君何辱讨焉^[63]？使归就戮于秦，以逞寡君之志^[64]，若何?"公许之。先轸朝，问秦囚。公曰："夫人请之，吾舍之矣。"先轸怒，曰："武夫力而拘诸原^[65]，妇人暂而免诸国^[66]，堕军实而长寇仇^[67]，亡无日矣!"不顾而唾^[68]。

公使阳处父追之^[69]，及诸河，则在舟中矣。释左骖^[70]，以公命赠孟明。孟明稽首曰："君之惠，不以累臣衅鼓^[71]，使归就戮于秦。寡君之以为戮，死且不朽；若从君惠而免之，三年将拜君赐^[72]。"

秦伯素服郊次^[73]，乡师而哭^[74]，曰："孤违蹇叔，以辱二三子，孤之罪也。"不替孟明^[75]，曰："孤之过也，大夫何罪？且吾不以一眚掩大德^[76]。"

[注释]

[1]本篇把僖公三十二年、三十三年的有关内容合而为一，完整地记载了秦穆公不听蹇叔的劝阻，劳师远袭郑国，最终被晋国在殽山击败的经过。

[2]殡：埋葬。曲沃：地名，在今山西省闻喜县。晋文公的祖庙在曲沃，所以埋葬在其地。

[3]绛：晋国国都，在今山西省翼城县。

[4]柩：棺材。

[5]卜偃：晋国掌管卜筮之官，名偃。

[6]君：指已经去世的晋文公。西师：指秦国军队。过轶(yì)：超越。"过轶我"，从我国越过。

[7]杞子：秦国大夫。僖公三十年，秦、晋联合攻郑。秦穆公被烛之武劝说

退兵,派杞子等三人留在郑国戍守,见《烛之武退秦师》注。使告于秦:
派人向秦君报告。

[8]管:锁钥。"掌北门之管",即镇守北城门。

[9]潜师:暗中发兵。

[10]访:咨询、商议。蹇(jiǎn)叔:秦穆公时的老臣。

[11]无乃:副词,恐怕、大概。

[12]"勤而无所"二句:意思是,我们的军队辛勤劳累而没有着落,一定会
　　产生埋怨抵触情绪。所,杨伯峻《春秋左传注》:"所仍是处所之义。
　　此谓郑既知其来袭而有备,则无用武之地。"悖心,指怨恨抵触之心。

[13]辞:指拒绝接受蹇叔的意见。

[14]孟明:秦国大臣百里奚之子,名视,字孟明;西乞,名术;白乙,名丙。
　　这三个人都是秦军将领,亦即后文的"三帅"。

[15]孟子:即百里孟明。

[16]中寿:中等寿命。古代或以八十以下、六十以上为中寿。洪亮吉《春
　　秋左传诂》:"考李善《文选注》引《养生经》:'黄帝曰:中寿百年。'又
　　《庄子·盗跖篇》:'中寿八十',《吕览·安死篇》'中寿不过六十',
　　《淮南·原道训》'凡人中寿七十岁'。此云中寿,亦当在八十以下,
　　六十以上也。"

[17]拱:双手合抱。按这两句是咒骂蹇叔老而不死,意思是,如果你活到
　　中寿而死,你坟墓上的树早就长到合抱粗了。

[18]殽:山名,亦作"崤"在今河南省洛宁、渑池、陕县之间,山势险要。

[19]二陵:崤山有西崤山和东崤山,亦称南陵和北陵。《元和郡县志》:"自
　　东崤至西崤三十五里,东崤长坂数里,峻阜绝涧,车不得方轨。西崤
　　全是石坂十二里,险绝不异东崤。"

[20]夏后皋:夏代的君王,名皋。据《史记·夏本纪》载夏后皋是夏桀的
　　祖父。

[21]辟:同避。

[22]周北门:东周国都的北门。

[23]免胄而下:脱掉头盔下车,表示对周天子的恭敬。

[24]超乘者三百乘:刚一下车,随即就跳到车上的有三百辆兵车的将士。

这句是说秦国军队的行为轻狂而无礼。

[25]王孙满:周朝大臣,一说是周襄王之孙。

[26]轻:轻佻,狂傲。

[27]脱:疏略,粗心。

[28]滑:国名,其地在今河南省滑县。

[29]市于周:到周朝都城去做生意。

[30]以乘韦先:先以四张熟牛皮做为礼物。乘,古代以四马为一乘,故也以“乘”代表“四”。韦,熟牛皮。先,古代送礼往往要送两次,第一次称为“先”,礼品则是先轻后重。

[31]犒师:犒劳军队。

[32]吾子:对秦军统帅的尊称。步师:行军。出于敝邑:经过敝国,这是对秦国出兵郑国的委婉说法。

[33]敢犒从者:请允许犒劳您的随从。这也是一种表示客气的外交辞令。

[34]不腆(tiǎn):贫乏,不丰厚。

[35]淹:淹留,停留。

[36]具一日之积:准备一日饮食物品的供应。

[37]备一夕之卫:准备一夜的保卫。按弦高的这段话是假冒郑国使者的口吻,所以用的都是外交辞令。

[38]使遽告于郑:派人乘邮车紧急报告郑国。遽,杨伯峻《春秋左传注》说:“杜注:‘遽,传车。’传车犹后代驿马,为古代传递紧急公文之办法,每隔若干里设驿站,接力换马,务求奔驰迅速。然《吕氏春秋》说此事则云‘遽使奚施归告’,则此遽字解为急、疾亦通。”

[39]使视客馆:派人到客馆去察看。客馆,招待外宾的住所。秦国将领杞子、逢孙、杨孙都住在那里。

[40]束载厉兵秣马:指杞子等人已经做好战斗准备,接应秦国军队。束载,指整理好行装。厉兵,磨砺兵器,准备战斗。厉,通“砺”。秣马,给马喂饱草料。

[41]皇武子:郑国大夫。辞:辞谢。

[42]淹:淹留。

[43]脯资饩(xì)牵:泛指日常供应的食物、用品。脯,干肉。资,粮食。

饩,指已经宰杀的牲畜。牵,指尚未宰杀的牲畜。

[44] 原圃:郑国射猎的场所,也叫圃田泽,在今河南省中牟县西北。

[45] 具囿:秦国射猎的场所,也叫阳纡泽,在今陕西省凤翔县境。

[46] 间:通"闲",休息。按这几句话也是外交辞令,表面的意思是说,我们
　　郑国有原圃,就如同秦国有具囿一样,你们可以在那里打猎,以减缓
　　我们供应的紧张,使我们得以休养生息。言外之意是说,我们已经知
　　道你们的意图,请你们离开吧。

[47] 冀:希望,指望。

[48] 继:后援部队。

[49] 原轸:晋国大夫,即先轸,原是其封邑,故称原轸。

[50] 以贪勤民:因贪婪而使百姓劳苦。

[51] 奉:助。一说是赐予之意,亦通。

[52] 栾枝:晋国大夫,谥贞子。

[53] 其为死君乎:心目中还有没有先君? 死君,指晋文公。按栾枝这段话
　　的意思是,文公曾接受秦国的恩惠,现在不加以回报,反而攻打秦军,
　　是对先君的不敬。

[54] 同姓:滑与晋是同姓之国。

[55] 谋及子孙:为子孙后代着想。

[56] 遽兴姜戎:紧急调动姜戎的军队。姜戎,处于晋国北部的部族,与晋
　　国交好。

[57] 子:指晋襄公骓,当时他尚未即位,所以称子。墨衰绖(cuī dié):穿着
　　黑色的丧服。按丧服当为白色,行军打仗穿丧服不吉利,所以染成黑
　　色。衰,麻衣。绖,麻腰带。

[58] 梁弘:晋国大夫。御戎:驾御战车。

[59] 莱驹:晋国大夫。为右:指立于战车的右边,担任护卫。

[60] 晋于是始墨:晋国从此开始穿黑色的丧服。

[61] 文嬴:晋文公夫人,秦穆公之女,晋襄公的嫡母。请三帅:请求放掉秦
　　国的三位将领。

[62] 构吾二君:挑拨离间秦、晋两国君主之间的关系。

[63] 君何辱讨焉:何劳君主大驾去惩罚他们呢?

[64]逞:满足。寡君:指秦穆公。文嬴是秦穆公之女,所以称其父为"寡君"。

[65]原:战场。

[66]暂:读为"渐",欺诈。杨伯峻《春秋左传注》引章炳麟曰:"暂借为渐。《书·盘庚》'暂遇奸宄',王引之曰:'暂读为渐,渐,欺诈也。《庄子·胠箧篇》"知诈渐毒"、《荀子·不苟篇》"小人知则攫盗而渐"、《议兵篇》"招近募选、隆势诈、尚功利,是渐之也"、《正论篇》"上幽险则下渐诈矣",是诈谓之渐。《吕刑》曰,"民兴胥渐",渐亦诈也。'此暂亦诈也。文嬴言皆诈语也。"一说据《广韵》"暂,卒也"而释为突然、刹那间,亦通。

[67]堕军实:毁伤战果。长寇仇:助长敌人志气。

[68]不顾而唾:不回头就往地上吐唾沫。按古代当着尊长的面吐唾沫是失礼之事,此句通过对先轸失态的描写,表现其愤怒之极。

[69]阳处父:晋国大夫。

[70]左骖:左边的骖马。按古代多以四匹马驾车,中间的两匹叫服马,左右两边的叫骖马。阳处父解下自己的左骖,是想以此骗百里孟明上岸。

[71]累臣:被俘虏囚禁的臣子。衅鼓:祭鼓。按古代做成一件重要的新器物,必杀牲以祭,把牲畜之血涂于器物之上,称谓衅。这里说的衅鼓,是以俘囚之血祭鼓,亦即杀戮之意。

[72]三年将拜君赐:三年后将要拜谢君主的恩赐。言外之意是说三年后将要来报仇雪恨。

[73]素服郊次:穿着素服在郊外等待。

[74]乡师:对着军队。乡,同"向"。

[75]替:废、撤换。

[76]眚(shěng):过失。

晋灵公不君(宣公二年)[1]

晋灵公不君。厚敛以雕墙[2],从台上弹人以观其辟丸也[3]。宰夫胹熊蹯不熟[4]，杀之，置诸畚[5]，使妇人载以过朝[6]。赵盾、士季见其手[7]，问其故而患之。将谏，士季曰：“谏而不入[8]，则莫之继也。会请先，不入，则子继之。”三进[9]，及溜[10]，而后视之[11]，曰：“吾知所过矣，将改之。”稽首而对曰：“人谁无过，过而能改，善莫大焉。《诗》曰：‘靡不有初，鲜克有终[12]。’夫如是[13]，则能补过者鲜矣。君能有终，则社稷之固也，岂惟群臣赖之[14]。又曰：‘衮职有阙，惟仲山甫补之[15]’，能补过也。君能补过，衮不废矣。”

犹不改，宣子骤谏[16]，公患之，使鉏麑贼之[17]。晨往，寝门辟矣[18]，盛服将朝[19]。尚早，坐而假寐[20]。麑退，叹而言曰：“不忘恭敬，民之主也[21]。贼民之主，不忠；弃君之命，不信。有一于此，不如死也。”触槐而死。

秋九月，晋侯饮赵盾酒[22]，伏甲[23]，将攻之。其右提弥明知之[24]，趋登[25]，曰：“臣侍君宴，过三爵[26]，非礼也。”遂扶以下[27]。公嗾夫獒焉[28]，明搏而杀之。盾曰：“弃人用犬，虽猛何为！”斗且出[29]。提弥明死之。

初，宣子田于首山[30]，舍于翳桑[31]，见灵辄饿[32]，问其病。曰：“不食三日矣。”食之[33]，舍其半[34]。问之。曰：“宦三年矣[35]，未知母之存否，今近焉，请以遗之[36]。”使尽之，而为之箪食与肉[37]，置诸橐以与之[38]。既而与为公介[39]，倒戟以御公徒而免之[40]。问何故。对曰：“翳桑之饿人也。”问其名居[41]，不告而退。遂自亡也[42]。

乙丑，赵穿杀灵公于桃园[43]。宣子未出山而复[44]。太史书曰：“赵盾弑其君[45]。”以示于朝。宣子曰：“不然。”对曰：“子为正卿，亡不越竟[46]，反不讨贼，非子而谁？”宣子曰：“呜呼！《诗》曰：‘我之怀矣，自诒伊戚[47]。’其我之谓矣。”孔子曰：“董狐[48]，古之良史也[49]，书法不隐[50]。赵宣子，古之良大夫也，为法受恶^[51]。惜也,越竟乃免。"

　　宣子使赵穿逆公子黑臀于周而立之^[52]。壬申,朝于武宫^[53]。

[注释]

[1]本篇记述晋灵公昏聩暴虐,为君无道,最终被臣子所杀,死于非命。晋灵公:晋襄公之子,名夷皋。

[2]厚敛:加重征收赋税。以雕墙:用来装饰墙壁。

[3]弹人:用弹弓打人。辟丸:躲避弹丸。

[4]宰夫:厨师。胹(ěr):煮、炖。熊蹯(fán):熊掌。

[5]置诸畚(běn):把他放在簸箕里。畚,簸箕。

[6]载以过朝:抬着走过朝廷。

[7]赵盾:赵衰之子,亦称赵宣子,晋国大夫。士季:名会,字季,晋国大夫。因封邑先后在随(今山西省介休县东南)和范(今山东省梁山西),所以又称随会、范会、随季、范武子、随武子。

[8]不入:指谏言不被采纳。

[9]三进:前进三次。杨伯峻《春秋左传注》:"三进者,始进为入门,《仪礼·燕礼》'小臣纳卿大夫,卿大夫皆入门右,北面东上'是也。当卿大夫入门之后,依《燕礼》,'公降立于阼阶之东南,南乡,尔卿。卿西面北上,尔大夫。大夫皆少进'。不知此士会单身入朝之礼于此同否。然再进者,由门入庭可知也。入庭之后,然后升阶当霤,则三进矣。"

[10]霤:屋檐。

[11]而后视之:沈玉成《左传选译》说:"按当时礼制,朝见国君,从进门到登堂分成三段走,每段行礼一次,称为进。国君在臣下一进以后就要起立准备接见。这里说晋灵公不愿接见士会,士会三进到达屋檐下,才勉强表示见到了他。"

[12]这两句诗见《诗经·大雅·荡》篇。靡:无,没有。初:开始。鲜:少。克:能。

[13]夫如是:如果象这样。夫,句首语气词。

[14]岂惟群臣赖之:难道只有群臣依赖它吗。

[15]这两句诗见《诗经·大雅·烝民》。衮:礼服,这里代指君主。"衮

职",指君主的职责。下文的"衮"亦指职责而言。阙:过失,错误。仲
山甫:周宣王时大夫,又作仲山父。

[16]骤谏:屡次进谏。

[17]钼麑(chú ní):人名,一说作沮麛、钼之弥。贼:刺杀。

[18]寝门:卧室之门。辟:开。

[19]盛服:穿戴好上朝的礼服。

[20]假寐:不脱衣帽而睡。

[21]民之主:意为能为百姓做主之人。

[22]饮赵盾酒:请赵盾喝酒。饮:使动用法,给……喝酒。

[23]伏甲:埋伏了兵士。甲,指披甲的兵士。

[24]提弥明:人名,赵盾的车右卫士。知:察觉。

[25]趋登:快步登上堂去。

[26]爵:古代的饮酒器具。

[27]扶以下:搀扶赵盾走下堂来。以,连词,用法与"而"同。

[28]嗾(sǒu):嗾使。獒(áo):凶猛的大狗。

[29]斗且出:一边搏斗,一边往外走。且,连词。

[30]田:打猎。首山:即首阳山,亦名雷首山,在今山西省永济县南。

[31]舍:住宿。翳桑:首山中的地名。

[32]灵辄:人名。

[33]食(sì)之:给他食物吃。

[34]舍其半:留下食物的一半没有吃。舍,指留下。

[35]宦:为人做奴仆。一说指游学,杜预《集解》:"宦,学也。"

[36]遗(wèi)之:留给她。

[37]箪(dàn):盛饭食用的小竹筐。

[38]置诸橐:放在口袋里。与:给。

[39]既而:后来。与为公介:做了晋灵公的甲士。与,参与,成为。介,指
甲士。

[40]倒戟:倒转戟尖反击。以御公徒:抵御晋灵公埋伏的甲士。免之:使
赵盾免于被杀。

[41]名居:姓名和居处。

[42]自亡:指灵辄自己逃亡。一说指赵盾自己逃亡,见王引之《经义述闻》。

[43]赵穿:晋国大臣,晋襄公的女婿,赵盾的从父兄弟。

[44]宣子未出山而复:赵盾没有走出边境就恢复了卿位。山,指晋国边境的山。

[45]太史:官名,掌管记载历史以及典籍、祭祀、历法等。弑:臣杀君曰弑。

[46]竟:同“境”,边境。

[47]这两句诗见《诗经·邶风·雄雉》,但“戚”字作“阻”。我之怀矣:我内心有许多怀恋的事情。自诒伊戚:给自己留下了忧伤。诒,给,遗留。伊,代词,其。戚,忧伤。

[48]董狐:即上文的太史之官。

[49]良史:优秀的史官。

[50]书法:记录史实的原则。隐:隐讳,隐瞒。

[51]为法受恶:为维护史录的原则而承担恶名。

[52]逆:迎接。公子黑臀:晋文公之子,即位后为成公。

[53]武宫:晋国先祖曲沃武公的神庙,每当新君主即位,都要先来这里朝拜、祭祀。

子公染指于鼎(宣公四年)[1]

　　楚人献鼋于郑灵公[2]。公子宋与子家将见[3],子公之食指动,以示子家,曰:“他日我如此[4],必尝异味。”及入,宰夫将解鼋[5],相视而笑。公问之,子家以告。及食大夫鼋[6],召子公而弗与也。子公怒,染指于鼎[7],尝之而出。公怒,欲杀子公。子公与子家谋先[8]。子家曰:“畜老,犹惮杀之[9],而况君乎?”反谮子家[10]。子家惧而从之。夏,弑灵公。

　　书曰:“郑公子归生弑其君夷。”权不足也[11]。君子曰:“仁而不武,无能达也[12]。”凡弑君,称君,君无道也;称臣,臣之罪也。

[注释]

[1]本篇讲述了郑灵公因不给子公鼋肉而惹来杀身之祸的故事。故事中有两个十分生动的词语"食指大动"和"染指",流传至今,沿用不辍。

[2]鼋:大鳖。郑灵公:郑穆公之子,名夷。

[3]公子宋:郑国大夫,即子公。子家:郑国大夫,即归生。

[4]他日:指以往。

[5]解鼋:把大鳖切成块。

[6]食(sì)大夫鼋:宴请大夫们吃鳖肉。

[7]染指于鼎:把手指蘸在鼎里。鼎,古代炊具或盛熟牲的器具。

[8]谋先:策划先动手。

[9]惮:害怕,有所顾忌。

[10]譖(zèn):诬陷,谗毁。

[11]权:权力。杜预《集解》说:"子家权不足以御侮,惧譖而从弑君,故书以首恶。"一说"权"指权变,亦通。

[12]"仁而不武"二句:意思是,只知仁爱而缺乏勇武,是行不通的。按这两句是评判子家的行为。杜预《集解》:"初称畜老,仁也;不讨公子,是不武也。故不能自通于仁道,而陷弑君之罪。"

祁溪举贤(襄公三年)[1]

　　祁溪请老[2],晋侯问嗣焉[3]。称解狐[4],其雠也。将立之而卒。又问焉,对曰:"午也可[5]。"于是羊舌职死矣[6],晋侯曰:"孰可以代之[7]?"对曰:"赤也可[8]。"于是使祁午为中军尉,羊舌赤佐之。

　　君子谓祁溪"于是能举善矣。称其雠不为谄[9],立其子不为比[10],举其偏不为党[11]。《商书》曰:'无偏无党,王道荡

荡[12]。'其祁溪之谓矣。解狐得举，祁午得位，伯华得官，建一官
而三物成[13]，能举善也。夫唯善，故能举其类[14]。《诗》云：'惟
其有之，是以似之[15]。'祁溪有焉。"

[注释]

[1]本篇表现了"内举不避亲，外举不避仇"的尚贤思想。

[2]祁溪：晋国大夫，字黄羊，晋悼公时任中军尉。请老：指告老退休。

[3]晋侯：晋悼公，名周，鲁成公十八年即位，在位十六年。问嗣：询问能够
　　接替祁溪的人。

[4]解狐：晋国大夫，与祁溪有私人仇恨。

[5]午：祁溪之子。

[6]于是：恰于此时。羊舌职：祁溪担任中军尉，羊舌职是其副手。

[7]孰：谁。代：接替。

[8]赤：羊舌赤，字伯华，羊舌职之子。

[9]称其雠：指推荐其仇人。谄：谄媚。

[10]立其子：指推荐其子。比：偏私。

[11]举其偏：推荐其副手。偏，指辅佐，副手。党：结党营私，相互勾结。

[12]此二句出自《尚书·洪范》。荡荡：浩大无边的样子。

[13]三物成：成就了三件事。物，事。

[14]唯善故能举其类：只有善人才能推举其同类之人。

[15]这两句诗出自《诗经·小雅·裳裳者华》，意思是"正因为有此德行，
　　所以被举荐之人才能与他相似"。

子罕以不贪为宝（襄公十五年）

宋人或得玉[1]，献诸子罕[2]。子罕弗受。献玉者曰："以示
玉人，玉人以为宝也，故敢献之。"子罕曰："我以不贪为宝，尔以
玉为宝。若以与我，皆丧宝也，不若人有其宝。"稽首而告曰[3]：

"小人怀璧,不可以越乡[4]。纳此以请死也[5]。"子罕置诸其里[6],使玉人为之攻之[7],富而后使复其所[8]。

[注释]

[1]或:有人。

[2]子罕:宋国正卿,名乐喜,字子罕,担任司城之职。

[3]稽首而告:指献玉者向子罕叩头禀告。

[4]越乡:穿越乡里。此二句意思是小人怀藏玉璧,很容易被盗贼杀害。

[5]纳:献。请死:请求免于一死。

[6]置诸其里:把献玉者安置在自己的乡里。

[7]攻:雕琢。

[8]复其所:回到他自己的家乡。

吴季札观乐(襄公二十九年)[1]

吴公子札来聘[2],见叔孙穆子,说之[3]。谓穆子曰:"子其不得死乎[4]!好善而不能择人。吾闻君子务在择人,吾子为鲁宗卿[5],而任其大政,不慎举[6],何以堪之?祸必及子。"

请观于周乐[7]。使工为之歌《周南》、《召南》[8],曰:"美哉!始基之矣[9],犹未也[10],然勤而不怨矣。"为之歌《邶》、《鄘》、《卫》,曰:"美哉,渊乎!忧而不困者也[11]。吾闻卫康叔、武公之德如是[12],是其《卫风》乎!"为之歌《王》,曰:"美哉!思而不惧,其周之东乎[13]!"为之歌《郑》,曰:"美哉!其细已甚[14],民弗堪也。是其先亡乎!"为之歌《齐》,曰:"美哉!泱泱乎!大风也哉!表东海者[15],其大公乎[16]!国未可量也。"为之歌《豳》,曰:"美哉!荡乎[17]!乐而不淫,其周公之东乎[18]!"为之歌《秦》,曰:"此之谓夏声[19]。夫能夏则大[20],大之至也，其周之旧乎[21]？"为之歌《魏》，曰："美哉，沨沨乎[22]！
大而婉，险而易行[23]，以德辅此，则明主也。"为之歌《唐》，曰：
"思深哉，其有陶唐氏之遗民乎[24]！不然，何其忧之远也？非令
德之后[25]，谁能若是？"为之歌《陈》，曰："国无主，其能久
乎[26]？"自《郐》以下无讥焉[27]。为之歌《小雅》，曰："美哉！思
而不贰[28]，怨而不言，其周德之衰乎？犹有先王之遗民焉[29]。"
为之歌《大雅》，曰："广哉，熙熙乎[30]！曲而有直体[31]，其文王
之德乎！"为之歌《颂》，曰："至矣哉！直而不倨[32]，曲而不
屈[33]；迩而不逼[34]，远而不携[35]；迁而不淫[36]，复而不厌[37]；
哀而不愁，乐而不荒[38]；用而不匮[39]，广而不宣[40]；施而不
费[41]，取而不贪；处而不底[42]，行而不流[43]。五声和[44]，八风
平[45]。节有度，守有序，盛德之所同也。"

　　见舞《象箾》、《南籥》者[46]，曰："美哉！犹有憾[47]。"见舞
《大武》者[48]，曰："美哉！周之盛也，其若此乎！"见舞《韶濩》
者[49]，曰："圣人之弘也[50]，而犹有惭德[51]，圣人之难也。"见舞
《大夏》者[52]，曰："美哉！勤而不德[53]，非禹，其谁能修之[54]？"
见舞《韶箾》者[55]，曰："德至矣哉，大矣！如天之无不帱也[56]，
如地之无不载也。虽甚盛德[57]，其蔑以加于此矣[58]，观止
矣[59]。若有他乐，吾不敢请已。"

　　其出聘也，通嗣君也[60]。故遂聘于齐，说晏平仲[61]，谓之
曰："子速纳邑与政[62]。无邑无政，乃免于难。齐国之政将有所
归，未获所归，难未歇也[63]。"故晏子因陈桓子以纳政与邑[64]，
是以免于栾、高之难[65]。

　　聘于郑，见子产[66]，如旧相识。与之缟带[67]，子产献纻衣
焉[68]，谓子产曰："郑之执政侈[69]，难将至矣，政必及子。子为
政，慎之以礼。不然，郑国将败。"

　　适卫[70]，说蘧瑗、史狗、史䲡、公子荆、公叔发、公子朝[71]，

曰:"卫多君子,未有患也。"

自卫如晋,将宿于戚[72],闻钟声焉,曰:"异哉!吾闻之也,辩而不德[73],必加于戮。夫子获罪于君以在此[74],惧犹不足[75],而又何乐?夫子之在此也,犹燕之巢于幕上[76]。君又在殡[77],而可以乐乎?"遂去之。文子闻之,终身不听琴瑟。

适晋,说赵文子、韩宣子、魏献子[78],曰:"晋国其萃于三族乎[79]!"说叔向[80],将行,谓叔向曰:"吾子勉之,君侈而多良[81],大夫皆富,政将在家[82]。吾子好直,必思自免于难。"

[注释]

[1]本篇通过吴公子季札对《诗》、乐的评论,反映了先秦时期人们对音乐与社会政治关系的基本观点,有重要的史料价值。

[2]吴公子札:吴王寿梦的幼子,又称季札、季子,因封邑在延陵,故又称延陵季子、延州季子。来聘:来鲁国访问。

[3]叔孙穆子:鲁国大臣,名豹,又称穆叔。鲁昭公四年,被他的私生子竖牛禁而饿死。说:同"悦"。

[4]不得死:指不得寿终而死于非命。

[5]鲁宗卿:鲁国公室的宗亲大臣。

[6]慎举:谨慎地举荐人才。

[7]周乐:周朝的礼乐。按鲁国是周公的后代,保存周朝的礼乐制度最为完备,所以季札到鲁国访问,要求聆听观看周朝乐舞。

[8]工:乐工,唱歌及演奏音乐的人。《周南》、《召南》:《诗经》国风中的两部分。按《诗经》中的作品是由《风》、《雅》、《颂》三部分组成的。《风》主要是各诸侯国的地方音乐,共有十五国风,即《周南》、《召南》、《邶风》、《鄘风》、《卫风》、《王风》、《郑风》、《齐风》、《豳风》、《秦风》、《魏风》、《唐风》、《陈风》、《桧风》、《曹风》,共160篇作品。《雅》是正统的雅乐,又分为《大雅》和《小雅》,《大雅》有31篇作品,《小雅》有74篇作品。《颂》是宗庙祭祀的乐歌,分为《周颂》、《鲁颂》、《商颂》三部分,《周颂》有31篇,《鲁颂》有4篇,《商颂》有5篇。

[9]始基之矣:指开始奠定了周王朝的基础。这是季札对《周南》、《召南》歌词的评论。

[10]犹未也:尚未成功。

[11]忧而不困:忧伤而不窘迫。

[12]康叔:姬封,周公之弟,始封于康(今河北禹县西北),称康叔封,后徙封于卫,是卫国的第一代君主。武公:卫武公,名和,康叔九世孙。

[13]周之东:指周平王于前770年把国都从镐京向东迁至洛邑,此后周王朝又称东周。

[14]细:琐碎。已甚:太过分。杨伯峻《春秋左传注》:"此论诗辞,所言多男女间琐碎之事,有关政治极少。"

[15]表东海:做东方各诸侯国的表率。东海,指东方的诸侯国。

[16]大公:太公,即姜太公姜尚,周成王时受封于齐,是齐国的第一位君主。

[17]荡:博大的样子。

[18]周公之东:指周公东征。周武王死后,商纣王之子武庚勾结管叔、蔡叔和东夷部族联合叛乱,周公率兵东征,三年后平定叛乱。

[19]夏声:西方之声。古代以西方为夏。

[20]能夏则大:夏有"大"的意思。《方言》:"夏,大也。自关而西,凡物之壮大者而爱伟之,谓之夏。"

[21]周之旧:秦国的疆域包括周朝的旧地。

[22]沨沨(fán):飘浮的样子。

[23]大而婉:粗犷而婉转。险而易行:节拍急促而易于演唱。一说此句指晋魏氏的政令艰难,但实行起来却很容易。杨伯峻《春秋左传注》:"当季札时,魏早为晋魏氏之采邑,此言其政令习俗,虽艰难而行之甚易也。"亦可参考。

[24]陶唐氏:指尧,尧本居住在陶,后又迁徙至唐,故称陶唐氏。

[25]令德之后:盛德之人的后代。令,美,盛。

[26]国无主,其能久乎:国家没有主人,难道能长久吗？按此句指陈国政局的混乱。在季札作此评论之后的六十五年,陈国为楚国所灭。

[27]讥:评论。《桧风》以下还有《曹风》,季札都没有发表评论。

[28]思而不贰:忧愁哀思却没有叛逆之心。

[29]先王:当指周文王、武王、成王、康王等,那时的周朝被视为盛德之世。季札认为,《小雅》是周朝德行衰微时的音乐,之所以能表现"思而不贰,怨而不言",是因为有盛德时代的遗民、遗风。

[30]熙熙乎:和乐融洽的样子。

[31]曲而有直体:指乐曲听起来抑扬婉转而其本质则刚直强劲。

[32]直而不倨:正直而不傲慢。

[33]曲而不屈:曲从而不卑下。

[34]迩而不逼:亲近而不逼迫。

[35]远而不携:疏远而不离散。

[36]迁而不淫:变化而不过分。

[37]复而不厌:反复而不厌倦。

[38]乐而不荒:欢乐而不荒淫。

[39]用而不匮:充足而不匮乏。

[40]广而不宣:宽广而不显露。

[41]施而不费:施与而不耗费。

[42]处而不底:静止而不停滞。

[43]行而不流:行进而不流荡。

[44]五声和:宫、商、角、徵(zhǐ)、羽五种曲调声音和谐。

[45]八风:即八音,指金、石、丝、竹、匏、土、革、木等八类乐器发出的声音。

[46]《象箾》、《南籥》:两种手持乐器的舞蹈,其内容都是歌颂周文王的。箾(xiāo),即箫。籥(yuè),形状象笛子一样的管乐器。

[47]犹有憾:仍然有遗憾。杜预注说:"文王恨不及已致太平。"即文王以不能亲自平定天下为憾事。

[48]《大武》:歌颂周武王的乐舞。

[49]《韶濩(hù)》:歌颂商汤的乐舞。

[50]圣人之弘:像圣人一样弘大。弘,大。

[51]惭德:惭愧之德,即内心感到惭愧的缺点。杨伯峻《春秋左传注》:"季札或以商汤伐纣为以下犯上,故云犹有惭德而表不满。"

[52]《大夏》:歌颂夏禹的乐舞。

[53]勤而不德:辛勤劳作而不自居于有德。

[54]修:实行,做。

[55]《韶箾》:歌颂舜的乐舞。

[56]帱(dào):覆盖。

[57]虽甚盛德:这是极盛大的德行。虽,句首语气词。

[58]蔑以加于此:没有能超过它的。蔑,无,没有。

[59]观止:观赏至此已达到最高极限。

[60]通嗣君:为新即位的国君与各国通好。嗣君,指新即位的吴国国君
　　夷昧。

[61]说:同悦,喜爱。晏平仲:即晏婴,字平仲,齐国大臣,历任齐灵公、庄
　　公、景公三朝,执政五十余年。

[62]纳邑与政:交还封邑与政权。

[63]难未歇也:祸患不会止息。

[64]因:通过。陈桓子:齐国大臣。

[65]栾、高之难:鲁昭公八年,齐国大臣栾施(字子旗)与高彊(字子良)为
　　争夺权力发生内乱。

[66]子产:即公孙侨,字子产,郑国正卿。

[67]缟带:用白色生绢制成的束腰带。

[68]纻衣:用苎麻制成的衣物。

[69]执政:指郑国的执政大臣伯有。

[70]适:到……去。

[71]蘧瑗、史狗、史鳅、公子荆、公叔发、公子朝:都是卫国大臣。

[72]戚:卫国地名,在今河南省濮阳北。

[73]辩而不德:争夺而没有德行。辩,争辩,这里指争夺权力。一说"辩"
　　通"变",指变乱,亦通。

[74]获罪于君以在此:得罪了君主就因为这一点。以,因为。

[75]惧犹不足:害怕尚且来不及。

[76]燕之巢于幕上:燕子在幕帐上做巢,比喻极为危险。

[77]君又在殡:晋献公已死还没有安葬。殡,死者入殓后停枢待葬。

[78]赵文子、韩宣子、魏献子:都是晋国大臣。

[79]萃于三族:指晋国的政权将集中于韩、赵、魏三族之手。

[80]叔向:即羊舌肸,晋国大臣。

[81]良:指良臣。

[82]政将在家:指政权将落于大夫之家。

晏子不更旧宅(昭公三年)[1]

初,景公欲更晏子之宅[2],曰:"子之宅近市[3],湫隘嚣尘[4],不可以居,请更诸爽垲者[5]。"辞曰:"君之先臣容焉[6],臣不足以嗣之[7],于臣侈矣[8]。且小人近市,朝夕得所求,小人之利也,敢烦里旅[9]?"公笑曰:"子近市,识贵贱乎?"对曰:"既利之敢不识乎?"公曰:"何贵,何贱?"于是景公繁于刑[10],有鬻踊者[11],故对曰:"踊贵屦贱[12]。"——既已告于君,故与叔向语而称之[13]。——景公于是省于刑。

君子曰:"仁人之言,其利博哉[14]!晏子一言,而齐侯省刑。《诗》曰:'君子如祉,乱庶遄已[15]。'其是之谓乎[16]!"

及晏子如晋[17],公更其宅,反则成矣[18]。既拜[19],乃毁之[20],而为里室皆如其旧[21],则使宅人反之[22],曰:"谚曰:'非宅是卜,唯邻是卜[23]。'二三子先卜邻矣[24]。违卜不祥[25]。君子不犯非礼[26],小人不犯不祥,古之制也。吾敢违诸乎[27]?"卒复其旧宅[28],公弗许[29]。因陈桓子以请[30],乃许之。

[注释]

[1]本篇讲述了齐相晏婴坚决不改变住房条件的故事,从一个侧面反映了晏婴为官的清廉节俭。

[2]景公:春秋时齐国国君,姓姜名杵臼。前547年—前490年在位。

[3]近市:靠近集市。

[4]湫隘嚣尘:低湿狭小,喧嚣多尘。

[5]爽垲:高爽干燥。

[6]君之先臣:指晏婴的先人。都是齐国之臣,故称先臣。容,容身,居住。

[7]不足以嗣之:不足以继承先人之业。嗣,继承。

[8]侈:过分。

[9]里旅:掌管大臣住宅房屋的官员。

[10]于是:当时。繁于刑:滥用刑罚。

[11]鬻(yù):卖。踊:受刖刑(一种砍断脚的酷刑)之人所穿的特制鞋子,犹今之假足假腿之类。

[12]屦(jù):鞋。

[13]故与叔向语而称之:所以也对叔向谈到了这件事。按此段上文记载的是晏婴出使晋国,与晋大夫叔向谈话,叔向问起齐国的情况,晏子也以"踊贵屦贱"之事为例,谈了齐国朝政的腐败。

[14]利博:益处博大。

[15]君子如祉,乱庶遄已:君子如果乐于采纳贤人的意见,祸乱就有可能止息了。祉,喜。庶,庶几,差不多。遄,疾速,快。已,停止。这两句诗出自《诗经·小雅·巧言》篇。

[16]其是之谓乎:说得就是这种情况吧。

[17]如晋:到晋国去。

[18]反则成矣:指晏子返回时,景公已经更换了他的住宅。

[19]既拜:指晏子向齐景公拜谢新住宅。

[20]毁之:指晏子拆毁了新居。

[21]而为里室皆如其旧:按景公更换晏子住宅时,曾毁坏了邻居的房屋。晏子则把邻居的房屋恢复成原来的样子。

[22]使宅人反之:让居住旧宅的邻居都搬回来。

[23]非宅是卜,唯邻是卜:住宅不需要占卜选择,只有邻居才需要通过占卜加以选择。

[24]二三子:指晏子的邻居。先卜邻:以前通过占卜选择的邻居。

[25]违卜不祥:违背占卜是不吉祥的。

[26]不犯非礼:不做不合礼仪的事。

［27］违诸:违背它。

［28］卒复其旧宅:最终还是要恢复他的旧居。

［29］公弗许:景公不同意。

［30］陈桓子:即陈无宇,齐国正卿。

国　语

　　《国语》是我国最早的一部国别史。分别记述了春秋时期周、鲁、齐、晋、郑、楚、吴、越等八国事迹。

　　关于《国语》的作者，最早的意见认为是左丘明所作，司马迁《报任安书》："左丘失明，厥有《国语》。"汉代的班固、王充以及后世的一些学者赞同此说。但早在西晋时代，傅玄就提出了怀疑："《国语》非左丘明所作，凡有共说一事，而二文不同，必《国语》虚而《左传》实，其言相反，不可强合也。"(见《左传》哀公十三年孔疏引)其后，历代学人皆有考证。至今《国语》非出于左氏之手似已成定说，但其作者确为何人，则异说纷呈，尚无确定之论。

　　《国语》是以记言为主的著作，着重记录了春秋时代一些重要历史人物的精彩言论。但这些言论并不纯然是平铺直叙的语录，而是通过一个个小故事形象生动地展现给读者。《国语》的语言通俗质朴。一些较长的篇章，议论细密，分析透辟，逻辑严谨，对后世散文艺术的发展，有一定的影响。

邵公谏厉王弭谤[1]

厉王虐[2]，国人谤王[3]。邵公告曰[4]："民不堪命矣[5]！"王怒,得卫巫[6],使监谤者[7],以告[8],则杀之。国人莫敢言,道路以目[9]。王喜,告邵公曰:"吾能弭谤矣[10],乃不敢言。"邵公曰:"是障之也[11]。防民之口,甚于防川[12]。川壅而溃[13],伤人必多,民亦如之。是故为川者决之使导[14],为民者宣之使言[15]。故天子听政,使公卿至于列士献诗[16],瞽献曲[17],史献书[18],师箴[19],瞍赋[20],矇诵[21],百工谏[22],庶人传语[23],近臣尽规[24],亲戚补察[25],瞽、史教诲[26],耆、艾修之[27],而后王斟酌焉,是以事行而不悖[28]。民之有口,犹土之有山川也,财用于是乎出[29];犹其有原隰衍沃也[30],衣食于是乎生。口之宣言也,善败于是乎兴,行善而备败,其所以阜财用、衣食者也[31]。夫民虑之于心而宣之于口,成而行之[32],胡可壅也? 若壅其口,其与能几何[33]?"王不听,于是国莫敢出言,三年,乃流王于彘[34]。

[注释]

[1]本篇选自《周语上》。周厉王用暴力手段镇压批评议论朝政的人,又不听邵公的劝谏,国民忍无可忍,终于群起暴动,驱逐了这位暴君。

[2]厉王:周厉王姬胡,前878年—前842年在位。西周末期的暴君,为人贪狠暴虐。前842年,国人不堪忍受,举行暴动,姬胡逃奔至彘(今山西霍县),共和十四年(前828)死。

[3]国人:指居住在国都中的百姓。谤:谴责、批评之义。

[4]邵(shào)公:邵康公之孙邵穆公,姓姬名虎,是周厉王的卿士。

[5]民不堪命:人民不堪忍受暴虐的政令。

[6]卫巫:卫国的巫师。

[7]使监谤者:让他监视批评议论国政的人。

[8]以告:意思是,只要卫巫一报告。

[9]道路以目:行人走在路上不敢讲话,只得用眼睛示意。

[10]弭谤:制止谤言。弭,制止,阻止。

[11]障:堵塞。

[12]防民之口,甚于防川:堵住人民的嘴,比阻塞河流还严重。防,堵塞,
　　　阻塞。川,河流。

[13]川壅而溃:河流被堵塞就会决口。壅,堵塞。

[14]为川者决之使导:治水者要清除淤塞,使河道疏通。为,治理。导,疏
　　　导,疏通。

[15]为民:治理人民。宣之使言:疏导他们,让他们放开讲话。宣,疏导,
　　　疏通。

[16]公卿至于列士:从公卿到各位士。按周朝的官职等级分为公、卿、大
　　　夫、士。公即三公,太师、太傅、太保。卿即九卿,少师、少傅、少保、冢
　　　宰、司徒、宗伯、司寇、司马、司空。列士,指各级士人。献诗:献上讽
　　　喻政治的诗篇。

[17]瞽(gǔ):瞎,盲人。这里指乐师。献曲:献上民间乐曲,王者从中了解
　　　民众意见和政治的得失。

[18]史:太史。献书:献上三皇五帝之书,即古代的史书,王者可以史
　　　为鉴。

[19]师箴(zhēn):少师进献箴言。箴,指规谏劝戒的文章。

[20]瞍(sǒu):瞎,盲人,眼睛里没有眸子为瞍。赋:吟诵。

[21]矇(méng):瞎,盲人,有眸子而看不见者为矇。

[22]百工:管理各种工匠事务的官。

[23]庶人:平民百姓。传语:传达街谈巷议之语。

[24]近臣:在王者身边服侍之人。尽规:尽心规谏。一说"尽"义同"进",
　　　指进献规谏之言,亦通。

[25]补察:补救王的过错,监察王的行为。

[26]瞽史教诲:乐师和太史借献曲、献书对王进行教诲。

[27]耆艾修之:王的师傅们监察儆戒着王。耆艾,老年人的通称,这里指
　　　王的师、傅。修,儆戒。

[28]不悖:不违背常理。

[29]财用于是乎出:财物从此而出。

[30]原隰(xí)衍沃:地势高敞平坦的叫做"原",低而潮湿的叫做"隰",平
　　　原为"衍",有河流灌溉之地叫做"沃"。

[31]阜:增加。

[32]成而行之:意思是,百姓说得对就加以实行。

[33]其与能几何:意思是,这样能长久吗? 与,语助词,无义。王引之《经传释词》:"与,语助也。……《周语》曰:'若壅其口,其与能几何?'言能几何也。韦《注》:'与,辞也。'"

[34]流王:流放了厉王。

刘康公论鲁大夫俭与侈[1]

定王八年[2],使刘康公聘于鲁[3],发币于大夫[4]。季文子、孟献子皆俭[5],叔孙宣子、东门子家皆侈[6]。

归,王问鲁大夫孰贤。对曰:"季、孟其长处鲁乎[7]! 叔孙、东门其亡乎! 若家不亡,身必不免。"王曰:"何故?"对曰:"臣闻之,为臣必臣[8],为君必君。宽肃宣惠[9],君也;敬恪恭俭[10],臣也。宽所以保本也[11],肃所以济时也[12],宣所以教施也[13],惠所以和民也。本有保则必固,时动而济则无败功[14],教施而宣则遍,惠以和民则阜[15]。若本固而功成,施遍而民阜,乃可以长保民矣,其何事不彻[16]? 敬所以承命也[17],恪所以守业也,恭所以给事也[18],俭所以足用也[19]。以敬承命则不违,以恪守业则不懈,以恭给事则宽于死[20],以俭足用则远于忧。若承命不违,守业不懈,宽于死而远于忧,则可以上下无隙矣[21],其何任不堪? 上任事而彻,下能堪其任,所以为令闻长世也[22]。今夫二子者俭[23],其能足用矣,用足则族可以庇[24]。二子者侈[25],侈则不恤匮[26],匮而不恤,忧必及之[27],若是则必广其身[28]。且夫人臣而侈[29],国家弗堪,亡之道也。"王曰:"几何[30]?"对曰:"东门之位不若叔孙[31],而泰侈焉,不可以事二君[32]。叔孙之位不若季、孟[33],而亦泰侈焉,不可以事三君。若皆蚤世犹可[34]，若登年以载其毒[35]，必亡。"

十六年，鲁宣公卒[36]。赴者未及，东门氏来告乱[37]，子家奔齐[38]。简王十一年[39]，鲁叔孙宣伯亦奔齐[40]，成公未殁二年[41]。

[注释]

[1]本篇选自《周语中》。刘康公到鲁国访问，分发礼物之余，发现鲁国大臣有俭有侈，因而从国家命运和个人前途的高度发表了一番议论。这番议论不久即被历史所证实，足见其正确与深刻，读来发人深省。

[2]定王：周定王瑜，前606年—前586年在位。

[3]刘康公：周匡王少子、周定王之弟，亦称王季子，周朝卿士。刘：古邑名，春秋初年属郑国，前712年为周所有，在今河南偃师县西南。周匡王时封王季子于此，是为刘康公。聘：聘问，指天子与诸侯之间或诸侯与诸侯之间的遣使访问。

[4]发币：赠送礼品。

[5]季文子：春秋时鲁国卿士季孙行父，死后谥为文，是为季文子。孟献子：春秋时鲁国卿士仲孙蔑。俭：节俭。

[6]叔孙宣子：叔孙得臣之子叔孙侨如，亦称叔孙宣伯、叔孙宣子，春秋时鲁国卿士。东门子家：鲁庄公之孙、东门襄仲之子公孙归父，字子家，春秋时鲁国大夫。

[7]季、孟：指季文子、孟献子。其长处鲁乎：大概能长久地在鲁国生存下去吧。"其……乎"，表推测语气。下句"其亡乎"句法同。

[8]为臣必臣：做臣子必须具备臣子的品德行为。下句"为君必君"句法同。

[9]宽：宽厚；肃：庄重；宣：周遍、周全；惠：仁爱。

[10]敬：恭敬顺服；恪（kè）：恭谨尽责；恭：宽厚谦恭；俭：节俭不贪。

[11]保本：保住国家的基业。韦昭《国语注》："本，谓宽则得众，故可以守。"

[12]济时：成事救时。

[13]教施:实施教化。韦昭《国语注》:"施遍则人不怨。"

[14]时动而济:按照时势行动。

[15]阜:丰厚,富足。

[16]彻:通彻,畅达。

[17]承命:受命,接受命令。

[18]给事:办理事务。

[19]足用:用度充足。

[20]宽于死:指远离祸患,远离死亡。宽,韦昭《国语注》:"宽,犹远也。"

[21]上下无隙:指君臣之间没有裂痕与矛盾。

[22]令闻:美好的声誉。长世:长久流传于世。

[23]二子:指季文子、孟献子。

[24]族可以庇:其宗族可以受到荫庇。韦昭《国语注》:"庇,覆也。恭俭节
　　用,无取于民,国人说之,故其宗族可以覆荫也。"

[25]二子:指叔孙宣子和东门子家。

[26]恤匮:救助抚恤穷困之人。

[27]忧必及之:忧患必然降及其身。

[28]若是:像这样。广其身:指忧患将要扩充到自身之外。又韦昭《国语
　　注》:"广,大也。务自大,不顾其上也。"认为"广其身"是指自大而不
　　顾君主。恐未必是。

[29]且夫:而且。

[30]几何:何时,什么时候。

[31]东门子家是大夫,比位居卿士的叔孙宣子地位底。

[32]事二君:侍奉两朝君主。

[33]叔孙宣子是下卿,季文子和孟献子是上卿。

[34]蚤世:早一些去世。"蚤"同"早"。犹可:指其家还可以免于灾祸。

[35]登年:经历多年。载其毒:肆行其危害。载,行。毒,害。

[36]十六年:周定王十六年。鲁宣公:姓姬,名倭。前608年—前590年
　　在位。

[37]来告乱:到周王朝来报告鲁国内乱的情况。

[38]子家奔齐:东门子家有宠于鲁宣公,他与宣公商议想要借助晋人的力

量除掉鲁国三桓的势力。派出的使者尚未到达晋国时,鲁宣公去世。
于是鲁国的三桓驱逐了东门子家,东门子家逃奔到齐国。

[39]简王:周简王夷,前585年—前572年在位。

[40]叔孙宣伯与鲁成公之母穆姜通奸,并企图除掉季文子和孟献子而专
擅国政,于周简王十一年,即鲁成公十六年被国人驱逐出境,逃奔到
齐国。

[41]未殁二年:去世的前二年。

臧文仲如齐告籴[1]

鲁饥[2],臧文仲言于庄公曰[3]:"夫为四邻之援[4],结诸侯
之信,重之以婚姻[5],申之以盟誓[6],固国之艰急是为[7]。铸名
器[8],藏宝财[9],固民之殄病是待[10]。今国病矣,君盍以名器请
籴于齐[11]。"公曰:"谁使?"对曰:"国有饥馑,卿出告籴[12],古
之制也。辰也备卿[13],辰请如齐[14]。"公使往。从者曰:"君不
命吾子[15],吾子请之,其为选事乎[16]?"文仲曰:"贤者急病而让
夷[17],居官者当事不避难,在位者恤民之患,是以国家无违[18]。
今我不如齐,非急病也。在上不恤下,居官而惰,非事君也。"

文仲以鬯圭与玉磬如齐告籴[19],曰:"天灾流行,戾于弊
邑[20],饥馑荐降[21],民赢几卒[22],大惧乏周公、太公之命祀[23],
职贡业事之不共而获戾[24]。不腆先君之币器[25],敢告滞积[26],
以纾执事[27],以救弊邑,使能共职。岂唯寡君与二三臣实受君
赐[28],其周公、太公及百辟神祇实永飨而赖之[29]。"齐人归其玉
而予之籴。

[注释]

[1]本篇选自《鲁语上》。文章记述鲁国大夫臧文仲,在国家发生饥馑的危

难之际,勇挑重担,主动请缨到齐国告籴,用得体而感人的言辞打动了齐国,圆满地完成了任务。

[2] 饥:饥荒。

[3] 臧文仲:鲁国卿士臧孙辰,谥文仲。庄公:鲁庄公,名同,鲁桓公之子,前693年—前661年在位。

[4] 援:援助。

[5] 重(chóng):再加上。

[6] 申:重复,又。盟誓:订立盟约。

[7] 固国之艰急是为:本来就是为了解救国家的急难。固:本来。

[8] 名器:指钟鼎之类的名贵宝器。

[9] 宝财:指玉帛。

[10] 固民之珍病是待:本来就是准备在百姓遇到灾祸贫困时使用。珍病(tiǎn):疲敝,困乏。

[11] 盍(hé):"何不"二字的合音。籴:买粮食。这里指用名器换取粮食。

[12] 告籴:请籴,到其他诸侯国去请求购买粮食。

[13] 备卿:在卿的位置上充数,谦辞。

[14] 如齐:到齐国去。

[15] 吾子:侍从对臧文仲的尊称,可解释为"先生"。

[16] 其为选事乎:这岂不是自己找差事干吗? 其,副词,表示反问,岂,难道。

[17] 急病:指国家发生灾祸时要奋力争先地干事。让夷:指在安定时期要谦让。一说"急病让夷"是指勇于解救灾祸,把容易的事情让给别人干。亦可参考。

[18] 无违:没有不顺利的事情。

[19] 鬯(chàng)圭:祭祀时用的名贵器物,玉制。

[20] 戾:至,降临。

[21] 荐:重复。

[22] 民赢几卒:百姓赢弱多病几乎都死光了。几,近,几乎。

[23] 周公:周公旦,鲁国的先祖。太公:姜太公,齐国的先祖。命祀:尊奉天子之命所进行的祭祀。韦昭《国语注》:"贾、唐二君云:'周公为太

宰,太公为太师,皆掌命诸侯之国所当祀也。'或云:'命祀二公也。'昭
按,传云:'卫成公祀夏后相,宁武子曰:不可以间成王周公之命祀。'
职贡如此,贾、唐得之矣。"

[24]职贡业事:指职责内的供奉之事。共,通"供",供给,供应。戾:罪。

[25]不腆(tiǎn):谦辞,这里表示不丰厚。币器:指带来的珪圭、玉磬等器
　　物。"币"一本作"敝","敝器",表谦虚,指带来的器物不珍贵。亦可
　　参考。

[26]敢告滞积:意谓请求用带来的器物交换一些贵国积压在仓库中的
　　余粮。

[27]以纾执事:以缓解贵国仓库管理人员的忧虑。纾:缓,缓解。执事:这
　　里指管理粮仓的官吏。韦昭《国语注》:"谷久积则将朽败,执事所忧
　　也,请之所以缓执事也。"

[28]岂唯:岂止,不仅。

[29]百辟神祇:指列位先君和众神。辟,君。赖:蒙受。

公父文伯之母论劳逸[1]

　　公父文伯退朝,朝其母[2],其母方绩[3]。文伯曰:"以歜之
家而主犹绩[4],惧忏季孙之怒也[5],其以歜为不能事主乎。"

　　其母叹曰:"鲁其亡乎! 使童子备官而未之闻耶[6]? 居[7],
吾语女[8]。昔圣王之处民也[9],择瘠土而处之[10],劳其民而用
之,故长王天下[11]。夫民劳则思[12],思则善心生;逸则淫[13],淫
则忘善,忘善则恶心生。沃土之民不材[14],逸也;瘠土之民莫不
向义[15],劳也。是故天子大采朝日[16],与三公九卿祖识地
德[17];日中考政[18],与百官之政事[19],师尹维旅、牧、相宣序民
事[20];少采夕月[21],与大史、司载纠虔天刑[22];日入监九御[23],
使洁奉禘、郊之粢盛[24],而后即安[25]。诸侯朝修天子之业

命[26]，昼考其国职[27]，夕省其典刑[28]，夜儆百工[29]，使无慆淫[30]，而后即安。卿大夫朝考其职[31]，昼讲其庶政[32]，夕序其业[33]，夜庀其家事[34]，而后即安。士朝受业，昼而讲贯[35]，夕而习复[36]，夜而计过无憾[37]，而后即安。自庶人以下[38]，明而动[39]，晦而休[40]，无日以怠。

"王后亲织玄紞[41]，公侯之夫人加之以纮、綖[42]，卿之内子为大带[43]，命妇成祭服[44]，列士之妻加之以朝服[45]，自庶士以下，皆衣其夫[46]。社而赋事[47]，蒸而献功[48]，男女效绩[49]，愆则有辟[50]，古之制也。君子劳心，小人劳力，先王之训也。自下以上，谁敢淫心舍力[51]？今我寡也，尔又在下位[52]，朝夕处事，犹恐忘先人之业。况有怠惰，其何以避辟[53]！吾冀而朝夕修我曰[54]：'必无废先人[55]。'尔今曰：'胡不自安[56]。'以是承君之官[57]，余惧穆伯之绝嗣也[58]。"

仲尼闻之曰："弟子志之[59]，季氏之妇不淫矣[60]。"

[注释]

[1] 本篇选自《鲁语下》。公父(fǔ)文伯：鲁国大夫，名歜(chù)，季悼子之孙，公父穆伯之子。文章记述公父文伯之母教子的故事。公父文伯的母亲主要是从周朝礼制的角度论述劳逸问题。其中有些观点，如"君子劳心，小人劳力"等代表了旧贵族的腐朽思想，应当加以批判。但其中表达的"夫民劳则思，思则善心生；逸则淫，淫则忘善，忘善则恶心生"等观点，现在看来仍有一定的借鉴意义。

[2] 朝(cháo)其母：拜见他的母亲。朝，拜见地位尊贵的人称为朝。公父文伯之母即穆伯之妻敬姜。

[3] 方：正在。绩：纺麻线。

[4] 主：古代称公卿大夫及其夫人为主。韦昭《国语注》："大夫之妻称主，从夫称也。"

[5] 忓(gān)：触犯。季孙：季康子，名肥，鲁国卿士。季康子在鲁国地位很

高,又是同族中的嫡系长房,有权管理同宗人的事务。

[6]使童子备官:让不懂事的年轻人做官。未之闻:即未闻之。"之",代词,这里指勤劳节俭的道理。

[7]居:坐下。

[8]语女(yù rǔ):告诉你。女,同"汝"。

[9]处民:安置人民。

[10]瘠土:贫瘠的土地。

[11]长王(wàng)天下:长久地称王于天下。王,这里作动词,指称王于天下。

[12]劳则思:勤劳就会想到节俭。

[13]逸则淫:安逸就会奢侈放纵。

[14]不材:不成材。

[15]向义:向往正义。

[16]大采:古代天子在举行祭祀时所穿的五彩礼服。朝日:祭祀日神。古代天子在春分之日率领公卿举行祭日典礼。

[17]三公:古代朝廷三种最高的官衔。周以太师、太傅、太保为三公,见《尚书·周官》。九卿:古代朝廷的九个高级官职,周以少师、少傅、少保、冢宰、司徒、宗伯、司马、司寇、司空为九卿。祖识:学习了解。地德:指土地生长万物。

[18]日中考政:中午考察朝政。

[19]与(yù):参与。

[20]师尹:大夫官。维:与,和。旅:众士。牧:州牧,治理一州的地方官。相:国相。宣序民事:普遍而有序地处理民事。宣,普遍。

[21]少采:古代天子举行祭祀时所穿的三采礼服。夕月:祭祀月神。古代天子在秋分之夜率领公卿举行祭月典礼。

[22]这句意思是,与太史司载等一起恭敬地观察日月星辰的运行,以了解吉凶变化。大史:官名,掌管记载、编写历史,兼管天文历法等工作。司载:主管天文的官吏。纠虔:恭敬。刑:法,法则。

[23]监:监视。九御:即九嫔,帝王宫中的女官。

[24]"使洁"句,意思是让她们把祭祀用的供品整洁地备好。禘(dì):大

祭,凡祭天及宗庙祖先的大型祭祀都叫做"禘"。郊:天子在郊外祭祀

天地。粢盛(zī chéng):盛在器皿里供祭祀用的谷物。

[25]而后即安:然后才能休息。

[26]朝修:早晨处理。业:事业,事情。命:命令。

[27]国职:国家的政务。

[28]"夕省"句:晚上省察法令执行的情况。省,省察。典刑:法令,刑罚。

[29]儆:警戒。百工:百官。

[30]慆(tāo)淫:怠慢放纵。

[31]职:本职工作。

[32]庶政:日常的政务。

[33]夕序其业:晚上检查安排业务。

[34]庀(pì):治理。

[35]讲贯:讲解学习。

[36]习复:复习。

[37]计过:检查有无过错。

[38]庶人:百姓。

[39]明而动:天亮就开始劳作。

[40]晦而休:天黑了再休息。

[41]玄紞(dǎn):垂在王冠两旁悬挂玉瑱的黑色绳子。玄,黑色。

[42]纮(hóng):系王冠的丝带。綖(yán):覆盖在冠冕上的装饰布。

[43]内子:卿的妻子。大带:祭服所用的束腰带。

[44]命妇:大夫之妻。祭服:祭祀时穿的礼服。

[45]列士:周代的士,分为上士、中士、下士,这里指上士。一说"列士"是

上、中、下三士的统称。加之以朝服:指上士的妻子除缝制祭服之外,

还要为她们的丈夫缝制朝服。

[46]庶士:下士。衣(yì)其夫:为其丈夫做衣服。

[47]社:春分时祭祀土神。赋事:布置农桑之类的事务。

[48]蒸:冬祭。献功:指献出五谷布帛等物。

[49]效绩:各尽其力做出成绩。绩,功劳,成绩。

[50]愆则有辟:有了过失就治罪。愆,过失。辟,罪,这里指治罪。

[51]谁敢淫心舍力:谁敢放纵其心而不尽力劳作。

[52]下位:下大夫的职位。

[53]避辟:避免罪过。

[54]冀:希望。而:同"尔",你。修:警戒。

[55]必无废先人:一定不要荒废祖先的事业。

[56]胡不自安:为什么不自求安逸。

[57]以是:用这种想法。承君之官:做你的官。承官,即做官。

[58]绝嗣:绝后。

[59]志:记住。

[60]不淫:不贪图享乐。

优施教骊姬远太子[1]

公之优曰施[2],通于骊姬[3]。骊姬问焉,曰:"吾欲作大事[4],而难三公子之徒如何[5]?"对曰:"早处之[6],使知其极[7]。夫人知极[8],鲜有慢心[9]。虽其慢[10],乃易残也[11]。"骊姬曰:"吾欲为难[12],安始为可[13]?"优施曰:"必于申生[14]。其为人也,小心精洁[15],而大志重[16],又不忍人[17]。精洁易辱,重偾可疾[18],不忍人,必自忍也[19]。辱之近行[20]。"骊姬曰:"重,无乃难迁乎[21]?"优施曰:"知辱可辱[22],可辱迁重[23];若不知辱,亦必不知固秉常矣[24]。今子内固而外宠[25],且善否莫不信[26]。若外殚善而内辱之[27],无不迁矣[28]。且吾闻之,甚精必愚[29]。精为易辱,愚不知避难。虽欲无迁,其得之乎?"是故先施谗于申生[30]。

骊姬赂二五[31],使言于公曰:"夫曲沃[32],君之宗也[33];蒲与二屈[34],君之疆也[35],不可以无主。宗邑无主,则民不威[36];疆场无主[37],则启戎心[38]。戎之生心,民慢其政[39],国之患也。

若使太子主曲沃,而二公子主蒲与屈,乃可以威民而惧戎,且旌君伐[40]。"使俱曰[41]:"狄之广莫[42],于晋为都[43]。晋之启土[44],不亦宜乎?"公说,乃城曲沃[45],太子处焉;又城蒲,公子重耳处焉[46];又城二屈,公子夷吾处焉[47]。骊姬既远太子[48],乃生之言[49],太子由是得罪[50]。

[注释]

[1]本篇选自《晋语一》。这是一篇阴谋策划、谋害忠良的记录。骊姬想立自己的儿子为太子,又不知如何对付晋献公其他夫人所生的三位公子,因而与奸夫优施商议。优施是一个阴险狡诈且颇具才能的小人,在他的阴谋策划下,骊姬终于如愿以偿。全文把优施的阴险与聪明表现得淋漓尽致,读之令人毛骨悚然。

[2]公:指晋献公,前676年—前651年在位。优:俳优,即古代以乐舞为业的艺人。施:俳优的名字,即下文的"优施"。

[3]通:私通。骊姬:晋献公的夫人,本为骊戎国君之女,被晋献公伐骊戎时俘获,娶为夫人,故称"骊姬",生子奚齐。

[4]大事:指废嫡立庶的事情。骊姬想要废掉太子申生,而立他的儿子奚齐为太子。

[5]难三公子之徒:意思是害怕三位公子与她为难。"三公子",指晋献公的三个儿子申生、重耳和夷吾。

[6]早处之:早点安排处置他们。处,安排,处置。

[7]使知其极:意思是让他们知道自己的地位已经到了极点。极,极点,极至。

[8]夫:句首语气词。

[9]献:少。慢心:非分觊觎的想法。

[10]虽:即使。

[11]易残:指容易把他们铲除、毁掉。

[12]为难:发难,指杀掉三位公子。

[13]安始:从谁开始。

[14]必于申生:必须从申生开始。申生,晋献公的太子,后被骊姬诬陷,被迫自杀而死。

[15]小心精洁:小心谨慎,精粹纯洁,不堪忍受耻辱。

[16]大志重:年长、志大而敦厚稳重。

[17]不忍人:不忍心对别人施恶。

[18]重偾(fèn)可疾:醇厚而不轻易改变的人很容易被除掉。偾,僵,这里指不轻易改变。

[19]自忍:自己受到伤害。

[20]辱之近行:指侮辱他就近于对他采取行动。

[21]重无乃难迁乎:醇厚稳重的人不是很难改变吗?

[22]知辱可辱:知道侮辱的人才可以侮辱他。

[23]可辱迁重:可以侮辱的人即使醇厚稳重也可以改变他。

[24]固秉常:固执地坚持贯常的想法。

[25]子:指骊姬。内固:内得君心。外宠:外受宠爱。

[26]善否莫不信:说好说坏无不受到君主的信任。

[27]外殚善:表面上对他极力友善。殚,尽。内辱之:暗地里侮辱他。

[28]无不迁矣:没有不改变想法的。

[29]甚精必愚:极为精洁的人必然愚钝。

[30]先施谗于申生:首先对申生施加谗言。

[31]二五:指晋献公的宠臣梁五和东关五。

[32]曲沃:晋国地名,在今山西闻水县东北。

[33]君之宗也:晋国先君的宗庙建在曲沃。

[34]蒲:晋国地名,在今山西隰县西北。二屈:晋国地名,分为北屈和南屈,故称“二屈”。

[35]疆:边境。

[36]不威:不畏惧。威,同“畏”。

[37]疆场:边境。

[38]启戎心:开启戎族人的侵犯之心。戎,我国古代西部少数民族的名称。

[39]民慢其政:百姓怠慢政事。

[40]旌君伐:彰明君主的功绩。旌,表彰,彰明。伐,功绩。

[41]使俱曰:让二五一起说。

[42]狄:我国古代少数民族的名称。广莫:同"广漠",广阔的沙漠。

[43]于晋为都:指把狄人的土地当做晋国的一部分。都,指下邑,即国都
　　以外的城邑。

[44]启土:开辟疆土。

[45]城:筑城。

[46]重耳:晋献公之子,太子申生之弟,被骊姬谗言所害,逃亡在外十九
　　年,后借助秦国的力量回国为君,即晋文公,成为春秋五霸之一。处:
　　住在那里。

[47]夷吾:晋献公之子,太子申生之弟。

[48]远太子:使太子远离。

[49]生之言:指编造谗言。

[50]由是:因此。

灵公使钽麑杀赵宣子[1]

　　灵公虐,赵宣子骤谏[2],公患之,使钽麑贼之[3]。晨往,则寝门辟矣[4],盛服将朝[5],早而假寐[6]。麑退,叹而言曰:"赵孟敬哉[7]!夫不忘恭敬,社稷之镇也[8]。贼国之镇不忠,受命而废之不信,享一名于此[9],不如死。"触庭之槐而死。灵公将杀赵盾,不克。赵穿攻公于桃园[10],逆公子黑臀而立之[11],实为成公。

[注释]

[1]本篇选自《晋语五》。灵公,即晋灵公,前620年—前607年在位。为
　　人暴虐无道。文章寥寥数笔,塑造了两个鲜明的形象,一位是正直忠
　　诚的赵盾,一位是晋灵公的刺客钽麑,他宁愿违命自杀,也不愿戕害忠

良,读之令人感佩。

[2]赵宣子:晋国正卿赵盾,又叫赵孟。骤谏:屡次进谏。

[3]钼麑(chú ní):晋国力士。贼:杀。之:指赵盾。

[4]辟:开。

[5]盛服:穿着上朝的礼服。

[6]假寐:不脱衣帽打盹儿。

[7]敬:可敬。

[8]社稷:古代的土谷之神,是一个国家的象征,这里即指国家。镇:栋梁。

[9]享一名于此:指承担不忠不信两个罪名中的一个。

[10]赵穿:晋国大夫,赵盾的堂弟。

[11]逆:迎。黑臀:晋文公的儿子,晋襄公的弟弟。

祁奚荐子午以自代^[1]

　　祁奚辞于军尉^[2],公问焉^[3],曰:“孰可?”对曰:“臣之子午可^[4]。人有言曰:‘择臣莫若君,择子莫若父。’午之少也,婉以从令^[5],游有乡^[6],处有所,好学而不戏^[7]。其壮也,强志而用命^[8],守业而不淫^[9]。其冠也^[10],和安而好敬^[11],柔惠小物^[12],而镇定大事,有直质而无流心^[13],非义不变^[14],非上不举^[15]。若临大事,其可以贤于臣。臣请荐所能择而君比义焉^[16]。”公使祁午为军尉,殁平公^[17],军无秕政^[18]。

[注释]

[1]本篇选自《晋语七》,与《左传》襄公三年“祁溪举贤”篇的内容相同,但写法则有差别,突出表现了“左史纪事,右史(国语)纪言”的特点。

[2]祁奚:也作“祁溪”(见《左传》襄公三年),晋国大夫,字黄羊,晋悼公时任中军尉。辞:辞职。

[3]公:晋悼公,前572年—前558年在位。

[4]午:祁午,祁奚的儿子。

[5]婉:温顺。从令:听话。

[6]游有乡:指到外面游玩,一定禀明去向。乡,同"向",去向。

[7]戏:贪玩。

[8]强志:指记忆力很强。用命:遵从父命。

[9]守业:坚守学业。不淫:这里指不懈怠。

[10]冠:行冠礼。古代男子二十岁时举行冠礼,开始戴帽子,表示已经成人。

[11]和安:温和稳重。

[12]柔惠:仁爱。

[13]直质:正直。流心:放纵的心。

[14]非义不变:不符合道义的事情不能使他改变观点。

[15]非上不举:没有长上的命令不轻易行动。

[16]君比义焉:意思是,请君主比较斟酌,看看是否合适。比,比较。义,同"宜",适宜。

[17]殁平公之世:终平公之世。平公,晋平公,晋悼公之子,前557年—前532年在位。

[18]秕:谷物不结实,这里比喻不良的政治措施。

叔向论忧德不忧贫[1]

　　叔向见韩宣子[2],宣子忧贫,叔向贺之。宣子曰:"吾有卿之名,而无其实,无以从二三子[3],吾是以忧,子贺我何故?"对曰:"昔栾武子无一卒之田[4],其宫不备其宗器[5],宣其德行[6],顺其宪则[7],使越于诸侯[8],诸侯亲之,戎狄怀之[9],以正晋国[10],行刑不疚[11],以免于难[12]。及桓子骄泰奢侈[13],贪欲无艺[14],略则行志[15],假贷居贿[16],宜及于难[17],而赖武之德[18],以没其身[19]。及怀子改桓之行[20],而修武之德[21],可以免于难,而离桓之罪[22],以亡于楚[23]。夫郤昭子[24],其富半公室[25],其家半三军[26],恃其富宠[27],以泰于国[28],其身尸于朝[29],其宗灭于绛[30]。不然[31],夫八郤,五大夫三卿[32],其宠大矣,一朝而灭,莫之哀也[33],唯无德也。今吾子有栾武子之贫[34],吾以为能其德矣[35],是以贺。若不忧德之不建[36],而患货之不足[37],将吊不暇[38],何贺之有?"宣子拜稽首焉[39],曰:"起也将亡,赖子存之,非起也敢专承之[40],其自桓叔以下嘉吾子之赐[41]。"

[注释]

[1]本篇选自《晋语八》。文章讲述叔向列举大量史实,说明君子当"忧德不忧贫"的道理。

[2]叔向:春秋时晋国大夫羊舌肸。韩宣子:名起,晋国正卿。

[3]无以从二三子:这句是说没有与卿大夫们相互交往的财产。二三子,指晋国的众位卿大夫。

[4]栾武子:春秋时晋国上卿栾书。一卒之田:一百顷田。

[5]宫:室,家。宗器:祭祀用的器皿。

[6]宣:发扬。

[7]顺其宪则:遵从法度。

[8]使越于诸侯:使他的名声传播于诸侯之中。

[9]戎狄:我国古代少数民族的名称。怀:归附。

[10]以正晋国:意思是使晋国得到安定。

[11]行刑不疚:执行法令没有差错。

[12]免于难:指栾武子避免了因弑君带来的灾难。栾武子曾使人杀了晋厉公,立悼公为君。晋国人因受过他的恩惠,所以未追究弑君之事,使他免于一难。

[13]桓子:栾书的儿子栾黡,谥桓子。骄泰:骄横无理。

[14]艺:极,限度。

[15]略则行志:干犯法令任意胡为。

[16]假贷居贿:借贷牟利囤积财货。

[17]宜及于难:应该遭受灾难。

[18]赖武之德:依赖栾武子的德行。

[19]以没其身:指平安无灾祸地度过一生。

[20]怀子:栾黡的儿子栾盈。改桓之行:改变了其父桓子的行为。

[21]修武之德:学习祖父武子的德行。

[22]离桓之罪:指受到其父桓子罪孽的连累。

[23]亡于楚:逃亡到楚国。

[24]郤(xì)昭子:春秋时晋国大夫郤至,被晋厉公所杀,家族被灭。

[25]其富半公室:他的财产抵得上整个晋国公室财产的一半。

[26]其家半三军:他的家人在三军中任职的占了一半。

[27]恃其富宠:依仗其财产和势力。

[28]泰:奢侈。

[29]尸于朝:被杀后陈尸于朝堂之上示众。

[30]绛:晋国国都,在今山西翼城东南。

[31]不然:如果不是这样的话。

[32]五大夫三卿:指八个郤家的人有五个做了大夫,三个做了卿。三卿即
　　郤锜、郤犨、郤至。

[33]莫之哀也:即"莫哀之也",指没有人为他们哀痛。

[34]吾子:指韩宣子,这是叔向对韩宣子的敬称。

[35]能其德也:能具有他那样的德行。

[36]忧德之不建:忧虑在德行方面无所建树。

[37]患货之不足:担心财货不充足。

[38]将吊不暇:表示哀吊都将来不及,意思是将很快陷于灾难。

[39]拜稽首:跪拜磕头。

[40]非起也敢专承之:意思是,您的恩德不是我自己敢承受的。

[41]桓叔:韩起的祖先。桓叔是晋穆侯的儿子。桓叔之子名万,封邑在
　　韩,又称韩万,所以韩起把桓叔尊为祖先。

伍举论台美而楚殆[1]

灵王为章华之台[2]，与伍举升焉[3]，曰："台美夫[4]。"对曰："臣闻国君服宠以为美[5]，安民以为乐，听德以为聪[6]，致远以为明[7]。不闻以土木之崇高、彤镂为美[8]，而以金石匏竹之昌大、嚣庶为乐[9]；不闻以其观大、视侈、淫色以为明[10]，而以察清浊为聪[11]。

"先君庄王为匏居之台[12]，高不过望国氛[13]，大不过容宴豆[14]，木不妨守备[15]，用不烦官府，民不废时务，官不易朝常[16]。问谁宴焉，则宋公、郑伯[17]；问谁相礼[18]，则华元、驷騑[19]；问谁赞事[20]，则陈侯、蔡侯、许男、顿子[21]，其大夫侍之。先君以是除乱克敌[22]，而无恶于诸侯[23]。今君为此台也，国民罢焉[24]，财用尽焉，年谷败焉，百官烦焉，举国留之[25]，数年乃成。愿得诸侯与始升焉，诸侯皆距无有至者[26]，而后使太宰启疆请于鲁侯[27]，惧之以蜀之役[28]，而仅得以来。使富都那竖赞焉[29]，而使长鬣之士相焉[30]，臣不知其美也。

"夫美也者，上下、内外、大小、远近皆无害焉，故曰美。若于目观则美，缩于财用则匮[31]，是聚民利以自封而瘠民也[32]，胡美之为[33]？夫君国者，将民之与处[34]；民实瘠矣，君安得肥？夫且私欲弘侈[35]，则德义鲜少；德义不行，则迩者骚离而远者距违[36]。天子之贵也，唯其以公侯为官正[37]，而以伯子男为师旅[38]。其有美名也，唯其施令德于远近[39]，而小大安之也。若敛民利以成其私欲，使民蒿焉忘其安乐[40]，而有远心[41]，其为恶也甚矣，安用目观[42]？

"故先王之为台榭也，榭不过讲军实[43]，台不过望氛祥[44]。故榭度于大卒之居[45]，台度于临观之高[46]。其所不夺穑地[47]，其为不匮财用,其事不烦官业,其日不废时务。瘠硗之地[48],于是乎为之;城守之木,于是乎用之;官僚之暇,于是乎临之[49];四时之隙[50],于是乎成之。故《周诗》曰[51]:'经始灵台[52],经之营之。庶民攻之[53],不日成之。经始勿亟[54],庶民子来[55]。王在灵囿,麀鹿攸伏[56]。'夫为台榭,将以教民利也[57],不知其以匮之也。若君谓此台美而为之正[58],楚其殆矣[59]!"

[注释]

[1]本篇选自《楚语上》。文章通过伍举论高台之美,表述了治国应把人民利益摆在首位的思想。其中"聚民利以自封而瘠民"、"民实瘠矣,君安得肥"、"其所不夺稿地,其为不匮财用"、"瘠硗之地,于是乎为之"等观点,至今读来仍有实际的借鉴意义。

[2]灵王:楚灵王,名熊虔,前540年—前529年在位。章华台:楚离宫名,楚灵王所建,其故址在今湖北监利县西北。

[3]伍举:春秋时楚国大夫,伍子胥的祖父,又叫椒举。椒是伍举的封邑。升:登上。

[4]夫:句末语气词。

[5]服宠:即宠服,指诸侯贤明,受到天子赏赐的表彰功德之服饰。

[6]听德以为聪:能任用有德之人称为聪。

[7]致远:招致远方的人来归附。

[8]彤镂:在楹柱上涂饰红漆,椽子上雕刻花纹。

[9]金石匏(páo)竹:泛指乐器。金,钟。石,磬。匏,笙。竹,箫。昌大:盛大。器庶:形容声音大。器,喧哗。庶,众。

[10]观大:观看大的场面。视侈:观赏奢侈华丽的陈设。淫色:淫滥的姿色。

[11]察:审察。清浊:指宫、商、角、徵、羽五音的清浊。

[12]庄王:楚庄王,前613年—前591年在位。匏居:台名。

[13]氛:古代指预示吉凶的云气。"氛"多指不祥的凶象之气。

[14]容宴豆:容纳宴会中的饮食器具。

[15]木不妨守备:所用木料不妨害国家的守备之用。

[16]不易朝常:不改变朝廷的正常工作。

[17]宋公、郑伯:宋国和郑国的国君。宋国国君的爵位是公,郑国国君的爵位是伯。

[18]相礼:引导国君行参谒之礼的人。

[19]华元:宋国卿士。驷騑:郑穆公之子,名騑,字子驷。

[20]赞事:佐助行礼饮宴等事务的人。

[21]陈侯、蔡侯、许男、顿子:指陈国、蔡国、许国、顿国的国君。侯、男、子是爵位名。

[22]以是:以这种方式。

[23]恶:交恶,指结仇。

[24]罢(pí):通"疲",疲敝。

[25]举国留之:全国都为造台忙碌。留,治理。

[26]距:通"拒",拒绝。

[27]太宰:官名。启疆:楚国卿士。鲁侯:鲁国国君,指鲁昭公。

[28]惧之:威胁他。蜀之役:鲁国与晋国结盟,楚国出兵攻打鲁国,一直打到鲁国的蜀地(在今山东泰安县西),迫使鲁国向楚国求和结盟。事在鲁成公二年。这句是说,楚国用再挑起"蜀之役"之类的事情威胁鲁国,使他不敢不来。

[29]富都那竖:指容貌长得漂亮的少年臣子。富,富于容貌。都、那,指漂亮。竖,少年。

[30]长鬣(cháng liè):长胡子。

[31]缩于财用则匮:耗费财富使国家匮乏。缩,取用。

[32]聚民利以自封:聚敛民利而使自己富足。瘠民:使百姓贫困。

[33]胡美之为:哪里算美呢?

[34]君国者:做一国之君的人。民之与处:与民共处。

[35]私欲弘侈:个人欲望很大。弘,大。

[36]迩者:近处的人。骚离:忧愁地离去。距违:拒不听命甚至背叛。

[37]公、侯:爵位名。官正:官吏之长。

[38]以伯子男为师旅:让伯、子、男统帅军队。

[39]令德:美德。

[40]蒿:耗费。

[41]远心:叛离之心。

[42]安用目观:意思是用眼睛看着美哪能算美呢?

[43]榭:台上建的房子。讲军实:讲习军事方面的事情。

[44]氛:凶象之气。祥:吉祥之气。

[45]榭度于大卒之居:意思是榭的大小只要能在上面检阅士卒就足够了。

[46]台度于临观之高:意思是台的高度只要能在上面看清云气吉凶就足够了。

[47]所:建造台榭的处所。不夺穑地:不侵占耕地。

[48]瘠硗之地:贫瘠的土地。

[49]临之:亲临现场指挥。

[50]四时之隙:四季的空闲时间。

[51]《周诗》:指《诗经·大雅·灵台篇》。

[52]经始灵台:开始建造灵台。灵台,周天子之台。

[53]庶民:百姓。攻之:建造灵台。

[54]亟:急。

[55]子来:像儿子一样都来尽力。

[56]麀(yōu)鹿攸伏:母鹿悠闲地伏卧着。麀鹿,母鹿。攸,所。

[57]教民利:让百姓得到利益。

[58]若君谓此台美而为之正:如果君主认为这个台子很美,而且认为这个想法很正确。

[59]殆:危险。

王孙圉论国之宝[1]

　　王孙圉聘于晋,定公飨之[2],赵简子鸣玉以相[3],问于王孙圉曰:"楚之白珩犹在乎[4]?"对曰:"然。"简子曰:"其为宝也,几何矣[5]。"曰:"未尝为宝。楚之所宝者,曰观射父[6],能作训辞[7],以行事于诸侯[8],使无以寡君为口实[9]。又有左史倚相[10],能道训典[11],以叙百物[12],以朝夕献善败于寡君[13],使寡君无忘先王之业;又能上下说于鬼神[14],顺道其欲恶[15],使神无有怨痛于楚国。又有薮曰云连徒州[16],金木竹箭之所生也[17]。龟、珠、角、齿、皮、革、羽、毛[18],所以备赋[19],以戒不虞者也[20]。所以共币帛[21],以宾享于诸侯者也[22]。若诸侯之好币具[23],而导之以训辞[24],有不虞之备,而皇神相之[25],寡君其可以免罪于诸侯,而国民保焉。此楚国之宝也。若夫白珩,先王之玩也[26],何宝之焉?

"圉闻国之宝六而已:圣能制议百物[27],以辅相国家[28],则宝之[29];玉足以庇荫嘉谷[30],使无水旱之灾,则宝之;龟足以宪臧否[31],则宝之;珠足以御火灾,则宝之;金足以御兵乱[32],则宝之;山林薮泽足以备财用[33],则宝之。若夫哗嚣之美[34],楚虽蛮夷[35],不能宝也。"

[注释]

[1]本篇选自《楚语下》。王孙圉(yǔ)是楚国大夫,他到晋国访问时,发表了一番什么是国家之宝的宏论,既维护了国家的尊严,又启人犹深。

[2]定公:晋定公,名午,前511年—前475年在位。飨:用酒食招待客人。

[3]赵简子:晋国正卿赵鞅。鸣玉以相:身带丁冬作响的玉佩来相礼。鸣玉,身上的玉佩在走动时相互碰撞,发出声音。相,即相礼,国君接待外宾时主持礼节仪式。

[4]白珩(héng):楚国著名的佩玉。珩,古代一组玉佩,上端的佩件称为珩,下端的佩件称为璜。犹在乎:还在吗?

[5]其为宝也几何矣:白珩作为宝物流传几代了?几何,犹言几代,多久。

[6]观射父(guàn yì fǔ):楚国大夫。

[7]训辞:与诸侯交往的外交辞令。

[8]行事于诸侯:与各诸侯国交往。

[9]寡君:我国君主,这是对外人称呼本国君主的谦辞。口实:话柄。

[10]倚相:楚国史官,任左史之职。

[11]训典:古代典籍。

[12]叙百物:安排各种政事。

[13]献善败于寡君:向我们君主提供前人成败的事例。

[14]上下说于鬼神:指能博得天地神灵的欢心。古人认为史官能与鬼神相通。说(yuè),高兴,喜欢。

[15]顺道:顺应。道,通"导"。欲恶:好恶。

[16]薮(sǒu):湖泽。云连徒州:即云梦泽,也叫云土或云杜。其地在今湖北监利县北。

[17]金:指铜。箭:箭竹。

[18]龟:龟甲,古人用灼龟甲来占卜吉凶。珠:珍珠,古人认为珍珠可以防御火灾。角:兽角,用于制作弓弩。齿:象牙,用于装饰弓的两端。皮:虎豹皮,用于制作车垫和箭袋。革:犀牛皮或牛皮,可用来制作甲胄。羽:鸟羽,用以装饰旗子。毛:牦牛尾,可作旗杆顶端的装饰。

[19]赋:兵赋,这里指军用物资。以上所列各种东西都与军备有关。

[20]戒:防备。不虞:没有预料的突发事件。

[21]共:提供,供给。币帛:指礼物。

[22]宾:以宾客之礼相待。享:馈赠。

[23]币具:礼物。

[24]导之以训辞:用外交辞令说服他。导,疏导。

[25]皇神:天神。相:辅助,保佑。

[26]玩:玩物。

[27]圣:指国家的贤才。制议百物:创造和评议各种事物。

[28]辅相国家:辅佐治理国家。

[29]则宝之:就把它当作宝物。

[30]玉:指祭祀用的玉器。庇荫:保护,庇护。

[31]宪:显示,反映。臧否(zāng pǐ):吉凶。

[32]金足以御兵乱:用金属制作武器,足以防御战乱。

[33]备财用:供给财物用品。

[34]哗嚣:喧嚣,指佩玉发出的声响。

[35]蛮夷:古代对边远少数民族的称呼,这里是王孙圉自称楚国的谦辞。

越王句践命诸稽郢[1]

吴王夫差起师伐越[2],越王句践起师逆之[3]。大夫种乃献谋曰[4]:"夫吴之与越,唯天所授[5],王其无庸战[6]。夫申胥、华登简服吴国之士于甲兵[7],而未尝有所挫也[8]。夫一人善射,百夫决拾[9],胜未可成也[10]。夫谋必素见成事焉[11],而后履之[12],不可以授命[13]。王不如设戎[14],约辞行成[15],以喜其民[16],以广侈吴王之心[17]。吾以卜之于天[18],天若弃吴,必许吾成而不吾足也[19],将必宽然有伯诸侯之心焉[20]。既罢弊其民[21],而天夺之食[22],安受其烬[23],乃无有命矣[24]。"

越王许诺,乃命诸稽郢行成于吴[25],曰:"寡君句践使下臣郢不敢显然布币行礼[26],敢私告于下执事曰[27]:昔者越国见祸[28],得罪于天王[29]。天王亲趋玉趾[30],以心孤句践[31],而又宥赦之[32]。君王之于越也,緊起死人而肉白骨也[33]。孤不敢忘天灾,其敢忘君王之大赐乎[34]!今句践申祸无良[35],草鄙之人[36],敢忘天王之大德,而思边垂之小怨[37],以重得罪于下执事[38]?句践用帅二三之老[39],亲委重罪[40],顿颡于边[41]。

"今君王不察,盛怒属兵[42],将残伐越国[43]。越国固贡献之邑也[44],君王不以鞭箠使之[45],而辱军士使寇令焉[46]。句践请盟[47]:一介嫡女[48],执箕帚以晐姓于王宫[49];一介嫡男,奉槃匜以随诸御[50];春秋贡献,不解于王府[51]。天王岂辱裁之[52]?亦征诸侯之礼也[53]。

"夫谚曰:'狐埋之而狐搰之[54],是以无成功。'今天王既封植越国[55]，以明闻于天下[56]，而又刈亡之[57]，是天王之无成劳也[58]。虽四方之诸侯，则何实以事吴[59]？敢使下臣尽辞[60]，唯天王秉利度义焉[61]。"

[注释]

[1]本篇选自《吴语》。文章讲述吴王夫差兴兵伐越，越王句践在敌强我弱的形势下，采纳大夫文种的建议，派诸稽郢到吴国求和。诸稽郢用极为谦恭的外交辞令劝说吴国暂时罢兵，为越国赢得了宝贵的时间。

[2]夫差：春秋末期吴国国君，吴王阖庐之子，前495年—前473年在位。前496年吴王阖庐与越王句践战于檇李（今浙江嘉兴县西南），被句践打败后，受重伤而死。夫差即位后，为报父仇，前494年在夫椒（今江苏吴县西南）一役中大败越兵，并乘胜攻破越都，使越国屈服，沦为属国。前482年，夫差在黄池（今河南封丘西南）大会诸侯，与晋国争夺霸主地位。越王句践趁虚攻入吴都。夫差被迫回师，向越国请和。其后十年，越国再次兴兵，攻灭吴国，夫差自杀而死。起师：兴兵。

[3]句践：春秋末期越国国君，越王允常之子，前496年—前465年在位。夫椒一役，句践被吴国打败，他屈服求和，亲身到吴国做仆役之事，受尽屈辱。侥幸回国后，他卧薪尝胆，励精图治，任用范蠡、文种贤臣治理国政，使国力逐渐强盛，最终消灭了吴国。逆之：迎战吴国。

[4]大夫种：春秋时越国大夫文种，字伯禽（一字子禽），楚国郢（今湖北江陵西北）人。越被吴击败后，文种奉越王句践之命，赴吴求和，贿赂吴太宰嚭，得免亡国。句践入吴后，文种主持国政。句践归国后，君臣刻苦图强，终于一举灭吴。相传范蠡隐居后，曾写信告诫文种，说越王为人阴险，难与共事，劝其早日离去。文种接信后，称病不朝。句践听信谗言，赐剑命他自杀。

[5]夫吴之与越，唯天所授：意思是，吴国和越国的命运是由上天决定的。夫，句首语气词。唯，只，只是。

[6]其：句中语气词。无庸：不用。

[7]申胥：即伍子胥，春秋时吴国大夫。名员，字子胥，楚国大夫伍奢之子。

　　楚平王七年(前522),伍奢因直谏被杀,伍子胥逃奔到吴国,协助吴公子光(即吴王阖庐)刺杀吴王僚,夺得王位。后又辅佐阖庐整顿军队演习作战,一举攻破楚国,因功受封于申(今河南南阳北),所以又称申胥。吴王夫差时担任大夫,参赞国事。因劝吴王拒绝越国求和并停止北上争霸伐齐而逐渐被疏远。后吴王听信太宰嚭的谗言,赐剑令其自杀。华登:吴国大夫,宋国大司马华费遂之子。宋平公时华氏家族兴兵作乱,失败后,华登逃奔到吴国,为大夫。简服吴国之士于甲兵:这里指训练吴国军队。

[8]未尝有所挫:指吴国军队在战斗中还没有受到过挫折。

[9]决拾:古代射箭用具。"决"通"抉",扳指,套在拇指上,用以钩住弓弦。拾,指套袖,射箭时套在臂膀上,用以护臂。"决拾",这里即指射箭。"一人善射,百夫决拾",意思是,如果一个人善于射箭,那么众人都会起而仿效也都会射箭。用以比喻吴国军队由于申胥、华登善于用兵,有很强的战斗力。

[10]胜未可成:指战胜吴国还不大可能。

[11]素见:预见。成事:指成功的把握。

[12]履:实施,实行。

[13]授命:斗命,送死。

[14]设戎:指设兵自守。戎,兵。

[15]约辞行成:指用谦卑的言辞向吴国请和。韦昭注:"约,卑也。成,平也。"

[16]以喜其民:指让吴国的百姓高兴。

[17]以广侈吴王之心:使吴王的野心扩大膨胀。侈,大。

[18]吾以卜之于天:意思是,我们可以就此事向上天问卜。

[19]许吾成:同意与我们讲和。许,同意,答应。不吾足:即"不足吾",指认为我国不足畏惧。

[20]宽然:宽缓的样子。指宽缓吴越边境之间的紧张形势。伯诸侯:称霸诸侯。伯通"霸"。

[21]罢弊其民:指吴国百姓被战争拖累得疲惫不堪。罢通"疲"。

[22]天夺之食:指天灾使得吴国的食物短缺。

［23］安受其烬：意思是吴国在遭受天灾人祸国力衰微之后，越国可以安安稳稳地去收拾吴国的残局。"烬"，余，指残局。

［24］无有命矣：指吴国失去天命的庇护，意为吴国将要灭亡。

［25］诸稽郢：越国大夫。行成于吴：到吴国去求和。

［26］寡君：我国君主，这是在外交场合对自己国君的谦称。下臣：小臣，自谦之辞。显然布币行礼：指公开陈放玉帛财物表示礼敬。布，陈列，放置。币，指玉帛等财物。

［27］私告：私下里禀告。下执事：本义是指君主手下的办事人员，这里代指吴王，表示对吴王的尊敬，意思是不敢直接对吴王陈述事情，只敢对其手下人员讲。这是当时常用的外交辞令。

［28］见祸：遭受祸端。这里指前496年吴王阖庐与越王句践战于檇李被打败后受重伤而死之事。

［29］天王：指吴王夫差。称"天王"表示尊敬。

［30］亲趋玉趾：指吴王夫差亲自率兵攻打越国。

［31］孤：顾念。清俞樾《群经平议·国语二》："孤之言顾也。……本将治越之罪，因顾念句践而又宥赦之也。"又韦昭注说："孤，弃也。"据此则"心孤句践"的意思是，想要灭掉越王句践。亦可参考。

［32］宥赦：宽宥，赦免。之：代词，指句践。

［33］"君王之于越也"二句：意思是，君王对于越国，是有使死人复生、使白骨重新生肉的大恩的。繄（yī）：是。

［34］"孤不敢"二句：意思是，我不敢忘记上天降下的灾祸，又怎么敢忘记君王的大恩赐呢。其：副词，同"岂"。

［35］申祸：指祸难深重。无良：指没有善行。韦昭注："申，重也。良，善也。"

［36］草鄙之人：草野鄙陋之人。又韦昭注说："远邑称鄙"。据此则"草鄙之人"指边远草野之人。亦可参考。

［37］边垂之小怨：指吴国侵扰越国边境的怨恨。

［38］重得罪：再次得罪。

［39］用帅二三之老：意为，因而率领几个老臣。用，连词，因此、因而。老，指亲近的臣子。韦昭注："家臣称老，言此谦也。"

[40] 亲委重罪：亲自承担大罪。委，这里是"承担"的意思，韦昭注："委，归也。"归即承揽、承担的意思。

[41] 顿颡：叩头。边：指边境。

[42] 属（zhǔ）兵：调集军队。属，聚集，会合。

[43] 残伐：毁灭性地攻伐。残，摧毁，消灭；这里作"伐"的状语。

[44] 越国固贡献之邑：意思是，越国本来就是您手下的一个进献纳贡的城邑。固，本来。贡献，进奉，进贡。

[45] 君王不以鞭箠使之：意思是，君主您不像对待下人那样用鞭子去驱使越国。鞭箠（chuī），鞭子，这里用作比喻，指像驱使下人那样对待越国。

[46] 而辱军士使寇令焉：意思是，您却屈尊将士们像执行御敌号令那样去进攻越国。使寇令，使他们执行抵御敌寇的号令。韦昭注："若御寇之号令。"

[47] 请盟：请求签定盟约。

[48] 一介嫡女：指送来一个嫡亲的女儿。一介，一个。

[49] 以晐（gāi）姓于王宫：意思是到王宫内去侍奉吴王。晐姓，指纳女于天子。韦昭注："晐，备也。姓，庶姓。《曲礼》曰：'纳女于天子，曰备百姓。'"这里则指把女儿送到吴国王宫去侍奉吴王。

[50] 槃匜（pán yī）：盥洗用具。随诸御：意思是，跟随在近臣宦仆等人的身后侍奉君主。御，韦昭注："近臣宦竖之属。"

[51] "春秋贡献"二句：意思是，每年所应贡奉的物品，一定会按时送到，决不懈怠。解（xiè）：懈怠，怠慢。

[52] 岂辱裁之：岂能辱没自己而对越国加以制裁呢。

[53] 亦征诸侯之礼也：这样做也符合天子向诸侯国征收赋税之礼。征，指征收赋税。

[54] 掊（hú）：发掘，掘出。

[55] 封植：培植，扶植。

[56] 明闻于天下：指使越国显扬于天下。

[57] 刈（yì）亡：翦灭，消灭。

[58] 无成劳：即无成功，指徒劳无功。

［59］何实以事吴：怎么敢真心实意地侍奉吴国呢。

［60］敢使下臣尽辞：请允许我把话说清楚。

［61］秉利度义：指权衡考虑其中的利害和道理。

论　语

　　孔子（前551—前479），名丘，字仲尼，鲁国陬邑（今山东曲阜）人，春秋时期伟大的思想家、教育家。他一生命运坎坷，得意的时候少，失意的时候多，他在贫困失意时从不消沉，仍然孜孜不倦地到处学习，不懂就问，所以他见闻广博。由于鲁国是一个礼乐之邦，比较完整地保存着西周的文化传统，所以孔子从小就受到周文化的熏陶。成年以后又以好礼、知礼闻名于鲁国。到了晚年，孔子就专门从事整理古籍和讲学授徒的学术活动。他是中国私人办教育的第一人，也是传播古代文化的第一人，同时又是儒家学派的创建者。中国古代文化的流传以至后来的扩大和发展，应该首先归功于孔子。

　　孔子的思想核心是"仁"，"仁"有多方面的内涵，而其最基本的内容就是"爱人"，也就是对别人施以爱心。这也是儒家处理人与人之间伦理关系的一般准则。为了实现这种以爱人为核心的仁，孔子还提出了一个具体方法。他说："夫仁者，己欲立而立人，己欲达而达人。能近取譬，可谓仁之方也。"要实现这种仁，必须首先做到推己及人，自己想要有所树立，也应该让别人有所树立；自己想要有所通达，也应该让别人有所通达；想到自己的同时，也应该想到别人。这种推己及人的仁还有其相对应的一面，即所谓

"己所不欲,勿施于人",自己不愿意的,不要强加给别人。这两个方面合在一起,就是孔子所一贯提倡的忠恕之道。另外孔子在经济、政治、教育和哲学等方面都有许多精彩的言论,形成了一整套以仁为核心的博大精深的思想体系。

《论语》是以记载孔子言行为主,并且兼记孔子部分学生言行的语录体著作,是孔子死后由他的学生整理而成的。

《论语》成书之后,受到了历代人们的重视。南宋时期,朱熹又把《大学》《中庸》《论语》《孟子》合为四书,作《四书章句集注》,此后这四种书就成为封建科举考试的必读教科书。科举废除之后,《论语》仍然是读书人经常诵读的著作,这主要是因为《论语》的确是一部有着较为广泛用途和较大价值的重要古籍,无论是研究中国古代文化或是进行中国古代文化传统的教育,都是必读之书。

学而第一(选三章)[1]

子曰[2]:"学而时习之[3],不亦说乎[4]?有朋自远方来,不亦乐乎?人不知[5],而不愠[6],不亦君子乎?"

[注释]

[1]本篇一共十六章,这里选择其中三章,内容大都是论述学习、道德修养以及治理政事的。

[2]子:古代对成年男子的尊称。《论语》中"子曰"之"子",都是指孔子。

[3]时习:指按时复习。一说指时常复习,亦通。之:代词,指学习的内容。

[4]不亦说乎:不也是很愉快吗。亦:也。说:通"悦",愉快,高兴。

[5]人不知:指别人不了解自己。

[6]愠(yùn):恼怒,生气。

子曰:"君子食无求饱[1],居无求安[2],敏于事而慎于言[3],就有道而正焉[4],可谓好学也已。"

[注释]

[1]无:通"勿",不要。

[2]安:安逸,舒适。

[3]敏于事:做事勤敏努力。慎于言:说话谨慎小心。

[4]就有道:接近求教于有德才的人。正:指端正自己。

子曰:"不患人之不己知,患不知人也[1]。"

[注释]

[1]这两句的意思是:不担心别人不了解自己,而担心自己不了解别人。不己知,即"不知己",不了解自己。

为政第二(选八章)[1]

子曰:"吾十有五而志于学[2],三十而立[3],四十而不惑[4],五十而知天命[5],六十而耳顺[6],七十而从心所欲,不逾矩[7]。"

[注释]

[1]本篇共二十四章,主要论述从政、治学与道德修养的关系。

[2]本章孔子自述一生的学习历程。十有五:即十五岁。志于学:立志于学习。

[3]立:立足,有把握。《论语·尧曰》篇:"不知礼,无以立也。"所以这里的"立"当指以礼立足,做事有把握。

[4]惑:疑惑,迷惑。

[5]知天命:了解天命,乐天知命。

[6]耳顺:指善于听别人说话,能分辨其言之是非真假。

[7]逾:超越,超过。矩:规矩,法度。

　　子夏问孝[1],子曰:"色难[2]。有事,弟子服其劳[3];有酒食,先生馔[4],曾是以为孝乎[5]?"

[注释]

[1]子夏:孔子学生。姓卜名商,字子夏,春秋末期晋国人,一说卫国人。

[2]色难:指侍奉父母经常保持愉悦的容色是最难的。

[3]弟子:这里指儿子。服其劳:替父兄效劳。

[4]先生:这里指父兄。馔(zhuàn):吃喝。

[5]曾(zēng):竟,竟然。是:这样。

　　子曰:"视其所以[1],观其所由[2],察其所安[3]。人焉廋哉[4]?人焉廋哉?"

[注释]

[1]所以:所作所为。

[2]所由:所走过的道路,经历。

[3]所安:内心所安的事情,即所爱好的事情。

[4]焉:哪里,怎么。廋(sōu):隐藏。

　　子曰:"温故而知新[1],可以为师矣[2]。"

[注释]

[1]温故:温习旧的知识。知新:指有新的领悟。

[2]这两句强调学习贵在有所创新。《礼记·学记》:"记问之学,不足以为师。"可互参。

子曰:"学而不思则罔[1],思而不学则殆[2]。"

[注释]

[1]罔:罔然无知的样子。

[2]殆:疑惑不明。

子曰:"由[1]！诲女知之乎[2]？知之为知之,不知为不知,是知也[3]。"

[注释]

[1]由:孔子学生仲由,字子路,春秋末期鲁国卞(今山东泗水东)人。

[2]诲:教导,教诲。女:同"汝"。知:知道,懂得。

[3]是知也:这才是聪明啊。是,这。知,同"智",智慧聪明。

子张学干禄[1],子曰:"多闻阙疑[2],慎言其余[3],则寡尤[4];多见阙殆[5],慎行其余[6],则寡悔[7]。言寡尤,行寡悔,禄在其中矣。"

[注释]

[1]子张:孔子学生,姓颛孙,名师,字子张,春秋末期陈国人。干:求。禄:官吏的俸禄。"干禄",即求仕。

[2]阙疑:对有疑问之处加以保留。

[3]慎言其余:对其余有把握的部分谨慎地说出自己的意见。

[4]寡尤:少犯错误。尤:错误。

[5]阙殆:意同"阙疑"。

[6]慎行其余:对其余有把握的部分谨慎地付诸实施。

[7]寡悔:减少后悔。

子曰："人而无信[1]，不知其可也[2]。大车无輗[3]，小车无
軏[4]，其何以行之哉？"

[注释]

[1]人而无信：做为一个人却不讲信用。而：语助词，表示停顿。

[2]不知其可：不知道那怎么可以。

[3]大车：牛车。輗(ní)：牛车车辕前端与车辕横木相连接的活销。

[4]小车：马车。軏(yuè)：马车车辕前端与车辕横木相连接的活销。

里仁第四(选四章)[1]

子曰："富与贵，是人之所欲也[2]，不以其道得之[3]，不处
也[4]。贫与贱，是人之所恶也[5]，不以其道得之[6]，不去也。君
子去仁[7]，恶乎成名[8]？君子无终食之间违仁[9]，造次必于
是[10]，颠沛必于是。"

[注释]

[1]本篇共二十六章，这里选的四章主要是有关道德修养的论述。

[2]是：代词，此，这。

[3]不以其道得之：不用正当的方法得到它。

[4]不处：指不接受。

[5]恶(wù)：厌恶。

[6]不以其道得之：意思当是"不以其道去之"，即不用正当的方法抛弃它。
一说此句的"得"字当是"去"字之误。又杨伯峻《论语译注》说："'富
与贵'可以说得之，'贫与贱'却不是人人想'得之'的。这里也讲'不
以其道得之'，'得之'应该改为'去之'。译文只就这一段的精神加以
诠释，这里为什么也讲'得之'，可能是古人的不经意处，我们不必再在
这上面做文章了。"二说可供参考。

[7]去仁:抛弃仁德。

[8]恶(wū)乎:哪里,怎能。恶:同"乌",何处。

[9]君子无终食之间违仁:意思是,君子没有片刻时间,哪怕只是吃一顿饭的时间离开过仁德。终食,指吃完一顿饭的时间。违,离开。

[10]这句意思是:匆忙之时一定执着于仁。造次,仓促,匆忙。是,此,指仁德。

　　　　子曰:"朝闻道,夕死可也[1]。"

[注释]

[1]这二句意思是:早晨知道了真理,即使当晚死去也是值得的。道,真理。

　　　　子曰:"参乎[1]!吾道一以贯之[2]。"曾子曰:"唯[3]。"子出,门人问曰[4]:"何谓也?"曾子曰:"夫子之道,忠恕而已矣[5]。"

[注释]

[1]参:孔子学生曾参,字子舆,春秋末期鲁国南武城(今山东费县西南)人。

[2]道:指思想学说。一以贯之:意思是,贯穿着一个基本原则。贯,贯穿,贯通。

[3]唯:是的。

[4]门人:指孔子的其他学生。

[5]忠恕:孔子思想体系的两个基本概念。用孔子自己的话说,"忠"就是"己欲立而立人,己欲达而达人"(自己想要有所树立,也应该让别人有所树立;自己想要有所通达,也应该让别人有所通达)。与"忠"相对应的一面是"恕",也就是"己所不欲,勿施于人"(自己不想干的,不要强加给别人)。

子曰:"见贤思齐焉[1],见不贤而内自省也[2]。"

[注释]

[1]贤:有贤德的人。思齐焉:希望向他看齐。

[2]内自省:意思是,从内心自我反省,看是否与不贤者有同样的毛病。

公冶长第五(选四章)[1]

宰予昼寝[2]。子曰:"朽木不可雕也,粪土之墙不可杇也[3]。于予与何诛[4]?"子曰:"始吾于人也[5],听其言而信其行;今吾于人也,听其言而观其行。于予与改是[6]。"

[注释]

[1]本篇共二十八章,所选的四章主要是论述勤奋学习、为人处世以及对人物的评价。

[2]宰予:孔子学生,字子我,又称宰我,春秋末期鲁国人。昼寝:白天睡觉。

[3]杇(wū):建筑所用抹墙的工具叫做"杇",这里用作动词,指抹平,粉刷。

[4]于予与何诛:意思是,对于宰予这个人,还有什么可责备的。与,语气词。诛,责备,批评。

[5]始吾于人也:意思是,最初我对别人的看法。

[6]改是:指改变了最初的看法。是,此,这。

子贡问曰[1]:"孔文子何以谓之'文'也[2]?"子曰:"敏而好学[3],不耻下问,是以谓之'文'也。"

[注释]

[1]子贡:孔子学生,姓端木名赐,春秋末期卫国人。

[2]孔文子:卫国大夫,姓孔名圉(yǔ)。文:是孔圉的谥号。谥号都是根据一个人生前的表现,由后人加上的。"文"有美、善的意思。

[3]敏:勤奋,勤勉。

　　子张问曰:"令尹子文三仕为令尹[1],无喜色;三已之[2],无愠色。旧令尹之政,必以告新令尹。何如?"子曰:"忠矣。"曰:"仁矣乎[3]?"曰:"未知,焉得仁[4]?""崔子弑齐君[5],陈文子有马十乘[6],弃而违之[7],至于他邦[8],则曰:'犹吾大夫崔子也[9]'。违之。之一邦[10],则又曰:'犹吾大夫崔子也。'违之。何如?"子曰:"清矣[11]。"曰:"仁矣乎?"曰:"未知,焉得仁?"

[注释]

[1]本章说明,"仁"是儒家学派的最高道德,因此孔子评价人物,决不轻易以"仁"许人。令尹:先秦时期楚国官名,相当于其他各诸侯国的宰相。子文:春秋时楚国令尹,即斗毂於菟,楚成王时任令尹二十八年。三仕:多次出仕。

[2]三已:多次被罢免。

[3]仁矣乎:算得上仁吗?

[4]焉得仁:怎能算仁呢?

[5]崔子:春秋时齐国大夫崔杼。弑:在下位的人杀掉在上位的人称为弑。齐君:指齐庄公。

[6]陈文子:齐国大夫,名须无。十乘(shèng):乘指马车。古以四马驾一车为一乘,故常以乘来计算马的数量。十乘即四十匹马。此言其富有。

[7]弃:舍弃。指舍弃他的财产。违:离开。

[8]他邦:其他诸侯国。

[9]犹吾大夫崔子也:意思是,这里的执政大臣同我国的崔子一样。

[10]之:到,往。

[11]清:指清高。

　　颜渊、子路侍^[1]。子曰:"盍各言尔志^[2]?"子路曰:"愿车马衣裘与朋友共^[3],敝之而无憾^[4]。"颜渊曰:"愿无伐善^[5],无施劳^[6]。"子路曰:"愿闻子之志。"子曰:"老者安之^[7],朋友信之^[8],少者怀之^[9]。"

[注释]

[1]颜渊:孔子学生,姓颜名回,字子渊,古又称颜渊。春秋末年鲁国人。

　　侍:侍立,指地位低的人站着陪伴长者。

[2]盍:"何不"二字的合音。尔:你们。

[3]裘:皮衣。共:共同享用。

[4]敝:破,坏。

[5]伐善:夸耀自己的长处。伐:夸耀。

[6]无施劳:不表白自己的功劳。施:朱熹《论语集注》:"施亦张大之意。

　　劳为有功。《易》曰:'劳而不伐'是也。"据此则"施"即表白之意。

[7]老者安之:使老者得到安逸。

[8]朋友信之:使朋友得到信任。

[9]少者怀之:使年轻人得到关怀。

雍也第六(选四章)^[1]

　　子曰:"质胜文则野^[2],文胜质则史^[3],文质彬彬^[4],然后君子。"

[注释]

[1]本篇共三十章,所选四章分别论述文与质的关系、仁者与知者的不同

表现、仁与圣的区别等,都是孔子思想体系的重要内容。

[2]质:质朴,朴实。文:文采。野:粗俗。

[3]史:这里指虚浮。

[4]文质彬彬:形容人既有文采又质朴,二者搭配得当。

子曰:"知之者不如好之者[1],好之者不如乐之者[2]。"

[注释]

[1]知之者不如好之者:意思是,对于任何学问或事业,懂得它的人不如喜
　　爱它的人。

[2]乐之者:以学问或事业为乐的人。

子曰:"知者乐水[1],仁者乐山[2]。知者动[3],仁者静。知
者乐[4],仁者寿。"

[注释]

[1]知者:有智慧的人。"知"通"智"。乐:喜爱。

[2]仁者:有仁德的人。

[3]动:指性情好动。下句"静",指性情好静。

[4]乐:快乐。

子贡曰:"如有博施于民而能济众[1],何如?可谓仁乎?"子
曰:"何事于仁[2]!必也圣乎[3]!尧舜其犹病诸[4]。夫仁者[5],
己欲立而立人[6],己欲达而达人[7]。能近取譬[8],可谓仁之方
也已[9]。"

[注释]

[1]博施于民:广泛地施恩惠于百姓。济众:帮助周济众人。

[2]何事于仁:意思是,何止是具有仁德。

[3]必也圣乎:意思是,那一定是具有圣德了。

[4]尧舜:上古时的两位圣君。犹:还,尚且。病诸:意思是,难以做到这些。病,患,担心。

[5]夫(fú):句首语气词。

[6]己欲立而立人:自己想要有所树立,也应该帮助别人有所树立。

[7]己欲达而达人:自己想要有所通达,也应该帮助别人有所通达。

[8]能近取譬:意思是,能从自己身边的事情一步一步地做起。也就是推己及人的意思。

[9]仁之方:行仁的方法。

述而第七(选六章)[1]

　　子曰:"不愤不启[2],不悱不发[3]。举一隅不以三隅反[4],则不复也[5]。"

[注释]

[1]本篇共三十八章,所选六章反映了孔子教育、治学以及为人处世等方面的思想。

[2]不愤不启:意思是,学生不到发愤求知而仍然想不通的时候,不去开导他。愤,极想求知而不得的样子。启,开导。

[3]悱(fěi):口欲言而不能明确表达的样子。发:启发。

[4]举一隅不以三隅反:即不能举一反三的意思。隅(yú):角落。

[5]不复:指不再进行教诲。

　　子谓颜渊曰:"用之则行[1],舍之则藏[2],惟我与尔有是夫[3]。"

　　子路曰:"子行三军[4],则谁与[5]?"子曰:"暴虎冯河[6],死而无悔者,吾不与也。必也临事而惧[7],好谋而成者也[8]。"

[注释]

[1]用之则行:意思是,受到任用就施展自己的抱负。用,指受到任用。

[2]舍:舍弃,指不被任用。藏:指藏身自好。

[3]惟我与尔有是夫:意思是,只有我和你二人才能这样做吧。是,代词,此,这样。夫,语气词。

[4]行三军:指统帅三军。三军:古时大国有三军,每军一万二千五百人。这里泛指军队。

[5]谁与:与谁共事。与:偕同。

[6]暴虎:赤手空拳与虎搏斗。冯(píng)河:徒步过河。"暴虎冯河",这里指有勇无谋,行事卤莽的人。

[7]临事而惧:遇事谨慎小心。

[8]好谋而成者:善于谋划而取得成功的人。

　　子曰:"饭疏食[1],饮水,曲肱而枕之[2],乐亦在其中矣。不义而富且贵[3],于我如浮云[4]。"

[注释]

[1]饭:这里作动词,吃。疏食:粗粮。

[2]曲:弯曲。肱(gōng):上臂,这里泛指胳膊。

[3]不义而富且贵:意思是,用不正当的手段获得富贵。

[4]于我如浮云:朱熹《论语集注》:"其视不义之富贵,如浮云之无有,漠然无所动于其中也。"又引程子曰:"不义之富贵,视之轻如浮云然。"

　　子曰:"加我数年[1],五十以学《易》[2],可以无大过矣。"

[注释]

[1]加我数年:意思是,给我增添几年寿命。

[2]《易》:书名,又叫《周易》、《易经》,本是古代用以占筮的书,后成为儒家经典之一。

子曰:"三人行,必有我师焉[1]。择其善者而从之[2],其不善者而改之[3]。"

[注释]

[1]三人行必有我师焉:意思是,几个人在一起行走,其中必定有我可以师法的人。三:泛指多数。师:师法,取法。

[2]择其善者而从之:选择他们的优点照着做。

[3]其不善者而改之:以他们的缺点为借鉴加以改正。

子曰:"盖有不知而作之者[1],我无是也[2]。多闻,择其善者而从之,多见而识之[3],知之次也[4]。"

[注释]

[1]盖:大概。不知而作之者:自己不懂却凭空虚造的人。

[2]我无是也:意思是,我没有这样的毛病。是,代词,此,指"不知而作之"的毛病。

[3]识(zhì):记住。

[4]知之次也:意思是,仅次于生而知之的情况。次:次一等,差一等。《论语·季氏篇》:"子曰:'生而知之者,上也;学而知之者,次也。'"这里的"知之次也"即"学而知之者次也"之意。

泰伯第八(选三章)[1]

曾子有疾,孟敬子问之[2]。曾子曰:"鸟之将死,其鸣也哀;

人之将死,其言也善。君子所贵乎道者三[3]:动容貌[4],斯远暴慢矣[5];正颜色[6],斯近信矣[7];出辞气[8],斯远鄙倍矣[9]。笾豆之事[10],则有司存[11]。"

[注释]

[1]本篇共二十一章,所选三章,前两章反映了孔子弟子曾子注重从大的方面加强道德修养以及积极进取的精神,后一章则表现了孔子的处世之道。

[2]孟敬子:春秋时鲁国大夫仲孙捷。问:探问,慰问。

[3]所贵乎道者:指所应注重的礼仪道德。

[4]动:作,这里指整肃。

[5]斯:就,就会。远:远离。暴慢:指粗暴无礼,傲慢不敬。

[6]正:端正,庄重。

[7]近信:接近于诚信。

[8]出辞气:指说话时讲究言辞和语调。

[9]鄙:粗俗,鄙陋。倍:同"背",指乖戾、错误。

[10]笾(biān)豆之事:指礼仪的细节事宜。笾,竹器,祭祀或典礼时用以盛果品等食物。豆,形状与笾相似的木制器皿,用以盛带汁的食物。

[11]有司:主管某方面具体事务的小吏。

　　曾子曰:"士不可以不弘毅[1],任重而道远。仁以为己任[2],不亦重乎?死而后已,不亦远乎?"

[注释]

[1]弘毅:刚强坚毅。杨伯峻《论语译注》:"弘毅,就是强毅。章太炎先生《广论语骈枝》说:'《说文》:弘,弓声也。后人借强为之,用为彊义。此弘字即今之强字也。《说文》:毅,有决也。任重须彊,不彊则力绌;致远须决,不决则志渝。'"此说可参。

[2]仁以为己任:把实现仁德作为自己的任务。

子曰：“笃信好学[1]，守死善道[2]。危邦不入[3]，乱邦不居。天下有道则见[4]，无道则隐。邦有道，贫且贱焉，耻也[5]；邦无道，富且贵焉，耻也[6]。”

[注释]

[1]笃信：坚定地信仰道。杨伯峻《论语译注》：“《子张篇》：‘执德不弘，信道不笃，焉能为有？焉能为无？’这一‘笃信’应该和‘信道不笃’的意思一样。”此说可参。

[2]守死：指誓死捍卫。善道：指正确的原则和学说。

[3]危邦：指政局危难的国家。下文“乱邦”，指政局混乱的国家。

[4]有道：指政治清明。见：同“现”，指出仕做官。

[5]“邦有道”三句：意思是，国家政治清明而自己贫贱，是耻辱的事。

[6]“邦无道”三句：意思是，国家政治混乱而自己富贵，也是耻辱之事。

子罕第九(选四章)[1]

子绝四[2]：毋意[3]，毋必[4]，毋固[5]，毋我[6]。

[注释]

[1]本篇共三十一章，所选四章，主要反映了孔子的治学和道德修养。

[2]子绝四：孔子杜绝四种毛病。

[3]毋：同“无”。意：同“臆”，指凭空猜测。

[4]必：指绝对肯定。一说“必”指钻牛角尖而不知变通，亦可参考。

[5]固：拘泥，固执己见。

[6]我：指自以为是。

颜渊喟然叹曰:"仰之弥高[1],钻之弥坚[2]。瞻之在前[3],忽焉在后[4]。夫子循循然善诱人[5],博我以文[6],约我以礼[7],欲罢不能。既竭吾才,如有所立卓尔[8],虽欲从之,末由也已[9]。"

[注释]

[1]本章是颜渊对孔子道德学问的评价与景仰。仰之弥高:意思是,老师的道德学问,越仰望越觉得高大。弥,更加。

[2]钻:钻研。坚:指艰深。

[3]瞻:看。

[4]忽焉:忽然的样子。

[5]夫子:对老师的尊称,指孔子。循循然:有次序、有步骤的样子。

[6]博我以文:即以文博我,指用各种文化知识充实我。博,广博,充实。

[7]约我以礼:指用各种礼节约束我的行为。

[8]"既竭吾才"二句:意思是,我已经竭尽全力,但老师的道德学问仍然高高矗立在我的面前。卓尔:高高直立的样子。按这两句古今解释颇多歧义。何晏《论语集解》:"孔曰,已竭我才矣,其有所立,则又卓然不可及。言己虽蒙夫子之善诱,犹不能及夫子之所立。"邢昺《疏》曰:"已竭尽我才矣,其夫子更有所创立,则又卓然绝异,急虽欲从之,无由得及。"朱熹《论语集注》:"卓,立也。此颜子自言其学之所至也。盖悦之深而力之尽,所见益亲,而又无所用其力也。"又引胡氏曰:"尽心尽力,不少休废,然后见夫子所力之卓然,虽欲从之,末由也已。"今人杨伯峻《论语译注》则译为:"我已经用尽我的才力,似乎能够独立地工作。要想再向前迈进一步,又不知怎样着手了。"以上诸说,皆可参考。

[9]末由也已:意思是,找不到追从的路径。末,无。

子贡曰:"有美玉于斯[1],韫椟而藏诸[2]? 求善贾而沽诸[3]?"子曰:"沽之哉! 沽之哉! 我待贾者也。"

[注释]

[1]于斯:于此,在这里。

[2]韫椟(yùn dú):藏在匣子里。韫,收藏。椟,匣子。诸,"之乎"二字的合音。

[3]善贾(gǔ):识货的商人。贾,商人。一说"善贾"指好的价钱,亦通。沽:卖。

　　子曰:"岁寒,然后知松柏之后彫也[1]。"

[注释]

[1]这两句的意思是:到了严寒的季节,才知道松柏是最后凋零的。这里是用松柏耐寒比喻能禁得住严峻考验的人。彫:同"凋",凋零。

乡党第十(选二章)[1]

　　食不厌精[2],脍不厌细[3]。食饐而餲[4],鱼馁而肉败[5],不食。色恶[6],不食。臭恶[7],不食。失饪[8],不食。不时[9],不食。割不正[10],不食。不得其酱[11],不食。肉虽多,不使胜食气[12]。唯酒无量,不及乱[13]。沽酒市脯不食[14]。不撤姜食,不多食[15]。

[注释]

[1]本篇原不分章,清刘宝楠《论语正义》根据内容及前人的疏证,分为二十五章。这里所选二章,反映了孔子的养生之道和处世之道。

[2]食不厌精:饭食不贪图精粹。厌:通"餍",餍足,饱足。

[3]脍(kuài)不厌细:鱼、肉不贪图细美。脍,切细的鱼、肉。按,一说这两句的"厌"字是"讨厌、嫌恶"的意思,"食不厌精,脍不厌细"是指"粮食

不嫌舂得精,鱼、肉不嫌切得细",亦可参考。

[4] 饐(yì)、餲(ài):都是指食物经久而腐败变味。

[5] 馁:鱼腐烂为"馁"。败:肉腐烂为"败"。

[6] 色恶:指食物的颜色难看。

[7] 臭(xiù)恶:食物的气味难闻。

[8] 失饪:烹饪的火候不当。

[9] 不时:不到吃饭的时候。《吕氏春秋·尽数篇》:"食能以时,身必无灾。"

[10] 割不正:古代烹饪有"割、烹、煎、和之事"(见《周礼·内饔》),"割"即切割。牲肉的切割有一定的方法,切割不得法叫"割不正"。

[11] 不得其酱:指没有相适应的调味酱。按,古人吃鱼、肉等食物,要用各种相应的酱、醋以佐食。如《论语集解》引马融曰:"鱼脍,非芥酱不食。"

[12] 不使胜食气:意思是,吃肉不超过吃其他饭食。程树德《论语集释》引《集注考证》曰:"气当读作饩,犹云饭料也。《聘礼》:'后饩大夫黍粱稷食气',正黍粱稷之谓也。"

[13] "唯酒无量"二句:意思是,喝酒不限量,但不能喝醉而神志混乱。

[14] 沽:买。市:买。脯:干肉。

[15] "不撤姜食"二句:意思是,吃完饭,其他的食物都撤掉,只有姜不撤掉,但也不多吃。按程树德《论语集释》引《四书稗疏》云:"言撤则必既设之而后撤也,言不撤则必他有所撤而此不撤也。按《士相见礼》'夜侍坐视夜膳荤,请退可也',注云:'荤,辛菜。'姜亦辛菜也,则此言燕居讲说而即席以食者,食已,饭羹醢荄之属皆撤,而姜之在豆者独留,倦则食之,以却眠也。古之人类然,君子亦以为宜不待夜倦欲食辛而更索之。"此说解释"不撤姜食"较为合乎情理,可以参考。

色斯举矣[1],翔而后集[2]。曰[3]:"山梁雌雉[4],时哉[5]!时哉!"子路共之[6],三嗅而作[7]。

[注释]

[1] 色斯举矣：意思是，野鸡见人的脸色不善，就立刻高高飞起以避危险。

[2] 翔：飞翔，盘旋。集：指鸟群集在树上。

[3] 曰：这里是孔子说话。

[4] 雉：野鸡。

[5] 时哉：这里指野鸡能得其时。一说"时哉"是指"识时务"的意思，亦可
参考。

[6] 共：同"拱"，拱手。

[7] 三嗅而作：意思是，野鸡振了振翅膀又重新飞起来。嗅：当作臭(jù)，
鸟张开两翅的样子。

先进第十一(选一章)[1]

子路、曾皙、冉有、公西华侍坐[2]。

子曰："以吾一日长乎尔[3]，毋吾以也[4]。居则曰[5]：'不吾
知也。'如或知尔，则何以哉[6]？"

子路率尔而对曰[7]："千乘之国[8]，摄乎大国之间[9]，加之
以师旅[10]，因之以饥馑[11]，由也为之[12]，比及三年[13]，可使有
勇，且知方也[14]。"

夫子哂之[15]。

"求！尔何如？"

对曰："方六七十[16]，如五六十[17]，求也为之，比及三年，可
使足民[18]。如其礼乐[19]，以俟君子[120]。"

"赤！尔何如？"

对曰："非曰能之[21]，愿学焉。宗庙之事[22]，如会同[23]，端
章甫[24]，愿为小相焉[25]。"

"点！尔何如？"

鼓瑟希^[26]，铿尔^[27]，舍瑟而作^[28]，对曰："异乎三子者之撰^[29]。"

子曰："何伤乎？亦各言其志也^[30]。"

曰："莫春者^[31]，春服既成^[32]，冠者五六人^[33]，童子六七人^[34]，浴乎沂^[35]，风乎舞雩^[36]，咏而归^[37]。"

夫子喟然叹曰："吾与点也^[38]。"

三子者出，曾皙后。曾皙曰："夫三子者之言何如？"

子曰："亦各言其志也已矣。"

曰："夫子何哂由也？"

曰："为国以礼^[39]，其言不让^[40]，是故哂之。"

"唯求则非邦也与^[41]？"

"安见方六七十如五六十而非邦也者^[42]？"

"唯赤则非邦也与？"

"宗庙会同，非诸侯而何？赤也为之小，孰能为之大？"

[注释]

[1] 本篇共二十四章，所选的这一章，记载的是孔子和他的学生关于志向问题的一次座谈会。本章历来被认为是《论语》中最富文学色彩的篇章之一。

[2] 曾皙：曾参的父亲，名点，也是孔子的学生。冉有：孔子学生，姓冉名求，字子有，亦称冉有，春秋末期鲁国人。公西华：孔子学生，姓公西，名赤，字子华。

[3] 以吾一日长乎尔：意思是，因为我比你们年纪大一些。以，因为。长，年长。尔，你们。

[4] 毋吾以也：意思是，你们不要因为我年长而不敢畅所欲言。一说"毋吾以也"是孔子自叹年老无用，仅供参考。

[5] 居：闲居，平时。

[6] "如或知尔"二句：意思是，假如有人了解你们而加以任用，你们怎么

办? 或:有的人。何以:怎么办。

[7]率尔:轻率的样子。

[8]千乘(shèng)之国:拥有一千辆兵车的国家。古代按照土地的多少出兵车,因此可以用兵车的多少来衡量国家的大小。"千乘之国"是中小国家。

[9]摄乎大国之间:夹在大国之间。摄,夹处。此句是说小国处在大国的夹缝之间,随时都有被兼并的危险。

[10]师旅:军队。这里指受到他国军队的侵犯。

[11]因之:增添,再加上。饥馑:饥荒。

[12]为之:指治理。

[13]比(bì)及:等到。

[14]知方:这里指懂得礼义。

[15]哂(shěn):微笑。这里"哂"含有讥讽的意味。

[16]方六七十:方圆六七十里。又杨伯峻《论语译注》说:"这是古代土地面积计算方式,'方六七十'不等于'六七十方里',而是每边长六七十里的意思。"

[17]如:或。

[18]足民:人民富足。

[19]如其礼乐:至于礼乐教化。如:至于。

[20]俟:等待。

[21]非曰能之:意思是,我不敢说能够做到。

[22]宗庙之事:指主持宗庙祭祀的事情。

[23]如:或。会同:指诸侯国之间的盟会。

[24]端章甫:穿着礼服戴着礼帽。端,玄端,古代礼服之名。章甫,古代礼帽之名。

[25]相:主持礼仪的人,即司仪。"小相"即小司仪,这是公西华的自谦之辞。

[26]鼓:弹奏。希:同"稀",稀疏。按此时曾皙正在弹瑟,听到孔子的问话,逐渐放缓了节奏。

[27]铿(kēng)尔:形容瑟声。指曾皙铿的一声结束弹瑟。

[28]作:站起来。

[29]异乎三子者之撰:意思是,我的志向和他们三位所说的不同。撰,叙述,述说。

[30]亦:只不过。

[31]莫:同"暮"。莫春即暮春,指夏历三月。

[32]春服既成:指已经能穿定春天的衣服。春服,指夹衣。成,定。

[33]冠者:成年人。古代男子二十岁行加冠礼,表示已经成年。

[34]童子:未成年的孩童。

[35]沂(yí):水名。杨伯峻《论语译注》说:"沂,水名,但和大沂河以及流入大沂河的小沂河都不同。这沂水源出山东邹县东北,西流经曲阜与洙水合,入于泗水。"

[36]风:吹风乘凉。舞雩:即舞雩坛,鲁国祭天求雨的地方,在今山东曲阜城东南。

[37]咏:唱歌。

[38]与:赞同。

[39]为国以礼:指治国要讲究礼让。

[40]让:谦让。

[41]唯:句首语气词,无义。

[42]安:怎么,怎样。

颜渊第十二(选二章)[1]

　　子贡问政[2]。子曰:"足食[3],足兵[4],民信之矣[5]。"子贡曰:"必不得已而去,于斯三者何先?"曰:"去兵[6]。"子贡曰:"必不得已而去,于斯二者何先?"曰:"去食[7]。自古皆有死,民无信不立。"

[注释]

[1]本篇共二十四章。所选二章,一为论政,是孔子政治思想的重要组成

部分。一为论仁与知,表现了孔子的德治思想。

[2]问政:请教如何处理政事。

[3]足食:充足的粮食储备。

[4]足兵:充足的军备。

[5]民信之:人民对政府的信任。

[6]去兵:去掉军备。

[7]去食:去掉粮食。按这里"去兵"、"去食"的实际含义恐并非简单的砍掉军事力量以及不要粮食、不组织粮食生产。而应当是免除老百姓为了维护国家军备力量所承担的力役之征,也就是免除老百姓的军备劳役。如果这样还不够,那就要打开粮仓,赈济灾民,并减免老百姓的田赋。

　　樊迟问仁[1]。子曰:"爱人。"问知[2]。子曰:"知人[3]。"樊迟未达[4]。子曰:"举直错诸枉[5],能使枉者直。"

　　樊迟退,见子夏曰:"乡也吾见于夫子而问知[6],子曰,'举直错诸枉,能使枉者直',何谓也?"子夏曰:"富哉言乎! 舜有天下[7],选于众,举皋陶[8],不仁者远矣[9]。汤有天下[10],选于众,举伊尹[11],不仁者远矣。"

[注释]

[1]樊迟:孔子学生,名须,字子迟。

[2]知:同"智"。

[3]知人:善于识别人。

[4]未达:未能理解。

[5]举直错诸枉:推举正直的人放在邪恶的人之上。举,推举,提拔。错,放,置。枉,指邪恶的人。

[6]乡:通"向",刚才,以前。

[7]舜:传说中的上古帝王,姓姚(一说姓妫),名重华,史称虞舜。儒家所推崇的圣王。

[8]皋陶(gāo yáo):传说中的东夷族部落首领,舜时任掌刑法的官,以正直
　　著称。

[9]远:远离,逃避。

[10]汤:商朝的开国君主,灭亡夏桀而有天下,也是儒家所推崇的圣王。

[11]伊尹:汤的大臣,曾协助汤灭夏建立商朝,汤死后,又辅佐卜丙、仲壬
　　二王。皋陶和伊尹都是儒家所推崇的贤臣。

子路第十三(选二章)[1]

　　子路曰:"卫君待子而为政[2],子将奚先[3]?"子曰:"必也正
名乎[4]。"子路曰:"有是哉,子之迂也[5]。奚其正[6]?"子曰:
"野哉[7],由也!君子知其所不知,盖阙如也[8]。名不正,则言
不顺;言不顺,则事不成;事不成,则礼乐不兴[9];礼乐不兴,则
刑罚不中;刑罚不中,则民无所措手足[10]。故君子名之必可言
也[11],言之必可行也。君子于其言,无所苟而已矣[12]。"

[注释]

[1]本篇共三十章。所选二章,前一章表现了孔子的正名思想。孔子认为
　　名实问题是治政的基础,因此处理政事必从正名开始。后一章则是对
　　一言兴邦、一言丧邦之语的辩证与诠释。

[2]卫君:春秋时卫国国君,即卫出公蒯辄。蒯辄是卫灵公的孙子。蒯辄
　　的父亲蒯聩为太子时,得罪了卫灵公的夫人南子而逃亡国外,卫灵公
　　死,遂立蒯辄为君。后蒯聩欲回国争夺君位,被蒯辄以兵阻止。待:
　　等待。

[3]奚先:先做什么。奚,什么。

[4]正名:纠正名分不当的现象。

[5]"有是哉"二句:意思是,您竟然迂腐到这等地步。是,此,这。

[6]奚其正:为什么要纠正呢。

[7]野:粗野,粗鲁。

[8]盖:大概。阙如:存疑,持保留态度。

[9]兴:兴起。

[10]错:同"措",置,摆放。

[11]名之必可言也:意思是,确定一个名分必定可以言之成理。

[12]苟:苟且,随意。

　　定公问[1]:"一言而可以兴邦[2],有诸[3]?"孔子对曰:"言不可以若是,其几也[4]。人之言曰:'为君难,为臣不易。'如知为君之难也,不几乎一言而兴邦乎[5]?"

　　曰:"一言而丧邦,有诸?"孔子对曰:"言不可以若是,其几也。人之言曰:'予无乐乎为君,唯其言而莫予违也[6]。'如其善而莫之违也[7],不亦善乎?如不善而莫之违也,不几乎一言而丧邦乎?"

[注释]

[1]定公:春秋时鲁国君主,名宋。前509年—前495年在位。

[2]一言:一句话。兴邦:兴盛国家。

[3]有诸:有这样的事吗?诸,"之乎"二字的合音。

[4]"言不可以若是"二句:意思是,话不可以这样说,但也有相类似的情况。几:相近,类似。杨伯峻《论语译注》作"言不可以若是其几也",中间不点断,并译为:"说话不可以像这样地简单机械。"亦可参考。

[5]几乎:近于。

[6]"予无乐乎为君"二句:意思是,我做君主没有什么可高兴的,只有一点值得高兴,我说什么话都没有人敢违抗。唯:只,只有。莫予违:即"莫违予",没有人敢违抗。

[7]善:指说话正确。

卫灵公第十五(选一章)[1]

子贡问为仁。子曰:"工欲善其事[2],必先利其器[3]。居是邦也,事其大夫之贤者[4],友其士之仁者[5]。"

[注释]

[1]本章孔子论述事贤者、友仁者,是修养仁德的基础。其中两句名言"工欲善其事,必先利其器",一直流传至今,为人们所习用。

[2]工:指各种工匠。善其事:指把工作做好。

[3]利其器:指把工具准备好。利:动词,使……锋利好用。

[4]事:敬奉。

[5]友:结交。

季氏第十六(选二章)[1]

季氏将伐颛臾[2]。冉有、季路见于孔子曰[3]:"季氏将有事于颛臾[4]。"孔子曰:"求! 无乃尔是过与[5]? 夫颛臾,昔者先王以为东蒙主[6],且在邦域之中矣[7],是社稷之臣也。何以伐为[8]?"冉有曰:"夫子欲之[9],吾二臣者皆不欲也。"孔子曰:"求! 周任有言曰[10]:'陈力就列[11],不能者止[12]。'危而不持[13],颠而不扶[14],则将焉用彼相矣[15]? 且尔言过矣,虎兕出于柙[16],龟玉毁于椟中[17],是谁之过与?"冉有曰:"今夫颛臾,固而近于费[18]。今不取,后世必为子孙忧。"孔子曰:"求! 君子疾夫舍曰欲之而必为之辞[19]。丘也闻有国有家者,不患寡而患不均[20],不患贫而患不安。盖均无贫,和无寡[21],安无倾[22]。夫如是,故远人不服[23],则修文德以来之[24]。既来之,则安之^[25]。今由与求也,相夫子,远人不服,而不能来也;邦分崩离析,而不能守也^[26];而谋动干戈于邦内^[27]。吾恐季孙之忧,不在颛臾,而在萧墙之内也^[28]。"

[注释]

[1]本篇共十四章,这里选二章。"季氏将伐颛臾"章,记录了孔子针对两个学生冉有和季路将要协助季氏攻打颛臾而发表的言论,其中提出了"不患寡而患不均,不患贫而患不安"等重要政治思想。"益者三友"章论述交友之道。

[2]季氏:指季康子,即季孙肥,鲁哀公时正卿。颛臾(zhuān yú):鲁国的附属国,在今山东费县西北。

[3]季路:即子路,孔子的学生。

[4]有事:指用兵。

[5]无乃尔是过与:难道不该责备你吗。无乃,难道。尔,你。过,责备。

[6]以为:以之为,指让他担任。东蒙:即蒙山,在今山东蒙阴县南。主:主持祭祀的人。

[7]且在邦域之中:指颛臾在鲁国的疆域之内。邦域,指疆域。

[8]何以伐为:为什么要去攻打他呢。

[9]夫子:指季康子。

[10]周任:古代的一位史官。

[11]陈力就列:意思是,拿出自己的全部才力去担任职务。陈,陈列,拿出。力,才力。列,职位。

[12]不能者止:意思是,如果做不到就应该辞职。

[13]危而不持:遇到危险而不扶持。

[14]颠而不扶:摔倒了而不去搀扶。

[15]则将焉用彼相矣:意思是,那又何必要用辅佐的人呢？相,指辅佐之人。又朱熹《论语集注》说:"相,瞽者之相也。"据此,则"危而不持,颠而不扶"是指对盲人的帮助,亦通。

[16]兕(sì):犀牛。出于柙(xiá):从笼子里跑出来。柙,关野兽的笼子。

[17]龟:龟甲,古人用于占卜。椟(dú):匣子。

[18]固:指城池坚固。费:季氏的封邑,在今山东费县。

[19]君子疾夫舍曰欲之而必为之辞:意思是,君子最讨厌那种不说自己贪心却另找借口加以掩饰的人。疾,厌恶,讨厌。舍曰,不说。辞,托词,借口。

[20]"不患寡而患不均"二句:清人俞樾《群经平议》说:"寡、贫二字传写互易,此本作'不患贫而患不均,不患寡而患不安'。贫以财言,不均亦以财言,财宜乎均,不均,则不如无财矣,故不患贫而患不均也。寡以人言,不安亦以人言,人宜乎安,不安,则不如无人矣,故不患寡而患不安也。下文云'均无贫',此承上句言。又云'和无寡,安无倾',此承下句言。观'均无贫'之一语,可知此文之误易矣。"按此说分析颇有根据,当据之把"寡"和"贫"字位置互换。患,担心。寡,指人口稀少。

[21]和无寡:意思是,彼此和睦就不会觉得人少。

[22]安无倾:意思是,国内安定就不会有倾覆的危险。

[23]远人:远方的人。服:归顺,服从。

[24]修文德:指修治仁义礼乐的教化。来:招徕,招致。

[25]安之:使他们安定。

[26]守:保全。

[27]谋动干戈于邦内:意思是,想要在国境之内使用武力。

[28]萧墙:鲁国君主宫内的屏风。"萧墙之内",这里即指鲁君。按当时季康子把持国政,与鲁君之间矛盾很大。他怕鲁君利用颛臾来对付他,于是就想先攻打颛臾,以削弱鲁君的援助力量。孔子的话一针见血地指出了季氏的用心。

孔子曰:"益者三友[1],损者三友[2]。友直[3],友谅[4],友多闻[5],益矣。友便辟[6],友善柔[7],友便佞[8],损矣。"

[注释]

[1]益者三友:有益的朋友有三种。

[2]损:有害。

〔3〕友直：与正直的人交朋友。

〔4〕谅：诚实。

〔5〕多闻：见闻广博。

〔6〕便(piān)辟：指矫揉造作，谄媚奉承。

〔7〕善柔：指当面奉承，背后毁谤。

〔8〕便佞(piān nìng)：巧言善辩，夸夸其谈。

阳货第十七(选二章)^{〔1〕}

子之武城^{〔2〕}，闻弦歌之声^{〔3〕}。夫子莞尔而笑^{〔4〕}，曰："割鸡焉用牛刀?"子游对曰^{〔5〕}："昔者偃也闻诸夫子曰：'君子学道则爱人，小人学道则易使也^{〔6〕}。'"子曰："二三子^{〔7〕}！偃之言是也。前言戏之耳^{〔8〕}。"

〔注释〕

〔1〕本篇共二十六章，这里选二章。"子之武城"章记载，孔子的学生子游用礼乐治武城，孔子不经意间开了一句玩笑，子游则用孔子以前的教诲加以反驳，结果孔子马上承认错误。可见这位思想家律己之严。"六言六蔽"章则是孔子论述喜好好的品德而不好学的种种弊病。子：指孔子。之：到，往。武城：鲁国的一个小城，在今山东费县西南。

〔2〕弦歌：弹琴唱歌。弦，琴瑟一类的弦乐器。

〔3〕莞(wǎn)尔：微笑的样子。

〔4〕子游：孔子的学生，姓言，名偃，字子游，春秋末期吴国人。

〔5〕易使：指百姓学习道之后，容易服从命令，听使唤。

〔6〕二三子：这是孔子对其弟子的称呼。

〔7〕前言：刚才说的话。戏：玩笑。

子曰："由也^{〔1〕}！女闻六言六蔽矣乎^{〔2〕}?"对曰："未也。"

"居[3]！吾语女[4]。好仁不好学，其蔽也愚[5]。好知不好学，其蔽也荡[6]。好信不好学，其蔽也贼[7]。好直不好学[8]，其蔽也绞[9]。好勇不好学，其蔽也乱。好刚不好学，其蔽也狂[10]。"

[注释]

[1]由：指仲由。

[2]女：同"汝"，你。六言：指六种品德，即下文所说的仁、知、信、直、勇、刚。六蔽：指六种弊病，即下文所说的愚、荡、贼、绞、乱、狂。

[3]居：坐下。

[4]语(yù)：告诉。

[5]愚：指受人愚弄。

[6]荡：指放荡不羁而根基薄弱。

[7]贼：戕害，这里指被人利用而自己受到戕害。

[8]直：直率。

[9]绞：指说话尖刻。

[10]狂：狂敖燥急。

微子第十八(选一章)[1]

　　长沮、桀溺耦而耕[2]，孔子过之[3]，使子路问津焉[4]。长沮曰："夫执舆者为谁[5]？"子路曰："为孔丘。"曰："是鲁孔丘与？"曰："是也。"曰："是知津矣。"问于桀溺。桀溺曰："子为谁？"曰："为仲由。"曰："是鲁孔丘之徒与？"对曰："然。"曰："滔滔者天下皆是也[6]，而谁以易之[7]？且而与其从辟人之士也[8]，岂若从辟世之士哉[9]？"耰而不辍[10]。子路行以告[11]。夫子怃然曰[12]："鸟兽不可与同群，吾非斯人之徒与而谁与[13]？天下有道，丘不与易也[14]。"

[注释]

[1]本章通过与隐士长沮、桀溺的对比,表现了孔子积极进取,以天下为己任的入世精神。

[2]长沮(jù)、桀溺:当时的两位隐士。"长沮、桀溺"不是真实姓名。金履祥《论语集注考证》说:"长沮、桀溺,各皆从水,子路问津,一时何从识其姓名?此盖以物色名之,如荷蒉、晨门、荷蓧丈人之类。盖二人耦耕于田,其一人长而沮洳,一人桀然高大而涂足,因以名之也。"此说可供参考。沮洳,指泥沼;桀,同杰,身材高大的样子。子路打听渡口,见到两个在泥水中耕作的大个子,因而用长沮、桀溺名之。耦而耕:指并排耕作。

[3]过之:指从他们那里经过。

[4]问津:打听渡口。

[5]夫:那,那个。执舆:即执辔,拉着马缰绳。

[6]滔滔者:洪水泛滥的样子。用以比喻社会的动荡混乱。

[7]谁以易之:意思是,你们和谁一起去改变它呢。以:与,和。易:改变。

[8]而:同"尔",你。从:跟随。辟人之士:指避开恶人的人士。辟,同"避"。

[9]岂若:哪如。辟世之士:逃避现实的隐士。

[10]耰(yōu):播种之后用土覆盖踩实叫做耰。辍:停止。

[11]行以告:指走回来告诉孔子。

[12]怃(wǔ)然:怅然失意的样子。

[13]"鸟兽不可与同群"二句:意思是,我们不能和鸟兽同群共居,倘若不同世人相处,那又同谁相处呢?斯人:指世人。

[14]与易:指参与变革。

尧曰第二十(选一章)[1]

子张问于孔子曰:"何如斯可以从政矣?"子曰:"尊五美,屏四恶[2]，斯可以从政矣。"

　　子张曰："何谓五美?"子曰："君子惠而不费[3]，劳而不怨[4]，欲而不贪，泰而不骄[5]，威而不猛。"子张曰："何谓惠而不费?"子曰："因民之所利而利之[6]，斯不亦惠而不费乎? 择可劳而劳之[7]，又谁怨? 欲仁而得仁，又焉贪[8]? 君子无众寡[9]，无小大[10]，无敢慢[11]，斯不亦泰而不骄乎? 君子正其衣冠，尊其瞻视[12]，俨然人望而畏之，斯不亦威而不猛乎?

　　子张曰："何谓四恶?"子曰："不教而杀谓之虐[13]；不戒视成谓之暴[14]；慢令致期谓之贼[15]；犹之与人也，出纳之吝谓之有司[16]。"

[注释]

[1]本章孔子论述"尊五美,屏四恶"是从政的必要条件。这是孔子政治思想的重要内容。

[2]屏:屏除。

[3]惠而不费:施恩惠于民自己却无所耗费。

[4]劳而不怨:驱使百姓劳动而百姓却没有怨言。

[5]泰而不骄:舒泰安宁而不骄傲。

[6]因民之所利而利之:意思是,借着百姓能获得利益的事情而使他们得利。

[7]择可劳而劳之:选择百姓可以劳作的事情和时机再驱使他们去做。

[8]又焉贪:又贪求什么。焉,疑问代词,什么。

[9]无众寡:无论人多人少。

[10]小大:指势力的大小。

[11]慢:怠慢。

[12]尊其瞻视:指目不斜视。

[13]不教而杀:指不进行教育就加以杀戮。

[14]不戒视成:指不加申诫只顾督察成绩。

[15]慢令致期:指政令懈怠却限期完成。

[16]“犹之与人也”二句：意思是，同样是给人财物却出手吝啬就叫做小气
鬼。犹之，都是，同样是。出纳，偏义复词，这里只有“出”的意思。有
司，管理具体事物的小官，这里指吝啬小气。

老　子

　　老子,姓李,名耳,字聃。春秋时楚国苦县厉乡曲仁里(今河南鹿邑县)人,我国古代著名的思想家、哲学家,道家学派的创始人。老子生平不可详考,据史料记载,他的一生大致可以划分为两个时期,一是做周朝史官的时期,一是退隐后做隐士的时期。老子所做的官,名曰守藏史,其主要职责是掌管东周王朝的图书。退下来之后,老子一直过着隐居的生活,所以许多情况不为人所知,史书的记载也十分简略。司马迁说:"于是老子乃著书上下篇,言道德之意五千余言而去,莫知所终。"(《史记·老庄列传》)。

　　所谓"道德之意五千余言",就是流传后世的《道德经》,人们习惯上都称为《老子》。《老子》这部书究竟是谁写的,成于什么时候,在学术界有许多不同的看法,现在大多数研究者认为《老子》成于战国中期,大约在孟子之后,庄子之前,是老子后学的作品。今本《老子》凡八十一章,五千余字,分为上下两篇,"道经"在前,"德经"在后。1973年长沙马王堆汉墓出土的帛书《老子》则是"德经"在前,"道经"在后,文字与传世本略有差异。

　　老子思想体系的核心是"道"。他认为"道"是天地万物的本原,是一切变化的总门,否定了中国古代以天作为世界万物主宰的观念,同时他还对天与道的关系作了新的解释,提出了"人法地,地法天,天法道,道法自然"的看法,这是对中国古代哲学思想发展的巨大贡献。《老子》中还包含了丰富的朴素辩证法思想,他认为宇宙万物中充满着大量的矛盾,这些矛盾不是孤立的、凝固的,而是处在对立统一之中,互相联系、互相依存的。他说:"天下皆知美之为美,斯恶已;皆知善之为善,斯不善已。故有无相生,难易相成,长短相形,高下相倾,音声相和,前后相随。"(第二章)意思是:当天下人都知道美之所以为美,这就知道什么是丑了;都知道善之所以为善,这就知道什么是恶了。所以有和无,难和易,长和短,高和下,音和声,前和后都是相互对立又相互依存的,这是永恒的道理。这些话反映了老子的辩证法思想已经达到了相当高的水平。

在政治上,老子主张"无为而治",他认为"道"的本性是自然无为的,人也要效法自然之道做到无为。因此他反对一切有为的政治措施,反对一切有所作为的政治学派,主张实行小国寡民的社会政治,对儒家强调的以仁义治国的政策,对法家主张的以法治国的政策,统统采取反对的态度。这些观点是老子思想中的消极因素。

《老子》的文章用辞简粹而旨趣隽永,韵散结合,错落有致,诗一般的语言中充满了智慧的光辉,对后世诗歌、散文、辞赋的发展有着深远的影响。

天下皆知美之为美章(第二章)[1]

天下皆知美之为美,斯恶已[2];皆知善之为善,斯不善已。故有无相生[3],难易相成,长短相形[4],高下相倾[5],音声相和[6],前后相随。是以圣人处无为之事[7],行不言之教[8]。万物作焉而不辞[9]，生而不有[10]，为而不恃[11]，功成而弗居[12]。夫唯弗居，是以不去。

[注释]

[1]本章列举大量的矛盾现象，说明世界万物都是对立统一、相辅相成的，并用以论证"处无为之事，行不言之教"的道理。

[2]这二句意思是：天下人都知道美之所以为美，这就知道什么是丑了。斯：这里作"这就"讲。又，"斯"后承上句省略了"知"字。下句"斯不善已"之"斯"，同此。

[3]有无相生：有和无是相比较而产生的。

[4]长短相形：长和短是相比较而显现的。形，显现，显示。

[5]高下相倾：高和低是相比较而对立的。倾，倾轧、排斥，这里引申为对立。

[6]音声相和：音和声是相应和而协调的。《诗经·关雎序》："声成文谓之音。"意思是，把声音按照节奏和韵律曲调加以修饰，使之朗朗上口富有文采，才能叫做音。

[7]无为：老子提出的重要概念。所谓"无为"并不是不为，不是什么都不干，而是指不妄为，不强求，不能仅凭自己的主观意志为所欲为；要顺应世界万物的客观规律办事。

[8]行不言之教：指不用发号施令的手段管理、教育人民。"言"，这里指行政法令。一说"行不言之教"指行教不托空言，亦通。

[9]作：兴起，产生。不辞：《马王堆汉墓帛书·老子》（以下简称帛书）（乙本）作"弗始"，即"不始"，也就是不创造的意思。

[10]生而不有：生成万物而不据为私有。按《帛书》甲、乙本均无此句。

[11]为而不恃：施惠泽于万物而不自矜功德。

[12]弗居：不居功自傲。

天长地久章(第七章)[1]

天长地久。天地所以能长且久者，以其不自生[2]，故能长生。是以圣人后其身而身先[3],外其身而身存[4]。非以其无私邪? 故能成其私[5]。

[注释]

[1]本章指出,天地永恒,是因为它不为自己而生存。人亦应效法天地,只有"后其身"、"外其身"而无私,才能获得生存与发展。

[2]不自生:指不为自己而生存。一说"不自生"指天地不刻意追求自身的长生,任其自然发展。亦可参考。

[3]后其身而身先:意思是谦居人后反而会受到人们的尊重。

[4]外其身而身存:意思是把自己置之度外反而能保全自己的生命。

[5]私:个人利益。无私故能成其私,意思是说,正因为无私,所以个人利益反而能够保全。

三十辐共一毂章(第十一章)[1]

　　三十辐共一毂[2],当其无[3],有车之用[4]。埏埴以为器[5],当其无,有器之用[6]。凿户牖以为室[7],当其无,有室之用[8]。故有之以为利,无之以为用[9]。

[注释]

[1]本章论证有与无的辩证关系,并举车毂、埏埴、户牖为例,说明"有之以为利,无之以为用"的道理。

[2]辐:木车轮中间连接轴心和轮圈的直木条,即"辐条"。共:向,环绕。毂(gǔ):车轮中心的圆木,中空,用以安插车轴,作用相当于现在的轴承。"毂"也常泛指车轮。

[3]无:指车毂的中空之处。

[4]以上三句意思是,三十根辐条环绕着一个车毂,只有当车毂中空插入车轴,才能起车的作用。

[5]埏埴(yán zhí):柔和黏土。

[6]这两句是说,只有器皿的中间是空的,才能发挥容器的作用。

[7]户牖(yǒu):门窗。

[8]这两句是说,只有当门窗和屋子的中间空着时,才能起屋子的作用。

[9]以上两句意思是,"有"能给人带来便利,"无"则能使之发挥作用。
"有",指构成车毂、器皿、房屋等的物质实体。

宠辱若惊章(第十三章)[1]

　　"宠辱若惊,贵大患若身[2]。"何谓宠辱若惊?宠为下[3],得之若惊,失之若惊[4],是谓宠辱若惊。何谓贵大患若身?吾所以有大患者,为吾有身[5];及吾无身[6],吾有何患。故贵以身为天下[7],若可寄天下[8];爱以身为天下[9],若可托天下[10]。

[注释]

[1]本章论述,人必须"以身为天下",才不会患得患失,才能够担当天下的重任。

[2]这两句是古语,老子引用并加以解释。宠辱:指受到宠爱或者遭受屈辱。若:你。贵:受尊重。大患:遭祸患。若身:在于你自身。

[3]宠为下:意思是受宠和受辱都是对身居下位的人而言的。这里单举"宠"而省略了"辱"。

[4]得之:指得宠。失之:指失宠,亦即受辱。

[5]有身:指顾及自身。

[6]及:如果。无身:不顾及自身。

[7]贵以身为天下:受到尊重时把自身献给整个天下。

[8]若可寄天下:意思是,可以把整个天下寄托在你的身上。若:你。下句"若可托天下"义与此同。

[9]爱以身为天下:受到爱戴时把自身献给整个天下。

[10]按以上一段,尤其是最后四句,古今解释颇多歧义,有些解释甚至截
然相反。如有些注家解释"贵以身为天下"以下四句说:"看重用自身
的好恶治天下,好象他自身真可担当治天下的重任一样。喜欢用自
身的好恶治天下,好象他自身真可担当治天下的重任一样。"认为老
子要表达的意思是"这种人是不足以寄托天下大事的"(详见《诸子
百家精华》第358页)。录之仅备参考。

古之善为道者章(第十五章)[1]

古之善为道者[2],微妙玄通[3],深不可识。夫唯不可识[4],
故强为之容[5]。豫焉若冬涉川[6],犹兮若畏四邻[7],俨兮其若
客[8],涣兮若冰之将释[9],敦兮其若朴[10],旷兮其若谷[11],混兮
其若浊[12]。孰能浊以静之徐清[13]?孰能安以久动之徐生[14]?
保此道者不欲盈[15]。夫唯不盈,故能蔽而新成[16]。

[注释]

[1]本章老子连用七个比喻形容"古之善为道者""微妙玄通"的种种表
现,并指出只有不自满,才能使此道不断地自我完善,历久弥新。

[2]善为道:善于遵循道。按"道",通行本作"士",《帛书》乙本作"道",今
据改。

[3]微妙玄通:指思虑精微奥妙通达事理。

[4]夫唯:正因为。

[5]强为之容:勉强对他加以描述。

[6]豫:犹豫,谨慎小心,犹疑不决的样子。下句"犹"字义同此。焉:语气
词。涉川:徒步过河。

[7]兮:句中语气词。畏四邻:戒惧四周邻邦的侵扰。

[8]俨:恭谨庄重的样子。客:通行本作"容",《帛书》甲乙本并作"客",今
据改。

[9]涣:涣散轻松的样子。将:《帛书》甲乙本均无"将"字,当是衍文。释: 化解,散开。

[10]敦:敦厚的样子。朴:本色的木材。

[11]旷:豁达大度的样子。

[12]混:浑厚和杂的样子。

[13]孰能浊以静之徐清:意思是,谁能使浊流静止下来而慢慢地澄清?

[14]孰能安以久动之徐生:意思是,谁能使静止已久的东西慢慢地萌动 起来?

[15]保此道者不欲盈:意思是,保持此道的人不自满。此道:一说指"徐 清""徐生"之道。不欲盈:指不自满。一说"不欲盈"指做事不求圆 满,要留有余地。亦通。

[16]蔽而新成:损坏了又能重新生成。蔽:同敝,敝坏,衰败。

曲则全章(第二十二章)[1]

曲则全[2],枉则直[3],洼则盈[4],敝则新[5],少则得[6],多则 惑[7]。是以圣人执一为天下牧[8]。不自见,故明[9];不自是,故 彰[10];不自伐,故有功[11];不自矜,故长[12]。夫唯不争[13],故天 下莫能与之争。古之所谓曲则全者,岂虚言哉? 诚全而 归之[14]。

[注释]

[1]本章论述,事物矛盾的双方既相互对立,又可以相互转化,并把这个辩 证关系运用于人的道德修养。

[2]曲则全:委曲反而能保全。一说曲是一部分的意思,"曲则全"是说 "部分会变得完整",录以备考。

[3]枉则直:弯曲反而能伸直。枉:弯曲。

[4]洼则盈:低洼反而能变得盈满。

[5]敝则新:破旧反而会更新。敝:敝败,破旧。

[6]少则得:少取反而会得到。

[7]多则惑:贪多反而会使人迷失。一说"多则惑"意思是:"贪多反会落空",亦通。

[8]执一:通行本作"抱一",《帛书》甲乙本并作"执一",今据改。"执一"即"执道",指坚守道。牧:通行本作"式",《帛书》甲乙本并作"牧",今据改。牧是"法则、法度"的意思,"为天下牧"即成为天下的法则、楷模。

[9]自见:指只看见自己本身的事物。一说"见"读为"现","不自见"即不自我表现,不显露自己。亦通。

[10]彰:显扬。

[11]伐:夸耀。有功:指能建立功绩。

[12]自矜:骄傲,自高自大。长:进步,出人头地。

[13]不争:不争夺。"不自见"以下四句都是讲不争的。

[14]诚全而归之:意思是,能承受委曲的人确实能丝毫无损地保全自己。诚:确实,的确。一说此句"诚"字点断,作"诚,全而归之",意思是:"诚,就会全而归之;不诚,则会得其反。矛盾究如何转化,关键在乎诚与不诚。"录以备考。

知人者智章(第三十三章)[1]

知人者智[2],自知者明。胜人者有力[3],自胜者强[4]。知足者富,强行者有志[5],不失其所者久[6],死而不亡者寿[7]。

[注释]

[1]本章论述个人的道德修养。老子认为,人不仅要做到知人、胜人,还要做到自知、自胜、知足、强行,永不丧失立身之本,这样才能死而不朽。

[2]知人:认识别人。智:指有智慧。

[3]胜人:战胜别人。

[4]自胜:战胜自我。

[5]强行:指坚持不懈,努力行道。

[6]不失其所:指不脱离道义、不丧失立身之本。其所:指所应占据的地方。久:久远,历久弥新。

[7]死而不亡:死后能永垂不朽。寿:长寿。

将欲歙之章(第三十六章)[1]

将欲歙之[2],必固张之[3];将欲弱之,必固强之;将欲废之,必固兴之[4];将欲夺之,必固予之[5]。是谓微明[6]。柔弱胜刚强。鱼不可脱于渊[7],国之利器不可以示人[8]。

[注释]

[1]这一章是讲谋略的,颇具辩证法思想,可运用于军事、政治等各个方面。

[2]歙(xī习):聚,敛,收缩。

[3]固:读为"姑",姑且。张:开,扩张。

[4]兴:兴起,兴旺。

[5]予:给予。通行本作"与",《帛书》甲乙本并作"予",今据改。

[6]微明:精微的谋略。明,聪明,这里指谋略。一说"微明"指事物发展的预先征兆,录以备考。

[7]脱:脱离。

[8]利器:指治理国家的重要方略。

名与身孰亲章(第四十四章)[1]

名与身孰亲[2]？身与货孰多[3]？得与亡孰病[4]？是故甚

爱必大费[5]，多藏必厚亡[6]。知足不辱[7]，知止不殆[8]，可以长久。

[注释]

[1]本章强调，人要保持长久，就要"知足"、"知止"，过分地追求名声和财富，反而会为其所累。

[2]名:名声,荣誉。身:生命。孰:哪个,谁。亲:亲近。

[3]货:财货。多:重要。

[4]病:有害。

[5]甚爱:过分吝惜。大费:耗费巨大。

[6]多藏:过多地收藏财货。厚亡:遭受严重损失。

[7]不辱:不会受到侮辱。

[8]不殆:不会遭受危险。

大成若缺章(第四十五章)[1]

大成若缺[2]，其用不弊[3]；大盈若冲[4]，其用不穷。大直若屈[5]，大巧若拙[6]，大辩若讷[7]。躁胜寒[8]，静胜热[9]，清静为天下正[10]。

[注释]

[1]这一章可以视作对理想人格的阐释。取得极高成就的人，必须保持若有所缺的状态，才能永远进步；具有丰富知识的人，应该虚怀若谷，保持对知识的渴求，才能永不枯竭。大直、大巧、大辩之人，也要不显扬炫能，谦虚谨慎。

[2]大成:最完美的事物。若:好象。缺:欠缺。

[3]弊:通"敝",朽坏,枯竭。

[4]大盈:最充实、丰满的东西。冲:这里指空虚。

[5]屈:弯曲。

[6]巧:灵巧,聪慧。拙:笨拙。

[7]大辩:雄辩,善言辞。讷:木讷迟钝,口才不好。

[8]躁胜寒:躁动能驱除寒冷。

[9]静胜热:安静能克服炎热。

[10]清静为天下正:意思是,懂得清静才能做天下的首领。正:长,首领。
　　　一说"正"是"楷模"的意思,亦可参考。

其政闷闷章(第五十八章)[1]

　　其政闷闷[2],其民淳淳[3];其政察察[4],其民缺缺[5]。祸兮福之所倚[6];福兮祸之所伏[7]。孰知其极[8]? 其无正[9]。正复为奇[10],善复为妖[11]。人之迷,其日固久[12]。是以圣人方而不割[13],廉而不刿[14],直而不肆[15],光而不耀[16]。

[注释]

[1]这一章也反映了老子的辩证思想。他从治理政事出发,引出"祸兮福之所倚,福兮祸之所伏"的结论,告诉人们,事物总是存在着两面性,因此在处理各种事物时,要慎之又慎。

[2]闷闷:浑噩懵懂的样子,这里指治政宽松。

[3]淳淳:淳朴的样子。

[4]察察:精审明察的样子,这里指治政严苛。

[5]缺缺:狡狯诈伪的样子。

[6]祸兮福之所倚:灾祸紧靠着幸福。兮,语气词,起停顿作用。倚,靠。

[7]福兮祸之所伏:幸福中潜藏着灾祸。伏,埋藏,潜伏。

[8]孰:谁。极:究竟。

[9]无正:指没有定则。

[10]正复为奇:正常的变为怪异的。

[11]妖:妖孽。

[12]"人之迷"二句:意思是,人们被这种变化无常的情况所迷惑,已经很久了。

[13]方而不割:方正而不伤害人。割:害,伤害。

[14]廉而不刿(guì):有棱角而不刺伤人。廉,有棱角。刿,刺伤。

[15]直而不肆:正直而不放肆。

[16]光而不耀:光亮而不耀眼。

江海所以能为百谷王者章(第六十六章)[1]

　　江海所以能为百谷王者[2],以其善下之[3],故能为百谷王。是以圣人欲上民[4],必以言下之[5]。欲先民[6],必以身后之[7]。是以圣人处上而民不重[8],处前而民不害[9]。是以天下乐推而不厌[10]。不以其无争与[11]?故天下莫能与争[12]。

[注释]

[1]这一章可以说是老子为治国者提出的治国良策。江海之所以能广纳百川,是因为其善居于下。推而广之,治国者要想统治人民,必须把自身的利益摆在民众之后,使"天下乐推而不厌",只有这样才能成为"天下莫能与争"的统治者。

[2]百谷王:百川之长。江海是百川所归往之地,所以称"百谷王"。

[3]以:因。善下之:善于居于百谷之下。

[4]上民:居于民众之上,即统治人民。

[5]以言下之:用言辞对民众表示谦逊。

[6]先民:领导民众。

[7]以身后之:把自身的利益摆在民众之后。

[8]处上而民不重:处于上位而民众不感到压抑。

[9]处前而民不害:做领导而人民不感到受妨害。

[10]乐推而不厌:乐于推戴而不厌弃。

[11]不以其无争与:不是因为他没有与人相争吗? 以,因为。按,此句通行本作"以其不争",今从《帛书》甲乙本改。

[12]莫能与争:没有人能与他相争。

民不畏死章(第七十四章)[1]

民不畏死,奈何以死惧之[2]? 若使民常畏死,而为奇者吾得执而杀之[3],孰敢[4]? 若民常且必畏死[5],常有司杀者杀[6]。夫代杀者杀[7],是谓代大匠斫[8]。夫代大匠斫者,希有不伤其手矣[9]。

[注释]

[1]本章指出,用死来威胁民众是徒劳的,那些企图超越天道而镇压民众的人,最终将会伤及自身。

[2]奈何:为什么。以死惧之:用死来恐吓他们。

[3]为奇者:指搞反常活动的肇事者。执:抓住。

[4]孰敢:意思是,谁还再敢为非作歹。

[5]若民常且必畏死:此句通行本无,《帛书》甲乙本作"若民恒且必畏死",今据补。"恒"与"常"同。

[6]司杀者:主管杀人的人,这里指天道。

[7]代杀者杀:指代替主管杀人的人去杀人。

[8]大匠:木匠。斫:砍斫。

[9]希有:少有。

天下莫柔弱于水章(第七十八章)[1]

天下莫柔弱于水[2],而攻坚强者莫之能胜[3],以其无以易之也[4]。弱之胜强，柔之胜刚，天下莫不知，莫能行。是以圣人云：受国之垢，是谓社稷主[5]；受国之不祥，是谓天下王[6]。正言若反[7]。

[注释]

[1]本章指出，柔弱胜刚强，尽人皆知，但没有谁能真正奉行。推而广之，那些能够承担国家屈辱和灾祸之责的人，看似柔弱，但只有他们才能挑起治国之重担。

[2]莫柔弱于水：没有比水更柔弱的了。

[3]攻坚强者莫之能胜：攻陷坚强的东西没有能胜过水的。

[4]以：因。无以易之：没有东西能够代替它。

[5]"受国之垢"二句：意思是，能够承担国家屈辱之责的，才称得上社稷的主人。垢：污垢，这里指屈辱。

[6]"受国之不祥"二句：意思是，能够承担国家灾祸之责的，才称得上天下之王。

[7]正言若反：意思是，正面的话却像反话一样，因为正反总是相反相成的。

信言不美章(第八十一章)[1]

　　信言不美[2]，美言不信。知者不博，博者不知。善者不多，多者不善[3]。圣人不积[4]。既以为人，己愈有[5]；既以与人[6]，己愈多。天之道，利而不害[7]；圣人之道，为而不争[8]。

[注释]

[1]这一章老子用诗一般的语言，给人们提示了识人、做人的基本准则。

[2]信言：真实的话。美：华丽。

[3]"知者不博"四句：通行本作"善者不辩，辩者不善。知者不博，博者不

知"。高明《帛书老子甲、乙本与今本老子勘校札记》说:"此段原文当讲三重意义:一为'信言不美',二为'知者不博',三为'善者不多'。今本不仅文次颠倒,而且词义重叠。前文既言'信言不美,美言不信';后文不当再重'善言不辩'或'善者不辩'之语。甲乙本后句作'善者不多,多者不善';紧接下文'圣人无积,既以为人,己愈有;既以予人矣,己愈多';意想联属,故当从甲、乙本。"按此说是。今从《帛书》甲乙本改。知者:即智者,有智慧的人。知与智同。博:博杂。善者:善良的人。多:富裕。

[4] 积:积藏,储存。

[5] "即以为人"二句:意思是,全部用来帮助别人,自己反而更加富有。既:全部,都。

[6] 与人:给予别人。

[7] 利而不害:有利于万物而不为害。

[8] 为而不争:只做好事而不与人争。

孙　子

　　孙子，名武，春秋末期著名的军事理论家，齐国乐安（今山东惠民县）人。生卒年不详，其活动年代大约与孔子相当。因齐国内乱，他出奔至吴，以《兵法》十三篇见重于吴王阖闾，被任命为将，与伍子胥一起协助吴王图强争霸。"西破强楚，入郢，北威齐晋，显名诸侯，孙子与有力焉"（《史记·孙子吴起列传》）。

　　《孙子》，亦称《孙子兵法》、《吴孙子兵法》、《孙武兵法》，是中国古代最早的一部军事理论经典著作。作者在总结历史以及当时战争经验的基础上，创造性地提出了一整套精密的军事理论。首先，作者注意到战争与政治和人民群众之间的关系是密不可分的，他说："兵者，国之大事。"而决定这个大事成败的，主要是以下五个方面："一曰道"，"道者，令民与上同意也，可与之生，可与之死，而不畏危也"。道就是使人民与君主同心同德、生死与共。"二曰天"，即天时。"三曰地"，即地利。"四曰将"，即具有智、信、仁、勇、严等优秀品质的将领。"五曰法"，即军队的制度、法纪、管理等。其次，在战略战术思想方面，作者突破古代传统的军法制度，提出了诡诈权变的概念，认为"兵者，诡道也"，必须先运筹于庙堂之上，做到"知己知彼"，全面地分析敌我双方的各种情况，而后才能"百战不殆"。作者还认为"兵形像水","兵无常势,水无常形。能因敌变化而取胜者,谓之神"。强调灵活运用各种战术,掌握战争形势的"奇正之变","因敌制胜"。对于战争中的各种对立和矛盾现象,作者也做了深刻的分析,认为众寡、强弱、虚实、攻守、动静、治乱、主客、进退等矛盾双方都是相互依存、相互转化的,必须善于把握,变劣势为优势,变被动为主动,使自己"立于不败之地"。这些思想,不仅揭示了战争的某些客观规律,而且蕴涵着丰富的唯物论观点和辩证法因素,具有普遍的方法论意义,给人以多方面的启示。

《孙子》的文章,结构谨严,条理清晰;语言流畅,善用排比句式,使文章气势浩荡,疏朗上口,易于记诵;议论简约而不失细密,多采用形象化比喻阐述抽象深奥之理,生动易懂。因此深受古今读者的喜爱。《孙子》的散文成就,不仅在古代兵书中独占鳌头,而且在整个古代散文艺术长廊中也有着不可替代的重要地位。

计　篇[1]

孙子曰:兵者[2],国之大事。死生之地[3],存亡之道[4],不可不察也[5]。

故经之以五事[6],校之以计[7],而索其情[8]。一曰道,二曰天,三曰地,四曰将,五曰法[9]。道者,令民与上同意[10],可与之死[11],可与之生,而不危也[12]。天者,阴阳、寒暑、时制也[13]。地者,远近、险易、广狭、死生也。将者,智、信、仁、勇、严也。法者,曲制、官道、主用也[14]。凡此五者,将莫不闻,知之者胜,不知者不胜。故校之以计,而索其情,曰:主孰有道[15]？将孰有能？天地孰得[16]？法令孰行？兵众孰强？士卒孰练[17]？赏罚孰明？吾以此知胜负也。将听吾计[18]，用之必胜，留之[19]；将不听吾计，用之必败，去之。

计利以听[20]，乃为之势[21]，以佐其外[22]。势者，因利而制权也[23]。兵者，诡道也[24]。故能而示之不能[25]，用而示之不用，近而示之远，远而示之近。利而诱之，乱而取之[26]，实而备之[27]，强而避之，怒而挠之[28]，卑而骄之[29]，佚而劳之[30]，亲而离之[31]。攻其无备，出其不意。此兵家之胜，不可先传也[32]。

夫未战而庙算胜者[33]，得算多也[34]；未战而庙算不胜者，得算少也。多算胜少算，而况于无算乎。吾以此观之，胜负见矣。

[注释]

[1]本篇主要论述作战之前的筹划、决策以及制订作战计划等问题，提出了"攻其无备，出其不意"的著名军事思想。

[2]兵：本义指兵器，这里则指战争、军事。

[3]死生之地：指战场地形的死生之势，即死地和生地。

[4]存亡之道：指战争的存亡胜败。

[5]察：考察，了解。

[6]经之以五事：指以下列五事作为衡量的根本标准。经，这里指纲领、标准。

[7]校之以计：通过计算加以比较、检验。校（jiào），检验，比较。计，计算。

[8]索：探索，了解。

[9]"一曰道"五句：道指道义，天指天时，地指地利，将指将领，法指法规。

[10]令民与上同意：使民众与君主同心同德。

[11]可与之死：指君主与民众可以共同赴死。之，代词，指君主。下句"之"字同。

[12]而不危也：此句《〈银雀山汉墓竹简〉孙子兵法》（以下简称简本）作"民弗诡也"，意思是人民不会背叛。危是与诡的通假字。

[13]时制：指四时的变化。

[14] 曲制:军队的编制。官道:指设置官吏分派职责之事。主用:指军需用度的供应管理。

[15] 主孰有道:哪一方的君主有道义。主,指君主。孰,谁,哪个。

[16] 天地孰得:哪一方能掌握天时地利。

[17] 练:精锐,干练。

[18] 将:如果,假如。听:采纳。

[19] 留之:留用他。之,代词,他,指能够采纳听信意见的人。按"将听吾计"以下数句,旧说有两种不同的解释。一说认为这几句是孙子对吴王说的话,主语是吴王。如陈皞注:"孙武以书干阖闾曰:听用吾计策,必能胜敌,我当留之不去;不听吾计策,必当负败,我去之不留。"(见《孙子十家注》)一说认为"主语应是说话人(即定计者)的对象,即执行计的人"(见李零《吴孙子发微》)。这里采用后一种说法。

[20] 计利以听:计谋之利已经得到执行。"以"同"已",已经。

[21] 势:情势,这里指根据敌我双方及战场情况的变化,灵活机动地做出决策。

[22] 以佐其外:意思是作为常法之外的辅助因素。外,曹操注:"常法之外也。"(见《孙子十家注》)即正常军事谋略之外的一些做法。一说"以佐其外"是指"用来辅助出兵国外后的行动"(见李零《吴孙子发微》),亦可参考。

[23] 因利制权:指利用有利的情况灵活机动地制定策略。

[24] 诡:诡诈,奇诡。

[25] 能而示以不能:能却故意表现出不能的样子。示,表现。

[26] 乱而取之:乘敌混乱加以攻击。

[27] 实而备之:敌人力量充实就谨慎地加以防备。

[28] 怒而挠之:敌人发怒就去骚扰他。挠,扰乱,骚扰。

[29] 卑而骄之:这句话有两种解释,一说是指自己示以卑弱以骄纵敌人,使之轻敌。如梅尧臣注:"示以卑弱,以骄其心。"王晢注:"示卑弱以骄之,彼不虞我,而击其间。"(均见《孙子十家注》)又一说认为,是指敌人如果表现卑怯就想办法骄纵他。从这几句的语法来看,后一种说法较为确切。

[30]佚而劳之:敌人安逸就设法使之劳累。

[31]亲而离之:敌人团结就使之离心。

[32]不可先传:指上述各种策略都是兵家取胜的诀窍,但由于情况多变,不可事先确定,而要随机应变。

[33]庙算:古代出兵打仗之前先要在庙堂对战事进行筹算谋划,以决胜负,称为庙算。庙,庙堂,即朝廷。算,指算筹,用以计算的工具。

[34]得算多:指得到的算筹多。

谋攻篇[1]

孙子曰:凡用兵之法,全国为上[2],破国次之[3];全军为上[4],破军次之;全旅为上[5],破旅次之;全卒为上[6],破卒次之;全伍为上[7],破伍次之。是故百战百胜,非善之善者也[8]。不战而屈人之兵,善之善者也。

故上兵伐谋[9],其次伐交[10],其次伐兵[11],其下攻城。攻城之法,为不得已。修橹轒辒[12],具器械[13],三月而后成;距堙[14],又三月而后已。将不胜其忿,而蚁附之[15],杀士三分之一,而城不拔者,此攻之灾也。故善用兵者,屈人之兵而非战也[16],拔人之城而非攻也[17],毁人之国而非久也[18],必以全争于天下[19],故兵不顿而利可全[20]。此攻谋之法也。

故用兵之法,十则围之[21],五则攻之,倍则分之[22],敌则能战之[23],少则能逃之,不若则能避之。故小敌之坚,大敌之擒也。[24]

夫将者,国之辅也[25]。辅周则国必强[26],辅隙则国必弱[27]。

故君之所以患于军者三[28]:不知军之不可以进而谓之进,不知军之不可以退而谓之退,是为縻军[29];不知三军之事而同

三军之政者[30],则军士惑矣;不知三军之权而同三军之任[31],
则军士疑矣。三军既惑且疑,则诸侯之难至矣[32],是谓乱军
引胜[33]。

　　故知胜有五[34]:知可以战与不可以战者胜,识众寡之用者
胜,上下同欲者胜[35],以虞待不虞者胜[36],将能而君不御者
胜[37]。此五者,知胜之道也。

　　故曰:知彼知己,百战不殆[38];不知彼而知己,一胜一负;不
知彼,不知己,每战必殆。

[注释]

[1]本篇论述如何用谋略战胜敌人。作者认为即使百战百胜亦非用兵之
　　善,只有"不战而屈人之兵",才是"善之善者"。因此用兵的上策在于
　　"伐谋",也就是从破坏敌人的计谋入手而战胜敌人。为此作者提出了
　　"知己知彼,百战不殆"的思想。

[2]全国为上:意思是不用艰苦地交战而使敌人举国投降是上策。

[3]破国:用武力击败敌国。

[4]全军:使敌人全军降服。军,据《周礼》记载,古以一万二千五百人
　　为军。

[5]旅:《周礼》记载,古以五百人为旅。

[6]卒:古代军队编组作战的单位,《周礼》以百人为卒。

[7]伍:古代军队编制的最小单位,五人为伍。

[8]非善之善者:意思是算不上最高明的用兵之法。

[9]上兵:最好的用兵之法。伐谋:破坏敌人的谋略、计策。一说"伐谋"指
　　用谋略战胜敌人,亦可参考。

[10]伐交:指破坏敌人的外交政策。一说指利用外交战胜敌人,亦可
　　　参考。

[11]伐兵:指与敌人的军队交战。

[12]修:制造。橹:攻城时用以抵御敌人弓箭的大盾牌。又李零《吴孙子
　　　发微》说:"橹是一种攻城器具,即'楼橹'或楼橹,……'楼橹'又叫

'楼车'或'巢车',是因车上架有顶部没有覆盖的望楼即橹或巢而得
名。"可供参考。轒辒(fén wēn):古代攻城用的四轮车。李筌注:"轒
辒者,四轮车也,其下藏兵数十人,填隍推之,直就其城,木石所不能
坏也。"又引杜牧说:"轒辒,四轮车,排大木为之,上蒙以生牛皮,下可
容十人,往来运土填堑,木石所不能伤,今俗所谓木驴是也。"(见《孙
子十家注》)

[13]具:准备。

[14]距堙(yīn):堆积用以攻城的土山。

[15]将不胜其忿,而蚁附之:意思是将领愤怒已极,命令士兵像蚂蚁爬墙
一样登上土山攻城。

[16]屈人之兵而非战:使敌兵屈服而不靠硬战。

[17]拔人之城而非攻:夺取敌人城池而不靠强攻。拔,拔取,夺取。

[18]破人之国而非久:灭亡敌人的国家而不靠旷日持久的战争。

[19]必以全争于天下:一定要以完整取胜的谋略争夺天下。全,这里的
"全",与前面"全国"、"全军"的"全"意思相同,指不损伤士卒,不消
耗国力而取得胜利。

[20]顿:疲顿,损伤。

[21]十则围之:指兵力是敌人的十倍就包围他。

[22]分:分散。指分散敌兵各个击破。

[23]敌:指势均力敌,兵力相当。

[24]"故小敌之坚"二句:意思是力量弱的一方如果坚持硬战,就会被大的
敌人所擒获。又李零《吴孙子发微》说:"曹操注:'小不能当大也。'
李筌注:'小敌不量力而坚战者,必为大敌所擒也。'注家皆同其说。
今按此说有误,《荀子·议兵》:'是事小敌毚(脆),则偷可用也,事大
敌坚则涣焉离耳。'其'小敌'、'大敌'、'坚'同此,是说碰上小敌脆弱
还勉强可用,碰上大敌坚强就涣散瓦解,'坚'字并非贬义。我们认
为,这两句或应解释为:小的对手如果能集中兵力,即使大的对手也
可擒获。"按从"故用兵之法"一段的内在逻辑以及"故小敌之坚"二
句语法关系来看,当从前一种说法。李说与这一段的思想逻辑不甚
相合,且有增字为训之嫌,仅录以备考。

[25]将:将帅。辅:辅佐。

[26]辅周:指辅佐得周密详备。

[27]辅隙:指辅佐得疏漏。

[28]君之所以患于军者三:君主给军队造成危害的情况有三种。患,危害。

[29]縻(mí)军:受牵制的军队。縻,羁绊,牵制。

[30]同三军之政:干预军队事务的管理。同,这里指参与、干预。三军,春秋时大诸侯国的军队分为上、中、下或左、中、右三军。这里泛指军队。

[31]权:权变。一说指"权限",亦通。任:委任,指委任军队的职官。

[32]诸侯之难至:各诸侯国举兵来犯的灾难就会降临。

[33]乱军引胜:扰乱自己的军队而导致敌人取胜。引,引导,导致。

[34]知胜:判断胜利。知,了解,判断。

[35]同欲:同心同德。

[36]虞:预料,有准备。

[37]将能而君不御:将帅有才能而君主不加干预。御,控制,干预。

[38]殆(dài):指失败。

形　篇[1]

孙子曰:昔之善战者,先为不可胜[2],以待敌之可胜[3]。不可胜在己,可胜在敌。故善战者,能为不可胜,不能使敌之必可胜。故曰:胜可知,而不可为[4]。不可胜者,守也[5];可胜者,攻也。守则不足[6],攻则有余。善守者藏于九地之下[7],善攻者动于九天之上[8],故能自保而全胜也。

见胜不过众人之所知[9],非善之善者也;战胜而天下曰善[10],非善之善者也。故举秋毫不为多力[11],见日月不为明目,闻雷霆不为聪耳。古之所谓善战者,胜于易胜者也[12]。故善战者之胜也,无智名,无勇功,故其战胜不忒[13]。不忒者,其所措胜[14],胜已败者也[15]。故善战者,立于不败之地,而不失敌之败也。是故胜兵先胜而后求战[16],败兵先战而后求胜。善用兵者,修道而保法[17],故能为胜败之政[18]。

兵法:一曰度[19],二曰量[20],三曰数[21],四曰称[22],五曰胜[23]。地生度,度生量,量生数,数生称,称生胜[24]。故胜兵若以镒称铢[25],败兵若以铢称镒。

胜者之战民也,若决积水于千仞之溪者,形也[26]。

[注释]

[1]本篇论述,善战者先要做到使自己不可战胜,然后再等待可以战胜敌人的机会,一举歼灭敌人。而要使自己"立于不败之地",首先要做好一切客观的、物质的准备,这就是所谓"形"。

[2]先为不可胜:意思是,先做到使自己不可战胜。

[3]待敌之可胜:等待敌人可以被战胜的机会。

[4]"胜可知"二句:意思是,胜利可以预知,但在敌人有备的情况下不可强求取胜。

[5]不可胜者守也:不可战胜的一方采用守势。

[6]守则不足:采用守势是因为力量不足。

[7]九地:形容深不可知的各种隐秘地形。

[8]九天:形容高不可测。

[9]见胜:预知胜利。不过众人之所知:指超过众人所知道的程度。

[10]战胜:通过交锋力战而取得胜利。曹操注:"交争胜也。太公曰:争胜于白刃之口,非良将也。"又,李筌注:"争锋力战,天下易见,故非善也。"(均见孙子《十家注》)

[11]秋毫:鸟兽在秋天重新生出的羽毛,极为轻软纤细。

[12]胜于易胜者:取胜于容易被战胜的敌人。

[13]战胜不忒(tè):指百战百胜毫无差错。忒:差错。一说"忒"是"疑惑"之义,"战胜不忒"指百战百胜毫无疑问。如李筌注:"百战百胜,有何

疑贰也。"亦通。

[14]其所措胜:《孙子十家注》作"其所措必胜",意思是,在交战之前的一切举措行动就已稳操胜券。

[15]胜已败者:战胜已经注定要失败的敌人。

[16]胜兵先胜而后求战:指能够取胜的军队先要有必胜的把握然后再去求战。

[17]修道:修明政治道义。又曹操注:"善用兵者,先自修治为不可胜之道。"(见《孙子十家注》)亦通。保法:坚持法度。

[18]能为胜败之政:指能够掌握战争的胜败之道。又李筌注:"能胜敌之败政也。"(见《孙子十家注》)可供参考。

[19]度:指丈量土地长度。

[20]量:称量,估量。指估量敌我双方人力物力的多寡虚实。《孙子十家注》引贾林说:"量人力多少,仓廪虚实。"

[21]数:指计算户口和兵员的数量。

[22]称:权衡,比较。指比较敌我双方的实力。

[23]胜:胜利。

[24]李零《吴孙子发微》概括"地生度"以下五句意思说:"由土地面积(用度来丈量)决定粮食产量(用量器来称量),由粮食产量决定出兵数量,由出兵数量决定敌我力量对比,由敌我力量对比决定胜负。《管子·揆度》谓'耕田万顷'可'为户万户,为开口十万人,为〔当〕分者万人',《商君书》之《算地》、《徕民》谓'方土百里'(或'地方百里'),'恶田处什二,良田处什四'(合耕田五万四千顷),可'食作夫五万'(约数,实为五万四千),可'出战卒万人'(约数,实为一万零八百人),是以田一顷授田一户,出卒一人,皆古算地出卒之法。"可供参考。

[25]胜兵若以镒称铢:能取胜的军队就象是以镒称铢。比喻力量相差悬殊,胜之绰绰有余。镒(yì):古代重量单位,二十四两(一说二十两)为镒。铢(zhū):古代的重量单位,一两的二十四分之一为一铢。

[26]"胜者之战民也"三句:意思是,取得优势的一方指挥士卒作战,就像从千仞之高的山上往深溪里放积水一样不可阻挡,这就是所谓"形"

啊。战民,这里指指挥士卒作战。一说"战民"指使用人民作战,可以参考。仞:古代的长度单位,有"七尺为仞"和"八尺为仞"等不同说法。实则是取人伸开双臂的长度为一仞。《汉书·食货志上》颜师古注:"八尺曰仞,取人伸臂之一寻也。"

势 篇[1]

孙子曰:凡治众如治寡[2],分数是也[3];斗众如斗寡[4],形名是也[5];三军之众,可使毕受敌而无败者[6],奇正是也[7];兵之所加[8],如以碫投卵者[9],虚实是也[10]。

凡战者,以正合[11],以奇胜。故善出奇者,无穷如天地,不竭如江海。终而复始,日月是也;死而更生,四时是也。声不过五,五声之变[12],不可胜听也[13];色不过五,五色之变[14],不可胜观也;味不过五,五味之变[15],不可胜尝也;战势不过奇正,奇正之变,不可胜穷也。奇正相生,如循环之无端[16],孰能穷之哉!

激水之疾[17],至于漂石者[18],势也;鸷鸟之击[19],至于毁折者[20],节也[21]。故善战者,其势险,其节短,势如彍弩[22],节如发机[23]。

纷纷纭纭[24],斗乱而不可乱也[25];浑浑沌沌[26],形圆而不可败也[27]。乱生于治,怯生于勇,弱生于强。治乱,数也[28]。勇怯,势也。强弱,形也。

故善动敌者,形之[29],敌必从之;予之[30],敌必取之;以利动之,以卒待之[31]。故善战者,求之于势,不责于人,故能择人而任势[32]。任势者,其战人也[33],如转木石。木石之性,安则静,危则动,方则止,圆则行。故善战人之势,如转圆石于千仞之山者,势也。

[注释]

[1] 本篇论述"势"在战争中的重要作用。所谓"势",是一种态势,它就像"转圆石于千仞之山",势不可挡。用这种力量打击敌人,无往而不胜。因此指挥战斗的人,要善于造势和任势,充分发挥主观能动性,正确运用变化无穷的"奇正"战术,出奇制胜。

[2] 治:管理。

[3] 分数:军队的组织编制。曹操注:"部曲为分,什伍为数。"(见《孙子十家注》)军队编制的层次为"分",如军、师、旅、卒、两、什、伍。各级编制的人数为"数",如五人为伍,十人为什,二十五人为两,百人为卒,等等。

[4] 斗:指挥作战。

[5] 形名:这里指指挥军队作战的号令工具。曹操注:"旌旗曰形,金鼓曰名。"(见《孙子十家注》)

[6] 毕受敌:指全面受敌。"毕",《孙子十家注》作"必",王晳注:"必当作毕,字误也。奇正还相生,故毕受敌而无败也。"简本作"毕",今据改。

[7] 奇正:古代用兵作战的方法。出动正规部队正面进攻称为"正",出动突袭部队出其不意的进攻称为"奇"。又李零《吴孙子发微》说:"奇正,奇音机(jī),古代兵家重要术语。据《李卫公问对》,'正'一般指交战开始时投入、与敌做正面接触的主攻部队;'奇'一般指将军手中留下作侧翼接应或发动突袭的机动部队。这一概念与古代数学的奇偶概念和余数概念有关。古人认为'余奇'即'一'是数字变化的关键:任何偶数加一都可以变为奇数,任何奇数减一都可以变为偶数。也就是说,只要手上留有'余奇',就有可能造成任何变化。同样,在军事上,机动力量也被称为'余奇'。虽然这种机动力量只是一种追加,但这种追加却往往是关键的一击,有如扣动弩机,也是造成各种变化的关键。"说解得较为细腻,可以参看。

[8] 兵之所加:指军队所向之处。

[9] 碬(duàn):本义是"砺石",即磨刀石,这里泛指石头。

[10] 虚实:指兵力的强盛与虚弱、集中与分散、安逸与疲顿等等。这里是以实击虚的意思。

〔11〕以正和:用正兵迎战敌人。

〔12〕五声:指宫、商、角(jué)、徵(zhǐ)、羽五个音阶。

〔13〕胜(shēng):尽。

〔14〕五色:指青、赤、白、黑、黄五种颜色。

〔15〕五味:指酸、甘、苦、辛、咸五种味道。

〔16〕循环:这里指圆环。无端:无头无尾。

〔17〕激水:湍急的流水。疾:迅疾,快。

〔18〕至于漂石:意思是,甚至于能冲跑石头。

〔19〕鸷(zhì)鸟:指雕、鹰之类的猛禽。

〔20〕毁折:指捕杀小动物。

〔21〕节:节奏,这里指节奏很快。

〔22〕彍(guō)弩:张满而蓄势待发的弓弩。

〔23〕发机:钩动弓弩的扳机。

〔24〕纷纷纭纭:形容战斗激烈而混乱。

〔25〕斗乱而不可乱:指战斗的场面虽然混乱,而自己的军队却要保持进退
　　有序不可紊乱。

〔26〕混混沌沌:形容敌我交错混战,纷杂不清的样子。

〔27〕形圆而不可败:指首尾相接,保持严整的阵势,使敌无懈可击,立于不
　　败之地。

〔28〕治乱,数也:意思是,严整与混乱取决于部队的组织系统。"数"即"分
　　数",见注释〔3〕。

〔29〕形之:指用假象迷惑敌人。曹操注:"见赢形也。"杜牧注:"非止于赢
　　弱也。言我强敌弱,则示以赢形,动之使来;我弱敌强,则示之以强
　　形,动之使去。敌之动作,皆须从我。"(均见《孙子十家注》)意思是,
　　在我强敌弱的情况下,就显示出赢弱的假象迷惑敌人,使敌人盲目进
　　攻;如果我弱敌强,就用强大的假象迷惑敌人,使敌人不敢轻易进攻。
　　亦即善于调动敌人,使之服从我方指挥。

〔30〕予之:这里指给敌人一点小利,用以诱惑敌人。曹操注:"以利诱敌,
　　敌远离其垒,而已便势击其空虚孤特也。"(见《孙子十家注》)

〔31〕以卒待之:用伏兵守候敌人。

[32]择:李零《吴孙子发微》:"古人往往假'择'为'释',此句应读为'故能释人而任势',意思是放弃人而依赖'势'。参看泷川资言《史记会注考证》下册第2043页(上海古籍出版社1986年版)及裴锡圭《说河海不择细流》和《说'择人而任势'》(笔名'求是',发表于《文史》第九辑和第十一辑)。"按此说是,当从之。

[33]战人:指挥士卒作战。

虚实篇[1]

孙子曰:凡先处战地而待敌者佚[2],后处战地而趋战者劳[3]。故善战者,致人而不致于人[4]。能使敌人自至者,利之也[5];能使敌人不得至者,害之也[6]。故敌佚能劳之,饱能饥之,安能动之,出其所必趋,趋其所不意。

行千里而不劳者,行于无人之地也;攻而必取者,攻其所不守也;守而必固者,守其所必攻也。故善攻者,敌不知其所守;善守者,敌不知其所攻。微乎微乎[7],至于无形[8],神乎神乎[9],至于无声,故能为敌之司命[10]。进而不可御者[11],冲其虚也[12];退而不可追者,远而不可及也[13]。故我欲战,敌虽高垒深沟,不得不与我战者,攻其所必救也;我不欲战,虽画地而守之[14],敌不得与我战者,乖其所之也[15]。故形人而我无形[16],则我专而敌分[17]。我专为一,敌分为十,是以十攻其一也,则我众敌寡。能以众击寡,则吾之所与战者约矣[18]。吾所与战之地不可知,则敌所备者多[19];敌所备者多,则吾所与战者寡矣。故备前则后寡[20],备后则前寡,备左则右寡,备右则左寡,无所不备,则无所不寡。寡者,备人者也;众者,使之备己者也[21]。故知战之地,知战之日,则可千里而会战;不知战地,不知战日,则左不能救右,右不能救左,前不能救后,后不能救前,而况远者数十里,近者数里乎!

以吾度之[22],越人之兵虽多[23],亦奚益于胜哉[24]!

故曰:胜可为也[25],敌虽众,可使无斗[26]。故策之而知得失之计[27],候之而知动静之理[28],形之而知死生之地[29],角之而知有余不足之处[30]。故形兵之极[31],至于无形。无形则深间不能窥[32],智者不能谋。因形而措胜于众[33],众不能知。人皆知我所以胜之形,而莫知吾所以制胜之形[34]。故其战胜不复[35],而应形于无穷[36]。

兵形像水[37],水之行避高而趋下,兵之形避实而击虚;水因地而制行,兵因敌而制胜。故兵无常势[38],水无常形。能因敌变化而取胜者,谓之神。故五行无常胜[39],四时无常位[40],日有短长,月有死生[41]。

[注释]

[1] 本篇论述"避实而击虚"、"因敌而制胜"的战略战术。强调指挥战斗者要"能为敌之司命",掌握战场上的虚实变化,调动指挥敌人,机动灵活地夺取胜利。

[2] 先处战地而待敌:先到达战场等待敌人。佚,同"逸",安逸。

[3] 趋战:指急忙赶来仓促应战。

[4] 致人而不致于人:招致敌人前来,而我不前往就敌。致,招致。

[5] "能使敌自至者"二句:意思是,能够使敌人自己前来就我,是因为用小利引诱他。

[6] 害之:指设法阻止敌人。曹操注:"出其所必趋,攻其所必救。"杜佑注:"能守其险害之要路,敌不得自至。故王子曰:一猫当穴,万鼠不敢出;一虎当溪,万鹿不得过。"李筌注:"害其所急,彼必释我而自固也。"张预注:"所以能令敌人必不得至者,害其所顾爱耳。孙膑走大梁而解邯郸之围是也。"(均见《孙子十家注》)诸家所说的内容,都是所谓"害之"的做法。

[7] 微:微妙。

[8] 无形：不见形迹，指敌人不能窥其形迹。

[9] 神：神秘，神奇。

[10] 司命：命运的主宰者。

[11] 进而不可御：前进而敌人不可抵御。

[12] 冲其虚：指冲击敌人的虚弱之处。

[13] "退而不可追"二句：意思是，撤退时敌人无法追击，是因为行动迅速远远抛开敌人，使之追赶不上。

[14] 画地：指画定一块地方以为营垒。李零《吴孙子发微》："画地本为一种画地为方，不假城池，禁鬼魅虎狼的防身巫术。参看马王堆帛书《养生方·走》、《抱朴子·登涉》。兵家也用来指营垒的规划。《李卫公问对》卷中有《太公书》画地法和李靖六花阵画地法，可参看。"

[15] 乖其所之：指改变敌人进攻的道路。乖，背离，这里引申为改变。所之，所去的地方，这里指敌人进攻的路线。一说"乖其所之"指设奇异的计策以疑惑敌人。李筌注："乖，异也。设奇异而疑之，是以敌不可得与我战。"（见《孙子十家注》）亦通。

[16] 形人：使敌方形迹显露，亦即让敌人听我方驱策的意思。形，这里作动词，使动用法。我无形：指我方的形迹隐秘。

[17] 专：指兵力集中。分：指兵力分散。

[18] 约：少。

[19] 所备者：指敌人设置防备的地方。

[20] 备前则后寡：意思是，敌人在前面设防，那么后面的兵力就薄弱。

[21] "众者，使之备己者也"二句：意思是，我方兵力雄厚，是迫使敌人处处设防的结果。

[22] 度（duó）：揣测，推断。

[23] 越：越国，春秋时诸侯国，在今浙江一带。越国和吴国在当时是相互敌对的国家。

[24] 亦奚益于胜哉：对于夺取战争的胜利又有什么助益呢？奚，疑问代词，什么。益，助益，好处。一本此句作"亦奚益于胜败哉"，今从简本。

[25] 胜可为也：胜利是可以争取的。按《形篇》有"胜可知而不可为"句，

意思是"胜利可以预知,但在敌人有备的情况下不可强求取胜",与此句之意有所不同。

[26]无斗:无法战斗。

[27]策:筹划,策算。

[28]候:《孙子十家注》作"作",孙星衍校曰:"《通典》、《御览》并作'候之'。按此与李筌本同。又郑友贤《遗说》亦作'候之'。"简本作"绩"。李零《吴孙子发微》:"疑简本'绩'当读为'刺候'之'刺'(刺、绩同从'束'得声),故唐人写本或作'候'。今本'作'应是'候'字之误,指贞伺敌情以知其动静。"按李说是。"候",即侦察之义。

[29]形之:同下文的"形兵",指部署兵力。一说"形之"指考察地形,仅供参考。

[30]角之:与敌人实战较量。

[31]形兵之极:指部署兵力的最佳情况。

[32]深间:潜藏很深的间谍。

[33]因形而措胜于众:意思是,利用敌人兵力部署的种种变化引导兵众夺取胜利。曹操注:"因敌形而立胜。"张预注:"因敌变动之形以制胜,非众人所能知。"(均见《孙子十家注》)又,李零《吴孙子发微》认为此句当解释为"运用分散集结的变化引导士兵夺取胜利",亦可参考。

[34]"人皆知"二句:意思是,人们都知道我们夺取胜利的方法,但却不知我们是怎样运用这些方法的。又,曹操注:"制胜者,人皆知吾所以胜,莫知吾因敌制胜也。"李筌注:"战胜,人知之;制胜之法幽密,人莫知。"梅尧臣注:"知得胜之迹,而不知作胜之象。"(均见《孙子十家注》)诸说皆可参考。

[35]战胜不复:指不重复使用取胜的方法。

[36]应形于无穷:指顺应不同的形势,不断变换作战的方式。

[37]兵形:指用兵的方法。一说指"军队的态势",亦通。

[38]兵无常势:军队没有固定不变的情势。

[39]五行:水、火、木、金、土。古人认为"五行"是构成宇宙万物的基本元素,它们之间相生相克。

[40]四时无常位:指春夏秋冬四季循环更迭,没有哪个季节是固定不变的。

[41]死生:指月亮盈亏的变化。

孟　子

　　孟子名轲,战国时邹人(今山东邹县),大约生于前385年前后,死于前300年前后。孟子是战国时期杰出的思想家、政治家。他继承并发展了孔子思想,成为战国中期儒家学派最重要的代表人物。在封建社会中孟子被推崇为仅次于孔子的第二位圣人,号称"亚圣"。

　　《孟子》一书是孟子和他的学生万章等人共同编定的。书中翔实地记载了孟子的思想、言论和事迹,是研究孟子思想和先秦文学、历史、哲学的重要典籍。北宋末年,《孟子》被列为经书,成为十三经之一。

　　《孟子》一书在文学史上占有突出地位。他的散文成就享有盛誉,对后世散文创作的发展影响很大。唐宋时期的散文大师,几乎都以孟子的文章为典范。孟子散文的特色是气势磅礴,感情充沛,辩风犀利,说理透彻,并善于运用譬喻展开论述。

孟子见梁惠王章[1]

　　孟子见梁惠王。王曰:"叟不远千里而来[2],亦将有以利吾国乎[3]?"

　　孟子对曰:"王何必曰利? 亦有仁义而已矣[4]。王曰:'何以利吾国?’大夫曰:‘何以利吾家[5]?’士庶人曰[6]:‘何以利吾身?’上下交征利而国危矣[7]。万乘之国[8],弑其君者[9],必千乘之家[10];千乘之国,弑其君者,必百乘之家。万取千焉[11],千取百焉,不为不多矣。苟为后义而先利[12],不夺不餍[13]。未有仁而遗其亲者也[14],未有义而后其君者也[15]。王亦曰仁义而已矣,何必曰利?”

[注释]

[1]本章选自《梁惠王上》。梁惠王是战国时期魏国国君,姓魏名罃,惠是他的谥号。前369—前319年在位。前361年,魏国国都由安邑(今山西省运城市东安邑东北)迁到大梁(今河南省开封市附近),此后,魏又称梁。所以史称魏罃为梁惠王。梁惠王初年,任用公叔痤为相,国势很强盛。但到了中晚期,由于在几次重大战役中惨遭失败,魏国日见衰落。梁惠王为了东山再起,重振国威,在前320年左右,就“卑辞厚币,以招贤者”。孟子大约就是在这一年来到魏国的。本章表现了孟子的义利观。孟子认为当时天下纷争、黎民涂炭的根本原因就在于各国君主不仁不义,只顾追逐私利。因此,当梁惠王问他怎样有利于国家时,他当面就泼了梁惠王一瓢冷水:“王何必曰利?亦有仁义而已矣。”然后又讲了一番放弃仁义、争夺利益的危害。其实,孟子未尝不讲利,他的仁义思想正代表了统治阶级的长远利益。

[2]叟:古代对老年人的尊称,这里是“老先生”的意思。这一年孟子大约六十岁左右。

[3]亦:副词,大概,或许。

[4]亦:副词,只,只要。

[5]家:指公卿大夫的封邑。

[6]士:指用自己的知识和才能为统治阶级效劳的人,属于统治阶级中最低的一个阶层。在春秋战国时期,“士”的含义是指知识分子阶层。庶人:泛指一般老百姓。

[7]交征利:互相争夺利益。征,取,争夺。

[8]万乘(shèng)之国:指拥有一万辆兵车的大国。乘,古代以一辆四匹马拉的兵车为一乘。古代以土地的多少规定兵车的数量,因此可以用兵车的多少来衡量一个国家的大小。

[9]弑(shì):古代把臣杀君、子杀父等下杀上的行为贬称为“弑”。

[10]千乘之家:国家大,公卿大夫的封邑也大。在拥有万乘兵车的大国,公卿大夫的封邑可以拥有千乘兵车,因此说“千乘之家”。下文的“百乘之家”,则等而下之,指在拥有千乘兵车的国家,大夫的封邑可以拥有百乘兵车。

[11]万取千焉:指在万乘兵车中占有千乘。

[12]苟:如果。

[13]不夺不餍:不争夺就不会满足。餍,满足。

[14]未有仁而遗其亲者也:意思是,从来没有讲仁德的人遗弃其父母的事情。

[15]未有义而后其君者也:意思是,从来没有讲义气的人怠慢其君主的事情。后,用作动词,以……为后,这里是怠慢、不敬的意思。

寡人之于国也章[1]

　　梁惠王曰:“寡人之于国也[2],尽心焉耳矣[3]。河内凶,则移其民于河东[4],移其粟于河内[5]。河东凶亦然。察邻国之政,无如寡人之用心者。邻国之民不加少[6],寡人之民不加多,何也?”

　　孟子对曰:“王好战,请以战喻[7]。填然鼓之[8],兵刃既接[9],弃甲曳兵而走[10]。或百步而后止[11],或五十步而后止。以五十步笑百步,则何如?”

　　曰:“不可。直不百步耳[12],是亦走也[13]。”

　　曰:“王如知此,则无望民之多于邻国也[14]。不违农时,谷不可胜食也[15];数罟不入洿池[16],鱼鳖不可胜食也;斧斤以时入山林[17]，材木不可胜用也。谷与鱼鳖不可胜食，材木不可胜用，是使民养生丧死无憾也[18]。养生丧死无憾，王道之始也。五亩之宅，树之以桑[19]，五十者可以衣帛矣[20]。鸡豚狗彘之畜[21]，无失其时[22]，七十者可以食肉矣。百亩之田，勿夺其时[23]，数口之家可以无饥矣。谨庠序之教[24]，申之以孝悌之义[25]，颁白者不负戴于道路矣[26]。七十者衣帛食肉，黎民不饥不寒，然而不王者，未之有也[27]。狗彘食人食而不知检，涂有饿莩而不知发[28]，人死，则曰：'非我也，岁也[29]。'是何异于刺人而杀之，曰：'非我也，兵也。'王无罪岁[30]，斯天下之民至矣[31]。"

[注释]

[1]本章选自《梁惠王上》。孟子认为梁惠王"移民"、"移粟"的做法只是治标，要想富国强兵必须治本，也就是从物质生产和思想教育入手，做到"七十者衣帛食肉，黎民不饥不寒"，使人民养生丧死无憾，这样不仅人民多于邻国，还将称王于天下。本篇孟子用"五十步笑百步"的比喻来说明梁惠王的失策，形象生动，脍炙人口，在后世广为流传。

[2]寡人之于国：我对于治理国家。寡人，古时诸侯的自称。

[3]焉耳矣：句末语气词，连用，起加强语气的作用。罢了。

[4]河内、河东：战国时期魏国地名。河内在今黄河北岸河南省济源县一带。河东在今黄河东岸山西省运城市一带。凶：指灾荒。

[5]粟：小米。这里泛指粮食。

[6]加：更。

[7]喻：比喻，打比方。

[8]填然：形容鼓声大作。鼓：这里是动词，敲鼓。古时作战，以鼓声作为进攻的信号。

[9]兵刃既接：指短兵相接，开始交战。既，已经。

[10]弃甲：丢弃盔甲。曳兵：拖着兵器。走：跑，逃跑。

[11]或：有的人。

[12]直：只，只是。

［13］是：代词，这。

［14］无望：不要希望。无：同"毋"，不要。

［15］胜(shēng)：尽。

［16］数罟(cù gǔ)：网眼细密的鱼网。数，细、密。罟，鱼网。洿(wū)池：池塘。洿，指洼地。按相传古代曾规定不得用密网入池塘捕鱼，目的是保护鱼苗。

［17］斧斤以时入山林：指要按照一定的季节进山林砍伐树木，即不许随便乱砍乱伐。斤，一种横刃的斧子。

［18］丧死：为死者办丧事。丧，办丧事。

［19］树之以桑：种上桑树。树：种，种植。按这里是指在宅院周围种上桑树，养蚕缫丝，以解决穿衣问题。

［20］衣(yì)：动词，穿。帛：丝织品。

［21］豚(tún)：小猪。彘(zhì)：猪。

［22］无失其时：指不错过家禽家畜的繁殖时机。

［23］勿夺其时：指不侵夺农时。

［24］谨庠序之教：指加强学校教育。谨，严谨，加强。庠(xiáng)序，相传古代的地方学校，周朝叫庠，商朝叫序。

［25］申：申明，反复说明。孝悌(tì)：孝指子女孝敬服从父母，悌指弟弟敬爱服从兄长。"孝悌"是儒家伦理道德观念的重要内容，认为孝悌是仁德的根本(见《论语·学而》)。

［26］颁白者：指须发花白的老人。负戴：泛指辛苦操劳。负，背负东西。戴，把东西顶在头上。

［27］"然而不王(wàng)者"二句：意思是，这样做了之后仍然不能称王于天下的，是从来没有过的事。王：动词，指称王于天下。未之有也：即"未有之也"。古汉语否定句中，代词作宾语，一般放在动词前面。

［28］涂：同"途"，道路。莩：同"殍"，饿死的人。

［29］岁：年成。

［30］罪：这里作动词用，归罪。

［31］斯：连词，则。

齐桓晋文之事章[1]

齐宣王问曰[2]:"齐桓、晋文之事可得闻乎?"

孟子对曰:"仲尼之徒无道桓、文之事者,是以后世无传焉[3],臣未之闻也[4]。无以,则王乎[5]?"

曰:"德何如则可以王矣?"

曰:"保民而王[6],莫之能御也。"

曰:"若寡人者,可以保民乎哉?"

曰:"可。"

曰:"何由知吾可也?"

曰:"臣闻之胡龁曰[7],王坐于堂上,有牵牛而过堂下者,王见之,曰:'牛何之[8]?'对曰:'将以衅钟[9]。'王曰:'舍之!吾不忍其觳觫[10],若无罪而就死地[11]。'对曰:'然则废衅钟与[12]?'曰:'何可废也?以羊易之[13]。'不识有诸[14]?"

曰:"有之。"

曰:"是心足以王矣。百姓皆以王为爱也[15],臣固知王之不忍也。"

王曰:"然[16],诚有百姓者[17]。齐国虽褊小[18],吾何爱一牛?即不忍其觳觫,若无罪而就死地,故以羊易之也。"

曰:"王无异于百姓之以王为爱也[19]。以小易大,彼恶知之?王若隐其无罪而就死地[20],则牛羊何择焉[21]?"

王笑曰:"是诚何心哉?我非爱其财而易之以羊也。宜乎百姓之谓我爱也[22]。"

曰:"无伤也[23],是乃仁术也,见牛未见羊也。君子之于禽兽也,见其生,不忍见其死;闻其声,不忍食其肉。是以君子远庖厨也[24]。"王说曰[25]:"《诗》云:'他人有心,予忖度之[26]。'夫子之谓也[27]。夫我乃行之,反而求之,不得吾心。夫子言之,于我心有戚戚焉[28]。此心之所以合于王者,何也?"

曰:"有复于王者曰[29]:'吾力足以举百钧[30],而不足以举一羽;明足以察秋毫之末[31],而不见舆薪[32]。'则王许之乎[33]?"

曰:"否。"

"今恩足以及禽兽,而功不至于百姓者,独何与[34]?然则一羽之不举,为不用力焉;舆薪之不见,为不用明焉;百姓之不见保[35],为不用恩焉。故王之不王,不为也,非不能也。"

曰:"不为者与不能者之形何以异?"

曰:"挟太山以超北海[36],语人曰[37]:'我不能。'是诚不能也。为长者折枝[38],语人曰:'我不能。'是不为也,非不能也。故王之不王,非挟太山以超北海之类也;王之不王,是折枝之类也。老吾老[39],以及人之老;幼吾幼,以及人之幼。天下可运于掌[40]。《诗》云:'刑于寡妻,至于兄弟,以御于家邦[41]。'言举斯心加诸彼而已[42]。故推恩足以保四海[43],不推恩无以保妻子。古之人所以大过人者,无他焉,善推其所为而已矣。今恩足以及禽兽,而功不至于百姓者,独何与?权[44],然后知轻重;度[45],然后知长短。物皆然,心为甚。王请度之。抑王兴甲兵[46],危士臣[47],构怨于诸侯[48],然后快于心与?"

王曰:"否,吾何快于是?将以求吾所大欲也。"

曰:"王之所大欲可得闻与?"

王笑而不言。

曰:"为肥甘不足于口与[49]?轻暖不足于体与[50]?抑为采色不足视于目与[51]?声音不足听于耳与?便嬖不足使令于前与[52]?王之诸臣皆足以供之,而王岂为是哉?"

曰:"否,吾不为是也。"

曰:"然则王之所大欲可知已[53],欲辟土地,朝秦、楚[54],莅中国而抚四夷也[55]。以若所为求若所欲,犹缘木而求鱼也[56]。"

王曰:"若是其甚与?"

曰:"殆有甚焉[57]。缘木求鱼,虽不得鱼,无后灾;以若所为求若所欲,尽心力而为之,后必有灾。"

曰:"可得闻与?"

曰:"邹人与楚人战[58],则王以为孰胜?"

曰:"楚人胜。"

曰:"然则小固不可以敌大[59],寡固不可以敌众,弱固不可以敌强。海内之地方千里者九[60],齐集有其一[61],以一服八,何以异于邹敌楚哉?盍亦反其本矣[62]。今王发政施仁,使天下仕者皆欲立于王之朝[63],耕者皆欲耕于王之野,商贾皆欲藏于王之市[64],行旅皆欲出于王之途,天下之欲疾其君者皆欲赴愬于王[65]。其若是,孰能御之?"

王曰:"吾惛[66],不能进于是矣。愿夫子辅吾志,明以教我。我虽不敏,请尝试之。"

曰:"无恒产而有恒心者[67],惟士为能[68]。若民[69],则无恒产,因无恒心[70]。苟无恒心,放辟邪侈[71],无不为已。及陷于罪,然后从而刑之,是罔民也[72]。焉有仁人在位罔民而可为也?是故明君制民之产[73],必使仰足以事父母[74],俯足以畜妻子[75],乐岁终身饱,凶年免于死亡;然后驱而之善[76],故民之从之也轻[77]。今也制民之产,仰不足以事父母,俯不足以畜妻子,乐岁终身苦,凶年不免于死亡。此惟救死而恐不赡[78],奚暇治礼义哉[79]?王欲行之,则盍反其本矣:五亩之宅,树之以桑,五十者可以衣帛矣。鸡豚狗彘之畜,无失其时,七十者可以食肉矣。百亩之田,勿夺其时,八口之家可以无饥矣。谨庠序之教,申之以孝悌之义,颁白者不负戴于道路矣。老者衣帛食肉,黎民不饥不寒,然而不王者,未之有也。"

[注释]

[1]本章选自《梁惠王上》。齐桓,即齐桓公。春秋时齐国国君,姓姜,名小白,前685—前643年在位。晋文,即晋文公。春秋时晋国国君,姓姬,名重耳,前636—前628年在位。齐桓公、晋文公在位期间,国力强盛,先后称霸,是"春秋五霸"的代表人物。本章是孟子对其仁政思想的全面阐述。

[2]齐宣王:战国时齐国国君。姓田,名辟疆,谥号宣,齐威王之子,前319—前301年在位。

[3]是以:即"以是",因此。

[4]未之闻也:即"未闻之也"。按这是孟子的托词,因为他不想与齐宣王谈齐桓公、晋文公的事情,所以推托说自己没听说过。

[5]"无以"二句:意思是,如果一定要谈,那我们谈谈称王于天下的事情好吗? 无以,即不得已,指不得不谈。以,通"已","止"的意思。王(wàng):这里作动词,指称王于天下。

[6]保民:使人民得到安定。

[7]胡龁(hé):人名,齐宣王的近臣。

[8]牛何之:把牛牵到哪里去。之,动词,往,到……去。

[9]衅(xìn)钟:新钟铸成后举行的血祭仪式。衅,古代每做成一件新的重要器物之后,则要杀一头牲畜,取血涂在器物上,叫做衅,也就是血祭。

[10]觳觫(hú sù):因恐惧而发抖的样子。

[11]若无罪而就死地:意思是,这样毫无罪过而被置之死地。若,这样。

[12]然则:那么就。与:疑问语气词。

[13]易:交换。

[14]不识有诸:不知有没有这回事。识,知。诸,"之乎"二字的合音。之,指代上述的那件事。

[15]爱:吝啬。

[16]然:是,对。

[17]诚有百姓者:的确有这样的百姓。诚,的确,确实。

[18]褊(biǎn):狭小。

[19]异:奇怪,诧异。

[20]隐:可怜,痛惜。

[21]牛羊何择焉:牛和羊有什么分别呢。择:分别,区别。

[22]宜乎百姓之谓我爱也:意思是,难怪百姓认为我吝啬了。宜,适宜,恰
　　当。"宜乎",这里指难怪、无怪乎。

[23]无伤:没有妨碍,没有关系。

[24]远(yuàn)庖厨:远远地离开厨房。远,远离。

[25]说:同"悦",高兴。

[26]"他人有心"二句:意思是,别人有什么心思,我能揣摩到。忖度(cǔn
　　duó):猜想,揣摩。以上两句诗出自《诗经·小雅·巧言》。

[27]夫子之谓也:说的就是您老先生啊。夫子,古代对人的敬称。

[28]戚戚:心有所动的样子。这里是头脑开窍,豁然明朗的意思。

[29]复:禀告,报告。

[30]钧:古代重量单位,三十斤为一钧。"百钧",极言其重。

[31]秋毫之末:鸟兽羽毛的末端到了秋天最为纤细,古用以形容极细小的
　　东西。

[32]舆:车。薪:柴草。

[33]许:相信,同意。

[34]独何与:却是为什么呢。独,表示反问的语气,却。

[35]见保:被安抚,得到安定。

[36]太山:即泰山。超:超越,越过。北海:即渤海。

[37]语(yù):告诉。

[38]折枝:古来有三种解释:一,搔痒按摩;二,折取树枝;三,弯腰鞠躬。
　　第一种解释较为符合原义。

[39]老吾老:奉养自己的老人。前一个"老"字,是动词,指奉养,敬养。后
　　一个"老"字是名词,指老人。下句"幼吾幼"句式与此同,前一个
　　"幼"是"爱护"的意思;后一个"幼"指小孩。

[40]天下可运于掌:意思是,治理天下就象在手掌上转动东西那样容易。

运,运转。

[41]"刑于寡妻"三句:意思是,做自己妻子的榜样,再推广到兄弟,再推广到封邑和国家。刑,同"型",典型,表率。寡妻,嫡妻,正妻。御,推广。家,指有封邑的卿大夫。以上三句诗出自《诗经·大雅·思齐篇》。

[42]举斯心加诸彼:把这种好心推广到其他方面。

[43]推恩:推广恩惠。

[44]权:动词,秤。

[45]度(duó):动词,量。

[46]抑:选择连词,还是。兴甲兵:指发动战争。

[47]危士臣:使将士遭受危险。

[48]构怨:结怨。

[49]肥甘:指肥美的食物。不足于口:指不够吃。

[50]轻暖:指又轻又暖的衣服。

[51]采:同"彩"。

[52]便嬖(pián bì):指地位不高而亲近君王受到宠幸的人。

[53]已:同"矣"。

[54]朝秦楚:使秦、楚等大国都来朝见。秦、楚,都是周代的诸侯国,战国时期国力强盛,是所谓战国七雄之一。希望秦、楚前来朝见,说明齐宣王野心之大。

[55]莅中国:君临中原,称霸中原。莅:临。中国:指中原地区。四夷:指四方边远部族。

[56]缘木求鱼:爬到树上去捉鱼。缘,顺着。

[57]殆有甚焉:恐怕比这更严重。殆,副词,表示推测,可译为可能,大概,恐怕等。

[58]邹:周代的一个小诸侯国,在今山东邹城东南。

[59]固:副词,肯定,确实。

[60]海内之地方千里者九:意思是,中国的土地可以分成九块纵横千里之大的地盘。

[61]集:凑集。

[62]盍亦反其本矣：为什么不返回到根本上来呢？盍，"何不"二字的合
　　　音。反，同"返"。本，根本，这里指实行仁政措施。

[63]欲立于王之朝：指愿意到齐国的朝廷上来做官。

[64]贾（gǔ）：商人。藏于王之市：意思是，到齐国的市场上来做生意。

[65]疾：痛恨。愬（sù）：诉，控诉。

[66]惛（hūn）：头脑昏乱。

[67]恒产：指固定的产业。恒心：指一定的道德观念和行为准则。

[68]惟士为能：只有士人才能做到。惟，只。

[69]若：至于。

[70]因：连词，于是就，因此。

[71]放辟邪侈：指违法乱纪，胡作非为。

[72]罔民：陷害人民。罔，同"网"，用作动词，这里是陷害的意思。

[73]制民之产：指规定分给百姓的产业。

[74]仰足以事父母：在上足以奉养父母。仰，在上，向上。

[75]俯足以畜妻子：在下足以养育妻子儿女。俯，向下，在下。畜：养育。

[76]驱而之善：意思是，驱使人民走向善良的道路。之，往，向。

[77]轻：容易。

[78]赡（shàn）：足够。

[79]奚暇治礼义哉：哪有空闲学习礼义呢。奚，何，哪里。治，学习。

齐宣王见孟子于雪宫章[1]

　　齐宣王见孟子于雪宫[2]。王曰："贤者亦有此乐乎？"

　　孟子对曰："有。人不得，则非其上矣[3]。不得而非其上
者，非也；为民上而不与民同乐者，亦非也。乐民之乐者，民亦乐
其乐；忧民之忧者，民亦忧其忧。乐以天下[4]，忧以天下，然而
不王者，未之有也。昔者齐景公问于晏子曰[5]：'吾欲观夫转
附、朝儛[6]，遵海而南[7]，放于琅邪[8]；吾何修而可比于先王观

也[9]?'晏子对曰:'善哉问也!天子适诸侯曰巡狩[10]。巡狩者,巡所守也。诸侯朝于天子曰述职[11]。述职者,述所职也。无非事者。春省耕而补不足[12],秋省敛而助不给[13]。夏谚曰:吾王不游[14],吾何以休[15]?吾王不豫[16],吾何以助?一游一豫,为诸侯度[17]。今也不然:师行而粮食[18],饥者弗食,劳者弗息。睊睊胥谗[19],民乃作慝[20]。方命虐民[21],饮食若流[22];流连荒亡,为诸侯忧。从流下而忘反谓之流[23],从流上而忘反谓之连[24],从兽无厌谓之荒[25],乐酒无厌谓之亡。先王无流连之乐、荒亡之行。惟君所行也[26]。'景公悦,大戒于国[27],出舍于郊[28]。于是始兴发补不足[29]。召大师曰[30]:'为我作君臣相悦之乐!'盖《徵招》《角招》是也[31]。其诗曰:'畜君何尤[32]?'畜君者,好君也。"

[注释]

[1]本章选自《梁惠王下》。这一章孟子为齐宣王讲了一段晏婴与齐景公的历史故事,目的是告戒齐宣王,不要只贪图个人的享乐,要关心和爱护人民,与民同乐,只有这样才能称王于天下。

[2]雪宫:战国时齐国离宫(相当于现今的别墅)的名称,是专供齐王游玩休息的地方。

[3]非:非难,责怪。上:指君主。

[4]乐以天下:和天下人共同享乐的意思。

[5]齐景公:春秋时齐国国君,姓姜,名杵曰,前547—前490年在位。晏子:名婴,春秋时齐国大夫,曾担任齐灵公、齐庄公、齐景公三朝宰相,进行过一些改革,是当时齐国一位较为开明的政治家。

[6]观:游览。转附:山名,据说即今山东省烟台市的芝罘山。朝儛(zhāo wǔ):山名,据说即今山东省旧荣城的成山角。

[7]遵:循,沿着。

[8]放:至,直到。琅邪(yá):山名,在今山东省诸城县东海边上。

[9]何修:怎样做。比于先王观:与先王的游览相比。

[10]适:动词,到……去。巡狩:同"巡守",指天子巡视诸侯所守的疆土。

[11]朝(cháo):朝见。述职:指诸侯朝见天子,向天子禀报他所管辖地方的政事。

[12]省(xǐng):视察。

[13]敛:收获。给(jǐ):丰足。

[14]夏谚:夏朝的谚语。游:指君主在春天耕种时视察农事。

[15]休:休息。

[16]豫:指君主在秋天收获时视察农事。

[17]为诸侯度:是诸侯仿效的法度。

[18]师行而粮食:师行,指君主一出游,军队就跟着出动。粮食,即食粮。指辗转运粮而食。

[19]睊睊(juàn):因愤怒侧目而视的样子。胥:相互,都。谗:毁谤,说坏话。

[20]慝(tè):恶。

[21]方命:违背天命。方,逆,违背。

[22]饮食若流:象流水一样恣意吃喝,没有节制。

[23]从流下:顺水行舟,顺流而下。

[24]从流上:逆水行舟,逆流而上。

[25]从兽:指追逐野兽,打猎。

[26]惟君所行:意思是,只看君主所实行的了。

[27]戒:准备。国:国都。

[28]舍:居住,留宿。

[29]兴:举行。发:指开仓赈济。

[30]大师:即太师,古代乐官之长。

[31]《徵招》《角招》:两支古曲的名称。

[32]畜(xù):好,爱。尤:过失,错误。

王顾左右而言他章[1]

孟子谓齐宣王曰:"王之臣有托其妻子于其友而之楚游

者[2]，比其反也[3]，则冻馁其妻子[4]，则如之何?"王曰:"弃之[5]。"曰:"士师不能治士[6]，则如之何?"王曰:"已之[7]。"曰:"四境之内不治，则如之何?"王顾左右而言他。

[注释]

[1]本章选自《梁惠王下》。本章表现了孟子论辩方法的巧妙。他先旁敲侧击地利用比喻提问，使齐宣王入其彀中，然后批判齐国的政治状况，逼得齐宣王无言以对，只好"顾左右而言他"了。

[2]之楚游:到楚国去游历。

[3]比:等到。

[4]冻馁:使……挨饿受冻。

[5]弃:抛弃，绝交。

[6]士师:古代的司法官。士:这里指士师的属官。

[7]已:停职，罢免。

闻诛一夫纣章[1]

　　齐宣王问曰:"汤放桀[2]，武王伐纣[3]，有诸?"孟子对曰:"于传有之。"曰:"臣弑其君可乎?"曰:"贼仁者谓之'贼'[4]，贼义者谓之'残'，残贼之人谓之'一夫'[5]。闻诛一夫纣矣，未闻弑君也。"

[注释]

[1]本章选自《梁惠王下》。按照孔子春秋大义的遗训，臣不得弑君以自立。齐宣王想刁难一下孟子，所以以此提问。但孟子却认为桀纣都属残杀仁义之人，只能称为独夫，不能称为君，可以格杀勿论。这个回答既维护了儒家经典的尊严，又表现出孟子在君臣关系问题上比孔子有所进步。

[2]放:放逐。桀:即夏桀，夏朝最后一个君主，以残暴著称。传说商汤灭

夏后,把夏桀流放到南巢(据传在今安徽省巢县附近)。

[3]纣:商纣王,即帝辛,商朝最后一个君主,与夏桀同为历史上有名的暴君。周武王姬发乘商纣王正对东南的夷方用兵之时,伐灭商纣,建立周朝。

[4]贼:前一个"贼"是动词,破坏、残害的意思。

[5]一夫:独夫。指不得人心的孤立者。

邹与鲁哄章[1]

邹与鲁哄。穆公问曰[2]:"吾有司死者三十三人[3],而民莫之死也[4]。诛之,则不可胜诛;不诛,则疾视其长上之死而不救[5],如之何则可也?"

孟子对曰:"凶年饥岁,君之民老弱转乎沟壑[6],壮者散而之四方者,几千人矣[7];而君之仓廪实[8],府库充[9],有司莫以告,是上慢而残下也[10]。曾子曰:'戒之戒之[11]!出乎尔者,反乎尔者也[12]。'夫民今而后得反之也。君无尤焉[13]。君行仁政,斯民亲其上,死其长矣[14]。"

[注释]

[1]本章选自《梁惠王下》。战国时期,各国内部充满了尖锐的阶级矛盾:老百姓眼看着他们的长官战死沙场,谁也不去救援。孟子认为,这都是由于平时官吏们欺压百姓太甚的缘故,要改变这种状况,只有实行仁政。鲁:周代的一个诸侯国。在今山东省东南部,国都在今山东省曲阜市。前256年被楚国所灭。哄:争斗,交战。

[2]穆公:邹穆公,邹国国君。

[3]有司:有关官吏。

[4]莫之死:即"莫死之",意思是没有人为了有司去死。

[5]疾视:侧目而视。

［6］转乎沟壑：弃尸于沟壑。转，抛弃。

［7］几：几乎，将近。

［8］廪（lǐn）：粮仓。实：充实。

［9］府库：贮存金银财宝的库房。充：满。

［10］上慢而残下：指在上位的人怠慢而残害下面的百姓。

［11］戒：谨慎，警惕。

［12］“出乎尔者”二句：意思是，你怎样对待别人，别人也就怎样对待你。
尔，你。

［13］尤：责备，怪罪。

［14］死其长：为其长官而死。

夫子当路于齐章^[1]

公孙丑问曰^[2]：“夫子当路于齐^[3]，管仲、晏子之功^[4]，可复许乎^[5]？”

孟子曰：“子诚齐人也^[6]，知管仲、晏子而已矣。或问乎曾西曰^[7]：‘吾子与子路孰贤^[8]？’曾西蹴然曰^[9]：‘吾先子之所畏也^[10]。’曰：‘然则吾子与管仲孰贤？’曾西艴然不悦^[11]，曰：‘尔何曾比予于管仲^[12]？管仲得君如彼其专也^[13]，行乎国政如彼其久也，功烈如彼其卑也^[14]。尔何曾比予于是？’”曰：“管仲，曾西之所不为也，而子为我愿之乎^[15]？”

曰：“管仲以其君霸^[16]，晏子以其君显。管仲晏子犹不足为与？”

曰：“以齐王，由反手也^[17]。”

曰：“若是，则弟子之惑滋甚^[18]。且以文王之德^[19]，百年而后崩^[20]，犹未洽于天下^[21]；武王、周公继之^[22]，然后大行。今言王若易然，则文王不足法与？”

曰:"文王何可当也[23]? 由汤至于武丁[24],贤圣之君六七作[25],天下归殷久矣,久则难变也。武丁朝诸侯,有天下,犹运之掌也。纣之去武丁未久也[26],其故家遗俗[27],流风善政[28],犹有存者;又有微子、微仲、王子比干、箕子、胶鬲[29],皆贤人也,相与辅相之[30],故久而后失之也。尺地,莫非其有也;一民,莫非其臣也;然而文王犹方百里起[31],是以难也。齐人有言曰:'虽有智慧,不如乘势,虽有镃基[32],不如待时。'今时则易然也。夏后、殷、周之盛[33],地未有过千里者也[34],而齐有其地矣;鸡鸣狗吠相闻,而达乎四境,而齐有其民矣。地不改辟矣[35],民不改聚矣,行仁政而王,莫之能御也。且王者之不作,未有疏于此时者也;民之憔悴于虐政[36],未有甚于此时者也。饥者易为食[37],渴者易为饮。孔子曰:'德之流行,速于置邮而传命[38]。'当今之时,万乘之国行仁政,民之悦之,犹解倒悬也。故事半古之人,功必倍之,惟此时为然。"

[注释]

[1]本章选自《公孙丑上》。这一章表现了孟子乐观进取的精神。他对自己的理想和事业充满了必胜的信念。这个信念不是盲目的,是建立在对夏、商、周三代和齐国形势的客观分析基础之上的。

[2]公孙丑:孟子的学生,姓公孙,名丑。

[3]夫子:这里指老师。当路:当道,即当权、执政的意思。

[4]管仲:春秋时期著名政治家,齐国人,姓管名夷吾,字仲,一字敬仲,辅佐齐桓公成就霸业。

[5]许:兴,兴起。

[6]子:对对方的称呼,你。诚:确实。

[7]或:有人。曾西:名申,字子西,孔子弟子曾参的儿子。

[8]吾子:对对方亲切而尊敬的称呼。子路:见前《论语》注。

[9]蹴(cù)然:不安的样子。

[10]先子:对自己已故长辈的称呼。这里曾西用以指自己的父亲曾参。畏:敬畏。

[11]艴(fú)然:生气愠怒的样子。

[12]曾(zēng):竟,竟然。

[13]得君:得到君主的信任。专:专一。

[14]功烈:功业,功绩。卑:小,卑微。

[15]为:通"谓",认为。

[16]以:使。

[17]"以齐王"二句:意思是,使齐国称王于天下,易如反掌。由:如,如同。反手:把手掌翻转过来。比喻事情很容易。

[18]滋:更加。

[19]文王:指周文王,姓姬,名昌,周武王姬发的父亲,商纣王时为西伯,周武王灭商后,追尊为文王,是儒家所推崇的古代圣王之一。

[20]百年而后崩:相传周文王活了九十七岁才去世,这里说百年,是取其整数。崩:特指天子死。

[21]洽于天下:指王道普行于天下。洽,周遍,普及。

[22]武王:周武王,姓姬,名发,周文王的儿子,西周王朝的开国君主,是儒家所推崇的古代圣王之一。周公:姓姬,名旦,周武王的弟弟。曾辅佐周武王灭商。周武王死后,因成王年幼,周公摄政,曾平定武庚、管叔、蔡叔的反叛。他是儒家崇拜的圣人之一。

[23]文王何可当也:意思是,文王怎么可以相比呢? 据下文所述,这句是指文王当时的情况与后世不同,不好相比。当,相当,比。

[24]武丁:又称中宗,商朝中后期的帝王。

[25]贤圣之君六七作:从商汤到武丁共二十二位帝王,其中被称作贤圣之君的有汤、大甲、大戊、祖乙、盘庚、武丁等六位帝王。作:兴,兴起。

[26]纣之去武丁未久也:武丁至纣,中有祖庚、祖甲、廪辛、康丁、武乙、文丁、帝乙等七个帝王,自廪辛以后的几个帝王,在位时间都不长。

[27]故家:贵族世家。遗俗:前代遗留下来的习俗。

[28]流风:前代流传下来的风气。

[29]微子:纣王的庶兄,名启。"微"是他的封国(在今山西省黎城县西

南），"子"是他的爵位。微仲：微启的弟弟，名衍。王子比干：纣王的
叔父，名干。"比"是他的封地。箕子：商纣王的叔父，名胥余。"箕"
是他的封国（在今山西省太古县东），"子"是他的爵位。胶鬲（gé）：
纣王的臣子。据史书记载，以上这些人都是商纣王时期的贤臣。

［30］相与：共同。辅相：辅佐。

［31］犹：还是。方百里起：指周文王是凭借纵横百里的狭小地盘兴起的。

［32］镃（zī）基：锄头。

［33］夏后：又称"夏后氏"，即夏代。

［34］地未有过千里者：这里指夏、商、周三代天子直接统治的地方。千里，
这里是"方千里"的省称。

［35］改：更，再。辟：开辟。

［36］憔悴：忧患，困苦。

［37］饥者易为食：意思是，饥饿的人不会苛求食物的好坏，很容易为他们
准备吃的。

［38］速于置邮而传命：意思是，比驿站传达政令更加迅速。"置"和"邮"，
都是传递的意思，马递叫置，步递叫邮。置邮还用来指传达政令、书
信的驿站。这里是后一个意思。命，指国家的政令。

天时不如地利章[1]

孟子曰："天时不如地利[2]，地利不如人和[3]。三里之城，
七里之郭[4]，环而攻之而不胜[5]。夫环而攻之，必有得天时者
矣；然而不胜者，是天时不如地利也。城非不高也，池非不深
也[6]，兵革非不坚利也[7]，米粟非不多也；委而去之[8]，是地利
不如人和也。故曰：域民不以封疆之界[9]，固国不以山谿之
险[10]，威天下不以兵革之利。得道者多助，失道者寡助。寡助
之至，亲戚畔之[11]；多助之至，天下顺之。以天下之所顺，攻亲
戚之所畔；故君子有不战[12]，战必胜矣。

[注释]

[1]本章选自《公孙丑下》。孟子认为决定战争胜负的根本因素有二:一是同心协力,团结一致,也就是"人和"。二是正义的力量。正义的力量终究会得到大多数人的同情与支持而获得最后的胜利。

[2]天时:指有利于战争的季节、气候等条件。地利:指有利于战争的地理条件。

[3]人和:指人与人之间的和谐一致。

[4]郭:外城。这两句中的"三里"、"七里"都是指城墙每边的长度。

[5]环:古代关于军队出征的一种卜筮。《周礼·春官·筮人》:"九曰筮环。"郑玄注:"为可致师不也。"这里的"环而攻之",指"筮而攻之",即经过卜筮再发兵进攻。一说"环"指包围,也可参考。

[6]池:护城河。

[7]兵革:泛指武器装备。兵,兵器。革,皮革,这里指甲胄。

[8]委:丢弃。

[9]域民:使人民居留。封疆:疆界,这里指国土。

[10]谿(xī):同"溪",这里指河流。

[11]畔:通"叛",背叛。

[12]有:意同"或",要么。

滕文公问为国章[1]

滕文公问为国。

孟子曰:"民事不可缓也[2]。《诗》云:'昼尔于茅[3],宵尔索绹[4];亟其乘屋[5],其始播百谷[6]。'民之为道也,有恒产者有恒心,无恒产者无恒心。苟无恒心,放辟邪侈,无不为已。及陷乎罪,然后从而刑之,是罔民也。焉有仁人在位罔民而可为也? 是故贤君必恭俭礼下[7],取于民有制[8]。阳虎曰[9]:'为富不仁矣,为仁不富矣[10]。'夏后氏五十而贡[11],殷人七十而助[12],周人百亩而彻[13]，其实皆什一也[14]。彻者，彻也[15]；助者，藉也[16]。龙子曰[17]：'治地莫善于助，莫不善于贡。'贡者，校数岁之中以为常[18]。乐岁，粒米狼戾[19]，多取之而不为虐，则寡取之；凶年，粪其田而不足[20]，则必取盈焉。为民父母，使民盻盻然[21]，将终岁勤动，不得以养其父母，又称贷而益之[22]，使老稚转乎沟壑，恶在其为民父母也[23]？夫世禄[24]，滕固行之矣。《诗》云：'雨我公田[25]，遂及我私。'惟助为有公田。由此观之，虽周亦助也。设为庠、序、学、校以教之[26]。庠者，养也[27]；校者，教也；序者，射也[28]。夏曰校，殷曰序，周曰庠，学则三代共之，皆所以明人伦也。人伦明于上，小民亲于下。有王者起，必来取法，是为王者师也。《诗》云：'周虽旧邦，其命惟新[29]。'文王之谓也。子力行之，亦以新子之国。"

使毕战问井地[30]。

孟子曰："子之君将行仁政，选择而使子，子必勉之。夫仁政，必自经界始[31]。经界不正，井地不钧[32]，谷禄不平[33]，是故暴君污吏必慢其经界[34]。经界既正，分田制禄可坐而定也。夫滕，壤地褊小[35]，将为君子焉，将为野人焉[36]。无君子，莫治野人；无野人，莫养君子。请野九一而助[37]，国中什一使自赋[38]。卿以下必有圭田[39]，圭田五十亩，余夫二十五亩[40]。死徙无出乡，乡里同井，出入相友[41]，守望相助[42]，疾病相扶持，则百姓亲睦。方里而井，井九百亩，其中为公田。八家皆私百亩，同养公田；公事毕，然后敢治私事，所以别野人也。此其大略也，若夫润泽之[43]，则在君与子矣。"

[注释]

[1]本章选自《滕文公上》。这一章孟子提出了仁政学说中两个重要措施：一是加强以人伦道德为主要内容的学校教育；二是采用井田制的方式分配给人民固定恒产。井田制是历史上曾经有过的土地制度，孟子借

用来稍加改造,成为仁政中重要的经济措施。滕文公:战国时滕国国
君,姓姬,名宏。滕国是周代的一个小诸侯国,在今山东省滕县西南。
前414年为越所灭,不久复国,后为宋王偃所灭。

[2]民事:指治理人民的事。一说指农事。

[3]昼尔于茅:白天去割取茅草。尔,语气词。于,往,去。茅,这里用作动
词,割茅草的意思。

[4]宵尔索绹(táo):晚上把它搓成绳子。索,动词,搓绳。绹,绳子。

[5]亟(jí):急。乘屋:指登上屋顶加以修理。

[6]以上四句诗,出自《诗经·豳风·七月》。

[7]礼:动词,以礼相待的意思。

[8]取于民有制:指向人民收取赋税要有一定的制度。

[9]阳虎:又作“阳货”,春秋末期鲁国大夫季氏的家臣,曾一度掌握季氏的
封邑和鲁国的大权。

[10]阳虎这两句话的本意是说想要富贵就不要施仁,施行仁道就不会富
贵;孟子借来说明富人是不会施仁的,施仁就不要想富贵。

[11]五十而贡:以五十亩为单位实行“贡”法。“贡”是纳贡、献纳的意思。
按照孟子在下文的解释,纳贡的数额,是根据若干年收获的平均数确
定的一个不变常数。

[12]七十而助:以七十亩为单位实行“助”法。“助”是借助的意思。孟子
下文说:“惟助为有公田。”所以“助法”当是借助农民的劳力耕种
公田。

[13]百亩而彻:以百亩为单位实行“彻”法。“彻”是收取的意思,即根据
每年的实际收成抽税。

[14]什一:即“十一”,指十分之一的抽税率。按上文所说的夏、商、周三代
的田赋制度,当是孟子假托古制以阐述自己仁政理想中的土地制度,
目的是想让人们相信,他所说的内容都是源自古代的太平盛世。其
实,历史上田赋制度的真实状况未必如孟子所述。

[15]彻者彻也:前一个“彻”是彻法的意思,后一个“彻”是收取的意思。

[16]藉:借助。

[17]龙子:不详,赵岐注:“古贤人也。”

[18]挍(jiào)数岁之中以为常:比较核查数年的收成,取一个平均值作为交纳赋税的常数。挍:同"校",比较,计算。

[19]狼戾(lì):多而散乱,一片狼藉的样子。

[20]粪:动词,施肥的意思。

[21]盻盻(xì)然:勤苦不息的样子。

[22]称贷而益之:借贷凑足赋税。益,增益,凑足。

[23]恶(wū)在其为民父母也:意思是,他作为人民父母的作用又在哪里呢? 恶,何,哪里。

[24]世禄:世代相袭享受俸禄。

[25]雨(yù):动词,下雨的意思。这两句诗出自《诗经·小雅·大田》。

[26]庠(xiáng):周代地方学校的名称。序:殷商地方学校的名称。

[27]养:教养的意思。这里是用"养"解释"庠"的意义。

[28]射:古代地方学校又是习射的场所,所以这里用"射"来解释"序"。

[29]以上两句诗出自《诗经·大雅·文王》。

[30]毕战:滕国大臣。井地:即井田制。

[31]夫仁政必自经界始:意思是,实行仁政,必须从划定整顿井田的田界做起。

[32]钧:同"均",平均。

[33]谷禄:即俸禄。战国时期各国多用谷作为官吏的俸禄,故称"谷禄"。

[34]慢:通"漫",这里是毁坏的意思。

[35]褊(biǎn)小:狭小。

[36]野人:居住在国都郊外的人。

[37]野:也叫"遂",和下文的"国"相对,指国都近郊以外的广阔地区。九一而助:这是孟子对周朝"助法"的解释。亦即下文所说的"方里而井,井九百亩,其中为公田,八家皆私百亩,同养公田"。私田和公田的"九一"比例,不见于先秦其他古籍的记载,可能是孟子以周朝的土地制度为基础,又加以理想化的改造所创造出来的。

[38]国:指国都及其近郊地区。什一使自赋:指国人居住的地区各自交纳什一之税。

[39]圭田:分给卿、大夫、士的祭祀用田,其收获物供祭祀之用,免征税。

[40]余夫二十五亩：指卿、大夫、士家中除户主外尚有成年男子，则每人另给二十五亩祭祀田。

[41]友：动词，友爱。

[42]守望相助：防守警戒，相互帮助。

[43]润泽：润色，修饰。引申为充实，完善。

有为神农之言者章[1]

有为神农之言者许行[2]，自楚之滕，踵门而告文公曰[3]："远方之人闻君行仁政，愿受一廛而为氓[4]。"文公与之处[5]。其徒数十人，皆衣褐[6]，捆屦织席以为食[7]。陈良之徒陈相与其弟辛[8]，负耒耜而自宋之滕[9]，曰："闻君行圣人之政，是亦圣人也，愿为圣人氓。"

陈相见许行而大悦，尽弃其所学而学焉。

陈相见孟子，道许行之言曰："滕君，则诚贤君也；虽然，未闻道也。贤者与民并耕而食，饔飧而治[10]。今也，滕有仓廪府库，则是厉民而以自养也[11]，恶得贤[12]？"

孟子曰："许子必种粟而后食乎？"

曰："然。"

"许子必织布而后衣乎？"

曰："否。许子衣褐。"

"许子冠乎[13]？"

曰："冠。"

曰："奚冠？"

曰："冠素[14]。"

曰："自织之与？"

曰："否。以粟易之。"

曰:"许子奚为不自织[15]?"

曰:"害于耕[16]。"

曰:"许子以釜甑爨[17],以铁耕乎?"

曰:"然。"

"自为之与?"

曰:"否。以粟易之。"

"以粟易械器者,不为厉陶冶[18];陶冶亦以其械器易粟者,岂为厉农夫哉?且许子何不为陶冶,舍皆取诸其宫中而用之[19]?何为纷纷然与百工交易[20]?何许子之不惮烦[21]?"

曰:"百工之事,固不可耕且为也。"

"然则治天下独可耕且为与?有大人之事,有小人之事。且一人之身而百工之所为备[22],如必自为而后用之,是率天下而路也[23]。故曰:或劳心,或劳力。劳心者治人,劳力者治于人;治于人者食人,治人者食于人[24],天下之通义也。当尧之时,天下犹未平,洪水横流,泛滥于天下;草木畅茂,禽兽繁殖,五谷不登[25],禽兽逼人,兽蹄鸟迹之道,交于中国[26]。尧独忧之,举舜而敷治焉[27]。舜使益掌火[28],益烈山泽而焚之[29],禽兽逃匿。禹疏九河[30],瀹济、漯而注诸海[31];决汝、汉[32],排淮、泗而注之江[33]。然后,中国可得而食也。当是时也,禹八年于外,三过其门而不入,虽欲耕,得乎?后稷教民稼穑[34],树艺五谷[35];五谷熟而民人育。人之有道也,饱食暖衣,逸居而无教,则近于禽兽。圣人有忧之,使契为司徒[36],教以人伦,父子有亲,君臣有义,夫妇有别[37],长幼有叙[38],朋友有信。放勋曰[39]:'劳之来之[40],匡之直之[41],辅之翼之[42],使自得之[43],又从而振德之[44]。'圣人之忧民如此,而暇耕乎?尧以不得舜为己忧,舜以不得禹、皋陶为己忧[45]。夫以百亩之不易为己忧者[46],农夫也。分人以财谓之惠,教人以善谓之忠,为天下得人谓之仁。是故以天下与人易,为天下得人难。孔子曰:'大哉! 尧之为君!
惟天为大,惟尧则之[47],荡荡乎[48],民无能名焉[49]!'君哉,舜
也[50]! 巍巍乎[51],有天下而不与焉[52]!'尧舜之治天下,岂无
所用其心哉? 亦不用于耕耳。吾闻用夏变夷者[53],未闻变于夷
者也。陈良,楚产也[54],悦周公、仲尼之道,北学于中国。北方
之学者,未能或之先也[55],彼所谓豪杰之士也。子之兄弟事之
数十年,师死而遂倍之[56]。昔者,孔子没[57],三年之外,门人治
任将归[58],入揖于子贡,相向而哭,皆失声,然后归。子贡反,筑
室于场[59],独居三年,然后归。他日,子夏、子张、子游以有若似
圣人,欲以所事孔子事之,强曾子[60]。曾子曰:'不可。江、汉以
濯之[61],秋阳以暴之[62],皜皜乎不可尚已[63]!'今也,南蛮鴃舌
之人[64],非先王之道;子倍子之师而学之,亦异于曾子矣。吾闻
'出于幽谷,迁于乔木'者[65],未闻下乔木而入于幽谷者。《鲁
颂》曰:'戎狄是膺[66],荆舒是惩[67]。'周公方且膺之[68],子是之
学[69],亦为不善变矣。"

　　"从许子之道,则市贾不贰[70],国中无伪;虽使五尺之童适
市[71],莫之或欺。布帛长短同,则贾相若;麻缕丝絮轻重同,则
贾相若;五谷多寡同,则贾相若;屦大小同,则贾相若。"

　　曰:"夫物之不齐,物之情也。或相倍蓰[72],或相什百[73],
或相千万。子比而同之[74],是乱天下也。巨屦小屦同贾,人岂
为之哉? 从许子之道,相率而为伪者也[75],恶能治国家?"

[注释]

[1]本章选自《滕文公上》。这一章记录了战国时期儒家学派和农家学派
　　的一场争论,争论的焦点是有关社会分工和商品价格问题。这些争论
　　不见于其他古籍的记载,有极为珍贵的史料价值。

[2]神农:传说中原始社会的部落首领。传说他亲自耕种,教民制作农具,
　　发展农业生产,所以叫"神农"。神农之言,指神农的教导。战国时的

农家学派往往假托"神农之言"来宣传自己的主张。许行:战国时农家学派的一位代表人物,楚国人,主张统治者要和人民"并耕而食"。

[3]踵:至,走到。

[4]廛(chán):这里指住所。氓:民。

[5]与之处:给他一处住所。处,名词,指住所。

[6]褐:未经纺织的麻做成的短褂。

[7]捆:这里是编织的意思。屦(jǔ):鞋,这里指麻鞋或草鞋。为食:维持生计。

[8]陈良:楚国人,属儒家学派。陈相、陈辛:楚国人,陈良的弟子。

[9]宋:周代的一个诸侯国,子姓,始封之君是商纣王的庶兄微子启。国都在商丘(即今河南商丘),前286年为齐所灭。

[10]饔飧(yōng sūn):早饭叫"饔",晚饭叫"飧"。这里作动词,指做饭。饔飧而治,是说一面自己做饭,一面治理国事。

[11]厉:损害。自养:供养自己。

[12]恶(wū):何,怎能。

[13]冠:这里作动词,戴帽子。

[14]冠素:戴生绢做的帽子。素,用生丝织成的绢帛,不染色。

[15]奚为:为什么。

[16]害于耕:这句话意思是,因为自己织丝会妨碍耕作。害,妨碍。

[17]釜:古代的一种锅。甑(zèng):古代作饭用的一种瓦器。爨(cuàn):烧火做饭。

[18]陶:这里指制作瓦器的陶工。冶:这里指制作铁器的铁匠。

[19]舍:何,什么。宫:指许行自己的家。

[20]纷纷然:忙乱的样子。百工:指各种工匠。

[21]不惮(dàn)烦:不怕麻烦。惮,怕。

[22]一人之身而百工之所为备:意思是,一个人身上需要具备各种工匠制作的东西。

[23]率天下而路:意思是,率领天下人到处奔走。路,这里作动词,奔走。

[24]"劳心者治人"四句:意思是,劳心的人统治人,劳力的人被人统治;被统治的人要供养别人,统治别人的人受人供养。食(sì),给人东西

吃,这里是供养的意思。

[25]五谷:泛指各种谷物。登:成熟。

[26]"兽蹄鸟迹之道"二句:意思是,鸟兽的足迹遍布中原各地。交:纵横交错。

[27]敷治:治理。

[28]益:人名,传说中舜的大臣。

[29]烈山泽而焚之:意思是,在山谷沼泽燃起烈火,焚烧草木。烈,动词,燃起大火的意思。

[30]疏:疏通。九河:相传古代黄河下游的河道分为九条,称九河。

[31]瀹(yuè):疏通治理。济:河流名,故道在今河南省、山东省境内。漯(tà):河流名,故道在今山东省境内。注:注入。

[32]决:排除壅塞,引导水流。汝:汝水,古汝水源出今河北省临漳县,东南至河南省新蔡县流入淮河。汉:汉水,发源于今陕西省,在汉口流入长江。

[33]排:指排除河道淤塞。淮:淮河,发源于今河南省,经安徽、江苏北部,旧时东流入海。泗:泗水,源出今山东省泗水县,故道西南流经今江苏北部入淮河。按汝、汉、淮、泗四水只有汉水流入长江。孟子这里旨在叙述大禹治水的功绩,未必全都与事实相符。

[34]后稷(jì):名弃,周人始祖。"稷"原是主管农事的官,相传尧任命弃为稷,周人因而称他为"后稷"("后"是"君"的意思)。稼:播种。穑:收获。稼穑,泛指耕种。

[35]树艺:种植。

[36]契(xiè):人名,传说是尧的臣子,商朝人的祖先。司徒:相传是主管教化的官。

[37]夫妇有别:指夫妇之间要内外有别,妇人只能管家内的事,不得参与其他事务。

[38]叙:次序,秩序。

[39]放勋:尧的号。

[40]劳之来之:"劝勉抚慰他们"的意思。劳,慰劳。来,又作"勑"、"徕"、"俫",抚慰。

[41]匡之直之:"匡正他们"的意思。匡,使……正。直,使……直。

[42]辅之翼之:"帮助他们"的意思。翼,辅佐。

[43]使自得之:使他们自得其所的意思。

[44]振:同"赈",救济。德:这里用作动词,施以恩德。

[45]皋陶(gāo yáo):传说是舜的司法官,和禹一起辅佐舜治理天下。

[46]易:治理,管理。

[47]惟尧则之:意思是,只有尧能够效法天。则,效法。

[48]荡荡乎:广大的样子。

[49]名:这里用作动词,指用言语形容。

[50]君哉舜也:意思是,舜是一位真正的君主啊。

[51]巍巍乎:高大的样子。

[52]有天下而不与焉:指舜善于"得人",任用禹、皋陶等贤臣来治理天下,
　　　自己不必一一参与其事。以上孔子的话出自《论语·泰伯》,文字略
　　　有出入。

[53]夏:华夏,指当时居住于中原地区的部族。夷:这里泛指当时居住于
　　　中原地区以外的边远地区的部族。

[54]产:生,出生。

[55]未能或之先:意思是,没有谁能超过他。

[56]倍:同"背",背叛。

[57]没:同"殁",死。按孔子死于前479年。

[58]"三年之外"二句:指孔子去世后,弟子们在墓地服丧三年,然后收拾
　　　行李准备回家。治任,收拾行李。

[59]筑室于场:指在墓地上盖一间房子。

[60]强(qiǎng):强迫,勉强。

[61]濯(zhuó):洗涤。

[62]秋阳:这里用的是周历,"秋阳"实际上相当于农历五、六月间的太阳。
　　　暴(pù):同"曝",晒。

[63]皜皜乎不可尚已:意思是,光明洁白得不可比拟。皜皜,洁白的样子。

[64]南蛮鴃(jué)舌之人:意思是,南蛮的那个像伯劳鸟一样恶嘴毒舌的
　　　人,这是孟子骂许行的话。南蛮,这里是对楚国的贬称。鴃,伯劳鸟。

古人认为伯劳鸟是一种恶鸟。

[65]出于幽谷,迁于乔木:出自《诗经·小雅·伐木》。

[66]戎狄:泛指我国古代西北边远地区的部族。膺(yīng):打击,攻击。

[67]荆:楚国的别称。舒:附属于楚的南方小国,在今安徽省庐江县西。

以上诗句出自《诗经·鲁颂·閟宫》。

[68]方且:尚且。

[69]子是之学:意思是,你却要学习这些。是,此,这些。

[70]贾:同"价",价钱,价格。

[71]虽:即使。五尺:当时的五尺约等于现在的三分之二尺略强,五尺相
当于现在的三尺多。适:到,去。

[72]或相倍蓰(xǐ):有的相差一倍、五倍。蓰,五倍。

[73]什百:十倍、百倍。

[74]比:并列,平列。

[75]相率而为伪者也:意思是,让大家争相去弄虚作假。相率,相互领头
的意思。

公孙衍张仪章[1]

景春曰[2]:"公孙衍、张仪岂不诚大丈夫哉[3]? 一怒而诸侯
惧,安居而天下熄[4]。"

孟子曰:"是焉得为大丈夫乎? 子未学礼乎? 丈夫之冠
也[5],父命之;女子之嫁也,母命之,往送之门,戒之曰:'往之女
家[6],必敬必戒,无违夫子[7]。' 以顺为正者,妾妇之道也。居天
下之广居[8],立天下之正位[9],行天下之大道[10];得志,与民由
之[11];不得志,独行其道;富贵不能淫[12],贫贱不能移[13],威武
不能屈,此之谓大丈夫。"

[注释]

[1] 本章选自《滕文公下》。这一章孟子针对公孙衍、张仪的所作所为提出了一个全新的大丈夫标准:"富贵不能淫,贫贱不能移,威武不能屈。"这几句话体现了我们中华民族伟大的精神气质。

[2] 景春:战国时人,纵横家。纵横家是战国时期的一个政治派别。他们或主张合纵,即中原各国组成联盟以对抗强秦;或主张连横,即与秦国联合攻击其他各国。他们四处游说诸侯,在战国的政治舞台上有极重要的影响。

[3] 公孙衍:号犀首,魏国人,战国时纵横家。张仪为秦相主张连横时,他力主合纵。曾佩赵、魏、韩、燕、楚五国相印,联合五国攻秦。张仪死后,他又曾到秦国,作秦国的相。张仪:魏国人,战国时有名的纵横家。秦惠文王十年(前328)任秦相。他主张连横,曾游说东方六国,破坏其联合,使之服从秦国。战国时期,各国统治者为了在兼并战争中保存自己,消灭对方,纷纷采取联合盟国的外交行动;当时的纵横家,便是适应这种需要而产生的。

[4] 熄:同"息",平息,太平无事。

[5] 冠:动词,指行加冠礼。冠是成年男子戴的帽子。古时男子二十岁时要行加冠礼,表示已经成年。

[6] 女:通"汝",你。

[7] 夫子:这里指丈夫。

[8] 广居:指"仁"。孟子曾说:"夫仁,天之尊爵也,人之安宅也。"(《公孙丑上》)

[9] 正位:指"礼"。《论语·季氏》:"不学礼,无以立。""立天下之正位"即指"立于礼"。

[10] 大道:指"义"。孟子曾说:"义,人路也。"(《告子上》)

[11] 淫:乱,指扰乱心志。

[12] 移:改变。指改变节操。

戴盈之曰章[1]

戴盈之曰[2]:"什一,去关市之征[3],今兹未能[4],请轻之,以待来年,然后已,何如?"

孟子曰:"今有人日攘其邻之鸡者[5],或告之曰:'是非君子之道也。'曰:'请损之[6],月攘一鸡,以待来年,然后已。'——如知其非义,斯速已矣[7],何待来年?"

[注释]

[1]本章选自《滕文公下》。这一章说明改正错误一定要坚决果断,不能藕断丝连。如果像偷鸡贼那样把日偷一鸡改为月偷一鸡,那偷窃行为就永远也不会改掉。

[2]戴盈之:宋国大夫。

[3]去关市之征:指废除关卡、市场上的商业税。

[4]兹:年。"兹"通常在"今兹"、"来兹"等词中有"年"的意思。一般"兹"都用作指示代词,此,这里。

[5]攘(rǎng):偷。

[6]损:减少。

[7]斯速已矣:意思是,应该赶快停止。已,止。

离娄之明章[1]

孟子曰:"离娄之明[2],公输子之巧[3],不以规矩[4],不能成方圆;师旷之聪[5],不以六律[6],不能正五音[7];尧舜之道,不以仁政,不能平治天下。今有仁心仁闻[8],而民不被其泽[9],不可法于后世者,不行先王之道也。故曰:徒善不足以为政[10],徒法不能以自行[11]。《诗》云:'不愆不忘[12],率由旧章[13]。'遵先王之法而过者,未之有也。圣人既竭目力焉,继之以规矩准绳[14],以为方员平直,不可胜用也;既竭耳力焉,继之以六律,正五音,不可胜用也;既竭心思焉,继之以不忍人之政[15],而仁覆天下矣[16]。故曰:为高必因丘陵[17],为下必因川泽。为政不因先王之道,可谓智乎? 是以惟仁者宜在高位。不仁而在高位,是播其恶于众也[18]。上无道揆也[19],下无法守也[20],朝不信道[21],工不信度[22],君子犯义,小人犯刑,国之所存者幸也。故曰:城郭不完[23],兵甲不多,非国之灾也;田野不辟[24],货财不聚,非国之害也。上无礼,下无学,贼民兴,丧无日矣[25]。《诗》曰:'天之方蹶[26],无然泄泄[27]。'泄泄犹沓沓也[28]。事君无义,进退无礼,言则非先王之道者,犹沓沓也。故曰:责难于君谓之'恭',[29]陈善闭邪谓之'敬',[30]吾君不能谓之'贼'[31]。"

[注释]

[1]本章选自《离娄上》。这一章孟子反复申说实行仁政的必要。仁政作为治国之本,就像工匠之于规矩,琴师之于六律一样,是一种必须依循的法度,而它的具体范式就是先王之道,因此孟子特别强调效法先王。"法先王"是儒家政治思想的重要内容,对中国传统文化有极深的影响,而这个影响主要是消极的、保守的。

[2]离娄:相传是黄帝时视力极好的一个人,能于百步之外看见"秋毫之末"。

[3]公输子:姓公输,名般(或作"班"),春秋末年鲁国人,又称鲁班,是我国古代有名的巧匠。

[4]规:圆规,画圆的工具。矩:矩尺,画方形的工具。

[5]师旷:春秋时晋平公的乐师,名旷。相传他的听力特别强。聪:听觉灵敏。

[6]六律:"律"原指用来定音的竹管。古代人用十二根长短不同的律管,定出十二个高低不同的标准音。这十二个标准音叫做十二律。十二

律又分为阴、阳两类,阴律又叫做六吕,阳律又叫做六律。这里的"六律"泛指十二律。

[7]五音:指中国古代音乐中的五个音阶,即宫、商、角、徵(zhǐ)、羽,大致相当于现在简谱上的1、2、3、5、6。

[8]闻(wèn):名声,声誉。

[9]被其泽:指承受其恩泽。

[10]徒善:只有善心。徒,只,仅仅。

[11]徒法不能以自行:意思是,只有好的法度也不能自然实行。

[12]愆(qiān):过失,偏离。

[13]率由:遵循。章:典章,规章。以上两句出自《诗经·大雅·假乐》。

[14]继之:再加上。准:水平仪,用来测水平的工具。绳:绳墨,木工用以打直线的器具。

[15]不忍人之政:不忍心伤害别人的政治,即"仁政"。

[16]覆:覆盖,这里是遍及的意思。

[17]因:凭借。

[18]播:传播,散布。

[19]揆(kuí):法度,规范。

[20]守:遵守,这里指应遵守的法度。

[21]朝:指朝廷。

[22]度:这里指尺码、尺度。

[23]完:坚固。

[24]辟:开辟,开垦。

[25]丧:指亡国。无日:指没有多少时日。

[26]天之方蹶(guì):意思是,上天正在变动。蹶,动。

[27]无然泄泄(yì):意思是,不要这样多嘴多舌。泄泄,喋喋多言的样子。以上两句出自《诗经·大雅·板》。

[28]沓沓(tà):与"泄泄"同义。

[29]责难于君谓之恭:意思是,责求自己的君主成就难为之事叫做恭。

[30]陈善闭邪谓之敬:意思是,向君主陈述善道、止塞邪说叫做敬。

[31]吾君不能谓之贼:意思是,认为自己的君主不能行善叫做贼。

不仁者可与言哉章[1]

　　孟子曰:"不仁者可与言哉[2]?安其危而利其菑[3],乐其所以亡者。不仁而可与言,则何亡国败家之有?有孺子歌曰:'沧浪之水清兮[4],可以濯我缨[5];沧浪之水浊兮,可以濯我足[6]。'孔子曰:'小子听之!清斯濯缨,浊斯濯足矣。自取之也。'夫人必自侮,然后人侮之;家必自毁,而后人毁之;国必自伐,而后人伐之。《太甲》曰[7]:'天作孽[8],犹可违[9];自作孽,不可活。'此之谓也。"

[注释]

[1]本章选自《离娄上》。这一章论述"咎由自取"的道理。孟子认为一个人、一个家、一个国必定是先自侮、自毁、自伐,然后别人才会侮之、毁之、伐之。上天作孽,人还可以想办法逃避;而自我作孽,人就无法生存了。那些把危当作安、把害当作利、把导致灭亡的东西当作乐事的不仁之人,是最无可救药的。

[2]与言:跟他说话。这里指向他进言。

[3]菑(zāi):同"灾"。

[4]沧浪:水名。一说是形容水的青绿色。

[5]濯:洗涤。缨:系帽子的丝带。

[6]这首歌又见于《楚辞·渔父》。

[7]《太甲》:《尚书》篇名,已失传。今本《尚书》中的《太甲》出于东晋梅赜的伪《古文尚书》。

[8]孽:灾祸。

[9]违:逃避。

君之视臣如手足章[1]

孟子告齐宣王曰："君之视臣如手足，则臣视君如腹心；君之视臣如犬马，则臣视君如国人；君之视臣如土芥[2]，则臣视君如寇雠。"

王曰："礼，为旧君有服[3]。何如斯可为服矣？"

曰："谏行言听[4]，膏泽下于民[5]；有故而去[6]，则君使人导之出疆[7]，又先于其所往[8]；去三年不反，然后收其田里[9]。此之谓三有礼焉。如此，则为之服矣。今也为臣，谏则不行，言则不听，膏泽不下于民；有故而去，则君搏执之[10]，又极之于其所往[11]；去之日，遂收其田里。此之谓寇雠。寇雠，何服之有？"

[注释]

[1]本章选自《离娄下》。这一章孟子论述了君臣关系，指出这种关系是互相的，而且主要取决于君主的态度。君主若信任重用臣下，那么臣下定会倾力以报，反之，如果君主把臣下全不放在眼里，那么他一定得不到臣下的信赖，甚至会把君主视为仇敌。这种大胆的立论，是孟子"民贵君轻"思想的进一步引申。

[2]土芥：泥土和小草，言无足轻重，可任人践踏。

[3]旧君：已离职的臣子称原来的君主为旧君。服：指服丧。《仪礼·丧服》中有大夫为旧君服丧的记载。

[4]谏行言听：指臣子的进谏被接受，建议被采纳。

[5]膏泽：恩泽，恩惠。

[6]有故而去：因某种原因而离开国家。

[7]导之出疆：引导他出境。

[8]先于其所往：先到他所要去的地方，意思是事先去为他做好安排。

[9]田里：田地和住宅。

[10]搏执之：指到他家里搜查抓人。搏，入室搜查。执，逮捕。

[11]极之于其所往:意思是,想方设法使他在所去的地方陷入困境。极,
穷,困穷。这里当"使……困穷"讲。

仲尼亟称于水章^[1]

徐子曰^[2]:"仲尼亟称于水^[3],曰:'水哉!水哉!'何取于水
也?"孟子曰:"原泉混混^[4],不舍昼夜,盈科而后进^[5],放乎四
海^[6]。有本者如是,是之取尔^[7]。苟为无本,七、八月之间雨
集^[8],沟浍皆盈^[9];其涸也,可立而待也。故声闻过情^[10],君子
耻之。"

[注释]

[1]本章选自《离娄下》。孟子在这里以流水比喻一个人应该象有源之水
一样,有自己的立身之本;并且应该象流水循序渐进终归大海一样,通
过不断地修养,最终使自己的内在品质达到完美的境界。而声闻过情
的虚誉,则象无本之水,君子应引以为耻。

[2]徐子:人名,即徐辟。赵岐《孟子章句》说徐辟是孟子弟子。

[3]亟(qì):屡次。

[4]原泉:有源的泉水。混混:同"滚滚",大水流动的样子。

[5]盈科而后进:指水灌满每一个坑坑坎坎之后再向前流。盈,满。科,
坎,洼地。

[6]放乎四海:指流入大海。放,至。

[7]是之取尔:意思是,孔子所取的就是这一点罢了。

[8]七、八月:这里用的是周历,相当于夏季五、六月,正是中原地区多雨的
季节。集:集中。

[9]沟浍(kuài):沟和浍都是田间排水的渠道。沟小浍大,田间的水先流
入沟内,再由沟内流入浍内排出。

[10]声闻(wèn):名声、名誉。情:实情。

齐人有一妻一妾章[1]

齐人有一妻一妾而处室者[2]，其良人出[3]，则必餍酒肉而后反[4]。其妻问所与饮食者，则尽富贵也。其妻告其妾曰："良人出，则必餍酒肉而后反；问其与饮食者，尽富贵也，而未尝有显者来，吾将瞷良人之所之也[5]。"

蚤起[6]，施从良人之所之[7]，徧国中无与立谈者。卒之东郭墦间[8]，之祭者[9]，乞其余，不足，又顾而之他。此其为餍足之道也。

其妻归，告其妾，曰："良人者，所仰望而终身也，今若此。"与其妾讪其良人[10]，而相泣于中庭[11]，而良人未之知也，施施从外来[12]，骄其妻妾。

由君子观之，则人之所以求富贵利达者，其妻妾不羞也而不相泣者，几希矣。

[注释]

[1]本章选自《离娄下》。这一章是孟子对世间猎取功名者所进行的辛辣嘲讽。每日饱食酒肉而归的"良人"以此来向他的妻妾炫耀，意态颇为自得。谁知他不过是个墓间祭者的乞食人。孟子认为，那些贪求富贵的人，其手段之卑劣，不下于此。

[2]处室：同居一室。

[3]良人：古代妇女称其丈夫为"良"或"良人"。

[4]餍：吃饱。

[5]瞷(jiàn)：偷看。所之：所往，所去的地方。

[6]蚤：同"早"。

[7]施(yí)：通"迤"，斜行，这里形容悄悄地跟在人后面走的样子。

[8]卒:最后,最终。墦(fán):坟墓。

[9]之祭者:指到祭扫坟墓的人面前。

[10]讪:讥讽。

[11]中庭:即"庭中",院子里。

[12]施施(yí):高兴自得的样子。

咸丘蒙问曰章[1]

咸丘蒙问曰[2]:"语云[3]:'盛德之士,君不得而臣[4],父不得而子。'舜南面而立[5],尧帅诸侯北面而朝之,瞽瞍亦北面而朝之[6]。舜见瞽瞍,其容有蹙[7]。孔子曰:'于斯时也,天下殆哉[8],岌岌乎!'不识此语诚然乎哉?"

孟子曰:"否。此非君子之言,齐东野人之语也[9]。尧老而舜摄也[10]。《尧典》曰[11]:'二十有八载[12],放勋乃徂落[13],百姓如丧考妣[14],三年,四海遏密八音[15]。'孔子曰:'天无二日,民无二王。'舜既为天子矣,又帅天下诸侯以为尧三年丧,是二天子矣。"

咸丘蒙曰:"舜之不臣尧[16],则吾既得闻命矣。《诗》云:'普天之下,莫非王土;率土之滨[17],莫非王臣[18]。'而舜既为天子矣,敢问瞽瞍之非臣,如何?"

曰:"是诗也,非是之谓也,劳于王事而不得养父母也;曰'此莫非王事,我独贤劳也[19]'。故说诗者,不以文害辞[20],不以辞害志[21]。以意逆志[22],是为得之。如以辞而已矣,《云汉》之诗曰[23]:'周余黎民,靡有孑遗[24]。'信斯言也,是周无遗民也。孝子之至[25],莫大乎尊亲;尊亲之至,莫大乎以天下养[26],为天子父,尊之至也;以天下养,养之至也。《诗》曰:'永言孝思[27],孝思惟则[28]。'此之谓也。《书》曰:'祗载见瞽瞍[29],夔夔斋栗[30]，瞽瞍亦允若[31]。'是为'父不得而子'也[32]？"

[注释]

[1]本章选自《万章上》。这一章孟子论述了为君父者的尊贵。在论述中，孟子提出了一个读解诗文的理论"以意逆志"说。他认为读解古人的作品，应当以自己的心意去揣摩作者的意图，不能因文字、词句的理解而妨害对作品原意的理解。这一思想对后世读解理论的发展影响极大。

[2]咸丘蒙：姓咸丘，名蒙，孟子弟子。

[3]语：指谚语、俗语。

[4]君不得而臣：君主不能以他为臣。

[5]南面：面向南。古代以南面为尊，尊卑长幼相见时，尊长居北向南，即南面；卑幼居南向北，即北面。"南面而立"，常用来指做君主。

[6]瞽瞍(gǔ sǒu)：舜的父亲。传说他为人昏庸凶暴，不辨善恶，屡次害舜未成，时人称之为瞽瞍(瞽、瞍都是无目的意思)。

[7]其容有蹙(cù)：指脸上露出不安的神态。有：形容词词头。有蹙：不安的样子。

[8]殆：危险。

[9]东野人：乡下人。东，东作，指春天干农活。野，田野。

[10]摄：代理，代行统治。

[11]《尧典》：《尚书》篇名。

[12]二十有八载：二十八年。这里指舜摄政之后的二十八年。

[13]徂落：死亡。徂：同"殂"，死亡。

[14]百姓：这里指百官。考妣(bǐ)：这里是父母的别称。

[15]四海遏密八音：意思是，整个天下停止一切娱乐活动。遏，止。密，同"谧"，静。八音，指用金、石、丝、竹、匏(páo)、土、革、木等八种材料制成的乐器所发出的声音。以上五句见于现在流传的《尚书·舜典》。按现在流传的《尚书·尧典》及《舜典》本是一篇，名为"尧典"，后人分为二篇，不是《尚书》的原貌。

[16]不臣尧：不以尧为臣。

[17]率土之滨:沿着大地四周的水边,意即"四海之内"。古人认为中国陆地的四周环绕着大海,故云"率土之滨"。率,循,沿着。滨,水边。

[18]以上四句出自《诗经·小雅·北山》。

[19]贤劳:劳苦,多劳。贤,"辛劳"的意思。按《诗经·小雅·北山》中有"大夫不均,我从事独贤"的诗句,孟子这里的话就是对这二句诗的解释。

[20]文:字。辞:辞语。

[21]志:这里指诗的原意。

[22]以意逆志:指用自己的理解去揣摩诗的原意。意,指自己(也就是读者)的理解、体会。逆,揣度,揣摩。

[23]《云汉》:指《诗经·大雅·云汉》篇。

[24]靡:没有。孑(jié)遗:遗留,剩余。

[25]至:这里是"极点"、"最高标准"的意思。

[26]以天下养:指用整个天下来奉养父母。

[27]言、思:这里都是语气词。

[28]孝思惟则:意思是,孝顺父母是天下的法则。维,是。则,法则。以上两句出自《诗经·大雅·下武》。

[29]祗(zhī):敬。载:这里是语气词。

[30]夔夔:畏惧的样子。斋栗:敬慎恐惧的样子。

[31]允:信,真的。若:顺,和顺。以上三句是《尚书》的逸文,晋人采入现在流传的《尚书·大禹谟》中。

[32]也:这里是表示疑问的语气词,同"邪"。

富岁子弟多赖章[1]

孟子曰:"富岁[2],子弟多赖[3];凶岁,子弟多暴,非天之降才尔殊也[4],其所以陷溺其心者然也[5]。今夫麰麦[6],播种而耰之[7],其地同,树之时又同,浡然而生[8],至于日至之时[9],皆熟矣。虽有不同,则地有肥硗[10],雨露之养、人事之不齐也[11]。故凡同类者,举相似也[12],何独至于人而疑之?圣人,与我同类者。故龙子曰:'不知足而为屦,我知其不为蒉也[13]。'屦之相似,天下之足同也。口之于味,有同耆也[14],易牙先得我口之所耆者也[15]。如使口之于味也,其性与人殊,若犬马之与我不同类也,则天下何耆皆从易牙之于味也?至于味,天下期于易牙[16],是天下之口相似也。惟耳亦然,至于声,天下期于师旷,是天下之耳相似也。惟目亦然,至于子都[17],天下莫不知其姣也[18]。不知子都之姣者,无目者也。故曰,口之于味也,有同耆焉;耳之于声也,有同听焉;目之于色,有同美焉。至于心,独无所同然乎[19]?心之所同然者何也?谓理也[20]、义也。圣人先得我心之所同然耳。故理、义之悦我心,犹刍豢之悦我口[21]。"

[注释]

[1]本章选自《告子上》。这一章孟子详细论证了他的性善论主张。他从人的口、耳、目之嗜好都有共同标准出发,论证每个人内心对于是非的判断也都遵循一个共同的标准——理和义,这就是人性皆善的共同基础。至于人的道德行为所表现的种种差异,都是由于后天环境的不同所造成的。

[2]富岁:丰收年景。

[3]赖:同"懒",懒惰。

[4]天之降才:指天生的资质。尔殊:如此不同。

[5]其所以陷溺其心者然也:意思是,都是那些使人心堕落的东西造成这样的。陷溺,陷入,沉入,这里指堕落。

[6]麰(móu)麦:大麦。

[7]耰(yōu):古代农具名,用来弄碎土块,平整土地。这里用作动词,指用耰覆盖种子。

[8]浡然:同"勃然",旺盛的样子。

[9]日至:这里指夏至。

[10]硗(qiāo):土地贫瘠坚硬。

[11]人事:指田间管理。

[12]举:皆,都。

[13]蒉(kuì):古代用草编的筐子。

[14]耆:同"嗜",嗜好,喜爱。

[15]易牙:人名,又称雍巫,春秋时齐桓公的宠臣,擅长调味。

[16]期:期望,希求。

[17]子都:传说是古代的一个美男子。《诗经·郑风·山有扶苏》:"不见子都,乃见狂且。"毛《传》:"子都,世之美好者也。"杜预《左传注》:"子都,郑大夫公孙阏。"

[18]姣(jiāo):貌美。

[19]同然:共同的爱好。然,动词,认可,肯定,这里是爱好的意思。

[20]理:道理。

[21]刍豢:泛指家畜。刍,吃草的牲畜,指牛羊。豢,吃谷的牲畜,指猪狗。

无或乎王之不智章[1]

孟子曰:"无或乎王之不智也[2]。虽有天下易生之物也,一日暴之[3],十日寒之[4],未有能生者也。吾见亦罕矣[5],吾退而寒之者至矣[6],吾如有萌焉何哉[7]?今夫弈之为数[8],小数也,不专心致志,则不得也。弈秋[9],通国之善弈者也。使弈秋诲二人弈,其一人专心致志,惟弈秋之为听[10]。一人虽听之,一心以为有鸿鹄将至[11],思援弓缴而射之[12],虽与之俱学,弗若之矣。为是其智弗若与?曰:非然也。"

[注释]

[1]本章选自《告子上》。这一章孟子说明做事必须专心致志的道理,一曝十寒是不行的。只有坚持不懈地进行积累,才能增进智慧。

[2]或:同"惑",怪。王:指齐宣王。

[3]暴(pù):同"曝",晒。

[4]寒:动词,使……受寒。

[5]吾见亦罕:指孟子见齐宣王的次数很少。

[6]退:离开,指不见面。寒之者:比喻给人施加坏影响的人。

[7]吾如有萌焉何哉:意思是,我对于王所萌发的善心又有什么帮助呢?

[8]弈:围棋。数:技术,技艺。

[9]弈秋:人名,擅长棋艺,故称弈秋。

[10]惟弈秋之为听:即"惟听弈秋",一心只听弈秋的话。

[11]鸿鹄(hú):即"鹄",天鹅。

[12]援:引,拉。缴(zhuó):原是生丝线,这里指系着丝线的箭。

鱼我所欲章[1]

　　孟子曰:"鱼,我所欲也,熊掌亦我所欲也[2];二者不可得兼[3],舍鱼而取熊掌者也。生亦我所欲也,义亦我所欲也;二者不可得兼,舍生而取义者也。生亦我所欲,所欲有甚于生者,故不为苟得也[4];死亦我所恶,所恶有甚于死者,故患有所不辟也[5]。如使人之所欲莫甚于生,则凡可以得生者,何不用也?使人之所恶莫甚于死者,则凡可以辟患者,何不为也?由是则生而有不用也[6],由是则可以辟患而有不为也,是故所欲有甚于生者,所恶有甚于死者。非独贤者有是心也,人皆有之,贤者能勿丧耳。一箪食,一豆羹[7],得之则生,弗得则死,嘑尔而与之[8],行道之人弗受[9];蹴尔而与之[10],乞人不屑也。万钟则不辩礼义而受之[11]。万钟于我何加焉[12]?为宫室之美、妻妾之奉、所识穷乏者得我与[13]?乡为身死而不受[14],今为宫室之美为之;乡为身死而不受,今为妻妾之奉为之;乡为身死而不受,今为所识穷乏者得我而为之,是亦不可以已乎[15]？此之谓失其本心。"

[注释]

[1]本章选自《告子上》。这一章孟子说明人生最重要的是"义",这是一种高尚的精神境界,它甚至比生命更加宝贵。因此当生命与义发生矛盾时,人应当义无返顾地"舍生而取义"。孟子认为,这种重义之心世人皆有,只要加强心性修养,不丧失本心,就能有重义之举。

[2]熊掌:其肉味美,是一种名贵的食物。

[3]得兼:即"兼得",都能得到。

[4]苟得:指苟且得生,即苟且偷生的意思。

[5]患有所不辟:指有的祸患不能躲避。辟,同"避"。

[6]由是则生而有不用:意思是,照这样做就可以求生而有人却不去做。由是,照这样做。

[7]豆:古代盛食物的一种器皿。

[8]嘑(hù):呼喝。是对人不礼貌的呼唤。

[9]行道之人:在路上行走的人。

[10]蹴(cù):踢。

[11]钟:古代的容量单位。一钟合古代的六石四斗(古代一斗相当于现代的二升)。万钟,万钟粟。这里指丰厚的赏赐。

[12]加:增益。

[13]穷乏:贫困,穷苦。得:通"德",这里用作动词,感激,感恩。

[14]乡:同"向",从前。

[15]已:停止,罢手。

舜发于畎亩之中章[1]

　　孟子曰:"舜发于畎亩之中[2],傅说举于版筑之间[3],胶鬲举于鱼盐之中[4],管夷吾举于士[5],孙叔敖举于海[6],百里奚举于市[7]。故天将降大任于是人也,必先苦其心志,劳其筋骨,饿其体肤,空乏其身[8],行拂乱其所为[9],所以动心忍性[10],曾益其所不能[11]。人恒过[12],然后能改;困于心,衡于虑[13],而后作;征于色[14],发于声,而后喻[15]。入则无法家拂士[16],出则无敌国外患者,国恒亡。然后知生于忧患而死于安乐也。"

[注释]

[1]本章选自《告子下》。这一章孟子深刻地指出:人生于忧患,死于安乐。他列举了历史上一些成就非凡者的艰苦磨炼过程,说明上天将要使某人承担起重大使命时,一定先要使他历经磨难,以炼就他坚强的毅力、坚韧的性情和超常的才干。这个思想对于人在逆境下的奋斗具有很大的鼓舞作用。

[2]发:发迹,兴起。畎(quǎn)亩:指田间。畎,本义是田间小沟。舜早年在历山耕种土地,三十岁被尧启用,担任尧相。(参见《史记·五帝本纪》)

[3]傅说(yuè):商王武丁的相。版筑:筑墙的一种方法,用两版相夹,填湿土于其中,用杵将土砸实,拆版后即成土墙。传说傅说是商代的贤人,因犯罪服刑,在傅岩一带干版筑的活,后来被武丁访求到,举以为相。(参见《史记·殷本纪》)

[4]胶鬲(h)举于鱼盐之中:胶鬲原是商纣王的臣子,他"举于鱼盐之中"的事,不见于他书记载。有人说他是被周文王"举于鱼盐之中",而后推荐给纣,成为纣的臣子,但没有佐证。至于"鱼盐之中"是指贩卖鱼盐还是生产鱼盐,亦不可考。

[5]管夷吾:即管仲。士:狱官。管仲原是公子纠的臣僚。公子纠与公子小白(即齐桓公)争夺君位,失败后逃到鲁国被杀。管仲随公子纠外逃。齐桓公即位后,听从鲍叔牙的建议,举管仲为相。

[6]孙叔敖:原是楚国期思地区(今河南固始县东北)的隐士,后被楚庄王任用为令尹(相当于宰相)。海:边鄙荒远之地。期思属楚国的边远

地区。

[7]百里奚:春秋时虞国大夫,后到秦国,被秦穆公任用为相,是帮助秦穆公建立霸业的主要辅佐之一。举于市:指百里奚自虞逃往楚国,自卖为奴,为人养牛,秦穆公把他从楚人手中赎出,提拔为相的传说。(参见《史记·秦本纪》)

[8]空(kòng)乏:困乏,困穷。空,穷,困。

[9]行拂乱其所为:意思是,使他的所作所为总是不能如愿。拂,违背,不顺。

[10]动心忍性:指触动他的心灵,坚韧他的性情。忍,坚忍,坚韧。

[11]曾:同"增",增加。

[12]恒过:经常有错误。

[13]衡于虑:指思虑被阻塞。衡,同"横",充塞,阻塞。

[14]征于色:指心情表露在脸色上。征,迹象,征兆。这里作动词,"表露于……"的意思。

[15]喻:明白。

[16]法家:这里指掌握法度的大臣。拂(bì)士:辅佐之士。拂,通"弼",辅弼,辅佐。

孔子登东山章[1]

　　孟子曰:"孔子登东山而小鲁[2],登泰山而小天下,故观于海者难为水[3],游于圣人之门者难为言[4]。观水有术[5],必观其澜。日月有明,容光必照焉[6]。流水之为物也,不盈科不行[7];君子之志于道也,不成章不达[8]。"

[注释]

[1]本章选自《尽心上》。这一章孟子论述治学一定要目光高远,同时,要象流水盈科而后进那样,扎扎实实的积累,这样才会学有所成。"曾经

沧海难为水"这句话,最初就出自这段文字,用以比喻胸怀远大之人,难为外物所动,坚持自己的目标,矢志不渝。

[2]东山:即蒙山,在今山东省蒙阴县西南。

[3]难为水:难于同他谈论别的水,即别的水难以吸引他的意思。

[4]难为言:难于同他谈别的言论,即别的言论难以吸引他的意思。

[5]术:方法。

[6]容光:指可以容纳光线的小缝隙。

[7]科:通"窠",坑坎。

[8]章:古代音乐一曲为一章,引申指一定程度或一定阶段。达:通达。这两句是说学道要逐渐积累,不达到一定程度就不能通达。

民为贵章[1]

孟子曰:"民为贵,社稷次之[2],君为轻。是故得乎丘民而为天子[3],得乎天子为诸侯,得乎诸侯为大夫。诸侯危社稷,则变置[4]。牺牲既成[5],粢盛既洁[6],祭祀以时[7],然而旱干水溢[8],则变置社稷。"

[注释]

[1]本章选自《尽心下》。这一章是孟子民本思想的集中表述。他认为人民、社稷之神和君主这三者之中,人民是最重要的。社稷之神和君主都可以改换,只有民是永远不能更替的。这表明孟子已经认识到人民在国家政治中的地位和作用。"民为贵"的思想在后世产生了积极的、深远的影响。封建统治者畏之若洪水猛兽,如朱元璋曾下令删掉《孟子》的八十五个章节,"课试不以命题",此章便是其中之一。一些民主革命思想家则以《孟子》此章为武器宣传民主思想,如谭嗣同、梁启超、陈天华等都曾引用过此章来宣传自己的思想。

[2]社稷:土谷之神。社,指土地神,祭祀土地神的地方也叫社。稷,指谷

神,祭祀谷神的地方也叫稷。古代的天子和诸侯都要立社稷,以祭祀
土谷之神。所以社稷往往被当作国家的象征。这里仍指土谷之神。

[3]丘民:众民,即人民。

[4]变置:改立。

[5]牺牲:古代祭祀时屠宰后用作祭品的牲畜。既成:指祭祀用的牲畜已
经肥壮。

[6]粢(zī)盛(chéng)既洁:指祭祀用的谷物已经很洁净。粢,稷,这里泛
指谷物。

[7]祭祀以时:指按时祭祀。

[8]旱干水溢:指发生水灾旱灾。

孔子在陈章[1]

万章问曰[2]:"孔子在陈曰[3]:'盍归来乎!吾党之士狂
简[4],进取,不忘其初[5]。'孔子在陈,何思鲁之狂士?"

孟子曰:"孔子'不得中道而与之[6],必也狂狷乎[7]。狂者
进取,狷者有所不为也[8]'。孔子岂不欲中道哉?不可必得,故
思其次也。"

"敢问何如斯可谓狂矣?"

曰:"如琴张、曾皙、牧皮者[9],孔子之所谓狂矣。"

"何以谓之狂也?"

曰:"其志嘐嘐然[10],曰:'古之人!古之人!'夷考其行[11],
而不掩焉者也[12]。狂者又不可得,欲得不屑不洁之士而与
之[13],是狷也,是又其次也。孔子曰:'过我门而不入我室,我不
憾焉者,其惟乡原乎[14]!乡原,德之贼也[15]。'"

曰:"何如斯可谓之乡原矣?"

曰:"'何以是嘐嘐也?言不顾行,行不顾言,则曰:古之人!

古之人!''行何为踽踽凉凉[16]？生斯世也,为斯世也,善斯可矣[17]。'阉然媚于世者也[18],是乡原也。"

万子曰:"一乡皆称原人焉[19],无所往而不为原人,孔子以为德之贼,何哉?"

曰:"非之无举也[20],刺之无刺也[21],同乎流俗,合乎污世,居之似忠信[22],行之似廉洁,众皆悦之,自以为是,而不可与入尧舜之道,故曰'德之贼'也。孔子曰,恶似而非者:恶莠[23],恐其乱苗也;恶佞[24],恐其乱义也;恶利口[25],恐其乱信也;恶郑声[26],恐其乱乐也;恶紫,恐其乱朱也;恶乡原,恐其乱德也。君子反经而已矣[27]。经正,则庶民兴;庶民兴,斯无邪慝矣[28]。"

[注释]

[1]本章选自《尽心下》。这一章是孟子对于乡原之人的批评。所谓乡原,就是指那些与世俗同流合污却貌似恭谨的伪善之人,这些人很能取悦于世人,但是却不能接受尧舜之道,所以孟子借孔子的话,称他们为"似是而非"之类,认为这些人的存在是对道德的最大戕害。与这些乡原之人相比,那些狂狷之士要好得多,他们或有所为,或有所不为,或积极进取,或狷介自守,虽道德仅在中庸之下,却表现了真实的自我。

[2]万章:孟子的弟子。

[3]陈:周朝的小诸侯国,国都在宛丘(今河南淮阳),前478年被楚国所灭。

[4]吾党:相当于吾乡。士:有些版本作"小子",今从朱熹《四书章句集注》。狂简:志大而行为狂放粗率。

[5]以上所引孔子的话又见于《论语·公冶长》,文字略有出入。

[6]中道:指行为符合中庸之道的人。与:相与,交往。

[7]狂狷(juàn):狂者和狷者。狂者指志意狂放的人,狷者指洁身自好的人。

[8]以上几句又见于《论语·子路》,文字略有出入。

[9]琴张、牧皮:都是孔子弟子。

[10]嘐嘐(xiāo):志狂言大的样子。

[11]夷:语气词,含有转折语意。

[12]而不掩焉者也:意思是,他们的行为不能与他们所说的话相符。掩,
　　覆,相合。

[13]不屑不洁之士:指不屑于做肮脏不洁之事的人。

[14]乡原(yuàn):指恭谨伪善而骗得乡里称赞的人。乡,乡里。原,恭谨
　　善良。

[15]以上两句又见于《论语·阳货》。

[16]踽踽(jǔ):独自走路很孤单的样子。凉凉:冷冷清清的样子。"踽踽
　　凉凉",是"乡原"批评"狷者"的话,说他们违背潮流,孤傲寡合。

[17]"生斯世也"三句:意思是,生在这个世上,就要为这个世道做事,你只
　　要行善就可以了。善,动词,行善,做善事。

[18]阉然:形容象宦官那样善于献媚取宠的样子。阉:阉人,宦官。

[19]原人:恭谨善良的人。

[20]非之无举:意思是,想非难他又举不出什么过错。

[21]刺之无刺:意思是,想谴责他又抓不着什么把柄。

[22]居:指居处,为人。

[23]莠:狗尾草,样子很象谷子。

[24]佞(nìng)人:指有才智而不正派的人。

[25]利口:指能说会道,花言巧语。

[26]郑声:春秋时郑国音乐,不合古乐,被孔子称为"淫声"。

[27]反经:回复到常规上来。反,同"返"。经,常规,常道。

[28]邪慝(tè):即邪恶。

墨 子

　　墨子名翟,春秋战国之际鲁国人,大约生于前468年,卒于前376年,墨家学派的创始人。墨子出身贫贱,年轻时做过木匠,后又担任宋国大夫。早年曾习儒术,因不满儒学的"礼烦扰而不说,厚葬靡财而贫民,久服伤生而害事"(《淮南子·要略》),而抛弃儒学,自创墨家学派,聚徒讲学,奔走于各诸侯国之间,宣传自己的政治主张。

　　针对当时社会政治的各种状况,墨子提出了十大主张。他说:"国家昏乱,则语之尚贤、尚同;国家贫,则语之节用、节葬。国家熹音湛湎,则语之非乐、非命;国家淫僻无礼,则语之尊天、事鬼;国家务夺侵凌,即语之兼爱,非攻。"(《鲁问》)其中,兼爱、非攻是墨子政治思想的核心。在中国哲学史上,墨子第一次提出了关于衡量真理的标准问题,即所谓"三表"说:"言必有三表。何谓三表?子墨子言曰:有本之者,有原之者,有用之者。于何本之?上本于古者圣王之事。于何原之?下原察百姓耳目之实。于合用之?发以为刑政,观其中国家百姓人民之利。"(《墨子·非命上》)"三表"说属于朴素唯物主义的经验论,尽管存在着忽视理性思维、偏重直观感性经验的缺陷,但其对中国认识论思想的发展有着不可低估的意义。

　　先秦时期,墨家号称显学,"天下之言,不归杨,则归墨"(《孟子·滕文公下》)。他们有着严密的组织,严格的纪律,为实现学派的主张,不怕牺牲,"赴火蹈刃,死不还踵",在当时的政治舞台上发挥了重要作用。墨子去世之后,墨家分为三派,有相里氏之墨、相夫氏之墨、邓陵氏之墨,各立门户,渐趋式微。

《汉书·艺文志》著录"《墨子》七十一篇",今存五十三篇。这五十三篇作品,有墨子自著,有墨子弟子著,墨家后学著。总之,非一时一人之作,视为墨子及其后学的著作汇编可也。《墨子》的文章主题明确,语言质朴,善于运用逻辑归纳推理,是先秦散文从语录体向议论体过渡的中间环节的作品。

所　染[1]

子墨子言见染丝者而叹曰[2]:"染于苍则苍[3],染于黄则黄,所入者变[4],其色亦变,五入必[5],而已则为五色矣[6]。故染不可不慎也。"

非独染丝然也,国亦有染。舜染于许由、伯阳[7],禹染于皋陶、伯益[8],汤染于伊尹、仲虺[9],武王染于太公、周公[10]。此四王者,所染当[11],故王天下,立为天子,功名蔽天地。举天下之仁义显人,必称此四王者。夏桀染于干辛、推哆[12],殷纣染于崇侯、恶来[13],厉王染于厉公长父、荣夷终[14],幽王染于傅公夷、蔡公谷[15]。此四王者,所染不当,故国残身死,为天下僇[16]。举天下不义辱人[17],必称此四王者。齐桓染于管仲、鲍叔[18],晋文染于舅犯、高偃[19],楚庄染于孙叔、沈尹[20],吴阖闾染于伍员、文义[21],越句践染于范蠡、大夫种[22]。此五君者,所染当,故霸诸侯,功名传于后世。范吉射染于长柳朔、王胜[23],中行寅染于籍秦、高彊[24]，吴夫差染于王孙雒、太宰嚭[25]，知伯摇染于智国、张武[26]，中山尚染于魏义、偃长[27]，宋康染于唐鞅、佃不礼[28]。此六君者，所染不当，故国家残亡，身为刑戮，宗庙破灭，绝无后类[29]，君臣离散，民人流亡。举天下之贪暴苛扰者[30]，必称此六君也。凡君之所以安者何也？以其行理也[31]，行理性于染当[32]。故善为君者，劳于论人[33]，而佚于治官[34]。不能为君者，伤形费神，愁心劳意，然国逾危[35]，身逾辱。此六君者，非不重其国爱其身也，以不知要故也[36]。不知要者，所染不当也。

非独国有染也，士亦有染。其友皆好仁义，淳谨畏令[37]，则家日益[38]，身日安，名日荣，处官得其理矣[39]，则段干木、禽子、傅说之徒是也[40]。其友皆好矜奋[41]，创作比周[42]，则家日损，身日危，名日辱，处官失其理矣，则子西、易牙、竖刁之徒是也[43]。《诗》曰："必择所堪[44]，必谨所堪"者，此之谓也。

[注释]

[1] 本篇因涉及到宋康王事，因而有学者认为非出于墨子之手，当为墨家后学所作。染，指浸染、影响。本篇以染丝为喻，论述大臣和朋友的贤与否对于治国和为人之道的重要影响，因而告诫世人，必须谨慎对待来自外界的浸染。

[2] 子墨子：即墨翟。前一个"子"字，是古代学生对老师的尊称。何休《公羊传》注："称子冠氏上者，著其为师也，其不冠子者他师。"因《墨子》文章多为墨家后学子弟记录、整理、编纂的，故篇中常以"子墨子"称之。"言"，衍文，当删。

[3] 苍：青色。

[4] 所入者：指所投入的染料。

[5] 五入必：指投入五种染料。必，通毕，指完结、完毕。

[6] 而已：同"而后"。按"而已"作为惯用词组多用于陈述句句末，表示限止语气，故有的《墨子》注本标点此二句为"五入必而已，则为五色矣"。恐未是。

[7]许由:尧时隐士。相传尧曾想让位于他,他坚辞不受,隐居于箕山之
下。后尧又召请他为九州长,他不屑与闻,洗耳于颍水之滨,以示清
高。伯阳:尧舜时贤人。

[8]皋陶(gāo yáo):一作咎繇,舜禹时贤臣。虞舜时曾任狱官之长,掌管刑
法;禹继任后,皋陶继续受到重用。伯益:一作柏翳,舜禹时贤臣,曾协
助大禹治水。

[9]伊尹:又叫伊挚,商汤的贤臣,曾协助商汤灭夏,治理国事。连续辅佐
汤、外丙、中壬三朝商王。仲虺(huǐ):商汤的左相。《古文尚书》有《仲
虺之诰》篇,内容是仲虺晓谕天下,解释商汤伐桀之由。

[10]太公:即姜太公,姓姜,名尚,字望,一说字子牙;又称太公望、吕望,周
武王的贤臣。协助武王伐纣,歼敌立功。周成王时,受封于齐。周
公:周武王的弟弟姬旦,又称叔旦,封邑在周(今陕西省岐山北),故称
周公。是儒家所推崇的古代圣贤之一。

[11]所染当:指所受到的影响十分正确。当,得当,正确。

[12]干辛:夏桀手下的佞臣。《吕氏春秋·慎大篇》高诱注:"干辛,桀之谀
臣也,专桀无道之威以至灭亡。"推哆(chǐ):夏桀手下的佞臣。

[13]崇侯:有崇氏国君,名虎,商时封为侯爵,故称崇侯虎,商纣王的宠臣。
恶来:姓嬴,飞廉之子,商纣王的佞臣。《史记·殷本纪》:"纣又用恶
来,恶来善毁谗。"又《秦本纪》:"蜚廉(即飞廉)生恶来,恶来有力,蜚
廉善走,父子俱以材力事殷纣。周武王之伐纣,并杀恶来。"

[14]厉王:即周厉王,姓姬名胡,西周末期的暴君,为人贪狠暴虐。前842
年,国人不堪忍受,举行暴动,姬胡逃奔至彘(今山西霍县),共和十四
年(前828)死。厉公长父:《吕氏春秋·当染篇》作"虢公长父",周厉
王的佞臣。荣夷终:即荣夷公,周厉王的卿士,为人"好专利而不知大
难"。

[15]幽王:即周幽王,姓姬名宫涅,西周最后一个君主。为人昏聩,任用佞
臣,偏听偏信,导致西周灭亡。傅公夷、蔡公谷:按,二人事迹无所考,
当为周幽王佞臣。《吕氏春秋·当染篇》作"幽王染于虢公鼓、祭公
敦"。高诱注云:"虢公、祭公,二卿士也。《传》曰:'虢石父谗谄巧佞
之人也,以此教王,其能久乎?'"孙诒让《墨子间诂》(以下引孙诒让

说省略书名)云:"高诱谓虢公鼓即虢石父,见《国语·晋语》、《郑语》,未知是否? 苏云:'蔡公谷,《吕览》作祭公敦,窃谓当从《吕览》作祭公为是。祭为周畿内国,周公少子所封,自文公谋父以下,世为卿士于周,隐公元年所书"祭伯来"者,即其后也。若蔡,当幽王时,唯有釐侯所事,不闻更有名谷者。'按:苏说是也。"

[16]为天下僇(lù):指受到天下人的讨伐。僇,通"戮",指刑戮,责罚。

[17]举:列举。不义辱人:指不行仁义而受辱骂之人。

[18]齐桓:即齐桓公,春秋时齐国国君,姓姜名小白,前685~前643在位,在位期间任用管仲为相,九合诸侯,一匡天下,成为春秋五霸之一。管仲:字夷吾,一字敬仲,春秋时期著名政治家,齐桓公的大臣。最初管仲是齐国公子纠手下的人,齐襄公死后,他协助公子纠与公子小白(即齐桓公)争夺君位,失败后,经鲍叔牙的推荐,被齐桓公任为上卿。他执政四十余年,因势制宜,实行全面的改革,终于使齐桓公成为春秋时期第一位霸主。鲍叔:名叔牙,齐桓公的贤臣,与管仲是好朋友。至今仍把朋友之间的深厚交往称为"管鲍之交"。

[19]晋文:即晋文公,春秋时晋国国君,姓姬名重耳,前636年—前628年在位。因受晋献公妃子骊姬的谗害,在外流亡十九年,后借重秦穆公的力量回国,立为晋君,重用狐偃等人修明内外之政,使国力强盛,成为春秋五霸之一。舅犯:即狐偃,春秋时晋国上卿,晋文公的舅父,史称舅犯,协助晋文公创建霸业。高偃:春秋时晋国大夫。一作卜偃,一作郭偃。孙诒让说:"《左传》晋大夫卜偃,《晋语》作郭偃,韦注云:'郭偃,晋大夫卜偃也。'"又陈奇猷《吕氏春秋校释》云:"《商子》及《战国策·赵策》并云'郭偃之法',《韩子》云:'管仲毋易齐,郭偃毋更晋,则桓、文不霸矣',又云:'郭偃之始治也,文公有官卒',则郭偃不但是掌卜大夫,且曾变法于晋也。"

[20]楚庄:即楚庄王,姓芈名旅,春秋时楚国国君,前613年—前591年在位。是继晋文公之后的春秋五霸之一。孙叔:即蒍敖,又称孙叔敖,春秋时楚国令尹,辅佐楚庄王取得霸主地位。沈尹:楚庄王的贤臣,又作"沈尹茎"、"沈尹蒸"等,曾将楚国中军,大败晋军于邲(今河南荥阳东北)。

[21]阖闾:一作阖庐,姓姬名光,春秋时吴国国君,前514年—前496年在位。在位期间任用伍子胥、孙武等人共谋国政,加强军备,打败楚国,名显诸侯。后被越王句践打败,受重伤而死。伍员:即伍子胥,春秋时吴国大夫,楚国大夫伍奢之子。楚平王七年(前522),伍奢因直谏被杀,伍子胥逃奔到吴国,协助吴公子光(即吴王阖庐)刺杀吴王僚,夺得王位。后又辅佐阖庐整顿军队演习作战,一举攻破楚国。吴王夫差时担任大夫,参赞国事。因劝吴王拒绝越国求和并停止北上争霸伐齐而逐渐被疏远。后吴王听信太宰嚭的谗言,赐剑令其自杀。文义:《吕氏春秋·当染篇》作"文之仪",吴国大臣。阖闾曾师事之。

[22]句(gōu)践:春秋末期越国国君,越王允常之子,前496年—前465年在位。在夫椒(今江苏吴县西南)战役中,句践被吴国打败,他屈服求和,亲身到吴国做仆役之事,受尽屈辱。侥幸回国后,他卧薪尝胆,励精图治,任用范蠡、文种等贤臣治理国政,使国力逐渐强盛,最终消灭了吴国。范蠡:字少伯,原为楚国人,越王句践的大臣。越被吴打败后,他为句践出谋献计,并随句践一起到吴国为质。归国后,君臣刻苦图强,终于反败为胜,一举灭吴。灭吴后,范蠡弃官从商,隐于江湖。大夫种:春秋时越国大夫文种,字伯禽(一字子禽),楚国郢(今湖北江陵西北)人。越被吴击败后,文种奉越王句践之命,赴吴求和,贿赂吴太宰嚭,得免亡国。句践入吴后,文种主持国政。相传范蠡隐居后,曾写信告戒文种,说越王为人阴险,难与共事,劝其早日离去。文种接信后,称病不朝。句践听信谗言,赐剑命他自杀。

[23]范吉射:春秋后期晋国范氏集团首领,又叫士吉射、范昭子,晋国范献子鞅之子。长柳朔:又作"张柳朔",范吉射的家臣。王胜:又作"王生",也是范吉射的家臣。按,孙诒让说:"但据《左传》,则朔、生乃范氏之贤臣,朔并死范氏之难,与此书异,或所闻不同。"又陈奇猷《吕氏春秋校释》说:"朔死范氏之难,其于范氏可谓忠矣;王生荐其雠张柳朔为柏人宰,其于范氏亦可谓忠矣。然二人者,既为范氏家臣,与主亲近,平日不能正范氏之过,其必与范氏同恶,致使范氏残亡,则《墨》、《吕》所言与《左传》并不矛盾也。"二说对于长柳朔和王胜为人的看法,可供参考。

[24]中行寅:也称荀文子,春秋后期晋国中行氏集团首领,晋国大夫中行
穆子之子。籍秦:中行寅的家臣,晋国大夫籍游之孙,籍谈之子。高
彊:本为齐国人,后逃奔到晋国,做了中行寅的家臣。

[25]吴夫差:春秋末期吴国国君,吴王阖庐之子,前495年—前473年在
位。前496年吴王阖庐与越王句践战于檇李(今浙江嘉兴县西南),
被句践打败后,受重伤而死。夫差即位后,为报父仇,前494年在夫
椒(今江苏吴县西南)一役中大败越兵,并乘胜攻破越都,使越国屈
服,沦为属国。前482年,夫差在黄池(今河南封丘西南)大会诸侯,
与晋国争夺霸主地位。越王句践趁虚攻入吴都。夫差被迫回师,向
越国请和。其后十年,越国再次兴兵,攻灭吴国,夫差自杀而死。王
孙雒(luò):春秋末期吴国大臣。太宰嚭(pǐ):即伯嚭,春秋末期吴国
大臣,原为楚国人,是楚国大夫伯州犁之孙,入吴任为大夫。夫差即
位后升任他为太宰,故又称太宰嚭。他善于逢迎,深受夫差宠信。吴
师败越后,他贪受越国重赂,鼓动夫差同越国讲和,后来越国东山再
起,一举攻灭吴国。

[26]知伯摇:又作智伯瑶、知瑶、荀瑶,即智襄子,春秋末期晋国智氏集团
的首领,灭掉范氏、中行氏后,他曾掌握晋国大权,后被韩、赵、魏三家
所灭,地亦被三家瓜分。智国:即智伯国,晋国大臣,智氏族人。张
武:即长武子,智氏家臣。孙诒让引《淮南子·人间训》说:"张武教智
伯夺韩、魏之地而擒于晋阳。"又陈奇猷《吕氏春秋校释》说:"《察传》
云:'智伯闻赵襄子于张武,不审也,故国亡身死也',高注:'张武,智
伯臣也。不审襄子之智能,故智伯围襄子于晋阳。'以此及《淮南》文
观之,则智伯夺韩、魏地,又求地于赵襄子,襄子不与,遂围襄子于晋
阳事,乃张武之谋也,故此文谓智伯染于张武而残亡。"二说所载张武
事可供参考。

[27]中山尚:战国时期中山国国君,可能即中山桓公。孙诒让说:"中山,
即春秋之鲜虞。《左传》定四年始见于传。其初亡于魏,文侯十七年
使乐羊围中山,三年灭之,以其地封子击,后击立为太子,改封次子
挚。后中山复国,又亡于赵,则惠文王四年灭之,并见《史记·魏、赵
世家》及《乐毅传》。据《水经》滱水郦道元注,及《太平御览》百六十

一引《十三州志》，并谓中山桓公为魏所灭，则尚或即桓公，墨子犹及见之。"魏义、偃长：中山国的两位大臣。

[28]宋康：即宋康王，名偃，又称宋献王，战国时期宋国国君，后被齐湣王所灭。唐鞅：宋康王的相国。孙诒让引《吕氏春秋·淫辞篇》云："宋王谓其相唐鞅曰：'寡人所杀戮者众矣，而群臣愈不畏，其故何也？'唐鞅对曰：'王之所罪，尽不善者也，罪不善，善者故为不畏。王欲群臣之畏也，不若无辨其善与不善，而时罪之，若此则群臣畏矣。'居无几何，宋君杀唐鞅。"佃不礼：又作田不礼，宋康王大臣。按，这一句是人们怀疑此篇非墨子所作的重要证据。孙诒让说："苏云：宋康之亡，当楚顷襄王十一年，上去楚惠王之卒一百四十三年，此不独与墨子时世不值，且与中山之亡相距止数年，而皆在孟子之后，孟子言方千里者九，则中山未亡；言宋王行仁政，则宋亦未亡。若此书为墨子自著，则墨子时世更在孟子之后，不知孟子之辟杨墨，正在墨学方盛之时，其必不然也审矣。"可供参考。

[29]绝无后类：指灭亡绝种。

[30]苛扰：政治苛刻，搅扰人民。

[31]行理：即"行道"，实行正道。《广雅·释诂》："理，道也。"一说"行理"指行为符合事理。

[32]性：当作"生"。"性于染当"即"生于染当"，指实行正道的做法产生于他们受到了正确的影响。

[33]劳于论人：指致力于选拔优秀的人才。论，指选拔，选择。

[34]佚于治官：指在管理官吏方面则比较宽松。佚，这里指轻松，宽松。

[35]国逾危：国家愈来愈危险。逾通"愈"。

[36]不知要：指不懂得治国的要领。

[37]淳谨畏令：指为人淳厚谨慎，遵纪守法。

[38]日益：意思是，一天比一天兴旺。

[39]处官：指担任官职。得其理：指治理方法得当。

[40]段干木：战国初期魏国人，姓段干，名木。曾求学于孔子弟子子夏，为人清高，魏文侯曾师事之。禽子：姓禽，名滑厘，墨子的弟子。傅说(yuè)：商王武丁的大臣，出身微贱，初在傅岩从事版筑劳动，武丁夜

　　梦得圣人,访之而得傅说,举以为相。

[41]矜奋:狂妄自大。

[42]创作:这里指胡作非为。比周:结党营私。

[43]子西:春秋时楚国令尹公子申。楚惠王时子西任用白公胜为巢大夫,
　　但白公胜却在国内发动叛乱,率兵攻入郢都,杀死了子西。易牙、竖
　　刁:都是齐桓公的嬖臣,易牙善于调味,竖刁官为寺人,二人都善于谄
　　媚,取悦桓公。桓公重病时,二人乘机作乱,阻塞宫门,杀群吏,逐太
　　子,使桓公断食而死。

[44]必择所堪:意思是,必须谨慎选择所受到的浸染。堪,通“湛”,指浸
　　染。按,所引之诗不见于今本《诗经》,当为逸诗。

尚贤上[1]

　　子墨子言曰:“今者王公大人为政于国家者,皆欲国家之
富,人民之众,刑政之治[2]。然而不得富而得贫,不得众而得
寡,不得治而得乱,则是本失其所欲[3],得其所恶,是其故
何也?”

　　子墨子言曰:“是在王公大人为政于国家者,不能以尚贤事
能为政也[4]。是故国有贤良之士众,则国家之治厚[5];贤良之
士寡,则国家之治薄。故大人之务,将在于众贤而已[6]。”

　　曰:“然则众贤之术将奈何哉?”

　　子墨子言曰:“譬若欲众其国之善射御之士者[7],必将富
之,贵之,敬之,誉之,然后国之善射御之士,将可得而众也。况
又有贤良之士,厚乎德行,辩乎言谈,博乎道术者乎[8]!此固国
家之珍,而社稷之佐也。亦必且富之[9],贵之,敬之,誉之,然后
国之良士,亦将可得而众也。是故古者圣王之为政也,言曰:不
义不富[10],不义不贵,不义不亲,不义不近。是以国之富贵人闻

之，皆退而谋曰：始我所恃者，富贵也，今上举义不辟贫贱[11]，然则我不可不为义。亲者闻之，亦退而谋曰：始我所恃者，亲也，今上举义不辟疏，然则我不可不为义。近者闻之，亦退而谋曰：始我所恃者，近也，今上举义不辟远，然则我不可不为义。远者闻之，亦退而谋曰：我始以远为无恃，今上举义不辟远，然则我不可不为义。逮至远鄙郊外之臣[12]，门庭庶子[13]，国中之众[14]，四鄙之萌人闻之[15]，皆竞为义。是其何故也？曰：上之所以使下者，一物也[16]；下之所以事上者，一术也[17]。譬之富者，有高墙深宫，墙立既[18]，谨上为凿一门[19]，有盗人入，阖其自入而求之[20]，盗其无自出。是其故何也？则上得要也。

故古者圣王之为政，列德而尚贤[21]，虽在农与工肆之人[22]，有能则举之，高予之爵，重予之禄，任之以事[23]，断予之令[24]。曰：爵位不高则民弗敬，蓄禄不厚则民不信，政令不断则民不畏。举三者授之贤者，非为贤赐也，欲其事之成[25]。故当是时，以德就列，以官服事，以劳殿赏[26]，量功而分禄。故官无常贵，而民无终贱[27]，有能则举之，无能则下之，举公义，辟私怨[28]，此若言之谓也[29]。故古者尧举舜于服泽之阳[30]，授之政，天下平。禹举益于阴方之中[31]，授之政，九州成。汤举伊尹于庖厨之中[32]，授之政，其谋得。文王举闳夭、泰颠于罝罔之中[33]，授之政，西土服[34]。故当是时，虽在于厚禄尊位之臣，莫不敬惧而施[35]；虽在农与工肆之人，莫不竞劝而尚意[36]。故士者所以为辅相承嗣也[37]。故得士则谋不困[38]，体不劳，名立而功成，美章而恶不生[39]，则由得士也。”

是故子墨子言曰：“得意[40]，贤士不可不举；不得意[41]，贤士不可不举。尚欲祖述尧舜禹汤之道[42]，将不可以不尚贤。夫尚贤者，政之本也。”

[注释]

[1]《墨子·尚贤》共有上、中、下三篇,内容大同小异,可能是墨子后学三派分别传授记录,整理成篇,故有所不同(《尚同》、《兼爱》、《非攻》、《节用》、《节葬》、《天志》、《明鬼》、《非乐》、《非命》等篇与此同)。这里选其上篇。墨子认为,"尚贤者,政之本也",王公大人要想国富民强、政治清平,必须注重"尚贤事能"的政策,并且要打破等级亲疏的界限,即使是"农与工肆之人",只要"有能则举之,高予之爵,重予之禄,任之以事,断予之令"。墨子的尚贤思想反映了当时农民与小工商业者希望提高政治地位的要求,体现了一种进步的政治观。

[2]刑政之治:指政治清平、安定。刑政,泛指国家的政治事务。之,动词,达到,走向。治,安定。

[3]本失其所欲:意思是,在根本上失去了所期望的东西。一说"本失其所欲"当作"失其本所欲",录以备考。

[4]事能:即"使能",指任用有才能的人。孙诒让说:"事、使义同。《汉书·高帝纪》如淳注云:'事谓役使也。'"

[5]国家之治厚:指国势雄厚。

[6]众贤:指多多招纳贤良之士。众,动词,"使……众"的意思。

[7]善射御之士:指善于射箭和驾车的人。御,驾车。

[8]道术:这里指学识、学术。

[9]必且:必将。

[10]不义不富:意思是,对不义的人就不让他富有。下面三句句法与此同。

[11]举义不辟贫贱:推举仁义贤者不嫌弃贫贱之人。辟,同"避",屏弃,嫌弃。

[12]远鄙:指边远地区。郊外:都城之外称郊。孙诒让引《周礼》杜子春注云:"五十里为近郊,百里为远郊。"

[13]门庭庶子:指在宫中担任宿卫的公卿大夫之子。嫡子之外的儿子称为庶子。因其所宿卫的地方在宫廷内外朝的门庭之间,所以称"门庭庶子"。

[14]国中之众:指都城中的百姓。国,都城。

[15]四鄙:四方边远之地。萌人:农民。萌,通"氓"。

[16]上之所以使下者,一物也:意思是,国君所用以役使臣下的,只有尚贤一种方法。

[17]下之所以事上者,一术也:意思是,臣下所用以侍奉国君的,只有实行仁义一种途径。

[18]墙立既:当作"墙既立",指宫墙已经修建好了。

[19]谨上:当作"谨止",谨通"仅",即仅仅,只。孙诒让说:"谨上,疑当为谨止。《辞过篇》云'谨此则止',谨止为凿一门,'谨'与'仅'通。言于墙间才开一门,不敢多为门户也。"

[20]阖其自入而求之:意思是,关闭他所进来的门然后捉他。

[21]列德:列指排列,列举。"列德"即列举其德行表现,也就是考察其德行的意思。

[22]工肆之人:指各种工匠。肆,指工匠的工作场所。

[23]任之以事:意思是,委任他们担当各种职事。

[24]断予之令:意思是,给予他们决断事务的权力。

[25]"非为贤赐也"二句:意思是,不是因为其贤能而加以赏赐,而是希望他把事情办成功。

[26]以劳殿赏:指根据功劳的大小来决定赏赐。殿,读为"定",决定,确定。

[27]终:常,永远。

[28]辟:消除。

[29]此若言之谓也:意思是,"说的就是这个意思"。若,也是"此"的意思;"此若"是复词。孙诒让引王引之说:"若,亦此也。古人自有复语。《管子·山国轨篇》曰:'此若言何谓也?'《地数篇》曰:'此若言可得闻乎?'《轻重丁篇》曰:'此若言曷谓也?'此书《节葬篇》曰:'以此若三圣王者观之',又曰:'以此若三国者观之',皆并用此若二字。"

[30]服泽:古地名,可能就是《孟子·离娄篇》所说的"负夏"。孙诒让说:"《文选·曲水诗序》李注引《帝王世纪》云:'尧求贤而四岳荐舜,尧乃命于顺泽之阳。'疑即本此书。《史记·五帝本纪》'就时于负夏',《集解》引郑玄云:'负夏,卫地。'《孟子·离娄篇》'舜生于诸冯,迁于负

夏’,赵注云:‘诸冯、负夏皆地名。负海也。’按:服泽疑即负夏。赵岐
云‘负海’,必有所本。”

[31]益:即伯益,见《所染篇》注。阴方:古地名,其地不详。

[32]伊尹:见《所染篇》注。庖厨:厨房。据《史记·殷本纪》记载,伊尹想
要事汤而没有缘由,于是就当了有莘氏的陪嫁之臣而归汤。由于他善
于烹调,就用烹调滋味的道理启发汤。得到汤的任用后,辅佐汤达于
王道。

[33]闳夭、泰颠:周文王的贤臣。商纣把文王囚于羑里之时,闳夭以美女、
良马及各种珍宝献给商纣,以解救文王。后又协助周武王伐纣。罝
(jū)罔:即“罝网”,指渔猎用的网。闳夭、泰颠最初可能是从事渔猎之
人,而后被文王起用。

[34]西土:指周族所居的故地,其地在今陕西一带。

[35]敬惧而施:指兢兢业业地谨慎做事。“施”当读为“惕”,戒惧的意思。
俞樾《诸子平议》说:“施当读为惕。《尚书·盘庚篇》‘不惕予一人’,
《白虎通·号篇》引作‘不施予一人’,是也。敬惧而施,即敬惧而惕。”

[36]竞劝:争相勉励。尚意:当作“尚德”,指崇尚道德。孙诒让说:“意,疑
当作悥,形近而讹。‘悥’正字,‘德’假借字。”

[37]辅相:辅佐的大臣。承嗣:当谓司丞,指常在君主左右以备询问答疑
的近臣。孙诒让引孔广森说:“承,丞也。《左传》曰:请承嗣,读为司
丞。司者官之偏贰,故弟视之。臣则私臣,自所谒除也,可以子视之。”

[38]谋不困:指谋略不致产生困难。

[39]章:通彰,显著,显扬。

[40]得意:指国家兴旺安定的时候。

[41]不得意:指国家危难多事的时候。

[42]尚:通“倘”,倘若。

尚同上[1]

子墨子言曰:“古者民始生,未有刑政之时,盖其语,人异

义[2]。是以一人则一义,二人则二义,十人则十义,其人兹众[3],其所谓义者亦兹众。是以人是其义[4],以非人之义[5],故交相非也。是以内者父子兄弟作怨恶[6],离散不能相和合[7]。天下之百姓,皆以水火毒药相亏害[8],至有余力不能以相劳[9],腐朽余财不能以相分[10],隐匿良道不以相教[11],天下之乱,若禽兽然[12]。

夫明虖天下之所以乱者[13],生于无政长[14]。是故选天下之贤可者[15],立以为天子。天子立,以其力为未足,又选择天下之贤可者,置立之以为三公[16]。天子三公既以立[17],以天下为博大,远国异土之民,是非利害之辩[18],不可一二而明知[19],故画分万国[20],立诸侯国君。诸侯国君既已立,以其力为未足,又选择其国之贤可者,置立之以为正长[21]。正长既已具,天子发政于天下之百姓[22],言曰:闻善而不善[23],皆以告其上。上之所是,必皆是之;所非,必皆非之。上有过则规谏之,下有善则傍荐之[24]。上同而不下比者[25],此上之所赏[26],而下之所誉也[27]。意若闻善而不善[28],不以告其上;上之所是弗能是,上之所非弗能非;上有过弗规谏,下有善弗傍荐;下比不能上同者,此上之所罚,而百姓所毁也[29]。上以此为赏罚,甚明察以审信[30]。

是故里长者[31],里之仁人也。里长发政里之百姓,言曰:闻善而不善,必以告其乡长[32]。乡长之所是,必皆是之;乡长之所非,必皆非之。去若不善言[33],学乡长之善言;去若不善行,学乡长之善行,则乡何说以乱哉[34]?察乡之所治者何也?乡长唯能壹同乡之义[35],是以乡治也。

乡长者,乡之仁人也,乡长发政乡之百姓,言曰:闻善而不善者,必以告国君,国君之所是,必皆是之;国君之所非,必皆非之。去若不善言,学国君之善言;去若不善行,学国君之善行,则国何说以乱哉？察国之所以治者何也？国君唯能壹同国之义，是以国治也。

国君者，国之仁人也。国君发政国之百姓，言曰：闻善而不善，必以告天子，天子之所是，皆是之；天子之所非，皆非之。去若不善言，学天子之善言；去若不善行，学天子之善行，则天下何说以乱哉？察天下之所以治者何也？天子唯能壹同天下之义，是以天下治也。

天下之百姓，皆上同于天子。而不上同于天，则菑犹未去也[36]。今若天飘风苦雨[37]，溱溱而至者[38]，此天之所以罚百姓之不上同于天者也[39]。”

是故子墨子言曰：“古者圣王为五刑[40]，请以治其民[41]。譬若丝缕之有纪[42]，罔罟之有纲[43]，所连收天下之百姓不尚同其上者也[44]。”

[注释]

[1]所谓“尚同”，是指一切都统一于君上。墨子认为，初民未有政治刑法之时，“天下之乱，若禽兽然”，一个重要原因就是言人人殊，各是其是。因此，他强调人的思想言论、是非善恶必须高度统一，具体操作就是统一于其上级。百姓要一级一级地经由里长、乡长、国君而统一于天子。“天子之所是，皆是之；天子之所非，皆非之”，只有这样才能天下大治。“尚同”是墨子政治思想的重要内容，反映了墨家希望通过“尚同”达于天下大治的政治理想。

[2]盖其语人异义：意思是，大概人们说的话意义也各不相同。按，这句话在《尚同中》作“盖其语曰‘天下之人异义’”。大概是墨家后学根据师传所做的记录和理解有所不同。

[3]兹众：越多。兹，同“滋”，与下句的“兹”字合在一起，表示“越……越……”的意思。

[4]人是其义：人人都认为自己的意见是对的。是，动词，认为正确。

[5]非人之义：否定别人的意见。非，否定，非议。

[6]作怨恶:指相互产生怨恨。作,兴,产生。

[7]和合:和睦团结。按,以上两句有的注本读为"是以内者父子兄弟作怨恶离散,不能相和合"。仅供参考。

[8]相亏害:相互损害。亏,损。

[9]相劳:指相互帮助。

[10]腐朽(xiǔ)余财不能以相分:意思是,多余的财物甚至腐烂也不与大家共同分享。腐朽,同"腐朽"。

[11]隐匿良道不以相教:意思是,把好的道理隐藏起来也不肯用来相互教育。

[12]若禽兽然:像禽兽一样。

[13]虖:同乎,于。

[14]政长:指行政长官。

[15]贤可者:即有贤能的人。

[16]三公:周朝指太师、太傅、太保,是当时地位最高的辅政大臣。

[17]以:通"已",已经。

[18]辩:通"辨",指分辨,辨别。

[19]不可一二而明知:意思是,不可一一清楚地了解。一二:即"一一"。

[20]画分:同"划分"。万国:指众多诸侯国。

[21]正长:即长官。

[22]发政:发布政令。

[23]而:同"与"。

[24]傍荐:广泛地举荐。傍,通"旁",广泛,普遍。(此从王引之说。)又孙诒让说:"傍当为访之借字,二字皆从方得声,古多通用。《鲁问篇》云:'所谓忠臣者,上有过则微之以谏,己有善,则访之上,而无敢以告外。匡其邪而入其善,尚同而无下比',与此上下文义并略同,可证。"

[25]上同而下不比:意思是,与在上位者意见协同而不与下属相勾结。比:同,勾结。

[26]赏:赞赏。

[27]誉:称赞。

[28]意若:如果,假如。

[29]毁:非议。

[30]审信:审慎而可靠。

[31]里长:里是古代地方的行政组织的单位。或以二十五家为一里,或以五十家为一里,或以八十家为一里,或以百家为一里。里有里长。

[32]乡长:乡是古代行政区划单位。周制以一万二千五百家为一乡。乡有乡长。

[33]去若不善言:去掉你的不好的言论。若:你,你的。

[34]则乡何说以乱哉:意思是,那么一个乡怎么还会混乱呢?何说,这里是"有什么理由"的意思。

[35]壹同:统一。

[36]菑:同灾,灾难。犹:仍,仍然。

[37]今若天:当作"今若夫",即"如果"之义。(此从王引之说。)又孙诒让说:"王说亦通。但中篇云:'故当若天降寒热不节,雪霜雨露不时,五谷不孰,六畜不遂,疾菑戾疫,飘风苦雨,荐臻而至者,此天之降罚也',则此天字似非讹文。"孙说亦可参考。

[38]溱溱(zhēn):形容风雨之盛。

[39]此天之所以罚百姓之不上同于天者也:意思是,这就是天用来惩罚百姓不与上天统一的办法。

[40]五刑:指五种刑罚,即墨、劓(yì)、剕(fèi)、宫、大辟。

[41]请以治其民:意思是,确实是用它来治理人民。请,诚,确实,的确。一说"请"字为衍文。

[42]丝缕:丝线。纪:丝缕的头绪。

[43]罔:同网。罟(gǔ):网。纲:网的总绳。

[44]所:当作"所以",连收:聚合。孙诒让引俞樾说:"'所'下夺'以'字,'所以连收天下之百姓不尚同其上者也',若无'以'字,则不成义。"

兼爱上[1]

圣人以治天下为事者也,必知乱之所自起[2],焉能治之[3]。

不知乱之所自起,则不能治。譬之如医之攻人之疾者然[4],必知疾之所自起,焉能攻之;不知疾之所自起,则弗能攻。治乱者何独不然,必知乱之所自起,焉能治之;不知乱之所自起,则弗能治。

圣人以治天下为事者也,不可不察乱之所自起,当察乱何自起[5]?起不相爱[6]。臣子之不孝君父,所谓乱也。子自爱不爱父,故亏父而自利[7];弟自爱不爱兄,故亏兄而自利;臣自爱不爱君,故亏君而自利,此所谓乱也。虽父之不慈子[8],兄之不慈弟,君之不慈臣,此亦天下之所谓乱也。父自爱也不爱子,故亏子而自利;兄自爱也不爱弟,故亏弟而自利;君自爱也不爱臣,故亏臣而自利。是何也?皆起不相爱。虽至天下之为盗贼者亦然[9],盗爱其室不爱其异室[10],故窃异室以利其室;贼爱其身不爱人[11],故贼人以利其身[12]。此何也?皆起不相爱。虽至大夫之相乱家[13],诸侯之相攻国者亦然。大夫各爱其家,不爱异家,故乱异家以利其家;诸侯各爱其国,不爱异国,故攻异国以利其国,天下之乱物具此而已矣[14]。察此何自起?皆起不相爱。

若使天下兼相爱,爱人若爱其身,犹有不孝者乎?视父兄与君若其身[15],恶施不孝[16]?犹有不慈者乎[17]?视弟子与臣若其身,恶施不慈?故不孝不慈亡有[18],犹有盗贼乎?故视人之室若其室,谁窃[19]?视人身若其身,谁贼?故盗贼亡有。犹有大夫之相乱家,诸侯之相攻国者乎?视人家若其家,谁乱?视人国若其国,谁攻?故大夫之相乱家、诸侯之相攻国者亡有。若使天下兼相爱,国与国不相攻,家与家不相乱,盗贼无有,君臣父子皆能孝慈,若此,则天下治。故圣人以治天下为事者,恶得不禁恶而劝爱[20]?故天下兼相爱则治,交相恶则乱[21]。故子墨子曰:"不可以不劝爱人者,此也。"

[注释]

[1]"兼爱"是墨子政治思想的核心内容。墨子认为,父子君臣相残,诸侯相互攻伐,盗贼蜂起,天下大乱,这一切皆起于人与人之间不相爱。"若使天下兼相爱,爱人若爱其身",那么所有的争端与攻忤都会消弭殆尽,从而达于天下大治。因此"以治天下为事"的人,必先要"禁恶而劝爱"。这些思想是墨家针对当时兼并战火频烧,社会动荡不宁的形势提出的,尽管是一种不切实际的幻想,但却反映了普通百姓希望社会和谐安定,人与人之间团结互助的强烈愿望,具有一定的历史意义。

[2]必知乱之所自起:意思是,一定要了解动乱是怎样产生的。

[3]焉:副词,乃,才。

[4]譬之如医之攻人之疾者然:意思是,这就如同医生为人治疗疾病一样。攻,治,治疗。

[5]当:通"倘",倘若。又孙诒让说:"当,读为尝,同声假借字。尝,试也。"亦通。

[6]起不相爱:指产生于人与人之间不相爱。

[7]亏:损,损害。

[8]虽:即使,纵使。不慈子:指对儿子不慈爱。

[9]虽至天下之为盗贼者亦然:即使那些天下做盗贼的人也是一样。

[10]异室:别人的家庭。"不爱其异室"的"其"字似为衍文,当删(从王引之说)。

[11]贼:强盗。爱其身不爱人:只爱自身不爱别人。一说"不爱人"后当补"身"字,指不爱别人之身。

[12]贼人:指戕害别人。一说"人"后当补"身"字,指戕害别人的身体。

[13]家:这里指卿大夫的采地食邑。

[14]天下之乱物具此而已矣:意思是,乱天下的事物都是这些而已。物,事,事物。

[15]视父兄与君若其身:意思是,对待父兄与君主就象对待自己一样。视,这里指对待。若,如同,就象。

[16]恶(wū)施不孝:意思是,哪里会做出不孝的事情来呢? 恶,哪里,

怎么。

[17]犹：还，仍然。

[18]亡有：无有。亡，同"无"。

[19]谁窃：即"窃谁"，指偷窃谁。这是宾语提前句式。

[20]恶（wū）得不禁恶（wù）而劝爱：意思是，怎能不禁止相互憎恶而鼓励人们相爱呢？劝，鼓励，劝勉。

[21]交相恶：相互憎恶。

非攻上[1]

　　今有一人，入人园圃[2]，窃其桃李，众闻则非之，上为政者得则罚之[3]。此何也？以亏人自利也[4]。至攘人犬豕鸡豚者[5]，其不义又甚入人园圃窃桃李。是何故也？以亏人愈多，其不仁兹甚[6]，罪益厚[7]。至入人栏厩[8]，取人马牛者，其不仁义，又甚攘人犬豕鸡豚。此何故也？以其亏人愈多。苟亏人愈多[9]，其不仁兹甚，罪益厚。至杀不辜人也[10]，扡其衣裳[11]，取戈剑者，其不义又甚入人栏厩取人马牛。此何故也？以其亏人愈多。苟亏人愈多，其不仁兹甚矣，罪益厚。当此[12]，天下之君子皆知而非之，谓之不义。今至大为攻国[13]，则弗知非，从而誉之，谓之义。此可谓知义与不义之别乎？

　　杀一人谓之不义，必有一死罪矣，若以此说往[14]，杀十人十重不义，必有十死罪矣；杀百人百重不义，必有百死罪矣。当此，天下之君子皆知而非之，谓之不义。今至大为不义攻国，则弗知非，从而誉之，谓之义，情不知其不义也[15]，故书其言以遗后世。若知其不义也，夫奚说书其不义以遗后世哉[16]？今有人于此，少见黑曰黑，多见黑曰白[17]，则以此人不知白黑之辩矣[18]；少尝苦曰苦，多尝苦曰甘[19]，则必以此人为不知甘苦之辩矣。今小为非,则知而非之。大为非攻国,则不知非,从而誉之,谓之义。此可谓知义与不义之辩乎? 是以知天下之君子也,辩义与不义之乱也[20]。

[注释]

[1]所谓"非攻"就是反对兼并战争,这是墨子政治思想的重要内容。本篇先从入人园圃偷桃窃李的小不义说起,然后由小到大,层层紧逼,最终归结到批判兼并战争的大不义。语言清晰,推理严密,论证扎实,有极强的说服力。

[2]园圃:种植果木蔬菜的园地。

[3]得则罚之:指抓住就处罚他。

[4]亏人自利:即损人利己。

[5]攘:偷窃。豚:小猪。

[6]兹甚:更加严重。兹,同"滋",更加。

[7]益:更加。

[8]栏厩:牛马圈。

[9]苟:如果。

[10]不辜人:无辜的人。

[11]扡(tuō):同"拖",夺取。

[12]当此:对此。

[13]今至大为攻国:据下文当作"今至大为不义攻国"。

[14]若以此说往:意思是,如果用这个道理类推。

[15]情:通"诚",确实,实在。

[16]夫奚说书其不义以遗后世哉:意思是,那为什么还要记载这些不义的行为,留传给后世呢?

[17]"少见黑曰黑"二句:意思是,见到一点黑色就说是黑色,见多了黑色却说成是白的。

[18]辩:同"辨",分别,差别。

[19]"少尝苦曰苦"二句:意思是,稍微尝些苦味则说是苦的,尝多了苦味

反而说是甜的。

[20]辩义与不义之乱也:意思是,判断义与不义的观点是多么混乱啊。辩,同"辨",辨别,判断。

耕　柱(节选)[1]

巫马子谓子墨子曰[2]:"子兼爱天下,未云利也[3];我不爱天下,未云贼也[4]。功皆未至[5],子何独自是而非我哉?"子墨子曰:"今有燎者于此[6],一人奉水将灌之[7],一人掺火将益之[8],功皆未至,子何贵于二人[9]?"巫马子曰:"我是彼奉水者之意,而非夫掺火者之意[10]。"子墨子曰:"吾亦是吾意,而非子之意也。"

子墨子游荆耕柱子于楚[11],二三子过之[12],食之三升[13],客之不厚[14]。二三子复于子墨子曰:"耕柱子处楚无益矣。二三子过之,食之三升,客之不厚。"子墨子曰:"未可智也[15]。"毋几何而遗十金于子墨子[16],曰:"后生不敢死[17],有十金于此,愿夫子之用也。"子墨子曰:"果未可智也。"

巫马子谓子墨子曰:"子之为义也,人不见而耶[18],鬼而不见而富[19],而子为之。有狂疾[20]!"子墨子曰:"今使子有二臣于此[21],其一人者见子从事,不见子则不从事[22];其一人者见子亦从事,不见子亦从事,子谁贵于此二人[23]?"巫马子曰:"我贵其见我亦从事,不见我亦从事者。"子墨子曰:"然则,是子亦贵有狂疾也。"

子夏之徒问于子墨子曰[24]:"君子有斗乎[25]?"子墨子曰:"君子无斗。"子夏之徒曰:"狗豨犹有斗[26],恶有士而无斗矣?"子墨子曰:"伤矣哉[27]! 言则称于汤、文,行则譬于狗豨[28],伤矣哉!"

　　巫马子谓子墨子曰："舍今之人而誉先王[29]，是誉槁骨也[30]。譬若匠人然，智槁木也[31]，而不智生木。"子墨子曰："天下之所以生者，以先王之道教也[32]。今誉先王，是誉天下之所以生也。可誉而不誉非仁也。"

　　子墨子曰："和氏之璧[33]，隋侯之珠[34]，三棘六异[35]，此诸侯之所谓良宝也[36]。可以富国家，众人民[37]，治刑政[38]，安社稷乎？曰不可。所谓贵良宝者，为其可以利也。而和氏之璧、隋侯之珠、三棘六异不可以利人，是非天下之良宝也。今用义为政于国家，人民必众，刑政必治，社稷必安。所为贵良宝者，可以利民也，而义可以利人，故曰，义天下之良宝也。"

[注释]

[1]本篇是语录体文章，大部分是由墨子与其弟子的对话问答所组成，内容比较杂乱，没有统一的主题。篇名也是截取第一段第一句中的两个字组成的，与《论语》、《孟子》的形式相似，大概是墨子后学根据记录整理而成的。这里节选了其中一部分内容。耕柱：人名，墨子弟子。

[2]巫马子：人名，事迹不详。孙诒让说："苏云：'巫马子为儒者也，疑即孔子弟子巫马期，否则其后。'诒让按：《史记·孔子弟子传》云：巫马施少孔子三十余岁，计其年齿，当长墨子五六十岁，未必得相问答，此或其子姓耳。"可供参考。

[3]云：有。（从俞樾说）

[4]贼：祸害。

[5]功皆未至：指都没有达到目的。功，功效，目的。

[6]燎：放火。

[7]一人奉水将灌之：一个人捧着水想要浇灭火。奉，捧。

[8]一人掺火将益之：一个人拿着火把，想把火放得更大。掺(shǎn)，持，拿着。益，更加。

[9]子何贵于二人：意思是，你认为这两个人的想法哪一个好呢？贵，认为……好，看重。

[10]"我是彼奉水者之意"二句:意思是,我赞成那个想捧水救火者的想法,反对那个想把火放得更大者的想法。

[11]子墨子游荆耕柱子于楚:意思是,墨子推荐耕柱子到楚国去做官。游,孙诒让引毕沅云:"游,谓游扬其名而使之仕。"据此,这里解释为"推荐"。荆,疑为衍文,当删(从王引之说)。

[12]二三子:指墨子的几个弟子。二三是虚指,犹言"几位"。过之:指到耕柱子那里去。

[13]食之三升:指每餐只供应三升食物,意思是数量很少。孙诒让说:"《说苑·尊贤篇》'田需谓宗卫曰:三升之稷,不足于士。'阎若璩谓古量五当今一,则止今之大半升耳。《庄子·天下篇》,说宋钘、尹文曰'请欲固置五升之饭,足矣,先生恐不得饱,弟子虽饥,不忘天下。'此复少于彼,明其更不饱矣。"

[14]客之不厚:意思是,招待他们不优厚。客,动词,指招待。

[15]智:同"知"。

[16]毋几何:没过多久。遗(wèi):赠送。十金:即十镒。古以一镒为一金,二十两(或曰二十四两)为一镒。

[17]后生不敢死:犹云"弟子该死",是一种表示谦恭的客套话。孙诒让引毕沅云:"称不敢死者,犹古人书疏称死罪常文。"说可参。一说"不敢死",是指不敢贪财违法以取死,说明十金非不义之财。恐未必如此凿实,录以备考。

[18]而:你。耶:疑为"助"字之误(从孙诒让说)。"人不见而助",意思是,人不会见到就帮助你。

[19]鬼不见而富:意思是,鬼不会见到就赐福于你。富,通"福",指赐福(从王引之说)。

[20]狂疾:疯病:

[21]使:假使,假如。臣:指家臣。

[22]"其一人者"二句:意思是,其中一个人看见你就做事,看不见你就不做事。

[23]子谁贵于此二人:意思是,在这两个人中,你更赞赏谁?

[24]子夏:孔子弟子。姓卜名商,字子夏,春秋末期晋国人,一说卫国人。

子夏之徒,指子夏的弟子。

[25]斗:打斗,格斗。

[26]豨(xī):猪。

[27]伤:痛心,伤心。

[28]"言则称于汤文"二句:意思是,嘴里称颂的是商汤、周文王,行为却同于猪狗。

[29]舍:舍弃。誉:称誉。先王:指尧、舜、禹、汤、文、武等人们心目中的古代圣王。

[30]槁(gǎo)骨:枯骨,指死人。

[31]智:同"知"。

[32]以先王之道教也:是由于先王教导的结果。以,因为,由于。道教,教导。

[33]和氏之璧:宝玉名。据《韩非子·和氏篇》记载:楚国有个叫卞和的人在楚山中得到一块璞,把它献给楚厉王,请玉人看了看,说是石头,于是厉王认为和氏是骗子,就砍掉了他的左足。楚武王即位后,和氏又把璞献上,玉人又认为是石头,武王又砍掉了他的右足。楚文王即位后,和氏就抱着璞哭于楚山之下,楚文王使玉人治之其璞而得宝玉,于是就命名其玉为"和氏之璧"。

[34]隋侯之珠:据《淮南子·览冥训》高诱注:"隋侯,汉东之国,姬姓诸侯也。"隋侯见到一条大蛇受伤,就为它敷药疗伤。后来蛇就从江中衔来明珠回报,于是就称其珠为"隋侯之珠"。

[35]三棘六异:即《史记·楚世家》记载的"三翮六翼",是九鼎的别名。孙诒让引《史记索引》云:"三翮六翼,亦谓九鼎。空足曰翮,六翼即六耳,翼近耳旁。"

[36]良宝:最好的宝物。

[37]众人民:使人民众多,即增加人民数量。

[38]治刑政:使政治法律得到治理。

鲁　问[1]

鲁君谓子墨子曰[2]:"吾恐齐之攻我也,可救乎?"子墨子曰:"可。昔者,三代之圣王禹、汤、文、武,百里之诸侯也[3],说忠行义[4],取天下。三代之暴王桀、纣、幽、厉,雠怨行暴[5],失天下。吾愿主君之上者尊天事鬼[6],下者爱利百姓,厚为皮币[7],卑辞令[8],亟徧礼四邻诸侯[9],驱国而以事齐[10],患可救也,非此,顾无可为者[11]。"

齐将伐鲁,子墨子谓项子牛曰[12]:"伐鲁,齐之大过也。昔者吴王东伐越[13],栖诸会稽[14],西伐楚,葆昭王于随[15]。北伐齐,取国子以归于吴[16]。诸侯报其仇,百姓苦其劳,而弗为用,是以国为虚戾,身为刑戮也[17]。昔者,智伯伐范氏与中行氏[18],兼三晋之地[19],诸侯报其仇,百姓苦其劳,而弗为用,是以国为虚戾,身为刑戮用是也[20]。故大国之攻小国也,是交相贼也[21],过必反于国[22]。"

子墨子见齐大王曰[23]:"今有刀于此,试人之头,倅然断之[24],可谓利乎[25]?"大王曰:"利。"子墨子曰:"多试人之头,倅然断之,可谓利乎?"大王曰:"利。"子墨子曰:"刀则利矣,孰将受其不祥[26]?"大王曰:"刀受其利,试者受其不祥[27]。"子墨子曰:"并国覆军[28],贼杀百姓,孰将受其不祥?"大王俯仰而思之曰:"我受其不祥。"

鲁阳文君将攻郑[29],子墨子闻而止之,谓阳文君曰:"今使鲁四境之内[30],大都攻其小都,大家伐其小家,杀其人民,取其牛马狗豕布帛米粟货财,则何若[31]?"鲁阳文君曰:"鲁四境之内,皆寡人之臣。今大都攻其小都,大家伐其小家,夺之货财,则寡人必将厚罚之。"子墨子曰:"夫天之兼有天下也,亦犹君之有四境之内也。今举兵将以攻郑,天诛亓不至乎[32]?"鲁阳文君曰:"先生何止我攻郑也? 我攻郑,顺于天之志。郑人三世杀其父[33],天加诛焉,使三年不全[34]。我将助天诛也。"子墨子曰:"郑人三世杀其父而天加诛焉,使三年不全。天诛足矣,今又举兵将以攻郑,曰'吾攻郑也,顺于天之志'。譬有人于此,其子强梁不材[35],故其父笞之[36],其邻家之父举木而击之,曰'吾击之也,顺于其父之志',则岂不悖哉?"

子墨子谓鲁阳文君曰:"攻其邻国,杀其民人,取其牛马、粟米、货财,则书之于竹帛,镂之于金石[37],以为铭于钟鼎[38],传遗后世子孙曰:'莫若我多[39]。'今贱人也,亦攻其邻家,杀其人民,取其狗豕食粮衣裘,亦书之竹帛,以为铭于席豆[40],以遗后世子孙曰:'莫若我多。'亓可乎?"鲁阳文君曰:"然吾以子之言观之,则天下之所谓可者,未必然也[41]。"

子墨子为鲁阳文君曰[42]:"世俗之君子,皆知小物而不知大物[43]。今有人于此,窃一犬一彘则谓之不仁,窃一国一都则以为义。譬犹小视白谓之白,大视白则谓之黑。是故世俗之君子,知小物而不知大物者,此若言之谓也。"

鲁阳文君语子墨子曰[44]:"楚之南有啖人之国者桥[45],其国之长子生,则鲜而食之[46],谓之宜弟[47]。美则以遗其君[48],君喜则赏其父。岂不恶俗哉?"子墨子曰:"虽中国之俗,亦犹是也[49]。杀其父而赏其子[50],何以异食其子而赏其父者哉? 苟不用仁义,何以非夷人食其子也[51]?"

鲁君之嬖人死[52],鲁君为之诔[53],鲁人因说而用之[54]。子墨子闻之曰:"诔者,道死人之志也[55],今因说而用之,是犹以来首从服也[56]。"

鲁阳文君谓子墨子曰:"有语我以忠臣者[57],令之俯则俯,令之仰则仰,处则静[58],呼则应,可谓忠臣乎?"子墨子曰:"令之俯则俯,令之仰则仰,是似景也[59]。处则静,呼则应,是似响也[60]。君将何得于景与响哉[61]?若以翟之所谓忠臣者,上有过则微之以谏[62],己有善,则访之上[63],而无敢以告[64]。外匡其邪而入其善[65],尚同而无下比[66],是以美善在上而怨仇在下,安乐在上而忧戚在臣[67]。此翟之所谓忠臣者也。"

鲁君谓子墨子曰:"我有二子,一人者好学,一人者好分人财[68],孰以为太子而可[69]?"子墨子曰:"未可知也,或所为赏与为是也[70]。钓者之恭,非为鱼赐也[71];饵鼠以虫,非爱之也[72]。吾愿主君之合其志功而观焉[73]。"

鲁人有因子墨子而学其子者[74],其子战而死,其父让子墨子[75]。子墨子曰:"子欲学子之子,今学成矣,战而死,而子愠[76],而犹欲粜,籴雠[77],则愠也。岂不费哉[78]?"鲁之南鄙人有吴虑者[79],冬陶夏耕[80],自比于舜。子墨子闻而见之。吴虑谓子墨子:"义耳义耳,焉用言之哉[81]?"子墨子曰:"子之所谓义者,亦有力以劳人[82],有财以分人乎?"吴虑曰:"有。"子墨子曰:"翟尝计之矣。翟虑耕而食天下之人矣[83],盛[84],然后当一农之耕[85],分诸天下,不能人得一升粟。籍而以为得一升粟,其不能饱天下之饥者,既可睹矣[86]。翟虑织而衣天下之人矣[87],盛,然后当一妇人之织,分诸天下,不能人得尺布。籍而以为得尺布,其不能煖天下之寒者[88],既可睹矣。翟虑被坚执锐救诸侯之患[89],盛,然后当一夫之战,一夫之战其不御三军[90],既可睹矣。翟以为不若诵先王之道而求其说[91],通圣人之言而察其辞[92],上说王公大人[93],次匹夫徒步之士[94]。王公大人用吾言,国必治;匹夫徒步之士用吾言,行必脩[95]。故翟以为虽不耕而食饥,不织而衣寒,功贤于耕而食之、织而衣之者也。故翟以为虽不耕织乎,而功贤于耕织也。"吴虑谓子墨子曰:"义耳义耳,焉用言之哉?"子墨子曰:"籍设而天下不知耕[96],教人耕,与不教人耕而独耕者,其功孰多?"吴虑曰:"教人耕者其功多。"子墨子曰:"籍设而攻不义之国,鼓而使众进战[97],与不鼓而使众进战而独进战者,其功孰多?"吴虑曰:"鼓而进众者其功多。"子墨子曰:"天下匹夫徒步之士,少知义而教天下以义者,功亦多,何故弗言也? 若得鼓而进于义,则吾义岂不益进哉[98]?"

子墨子游公尚过于越[99]。公尚过说越王[100],越王大说[101],谓公尚过曰:"先生苟能使子墨子于越而教寡人[102],请裂故吴之地[103],方五百里,以封子墨子。"公尚过许诺。遂为公尚过束车五十乘[104],以迎子墨子于鲁,曰:"吾以夫子之道说越王,越王大说,谓过曰,苟能使子墨子至于越,而教寡人,请裂故吴之地,方五百里,以封子。"子墨子谓公尚过曰:"子观越王之志何若[105]? 意越王将听吾言[106],用我道,则翟将往,量腹而食,度身而衣[107],自比于群臣[108],奚能以封为哉[109]? 抑越不听吾言[110],不用吾道,而吾往焉,则是我以义粜也[111]。钧之粜[112],亦于中国耳[113],何必越哉?"

子墨子游,魏越曰[114]:"既得见四方之君[115],子则将先语[116]?"子墨子曰:"凡入国,必择务而从事焉[117]。国家昏乱,则语之尚贤、尚同[118];国家贫,则语之节用、节葬[119]。国家憙音湛湎[120],则语之非乐、非命[121];国家淫僻无礼[122],则语之尊天、事鬼[123];国家务夺侵凌[124],即语之兼爱,非攻[125],故曰择务而从事焉。"

子墨子出曹公子而于宋[126],三年而反[127],睹子墨子曰:"始吾游于子之门[128],短褐之衣[129],藜藿之羹[130],朝得之,则夕弗得,祭祀鬼神[131]。今而以夫子之教[132],家厚于始也[133]。有家厚[134],谨祭祀鬼神。然而人徒多死[135],六畜不蕃[136],身湛于病[137],吾未知夫子之道之可用也。"子墨子曰:"不然。夫鬼神之所欲于人者多[138],欲人之处高爵禄则以让贤也,多财则以分贫也。夫鬼神岂唯擢季揣肺之为欲哉^[139]？今子处高爵禄而不以让贤，一不祥也；多财而不以分贫，二不祥也。今子事鬼神唯祭而已矣^[140]，而曰：'病何自至哉？'是犹百门而闭一门焉^[141]，曰'盗何从入？'若是而求福于有怪之鬼^[142]，岂可哉？"

鲁祝以一豚祭^[143]，而求百福于鬼神。子墨子闻之曰："是不可^[144]。今施人薄而望人厚^[145]，则人唯恐其有赐于己也。今以一豚祭，而求百福于鬼神，唯恐其以牛羊祀也^[146]。古者圣王事鬼神，祭而已矣^[147]。今以豚祭而求百福，则其富不如其贫也^[148]。"

彭轻生子曰^[149]："往者可知，来者不可知^[150]。"子墨子曰："籍设而亲在百里之外^[151]，则遇难焉，期以一日也^[152]，及之则生^[153]，不及则死。今有固车良马于此^[154]，又有奴马四隅之轮于此^[155]，使子择焉，子将何乘？"对曰："乘良马固车，可以速至。"子墨子曰："焉在矣来^[156]。"

孟山誉王子闾曰^[157]："昔白公之祸^[158]，执王子闾，斧钺钩要^[159]，直兵当心^[160]，谓之曰：'为王则生，不为王则死。'王子闾曰：'何其侮我也^[161]！杀我亲而喜我以楚国^[162]，我得天下而不义，不为也，又况于楚国乎？'遂而不为。王子闾岂不仁哉？"子墨子曰："难则难矣，然而未仁也^[163]。若以王为无道^[164]，则何故不受而治也^[165]？若以白公为不义，何故不受王，诛白公然而反王^[166]？故曰难则难矣，然而未仁也。"

子墨子使胜绰事项子牛^[167]。项子牛三侵鲁地，而胜绰三从。子墨子闻之，使高孙子请而退之曰^[168]："我使绰也，将以济骄而正嬖也^[169]。今绰也禄厚而谲夫子^[170]，夫子三侵鲁，而绰三从，是鼓鞭于马靳也^[171]。翟闻之：'言义而弗从，是犯明也^[172]。'绰非弗之知也，禄胜义也^[173]。"

昔者楚人与越人舟战于江^[174]，楚人顺流而进，迎流而退[175]，见利而进，见不利则其退难。越人迎流而进，顺流而退，见利而进，见不利则其退速，越人因此若埶[176]，亟败楚人[177]。公输子自鲁南游楚[178]，焉始为舟战之器[179]，作为钩强之备[180]，退者钩之，进者强之[181]，量其钩强之长，而制为之兵[182]，楚之兵节[183]，越之兵不节，楚人因此若埶，亟败越人。公输子善其巧[184]，以语子墨子曰[185]："我舟战有钩强，不知子之义亦有钩强乎？"子墨子曰："我义之钩强，贤于子舟战之钩强。我钩强，我钩之以爱，揣之以恭[186]。弗钩以爱，则不亲；弗揣以恭，则速狎[187]；狎而不亲则速离。故交相爱，交相恭，犹若相利也[188]。今子钩而止人，人亦钩而止子；子强而距人，人亦强而距子，交相钩，交相强，犹若相害也。故我义之钩强，贤子舟战之钩强。"

公输子削竹木以为鹊，成而飞之，三日不下，公输子自以为至巧[189]。子墨子谓公输子曰："子之为鹊也，不如匠之为车辖[190]。须臾刘三寸之木[191]，而任五十石之重[192]。故所为功[193]，利于人谓之巧，不利于人谓之拙。"

公输子谓子墨子曰："吾未得见之时，我欲得宋，自我得见之后，予我宋而不义，我不为。"子墨子曰："翟之未得见之时也，子欲得宋，自翟得见子之后，予子宋而不义，子弗为，是我予子宋也[194]。子务为义[195]，翟又将予子天下[196]。"

[注释]

[1] 本篇是由墨子与诸侯、弟子以及其他人士的谈话所组成，以记言为主，内容比较复杂，涉及了墨子思想的各个方面，大约是墨子后学弟子辑录而成。

[2] 鲁君：孙诒让说："以时代考之，此鲁君疑即穆公。"鲁穆公，战国初期鲁国国君，前407年—前376年在位。

[3] 百里之诸侯：指地盘只有方圆百里的诸侯国。这里是说，禹汤文武等

古代圣王在最初兴起时地盘都不大。

[4]说:通"悦",喜爱。

[5]雠怨:指仇恨有怨言的人。又孙诒让引俞樾说:"怨字乃忠字之误,言与忠臣为雠也。上文说禹汤文武,曰'说忠行义,取天下',与此相对可证。"亦可参考。

[6]主君:君主。之:语中助词。

[7]厚为皮币:指准备厚重的礼品。皮币,毛皮和缯帛,古代用做聘问的贵重礼物。

[8]卑辞令:指使用谦恭的辞令开展外交活动。卑,谦卑,谦恭。

[9]亟徧礼四邻诸侯:意思是,迅速地与四邻的诸侯国友好交往,搞好关系。亟,疾,速。徧礼,指普遍地开展礼仪交往。

[10]驱国:指驱使全国人民。一说"驱国以事齐"当作"驱国而以齐为事",并译为"驱使一国之民,以抵御齐国侵略为事",恐未是,录以备考。

[11]非此,顾无可为者:意思是,不这样做,的确就没有其他办法了。顾,通固,确实,肯定。

[12]项子牛:齐国将领。

[13]吴王:指吴王夫差。

[14]栖诸会稽:指越王句践兵败困守会稽山一事。《左传》哀公元年:"吴王夫差败越于夫椒,遂入越。越子以甲楯五千,保于会稽。"会稽山,在今浙江省绍兴县东南。

[15]西伐楚,葆昭王于随:指吴王夫差大败楚国,攻入郢都,楚国人保护楚昭王逃奔到随一事。葆,通"保",保护。随,地名,在今湖北随州市。

[16]国子:指春秋时齐国将领国书。吴王夫差北伐齐,战于艾陵,大败齐师,俘获了齐国将领国书等人。事见哀公十一年《左传》。

[17]"国为虚戾(lì)"二句:指国内空虚,田舍荒弃,人烟绝少,自身也遭到杀戮。虚戾,亦作"虚厉",《庄子释文》引李颐曰:"居宅无人曰虚,死而无后为厉。"

[18]智伯伐范氏与中行氏:智伯、范氏、中行氏都是春秋时期的晋卿,这里指智伯攻占范氏和中行氏的封地。

[19]三晋:即指智伯、范氏、中行氏三家。智伯兼并三家之地为一家,故曰
　　"兼三晋之地"。

[20]"用是"疑为衍文。孙诒让引王引之曰:"'用是'二字涉上文而衍,上
　　文'是以国为虚戾,身为刑戮也',无'用是'二字,是其证。"

[21]交相贼:指相互戕害。

[22]过必反于国:指过失所造成的危害必定会返回来由本国承受。

[23]齐大王:大读为太,指田齐太公田和。"齐大王"是田和后世子孙称王
　　之后,对田和的尊称。孙诒让引俞樾说:"大公者,始有国之尊称,故
　　周追王自亶父始,而称大王。齐有国自尚父始,而称大公。以及吴之
　　大伯,晋之大叔,皆是也。田齐始有国者,和也,故称大公,犹尚父称
　　大公也。至其后子孙称王,则亦应称大王矣,犹亶父称大王也。因齐
　　大王之称,它书罕见,故学者不得其说,《太平御览》引此文,遂删
　　'大'字矣。"

[24]倅(cù)然:突然的样子。

[25]利:锋利。

[26]孰将受其不祥:意思是,谁将得到滥杀无辜的不良名声呢? 孰,谁。
　　受,接受,得到。不祥,指不良的名声。一说此句意思是"谁将遭受这
　　种不幸呢",则"不祥"指不幸,即指被杀的人,恐未是,录以备考。

[27]试者:指持刀而试的人。

[28]并国覆军:兼并别的国家,覆灭别国军队。

[29]鲁阳文君:亦称鲁阳文子,即公孙宽,楚平王之孙,司马子期之子。楚
　　惠王授鲁阳之地为其封地。鲁阳,在今河南鲁山县。

[30]鲁:这里指鲁阳。下句"鲁四境之内"的"鲁"同此。

[31]则何若:那将会怎么样?

[32]天诛亓不至乎:意思是,上天的惩罚难道不会降临到你头上吗? 亓,
　　同"其",岂,难道。

[33]郑人三世杀其父:"父"当作"君"。这里指郑国三代君主都是杀掉上
　　代君主而立的。据《史记·郑世家》记载:"(郑)哀公八年,郑人弑哀
　　公而立声公弟丑,是为共公。共公三年,三晋灭知伯。三十一年,共
　　公卒,子幽公已立。幽公元年,韩武子伐郑,杀幽公。郑人立幽公弟

驸,是为繻公。……(繻公)二十七年,子阳之党共弑繻公驸而立幽公
弟乙为君,是为郑君。"

[34]不全:不顺,指灾荒。

[35]强梁不材:强横无礼不成材。

[36]笞(chì):用鞭子抽打。

[37]镂:镌刻,雕刻。金石:指镌刻有文字的钟鼎碑碣之类。

[38]铭:记载,铭刻。钟鼎:钟是古代的盛酒器,鼎是古代烹煮食物的器
    物,二者都是由青铜铸造,古代常用做礼器,铭刻上歌功颂德的文字,
    以留传于后世。

[39]莫若我多:意思是,战功没有人比我多。

[40]席豆:席,坐席;豆,古代食肉的器皿;二者也是古代的礼器,其上常刻
    有铭文。《大戴礼·武王践阼》云:"于席之四端为铭焉,于机为铭焉,
    于鉴为铭焉,于盥盘为铭焉,于楹为铭焉,于杖为铭焉,于带为铭焉,
    于履屦为铭焉,于觞豆为铭焉,于户为铭焉,于牖为铭焉,于剑为铭
    焉,于弓为铭焉,于矛为铭焉。"这是说在各种器物上都可以刻上
    铭文。

[41]"然吾以子之言观之"三句:意思是,但以你讲的观点来看,那么天下
    所谓可行之事,未必都是正确的。

[42]为:当作"谓"。

[43]物:事。

[44]语(yù):告诉。

[45]啖(dàn):食,吃。桥:古国名,具体情况不详。一说疑为"輆(kài)沐"
    二字的合音。"輆沐"见于《墨子·节葬下》:"昔者越之东,有輆沐之
    国者,其长子生,则解而食之,谓之宜弟。"与本篇内容相近。

[46]鲜:一本作"解",当从。"解而食之"指分解而食之。

[47]宜弟:意思是,有利于其弟,亦即护佑其弟的意思。

[48]美:指味道美。遗(wèi):馈赠。

[49]亦犹是也:也是如此。

[50]杀其父而赏其子:这里指驱使其父征战而死,却抚恤赏赐其子。

[51]非:非难,指责。夷人:古代对各少数民族人的通称。

[52] 嬖人:这里指受宠爱的姬妾。

[53] 诔(lěi):列述死者德行表示悼念的文章。

[54] 说:同"悦",喜欢。一说以上两句当作"鲁人为之诔,鲁君说而用之",君、人二字传写而误。

[55] 道死人之志:称述死人的心志。

[56] 以来首从服:孙诒让说:"来首疑即貍首,《史记·封禅书》云'苌弘设射貍首。'貍首者,诸侯之不来者。《大射仪》郑注说貍首云'貍之言不来也。'《广雅·释兽》云'豾,貍也'。不来,即豾貍。《方言》云'貔,陈、楚、淮之间谓之豻,关西谓之貍'。来、豻字亦同。盖貍与来古音相近,故貍首亦谓之来首。服,谓服马,以来首从服,言以貍驾车,明其不胜任也。"据此,则"以来首从服"指以貍驾车,是不能胜任的。

[57] 有语我以忠臣者:有人告诉我忠臣的样子。语(yù),告诉。

[58] 处:指日常安居之时。

[59] 景:同"影"。

[60] 响:回声。

[61] 君将何得于景与响哉:意思是,您将从像影子和回声那样的人那里得到什么呢?

[62] 微之以谏:伺察机会而进谏。微,通"覹",伺察,侦察。

[63] 己有善,则访之上:意思是,自己有什么好的见解就与主上谋议。孙诒让说:"《尔雅·释诂》云'访,谋也。'谓进其谋于上,而不敢以告人也。"访,谋议。

[64] 无敢以告:指不敢随意告诉别人。一说此与下二句当点作"无敢以告外,匡其邪而入其善",仅备参考。

[65] 匡:纠正,匡正。入其善:指把君主引导到正道上。入,纳入,引导。

[66] 尚同而无下比:指一切思想言论是非善恶必须统一于上级,不要在下面结党营私。

[67] 忧戚:忧愁悲伤。

[68] 好分人财:喜好把财物分给别人。

[69] 孰以为太子而可:意思是,让谁当太子才可以呢?

[70]或所为赏与为是也:意思是,也许他们是为了赏赐和名誉才这样做的。或,或许。与,通誉。孙诒让说:"与即誉之叚字,言好学与分财,或因求赏赐名誉,而伪为是,不必真好也。"

[71]钓者之恭非为鱼赐也:意思是,钓鱼者的恭身弯腰,并不是为了得到鱼的赏赐。

[72]饵鼠以虫非爱之也:意思是,把虫子给老鼠做饵食,并不是因为喜爱它。

[73]合其志功而观:意思是,把他们的志向和成效合在一起加以考察。志,志向。功,功效,成效。

[74]因子墨子而学其子:意思是,请墨子教导他的儿子。因,通过,让。学其子,使其子学,即教导其子学习的意思。一说"学"应读作"敩(xiào)",教导。亦通。

[75]让:责让,责备。

[76]愠:恼怒,怨恨。

[77]而犹欲粜,籴雠,则愠也:意思是,这就如同想要卖粮食,卖出之后却又悔恨了。粜(tiào),卖粮食。籴(dí),当是"糴(dí)"字之误,指谷物。《说文》:"糴,谷也。从米,翟声。"雠(chóu),同"售",卖出。又孙诒让引王引之说:"籴当为粜,《广韵》'籴,买也;粜,卖也',故云是'犹欲粜,粜雠,则愠也'。"亦通。

[78]费:王引之说:"费读为悖,即上文之岂不悖哉也。《缁衣》'口费而烦',郑注曰'费或为悖',作悖者正字,作费者借字也。"按此说是。"悖",这里是荒谬的意思。

[79]南鄙:指南方边远地区。吴虑:人名,不详。

[80]冬陶夏耕:冬天制作陶器,夏天耕种土地。

[81]"义耳义耳"二句:意思是,义啊义啊,怎能用空言去说呢?言外之意是说,义要靠行动来实现。焉,哪里,怎能。

[82]力以劳人:用力为别人效劳。

[83]虑耕而食天下之人:考虑通过耕种土地供养天下人。虑,想,考虑。食(sì),供养。

[84]盛:同"成",指很好地完成。下两个盛字与此同(从王引之说)。又

孙诒让说:"此云极盛不过当一农之耕也,下并同。"亦可参考。

[85]当一农之耕:意思是,只相当于一个农夫的耕作量。

[86]"籍而以为得一升粟"三句:意思是,假使认为每人都得到一升粟,那也可以想见,它不能使天下所有的饥民都能吃饱。籍,同"藉",假使,如果。

[87]衣天下之人:供天下人穿衣服。衣(yì),动词,穿衣。

[88]煖:同"暖"。

[89]被坚执锐:身穿坚固的铠甲,手拿锐利的兵器。被(pī),通"披",披挂。患,患难。

[90]御:抵御。

[91]诵先王之道而求其说:诵读学习先王之道,认真研究先王学说。

[92]通圣人之言而察其辞:通晓圣人的思想言论,考察研究他们的言辞。

[93]说:劝说,说服。

[94]次匹夫徒步之士:指下说服平民百姓。"次"字下当补"说"字。徒步,指平民百姓,因古时平民无车,皆徒步而行,故以"徒步"代指平民。

[95]行必脩:行为必定有修养。脩,同"修"。

[96]籍设:假设。

[97]鼓:动词,击鼓。古代作战,击鼓而进,鸣金而退,故曰"鼓而使众进战"。

[98]"若得鼓而进于义"二句:意思是,如果鼓动大家都学习义,那么我的义岂不是更加发扬了吗? 益,更加。

[99]公尚过:墨子弟子。游公尚过于越,推荐公尚过到越国为官。

[100]说:游说,劝说。越王:此越王当是句践的后人。

[101]说:同"悦",高兴。

[102]使子墨子于越:依下文看,此句"于"字上当有"至"字。

[103]"请裂故吴之地"三句:意思是,愿意从以前吴国土地中分出方圆五百里封给墨子。请,愿,愿意。裂,分。故吴之地,吴国此时已被越国灭掉,故称"故吴之地"。

[104]束车:套车,指准备好马车。乘(shèng):古代以四马驾一车为一乘。

[105] 何若:如何,怎样。

[106] 意:副词,如果。

[107] 度(duó):量。

[108] 自比于群臣:意思是,自身与群臣同列。比,等同,齐同。

[109] 奚能以封为哉:怎么能分封土地呢? 奚能,怎能。

[110] 抑:或者。越:“越”下当有“王”字。

[111] 以义粜:出卖义。

[112] 钧之粜:同样是出卖义。钧,通“均”,同样。

[113] 中国:指中原地区的国家。

[114] 魏越:墨子弟子。

[115] 既得见四方之君:指见到各地的诸侯之后。

[116] 子则将先语:意思是,您将首先说些什么? 一说“先”是“奚”字之
　　　误,录以备考。

[117] 务:指首要的事务。

[118] 尚贤:崇尚贤能。尚同:指一切思想言论、是非观念都统一于君上。

[119] 节用:指节约国家用度,去掉不必要的浪费。节葬:指葬礼要节简。

[120] 憙音:指喜好音乐。憙,同“喜”。湛(chén)湎:指沉湎于酒。

[121] 非乐:指反对沉湎于音乐、享乐。非命:指反对一切都服从天命的
　　　安排。

[122] 淫僻:亦作“淫辟”,指荒淫邪恶。

[123] 尊天事鬼:尊奉上天,敬事鬼神。《墨子》的《天志》、《明鬼》二篇即
　　　论述此内容。

[124] 务夺侵凌:指致力于侵略凌辱别国之事。一说“务”通“侮”。可参。

[125] 兼爱:指人与人之间互相亲爱。非攻:反对兼并战争。

[126] 出曹公子而于宋:当从王引之校作“出曹公子于宋”,“而”字衍。
　　　“出曹公子于宋”,即推荐曹公子到宋国为官之意。又孙诒让引俞樾
　　　说:“‘出’字义不可通,‘出’当为‘士’字之误。《史记·夏本纪》
　　　‘称以出’,徐广曰‘一作士’,是其例也。士与仕通,‘子墨子士曹公
　　　子于宋’,即‘仕曹公子于宋’也。”亦可参考。

[127] 反:通“返”,指返回墨子之处。

[128]始吾游于子之门:意思是,当初我来到老师门下求学。

[129]短褐之衣:指穿着粗布衣裳。"短"是"裋(shù)"的借字,指粗布衣服。

[130]藜藿之羹:指吃着粗劣的食物。藜,一种野菜,即灰菜,嫩叶可食。藿,豆叶,嫩时可食。

[131]"朝得之"三句:孙诒让说:"祭祀不以藜藿,又不当在夕,此疑当重'弗得'二字,言虽藜藿之羹,尚不能朝夕常给,故不得祭祀鬼神也。"按此说是。此三句当作"朝得之,则夕弗得,弗得祭祀鬼神"。意思是,就连藜藿之羹尚且朝不保夕,所以就更无能力祭祀鬼神了。

[132]今而以夫子之教:意思是,如今因受教于先生门下。一说"教"当作"故"。

[133]家厚于始:指家境比当初富裕了。

[134]有家厚:"有"当读为"以",因,因为。这二句是说,因为家境富裕了,所以才能恭敬地祭祀鬼神。又孙诒让说:"此与上文复,疑'厚'当为'享',有读为又。言又为家为享祀,《周礼》谓人鬼为享。《周书·尝麦篇》云:'邑乃命百姓遂享于家。'"此说亦可参考。

[135]人徒:指众人。

[136]六畜:牛、马、羊、鸡、狗、猪,这里泛指家畜。蕃:蕃衍,增多。

[137]身湛于病:指自身沉陷于病患之中。湛,通"沉"。

[138]夫鬼神所欲于人者多:指鬼神寄希望于人的事情有很多。欲,希望。

[139]夫鬼神岂唯擢季拑肺之为欲哉:意思是,鬼神难道只是贪图享用祭祀的食物吗?岂,难道。唯,只,只是。擢(zhuó),拔取。又孙诒让认为"擢"乃"攫"字之误。季,当为"黍"字,形近而误(从王引之说)。拑(qián),夹住,夹取。肺,指牲畜之肺。黍与肺都是古代的祭品。

[140]事鬼神唯祭而已矣:意思是,事奉鬼神只是举行一些祭祀的仪式而已,并没有达成鬼神所希望的事。

[141]"是犹百门而闭一门焉"二句:意思是,这就如同有一百个门而只关闭一个门,却疑惑说:"小偷是从哪里进来的呢?"

[142]若是而求福于有怪之鬼:此句不通,疑有阙文,依文义似当作"若是

而求福于鬼,有(又)怪之"。又孙诒让说:"此义难通,据下文,疑亦当作'求百福于鬼神'。"亦可参考。

[143]鲁祝:鲁国主持祭祀的司仪。

[144]是不可:这样不行。是,此,这样。

[145]施人薄而望人厚:指施与别人的东西很微薄,却希望得到厚重的回报。

[146]惟恐其以牛羊祀也:指鬼神惟恐祭者用牛羊来祭祀。言外之意是,因为用一头小猪祭祀而求百福,如果用牛羊祭祀,所祈求的就更多了。又孙诒让说,"惟恐"前当重"鬼神"二字,亦可参考。

[147]祭而已矣:意思是,只举行祭祀以表虔敬,而不是为了求福。

[148]"今以豚祭而求百福"二句:意思是,如今用一头小猪来祭祀而求百福,那么与其祭品丰厚还不如贫乏,因为鬼神无法满足祭者的贪欲。

[149]彭轻生子:人名,孙诒让说:"疑亦墨子弟子。"

[150]"往者可知"二句:往者指过去的事情,来者指未来的事情。

[151]籍设:假设,假如。而:通"尔",你。亲:指父母亲。

[152]期以一日:指限期一日赶到那里。

[153]及之:指一日之内到达那里。

[154]固车:坚固的车子。

[155]奴马:即"驽马",指劣等马。四隅之轮:有棱角的四方形轮子,这里指劣质的车子。隅,角。

[156]焉在矣来:疑文句有误,难以通晓,根据上下文义勉强可以理解为"焉在矣,来者",意思是,未来事情的结果就在这里,怎能说"来者不可知"呢?一说,此句当作"焉在不知来","知"与"矣"相近而误,"知"上又脱"不"字。亦可参考。

[157]孟山:人名,孙诒让说:"疑亦墨子弟子。"王子闾:楚平王之子,名启,亦称公子启。

[158]白公:春秋时楚国公族,楚平王之孙,名胜,称王孙胜,因封邑在白,又称白公胜。白公在父亲楚太子建被陷害后,逃到吴国,楚惠王时被令尹子西招回。后来白公兴兵作乱,杀死子西,劫持惠王,自立为王。月余后,贵族叶公赶来救楚,白公兵败,自缢而死。

[159]斧钺钩要:指用斧钺钩住王子闾的腰。要,同"腰"。

[160]直兵:指剑矛之类的兵器。当心:对着心窝。

[161]何其侮我也:怎么能这样侮辱我呢?

[162]喜我以楚国:意思是,用给我楚国来收买我。喜我,使我喜,这里意
译为"收买我"。一说"喜"通"嬉",是作弄的意思,亦可参考。

[163]"难则难矣"二句:意思是,王子闾坚持道义、凛然不屈的行为,难得
是够难得的,但还没有达到仁。

[164]若:如果。以:认为。王:指楚惠王。

[165]何故不受而治也:为什么不接受王位而亲自治理呢?

[166]诛白公然而反王:指利用王权诛杀白公,然后把王位再返还给惠王。
反,通"返"。

[167]胜绰:墨子弟子。项子牛:齐国将领。

[168]高孙子:墨子弟子。请而退之:请求项子牛辞退胜绰。

[169]将以济骄而正嬖也:意思是,是为了让他劝止骄横,纠正邪僻。济,
止。嬖,同"僻"。

[170]禄厚:俸禄丰厚。谲(jué):欺骗。夫子:指项子牛。

[171]鼓鞭于马靳:意思是,马想前进却鞭打它的前胸加以阻止(从孙诒让
说),用以比喻本想让胜绰辅佐项子牛成就事业,没想到他却起了反
作用。鼓鞭,即扬鞭。马靳,挂在马前胸的皮革。一说"鼓鞭于马
靳",是指"鞭打马腹,使马行加速,比喻胜绰的行为,反而助长了项
子牛的骄僻"。与前说恰好相反,仅供参考。

[172]犯明:即明知故犯。

[173]禄胜义:指看重俸禄胜过于义。

[174]江:长江。

[175]迎流:逆流。

[176]因此若埶:凭借这种水势。因,凭借。此若,即"此"。埶,同"势",
指水势。

[177]亟(qì):屡次。

[178]公输子:即公输般,一作班,春秋末期著名木工匠,鲁国人,亦称鲁
班。相传他发明木工工具,技艺精湛,被后世尊为木匠祖师。

[179]焉:于是。

[180]钩强:当作"钩拒"。孙诒让说:"毕云:《太平御览》引作'谓之钩拒，退则钩之，进则拒之也'。诒让按:退者以物钩之，则不得退;进者以物拒之，则不得进。此作钩强无义。凡'强'字，并当从《御览》作'拒'。《事物纪原》引亦同。《备穴篇》有铁钩钜，《备高临篇》说弩亦有钩距，钜、距、拒，义并同，故下文亦云'子拒而距人，人亦拒而距子'。""钩拒"是古代的一种兵器，有钩拉和推拒两种作用。又四川曾出土一种汉代的兵器"钩镶"，据考证"钩拒"即"钩镶"的别名。"作为钩强之备"，是说制作了钩强等装备。

[181]退者钩之，进者强之:指敌船后退就用钩钩住它，敌船进攻就用拒退开它。

[182]"量其钩强之长"二句:意思是，测量钩强的长度，而制作相应的兵器。

[183]楚之兵节:指楚国人的兵器适用。节，适，适度。

[184]善其巧:指夸耀钩强这种兵器的灵巧。

[185]语:告诉。

[186]揣之以恭:"揣"当作"拒"，"拒之以恭"，指用恭敬加以推拒。下"揣"字同。

[187]狎:轻忽，轻慢。

[188]犹若:就如同。

[189]至巧:极为精巧。

[190]匠:当从旧本作"翟"(王引之说)，墨子自称。车辖:车轴两端的木制或金属键，用以挡住车轮，不使脱落。

[191]须臾刘三寸之木:意思是，用极短的时间削一段三寸长的木销。须臾，不久，一会儿，这里指很短的时间。刘，当作斫，指砍削。

[192]任:承担。石:古代重量单位，一百二十斤为一石。

[193]所为功:指所做事情的实际功效。一说"功"通"工"，所为工，指所做之事。亦通。

[194]是我予子宋也:是我把宋国给了你。言外之意是说，因为你重义而受到宋民的爱戴，就像把宋国给你一样。

[195]务为义:致力行义。

[196]以上一段疑为《公输》篇错简,当移至该篇"善哉!吾请无攻宋矣"
　　句后。

公　输[1]

公输盘为楚造云梯之械[2],成,将以攻宋。子墨子闻之,起于齐[3],行十日十夜而至于郢[4],见公输盘。公输盘曰:"夫子何命焉为[5]?"子墨子曰:"北方有侮臣[6],愿藉子杀之[7]。"公输盘不说[8]。子墨子曰:"请献十金[9]。"公输盘曰:"吾义固不杀人[10]。"子墨子起,再拜曰:"请说之[11]。吾从北方,闻子为梯,将以攻宋。宋何罪之有?荆国有余于地[12],而不足于民,杀所不足,而争所有余,不可谓智。宋无罪而攻之,不可谓仁。知而不争,不可谓忠。争而不得,不可谓强。义不杀少而杀众,不可谓知类[13]。"公输盘服。子墨子曰:"然,乎不已乎[14]?"公输盘曰:"不可。吾既已言之王矣[15]。"子墨子曰:"胡不见我于王[16]?"公输盘曰:"诺。"

子墨子见王,曰:"今有人于此,舍其文轩[17],邻有敝舆[18],而欲窃之;舍其锦绣[19],邻有短褐,而欲窃之;舍其粱肉[20],邻有糠糟,而欲窃之。此为何若人[21]?"王曰:"必为窃疾矣[22]。"子墨子曰:"荆之地,方五千里,宋之地,方五百里,此犹文轩之与敝舆也;荆有云梦[23],犀兕麋鹿满之[24],江汉之鱼鳖鼋鼍为天下富[25],宋所为无雉兔狐狸者也[26],此犹粱肉之与糠糟也;荆有长松、文梓、楩楠、豫章[27],宋无长木,此犹锦绣之与短褐也。臣以三事之攻宋也[28],为与此同类[29],臣见大王之必伤义而不得[30]。"王曰:"善哉!虽然[31],公输盘为我为云梯,必取宋。"

于是见公输盘,子墨子解带为城[32],以牒为械[33],公输盘九设攻城之机变[34],子墨子九距之[35],公输盘之攻械尽,子墨子之守圉有余[36]。公输盘诎[37],而曰:"吾知所以距子矣[38],吾不言。"子墨子亦曰:"吾知子之所以距我,吾不言。"楚王问其故,子墨子曰:"公输子之意,不过欲杀臣。杀臣,宋莫能守,可攻也。然臣之弟子禽滑厘等三百人,已持臣守圉之器,在宋城上而待楚寇矣[39]。虽杀臣,不能绝也。"楚王曰:"善哉!吾请无攻宋矣。"

子墨子归,过宋,天雨,庇其闾中[40],守闾者不内也[41]。故曰:"治于神者[42],众人不知其功,争于明者[43],众人知之。"

[注释]

[1]本篇记述公输盘为楚国制造云梯准备攻打宋国,墨子得到这一消息后,不远千里奔赴楚国,先从道义上加以劝说,然后又用攻守器械演练,终于制止了这场战争。全篇极具故事性,生动而具体地表现了墨家的兼爱和非攻思想。

[2]云梯:古代攻城所用的长梯。

[3]起于齐:从齐国出发。据《吕氏春秋·爱类篇》和《淮南子·修务篇》记载,墨子是从鲁国出发的。

[4]郢:楚国国都,在今湖北省江陵县。

[5]夫子何命焉为:意思是,先生让我为您做些什么?

[6]有侮臣:当作"有侮臣者"(从俞樾说),意思是"有人侮辱我"。臣,墨子自指。

[7]愿藉子杀之:希望借助您去杀了他。

[8]说:同"悦"。

[9]十金:一本作"千金",当从。

[10]吾义固不杀人:意思是,我讲求义,是决不会杀人的。

[11]请说之:意思是,请允许我谈谈这件事。

[12]荆国:即楚国。有余于地:指土地广大。

[13]不可谓知类:不能算是懂得事理。

[14]乎不已乎:前一个"乎"字当作"胡",为什么。"胡不已乎",是说为什么还不停止行动。

[15]既已言之王矣:指已经与楚王商量定了。

[16]见我于王:把我引荐给楚王。

[17]文轩:指装饰华丽的车子。

[18]敝舆:破旧的车子。

[19]锦绣:指华丽的丝绸衣服。

[20]粱肉:指精美的饭食。

[21]何若人:什么样的人?

[22]窃疾:偷窃之病。

[23]云梦:云梦泽,楚国境内的大湖,位于今湖北湖南之间。

[24]犀兕(sì):即犀牛。兕为雌性犀牛。麋:驼鹿。满之:指这些动物充满于云梦泽之中。

[25]鼋(yuán):鳖类。鼍(tuó):一种鳄鱼,俗称猪婆龙。

[26]雉:野鸡。狐狸:一说当作"鲋鱼",即鲫鱼。

[27]文梓:梓树,因纹理细腻,故称文梓。楩(pián):一种乔木。柟:同"楠",即楠木。豫章:即樟树。

[28]以:认为。三事:疑有误。《战国策》作"王吏",《尸子》作"王使",孙诒让疑当作"三吏",似以作"王使"最好。

[29]为与此同类:指楚国攻打宋国,与有窃疾者的行为是相同的。此,指有窃疾者。

[30]必伤义而不得:指必定有伤道义而又无所收获。

[31]虽然:尽管如此。

[32]解带为城:解下腰带,围成一座城的样子。带,腰带。

[33]牒:小木片。一说"牒"为"枼"的借字,"枼"指筷子。械:指守城用的兵器。

[34]九设攻城之机变:指多次运用不同的攻城器械。九,指多次。设,陈设,运用。机变,指机动多变的攻城器械。

[35]距:同"拒",抵御。

[36]守圉:指防守抵御的办法。圉,同"御"。

[37]诎(qū):受挫。

[38]吾知所以距子矣:我知道怎样对付您了。所以,用来……的办法。
　　距,同"拒",这里指对付。

[39]待楚寇:等待楚国的进犯。寇,进犯,入侵。

[40]庇:遮蔽,躲避。闾里:指门里。

[41]不内:不纳,不让进。

[42]治于神者:指运用智慧解决事情。一说"治于神"指把灾祸消弭于酝
　　酿阶段。

[43]争于明者:指在明处竞争。一说"争于明"指运用小聪明竞争。

管 子

　　管子(? —前 645)名夷吾,字仲,一字敬仲,是春秋时期杰出的政治家。他最初辅佐齐公子纠与公子小白(即齐桓公)争夺权位,失败后被囚于鲁国。在鲍叔牙的极力举荐下,齐桓公把他从鲁国招回,任为上卿。管仲在齐国执政四十余年,辅佐齐桓公"九合诸侯,一匡天下",并在齐国实行了政治、经济、军事等各方面的改革,使齐国实力大盛,雄据东方,成为春秋五霸之一。

　　《管子》是我国古代一部著名的典籍。它内容宏富,涉及政治、经济、军事、哲学以及自然科学等各个领域。《管子》虽题名为管仲所作,但实际上并非出于管仲一人之手,亦非成书于一时,其中既有管仲的著作,也包括战国乃至秦汉时期各派思想家、政治家的作品。尽管如此,《管子》在先秦诸子中仍占有极为重要的地位,受到历代学者的广泛重视。

　　相传《管子》一书凡三百八十九篇,经汉代刘向校勘,删其重复,编定为八十六篇(其中十篇有目无文),流传至今。由于《管子》非出于一时一人之手,所以篇籍号为难读,篇简错乱,文字舛衍讹夺甚众。这次注释,以中华书局重印的世界书局本(戴望《管子校正》本)为底本,文字的校正和字义的诠释,参考了王念孙《读书杂志》、郭沫若等《管子集校》以及赵守正《管子注译》等书。

《管子》的文章以政论文和说明文为主,此类文章,立论高深,结构谨严,论证详密,有很强的说服力。另外,《管子》中有不少历史故事,写得极为生动。一些深刻严肃的道理和治国理民的智慧,随着故事情节展现给读者,读之既引人入胜,又发人深省。

牧民第一[1]

凡有地牧民者,务在四时,守在仓廪[2]。国多财则远者来[3],地辟举则民留处[4];仓廪实则知礼节,衣食足则知荣辱;上服度则六亲固[5],四维张则君令行[6]。故省刑之要,在禁文巧[7];守国之度,在饰四维[8];顺民之经[9],在明鬼神[10],祇山川[11],敬宗庙[12],恭祖旧[13]。不务天时则财不生,不务地利则仓廪不盈。野芜旷则民乃荒[14],上无量则民乃妄[15],文巧不禁则民乃淫,不障两原则刑乃繁[16]。不明鬼神则陋民不悟,不祇山川则威令不闻[17],不敬宗庙则民乃上校[18],不恭祖旧则孝悌不备。四维不张,国乃灭亡。

右国颂[19]。

国有四维,一维绝则倾[20],二维绝则危,三维绝则覆[21],四维绝则灭。倾可正也,危可安也,覆可起也,灭不可复错也[22]。何谓四维?一曰礼,二曰义,三曰廉,四曰耻。礼不逾节[23],义不自进[24],廉不蔽恶[25],耻不从枉[26]。故不逾节则上位安,不自进则民无巧诈,不蔽恶则行自全[27],不从枉则邪事不生。

右四维。

政之所行[28],在顺民心;政之所废,在逆民心。民恶忧劳[29],我佚乐之[30];民恶贫贱,我富贵之;民恶危坠[31],我存安之[32];民恶灭绝,我生育之[33]。能佚乐之,则民为之忧劳[34];能富贵之,则民为之贫贱;能存安之,则民为之危坠;能生育之,则民为之灭绝[35]。故刑罚不足以畏其意,杀戮不足以服其心。故刑罚繁而意不恐,则令不行矣;杀戮众而心不服,则上位危矣。故从其四欲[36],则远者自亲;行其四恶[37],则近者叛之。故知予之为取者,政之宝也[38]。

右四顺。

错国于不倾之地[39]。积于不涸之仓[40]。藏于不竭之府[41]。下令于流水之原[42]。使民于不争之官[43]。明必死之路[44]。开必得之门[45]。不为不可成[46]。不求不可得[47]。不处不可久[48]。不行不可复[49]。

错国于不倾之地者,授有德也[50]。积于不涸之仓者,务五谷也。藏于不竭之府者,养桑麻育六畜也。下令于流水之原者,令顺民心也。使民于不争之官者,使各为其所长也[51]。明必死之路者,严刑罚也。开必得之门者,信庆赏也[52]。不为不可成者,量民力也。不求不可得者,不强民以其所恶也[53]。不处不可久者,不偷取一时也[54]。不行不可复者,不欺其民也。故授有德,则国安。务五谷,则食足。养桑麻育六畜,则民富。令顺民心,则威令行。使民各为其所长,则用备。严刑罚,则民远邪。信庆赏,则民轻难[55]。量民力,则事无不成。不强民以其所恶,则诈伪不生。不偷取一时,则民无怨心。不欺其民,则下亲其上。

右十一经。

以家为乡,乡不可为也[56]。以乡为国,国不可为也;以国为天下,天下不可为也。以家为家,以乡为乡,以国为国,以天下为天下。毋曰不同生,远者不听[57];毋曰不同乡,远者不行[58];毋曰不同国,远者不从[59]。如地如天,何私何亲[60];如月如日,唯君之节^[61]。

御民之辔,在上之所贵^[62];道民之门,在上之所先^[63];召民之路,在上之所好恶^[64]。故君求之则臣得之^[65],君嗜之则臣食之^[66],君好之则臣服之^[67],君恶之则臣匿之^[68]。毋蔽汝恶^[69],毋异汝度^[70],贤者将不汝助^[71]。言室满室,言堂满堂,是谓圣王^[72]。城郭沟渠不足以固守,兵甲强力不足以应敌,博地多财不足以有众^[73],唯有道者能备患于未形也^[74],故祸不萌。

天下不患无臣,患无君以使之;天下不患无财,患无人以分之。故知时者可立以为长^[75],无私者可置以为政^[76],审于时而察于用,而能备官者,可奉以为君也^[77]。缓者后于事^[78],吝于财者失所亲^[79],信小人者失士。

右六亲五法。

[注释]

[1]"牧民",是指统治或管理人民。本篇以《牧民》为篇名,其核心内容就是如何治理国家和人民。全篇由五个部分组成,从不同侧面阐述了治国治民的理论和原则,分别用国颂、四维、四顺、十一经、六亲五法作为标题,列于各段之后。

[2]"凡有地牧民者"三句:意思是,凡是拥有土地统治民众的君主,一定要注重四时农事,保证粮食贮备。牧,本义是牧养牲畜,这里引申为统治、管理。务,致力,注重。四时,指春耕、夏耘、秋收、冬藏等四时农事。守,坚守,守护。仓廪,指粮仓、米廪。

[3]远者:远方的人,指其他诸侯国的人民。

[4]辟举:指全面开垦土地。辟,开垦,开辟。举,全部,全面。留处:安居,留住。

[5]上:指君主。服度:指遵守法度。六亲:古代说法不一,一般指父、母、兄、弟、妻、子,或者父、子、兄、弟、夫、妇。六亲固,这里指统治阶层内部的团结和睦。

[6]维:指系物的大绳,又引申为纲纪、法度。四维,比喻治国的纲纪,本篇

以礼、义、廉、耻为国之四维。

[7]"故省刑之要"二句:意思是,因此减少刑罚的关键,在于禁止奢华奇巧。要,指关键。文巧,指奢华奇巧。

[8]"守国之度"二句:意思是,巩固国家的基本策略,在于整饬四维。饰,通"饬",整饬,整顿。

[9]顺:通"训",教诲,训导。经:指常规,常法。

[10]明:尊崇。

[11]祇(zhī):敬,恭敬。

[12]宗庙:祭祀祖宗的庙宇。"敬宗庙",即指敬祀祖宗。

[13]祖旧:指宗亲故旧。

[14]芜旷:荒芜旷废。荒:指荒废正业。"荒"字原文作"营",清戴望《管子校正》曰:"营疑荒字之误,荒与旷为均。"郭沫若等《管子集校》说同,今据改。

[15]上无量:指君主挥霍无度。妄:胡作妄为。

[16]障:堵塞,阻塞。"障",原文作"璋",《管子校正》曰:"丁氏士涵云:'璋当为障,高诱《吕览》注曰:障,塞也。《说文》训隔,隔亦塞也。'"《管子集校》说同,今据改。两原:指两个根源,尹知章注:"两原,谓妄之原,上无量也;淫之原,不禁文巧也。"刑乃繁:刑罚繁多,意谓犯罪的人增多了。

[17]闻:这里指传播,播扬。

[18]校:同"较",抗拒。"上校",指对抗君上。

[19]国颂:本文第一部分的小标题。这部分是韵文,类似于《诗经》中的"颂"体,内容又是讲治国之道的,所以称为"国颂"。原文竖排,从右至左,小标题在文后,统括前文,故加"右"字。下同。

[20]一维绝则倾:意思是,国之四维中有一维断毁,国家就不稳固。倾,倾斜,不稳固。

[21]覆:颠覆。

[22]复错:复兴。错,通"措",安置。

[23]礼不逾节:有了礼人们就不会超越轨范。逾,超越,违犯。节,法度,轨范。

[24] 义不自进：有了义人们就不会妄自钻营。自进，指不守法度而自求钻营。

[25] 廉不蔽恶：懂得廉人们就不会掩饰过错。

[26] 耻不从枉：懂得耻就不会趋从坏人。枉，弯曲，这里指邪曲之人。

[27] 行自全：指行为自然就会端正完美。

[28] 政之所行：政令所以能够推行。"行"原文作"兴"，《管子校正》引王念孙曰："政之所兴，唐魏徵《群书治要》及《艺文类聚·治政部上》、《御览·治道部五》引此并作'政之所行'，后人改行为兴，以对下文政之所废耳。不知此四句本谓顺民心则行，不顺民心则废。下文曰：令顺民心，则威令行，是其证。改之，则失其旨矣。"《管子集校》说同，今据改。

[29] 恶（wù）：厌恶。

[30] 佚乐之：使他们安逸快乐。佚，通"逸"。

[31] 危坠：指危难灾祸。

[32] 存安之：使他们生存安定。

[33] 生育之：使他们繁衍生息。

[34] 为之忧劳：指为他承担忧劳。

[35] 为之灭绝：指为他不惜牺牲生命。

[36] 从其四欲：顺从人民的四种欲望。四欲，指佚乐、富贵、存安、生育。

[37] 四恶：指忧劳、贫贱、危坠、灭绝四种人民厌恶的事情。

[38] "故知予之为取者"二句：意思是，因此，懂得给予就是索取的原则，是治国的法宝。

[39] 错国于不倾之地：把国家建立在稳固的基础上。

[40] 积于不涸之仓：把粮食积存于取之不尽的粮仓内。涸（hé），枯竭。

[41] 藏于不竭之府：把财物贮藏在用之不竭的府库中。

[42] 下令于流水之原：把政令下达在流水的源头。据下文"下令于流水之原者，令顺民心也"，则此句是比喻政令要像源头活水顺流而下一样顺应民心。

[43] 使民于不争之官：把人民安置在无所争议的职事上。官，这里指职事，行业。

［44］明必死之路：使人民明白犯罪是必死之路。

［45］开必得之门：向人民敞开有功必赏的大门。

［46］不为不可成：不做办不到的事。

［47］不求不可得：不强求得不到的东西。

［48］不处不可久：不立足于不可久呆的地位。

［49］不行不可复：不做不可重复的事情。

［50］授有德：指把政权交给有道德的人掌握。

［51］使各为其所长：指使人民能各得其所、各展所长。

［52］信庆赏：信守奖赏。庆赏，即奖赏。

［53］不强民以其所恶：不强迫人民去干他们所厌恶的事情。

［54］不偷取一时：指不贪图一时之利。偷取，苟且取得。时，原文作“世”，
　　据《管子集校》改。

［55］轻难：指不怕危难，勇往直前。

［56］“以家为乡”二句：意思是，用治家的办法治理乡，乡不可能治理好。
　　为，治理。

［57］“毋曰不同生”二句：意思是，不要因为不是同姓宗族，就不听取外姓
　　人的意见。生，通“姓”，指姓氏。

［58］远者不行：指不采纳外乡人的办法。

［59］远者不从：指不听从别国人的主张。

［60］“如天如地”二句：意思是，像天地对待万物一样，有什么偏私偏爱？

［61］“如日如月”二句：意思是，像日月一样普照万物，才是君主的准则。
　　唯，是。节，这里指准则。

［62］“御民之辔”二句：意思是，驾御人民奔向何方，在于君主注重什么。
　　辔，马缰绳。贵，重视，注重。

［63］“道民之门”二句：意思是，引导人民经由什么门径，在于君主提倡什
　　么。道，通“导”，引导。先，这里指提倡。

［64］“召民之路”二句：意思是，号召人民走什么道路，在于君主喜好和厌
　　恶什么。

［65］君求之则臣得之：君主追求的东西，臣民就想得到。

［66］君嗜之则臣食之：君主喜欢吃的东西，臣民也想吃到。

［67］君好之则臣服之：君主喜好的事情，臣民也想去做。服，实行，从事。

［68］君恶之则臣匿之：君主厌恶的事情，臣民就想躲避。匿，藏匿，躲避。

［69］毋蔽汝恶：不要掩盖你的过错。汝，你，这里指君主。

［70］毋异汝度：不要改变你的法度。异，指改变。

［71］不汝助：不帮助你。这是否定句中代词宾语提前句式。

［72］"言室满室"三句：意思是，在室内讲话，要让全室的人都听见；在堂上讲话，要让所有的人都听清，这样开诚布公，才称得上圣王。

［73］有众：指得到人民的拥护。

［74］备患于未形：即防患于未然。

［75］知时者：指通晓时事的人。立以为长：任命为官长。

［76］置以为政：指安排担任官吏。"政"，通"正"，指官长，官吏。《管子校正》曰："丁云：为政与上为长对文。政当读为正，《尔雅·释诂》：正，长也。"

［77］"审于时而察于用"三句：意思是，既通晓时事又精于用财，而且还善于使用官吏的人，就可以尊奉为君主了。

［78］缓者后于事：指处事迟钝的人会落后于时势。

［79］吝于财者失所亲：指吝啬财物的人没人去亲近他。

权修第三（节选）[1]

万乘之国[2]，兵不可以无主；土地博大，野不可以无吏[3]；百姓殷众[4]，官不可以无长[5]；操民之命，朝不可以无政[6]。

地博而国贫者，野不辟也[7]；民众而兵弱者，民无取也[8]。故末产不禁则野不辟[9]，赏罚不信则民无取。野不辟，民无取，外不可以应敌，内不可以固守。故曰，有万乘之号而无千乘之用，而求权之无轻[10]，不可得也。

地辟而国贫者，舟舆饰，台榭广也[11]；赏罚信而兵弱者，轻用众，使民劳也[12]。舟车饰，台榭广，则赋敛厚矣；轻用众，使民劳,则民力竭也。赋敛厚,则下怨上矣;民力竭,则令不行矣。下怨上,令不行,而求敌之勿谋己^[13],不可得也。……

一年之计,莫如树谷^[14];十年之计,莫如树木;终身之计,莫如树人。一树一获者^[15],谷也;一树十获者,木也;一树百获者,人也。我苟种之^[16],如神用之,举事如神,唯王之门^[17]。……

[注释]

[1]所谓"权修",就是加强政权的建设。围绕这个主题,本篇从重农抑商、重民教民和培养人才等几个方面展开论述,以严密的逻辑阐述了这些问题的意义。其中论述"培养人才"的一段尤为精彩,发人深省。"十年树木,百年树人"的千古格言,即源于此。

[2]万乘(shèng)之国:指拥有万辆兵车的大诸侯国。古代以四马一车为一乘,并以兵车数量的多少作为衡量国家大小的标志。

[3]野:指城邑之外的农耕地区。

[4]殷众:众多。

[5]官不可以无长:指官吏们不可没有主管长官。一说,"长"疑读为"常",指常规、常法。"官不可以无常"指官府不可以没有常法。亦通。

[6]朝不可以无政:指朝廷不可没有政令。

[7]"地博而国贫"二句:意思是,土地广阔而国力贫弱,是因为没有开垦田地。

[8]民无取:指百姓没有愧耻之心。取,当作"耻"。王念孙《读书杂志》卷七:"民众而兵弱者,民无取也。洪氏筠轩曰:取当作耻,谓民无愧厉,虽众而弱。《北堂书钞》二十七,引下文则民无取。《文选·射雉赋》李善注,引下文民无取,取皆作耻。"又一说"取"读为"趣(cù)",督促之意,亦可参考。

[9]末产:指商业。先秦时期法家认为封建经济当以农业为本,商业为末,故称商业为"末产"。

[10]求权之无轻:指寻求国家政权不被削弱。

[11]"地辟而国贫者"三句:意思是,田地开辟了而国家仍然贫困,是因为君主的舟车装饰得过于华美,亭台楼阁修建得过多的缘故。

[12]"赏罚信而兵弱者"三句:意思是,赏罚信实而兵力仍然很弱,是因为随意使用百姓,使百姓过于劳顿的缘故。轻,指随意,轻易。

[13]求敌之勿谋己:指寻求敌国不来侵犯。

[14]树谷:指种植五谷等粮食作物。树,种植。

[15]一树一获:指种植一次收获一次。

[16]苟:如果。

[17]唯王之门:意思是,这是通往称王天下的门径。

枢言第十二[1]

　　管子曰:"道之在天者[2],日也;其在人者,心也。"故曰:有气则生[3],无气则死,生者以其气。有名则治[4],无名则乱,治者以其名。枢言曰:爱之、利之、益之、安之[5],四者,道之出。帝王者用之,而天下治矣。帝王者,审所先所后[6]:先民与地则得矣,先贵与骄则失矣[7]。是故先王慎所先所后。人主不可以不慎贵,不可以不慎民,不可以不慎富。慎贵在举贤[8],慎民在置官[9],慎富在务地[10]。故人主之卑尊轻重在此三者,不可不慎。国有宝,有器,有用[11]。城郭、险阻、蓄藏,宝也[12];圣智,器也[13];珠玉,末用也[14]。先王重其宝器而轻其用[15],故能为天下。

　　生而不死者二[16]。亡而不立者四[17]:喜也者、怒也者、恶也者、欲也者,天下之败也,而贤者寡之[18]。为善者[19],非善也。故善无以为也。故先王贵善。王主积于民[20],霸主积于将战士[21],衰主积于贵人[22],亡主积于妇女珠玉[23],故先王慎其所积。

疾之,疾之,万物之师也[24]。为之,为之,万物之时也[25]。强之,强之,万物之指也[26]。

凡国有三制[27]:有制人者[28],有为人所制者,有不能制人、人亦不能制者。何以知其然?德盛义尊,而不好加名于人[29];人众兵强,而不以其国造难生患[30];天下有大事,而好以其国后[31]。如此者,制人者也。德不盛,义不尊,而好加名于人;人不众,兵不强,而好以其国造难生患;恃与国[32],幸名利[33]。如此者,人之所制也。人进亦进,人退亦退,人劳亦劳,人佚亦佚[34],进退劳佚,与人相胥[35]。如此者,不能制人,人亦不能制也。

爱人甚,而不能利也;憎人甚,而不能害也。故先王贵当、贵周[36]。周者,不出于口,不见于色[37];一龙一蛇,一日五化之谓周[38]。故先王不以一过二[39]。先王不独举[40],不擅功[41]。先王不约束、不结纽[42]。约束则解[43],结纽则绝[44]。故亲不在约束、结纽。先王不货交,不列地,以为天下[45]。天下不可改也,而可以鞭箠使也[46]。时也,义也,出为之也[47]。余目不明,余耳不聪,是以能继天子之容[48]。官职亦然。时者得天,义者得人。既时且义,故能得天与人。先王不以勇猛为边竟[49],则边竟安;边竟安,则邻国亲;邻国亲,则举当矣。

人故相憎也[50],人之心悍,故为之法[51]。法出于礼,礼出于治[52]。治、礼道也[53]。万物待治礼而后定。凡万物阴阳两生而参视[54]。先王因其参,而慎所入所出[55]。以卑为卑,卑不可得;以尊为尊,尊不可得。桀、舜是也[56]。先王之所以最重也。

得之必生,失之必死者,何也?唯气[57]。得之,尧、舜、禹、汤、文、武、孝己[58],斯待以成[59];天下必待以生。故先王重之。一日不食,比岁歉[60];三日不食,比岁饥;五日不食,比岁荒;七日不食,无国土;十日不食,无畴类[61],尽死矣。

先王贵诚信。诚信者,天下之结也[62]。贤大夫不恃宗[63],至士不恃外权[64]。坦坦之利不以功[65],坦坦之备不为用。故存国家,定社稷,在卒谋之间耳[66]。圣人用其心,沌沌乎博而圜[67],豚豚乎莫得其门[68],纷纷乎若乱丝,逡逡乎若有从治[69]。故曰,欲知者知之[70],欲利者利之,欲勇者勇之,欲贵者贵之。彼欲贵我贵之,人谓我有礼;彼欲勇我勇之,人谓我恭;彼欲利我利之,人谓我仁;彼欲知我知之,人谓我慭[71]。戒之,戒之,微而异之[72],动作必思之,无令人识之,卒来者必备之[73]。信之者,仁也。不可欺者,智也。既智且仁,是谓成人[74]。

贱固事贵[75],不肖固事贤[76]。贵之所以能成其贵者,以其贵而事贱也[77];贤之所以能成其贤者,以其贤而事不肖也[78]。恶者,美之充也[79]。卑者,尊之充也。贱者,贵之充也。故先王贵之[80]。

天以时使,地以材使,人以德使,鬼神以祥使,禽兽以力使[81]。所谓德者,先之之谓也[82]。故德莫如先,应适莫如后[83]。先王用一阴二阳者[84],霸;尽以阳者[85],王;以一阳二阴者,削;尽以阴者,亡。量之不以少多,称之不以轻重,度之不以短长,不审此三者,不可举大事[86]。能戒乎[87]？能敕乎[88]？能隐而伏乎[89]？能而稷乎[90]？能而麦乎？春不生而夏无得乎[91]？先王事以合交,德以合人[92]。二者不合,则无成矣,无亲矣。

凡国之亡也,以其长者也[93];人之自失也,以其所长者也[94]。故善游者死于梁池,善射者死于中野[95]。命属于食,治属于事[96]。无善事而有善治者[97],自古及今,未尝之有也[98]。众胜寡,疾胜徐,勇胜怯,智胜愚,善胜恶,有义胜无义,有天道胜无天道。凡此七胜者贵众[99],用之终身者众矣。人主好佚欲,亡其身失其国者，殆[100]；其德不足以怀其民者[101]，殆；明其刑而贱其士者[102]，殆；诸侯假之威久而不知极已者[103]，殆；身弥老不知敬其适子者[104]，殆；蓄藏积，陈朽腐，不以与人者[105]，殆。

凡人之名三：有治也者，有耻也者，有事也者[106]。事之名二：正之，察之[107]。五者而天下治矣。名正则治，名倚则乱[108]，无名则死，故先王贵名。

先王取天下，远者以礼，近者以体[109]。体、礼者，所以取天下；远、近者，所以殊天下之际[110]。

日益之而患少者，唯忠；日损之而患多者，唯欲[111]。多忠少欲，智也，为人臣之广道也[112]。为人臣者，非有功劳于国也，家富而国贫，为人臣者之大罪也；为人臣者，非有功劳于国也，爵尊而主卑[113]，为人臣者之大罪也。无功劳于国而富贵者，其唯尚贤乎[114]？

众人之用其心也，爱者憎之始也，德者怨之本也[115]。其事亲也，妻子具则孝衰矣[116]；其事君也，有好业，家室富足，则行衰矣；爵禄满则忠衰矣。唯贤者不然。故先王不满也[117]。人主操逆，人臣操顺[118]。

先王重荣辱，荣辱在为[119]。天下无私爱也，无私憎也，为善者有福，为不善者有祸，祸福在为，故先王重为。明赏不费[120]，明刑不暴[121]，赏罚明则德之至者也，故先王贵明。天道大而帝王者用，爱恶爱恶，天下可祕，闭必固[122]。釜鼓满则人概之[123]，人满则天概之，故先王不满。先王之书，心之敬执也[124]，而众人不知也。故有事，事也[125]；毋事，亦事也[126]。吾畏事，不欲为事[127]；吾畏言，不欲为言。故行年六十而老吃也[128]。

［注释］

[1] 枢,即枢纽,指事物的中心或关键。枢言,即纲领性的言论。本篇以"枢言"为题,表明其所阐述的内容都是关于治国治民的重要问题。

[2] 道:指宇宙万物的本原、本体。

[3] 气:指世界万物的物质本原。

[4] 名:事物的名称、概念。这里泛指人的名分、等级、地位和各种社会规范。

[5] 爱之:使人民得到快乐。利之:使人民得到便利。益之:使人民富足。安之:使人民得到安定。爱、利、益、安,这里都是使动用法。又,据清人张佩纶《管子学》说,这里的爱之、利之、益之、安之即《牧民》篇中所说的"民之四欲":"民恶忧劳,我佚乐之,即爱之也。民恶灭绝,我生育之,即利之也。民恶贫贱,我富贵之,即益之也。民恶危坠,我存安之,即安之也。"

[6] 审所先所后:审慎地决定做事的主次缓急。

[7] "先民与地则得矣"二句:意思是,把人民和土地放在首位,是正确的;把地位和权势放在首位,则是错误的。

[8] 慎贵在举贤:重视权位在于举用贤能。

[9] 慎民在置官:重视人民在于设置官吏。

[10] 慎富在务地:重视财富在于管理土地。

[11] 宝:宝物,这里指最贵重的事物。器:器物,这里比喻有爵位掌政权的人才。用:指供人享用的物品。

[12] 险阻:指有利于抵御敌人的山川形势。蓄藏:指国家拥有的经济财富。

[13] 圣智:指道德高尚智慧超群的人才。

[14] 珠玉,末用也:意思是,珠宝玉器是最不值得看重的物品。一说此句当点作"珠玉,末,用也",意思是,珠玉是供人享用的物品,在宝、器、用三者中排在最后。亦通。

[15] 轻其用:原文是"轻其末用",一说"末"字衍文,当删,今从之。

[16] 生而不死者二:维持人类生命和国家生存的条件有两个。这两个条件即上文所说的"气"与"名"。

[17]亡而不立者四:导致国家灭亡的原因有四个。按"亡而不立"原文作
　　"立而不立",今据《管子集校》改。

[18]"喜也者"三句:意思是,喜好、怒气、仇恨和贪欲,是导致天下灭亡的
　　东西,因此贤明的君主对这四者加以节制。寡,少,这里作动词,节制
　　的意思。按"寡"原文作"宝",据《管子集校》改。

[19]为:通"伪","为善"即"伪善"。下文"故善无以为也"之"为"同此。

[20]王主:指主张以道德礼仪治国而称王于天下的君主。积:聚积,收罗。

[21]霸主:指主张以武力征服而称霸的君主。

[22]衰主:衰败的君主。贵人:指王公贵族。

[23]亡主:亡国的君主。

[24]"疾之"句:意思是,万物众多,必须迅疾从事,才能全部掌握。疾,快
　　速,迅疾。

[25]"为之"句:意思是,努力去干,把握万物生长变化的时机。为,干,
　　做事。

[26]"强之"句:意思是,勤奋学习,了解万物的深广涵义。强,勤勉,努力。
　　指,同"旨",意义。

[27]三制:指下列三种控制与被控制的情况。

[28]制人:控制别人。制,控制,下文各句"制"字义同。

[29]加名于人:指把各种威势、规矩强加给别人。

[30]不以其国难生患:指不凭借其国力的强盛发动战争,侵略别国。

[31]"天下有大事"二句:意思是,当天下发生大事变时,愿意使本国走在
　　后边,以示谦逊而不争。

[32]恃:依靠,凭借。与国:同盟国。

[33]幸名利:指贪图名利。

[34]人佚亦佚:别人安逸自己也安逸。佚,通"逸"。

[35]与人相胥:与人相随,即别人怎样自己也怎样。胥,跟随,相从。

[36]贵当:提倡处事恰当、适宜。贵周:提倡处事缜密、周全。

[37]不见于色:不显现在脸色上。见,同"现"。

[38]一日五化:一天之内变化五次。按"一龙一蛇,一日五化之谓周"二
　　句,是用龙蛇作比喻,意思是龙蛇一日变化五次,却丝毫不露形迹,这

才叫做周。这是对上文"周者,不出于口,不见于色"的说明。

[39]不以一过二:指不凭借一点而否定其他。过,批评,责怪。

[40]独举:指独立支撑事物。一说"独举"是"突出自己"的意思,亦可参考。

[41]擅功:独揽功劳。

[42]约束:缠缚成束。结纽:结成纽扣。"约束"、"结纽"这里都是比喻同别国结成联盟或组成帮派。

[43]约束则解:约束太紧反而会解散。

[44]结纽则绝:纽结在一起反而会断绝。

[45]"先王不货交"三句:意思是,先王不用财货与人结交,不割裂土地与人结盟,并以此原则治理天下。列,同"裂",割裂,割让。

[46]"天下不可改也"二句:意思是,天下是不可以分裂的,如若分裂就可以用武力解决。改,改变。唐尹知章注曰:"亲疏向背,是其改也。改为分别。"此据其说解释为"分裂"。鞭箠,鞭子,棍杖,这里用以比喻武力。

[47]"时也"三句:意思是,掌握好天时,得到了人和,就可以出来安定天下了。义,原文作"利",下文有"时者得天,义者得人。既时且义,故能得天与人"。《管子集校》据之改"利"为"义",今从之。"义"指正义,正义则得人心,故释为"人和"。

[48]"余目不明"三句:意思是,除了时与义,对其他的事物即使有多余的精力也不去看、不去听,这样才能发扬天子的法度威仪。按尹知章注曰:"苟非时利(当作义),虽目视有余,不用其明;耳听有余,不用其听也。天子之容,时利(当作义)而已。"此说可通,今从之。容,这里指法度、威仪。

[49]为:治理,经营。边竟:同"边境",下文"边竟安"同。

[50]人故相憎也:人本来就是相互憎恶的。故,通"固",本来。

[51]"人之心悍"二句:意思是,人的内心充满了强悍、蛮横,所以制定了法律加以约束。

[52]治:通"辞",言论,学说。下文"治礼道也,万物待治礼而后定"中的两个"治"字同此。

［53］治、礼道也：指治和礼都是道，故点作“治、礼道也”。一说点作“治，礼
　　　道也”，理解为“治是礼之道”，恐非。

［54］“凡万物”句：意思是，凡万物都是由阴阳两个方面交互作用而产生新
　　　事物。参（sān），同“三”，第三个事物，即新事物。视，活，这里指
　　　产生。

［55］“先王因其参”二句：意思是，先王依凭新生事物而谨慎地对待事物矛
　　　盾的两个方面，把握其变化发展。因，依托，凭借。所出所入，指事物
　　　正反矛盾的两个方面。

［56］“以卑为卑”五句：意思是，以卑下来衡量卑下，卑下就不存在；以高尚
　　　来衡量高尚，也就无所谓高尚。对夏桀和虞舜的看法就是如此。

［57］气：原文作“无”，据《管子集校》改。

［58］孝己：殷高宗太子，以孝闻名。

［59］斯待以成：依靠它才得以成功。斯，代词，指“气”。待，凭借，依靠。

［60］“一日不食”二句：一天不吃饭，就象度过歉收年。比，就象，如同。岁
　　　歉，指收成不好的年头。

［61］畴类：同类。

［62］结：纽带。

［63］不恃宗：指不依仗宗族的权势。

［64］至士：高明的士人。外权：指其他诸侯国的势力。

［65］坦坦之利不为功：获得平常的小利不认为取得了什么功效。坦坦，指
　　　平常，普通。功，功用，功效。

［66］“故存国家”三句：意思是，所以保存国家，安定社稷，就在于关键时刻
　　　果断作出的决策。卒谋，这里指关键时刻的果断决策。卒，通“猝”，
　　　突然，猝然。

［67］沌沌（tún）：这里形容博大而周遍的样子。圜：通“圆”，这里指周全，
　　　周遍。

［68］豚豚（dùn）：通“遁遁”，形容隐隐约约的样子。

［69］逡逡（xún）：通“循循”，有次序的样子。“逡逡”，原文作“遗遗”，据
　　　《管子集校》改。有所从治：指治理得有条不紊。

［70］欲知者知之：想要得到智慧的就给他智慧。后一个“知”字为动词，使

动用法。知之,即"使知之"。下文利之、勇之、贵之句法同。

[71]慜:同"敏",聪敏。

[72]微而异之:指对事物暗中观察而加以分辨。微,这里指暗中观察。一说"微"指隐微的事物,亦可参。又赵守正《管子注译》说"异"当读为"翼","微而翼之"指"用心谨慎,隐微而庇翼之",录以备考。

[73]卒(cù)来者:指突然发生的事件。

[74]成人:指德才兼备的完人。

[75]固:本来,固然。事:侍奉。

[76]不肖:指不才之人。

[77]"贵之所以能成其贵者"二句:意思是,高贵的人之所以能成为高贵者,是因为他能以高贵的身份去侍奉低贱者。

[78]"贤之所以能成其贤者"二句:意思是,有贤德的人之所以能成就贤德,是因为他能以贤者的身份侍奉不肖者。

[79]充:通"统",指开始,基础。《管子集校》:"充为统之借字。《易》'乾乃统天',郑注:'统,本也。'……本亦训始。"

[80]贵之:指看重恶、卑、贱。

[81]"天以时使"五句:意思是,上天通过时节变化发挥作用,大地通过物产发挥作用,人通过德行发挥作用,鬼神通过吉凶祸福发挥作用,禽兽则通过力气发挥作用。时,指昼夜寒暑的时节变化。材,指物产、物资。祥,指吉凶祸福的预兆。力,指力气。

[82]先之:指率先垂范,起表率作用。

[83]应适莫如后:对付敌人不如后发制人。适,通"敌",指敌人。

[84]一阴二阳:古代的"阴阳"包含正反两个方面。这里的"阳"指正道,"阴"指阴谋、权术等起反面作用的策略。"一阴二阳"指以实行正道为主,以玩弄阴谋权术为辅。

[85]尽以阳者:指全部实行正道者。

[86]"量之不以少多"五句:意思是,不用多少来计量事物,不用轻重来衡量事物,不用长短来度量事物,不明白这几个方面,就不能兴办大事。

[87]戒:警戒,警惕。

[88]敕(chì):谨敬,敬慎。

[89]隐而伏:隐蔽而潜伏。

[90]能而稷乎:能种植谷物吗？"而"当作"为"，下句"能而麦乎""而"字同。清戴望《管子校正》引俞曰:"两而字并当作为。古为字作𠃌，与而字相似而误。"今从其说。一说"而"通"如"，"而稷"即"如稷"，指象谷物一样，录以备考。

[91]春不生而夏无得乎:春天不生长夏天就无所收获吗？按此句下原文有"众人之用其心也，爱者，憎之始也；德者，怨之本也。唯贤者不然。"六句，王念孙《读书杂志》卷七曰:"此六句皆涉下文而衍。下文云:众人之用其心也，爱者，憎之始也；德者，怨之本也。其事亲也，妻子具则孝衰矣。其事君也，有好业，家室富足，则行衰矣。爵禄满，则忠衰矣。唯贤者不然。此则重出而脱其太半矣。又下文尹氏有注，而此无注。若果有此六句，则尹氏何以注于后而不注于前？然则尹氏所见本，无此六句明矣。"《管子集校》亦引王说而删此六句，今从之。

[92]"先王事以合交"二句:意思是，先王靠事功来聚合臣僚，靠行恩德来团结人民。

[93]长(cháng):长处。

[94]所长者:所擅长的事物。

[95]"故善游者"二句:意思是，因此，擅长游泳的人反而会淹死在堰渠之中；善于射猎的人反而会死于荒野之上。梁池，指有堤坝的池渠。又王念孙《读书杂志》说:"梁即桥也，非池之类，且与善游意不相属。梁当为渠字之误也。渠，沟也。言善游者死于沟池。"此说亦可参。中野，指荒野。

[96]"命属于食"二句:意思是，生命靠粮食延续，言辞靠事实起作用。属(zhǔ)，依托，依靠。治，通"辞"，指言辞。

[97]善事:指好的事情。善治:指好的言辞表达。

[98]未尝之有:即"未尝有之"，指从来没有过的事情。这是否定句中代词宾语提前的句式。

[99]七胜:指上述"众胜寡"等七种获胜情况。贵众:指七种获胜情况最重要的在于积累多数，以多胜少。

[100]殆:指危险,失败。

[101]怀其民:指关心爱护百姓。

[102]明其刑而贱其士:指刑罚严厉而轻贱士人。

[103]诸侯假之威久而不知极已者:意思是,长久地假借诸侯所给予的权威而不知尽快制止的。

[104]身弥老而不知敬其适子者:意思是,自身越来越老却不知敬慎对待太子的人。弥,更加,越来越。适子,指太子。

[105]"蓄藏积"三句:意思是,贮藏积存的物资财宝,存放腐烂变质的粮食,却不肯分给众人的人。

[106]"凡人之名三"四句:意思是,人大凡有三种:有善于治政的,有坚持正义的,有努力做事的。名,这里指名目,种类。耻,羞耻,这里指有正义感,即坚持正义。事,指努力事功。

[107]"事之名二"三句:意思是,衡量事功的标准有两个:一是能纠正事物的错误,二是能分析核查事物的性质。

[108]倚:偏颇,不正。

[109]"远者以礼"二句:意思是,对于远方的国家采取礼敬的外交政策,对于近处的国家采取亲近的政策。体,这里指亲近。

[110]所以殊天下之际:用来区分天下各国的边界。殊,区分,区别。际,指边界。

[111]"日益进而患少者"四句:意思是,每天都有所增加却还嫌太少的,是忠诚;每天都有所减少却还嫌太多的,是贪欲。

[112]广道:宽广的道路。

[113]爵尊而主卑:指个人的爵位尊显而主上的地位卑下。

[114]其唯尚贤乎:谁还会崇尚贤人呢? 唯,通"谁"。

[115]德者怨之本:意思是,施恩德是产生怨恨的根源。

[116]妻子具则孝衰:指妻子儿女都有了那么他侍奉父母的孝心就会衰减。

[117]故先王不满也:王念孙《读书杂志》说:"此句与上文意不相属,亦涉下文而衍也。下文云:釜鼓满则人概之,人满则天概之,故先王不满也。此亦重出而脱其太半。"按此说是,今从之,当删。

[118]"人主操逆"二句:意思是,君主掌管生杀予夺的大权,臣子恪守服从君主的职责。

[119]为:行为,行动。

[120]明赏不费:指修明赏赐制度,赏所当赏,因而不虚耗费用。

[121]明刑不暴:指修明刑罚制度,罚所当罚,因而减少滥施刑罚。

[122]"天道大而帝王可用"四句:意思是,天道伟大而帝王可以运用,爱天下之所爱,恶天下之所恶,这样天下就能得到控制,天下得到控制就必然巩固。爱恶(wù)爱恶,读作"爱爱恶恶",即"爱天下之所爱,恶天下之所恶"的意思。祕,通"闭",关闭,控制。一说"祕"通"庇",指天下百姓都得到保护,亦可参考。又"闭必固"前原有"爱恶重"三字,据《管子集校》删。

[123]釜鼓满则人概之:意思是,釜鼓一类的量器盛满了,人们就会用概来刮平它。釜鼓,古代量器,釜容量为六斗四升,鼓容量为十斗。概,古代用来刮平釜鼓等量器的工具,这里用作动词,指刮平。

[124]敬执:敬爱。

[125]固有事事也:意思是,因此有事情发生时,我要奉读它。后一个"事"指奉读先王之书。

[126]毋事亦事也:没有事的时候,也要奉读它。

[127]不欲为事:指不愿做什么事。

[128]老吃:年老口吃的意思。

霸形第二十二(节选)[1]

桓公在位[2],管仲、隰朋见[3]。立有间[4],有二鸿飞而过之。桓公叹曰:"仲父[5],今彼鸿鹄有时而南,有时而北,有时而往,有时而来,四方无远,所欲至而至焉,非唯有羽翼之故,是以能通其意于天下乎[6]?"管仲、隰朋不对[7]。桓公曰:"二子何故不对?"管子对曰:"君有霸王之心,而夷吾非霸王之臣也,是以不敢对。"

　　桓公曰:"仲父胡为然? 盍不当言^[8],寡人其有乡乎^[9]? 寡人之有仲父也,犹飞鸿之有羽翼也,若济大水有舟楫也^[10],仲父不一言教寡人,寡人之有耳将安闻道而得度哉^[11]?"管仲对曰:"君若将欲霸王举大事乎? 则必从其本事矣^[12]。"桓公变躬迁席^[13],拱手而问曰:"敢问何谓其本?"管子对曰:"齐国百姓,公之本也^[14]。人甚忧饥,而税敛重;人甚惧死,而刑政险^[15];人甚伤劳,而上举事不时^[16]。公轻其税敛,则人不忧饥;缓其刑政,则人不惧死;举事以时,则人不伤劳。"桓公曰:"寡人闻仲父之言此三者,闻命矣,不敢擅也^[17],将荐之先君^[18]。"于是令百官有司,削方墨笔^[19]。明日,皆朝于太庙之门朝^[20],定令于百吏。使税者百一钟^[21],孤幼不刑,泽梁时纵^[22],关讥而不征^[23],市书而不赋^[24],近者示之以忠信,远者示之以礼义。行此数年,而民归之如流水。

[注释]

[1]本篇题为"霸形",内容则是记载管仲对齐桓公讲述关于霸王之业的言论。这里选取的是第一大段。这一段反映了管子的民本思想以及齐桓公采用管仲思想后所取得的成效。

[2]桓公:指齐桓公。在位:指坐在座位上。

[3]隰(xí)朋:春秋时齐国大夫,协助管仲辅佐齐桓公成就霸业。死后谥成子。

[4]有间:指过了一会儿,过了一段时间。

[5]仲父:齐桓公对管子的尊称,管子名仲,故称。

[6]"非唯有羽翼之故"二句:意思是,难道不正是因为有了羽翼,才得以任意翱翔于天下四方吗? 非唯……乎,难道不是……吗?

[7]不对:指没有回答。

[8]盍不当言:为什么不当面直言。当言,王念孙《读书杂志》:"当言,谠言

也。谠言,直言也。"

[9]寡人其有乡乎:意思是,让我有一个前进的方向。乡,通"向",方向。

[10]若济大水有舟楫也:就好象横渡大河要有船和桨一样。

[11]将安闻道而得度哉:意思是,我将从哪里了解治国之道而学得法度呢?安,哪里,怎能。度,指法度。

[12]从其本事:指从最根本的事情做起。

[13]变躬迁席:指改变坐姿,离开坐席,以示郑重。

[14]公:指齐桓公。

[15]刑政险:指刑罚严酷。

[16]上举事不时:指国家委派给百姓的劳役没有时间限制。

[17]不敢擅:指不敢擅自发布命令。

[18]将荐之先君:意思是,将要把管仲的意见向先君的神灵禀告,然后实行。荐,进献,这里指禀告神灵。

[19]削方:指削好用于书写用的木板,准备记录。

[20]太庙:君王的祖庙。门朝:指门廷。

[21]百一钟:指收获百钟的粮食缴纳一钟的税,即百分之一的收税率。钟,古代的容量单位,合六斛四斗。

[22]泽梁时纵:指按时开放江河中的泽梁,让人们去捕鱼。泽梁,古代在水流中拦水捕鱼的装置,这里即指捕鱼活动。

[23]关讥而不征:在往来的关卡上只稽查而不征税。讥,稽查。

[24]市书而不赋:集市供给储存货物的场地而不缴纳赋税。书,尹知章注:"书,谓录其名籍。"又王念孙《读书杂志》引刘曰:"书乃廛字误,注非。"这里从王念孙说。廛,指集市上用来储存货物的场地这里用作动词,指提供场地储存货物。

小称第三十二(节选)[1]

管仲有病,桓公往问之曰:"仲父之病病矣[2],若不可讳而不起此病也[3]，仲父亦将何以诏寡人[4]？"管仲对曰："微君之命臣也，臣固且谒之[5]。虽然[6]，君犹不能行也[7]。"公曰："仲父命寡人东，寡人东；令寡人西，寡人西。仲父之命于寡人，寡人敢不从乎？"管仲摄衣冠起[8]，对曰："臣愿君之远易牙、竖刁、堂巫、公子开方[9]。夫易牙以调味事公，公曰：惟烝婴儿之未尝[10]。于是烝其首子而献之公[11]。人情非不爱其子也，于子之不爱，将何有于公[12]？公喜内而妒[13]，竖刁自刑而为公治内[14]。人情非不爱其身也，于身之不爱，将何有于公？公子开方事公，十五年不归视其亲，齐卫之间，不容数日之行[15]。人情非不爱其亲也，于亲之不爱，将何有于公[16]？臣闻之，务为不久[17]，盖虚不长[18]。其生不良者，其死必不终[19]。"桓公曰："善。"管仲死，已葬。公憎四子者废之官[20]。逐堂巫而苛病起[21]，逐易牙而味不至[22]，逐竖刁而宫中乱，逐公子开方而朝不治。桓公曰："嗟！圣人固有悖乎[23]！"乃复四子者[24]。处期年[25]，四子作难，围公一室不得出。有一妇人，遂从窦入[26]，得至公所。公曰："吾饥而欲食，渴而欲饮，不可得，其故何也？"妇人对曰："易牙、竖刁、堂巫、公子开方，四人分齐国，涂十日不通矣[27]。公子开方以书社七百下卫矣[28]，食将不得矣。"公曰："嗟兹乎！圣人之言长乎哉[29]！死者无知则已，若有知吾何面目以见仲父于地下！"乃援素幭以裹首而绝[30]。死十一日，虫出于户，乃知桓公之死也。葬以杨门之扇[31]。桓公之所以身死十一日，虫出户而不收者，以不终用贤也。

桓公、管仲、鲍叔牙、宁戚四人饮[32]，饮酣，桓公谓鲍叔牙曰："阖不起为寡人寿乎[33]？"鲍叔牙奉杯而起曰："使公毋忘出如莒时也[34]，使管子毋忘束缚在鲁也[35]，使宁戚毋忘饭牛车下也。"桓公辟席再拜曰："寡人与二大夫能无忘夫子之言，则国之社稷必不危矣。"

[注释]

[1]尹知章注曰:"称,举也。小举其过,则当权而改之。"据此,则篇题"小称"是略举君主过错的意思。这里节选了全篇的后半部分。管仲临终前告诫桓公,要远离易牙、竖刁、堂巫、开方等小人,但桓公终未采纳,结果身受其害,尸骨不收。

[2]仲父之病病矣:仲父的病已经很严重了。后一个"病"字是病重、病危的意思。

[3]不起此病:指不能治好这个病。

[4]诏:这里指告诫、教导。这是桓公对管仲表示尊敬的说法。

[5]"微君之命臣也"二句:意思是,即使君主您不来询问我,我也一定要向您禀告。微,不,没有。命我,命令我,即询问我的意思。且,将,将要。谒,谒见,这里指谒见桓公禀告意见。

[6]虽然:虽然如此。

[7]犹:仍然,还是。

[8]摄衣冠:整理衣帽。以示郑重。

[9]易牙:齐桓公的宠臣,一作狄牙,又称雍巫。他擅长烹调,生性谄媚,被齐桓公用为饔人,受到亲幸。桓公生病后,他与其党羽竖刁等人乘机作乱,囚桓公于一室,阻塞宫门,赶走太子昭,立公子无诡为君,致使齐国大乱,桓公病饿而死。竖刁:齐桓公的宦官。刁一作刀,一作貂,亦称寺人貂。他自宫事桓公,掌管后宫之政,深受桓公宠信。桓公死后与易牙等一起恃宠作乱。堂巫:不详,从下文"逐堂巫而苛病起"看,当是掌管齐国祈祷、卜筮兼用药物治病、祈福的巫者。公子开方:原是卫国公子,离开本国到齐国为官。《史记集解》引管仲曰:"卫公子开方去其千乘之太子而事君也。"

[10]烝:同"蒸",指蒸食。

[11]烝其首子而献之公:指把他的长子蒸熟献给齐桓公品尝。

[12]"于子之不爱"二句:意思是,他连自己的儿子都不爱,还能爱君主您吗?

[13]公喜内而妒:指齐桓公喜爱女色,而内宫嫔妃相互嫉妒。

[14]自刑:指自己实施宫刑。治内:治理内宫。

[15]不容数日之行:指用不了几天的行程。

[16]按"人情非不爱其亲也,于亲之不爱,将何有于公"三句原文无,此根
据上文文义补。又王念孙《读书杂志》云:"念孙按此下脱'于亲之不
爱,焉能有于公'十字。《群书治要》有。《吕氏春秋·知接篇》作'其
父之忍,又将何有于君'。《韩子》作'其母不爱,安能爱君',皆其证。
上文云'于亲之不爱,将何有于公'、'于身之不爱,将何有于公',文
义正与此相对。"王说亦可参。

[17]为:通"伪"。务伪,指弄虚作假。

[18]盖虚:掩盖虚伪。

[19]其死必不终:即不得善终、不得好死之意。

[20]四子:指易牙、竖刁、堂巫、公子开方。废之官:指罢免了他们的官职。
又王念孙《读书杂志》曰:"公憎四子者废之官。念孙按《群书治要》
作'公召四子者废之',是也。今本召作憎,废之下有官字,皆后人所
增改。桓公非憎四子,特因管仲之言而废之耳。"据王说,则此句当作
"公召四子者废之",可供参考。

[21]苛病起:原文作"苛病起兵"。王念孙说:"苛病起下不当有兵字,尹曲
为之说,非也。《群书治要》、《吕氏春秋》,皆无兵字。"按王说是,今
从之,删"兵"字。苛病,疾病。一说据《吕氏春秋》高注:"鬼魂下人
病也。"认为"苛病"即神经错乱之病。亦可参考。

[22]味不至:指吃不到美味的食物。

[23]圣人:指管仲。悖:谬误。

[24]乃复四子者:指又重新恢复了这四人的官职。

[25]处期年:过了一年。

[26]窦:洞。

[27]涂:同"途",指道路。

[28]以书社七百下卫:指把七百个书社的土地和人口送给了卫国。书社,
古代计量土地和户籍人口的行政单位。以二十五家为一社,把社内
的人口姓名登录在册籍上,称为"书社"。这里指按社登记的土地和
人口。

[29]圣人之言长乎哉:圣人的话真是有远见啊。长,指远见。

[30]乃援素幭以裹首而绝:意思是,于是就拿起白色头巾裹住头而气绝身亡。素幭(miè),白色的头巾或手帕。

[31]杨门:门的名称。扇:指门扇。

[32]宁戚:春秋时卫国人,齐桓公贤臣,一名宁武。宁戚怀才不遇,退而从事商贾,夜宿齐国东门之外。桓公夜出,宁戚正在车下喂牛,于是就扣牛角而唱《南山》之歌。桓公听到后,知道他是贤人,任为大田之官,主管农事。

[33]阖:同"盍",为什么。寿:指祝酒。

[34]使公毋忘出莒时也:齐桓公为公子时,其兄齐襄公执政,国家政事一片混乱,诸公子纷纷逃亡。鲍叔牙陪齐桓公一起逃往莒国避难。

[35]管子毋忘束缚在鲁也:齐襄公死了之后,诸公子争夺王位,当时管仲辅佐公子纠在鲁,鲍叔牙辅佐公子小白(即桓公)在莒,两人分别从各自呆的地方奔回齐国。结果公子小白先一步到达,即位为桓公。然后立即发兵阻挡鲁国护送公子纠的军队,并与鲁国打了一仗,鲁国军队失败逃走。后鲁国迫于齐桓公的压力,就杀了公子纠,而把管仲关入大牢。

四称第三十三[1]

桓公问于管子曰:"寡人幼弱昏愚,不通诸侯四邻之义[2],仲父不当尽语我昔者有道之君乎? 吾亦鉴焉[3]。"管子对曰:"夷吾之所能与所不能,尽在君所矣[4],君胡有辱令[5]?"桓公又问曰:"仲父,寡人幼弱昏愚,不通诸侯四邻之义,仲父不当尽告我昔者有道之君乎? 吾亦鉴焉。"管子对曰:"夷吾闻之于徐伯曰[6],昔者有道之君,敬其山川、宗庙、社稷,及至先故之大臣,收聚以德,而大富之[7]。固其武臣,宜用其力[8]。圣人在前,贞廉在侧[9],竞称于义[10],上下皆饰[11]。形正明察[12],四时不贷[13],民亦不忧,五谷繁殖。内外均和,诸侯臣服,国家安宁,不用兵革[14]。受其币帛，以怀其德[15]；昭受其令，以为法式[16]。此亦可谓昔者有道之君也。"桓公曰："善哉！"

桓公曰："仲父既已语我昔者有道之君矣，不当尽语我昔者无道之君乎？吾亦鉴焉。"管子对曰："今若君之美好而宣通也[17]，既官职美道[18]，又何以闻恶为？"桓公曰："是何言邪？以缁缘缁[19]，吾何以知其美也？以素缘素，吾何以知其善也？仲父已语我其善，而不语我其恶，吾岂知善之为善也？"管子对曰："夷吾闻之于徐伯曰，昔者无道之君，大其宫室，高其台榭，良臣不使，谗贼是舍[20]。有家不治[21]，借人为图[22]，政令不善，墨墨若夜[23]，辟若野兽[24]，无所就处[25]。不循天道[26]，不鉴四方[27]，有家不治，辟若生狂[28]，众所怨诅[29]，希不灭亡。进其谀优[30]，繁其钟鼓[31]，流于博塞[32]，戏其工瞽[33]。诛其良臣，敖其妇女[34]，獠猎毕弋[35]，暴遇诸父[36]，驰骋无度[37]，戏乐笑语。式政既輮[38]，刑罚则烈。内削其民，以为攻伐[39]，辟犹漏釜[40]，岂能无竭。此亦可谓昔者无道之君矣。"桓公曰："善哉！"

桓公曰："仲父既语我昔者有道之君，与昔者无道之君矣，仲父不当尽语我昔者有道之臣乎？吾以鉴焉。"管子对曰："夷吾闻之于徐伯曰，昔者有道之臣，委质为臣[41]，不宾事左右[42]，君知则仕，不知则已[43]。若有事，必图国家，遍其发挥[44]。循其祖德，辩其顺逆，推育贤人，谗慝不作[45]。事君有义，使下有礼，贵贱相亲，若兄若弟，忠于国家，上下得体。居处则思，语言则谋，动作则事[46]。居国则富，处军则克，临难据事[47]，虽死不悔。近君为拂[48]，远君为辅[49]，义以与交，廉以与处[50]。临官则治[51]，酒食则辞[52]，不谤其君，不毁其辞。君若有过，进谏不疑，君若有忧，则臣服之[53]。此亦可谓昔者有道之臣矣。"桓公曰："善哉！"

桓公曰："仲父既已语我昔者有道之臣矣，不当尽语我昔者无道之臣乎？吾亦鉴焉。"管子对曰："夷吾闻之于徐伯曰，昔者无道之臣，委质为臣，宾事左右；执说以进，不蕲亡己[54]；遂进不退，假宠鬻贵[55]。尊其货贿，卑其爵位[56]；进曰辅之，退曰不可[57]，以败其君，皆曰非我[58]。不仁群处，以攻贤者[59]，见贵若货，见贱若过[60]。贪于货贿，竞于酒食，不与善人，唯其所事[61]。倨敖不恭，不友善士，谗贼与通[62]。不弥人争，唯趣人讼[63]，湛湎于酒，行义不从[64]。不修先故[65]，变易国常[66]，擅创为令[67]，迷或其君[68]，生夺之政[69]，保贵宠矜[70]。迁捐善士，辅援货人[71]，入则乘等[72]，出则党骈[73]，货贿相入[74]，酒食相亲，俱乱其君。君若有祸，各奉其身[75]。此亦谓昔者无道之臣。"桓公曰："善哉！"

[注释]

[1]称者，举也。"四称"就是列举为君之道和为臣之道的正反两方面的表现，以供君主治国时加以借鉴。

[2]不通诸侯四邻之义：指不懂与四邻的诸侯国交往的道理。

[3]吾亦鉴焉：指使我有所借鉴。

[4]"夷吾之所能与所不能"二句：意思是，我所能做到的和不能做到的，您都了解得十分清楚。

[5]胡有辱令：意思是，何必再让我讲呢？有，通"又"，再。辱令，指桓公辱没自己而发布命令。

[6]徐伯：人名，事迹不详。

[7]"及至先故之大臣"三句：意思是，对于先朝遗留的老臣，则要施以恩德，并使他们大富。"收聚以德"原文作"收聚以忠"，此据《管子集校》改，指用恩德来笼络。

[8]"固其武臣"二句：意思是，巩固武臣的地位，尽量发挥他们的能力。宜，发挥，显示。

[9]贞廉：指正直廉洁之士。侧：左右。

[10]竞称：争相称举。

[211] 饰:通"饬",整饬。

[12] 形正:通"刑政",指刑法与政令。

[13] 四时不贷(tè):指四时农事安排无误。贷,通"忒",差错,失误。

[14] 兵革:兵器和甲胄,这里指战争。

[15] "受其币帛"二句:意思是,把币帛礼物授给邻国,使邻国感恩戴德。受,同"授",给予。一说"以怀其德"指用以感怀邻国之德。录以备考。

[16] "昭受其令"二句:意思是,把政令昭示给邻国,作为他们治国的规范。

[17] 宣通:明白通达。

[18] 官职:明察,明识。《管子集校》:"官职犹明识。《古微书》引《春秋元命苞》云:'官之言宣也。'宣,明也。职、识古字通。"今从其说。

[19] 以缁缘缁:原文作"以繪缘繪"。王念孙《读书杂志》云:"繪当为缁,下文云,'以素缘素,吾何以知其善也。'素与缁正相对,是繪为缁之讹也。缁从甾声,繪从啬声。隶书啬字作'啬',甾字或作'甾'。二形相似,故甾讹为啬矣。"此说是,今从之。以缁缘缁,是说用黑色给黑衣服镶边。

[20] 谗贼是舍:指留用谗佞小人。舍,居住、住宿,这里指任用、留用。

[21] 有家不治:一说当为"有国不治",可供参考(详见赵守正《管子注译》上册315)。

[22] 借人为图:指依靠别人进行谋划。

[23] 墨墨若夜:指政令的昏暗就像黑夜一样。

[24] 辟:通"譬",如同。

[25] 无所就处:原文作"无所朝处",据《管子集校》改。此句指没有栖身之处。

[26] 不循天道:原文作"不修天道",据《管子集校》改,下文"不循先故"与此同。此句指不遵循天道行事。

[27] 不鉴四方:不借鉴四方的经验。

[28] "有家不治"二句:"家"《管子集校》引安井说作"身",录以备考。辟若生狂,就如同丧失了本性的疯子一样。

[29] 怨诅:怨恨诅咒。

[30]谀优:同"俳优",指古代以乐舞谐戏为业的艺人。

[31]繁其钟鼓:指添置钟鼓乐器。

[32]博塞:也作"博簺",指六博、格五等古代博戏。六博是掷采行棋的棋
戏,二人向局对坐,每人六棋,共十二枚,六白六黑,掷采行棋。格五
也是一种棋戏,二人对坐,各执五枚棋子,或黑或白,共行中道,给对
方设置障碍,使自己行棋畅通,以先占领对方地盘为胜。这句是说,
沉溺于博戏之中。

[33]戏其工瞽:戏弄乐师艺人。工瞽,指古代乐官。古代常以盲人为乐
官,故称"工瞽"。

[34]敖:调戏。

[35]獠猎毕弋:指昼夜无休地田猎。獠,夜间打猎。弋,用带绳的箭射猎
物,也泛指打猎。

[36]暴遇:粗暴地对待。诸父:古代天子对同姓诸侯、诸侯国君对同姓大
夫,都尊称为"父"。多数则称为"诸父"。

[37]驰骋无度:指驰射田猎毫无节制。

[38]式政既鞣(róu):指治理政事既已出现偏差。式,用,施行。鞣,这里
指偏差、歪曲。

[39]"内削其民"二句:意思是,在国内侵夺百姓,还自以为有功。攻伐,功
劳,功绩。"攻"通"功"。

[40]辟犹漏釜:就像漏了的锅一样。

[41]委质:向国君献礼,表示愿意归附献身。一说"委质"指下拜,表示恭
敬承奉之意。

[42]不宾事左右:指不奉承君主身边的宠臣。

[43]已:止,这里指不仕。

[44]遍其发挥:指为国家充分发挥自己的能力。

[45]谗慝不作:使谗佞邪恶之徒不敢活动。

[46]动作则事:指行动起来就要有所成就。

[47]临难据事:指面临危难和各种事变。

[48]拂(bì):通"弼",辅弼,辅佐。

[49]辅:辅佐,帮助。

[50]廉以与处:以廉洁处事。

[51]临官则治:担任官职就尽心治事。

[52]辞:辞谢。原文作"慈",据《管子集校》改。

[53]臣服之:指作为臣子为君主分忧。

[54]不蕲亡己:指不肯忘记自己。蕲,通"祈",祈求。亡,通"忘"。

[55]假宠鬻贵:凭借君主的宠爱来显示自己高贵。鬻,炫耀,显示。

[56]"尊其货贿"二句:意思是,只看重财货,而轻视爵位。

[57]"进曰辅之"二句:意思是,进见君主时说愿意辅佐,私下里却说君主
　　不可辅佐。

[58]"以败其君"二句:意思是,这样败坏君主的名誉,却推说都与我无关。

[59]"不仁群处"二句:意思是,纠集一帮不仁之徒,攻击贤能之士。

[60]"见贵若货"二句:意思是,见到贵人就像追逐财货一样紧追不舍,见
　　到贫贱者则像对待路人一样避开不睬。过,这里指行路之人。"贵"
　　原文作"贤",据《管子集校》改。又尹知章《管子注》解释这两句说:
　　"其见贤人,无恭敬之心,反欲规利,若求货然。其见贱人,无矜恤之
　　心,萧然不顾,若行者之过。"意思略有不同,亦可参考。

[61]"不与善人"二句:意思是,不亲近善人,只亲近那些阿谀奉承者。

[62]谗贼与通:指与谗佞邪恶之徒勾结。"通",原文作"斗",据《管子集
　　校》改。

[63]"不弥人争"二句:弥,弥合,劝解。趣,通"促",怂恿,鼓动。讼,争
　　讼,原文作"诏",据《管子集校》改。

[64]行义不从:仪表容止有失体统。义,同"仪",仪表。不从,指不整肃。

[65]不修先故:不遵循先人的成法。

[66]国常:国家的常规。

[67]擅创为令:擅自创立法令。

[68]或:通"惑"。

[69]生夺之政:指篡夺国家政权。

[70]保贵宠矜:指保全宠养其尊贵的地位与权势。

[71]"迁捐善士"二句:意思是,不任用善士,却提携贪财的小人。"捐",
　　原文作"损",据《管子集校》改。迁捐,指替换与捐弃,即不任用之

意。"辅",原文作"捕",据《管子集校》改。

[72]入则乘等:在朝廷内则僭越等级。

[73]党骈:结党营私。

[74]货贿相入:指相互贿赂。

[75]"君若有祸"二句:意思是,一旦君主遇到祸患,他们就都各保其身了。

庄　子

　　庄子名周,战国时宋国蒙(今河南商丘境内)人,大约生于公元前369年,卒于公元前286年。据《史记》记载,庄子曾为蒙漆园吏。于学无所不窥,其要归本于老子,著书十余万言,大抵寓言之作。

　　先秦道家多以老、庄并称,庄子继承了老子自然无为的思想,但与老子不同,庄子更强调对绝对无待的精神自由和逍遥境界的追求,主张摆脱形体、心智以及礼法等对人的束缚和桎梏,超越一切时空的限制,从而达到人生的最高境界——"道"。另,《庄子》文中多有对社会现实的辛辣讽刺和深刻批判,其言虽不乏偏激之处,但这恰恰体现了庄子对动荡不安、生途多艰的战国时代的愤激和忧虑,所谓"正言若反",从中不难看出庄子的现世关怀。

　　《汉书·艺文志》著录"《庄子》五十二篇",西晋时郭象为之作注,定著为三十三篇,即今天所见的三十三篇本。其中包括内篇七篇,外篇十五篇,杂篇十一篇。关于内、外、杂篇的分类标准及其作者问题,学界说法不一。一般认为内篇反映的思想是庄子思想的核心部分,似为庄子自著。外篇、杂篇则较为驳杂,应出于庄子后学之手。总之,《庄子》非一人一时之作,可以看作是战国时代庄子学派著述的汇集。

《庄子》是先秦诸子中最富有文学性的。其寓说理于大量寓言、神话之中,想象奇幻瑰丽,行文汪洋自恣,恢诡谲怪,气势磅礴,体现了思辨哲学和诗性文学的完美结合。《庄子》不但代表了先秦散文艺术的最高成就,而且成为古代文学浪漫主义的重要源头,影响了此后整个中国文学、艺术精神之塑造。

逍遥游(节选)[1]

北冥有鱼[2],其名为鲲[3]。鲲之大,不知其几千里也。化而为鸟,其名为鹏[4]。鹏之背,不知其几千里也。怒而飞[5],其翼若垂天之云[6]。是鸟也,海运则将徙于南冥[7]。南冥者,天池也[8]。

《齐谐》者[9],志怪者也[10]。《谐》之言曰:"鹏之徙于南冥也,水击三千里[11],抟扶摇而上者九万里[12],去以六月息者也[13]。"野马也,尘埃也,生物之以息相吹也[14]。天之苍苍,其正色邪?其远而无所至极邪[15]?其视下也[16],亦若是则已矣[17]。

且夫水之积也不厚[18],则其负大舟也无力[19]。覆杯水于坳堂之上[20],则芥为之舟[21];置杯焉则胶[22],水浅而舟大也。风之积也不厚,则其负大翼也无力。故九万里则风斯在下矣,而后乃今培风[23];背负青天而莫之夭阏者[24],而后乃今将图南[25]。

蜩与学鸠笑之曰[26]:"我决起而飞[27],抢榆枋[28],时则不至而控于地而已矣[29],奚以之九万里而南为[30]?"适莽苍者[31],三飡而反[32],腹犹果然[33];适百里者,宿舂粮[34];适千里者,三月聚粮。之二虫又何知[35]!

　　小知不及大知[36]，小年不及大年[37]。奚以知其然也[38]？朝菌不知晦朔[39]，蟪蛄不知春秋[40]，此小年也。楚之南有冥灵者[41]，以五百岁为春，五百岁为秋[42]；上古有大椿者[43]，以八千岁为春，八千岁为秋。而彭祖乃今以久特闻[44]，众人匹之[45]，不亦悲乎！

　　汤之问棘也是已[46]："穷发之北有冥海者[47]，天池也。有鱼焉[48]，其广数千里[49]，未有知其修[50]者，其名为鲲。有鸟焉，其名为鹏。背若太山[51]，翼若垂天之云，抟扶摇羊角而上者九万里[52]，绝云气[53]，负青天，然后图南，且适南冥也[54]。斥鴳笑之曰[55]：'彼且奚适也[56]？我腾跃而上，不过数仞而下[57]，翱翔蓬蒿之间[58]，此亦飞之至也[59]。而彼且奚适也？'"此小大之辩也[60]。

　　故夫知效一官[61]，行比一乡[62]，德合一君而徵一国者[63]，其自视也亦若此矣[64]。而宋荣子犹然笑之[65]。且举世而誉之而不加劝[66]，举世而非之而不加沮[67]，定乎内外之分[68]，辩乎荣辱之境[69]，斯已矣[70]。彼其于世，未数数然也[71]。虽然，犹有未树也[72]。夫列子御风而行[73]，泠然善也[74]。旬有五日而后反[75]。彼于致福者[76]，未数数然也。此虽免乎行，犹有所待者也[77]。若夫乘天地之正[78]，而御六气之辩[79]，以游无穷者[80]，彼且恶乎待哉[81]？故曰：至人无己[82]，神人无功[83]，圣人无名[84]。

[注释]

[1]本篇选录《庄子·内篇》第一篇《逍遥游》的前半部分。以奇幻之笔展示了大鹏徙于南冥的壮阔景象，体现了庄子对精神绝对自由、独立无待的"逍遥"境界的追求。

[2]北冥：北海。冥，同"溟"，指海。

[3]鲲(kūn)：古代传说中的大鱼。

[4]鹏：古代传说中的大鸟。

[5]怒:鼓翼奋发的样子。

[6]垂天之云:挂在天空的云彩。

[7]海运则将徙于南冥:海水翻滚时就将飞往南海。海运,指海水翻滚。徙,迁移。

[8]天池:天然的大池。

[9]《齐谐》:书名,简称为《谐》。

[10]志:记载。怪:指怪异之事。

[11]水击三千里:翅膀击起的水花有三千里之远。击,拍击。三千里,形容非常远,并非实指。后文"九万里"同此。

[12]抟扶摇而上者九万里:借着旋风回旋上升至九万里的高空。抟(tuán),回旋。一说为汇聚之义。扶摇,旋风。

[13]去以六月息者也:离开(北海)的时候借着六月的大风。去,离开。以,介词,表凭借。息,气息,这里指风。

[14]"野马也"三句:意思是,像野马似的游气,飞扬的细尘,都是生物用气息互相吹动的结果。野马,指春天沼泽中游气浮动,像野马奔驰。

[15]"天之苍苍"三句:意思是,天的深蓝色,是它的本色呢,还是太远而无法到达尽头(所以看不清楚)呢? 正色,本来的颜色。其,前一个"其"是代词,指天。后一个是连词,表选择关系。邪(yé),句末疑问语气词,表示测度。

[16]其:指大鹏。

[17]亦若是则已矣:也像这样罢了。若是,像这样。指像从地上望天空。

[18]且:表递进关系的连词。夫:发语词。

[19]负:承受。

[20]覆:倒。坳(ào)堂:堂中凹陷处。坳,凹陷。

[21]芥为之舟:小草给杯水作船。芥,小草。之,代词,指杯水。

[22]置杯焉则胶:放杯子在水中就会粘住(浮不起来)。焉,兼词,相当于"于此"。这里指在水中。胶,粘住,指不能漂浮。

[23]"故九万里则风斯在下矣"二句:意思是,所以(大鹏飞到)九万里(的高空)风就在下面了,然后就能乘风。斯,则,就。而后乃今,相当于"然后才"。乃,连词,相当于"而"。培风,乘风。培,凭,乘。

[24]背负:背对着。莫之夭阏(è):意思是,没有什么可以阻拦大鹏。莫,
　　没有。之,代词,指大鹏。夭阏,阻拦。夭,夭折。阏,阻塞。

[25]图南:打算往南飞。

[26]蜩(tiáo):蝉。学鸠:斑鸠。

[27]决(xuè):迅疾的样子。

[28]抢(qiāng):撞到。榆:榆树。枋(fāng):檀树。

[29]时则不至而控于地而已矣:意思是,有时候飞不上去投落在地上也就
　　罢了。则,或。控,投,叩。

[30]奚以之九万里而南为:意思是,哪里用得着飞到九万里再往南飞呢?
　　奚以……为:表示反问的固定句式,相当于"哪里用得着……呢"。奚
　　以,即"以奚",相当于"凭借什么"。之,到。为,疑问语气词。

[31]适:去,往。莽苍:郊野之色,这里指近郊。

[32]三飡(cān):三顿饭,指一日。飡,同"餐"。反,同"返",返回。

[33]果然:饱的样子。

[34]宿舂粮:隔夜舂米准备粮食。

[35]之二虫又何知:这两只小虫又知道什么。之,指示代词,这。何知,知
　　道什么。

[36]知:同"智",智慧。

[37]小年:短命。大年:长寿。年,寿命。

[38]然:代词,这样。

[39]朝菌:一种朝生暮死的菌。一说朝菌当作朝蜏,一种朝生暮死的虫
　　子。晦朔:一月中的最后一天叫"晦",最初一天叫"朔"。一说晦朔
　　指一日的早晚。

[40]蟪蛄(huì gū):一种蝉,春生夏死,夏生秋死,寿命极短。春秋:指
　　一年。

[41]冥灵:树名。

[42]"以五百岁为春"两句:意思是,以一千年为一年。古代以春秋对举,
　　代指一年。

[43]大椿:树名。

[44]彭祖:传说中长寿的人。乃今:而今,如今。以久特闻:以长寿独闻

于世。

[45]匹:相比。

[46]汤:即商汤。又称成汤、武汤、天乙。商代开国君主。棘:商汤时的贤大夫。是已:就是这样。已,句末语气词,表强调。

[47]穷发:不毛之地,指传说中北方极荒远之地。

[48]焉:指在天池中。

[49]广:指鱼身之宽。

[50]修:指鱼身之长。

[51]太山:即泰山。太,通"泰"。

[52]羊角:指旋风曲旋上升的样子,形状像羊角。

[53]绝:穿绝。

[54]且:将。

[55]斥鴳(yàn):即尺鴳,一种小雀。斥,通"尺"。郭庆藩《庄子集释》云:"斥、尺古字通。"

[56]彼且奚适也:它将要飞到那里去呢? 彼,指大鹏。

[57]仞:古代长度单位。八尺为一仞。一说为七尺。

[58]蓬蒿:蓬草与蒿草。

[59]至:极限、顶点。

[60]此小大之辩也:这就是小和大的分别。辩,通"辨",分别。

[61]故夫:表示承上启下的语气词,无义。知效一官:才智足以授予一个官职。效,授予。

[62]行比一乡:品行适合一乡人的心意。比(bì),合。

[63]德合一君而徵一国:德行适合一个君主的心意而又取信于一国。徵,取信。

[64]其自视也亦若此矣:意思是,他们看待自己也像这样。自视,看待自己。若此,指像斥鴳看待自己飞跃那样自视甚高。

[65]宋荣子:即宋钘。战国时宋国人。宋尹学派的创始人。曾游于齐国稷下学宫。主张消除偏见,反对兼并战争。犹然,笑的样子。之,指上文"知效一官"等人。

[66]举世而誉之而不加劝:意思是,全天下都赞誉他而他不更加感到勉

　　励。加,更加。劝,劝勉,鼓励。之,指宋荣子。

[67]举世而非之而不加沮:意思是,全天下都非议他而他不更加感到沮
　　丧。非,非议,责难。沮,沮丧。

[68]定乎内外之分:确定内外的分别。乎,介词,相当于“于”,引进动作行
　　为涉及的对象。内,指内心。外,指外物。

[69]辩乎荣辱之境:辨别荣辱的界限。辩,通“辨”。境,界限。

[70]斯已矣:这样也就罢了。斯,此,这样。已,止。

[71]“彼其于世”二句:意思是,他对于人世,没有汲汲地追求。彼,指宋荣
　　子。其,助词,用于指示代词后,无义。数数(shuò shuò)然,汲汲追求
　　的样子。

[72]“虽然”二句:意思是,即使这样,他还是有尚未树立的(德行)。

[73]列子:即列御寇,战国时郑国人。是道家代表人物。尚玄虚,其说近
　　于庄子。传说他能乘风而行。御风:乘风。

[74]泠然:轻妙的样子。善:指乘风技巧高超。

[75]旬:十日。有:通“又”。反:同“返”。

[76]致福:求福。

[77]“此虽免乎行”二句:意思是,这虽然免于步行,还是有所依赖。所待
　　者:所依赖的东西,指风。待,依赖。

[78]若夫:用于句首或段落开始,相当于“至于”。乘天地之正:因顺万物
　　的自然本性。乘,因顺。天地,指万物。正,本性,自然本性。

[79]御六气之辩:驾驭六气的变化。六气,指阴、阳、风、雨、晦、明。辩,通
　　“变”,变化。

[80]无穷:指时空的无限。

[81]彼且恶(wū)乎待哉:意思是,他还依赖什么呢? 且,还。恶乎,疑问代
　　词,相当于“于何”。

[82]至人:达到最高境界的人。与下文的“神人”、“圣人”都是庄子所指
　　的“乘天地之正,而御六气之辩,以游无穷”的理想人格。无己:没有
　　自身。指与万物同一,不分物我。

[83]神人:神化莫测之人。无功:不立功。

[84]无名:不立名。

齐物论(节选)[1]

　　夫随其成心而师之[2]，谁独且无师乎[3]？奚必知代而心自取者有之[4]？愚者与有焉[5]。未成乎心[6]而有是非，是今日适越而昔至也[7]。是以无有为有[8]。无有为有，虽有神禹且不能知，吾独且奈何哉[9]！

　　夫言非吹也，言者有言，其所言者特未定也[10]。果有言邪？其未尝有言邪[11]？其以为异于鷇音[12]，亦有辩乎[13]？其无辩乎？道恶乎隐而有真伪[14]？言恶乎隐而有是非？道恶乎往而不存[15]？言恶乎存而不可[16]？道隐于小成[17]，言隐于荣华[18]。故有儒墨之是非，以是其所非而非其所是[19]。欲是其所非而非其所是，则莫若以明[20]。

　　物无非彼，物无非是[21]。自彼则不见，自知则知之[22]。故曰：彼出于是，是亦因彼[23]。彼是方生之说也[24]。虽然，方生方死，方死方生[25]；方可方不可，方不可方可[26]；因是因非，因非因是[27]。是以圣人不由而照之于天，亦因是也[28]。是亦彼也，彼亦是也。彼亦一是非，此亦一是非，果且有彼是乎哉[29]？果且无彼是乎哉？彼是莫得其偶[30]，谓之道枢[31]。枢始得其环中，以应无穷[32]。是亦一无穷，非亦一无穷也。故曰：莫若以明。

　　天下莫大于秋豪之末[33]，而太山为小；莫寿乎殇子[34]，而彭祖为夭[35]。天地与我并生，而万物与我为一[36]。既已为一矣，且得有言乎[37]？既已谓之一矣，且得无言乎[38]？一与言为二[39]，二与一为三。自此以往，巧历不能得，而况其凡乎[40]！故自无适有[41]，以至于三，而况自有适有乎！无适焉，因是已^[42]！

　　昔者庄周梦为胡蝶^[43]，栩栩然胡蝶也^[44]。自喻适志与^[45]！不知周也。俄然觉^[46]，则蘧蘧然周也^[47]。不知周之梦为胡蝶与^[48]？胡蝶之梦为周与？周与胡蝶则必有分矣^[49]。此之谓物化^[50]。

[注释]

[1]本篇选自《庄子·内篇》第二篇《齐物论》。庄子认为事物的是非、大小等都是由人的"成心"所造成，具有相对性。主张顺任自然，齐是非，齐生死，乃至齐万物，与天地并生，与万物为一。

[2]成心：成见，偏见。师之：把成见作为准则、标准。师，取法。

[3]谁独且无师乎：谁独独没有标准呢？且，语气助词，用在句中，无义。

[4]奚必知代而心自取者有之：意思是，何必那些知道以成心取代（客观对象）的人才有呢？

[5]愚者与有焉：愚蠢的人也是有的。与，语气助词，无义。

[6]未成乎心：指没有形成成心。

[7]今日适越而昔至：今天到越国去而昨天已经到了。庄子认为这是不可能的事，形容没有成见而有是非也是不可能的。

[8]是以无有为有：这是把没有当作有。

[9]"无有为有"三句：意思是，把没有当作有，就是有大禹这样的神人也不能理解，我又能怎么办呢？奈何，怎么样，怎么办。

[10]"夫言非吹也"三句：意思是，言论不像风吹，辩者各有各的议论，他们所说的却没有定论。特，只是，却。

[11]"果有言邪"二句：意思是，（他们）果真发议论了吗？还是未曾发议论？未尝，未曾。

[12]鷇（kòu）音：初生小鸟的叫声。鷇，初生的小鸟。

[13]辩：通"辨"，分别。

[14]道恶乎隐而有真伪：意思是，道在哪里隐蔽而有了真伪之分？隐，

隐蔽。

[15]道恶乎往而不存:意思是,道在哪里而不存在? 往,至,到。

[16]言恶乎存而不可:言论在哪里会不可呢?

[17]道隐于小成:道被小的成就所隐蔽。小成,小的成就,即片面的认识成果。

[18]言隐于荣华:言论被浮华之辞所隐蔽。荣华,浮华之辞。

[19]以是其所非而非其所是:意思是,(儒墨两家)各自把对方的"非"说成"是",把对方的"是"说成"非"。

[20]莫若以明:不如用明净之心去对待。明,指明净无是非之心。

[21]物无非彼,物无非是:意思是,事物没有不是作为"彼物"而存在的,也没有不是作为"此物"而存在。是,和"彼"相对而言,相当于"此"。

[22]"自彼则不见"二句:意思是,从那方面则看不见(这方面),从自己这方面就知道了。

[23]因:依凭。

[24]彼是方生之说:意思是,这就是彼此相并而生的说法。方,并,同时。

[25]"方生方死"二句:意思是,(事物从一方面看是)正在出生,(从另一方面看又是)正在死亡;(从一方面看是)正在死亡,(从另一方面看又是)正在出生。方,正在,刚刚。

[26]"方可方不可"二句:意思是,(事物一方面)刚刚说是可,(另一方面)又马上说是不可;(一方面)刚刚说是不可,(另一方面)又马上说是可。

[27]"因是因非"二句:意思是,有因而认为是的,就有因而认为非的;有因而认为非的,就有因而认为是的。

[28]是以圣人不由而照之于天:意思是,所以圣人不经由是非之路而只是反观于自然。照,反观。

[29]果:果真。

[30]偶:相对的一方。

[31]枢:关键。

[32]枢始得其环中,以应无穷:意思是,掌握了"道枢"才得入环的中心,可以应付无穷的变化。环,指是非反复,像环转动无穷。郭庆藩《庄子

集释》云:"是非反复,相寻无穷,若循环然。游乎空中不为是非所役,而后可以应无穷。"

[33]秋豪:指秋天动物刚生出的毫毛,末端细微。豪,通"毫"。

[34]殇子:短命早死的人。

[35]彭祖:见《逍遥游》注。夭:指短命早死。

[36]"天地与我并生"二句:意思是,天地和我并存,而万物和我合为一体。

[37]"既已为一矣"二句:意思是,既然已经合为一体了,还得有什么言论吗?

[38]"既已谓之一矣"二句:意思是,既然已经说"合为一体"了,还能说没有什么言论吗?

[39]一与言为二:(合为一体的)"一"并上("合为一体"的)言论就是"二"。与,并。

[40]"自此以往"三句:意思是,从"三"计算下去,巧于计算的人也不能得到结果,何况是普通人呢?历,历算,计算。

[41]自无适有:从无到有。适,往,到。

[42]"无适焉"二句:意思是,不要往下计算了,因顺自然罢了。无,通"毋",不要。因,因顺。是,此,代指自然。

[43]昔者:从前。

[44]栩栩然:欢畅自得的样子。

[45]自喻适志与:自在快意啊。喻,通"愉",快乐。适,舒适、畅快。与,同"欤",句尾语气词,表感叹。

[46]俄然:顷刻。觉:醒。

[47]蘧(qú)蘧然:惊动的样子。

[48]与:同"欤",句尾语气词,表疑问。

[49]分:分际。

[50]物化:与万物融合为一。

养生主[1]

吾生也有涯[2],而知也无涯[3]。以有涯随无涯[4],殆已[5];

已而为知者,殆而已矣[6]。为善无近名[7],为恶无近刑[8],缘督以为经[9],可以保身,可以全生[10],可以养亲[11],可以尽年[12]。

庖丁为文惠君解牛[13],手之所触[14],肩之所倚[15],足之所履[16],膝之所踦[17],砉然响然[18],奏刀騞然[19],莫不中音[20],合于桑林之舞[21],乃中经首之会[22]。

文惠君曰:"嘻[23],善哉!技盖至此乎[24]?"庖丁释刀对曰[25]:"臣之所好者道也,进乎技矣[26]。始臣之解牛之时,所见无非牛者;三年之后,未尝见全牛也;方今之时[27],臣以神遇而不以目视[28],官知止而神欲行[29]。依乎天理[30],批大郤[31],导大窾[32],因其固然[33]。技经肯綮之未尝,而况大軱乎[34]!良庖岁更刀[35],割也;族庖月更刀[36],折也[37];今臣之刀十九年矣,所解数千牛矣,而刀刃若新发于硎[38]。彼节者有间而刀刃者无厚[39],以无厚入有间,恢恢乎其于游刃必有余地矣[40]。是以十九年而刀刃若新发于硎。虽然,每至于族[41],吾见其难为[42],怵然为戒[43],视为止[44],行为迟[45],动刀甚微[46],謋然已解[47],如土委地[48]。提刀而立,为之四顾[49],为之踌躇满志[50],善刀而藏之[51]。"文惠君曰:"善哉!吾闻庖丁之言,得养生焉。"

公文轩见右师而惊曰[52]:"是何人也[53]?恶乎介也[54]?天与?其人与[55]?"曰:"天也,非人也。天之生是使独也,人之貌有与也[56]。以是知其天也,非人也。"

泽雉十步一啄[57],百步一饮,不蕲畜乎樊中[58]。神虽王,不善也[59]。

老聃死[60],秦失吊之[61],三号而出[62]。弟子曰:"非夫子之友邪?"曰:"然。""然则吊焉若此可乎[63]?"曰:"然。始也吾以为其人也[64],而今非也。向吾入而吊焉[65],老者哭之,如哭其子;少者哭之,如哭其母。彼其所以会之[66],必有不蕲言而言,不蕲哭而哭者[67]。是遁天倍情[68],忘其所受[69],古者谓之遁天之刑[70]。适来,夫子时也;适去,夫子顺也[71]。安时而处顺,哀乐不能入也,古者谓是帝之县解[72]。"

指穷于为薪[73],火传也,不知其尽也。

[注释]

[1]本篇是《庄子·内篇》第三篇。主旨是阐发养生之道在于顺任自然。

[2]涯:边际。

[3]知:知识。

[4]随:追随、追求。

[5]殆:疲困。已:句尾语气词,表示确定。

[6]"已而为知者"二句:意思是,这样还去追求知识,只会更加疲困罢了。已,代词,相当于"此"。这里指代"以有涯随无涯"。而已,句末助词,相当于"罢了"。

[7]为善无近名:意思是,做善事不去接近名声。

[8]为恶无近刑:意思是,做恶事不要触犯刑律。

[9]缘督以为经:因顺中道把它作为常法。缘,因顺。督,中。一说督即指督脉,中医学身后之中脉曰"督脉",这里借喻为中道。郭庆藩《庄子集释》云:"庄子正是假脉为喻,故下为保身全生等语。"经,常法。

[10]生:通"性",天性。

[11]养亲:孝养父母。一说,"亲",读为"新",养亲为养其新生之机的意思。

[12]尽年:享尽天年。

[13]庖(páo)丁:名叫"丁"的厨师。庖,厨师。一说庖丁即为厨师之称。文惠君:即梁惠王,姓魏名罃,战国时魏国国君。前369年—前319年在位。惠为谥号。解:分解,宰割。

[14]所触:所接触的地方。

[15]倚:靠。

[16]履:踩。

[17]踦(yǐ):抵住。

[18]砉(xū):皮骨剥离的声音。然:助词。前者用于形容词词尾,表状态。后者用于句尾,相当于"焉"。

[19]奏刀:进刀。騞(huō)然:比砉然更大的声音。

[20]中(zhòng)音:合于音节。

[21]桑林之舞:用《桑林》伴奏的舞蹈。桑林:商汤时的乐曲名。

[22]乃:连词,相当于"而"。经首:尧乐《咸池》中的一章。会:音节。

[23]譆:同"嘻",感叹声。

[24]技盖至此乎:意思是,技术怎么会(高超)到这种地步?盖,通"盍",相当于"何"。

[25]释:放下。

[26]进乎:超过了。进,超过。乎,介词,相当于"于"。

[27]方今之时:正当现在这个时候。方,正当。

[28]以神遇:用心神去接触。遇,接触。

[29]官知止而神欲行:感知停止了,而心神还在运行。官,感觉器官。

[30]依:顺着。天理:指牛天然的生理结构。

[31]批:击。郤(xì):通"隙",指筋骨之间的缝隙。

[32]导:顺势导入。窾(kuǎn):指骨节空隙处。

[33]因:顺。固然:本来的样子。

[34]"技(zhī)经肯綮(qìng)之未尝"二句:意思是,经络相连、筋骨交错的地方都没有碰到,又何况是大骨头呢?技经,枝脉与经脉,即经络。技,通"枝",指枝脉。肯,附着在骨头上的肉。綮,筋骨结聚的地方。大軱(gū),大骨头。

[35]岁更刀:一年换一把刀。

[36]族庖:一般的厨师。族,众。

[37]折:指折断骨头。

[38]若新发于硎(xíng):像刚从磨刀石上磨好。发,磨。硎,磨刀石。

[39]节:骨节。间:缝隙。无厚:没有厚度,形容极薄。

[40]恢恢乎:宽绰的样子。游:转动。

[41]族:指筋骨交错聚结的地方。

［42］难为：指难以解决。

［43］怵(chù)然为戒：警惕并为之戒惧。怵然，警惕的样子。为，介词，省
　　略宾语"之"。后文两个"为"同此。

［44］视为止：目光为之集中。止，停止，这里指专注、集中。

［45］行为迟：行动为之迟缓。

［46］微：轻微。

［47］謋(huò)然：骨肉相离的声音。

［48］如土委地：指牛被解剖后像土一样堆积在地上。委，堆积。

［49］四顾：四处张望。

［50］踌躇满志：悠然自得、心满意足的样子。

［51］善：擦拭。

［52］公文轩：姓公文，名轩。宋国人。右师：官名。这里指担任此官职
　　的人。

［53］是：代词，此、这。这里指右师。

［54］恶乎介也：为什么只有一只脚？恶乎，相当于"于何"，意即"为什
　　么"。介，独、特，这里指单脚。

［55］天与？其人与：是天生的，还是人为的？与，同"欤"，句末疑问语
　　气词。

［56］"天之生是使独也"二句：意思是，天生成他时就是使他只有一只脚，
　　人的形貌是天赋的。与，赋予。

［57］泽雉：沼泽中的野鸡。

［58］不蕲(qí)畜乎樊中：不祈求被畜养在笼中。蕲，通"祈"，祈求，期望。
　　樊，笼。

［59］神虽王，不善也：神态虽然旺盛，但并不好。王，通"旺"，旺盛。

［60］老聃：即老子。据《史记·老子韩非列传》，姓李名耳，字聃，楚国苦县
　　人。曾任周朝守藏室之史。春秋末期思想家。

［61］秦失：人名。老聃的朋友，也可能是杜撰的人物。"失"别本或作
　　"佚"。

［62］号：号哭。

［63］然则吊焉若此可乎：那么像这样吊丧可以吗？焉，代词，相当于"之"。

指老聃。

[64]始也吾以为其人也:开始我认为(老聃)大概是世俗之人。其,测度语气词,相当于"大概"。

[65]向:刚才。

[66]彼其所以会之:他们之所以聚在这里。彼,他们,指哭者。

[67]"不蕲言而言"二句:指无须哭诉而哭诉。

[68]是:代词,指上述做法。遁天:逃遁天理。倍情:违背实情。倍,通"背",违背。

[69]所受:所禀受(的自然之性)。

[70]遁天之刑:逃遁天理(而招致)的刑罚。

[71]"适来,夫子时也"二句:意思是,适当来时,老聃应时而生;适当去时,老聃顺时而死。适,适当,应当。夫子,对老聃的敬称。

[72]帝之县(xuán)解:自然的解除倒悬。帝,天然、自然。县解,即解除倒悬。县,同"悬",倒悬。人头脚倒置谓之倒悬,形容处境困苦。成玄英《南华真经注疏》云:"为生死所系者为县,则无死无生者县解也。"

[73]指穷于为薪:脂膏为薪火而燃尽。指,通"脂",脂膏。

大宗师(节选)[1]

知天之所为[2],知人之所为者,至矣[3]!知天之所为者,天而生也[4];知人之所为者,以其知之所知以养其知之所不知[5],终其天年而不中道夭者[6],是知之盛也[7]。虽然,有患[8]:夫知有所待而后当[9],其所待者特未定也[10]。庸讵知吾所谓天之非人乎[11]?所谓人之非天乎?且有真人而后有真知[12]。

何谓真人?古之真人,不逆寡[13],不雄成[14],不谟士[15]。若然者,过而弗悔,当而不自得也[16]。若然者,登高不栗[17],入水不濡[18],入火不热。是知之能登假于道者也若此[19]。

古之真人,其寝不梦,其觉无忧[20],其食不甘[21],其息深

深[22]。真人之息以踵[23]，众人之息以喉。屈服者，其嗌言若
哇[24]。其耆欲深者[25]，其天机浅[26]。

　　古之真人，不知说生[27]，不知恶死[28]。其出不䜣，其入不
距[29]。翛然而往[30]，翛然而来而已矣。不忘其所始，不求其所
终。受而喜之，忘而复之[31]。是之谓不以心捐道[32]，不以人助
天，是之谓真人。

　　死生，命也，其有夜旦之常，天也[33]。人之有所不得与，皆
物之情也[34]。彼特以天为父，而身犹爱之，而况其卓乎[35]！人
特以有君为愈乎己，而身犹死之，而况其真乎[36]！

　　泉涸[37]，鱼相与处于陆[38]，相呴以湿[39]，相濡以沫[40]，不
如相忘于江湖。与其誉尧而非桀也[41]，不如两忘而化其道[42]。
夫大块载我以形[43]，劳我以生[44]，佚我以老[45]，息我以死[46]。
故善吾生者，乃所以善吾死也[47]。夫藏舟于壑[48]，藏山于
泽[49]，谓之固矣[50]！然而夜半有力者负之而走[51]，昧者不知
也[52]。藏小大有宜[53]，犹有所遯[54]。若夫藏天下于天下而不
得所遯，是恒物之大情也[55]。特犯人之形而犹喜之[56]。若人
之形者，万化而未始有极也[57]，其为乐可胜计邪[58]？故圣人将
游于物之所不得遯而皆存[59]。善妖善老，善始善终，人犹效
之[60]，而况万物之所系而一化之所待乎[61]！

　　颜回曰[62]："回益矣[63]。"仲尼曰："何谓也？"曰："回忘仁
义矣。"曰："可矣，犹未也[64]。"他日复见[65]，曰："回益矣。"曰：
"何谓也？"曰："回忘礼乐矣！"曰："可矣，犹未也。"他日复见，
曰："回益矣！"曰："何谓也？"曰："回坐忘矣[66]。"仲尼蹴然
曰[67]："何谓坐忘？"颜回曰："堕肢体[68]，黜聪明[69]，离形去
知[70]，同于大通[71]，此谓坐忘。"仲尼曰："同则无好也[72]，化则

无常也^[73]。而果其贤乎^[74]！丘也请从而后也^[75]。"

　　子舆与子桑友^[76]。而霖雨十日^[77]，子舆曰："子桑殆病矣^[78]！"裹饭而往食之^[79]。至子桑之门，则若歌若哭^[80]，鼓琴曰^[81]："父邪！母邪！天乎！人乎！"有不任其声而趋举其诗焉^[82]。子舆入，曰："子之歌诗，何故若是^[83]？"曰："吾思夫使我至此极者而弗得也^[84]。父母岂欲吾贫哉^[85]？天无私覆，地无私载^[86]，天地岂私贫我哉^[87]？求其为之者而不得也^[88]！然而至此极者，命也夫！"

[注释]

[1]本篇选录了《庄子》内篇第六篇《大宗师》的一部分。"大宗师"即指万物之宗——"道"。文中反复申说死生变化都出于自然。主张通过"坐忘"的方式达到与道为一，"同于大通"的境界。

[2]天：即自然。所为：作用。

[3]至：极、最。这里指认识的最高境界。

[4]"知天之所为者"二句：意思是，知道天的所为，是天生（就知道）的。

[5]知：两个"其知"之"知"都同"智"，智力。养，保养，这里有安于的意思。

[6]终其天年：享尽天年。天年，指人的自然寿命。

[7]盛：盛大美好，指认识的最好状态。

[8]有患：存在弊病。

[9]有所待：有所凭借。当：恰当。

[10]特：但是、却。

[11]庸讵(jù)：反诘语气词，相当于"何以"、"怎么"。

[12]且：句首语气词，无义。

[13]不逆寡：不违逆少数。

[14]不雄成：不自恃其成功。雄，自恃。

[15]不谟(mó)士：不谋划事情。谟，谋划。士，通"事"。

[16]"过而弗悔"二句:有过失而不后悔,(做事)得当也不自以为得意。

[17]栗:通"慄",因恐惧而颤抖。

[18]濡:湿润。

[19]是知之能登假于道者也若此:知识能升至道的境界的就像这样。

[20]觉(jué):醒觉。忧:忧虑。

[21]不甘:不求美味。

[22]息:呼吸。

[23]真人之息以踵:真人的呼吸起于足跟,指其呼吸深厚。以,由,从。
　　踵,足跟。

[24]屈服者,其嗌(yì)言若哇(huá):意思是,言论被人屈服的,他们堵塞
　　在喉头的话语像是受到了阻碍。嗌,咽喉。哇,阻碍、哽塞。

[25]耆(shì)欲:嗜好欲望。耆,同"嗜"。

[26]天机:天然的根机。

[27]说(yuè):同"悦"。

[28]恶(wù):厌恶。

[29]"其出不䜣"两句:意思是,真人出生时不欣喜,死亡时也不拒绝。䜣:
　　同"欣",快乐。距,通"拒",拒绝。

[30]翛(xiāo)然:自然无碍的样子。

[31]"受而喜之"二句:意思是,得到了就感到喜悦,失去了就又回复到本
　　然的状态。

[32]捐:弃。一说"捐"当作"损",有损害义。

[33]其有夜旦之常,天也:就像昼夜交替的规律出于自然一样。其,代词,
　　指死生由命决定的情况。有,相当于"犹"、"若"。常,规律。

[34]"人之有所不得与"二句:意思是,人有些事情不能干预,这都是事物
　　的实情。与,干预。

[35]"彼特以天为父"三句:意思是,人们独独以天为生命之父,而终身爱
　　戴它,又何况是那超绝独立的道呢? 特,独独,特别。

[36]"人特以有君为愈乎己"三句:人们独独以为君主地位胜过自己,而为
　　他舍身就死,又何况是那自然造化之道呢? 有,助词,作名词"君"的
　　词头,无义。愈,胜过。乎,介词,表比较。死之,为他而死。真,指自

　　然造化之道。

[37]涸(hé):水干。

[38]相与:共同,一起。

[39]呴(xǔ):吹气。

[40]相濡(rú)以沫:用口沫互相湿润。

[41]尧:传说中的古代圣人陶唐氏,又称唐尧。《史记·五帝本纪》将其列
　　为五帝之一。桀:夏代最后一个君主,以荒淫暴虐著称。

[42]两忘而化其道:指将是非都忘掉而融化为大道。

[43]大块:指自然。载我以形:赋予形体使我有所寄托。载,托;载,寄托。

[44]劳我以生:用生命使我烦劳。

[45]佚我以老:用老使我安逸。佚,通"逸",安逸。

[46]息我以死:用死使我安息。

[47]"故善吾生者"二句:意思是,所以处理好我的一生,就是处理好我的
　　死。善,处理好,做好。

[48]壑:沟壑。

[49]泽:水泽。

[50]谓之固矣:可以说是牢固了。

[51]负:背。

[52]昧:通"寐",睡觉。

[53]小大:小指藏舟,大指藏山。有宜:得宜。

[54]遯:同"遁",失。

[55]恒物:永恒的东西,这里指道。大情:指实情,通理。

[56]特犯人之形而犹喜之:独独获得人的形体就很欢喜。犯,遭遇,这里
　　指获得。

[57]未始:不曾。极:穷极。

[58]其为乐可胜(shēng)计邪:意思是,这样造成的快乐可以计算得完吗?
　　胜,尽。

[59]游:指自然放任的逍遥境界。

[60]"善妖善老"三句:意思是,对老少终始都很好对待的人,人们尚且效
　　仿他。妖,通"夭",年少。

[61]而况万物之所系而一化之所待乎:何况是万物所系属,一切变化所依
　　赖的道呢!

[62]颜回:孔门弟子。名回,字子渊。春秋时鲁国人。以德行著称。后世
　　尊之为"复圣"。

[63]益:进益,进步。

[64]犹未也:还不够。

[65]复:又,再。

[66]坐忘:指端坐而忘却自身,达到与道为一的混沌境界。

[67]蹴然:惊悚变色的样子。

[68]堕(huǐ):通"隳",毁坏。

[69]黜(chù):去除。

[70]离形去知:离弃形体,去掉智识。

[71]同于大通:与大道融合为一。大通,大道。成玄英《南华真经注疏》
　　云:"道能通生万物,故谓道为大通也。"

[72]同则无好(hào):同于大道则没有偏好。好,偏好。

[73]化则无常:随道而变化就不会守常。常,指守常而不知变通。

[74]而果其贤乎:你果真是贤人啊!而,代词,相当于"汝"。

[75]请从而后:请(让我)跟从在你后边。

[76]子舆、子桑:都是《庄子》中虚构的人物。

[77]霖雨:连绵大雨。

[78]殆:大概,恐怕。

[79]裹:包,装。食(sì):给别人吃东西。

[80]若歌若哭:指子桑既像在唱歌又像在哭泣。

[81]鼓琴:弹琴。

[82]有不任其声而趋举其诗焉:意思是,(子桑)好像声音微弱但仍急促地
　　唱着他的诗句。有,相当于"若",好像。任,胜任,禁得起。趋(cù),
　　通"促",急促。举,称举,这里指咏唱。

[83]何故若是:为什么像这样?

[84]夫:句中语气词,无义。极:终极,这里指绝境。弗得:得不到。
　　弗,不。

[85]岂欲吾贫:难道愿意我贫困吗?

[86]"天无私覆"二句:意思是,天没有偏私地覆盖一切,地没有偏私地负
　　载一切。私,偏私。

[87]贫我:使我贫。

[88]为之者:指造成我贫困的原因。

骈　拇[1]

　　骈拇枝指出乎性哉[2],而侈于德[3];附赘县疣出乎形哉[4],
而侈于性;多方乎仁义而用之者[5],列于五藏哉[6],而非道德之
正也[7]。是故骈于足者,连无用之肉也;枝于手者,树无用之指
也;多方骈枝于五藏之情者[8],淫僻于仁义之行[9],而多方于聪
明之用也[10]。

　　是故骈于明者[11],乱五色[12],淫文章[13],青黄黼黻之煌煌
非乎[14]?而离朱是已[15]。多于聪者[16],乱五声[17],淫六
律[18],金石丝竹黄钟大吕之声非乎[19]?而师旷是已[20]。枝于
仁者[21],擢德塞性以收名声[22],使天下簧鼓以奉不及之法非
乎[23]?而曾、史是已[24]。骈于辩者,累瓦结绳窜句[25],游心于
坚白同异之间[26],而敝跬誉无用之言非乎[27]?而杨、墨是
已[28]。故此皆多骈旁枝之道[29],非天下之至正也[30]。

　　彼正正者[31],不失其性命之情[32]。故合者不为骈[33],而枝
者不为跂[34];长者不为有余,短者不为不足。是故凫胫虽
短[35],续之则忧[36];鹤胫虽长,断之则悲[37]。故性长非所
断[38],性短非所续,无所去忧也[39]。意仁义其非人情乎[40]!彼
仁人何其多忧也[41]。

　　且夫骈于拇者,决之则泣[42];枝于手者,龁之则啼[43]。二
者或有余于数[44],或不足于数,其于忧一也。今世之仁人,蒿目

而忧世之患[45]；不仁之人，决性命之情而饕贵富[46]。故意仁义其非人情乎！自三代以下者，天下何其嚣嚣也[47]！

　　且夫待钩绳规矩而正者[48]，是削其性者也[49]；待绳约胶漆而固者[50]，是侵其德者也[51]；屈折礼乐[52]，呴俞仁义[53]，以慰天下之心者，此失其常然也[54]。天下有常然。常然者，曲者不以钩，直者不以绳，圆者不以规，方者不以矩，附离不以胶漆[55]，约束不以纆索[56]。故天下诱然皆生[57]，而不知其所以生；同焉皆得[58]，而不知其所以得。故古今不二，不可亏也[59]。则仁义又奚连连如胶漆纆索而游乎道德之间为哉[60]！使天下惑也[61]！

　　夫小惑易方[62]，大惑易性[63]。何以知其然邪[64]？自虞氏招仁义以挠天下也[65]，天下莫不奔命于仁义[66]。是非以仁义易其性与[67]？故尝试论之[68]，自三代以下者[69]，天下莫不以物易其性矣。小人则以身殉利[70]，士则以身殉名，大夫则以身殉家，圣人则以身殉天下。故此数子者，事业不同，名声异号[71]，其于伤性以身为殉，一也[72]。臧与谷[73]，二人相与牧羊而俱亡其羊[74]。问臧奚事[75]，则挟筴读书[76]；问谷奚事，则博塞以游[77]。二人者，事业不同，其于亡羊均也[78]。伯夷死名于首阳之下[79]，盗跖死利于东陵之上[80]。二人者，所死不同[81]，其于残生伤性均也。奚必伯夷之是而盗跖之非乎[82]？天下尽殉也[83]，彼其所殉仁义也，则俗谓之君子；其所殉货财也，则俗谓之小人。其殉一也，则有君子焉，有小人焉。若其残生损性，则盗跖亦伯夷已[84]，又恶取君子小人于其间哉[85]！

　　且夫属其性乎仁义者[86]，虽通如曾、史，非吾所谓臧也[87]；属其性于五味，虽通如俞儿[88]，非吾所谓臧也；属其性乎五声，虽通如师旷，非吾所谓聪也；属其性乎五色，虽通如离朱，非吾所谓明也。吾所谓臧者，非仁义之谓也[89]，臧于其德而已矣[90]；

吾所谓臧者,非所谓仁义之谓也,任其性命之情而已矣;吾所谓聪者,非谓其闻彼也,自闻而已矣[91];吾所谓明者,非谓其见彼也,自见而已矣[92]。夫不自见而见彼,不自得而得彼者,是得人之得而不自得其得者也[93],适人之适而不自适其适者也[94]。夫适人之适而不自适其适,虽盗跖与伯夷,是同为淫僻也。余愧乎道德,是以上不敢为仁义之操[95],而下不敢为淫僻之行也。

[注释]

[1]本篇是《庄子·外篇》的第一篇。主张人的行为应顺应人的本性,合于自然。反对用仁义、名利等外物矫正、损伤人的本性。

[2]骈拇:指大脚趾和二脚趾相连。骈,并,连。拇,大脚趾。枝(qí)指:指大拇指旁生一指成为六指。枝,同"歧",分歧,旁出。性:本性,天性。

[3]侈:多余。德:通"得"。

[4]附赘(zhuì):附生在身上的赘肉。县疣(xuán yóu):悬吊在身上的肉瘤。县,同"悬"。疣,肉瘤。

[5]多方乎仁义而用之者:意思是,千方百计地施用仁义。

[6]列于五藏:指把仁义附列于人的五脏。藏,同"脏"。

[7]道德之正:道德的本然。

[8]多方骈枝于五藏之情者:意思是,千方百计地(将仁义)附会于五脏的实情。骈枝,这里有附会之义。

[9]淫:过度。僻:乖僻,不正。

[10]用:运用。

[11]骈:这里是过度之义。

[12]五色:指青、黄、赤、白、黑。

[13]淫:淆乱。文章:指各种花纹和色彩。

[14]青黄黼黻之煌煌非乎:意思是,那华丽的服饰光彩夺目,不就是这样吗?青黄黼黻,指华丽的服饰。黼黻(fǔ fú),古代礼服上绣的花纹。黼,黑白相间的花纹。黻,青黑相间的花纹。

[15]离朱:一名离娄。传说中黄帝时人,能百步见秋毫。是:代词,相当于

"这样"。已:句末助词,无义。

[16]聪:听觉。

[17]五声:指古乐中宫、商、角、徵、羽五音。

[18]六律:古代律制中用三分损益法将一个八度分为十二个不完全相等的半音,称为"十二律"。其中又分为六律、六吕。六律包括黄钟、大吕、姑洗、蕤宾、无射、夹钟。

[19]金石丝竹:指以金、石、丝、竹为材料制成的各种乐器。

[20]师旷:字子野。晋国乐师。目盲,善辨音律。

[21]枝:这里是多余、过度之义。

[22]擢(zhuó)德塞(sè)性:标榜德行,蔽塞本性。擢,拔,这里有标榜之义。塞,蔽塞。一说塞为"搴"之误字。王念孙《读书杂志·余编上》云:"塞与擢义不相类。塞当为搴。擢、搴皆谓拔取之也。……隶书'手'字或作'扌'。故搴字或作搴,形与塞相似,因讹而为塞矣。"

[23]使天下簧鼓以奉不及之法:使天下喧嚣鼓动着去奉行做不到的法则。簧鼓,像笙簧那样喧嚣鼓动。簧,指笙簧,一种吹奏乐器。不及,做不到。

[24]曾:即曾参,字子舆,孔门弟子,以仁孝著称。史:即史鰌,字子鱼,卫灵公时的贤大夫,以仁义著称。

[25]累瓦结绳:指论辩像堆积的瓦、打结的绳那样累叠堆砌。窜句:下当补"棰辞"二字。王叔岷《庄子校释》云:"敦煌唐写本《释文》'窜句'下有'棰辞'二字,是也。'累瓦结绳,窜句棰辞'文正相耦。……《后汉书·张衡传》注引此作'窜句籍辞',亦可证今本有脱文。"

[26]游心:游荡心思。坚白同异:即"离坚白"和"合同异",都是当时名家的常用论题。

[27]敝跬(xiè)誉无用之言:疲敝费力地去称道那些无用的言论。跬,分外用力的样子。一说跬(kuǐ)义为近,跬誉为近誉。

[28]杨:即杨朱,字子居,战国时魏国人。主张"重己"、"为我"、"贵生"。墨:即墨翟,鲁国人。墨家学派的创始人。主张"兼爱"、"尚贤"。杨墨两家都是当时的显学。

[29]多骈旁枝之道:多余的旁生的道,与正道相对而言。

［30］至正：指至道正理。

［31］正正：相当于"至正"。

［32］情：实情，本性。

［33］不为：不是。

［34］跂（qí）：通"歧"，分歧。

［35］凫（fú）：野鹤。胫（jìng）：小腿。

［36］续之则忧：接上一段就会使它感到忧愁。

［37］断之则悲：截去一段就会使它感到悲伤。

［38］性长非所断：天性长的不可截断。所，这里相当于"可"。

［39］无所去忧：没有可去的忧虑，即没有忧虑。

［40］意：猜度、想来。其：副词，表推测，相当于"大概"。

［41］何其：副词，表疑问兼感叹语气，相当于"怎么"。

［42］决：决裂，分裂。

［43］龁（hé）：咬断。

［44］数：指正当的数目。

［45］蒿目：极目远望的样子。一说蒿通"眊"，蒿目是目不明的样子，有忧愁之义。亦通。

［46］决：坏乱。饕（tāo）：贪。

［47］嚣嚣：喧哗的样子。

［48］待钩绳规矩而正者：依赖钩、绳、规、矩来矫正。钩绳规矩，木工用来正曲直的四种工具。

［49］削：损害。

［50］约：绳子。

［51］侵：侵害。

［52］屈折礼乐：即施行礼乐。屈折，指施行礼乐时屈折肢体的动作。

［53］呴（xǔ）俞仁义：和悦恭顺地实行仁义。呴俞，和悦恭顺的样子。

［54］常然：正常的状态。

［55］附离（lí）：附着。离，通"丽"，附丽，附着。

［56］纆（mò）索：绳索。纆，由三股绳扭成的绳索。

［57］诱然：自然的样子。

[58]同焉皆得:同样的都有所得。

[59]不可亏:不可使(常然)亏损。

[60]则仁义又奚连连如胶漆纆索而游乎道德之间为哉:意思是,那么仁义又为什么要连续地像胶漆绳索一样老在道德之间周旋呢? 游,周旋,游动。为,疑问语气助词。

[61]使天下惑也:使天下的人感到迷惑。

[62]小惑易方:小的迷惑使人改变方向。易,变易,改变。

[63]性:本性。

[64]何以知其然邪:凭什么知道是这样呢?

[65]自:从。虞氏:指传说中的古帝王舜,古书中多称其有虞氏。一说"自"为"有"之误字。招:标举。挠:扰乱。

[66]奔命:奉命奔走。

[67]是非以仁义易其性与:这不是拿仁义改变人们的本性吗? 是,代词,这。

[68]尝:曾经。

[69]三代:指夏、商、周三代。

[70]以身殉利:为了利而牺牲生命。殉,为追求某种东西而牺牲生命。

[71]名声异号:名声有不同的称号。号,称号。

[72]其于伤性以身为殉,一也:意思是,他们在伤害本性、牺牲生命上是一致的。

[73]臧:对男仆的称呼。谷:小孩,这里指童仆。

[74]相与:一起,共同。亡:丢失。

[75]奚:疑问代词,相当于"何"。

[76]挟:拿,持。筴(cè):同"策",竹简,这里指写在简策上的书。

[77]博塞(sài):指古代六博、格五等棋戏。

[78]均:同样。

[79]伯夷:商代孤竹君的儿子。父亲死后,伯夷与其弟叔齐相让,俱不肯受君位。武王伐纣,天下宗周,兄弟二人耻食周粟,隐于首阳山,最终饿死。死名:为名而死。首阳:山名。在今山西省蒲坂县。

[80]盗跖(zhí):相传为春秋时的大盗,名跖。东陵:陵名,在今山东济南

境内。

[81]所死:指死的原因。

[82]奚必伯夷之是而盗跖之非乎:为什么一定要认为伯夷对而盗跖错呢?

[83]天下尽殉也:意思是,天下的人都在牺牲。

[84]"若其残生损性"二句:意思是,如果他们都残害生命,损伤本性,那么盗跖也就是伯夷了。已,句末语气助,无义。

[85]又恶(wū)取君子小人于其间哉:意思是,又何必在他们中间区分君子和小人呢? 恶,何必。取,分别,区分。

[86]属其性乎仁义:把他的本性归属于仁义。属,归属,隶属。

[87]臧:善,好。

[88]俞儿:传说为黄帝时人,善于识味。

[89]非仁义之谓也:不是说的仁义。

[90]臧于其德而已矣:善于自得罢了。德,通"得"。

[91]非谓其闻彼也,自闻而已:不是说他听到别的什么,只是能返听自身罢了。

[92]自见:返观自身,省察自身。

[93]得人之得而不自得其得者:得到别人的所得而没有得到自己的所得。

[94]适人之适而不自适其适者:以别人的安适为安适而没有得到自己的安适。

[95]操:操守。

马　蹄[1]

马,蹄可以践霜雪[2],毛可以御风寒[3],龁草饮水[4],翘足而陆[5],此马之真性也。虽有义台路寝[6],无所用之。及至伯乐[7],曰:"我善治马[8]。"烧之[9],剔之[10],刻之[11],雒之[12],连之以羁馽[13],编之以皂栈[14],马之死者十二三矣[15]! 饥之渴之,驰之骤之[16],整之齐之[17],前有橛饰之患[18],而后有鞭筴之威[19]，而马之死者已过半矣！陶者曰[20]："我善治埴[21]。圆者中规[22]，方者中矩[23]。"匠人曰："我善治木。曲者中钩[24]，直者应绳[25]。"夫埴木之性，岂欲中规矩钩绳哉？然且世世称之曰："伯乐善治马，而陶匠善治埴木。"此亦治天下者之过也[26]。

吾意善治天下者不然[27]。彼民有常性[28]，织而衣，耕而食，是谓同德[29]。一而不党，命曰天放[30]。故至德之世[31]，其行填填[32]，其视颠颠[33]。当是时也，山无蹊隧[34]，泽无舟梁[35]；万物群生，连属其乡[36]；禽兽成群，草木遂长[37]。是故禽兽可系羁而游[38]，鸟鹊之巢可攀援而阚[39]。

夫至德之世，同与禽兽居，族与万物并[40]，恶乎知君子小人哉[41]！同乎无知，其德不离[42]；同乎无欲，是谓素朴[43]。素朴而民性得矣[44]。及至圣人，蹩躠为仁，踶跂为义[45]，而天下始疑矣[46]。澶漫为乐，摘僻为礼[47]，而天下始分矣[48]。故纯朴不残[49]，孰为牺尊[50]？白玉不毁，孰为珪璋[51]？道德不废，安取仁义[52]？性情不离[53]，安用礼乐？五色不乱[54]，孰为文采[55]？五声不乱，孰应六律？夫残朴以为器，工匠之罪也；毁道德以为仁义，圣人之过也。

夫马，陆居则食草饮水[56]，喜则交颈相靡[57]，怒则分背相踶[58]。马知已此矣[59]。夫加之以衡扼[60]，齐之以月题[61]，而马知介倪[62]、闉扼[63]、鸷曼[64]、诡衔[65]、窃辔[66]。故马之知而态至盗者[67]，伯乐之罪也。

夫赫胥氏之时[68]，民居不知所为，行不知所之[69]，含哺而熙[70]，鼓腹而游[71]，民能以此矣[72]。及至圣人，屈折礼乐以匡天下之形[73]，县跂仁义以慰天下之心[74]，而民乃始踶跂好知[75]，争归于利[76]，不可止也[77]。此亦圣人之过也。

[注释]

[1]本篇是《庄子·外篇》第二篇。主旨是反对仁义礼乐的政教措施对人自然本性的破坏和摧残,主张自然放任地生活。

[2]践:踏。

[3]御:抵御。

[4]龁(hé):咬,吃。

[5]翘:举。陆:跳跃。

[6]义(yí)台:即仪台,行礼仪的大台。义,通"仪"。路寝:正寝大殿。路,正,大。

[7]伯乐:姓孙,名阳,字伯乐。相传是秦穆公时人,善于相马。

[8]治:治理,管理。

[9]烧:指用烧铁灼烧马毛。

[10]剔:剪马毛。

[11]刻:刻削马蹄。

[12]雒(luò):通"烙",指在马身上打烙印。一说雒通"铬",剔去毛发的意思。王念孙《读书杂志余编上·庄子》云:"雒读为铬……铬之言落也。剔去毛髓爪甲谓之铬。"

[13]连:连接。羁:马络头。馽(zhí):同"絷",绊马足的绳索。

[14]编:编排。皂(zào):马槽。栈:马棚。

[15]十二三:十分之二三。

[16]骤:指马快跑。

[17]整之齐之:指使马步伐整齐。

[18]橛(jué):衔在马口的横木。饰:马笼头上的饰物。

[19]鞭筴:马鞭子。带皮的叫"鞭",无皮的叫"筴"。筴,同"策"。

[20]陶者:陶匠。

[21]治埴(zhí):制造陶器。埴,黏土,陶土。

[22]中:符合。规:画圆形的工具。

[23]矩:画方形的工具。

[24]钩:画曲线的工具。

[25]绳:木工正曲直的工具,即墨线。

［26］此亦治天下者之过也：这也是治理天下的人的过错。

［27］吾意：我认为。然：代词，这样。

［28］常性：一贯的本性。

［29］德：本性、本能。

［30］"一而不党"二句：意思是，人们浑然一体而不偏私，这叫作自然放任。党，偏私。命，命名。天放，自然放任。

［31］至德之世：指理想中的盛德之世。

［32］填填：稳重安详的样子。

［33］颠颠：专一的样子。

［34］蹊（xī）：小径。隧（suì）：道。

［35］泽：聚水的地方。梁：桥梁。

［36］连属（zhǔ）其乡：指万物的居处相连。乡，居处。

［37］遂（suì）：生长。

［38］系羁：拴，绑。游：游玩。

［39］阚（kuī）：同"窥"，窥视。

［40］族：群。

［41］恶乎：疑问代词，相当于"于何"，"从何"。

［42］"同乎无知"二句：意思是，人们都没有智巧，德性就不会离失。知（zhì），同智，智巧。

［43］素朴：本色的，朴实的。素，生丝。朴，未加工的原始木材。

［44］民性：人的本性。

［45］"蹩躠（bié xiè）为仁"二句：意思是，费尽心力地实行仁义。蹩躠，跛行的样子，形容用力。踶跂（zhì qǐ）勉强力行的样子。

［46］疑：疑惑。

［47］"澶（dàn）漫为乐"二句：放纵烦琐地实行礼乐。澶漫，放纵的样子。摘僻，摘取分开，这里有烦琐义。

［48］分：分离。

［49］纯朴：指完整的原木。残：损坏。

［50］孰为牺尊：怎能制成牺尊？牺尊，作成牛形的酒器。

［51］珪璋（guī zhāng）：古人朝会时所执的玉器。珪，上圆或尖，下方。璋，

形如半珪。

[52]安取:哪里用得着。

[53]性情不离:人的本性真情不离散。

[54]五色:与后文的"五声"、"六律"并见《骈拇》注。乱:错乱,散乱。

[55]文采:指华丽的色彩。

[56]陆居:在陆地上居住。

[57]靡(mó):通"摩",接触。

[58]分背:背对背。蹄(dì):踢。

[59]知(zhì):同"智"。已此:即止于此。已,止。

[60]衡:车辕前的横木。扼(è):通"轭",驾在马颈上的木条。

[61]齐:整治,整齐。月题:马前额上的装饰,形状如月。

[62]介倪(nì):独立而怒视。介,独,特。倪,通"睨",斜视。

[63]阘(yīn)扼:曲颈脱轭。阘,蜷曲。扼,通"轭"。

[64]鸷(zhì)曼:狂突以挣脱束缚。鸷,猛烈。曼,抵突。

[65]诡衔:吐出口中的嚼子。衔,马嚼子。

[66]窃辔:咬断马缰绳。窃,通"啮",咬。

[67]态:通"慝",奸诈。盗:诈骗、骗取。

[68]赫胥氏:传说中的上古帝王。

[69]之:往、到。

[70]含哺(bǔ)而熙:嘴里含着食物而嬉戏。哺,食物含在嘴里。熙,通"嬉",嬉戏。

[71]鼓腹而游:吃饱了腆着肚子四处遨游。

[72]以此:如此。指百姓安逸地生活。

[73]屈折礼乐:指施行礼乐。匡:匡正。形:形迹,形态。

[74]县跂(xuán qǐ):悬挂在高处,指标榜,提倡。县,同"悬"。跂,高处。

[75]好知(hào zhì):喜好智巧。知,同"智"。

[76]争归于利:汲汲于求利。归,向往,归属。

[77]止:停止。

秋　水(节选)[1]

秋水时至[2],百川灌河[3]。泾流之大[4],两涘渚崖之间[5],不辩牛马[6]。于是焉河伯欣然自喜[7],以天下之美为尽在己[8]。顺流而东行,至于北海,东面而视[9],不见水端[10]。于是焉河伯始旋其面目[11],望洋向若而叹曰[12]:“野语有之曰[13]:‘闻道百,以为莫己若者[14]。’我之谓也。且夫我尝闻少仲尼之闻而轻伯夷之义者[15],始吾弗信。今我睹子之难穷也[16],吾非至于子之门则殆矣[17],吾长见笑于大方之家[18]。”北海若曰:“井蛙不可以语于海者,拘于虚也[19];夏虫不可以语于冰者,笃于时也[20];曲士不可以语于道者,束于教也[21]。今尔出于崖涘,观于大海,乃知尔丑[22],尔将可与语大理矣[23]。天下之水,莫大于海:万川归之,不知何时止而不盈[24];尾闾泄之[25],不知何时已而不虚[26];春秋不变,水旱不知[27]。此其过江河之流[28],不可为量数[29]。而吾未尝以此自多者[30],自以比形于天地[31],而受气于阴阳[32],吾在于天地之间,犹小石小木之在大山也。方存乎见少[33],又奚以自多[34]!计四海之在天地之间也[35],不似礨空之在大泽乎[36]?计中国之在海内,不似稊米之在大仓乎[37]?号物之数谓之万,人处一焉[38];人卒九州[39],谷食之所生,舟车之所通,人处一焉。此其比万物也,不似豪末之在于马体乎[40]?五帝之所连[41],三王之所争[42],仁人之所忧,任士之所劳[43],尽此矣[44]!伯夷辞之以为名,仲尼语之以为博[45]。此其自多也,不似尔向之自多于水乎[46]?”

河伯曰:“然则吾大天地而小豪末,可乎[47]?”北海若曰:“否。夫物,量无穷[48],时无止[49],分无常[50],终始无故[51]。是故大知观于远近[52],故小而不寡,大而不多[53],知量无穷;证曏今故[54]，故遥而不闷，掇而不跂[55]，知时无止;察乎盈虚[56]，故得而不喜，失而不忧，知分之无常也;明乎坦涂[57]，故生而不说[58]，死而不祸[59]，知终始之不可故也[60]。计人之所知，不若其所不知;其生之时，不若未生之时;以其至小，求穷其至大之域[61]，是故迷乱而不能自得也。由此观之，又何以知豪末之足以定至细之倪[62]，又何以知天地之足以穷至大之域!"

河伯曰:"世之议者皆曰:'至精无形，至大不可围[63]。'是信情乎[64]?"北海若曰:"夫自细视大者不尽，自大视细者不明[65]。夫精，小之微也;垺[66]，大之殷也[67]。故异便[68]。此势之有也[69]。夫精粗者，期于有形者也[70];无形者，数之所不能分也[71];不可围者，数之所不能穷也。可以言论者[72]，物之粗也;可以意致者[73]，物之精也;言之所不能论，意之所不能察致者[74]，不期精粗焉。是故大人之行，不出乎害人，不多仁恩[75];动不为利，不贱门隶[76];货财弗争，不多辞让;事焉不借人，不多食乎力，不贱贪污[77];行殊乎俗，不多辟异[78];为在从众，不贱佞谄[79];世之爵禄不足以为劝，戮耻不足以为辱[80];知是非之不可为分，细大之不可为倪[81]。闻曰[82]:'道人不闻[83]，至德不得[84]，大人无己[85]。'约分之至也[86]。"

河伯曰:"若物之外[87]，若物之内[88]，恶至而倪贵贱[89]?恶至而倪小大?"北海若曰:"以道观之，物无贵贱;以物观之，自贵而相贱[90];以俗观之，贵贱不在己[91]。以差观之[92]，因其所大而大之，则万物莫不大[93];因其所小而小之，则万物莫不小。知天地之为稊米也，知毫末之为丘山也，则差数睹矣[94]。以功观之[95]，因其所有而有之，则万物莫不有;因其所无而无之，则万物莫不无。知东西之相反而不可以相无，则功分定矣[96]。以趣观之[97]，因其所然而然之[98]，则万物莫不然;因其所非而非之，则万物莫不非。知尧、桀之自然而相非[99]，则趣操睹矣[100]。

昔者尧、舜让而帝[101]，之、哙让而绝[102]；汤、武争而王[103]，白公争而灭[104]。由此观之，争让之礼，尧、桀之行，贵贱有时[105]，未可以为常也[106]。梁丽可以冲城而不可以窒穴[107]，言殊器也[108]；骐、骥、骅、骝一日而驰千里[109]，捕鼠不如狸狌[110]，言殊技也[111]；鸱鸺夜撮蚤[112]，察毫末，昼出瞋目而不见丘山[113]，言殊性也[114]。故曰：'盖师是而无非，师治而无乱乎[115]？'是未明天地之理，万物之情者也[116]。是犹师天而无地[117]，师阴而无阳，其不可行明矣。然且语而不舍[118]，非愚则诬也[119]。帝王殊禅[120]，三代殊继[121]。差其时[122]，逆其俗者[123]，谓之篡夫[124]；当其时[125]，顺其俗者，谓之义之徒[126]。默默乎河伯[127]，女恶知贵贱之门，小大之家[128]！"

河伯曰："然则我何为乎？何不为乎？吾辞受趣舍[129]，吾终奈何[130]？"北海若曰："以道观之，何贵何贱，是谓反衍[131]；无拘而志，与道大蹇[132]。何少何多，是谓谢施[133]；无一而行[134]，与道参差[135]。严乎若国之有君[136]，其无私德；繇繇乎若祭之有社[137]，其无私福；泛泛乎其若四方之无穷[138]，其无所畛域[139]。兼怀万物，其孰承翼[140]？是谓无方[141]。万物一齐[142]，孰短孰长？道无终始，物有死生，不恃其成[143]。一虚一满，不位乎其形[144]。年不可举，时不可止[145]。消息盈虚，终则有始[146]。是所以语大义之方，论万物之理也[147]。物之生也，若骤若驰[148]。无动而不变，无时而不移[149]。何为乎，何不为乎？夫固将自化[150]。"

河伯曰："然则何贵于道邪[151]？"北海若曰："知道者必达于理，达于理者必明于权[152]，明于权者不以物害己。至德者，火弗能热，水弗能溺，寒暑弗能害，禽兽弗能贼[153]。非谓其薄之也[154]，言察乎安危，宁于祸福[155]，谨于去就[156]，莫之能害也[157]。故曰：'天在内，人在外，德在乎天[158]。'知天人之行，本乎天,位乎得[159],蹢躅而屈伸[160],反要而语极[161]。"曰:"何谓天? 何谓人?"北海若曰:"牛马四足,是谓天;落马首[162],穿牛鼻,是谓人。故曰:'无以人灭天,无以故灭命,无以得殉名[163]。谨守而勿失,是谓反其真[164]。'"

[注释]

[1]本篇选录《庄子·外篇·秋水第十七》的前半部分。主旨是讲在无限的时空中,人的主观认识必定是相对的,有限的。主张用超乎万物之上的"道"来体察万物,明了自然的规律。

[2]秋水时至:秋天的雨水按时节到来。时,按时,按时节。

[3]灌:注入。河:指黄河。

[4]泾(jīng)流:通畅直流的水流。

[5]涘(sì):水边。渚(zhǔ):水中的小块陆地。崖:崖岸。

[6]不辩牛马:分辨不清牛马。辩,通"辨",分辨。

[7]于是焉:相当于"于是乎"。河伯:传说是黄河河神。

[8]以天下之美为尽在己:认为天下的美都在自己身上。

[9]东面:面朝东。

[10]端:尽头。

[11]旋:转变。

[12]若:指下文的北海神若。

[13]野语:俗语。

[14]闻道百,以为莫己若者:听到许多道理以为没有比得上自己的。百,泛指多。若,如,比得上。

[15]尝:曾经。少仲尼之闻而轻伯夷之义者:小看孔子的学问,轻视伯夷的大义。少,认为……少,即小看,轻视。伯夷,见《骈拇》篇注。

[16]子:指北海若。难穷:难以穷尽,即看不到尽头。

[17]殆:危险。

[18]长:长远。大方之家:指懂得大道的人。

[19]"井蛙不可以语于海者"二句:意思是,井里的青蛙不能和它谈及大

海,因为它局限于自己的住处。拘,局限。虚,同"墟",指青蛙的
住处。

[20]"夏虫不可以语于冰者"二句:意思是,夏天的虫子不能和它谈及冰
雪,因为它受季节的限制。笃,限制。

[21]"曲士不可以语于道者"二句:意思是,孤陋寡闻的人不能和他谈及
道,因为他受到所受教育的束缚。曲士,有曲见之士,即孤陋寡闻的
人。束,束缚。

[22]尔:你,指河伯。丑:鄙陋,浅陋。

[23]大理:大道理。

[24]止:指河水停止流动。盈:指大海满盈。

[25]尾闾(lǚ):传说中排泄海水的地方。

[26]已:停止。虚:指海水虚空。

[27]"春秋不变"二句:意思是,不管春天还是秋天,大海都没有变化,不管
水潦干旱,大海都没有感觉。

[28]过:超过。流:流量。

[29]不可为量数:不可能用数量来计算。

[30]自多:自满。

[31]自以:自己认为。比(bì)形于天地:寄形在天地之间。比,通"庇",
寄寓。

[32]受气于阴阳:从阴阳那里秉受生气。

[33]方存乎见少:刚刚以为自己所见太少。方,刚刚。存,指心存某种
想法。

[34]奚以:即"以奚",凭什么。

[35]计:计量。

[36]礨(lěi)空:石上的小穴。一说为蚁穴。大泽:大的湖沼。

[37]稊(tí)米:小米粒。大(tài)仓:即"太仓",储粮的大仓库。大,通
"太"。

[38]"号物之数谓之万"二句:意思是,称号物的数量说是"万",人不过处
于其中的一种。

[39]人卒九州:人类遍于九州。卒,尽。九州,指天下。

[40]豪末:毫毛的末稍。豪,通"毫"。

[41]五帝:传说中的古代帝王。说法不一,较常见的一种指黄帝、颛顼、帝
喾、唐尧、虞舜。连:连续,这里指禅让。

[42]三王:指夏禹、商汤、周文王。

[43]任士:能担任职责的人。劳:操劳。

[44]尽此矣:都是如此。此,指像豪末那样微末。

[45]"伯夷辞之以为名"二句:意思是,伯夷以辞让天下来求取名声,孔子
以谈论天下来显示渊博。之,指代天下。

[46]向:刚才。

[47]大天地:以天地为大。小豪末:以豪末为小。

[48]量无穷:事物的器量是不可穷尽的。

[49]时无止:时间是没有止境的。

[50]分无常:得失是不定的。分,指得与失。

[51]终始无故:终始不定。故,通"固"。

[52]大知:指大智之人。知,同"智"。

[53]"小而不寡"二句:意思是,看到小的东西不认为少,看到大的东西不
认为多。

[54]证曏(xiàng)今故:证明现在和过去,即通晓古今。曏,明。故,过去,
从前。

[55]"遥而不闷"二句:意思是,对遥远的事不感到烦闷,对可拾取的不企
求。掇(duō),拾取。跂(qǐ),通"企",企求。

[56]察乎盈虚:明察事物的发展变化。盈虚,满或空,指发展变化。

[57]坦涂:大路。郭象《庄子注》云:"死生者,日新之正道也。"

[58]说(yuè):同"悦",喜悦。

[59]祸:认为是祸患。

[60]终始:这里指生死。

[61]"以其至小"二句:意思是,用有限的人生去追求穷尽那无穷无尽的领
域。至小,指有限的人生。穷,穷尽。至大,指无穷无尽的客观世界。

[62]又何以知豪末之足以定至细之倪:又怎么知道毫末足以规定最细的
界限? 倪,分际,界限。豪末,见注[40]。

[63]不可围:指不可用范围来限定。

[64]信情:实情。信,实。

[65]"夫自细视大者不尽"二句:意思是,从细小的角度去看大的,是看不完全的;从大的角度去看小的,是看不清楚的。

[66]垺(fóu):大,盛。

[67]殷:大。

[68]故异便:所以是各有便宜。

[69]此势之有:这是形势所必有的。

[70]期:限。

[71]数之所能分也:是数量所不能分析的。

[72]可以言论者:可以用语言来论说的。

[73]可以意致者:可以用心意来体会的。致,致得,体会。

[74]察:体察。一说"察"为衍文。"言"和"意"相对为文,则"论"和"致"亦应相对。

[75]"是故大人之行"三句:意思是,所以得道之人的行为,不出于害人之途,也不推重仁恩。多,推重,赞扬。

[76]"动不为利"二句:行动不为谋取私利,不鄙视守门的奴仆。贱,轻贱,鄙视。门隶,守门的奴仆。

[77]"事焉不借人"三句:意思是,做事不借助别人,也不赞扬自食其力,不鄙贱贪利污浊。

[78]"行殊乎俗"二句:意思是,行为不同于世俗,也不推重乖僻异端。辟,乖僻。异,异端。

[79]"为在从众"二句:意思是,行为在于随从众人,不鄙视奸佞谄媚的人。

[80]"世之爵禄不足为劝"二句:意思是,世间的爵位俸禄不足以作为(对大人的)劝勉,刑戮侮辱不足以作为耻辱。

[81]"知是非之不可为分"二句:意思是,(大人)知道是非不可给它定分际,小大不能给它定出界限。分,分际,分界。

[82]闻曰:意思是,听人们说。

[83]道人不闻:有道之人没有声闻。

[84]至德不得:最有德的人没有所得。

[85]无己:没有自身。指与万物同一,不分物我。

[86]约分之至:简约分际的极致。

[87]若:或者。物之外:事物的外部,指外在的形态。

[88]物之内:事物的内部,指内在的性质。

[89]恶至而倪贵贱:从什么地方来定贵贱的分际? 恶至,相当于“何从”,
从什么地方。

[90]自贵而相贱:认为自己尊贵而对方低贱。

[91]贵贱不在己:贵贱不在自身,指随世俗观点而定。

[92]差:指事物的差别。

[93]“因其所大而大之”二句:意思是,从它认为大的方面以为它是大的,
那么万物没有不大的。

[94]差数:指事物差别的分寸。

[95]功:功用。

[96]“知东西之相反而不可以相无”二句:意思是,知道东和西相反但不可
以相互缺少,那么功用的界限就确定了。

[97]趣:趋向。

[98]然:是,与“非”相对。

[99]尧、桀:见《大宗师》注。自然而相非:认为自己对而对方错。

[100]趣操:趋向操持。操,执持,操持。

[101]舜:见《骈拇》注。让:指禅让。

[102]之:指战国时燕相子之。哙:战国时燕王,名哙。前 320—前 318 年
在位。燕王哙效仿尧舜,把王位让给子之。燕人不服,国内大乱。
齐宣王乘机伐燕,杀了子之和燕王哙。

[103]汤:见《逍遥游》注。武:指周武王。姓姬,名发。灭商,建立西周王
朝。王(wàng):称王。

[104]白公:即白公胜。春秋时楚平王之孙。其父太子建因受陷害流亡国
外,生白公胜。后白公胜回国争位,但最终被叶公子高打败,自缢
而死。

[105]贵贱有时:指上述行为究竟哪一种可贵可贱是有一定时宜的。

[106]常:常规。

［107］梁丽：房屋的栋梁。冲城：攻城。窒穴：堵塞孔穴。

［108］言殊器也：是说需要不同的器物。

［109］骐（qí）、骥、骅（huá）、骝（liú）：都是古代的良马。

［110］狸：狸猫。狌（shēng）：黄鼠狼。

［111］技：技能。

［112］鸱鸺（chī xiū）：猫头鹰。撮：抓。蚤：跳蚤。

［113］瞋（chēn）目：瞪大眼睛。

［114］性：习性。

［115］"盖师是而无非"二句：意思是，大概取法正确的就没有错误，取法治理就没有变乱了吧。

［116］情：实情。

［117］是：代词，相当于"这"。犹：犹如。

［118］然且语而不舍：这样还说个不停。

［119］诬：骗。

［120］帝王殊禅：五帝禅让的方式不同。帝王，指五帝。

［121］三代殊继：三代继承的方式不同。三代，指夏、商、周三代。

［122］差：差失，差错。时：时机。

［123］逆：违逆。俗：世俗。

［124］篡夫：篡权的人。

［125］当：正当，恰逢。

［126］义之徒：合乎道义的人。

［127］默默乎河伯：沉默吧，河伯。

［128］"女恶知贵贱之门"二句：意思是，你怎么知道贵贱的界限，小大的范围！女（rǔ），通"汝"，你。门、家，俱有界限之义。

［129］辞：推辞。受：接受。趣：趋向。舍：舍弃。

［130］终：究竟。奈何：怎么办。

［131］反：反复。衍：推演。

［132］"无拘而志"二句：意思是，不要拘执你的心志，和道相违碍。无，通"毋"。而，你。蹇（jiǎn），阻塞，违碍。

［133］谢：代谢。施（yì）：移易，转变。

［134］无一而行:不要偏一而行。一,偏一,偏执一端。

［135］参差:不齐,不一致。

［136］严乎若国之有君:威严庄重像一国的君主。严乎,应作"严严乎",和下文"繇繇乎"、"泛泛乎"相偶。严严乎,威严庄重的样子。有,助词,作词头,无义。

［137］繇繇(yóu yóu)乎:悠然自得的样子。社:土地神。

［138］泛泛乎:广阔的样子。

［139］畛(zhěn)域:界限。

［140］"兼怀万物"二句:意思是,对万物都包容,谁又承受庇护呢? 怀,包容。孰,谁。承翼,承受庇护。

［141］无方:没有偏向。

［142］一齐:齐一。

［143］不恃其成:不凭依它所形成的(形态)。

［144］不位乎其形:不定位于它的形态,即没有固定的形态。位,居处,定位。

［145］"年不可举"二句:意思是,年岁不能把它推走,时光不能让它停止。举,推举使之离去。

［146］"消息盈虚"二句:意思是,消亡生长盈满空虚,终而复始。消,消亡。息,生息,生长。则,相当于"而"。有,通"又"。

［147］"是所以语大义之方"二句:意思是,这些都是用来讲大义的原则,谈论万物的道理。方,原则。

［148］若骤若驰:像快马飞奔。骤,马跑。

［149］"无动而不变"二句:意思是,没有动作不在变化,没有时光不在迁移。

［150］固:本来。自化:自行变化。

［151］何贵于道邪:道有什么可贵的呢?

［152］明于权:通晓权变。权,权变。

［153］贼:残贼,侵害。

［154］非谓其薄之也:不是说他靠近这些东西(而不受伤害)。薄,迫近,靠近。

[155]宁于祸福:即安于祸福。

[156]谨:谨慎。去就:离开或靠近。

[157]莫:没有。

[158]"天在内"三句:意思是,天性藏在内心,人事显露在身外,德性体现在天性上。天,指天然之性。人,指人事。

[159]位乎得:居处于德性。得,通"德"。

[160]蹢躅(zhí zhú)而屈伸:进退不定或屈或伸。蹢躅,进退不定的样子。

[161]反:通"返",返回。要:根本,关键。语极:说到了道的极致。一说语通"悟",领悟。

[162]落:通"络",笼住。

[163]"无以人灭天"三句:意思是,不要用人事毁灭天性,不要用诡诈毁灭天命,不要因得利而殉名。故,诡诈。殉名,为名声而牺牲,即不惜生命以求名。

[164]反其真:返回本真。

至　乐(节选)[1]

庄子妻死,惠子吊之[2],庄子则方箕踞鼓盆而歌[3]。惠子曰:"与人居[4],长子[5]、老、身死,不哭亦足矣,又鼓盆而歌,不亦甚乎[6]!"庄子曰:"不然[7]。是其始死也[8],我独何能无概然[9]!然察其始而本无生[10];非徒无生也[11],而本无形;非徒无形也,而本无气。杂乎芒芴之间[12],变而有气,气变而有形,形变而有生,今又变而之死[13]。是相与为春秋冬夏四时行也[14]。人且偃然寝于巨室[15],而我噭噭然随而哭之[16],自以为不通乎命[17],故止也。"

庄子之楚,见空髑髅[18],髐然有形[19]。撽以马捶[20],因而问之,曰:"夫子贪生失理而为此乎[21]?将子有亡国之事、斧钺之诛而为此乎[22]?将子有不善之行,愧遗父母妻子之丑而为此乎[23]?将子有冻馁之患而为此乎[24]?将子之春秋故及此乎[25]?"于是语卒[26],援髑髅[27],枕而卧。

夜半,髑髅见梦曰[28]:"向子之谈者似辩士[29],视子所言,皆生人之累也[30],死则无此矣。子欲闻死之说乎[31]?"庄子曰:"然。"髑髅曰:"死,无君于上[32],无臣于下,亦无四时之事[33],从然以天地为春秋[34],虽南面王乐,不能过也[35]。"庄子不信,曰:"吾使司命复生子形[36],为子骨肉肌肤[37],反子父母、妻子、闾里、知识[38],子欲之乎?"髑髅深矉蹙頞曰[39]:"吾安能弃南面王乐而复为人间之劳乎[40]!"

[注释]

[1]本篇选自《庄子·外篇·至乐第十八》。主旨是讲人生快乐及生死问题。借庄子妻死,庄子鼓盆而歌的故事指出生死不过是气之聚散。庄子与空髑髅的对话则表达了人之生的种种累患。

[2]惠子:姓惠名施,战国时宋国人。曾为梁惠王相。先秦名家的代表人物。

[3]吊:对死者家属表示慰问。

[4]方:正在。箕踞:古人席地而坐的一种坐姿。坐时两腿伸直叉开,形如簸箕,有傲慢不敬之意。踞,坐。鼓:敲。

[4]人:这里指庄子妻。

[5]长(zhǎng)子:(妻子)抚养子女。长,使……生长,抚养。

[6]甚:过分。

[7]然:是。

[8]是:代词,指庄子妻。其:助词,无义。

[9]我独何能无概然:我怎能独独不感伤! 概,通"慨",感慨,感伤。

[10]然察其始而本无生:但是考察她的最初本来没有生命。生,生命。

[11]徒:仅仅。

[12]芒芴(huǎng hū):同"恍惚",指原始的混沌状态。

[13]之:到,往。

[14]是相与为春秋冬夏四时行也:这是和春夏秋冬四时一同运行。

[15]偃然:安然,安息的样子。巨室:巨大的房屋。这里指天地之间。

[16]嗷嗷(jiào jiào):哭声。

[17]自以为不通乎命:我自己认为这不通达天命。

[18]髑(dú)髅:即骷髅,死人的头盖骨。

[19]髐(xiāo)然:空而干枯的样子。有形:指还有原来头颅的形状。

[20]撽(qiào):敲。马捶(chuí):马杖,马鞭。捶,通"箠",杖,鞭。

[21]夫子贪生失理而为此乎:先生是因为贪生生存,失去事理而造成这个
样子的吗?夫,发语词。子,古代对男子的敬称。为此,造成这个样
子,即导致死亡。

[22]将:连词,表选择,相当于"还是"、"抑或"。斧钺(yuè)之诛:指遭到
斧钺的诛杀。钺,古代兵器,形状像斧,比斧大。

[23]愧遗(wèi)父母妻子之丑:意思是,羞愧于给父母妻儿丢脸。遗,给
予。妻子,指妻子和儿女。

[24]冻馁之患:受冻挨饿的祸患。馁,饥饿。

[25]春秋:指年纪,年寿。故:本来。

[26]语卒:说完了。

[27]援:拿。

[28]见(xiàn):同"现",出现。

[29]向子之谈者似辩士:刚才你的谈话像辩士。向,刚才。

[30]生人之累:活着的人的累患。

[31]说:同"悦",快乐。

[32]无君于上:没有君王在上面。

[33]四时:指春夏秋冬四季。

[34]从然:从容。以天地为春秋:把天地的长久作为自己的年寿,即与天
地共长久。

[35]"虽南面王乐"二句:意思是,即便是君王的快乐也不能超过(这种快
乐)。南面王,指君王,古代君王都是面向南而坐。

[36]司命:指掌管生命的鬼神。复生子形:使你的形体复生。

[37]为子骨肉肌肤:给你骨肉肌肤。

[38]反:通"返",返回。闾里:乡里,这里指住在乡里的人,即邻居。知识:指相知相识的人。

[39]深矉(pín)蹙(cù)頞(è):深深地锁着眉头,皱着鼻梁,指愁苦的样子。矉,通"颦",皱眉。蹙,皱缩。頞,鼻梁。

[40]安:疑问代词,怎么。复为人间之劳:再遭受人间的劳苦。

寓 言(节选)[1]

寓言十九[2],重言十七[3],卮言日出[4],和以天倪[5]。

寓言十九,藉外论之[6]。亲父不为其子媒[7]。亲父誉之,不若非其父者也[8]。非吾罪也,人之罪也[9]。与己同则应[10],不与己同则反[11]。同于己为是之[12],异于己为非之。

重言十七,所以已言也[13],是为耆艾[14]。年先矣[15],而无经纬本末以期年耆者[16],是非先也[17]。人而无以先人,无人道也[18]。人而无人道,是之谓陈人[19]。

卮言日出,和以天倪,因以曼衍[20],所以穷年[21]。不言则齐,齐与言不齐,言与齐不齐也[22]。故曰无言[23]。言无言,终身言,未尝[不]言[24];终身不言,未尝不言。有自也而可,有自也而不可[25];有自也而然[26],有自也而不然。恶乎然?然于然[27]。恶乎不然?不然于不然。恶乎可?可于可。恶乎不可?不可于不可。物固有所然[28],物固有所可。无物不然,无物不可。非卮言日出,和以天倪,孰得其久[29]!万物皆种也[30],以不同形相禅[31],始卒若环[32],莫得其伦[33],是谓天均[34]。天均者,天倪也。

[注释]

[1]本篇选自《庄子·外篇·寓言第二十七》。分别讲述了本书所用的寓
　　言、重言、卮言三种语体。

[2]寓言十九:寓言占十分之九。寓言,寄托他人他物以明事理的言论。
　　寓,寄。

[3]重(chóng)言十七:重言占十分之七。寓言已占全文的十分之九,重言
　　却又占十分之七,二者似矛盾。张默生《庄子新释》云:"《庄子》书中,
　　往往寓言里有重言,重言里也有寓言,是交互错综的,因此寓言的成
　　分,即使占了全书的十分之九,仍无害于重言的十分之七。"其说可从。
　　重言,重述长者的言论。一说,重(zhòng)言即为人所重者的言论。

[4]卮(zhī)言:随物而自然变化的言论。卮,酒器。成玄英《南华真经注
　　疏》云:"夫卮满则倾,卮空则仰,空满任物,倾仰随人,无心之言即卮言
　　也。"日出:时常出现。

[5]和以天倪:合于自然的分际。倪,分际。

[6]藉:借助。外:外人。

[7]媒:做媒人。

[8]"亲父誉之"二句:意思是,父亲赞扬儿子,不如别人赞扬起来可信。

[9]"非吾罪也"二句:意思是,不是我(不直言)的罪过,而是别人(猜疑)
　　的罪过。吾,指亲父。

[10]应:附和,响应。

[11]反:反对。

[12]为:相当于"则"。是之:认为它是对的。

[13]所以已言也:是用来终止争辩的。已,停止,终止。

[14]是为耆艾:这是长者的言论。耆艾,对年长者的泛称。六十岁叫耆,
　　　五十岁叫艾。

[15]年先:年长。

[16]无经纬本末以期年耆者:意思是,年长的人没有处理事物本末的能
　　　力。经纬,织物的纵线和横线。这里指处理事物的能力。期,待,相
　　　对待。

[17]先:先辈,长者。

[18]"人而无以先人"二句:做人没有过人之处,就没有为人之道。

[19]陈人:陈腐的人。

[20]因以曼衍:顺任事物的流衍变化。因,因顺,顺任。曼衍,指流衍
变化。

[21]穷年:指终其天年。

[22]"不言则齐"三句:意思是,不发言论时事理本来是齐同的,齐同的事
理加上言论就不齐同了,言论加上齐同的事理就不齐同了。言,这里
指发主观的言论。与,加上。

[23]无言:意思是,不要发主观的言论。

[24]"言无言"三句:意思是,发不主观的言论,终身说也像未曾说。不,衍
文。马叙伦《庄子义证》云:"'终身言,未尝言;终身不言,未尝不
言',相对为文,此羡'不'字。"译文从此说。

[25]"有自也而可"二句:意思是,可有可的原由,不可有不可的原由。自,
原由。

[26]然:是,正确。

[27]"恶乎然"二句:意思是,为什么说是正确的? 正确在于正确的原由。

[28]物固有所然:事物本来就有它是的理由。固,本来。

[29]孰得其久:谁能保持长久?

[30]种:指产生各种形态的种源。

[31]以不同形相禅:用不同的形态相代。禅,相代。

[32]始卒若环:终始像环一样(循环)。

[33]伦:道理。

[34]天均:自然的均齐。

列御寇(节选)[1]

列御寇之齐[2],中道而反[3],遇伯昏瞀人[4]。伯昏瞀人曰:
"奚方而反[5]?"曰:"吾惊焉。"曰:"恶乎惊[6]?"曰:"吾尝食于

十浆而五浆先馈[7]。"伯昏瞀人曰:"若是则汝何为惊已[8]?"曰:
"夫内诚不解[9],形谍成光[10],以外镇人心[11],使人轻乎贵
老[12],而赍其所患[13]。夫浆人特为食羹之货[14],无多余之
赢[15],其为利也薄,其为权也轻[16],而犹若是,而况于万乘之主
乎[17]!身劳于国而知尽于事[18]。彼将任我以事,而效我以
功[19]。吾是以惊。"伯昏瞀人曰:"善哉观乎[20]!女处己[21],人
将保女矣[22]!"无几何而往[23],则户外之屦满矣[24]。伯昏瞀人
北面而立,敦杖蹙之乎颐[25]。立有间[26],不言而出。宾者以告
列子[27],列子提屦,跣而走[28],暨乎门[29],曰:"先生既来,曾不
发药乎?[30]"曰:"已矣[31],吾固告汝曰[32]:人将保汝。果保汝
矣[33]!非汝能使人保汝,而汝不能使人无保汝也[34]。而焉用
之感豫出异也[35]。必且有感,摇而本才[36],又无谓也[37]。与汝
游者[38],又莫汝告也[39]。彼所小言,尽人毒也[40]。莫觉莫悟,
何相孰也[41]!巧者劳而知者忧[42],无能者无所求[43],饱食而敖
游[44],汎若不系之舟[45],虚而敖游者也[46]!

　　宋人有曹商者[47],为宋王使秦[48]。其往也[49],得车数乘。
王说之[50],益车百乘[51]。反于宋,见庄子,曰:"夫处穷闾阨
巷[52],困窘织屦[53],槁项黄馘者[54],商之所短也[55];一悟万乘
之主而从车百乘者,商之所长也[56]。"庄子曰:"秦王有病召医。
破痈溃痤者得车一乘[57],舐痔者得车五乘[58],所治愈下[59],得
车愈多。子岂治其痔邪[60]?何得车之多也[61]?子行矣[62]!"

[注释]

[1]本篇选自《庄子·杂篇·列御寇第三十二》。借列御寇和伯昏瞀人的
　　对话说明只有虚静无为才能顺任自然。庄子和曹商的对话则对卑己
　　求禄之人作了辛辣的讽刺。
[2]列御寇:即列子。见《逍遥游》注。之:往,到。

[3]中道而反:中途返回。反,通"返"。

[4]伯昏瞀(mào)人:即伯昏,楚国贤士,号伯昏瞀人。

[5]奚方而反:为什么缘故返回来?方,缘故。

[6]恶乎惊:为什么惊讶?恶乎,相当于"于何",为什么。

[7]尝:曾经。浆:古代一种饮料。这里指卖浆的人家。馈:送。

[8]何为惊已:为什么惊讶呢?

[9]内诚不解:内心的诚信还没有达到化境。解,解开,这里指一种化境。

[10]形谍成光:外形宣泄而有光仪。谍,通"泄",宣泄。

[11]外:外表。镇:镇服。

[12]使人轻乎贵老:使人轻视显贵和老者,指重视我列御寇超过了重视显贵和老者。贵老,指显贵和老者。

[13]赍其所患:导致祸患。赍,导致。

[14]特为食羹之货:只是为了饭食的卖出。货,卖出。

[15]赢:赢利。

[16]"其为利也薄"二句:意思是,他们取得的利润很少,他们的权势也很轻微。权,权势。

[17]而况于万乘(shèng)之主乎:何况是万乘的君主呢?万乘,古代四匹马拉的一辆兵车叫一乘。天子地方千里,可出兵车万乘,故万乘成为对天子、君主的代称。

[18]身劳于国而知(zhì)尽于事:身体为国事操劳,智谋为政事耗尽。知,同"智"。

[19]效我以功:用功绩来效验我,即要求我完成功绩。效,效验。

[20]善哉观乎:好啊!你真会观察。

[21]女(rǔ):通"汝",你。处己:即安处己身。

[22]保:归附。

[23]无几何:不多时。

[24]户外:门外。屦(jù):鞋子。

[25]敦杖蹙之乎颐:竖着拐杖抵着下巴。敦,竖。蹙,抵。颐,下巴。

[26]有间:一会儿。

[27]宾者:迎宾的人。宾,通"傧"。

[28]跣(xiǎn)而走:赤着脚跑出来。跣,赤脚。走,快走,跑。

[29]暨(jì)乎门:到门口。暨,至,到。

[30]曾:乃,竟。发药:指发规劝之言。

[31]已矣:算了吧。已,休止。

[32]固:本来。

[33]果:果然。

[34]无:不。

[35]而焉用之感豫出异也:你哪里用得着事先感动别人而表现出与众不同。而,你。豫,事先,预先。出异,表现地与众不同。

[36]"必且有感"二句:意思是,必定是与外物有感应,动了你的本性。才,通"材",本性,资质。

[37]无谓:没有意义。

[38]游:交游。

[39]汝告:没有人告诉你。莫:没有人。

[40]"彼所小言"二句:意思是,他们那些肤浅小巧的言谈,都是毒害人的。小言,肤浅小巧的言谈。

[41]"莫觉莫悟"二句:意思是,没有人是觉悟的,又怎能互相审察呢? 孰,审察,详审。

[42]巧者:智巧的人。劳:劳累。知者:即智者。

[43]无能者:指不用智能的无为之人。

[44]敖(áo):游玩。

[45]汎若不系之舟:漂浮像没有系住的船只。汎,同"泛",漂浮。

[46]虚:指道家一种虚静无为的状态。

[47]曹商:姓曹名商,宋国人。

[48]宋王:指宋偃王。使:出使。

[49]其往也:他去的时候。

[50]王:指秦王。说:同"悦",喜欢。

[51]益车百乘:又加赐了百乘车辆。益,增加。

[52]穷闾:偏僻的里巷。闾,古代以二十五家为闾。阨:通"隘",狭窄。

[53]困窘(jiǒng):穷困。织屦:打草鞋。

[54]槁项:干枯的脖子。槁,枯槁。黄馘(xù):发黄的脸色。馘,脸。

[55]所短:不及别人的地方。

[56]"一悟万乘之主而从车百乘者"二句:意思是,使万乘的君主一旦省悟
　　而随从的车辆就达到百乘,这是我的长处。

[57]破痈(yōng)溃痤(cuó):破除毒疮和疖子。痈,毒疮。溃,破。痤,
　　疖子。

[58]舐(shì):舔。痔(zhì):痔疮。

[59]愈:越,更。下:卑下。

[60]岂:难道。

[61]何得车之多也:为什么得的车辆这么多? 之,如此。

[62]子行矣:你走开吧。

天　下(节选)[1]

　　天下之治方术者多矣[2],皆以其有为不可加矣[3]。古之所
谓道术者[4],果恶乎在[5]? 曰:"无乎不在。"曰:"神何由降[6]?
明何由出[7]?""圣有所生[8],王有所成[9],皆原于一[10]。"不离
于宗[11],谓之天人;不离于精[12],谓之神人;不离于真[13],谓之
至人。以天为宗,以德为本,以道为门[14],兆于变化[15],谓之圣
人;以仁为恩[16],以义为理[17],以礼为行[18],以乐为和[19],熏然
慈仁[20],谓之君子;以法为分[21],以名为表[22],以参为验[23],以
稽为决[24],其数一二三四是也[25],百官以此相齿[26];以事为
常[27],以衣食为主,蕃息畜藏[28],老弱孤寡为意[29],皆有以
养[30],民之理也[31]。古之人其备乎[32]! 配神明[33],醇天
地[34],育万物,和天下[35],泽及百姓[36],明于本数[37],系于末
度[38],六通四辟[39],小大精粗,其运无乎不在[40]。其明而在数
度者[41],旧法、世传之史尚多有之[42];其在于《诗》、《书》、

《礼》、《乐》者,邹鲁之士、搢绅先生多能明之[43]。《诗》以道志[44],《书》以道事,《礼》以道行,《乐》以道和,《易》以道阴阳,《春秋》以道名分。其数散于天下而设于中国者[45],百家之学时或称而道之。

天下大乱,贤圣不明[46],道德不一[47],天下多得一察焉以自好[48]。譬如耳目鼻口,皆有所明[49],不能相通。犹百家众技也,皆有所长,时有所用[50]。虽然[51],不该不遍[52],一曲之士也[53]。判天地之美[54],析万物之理[55],察古人之全[56],寡能备于天地之美[57],称神明之容[58]。是故内圣外王之道,闇而不明[59],郁而不发[60],天下之人各为其所欲焉以自为方[61]。悲夫!百家往而不反[62],必不合矣[63]!后世之学者,不幸不见天地之纯[64],古人之大体[65]。道术将为天下裂[66]。

芴漠无形[67],变化无常,死与[68],生与,天地并与[69],神明往与[70]!芒乎何之?忽乎何适[71]?万物毕罗[72],莫足以归[73]。古之道术有在于是者[74],庄周闻其风而悦之[75]。以谬悠之说[76],荒唐之言[77],无端崖之辞[78],时恣纵而不傥[79],不以觭见之也[80]。以天下为沉浊,不可与庄语[81]。以卮言为曼衍[82],以重言为真[83],以寓言为广[84]。独与天地精神往来,而不敖倪于万物[85]。不遣是非[86],以与世俗处。其书虽瑰玮[87],而连犿无伤也[88]。其辞虽参差[89],而諔诡可观[90]。彼其充实[91],不可以已[92]。上与造物者游,而下与外死生、无终始者为友[93]。其于本也[94],宏大而辟[95],深闳而肆[96];其于宗也[97],可谓稠适而上遂矣[98]。虽然,其应于化而解于物也[99],其理不竭[100],其来不蜕[101],芒乎昧乎[102],未之尽者[103]。

[注释]

[1]本篇选自《庄子·杂篇·天下第三十三》。《天下》篇被认为是最早的一篇总结先秦学术的论著。本篇选录了其论述古代道术分裂为方术的部分,以及对庄周学说的评价。

[2]治:从事,研究。方术:指某一方面的学术。

[3]皆以其有为不可加矣:都认为自己所学的是无以复加了。以,认为。有,指所学的学问。

[4]道术:指全面的、整体的把握天道的学术。

[5]果恶乎在:究竟在哪里。果,究竟。

[6]神何由降:神妙从哪里降临。神,神妙。

[7]明何由出:智慧从哪里出现。明,智慧。

[8]圣有所生:圣人有他降生的原由。

[9]有所成:有他成就的原由。

[10]原于一:本于一。一,指道。

[11]不离于宗:不偏离根本。宗,指道的根本。下文的"精"、"真"皆就道而言。

[12]精:指道的精微。

[13]真:指道的真谛。

[14]门:门径。

[15]兆:预见。

[16]以仁为恩:指用仁来施恩。

[17]以义为理:指用义来辨明事理。

[18]以礼为行:指用礼来约束行为。

[19]以乐为和:指用乐来求和谐。

[20]熏然慈仁:温和慈爱。熏然,温和的样子。

[21]以法为分:用法来确定名分。分,名分,职分。

[22]以名为表:用名号作为标准。表,标准。

[23]以参为验:用参考比较作为验证。

[24]以稽为决:用考核来作决定。稽,考核。

[25]其数一二三四是也:意思是,他们的次序一二三四就是这样(排列

的）。数，等差，次序。

[26]以此相齿：根据这些来排序。齿，序列。

[27]以事为常：把职事作为经常事务。

[28]蕃(fán)息：繁殖生息。畜(xù)藏：蓄积储藏。畜，通"蓄"，蓄积。

[29]为意：为怀，即关心，关怀的意思。

[30]皆有以养：都能得到抚养。

[31]民之理：即民生的道理。

[32]古之人其备乎：意思是，古代的人大概很完备吧。

[33]配神明：配合自然造化。

[34]醇：精醇。一说醇借为"准"，醇天地即以天地为准。

[35]和天下：使天下和谐。

[36]泽及百姓：恩泽普及到百姓。

[37]本数：指道的根本。

[38]系：涉及，关联。末度：道的末节。

[39]六通四辟：即与六合四时相通。六，指六合，即上下四方。四，指春、
　　夏、秋、冬四时。辟，开通。一说六通四辟即通达于四面八方。

[40]其运无乎不在：他们的运动变化无所不在。

[41]其明而在数度者：意思是，这些明显地表现在制度上的。数度，指
　　制度。

[42]旧法、世传之史尚多有之：过去的法典、世传的史书还保存了很多。

[43]邹鲁之士：指儒者。邹，指邹国，孟子之乡。一说指孔子父所封邑，在
　　今山东曲阜县东南。鲁，指鲁国，为孔子之乡。故邹鲁之士借指儒
　　者。搢绅先生：亦指儒者。搢绅，即把笏板插在腰间的大带上，是儒
　　服的一种。搢，插。绅，腰间的大带。一说搢绅先生指为官之人。

[44]道：表达。志：心志。

[45]数：指学术、学说。设：施行。

[46]贤圣不明：圣贤隐晦不明。

[47]道德不一：道德的标准不统一。

[48]一察：一孔之见。自好：自喜。

[49]明：辨明，分别。

[50]时有所用:在一定时候能发挥各自的用途。

[51]虽然:即使这样。

[52]不该不遍:不完备不周遍。

[53]一曲之士:偏于一端的人。

[54]判:分裂。

[55]析:离析。

[56]察:明辨,这里有分判,别析的意思。

[57]寡能备于天地之美:很少能完全具备天地的美。

[58]称(chèn):相称,相配。

[59]闇:同暗,晦暗。

[60]郁:抑郁。发:发扬,显现。

[61]天下之人各为其所欲焉以自为方:天下的人各自做他们想做的事,把自己的见解作为学术。方,方术,学术。

[62]反:通"返",返回。

[63]不合:指与古代的道术不合。

[64]纯:精纯,纯一。

[65]古人之大体:指古人道术的全貌。

[66]道术将为天下裂:意思是,道术将要被天下的百家方术所分裂。

[67]芴(hū)漠:恍惚虚静的样子。芴,通"惚",恍惚的样子。

[68]与:叹词。后文三个"与"同此。

[69]天地并与:和天地并存啊!

[70]神明往与:和神明同往啊!

[71]"芒(huǎng)乎何之"二句:意思是,恍恍惚惚地要到哪里去。芒,通"恍",恍惚。之,往,到。忽,通"惚",恍惚。适,到。

[72]毕罗:包罗。

[73]莫:没有。归:归向。

[74]有在于是者:有体现在这方面的。

[75]风:消息。

[76]谬悠:虚空悠远。

[77]荒唐:广大无际。

［78］端崖：边际。

［79］时：时常。恣纵：恣意放纵。傀：偏颇。

［80］觭(jī)：通"奇"，单一，偏于一面。

［81］不可与庄语：不可以与他们讲端庄严正的话。庄语，端庄严正的话。

［82］以卮言为曼衍：用卮言来流衍变化。卮言，与后文的"重言"、"寓言"
　　　并见《寓言》篇注。曼衍，流衍变化。

［83］以重言为真：用重言使人觉得真实。

［84］以寓言为广：用寓言来推广道理。

［85］敖倪(ào nì)：傲视。敖，通"傲"。倪，通"睨"，斜视。

［86］谴：责问，追究。

［87］瑰玮：奇特。

［88］连犿(fān)：宛转。无伤：指无害于文义。

［89］参差：不整齐，指变化多端。

［90］諔(chù)诡：奇异。

［91］彼其：代词，他。

［92］已：停止。

［93］外死生、无终始者：超越生死，没有终始的人，即得道之人。

［94］其于本也：他对于道的根本。

［95］辟：开阔。

［96］闳：大。肆：放达。

［97］宗：道的宗旨。

［98］稠(tiáo)：同"调"，调和。适：合宜。遂：达，到。

［99］应于化：顺应变化。解于物：解脱外物(的束缚)。

［100］竭：穷尽。

［101］来：来源。蜕：脱去，除掉。

［102］芒乎昧乎：模糊不清的样子。芒，通"茫"。

［103］未之尽者：没有穷极。

商君书

　　旧本题秦商鞅撰。商鞅,生于战国中期(约前390—前338),姓公孙,名鞅,原为卫国庶出的公子,故称卫鞅。后来到了秦国,辅佐秦孝公变法,以功封于商,又称商鞅。孝公死,惠王立,秦国旧贵族诬告商鞅谋反,惠王发兵杀死他,车裂其尸体,灭商君全家。

　　《汉书·艺文志》著录《商君书》二十九篇,今存二十四篇,旧题"商鞅撰"。钱穆先生《先秦诸子系年》根据《更法篇》称孝公谥、《弱民篇》因袭《荀子》、《靳令篇》雷同《韩子》、《错法篇》有秦武王时人乌获、《徕民篇》又载长平战役,因断其书"非出鞅手,明明甚显"。实际上《商君书》是商鞅及其后学的遗著汇编。《商君书》反映了商学派的基本思想,是法家的重要著作。商学派反对倒退复古,主张历史演变不复,应该因时变法,使国家富强。变法的具体主张如下:一、重农乐战。增加农民的数目,强迫农民专心务农,使农民困守于土地;奖励军功,使民好勇。二、压抑工商。商人不得卖粮,提高酒肉价钱,废除旅馆的经营,加重商品销售税,商家的奴仆必须服役。三、严刑峻法。建立什伍连坐制度,匿奸不告受罚,揭发告奸获赏。四、强化政权。统一税制,压制私门,壮大公室,加强中央权力。但是商学派也有腐朽之处,如反对儒生与礼乐,"愚农不知,不好学问,则务疾农",实行愚民政策,余英时称之为"法家的反智论"。

《商君书》由于成于众手,故语言兼有"简峻朴质"与"浅白流畅"的风格(郑良树语),在先秦散文中别具一格。

更　法[1]

孝公平画[2],公孙鞅、甘龙、杜挚三大夫御于君[3],虑世事之变[4],讨正法之本[5],求使民之道[6]。

君曰:"代立不忘社稷[7],君之道也;错法务明主长[8],臣之行也。今吾欲变法以治,更礼以教百姓[9],恐天下之议我也。"公孙鞅曰:"臣闻之,疑行无成[10],疑事无功。君亟定变法之虑[11],殆无顾天下之议之也[12]。且夫有高人之行者,固见负于世[13];有独知之虑者,必见骜于民[14]。语曰:'愚者暗于成事[15],知者见于未萌[16]。民不可与虑始[17],而可与乐成[18]。'郭偃之法曰[19]:'论至德者不和与俗,成大功者不谋于众。'法者,所以爱民也;礼者,所以便事也[20]。是以圣人苟可以强国[21],不法其故;苟可以利民,不循其礼。"孝公曰:"善!"

甘龙曰:"不然。臣闻之,圣人不易民而教[22],知者不变法而治。因民而教者[23],不劳而功成;据法而治者,吏习而民安[24]。今若变法,不循秦国之故,更礼以教民,臣恐天下之议君,愿孰察之[25]。"公孙鞅曰:"子之所言,世俗之言也。夫常人安于故习[26],学者溺于所闻[27]。此两者所以居官而守法,非所与论于法之外也[28]。三代不同礼而王[29],五霸不同法而霸[30]。故知者作法,而愚者制焉[31];贤者更礼,而不肖者拘焉[32]。拘礼之人不足与言事[33],制法之人不足与论变[34]。君无疑矣。"

杜挚曰:"臣闻之,利不百[35],不变法;功不十[36],不易器。

臣闻法古无过[37]，循礼无邪。君其图之[38]。"公孙鞅曰："前世不同教，何古之法？帝王不相复，何礼之循？伏羲、神农教而不诛[39]，黄帝、尧、舜诛而不怒[40]。及至文、武[41]，各当时而立法[42]，因事而制礼。礼法以时而定[43]，制令各顺其宜，兵甲器备各便其用[44]。臣故曰：治世不一道[45]，便国不必法古。汤、武之王也[46]，不循古而兴；殷、夏之灭也，不易礼而亡。然则反古者未必可非[47]，循礼者未足多也[48]。君无疑矣。"孝公曰："善！吾闻穷巷多怪[49]，曲学多辨[50]。愚者之笑，智者哀焉；狂夫之乐，贤者丧焉[51]。拘世以议，寡人不之疑矣。"于是遂出垦草令[52]。

[注释]

[1]本篇为《商君书》的首篇，是全篇的主旨。更法即变法。作者首先打消了秦孝公变法的顾虑，然后针对甘龙、杜挚的非议，提出"三代不同礼而王，五霸不同法而霸"，治理国家应该"当时而立法，因事而制礼"，最后得出结论："治世不一道，便国不必法古。"

[2]孝公：战国时秦国国君，秦献公之子，姓嬴，名渠梁，前361年—前338年在位。《四库全书总目提要》曰："今考《史记》，称秦孝公卒，太子立，公子虔之徒告鞅欲反，惠王乃车裂鞅以徇。则孝公卒后，鞅即逃死不暇，安得著书？如为平日所著，则必在孝公之世，又安得开卷第一篇即称孝公之谥？殆法家者流掇鞅余论，以成是编。"据此，则此篇并非商鞅所自作，而是后人的追述。平画：讨论计划。

[3]甘龙、杜挚：秦国贵族。御：陪侍。

[4]虑世事之变：考虑时事的变化。

[5]讨正法之本：讨论政治法度的根本。正：当读为"政"，"正法"即"政法"，意为政治法度；从高亨说。

[6]求使民之道：寻求治理人民的方法。

[7]代立：继承君位。社稷：社为土神，稷为谷神，古代国君必立社稷，社稷亡则国亡，故后世以社稷代指国家。

[8]错法务明主长:施行法令,必须体现君上的美德。错:通"措",设置,推行。明:使……光明。主长:君上。

[9]更礼:变革礼制。

[10]疑行无成:行动迟疑不决就不能成功。按此句《史记》作"疑行无名",《太平御览》四九六引《商君书》也作"疑行无名",今从严万里校本作"成"。

[11]亟(jí):赶快,急速。

[12]殆:必,一定。

[13]固见负于世:本来就会被世人非议。负:非议。

[14]有独知之虑者,必见骜于民:独具远见的谋略,必然被人们毁谤。见骜(áo):被毁谤。骜:通"嗷",《说文》"嗷,众口愁也",意即毁谤。

[15]暗于成事:事情做成功了还不明白其中道理。暗:不明了。成事:事物成功,有了结果。

[16]知:同"智","知者"即"智者"。

[17]民不可与虑始:不可以与人民谋划事业的创始。

[18]可与乐成:可以同百姓乐享事业的成功。

[19]郭偃(yǎn):春秋时人,辅佐晋文公变法。一说以为郭偃即晋大夫卜偃,亦通。

[20]便事:便利行事。

[21]苟:如果。

[22]易民:改易民俗。

[23]因民:因袭民俗。

[24]习:熟悉。

[25]孰:同"熟",仔细。

[26]故习:旧有的习俗。

[27]溺:拘泥,局限。

[28]非所与论于法之外:不能跟他们讨论法度以外的事。

[29]三代:指夏、商、周。王(wàng):称王。

[30]五霸:战国人所说的五霸是齐桓公、晋文公、楚庄王、吴王阖闾、越王勾践。从高亨《商君书新笺》说。一说以为是齐桓公、宋襄公、晋文

公、秦穆公、楚庄王,一说以为是昆吾氏、大彭氏、豕韦氏、齐桓公、晋
文公(《白虎通·号篇》)。

[31] 愚者制焉:愚昧的人受法度的制约。

[32] 不肖:不贤,指庸人、一般人。拘焉:指受礼制的约束。

[33] 拘礼之人:受礼制约束的人。

[34] 制法之人:受法度制裁的人。

[35] 利不百:如果没有百倍的利益。

[36] 功:功效。

[37] 法古:效法古人。

[38] 其:表希望的语气助词。图:考虑,思考。

[39] 伏羲、神农教而不诛:伏羲、神农教导人民却不诛杀。伏羲,古代传说中的
部落酋长,即太昊,风姓,相传他始作八卦,教民捕鱼畜牧。神农,传说古
帝名,相传始教民制耒、耜以兴农业,尝百草为医药以治疾病。

[40] 黄帝、尧、舜:上古的圣君。黄帝,姓公孙,号轩辕氏。击败蚩尤,诸侯尊为
天子,以代神农氏。尧,传说中之古帝陶唐氏之号。舜,继尧之后为帝。
事见《史记·五帝本纪》。诛而不怒:杀人却不连及妻与子。怒:通"帑"。
《说文通训定声》:"帑,假借为奴字,亦作孥。"故知帑指妻、子。

[41] 文、武:周文王、周武王,皆为古时贤君。周文王,姓姬名昌,殷时诸
侯,居于歧山之下,受到诸侯的拥护,曾被纣囚于羑里。后获释,为西
方诸侯之长,称西伯。迁都于丰。周武王,周文王子,名发。起兵伐
纣,灭殷,建立周王朝。事见《史记·周本纪》。

[42] 当时:适应当时的形势。

[43] 以时:顺应时代。

[44] 器备:器具。

[45] 一道:一种方法。

[46] 王(wàng):称王。

[47] 然则:如此,那么。反古者:与古法相反的人。

[48] 多:重视。《说文》:多,重也。《汉书·灌夫传》"士亦以此多之"
可证。

[49] 穷巷多怪:隐僻的巷里,遇事往往少见多怪。

[50]曲学:学识浅陋的人。

[51]"愚者之笑"四句:严可均校本原作"愚者笑之,智者哀焉;狂夫之乐,
　　贤者丧焉"。孙诒让《札迻》说:"'笑之'《新序》作'之笑'。"朱师辙
　　《商君书解诂》说:"'之乐'《四库》本作'乐之'。"按《战国策·赵
　　策》:"狂夫之乐,知者哀焉;愚者之笑,贤者戚焉。"《史记·赵世家》:
　　"狂夫之乐,智者哀焉;愚者所笑,贤者察焉。"语相似,今据改。

[52]垦草:开垦荒地。草:草莱,荒芜之地。

开　塞[1]

　　天地设而民生之[2]。当此之时也,民知其母而不知其父,
其道亲亲而爱私[3]。亲亲则别[4],爱私则险[5],民众,而以别险
为务,则民乱。当此时也,民务胜而力征[6]。务胜则争,力征则
讼[7],讼而无正[8],则莫得其性也[9]。故贤者立中正,设无私,
而民说仁[10]。当此时也,亲亲废,上贤立矣[11]。凡仁者以爱利
为务[12],而贤者以相出为道[13]。民众而无制,久而相出为道,
则有乱。故圣人承之[14],作为土地、货财、男女之分[15]。分定
而无制,不可,故立禁[16];禁立而莫之司[17],不可,故立官;官设
而莫之一[18],不可,故立君。既立君,则上贤废而贵贵立矣[19]。
然则上世亲亲而爱私,中世上贤而说仁[20],下世贵贵而尊官。
上贤者,以道相出也;而立君者,使贤无用也[21]。亲亲者,以私
为道也;而中正者,使私无行也。此三者非事相反也,民道弊而
所重易也[22],世事变而行道异也。故曰:"王道有绳[23]。"

　　夫王道一端,而臣道亦一端,所道则异,而所绳则一也。故
曰:"民愚,则知可以王[24];世知,则力可以王。"民愚则力有余而
知不足,世知则巧有余而力不足。民之生[25],不知则学,力尽而
服。故神农教耕而王天下,师其知也;汤、武致强而征诸侯,服其

力也。夫民愚,不怀知而问[26];世知,无余力而服。故以知王天下者并刑[27],力征诸侯者退德[28]。

圣人不法古,不修今[29]。法古则后于时,修今则塞于势。周不法商,夏不法虞[30],三代异势,而皆可以王。故兴王有道,而持之异理。武王逆取而贵顺[31],争天下而上让[32],其取之以力,持之以义。今世强国事兼并[33],弱国务力守,上不及虞、夏之时,而下不修汤、武。汤、武之道塞,故万乘莫不战[34],千乘莫不守。此道之塞久矣,而世主莫之能废也[35],故三代不四[36],非明主莫有能听也。

今日愿启之以效[37]。古之民朴以厚[38],今之民巧以伪[39]。故效于古者,先德而治;效于今者,前刑而法:此俗之所惑也[40]。今世之所谓义者,将立民之所好,而废其所恶;此其所谓不义者,将立民之所恶,而废其所乐也。二者名贸实易[41],不可不察也。立民之所乐,则民伤其所恶[42];立民之所恶,则民安其所乐。何以知其然也?夫民忧则思,思则出度[43];乐则淫,淫则生佚[44]。故以刑治则民威[45],民威则无奸,无奸则民安其所乐;以义教则民纵[46],民纵则乱,乱则民伤其所恶。吾所谓刑者[47],义之本也;而世所谓义者,暴之道也。夫正民者以其所恶,必终其所好;以其所好,必败其所恶。

治国刑多而赏少[48],故王者刑九而赏一,削国赏九而刑一[49]。夫过有厚薄,则刑有轻重;善有大小,则赏有多少。此二者,世之常用也。刑加于罪所终,则奸不去[50];赏施于民所义,则过不止[51]。刑不能去奸而赏不能止过者,必乱。故王者刑用于将过[52],则大邪不生;赏施于告奸,则细过不失[53]。治民能使大邪不生、细过不失,则国治,国治必强。一国行之,境内独治;二国行之,兵则少寝[54];天下行之,至德复立。此吾以杀刑之反于德[55],而义合于暴也。

古者,民藂生而群处[56],乱,故求有上也[57]。然则天下之乐有上也,将以为治也。今有主而无法,其害与无主同;有法不胜其乱,与无法同。天下不安无君,而乐胜其法[58],则举世以为惑也。夫利天下之民者,莫大于治;而治莫康于立君[59]。立君之道,莫广于胜法[60];胜法之务,莫急于去奸;去奸之本,莫深于严刑。故王者以赏禁,以刑劝,求过不求善,藉刑以去刑[61]。

[注释]

[1]本篇是《商君书》的第七篇。开塞(sè)就是开通堵塞的道路。文章从"知其母而不知其父的"母系氏族社会开始,推演到"世事变而行道异";认为"王道有绳","民愚,则知可以为王;世知,则力可以为王";强调"治国刑多而赏少,故王者刑九而赏一",最后达到"藉刑以去刑"的目的。

[2]设:形成。

[3]亲亲:爱护亲人。上"亲"字为动词;下"亲"字为名词,指包括父母在内的亲属。

[4]别:区别亲疏。

[5]险:心存险恶。

[6]务胜而力征:务求胜过别人而力图夺取私利。征:夺取。

[7]讼:相争。

[8]正:公正。

[9]性:理性。

[10]说:通"悦",喜好。

[11]上贤立矣:树立了崇尚贤人的观念。上:通"尚",崇尚。

[12]爱利:爱人利人。

[13]相出:超越别人。

[14]故圣人承之:所以圣人拯救纷乱。承:通"丞","丞"即"拯"字。

[15]作为土地、货财、男女之分:制定土地、财物、男女的分界。

[16]立禁:创立法令。禁:禁令,法令。

[17]禁立而莫之司:法令创立了却无人主持。司:掌管,主持。

[18]官设而莫之一:官吏设置了却无人来统一支配。一:统一。

[19]贵贵:尊重贵人。

[20]中世上贤而说仁:中古人民崇尚贤人爱好仁慈。

[21]使贤无用:使贤人没有用处。

[22]民道弊而所重易也:人民所行之道被阻塞,因而所看重的东西就变
易了。

[23]绳:标准,准则。

[24]知可以王:有智慧之人可以作君王。

[25]生:通"性",本性。

[26]不怀知而问:没有知识就要向人请教。怀:怀藏,心中存有。

[27]以知王天下者并刑:凭借智慧称王于天下的人屏弃刑罚。"知"字原
缺。陶鸿庆《读诸子札记》以为"王"上当有"知"字。并:通"屏",
屏弃。

[28]力征诸侯者退德:凭借武力征服诸侯的人,抛弃道德。

[29]不修今:不因循现代。按"修"当作"循",二字字形相近而误。

[30]夏不法虞:夏朝不效法虞舜。

[31]武王逆取而贵顺:武王用叛逆的方法夺取了政权,却提倡服从君上。

[32]上让:崇尚退让。让:礼让。

[33]强国事兼并:强国从事兼并弱国。

[34]万乘:有一万辆兵车的大国。下文"千乘"指小国。古代天子兵车万
乘,诸侯兵车千乘,大夫兵车百乘。战国时出现了万乘之国。

[35]废:通"发",开辟。

[36]三代不四:三代就没有增加到第四个。意思是夏禹、商汤、周文王、武
王三代皆为圣主,后代君主未能继承他们成为第四代圣主。

[37]启之以效:从效果上加以说明。效:效果,验证。

[38]以:相当于"而",连词。

[39]巧以伪:巧诈而虚伪。

[40]此俗之所惑也:这正是俗人感到迷惑的。

[41]名贸实易:名称和实质都颠倒。贸:相当于"易"。《说文》:"贸,易财

也。"简书《商君书笺正》:"名贸实易谓二者名实均易也。盖今之所谓义者却非义,所谓不义者确为义,是名之贸也;立好废恶而民反伤其恶,立恶废乐而民反安其乐,是实之易也。贸易有交易之意义,义与不义之名实,立好废恶与立恶废乐之因果均适相异,若互易者然,故曰名贸实易。"简说至当。

[42]立民之所乐,则民伤其所恶:树立人民所喜好的东西,则人民反为他们所厌恶的事物所伤害。

[43]出度:产生法度。出:产生。

[44]佚:通"逸",懒惰。

[45]威:通"畏",畏惧。

[46]以义教则民纵:以义来教化人民则人民变得放纵。纵:放纵,放肆。

[47]刑:原作"利",据严可均本改。

[48]治国:政治清明的国家。

[49]削国:削弱的国家。

[50]刑加于罪所终,则奸不去:刑罚加在人民罪行完成时才施用,奸邪就不能消灭。

[51]赏施于民所义,则过不止:奖赏用在人民所认为"义"上,罪过就不会消灭。

[52]将过:将要发生过错。

[53]赏施于告奸,则细过不失:赏赐用在告发奸人上,那么细小的过失也不会遗漏。

[54]寝:停止,平息。

[55]反:通"返",回归。

[56]藂(cóng):是"丛"的异体字,聚集。

[57]故求有上也:所以要求有君王。

[58]乐胜其法:乐于破坏法度。

[59]康:快乐。

[60]胜法:善用法度。《说文》:"胜,任也。"

[61]藉:凭借。

中华书局

先秦散文选 下册

董洪利 张量
方麟 李峻岫 选注

荀 子

　　《荀子》一书,是战国末期赵国人荀况的重要哲学著作。荀况,是我国古代杰出的哲学家,是战国时期儒家的重要代表人物之一。他的生卒年不详,活动年代约为前298年—前238年间。他先后到过齐、秦、赵、楚,曾在齐国稷下学宫讲学,并曾三为"祭酒"(学宫之长),以后又做过楚国的兰陵令,晚年在兰陵著书,死于兰陵。

　　《荀子》一书现存三十二篇,是研究荀子思想的重要材料。其中主要包含了荀况在政治理论、自然观、认识论等重要问题上的观点和思想。他的思想主要倾向于儒家,同时吸收了春秋、战国以来的各派学说,不仅"隆礼",也十分强调"重法",主张"礼""法"结合起来。同时,在自然观和认识论上坚持唯物主义原则,相信人的道德完善、社会的安定,是经过后天的努力都能形成的。本文从中节选了八篇具有典型代表性的文章,既能突出反映荀况的思想,又能代表荀况散文的重要特色——寓理于物,深入浅出的说理风格和逻辑推理的论辩形式。

劝　学[1]

君子曰:学不可以已[2]。青,取之于蓝,而青于蓝;冰,水为之,而寒于水[3]。木直中绳[4],𫐓以为轮[5],其曲中规[6],虽有槁暴[7],不复挺者[8],𫐓使之然也。故木受绳则直[9],金就砺则利[10],君子博学而日参省乎己[11],则知明而行无过矣。故不登高山,不知天之高也;不临深溪[12],不知地之厚也;不闻先王之遗言[13],不知学问之大也。干、越、夷、貉之子[14],生而同声,长而异俗,教使之然也。《诗》曰:"嗟尔君子,无恒安息。靖共尔位,好是正直。神之听之,介尔景福[15]。"神莫大于化道[16],福莫长于无祸。

吾尝终日而思矣,不如须臾之所学也[17]。吾尝跂而望矣,不如登高之博见也[18]。登高而招,臂非加长也,而见者远;顺风而呼,声非加疾也,而闻者彰[19]。假舆马者,非利足也,而致千里;假舟楫者,非能水也,而绝江河[20]。君子生非异也,善假于物也[21]。

南方有鸟焉,名曰蒙鸠,以羽为巢,而编之以发,系之苇苕,风至苕折,卵破子死[22]。巢非不完也,所系者然也[23]。西方有木焉,名曰射干,茎长四寸,生于高山之上,而临百仞之渊[24]。木茎非能长也,所立者然也[25]。蓬生麻中,不扶而直;白沙在涅,与之俱黑[26]。兰槐之根是为芷,其渐之滫,君子不近,庶人不服[27]。其质非不美也,所渐者然也[28]。故君子居必择乡,游必就士,所以防邪辟而近中正也[29]。

物类之起,必有所始;荣辱之来,必象其德[30]。肉腐出虫,鱼枯生蠹[31]。怠慢忘身,祸灾乃作[32]。强自取柱,柔自取束[33]。邪秽在身,怨之所构[34]。施薪若一,火就燥也;平地若一,水就湿也[35]。草木畴生,禽兽群焉[36]。物各从其类也。是故质的张,而弓矢至焉[37];林木茂,而斧斤至焉[38];树成荫,而众鸟息焉;醯酸,而蚋聚焉[39]。故言有招祸也,行有招辱也,君子慎其所立乎[40]!

积土成山,风雨兴焉[41];积水成渊,蛟龙生焉[42];积善成德,而神明自得,圣心备焉[43]。故不积跬步,无以致千里[44];不积小流,无以成江海。骐骥一跃,不能十步;驽马十驾,功在不舍[45]。锲而舍之,朽木不折[46];锲而不舍,金石可镂[47]。蚓无爪牙之利、筋骨之强,上食埃土,下饮黄泉,用心一也[48];蟹六跪而二螯,非蛇蟮之穴,无可寄托者,用心躁也[49]。是故无冥冥之志者,无昭昭之明;无惛惛之事者,无赫赫之功[50]。行衢道者不至,事两君者不容[51]。目不能两视而明,耳不能两听而聪[52]。螣蛇无足而飞,梧鼠五技而穷[53]。《诗》曰:"尸鸠在桑,其子七兮。淑人君子,其仪一兮。其仪一兮,心如结兮[54]。"故君子结于一也。

昔者瓠巴鼓瑟,而流鱼出听;伯牙鼓琴,而六马仰秣[55]。故声无小而不闻,行无隐而不形[56]。玉在山而草木润,渊生珠而崖不枯[57]。为善不积邪,安有不闻者乎[58]?

学恶乎始?恶乎终[59]?曰:其数则始乎诵经,终乎读礼[60];其义则始乎为士,终乎为圣人[61]。真积力久则入,学至乎没而后止也[62]。故学数有终,若其义则不可须臾舍也[63]。为之,人也;舍之,禽兽也[64]。故《书》者,政事之纪也[65];《诗》者,中声之所止也[66];《礼》者,法之大分,类之纲纪也。故学至乎《礼》而止矣[67]。夫是之谓道德之极[68]。《礼》之敬文也,《乐》之中和也,《诗》、《书》之博也,《春秋》之微也,在天地之间者毕矣[69]。

君子之学也,入乎耳,箸乎心,布乎四体,形乎动静[70];端而言,蝡而动,一可以为法则[71]。小人之学也,入乎耳,出乎口;口耳之间,则四寸耳,曷足以美七尺之躯哉[72]!古之学者为己,今之学者为人[73]。君子之学也,以美其身;小人之学也,以为禽犊[74]。故不问而告谓之傲,问一而告二谓之囋[75]。傲,非也,囋,非也,君子如向矣[76]。

学莫便乎近其人[77]。《礼》、《乐》法而不说[78],《诗》、《书》故而不切,《春秋》约而不速[79]。方其人之习君子之说,则尊以遍矣,周于世矣[80]。故曰:学莫便乎近其人。

学之经莫速乎好其人,隆礼次之[81]。上不能好其人,下不能隆礼,安特将学杂志,顺《诗》、《书》而已耳[82],则末世穷年,不免为陋儒而已[83]。将原先王,本仁义,则礼正其经纬蹊径也[84]。若挈裘领,诎五指而顿之,顺者不可胜数也[85]。不道礼宪,以《诗》、《书》为之,譬之犹以指测河也,以戈舂黍也,以锥餐壶也,不可以得之矣[86]。故隆礼,虽未明,法士也[87];不隆礼,虽察辩,散儒也[88]。

问楛者,勿告也;告楛者,勿问也;说楛者,勿听也;有争气者,勿与辩也[89]。故必由其道至,然后接之;非其道则避之[90]。故礼恭,而后可与言道之方;辞顺,而后可与言道之理;色从,而后可与言道之致[91]。故未可与言而言,谓之傲;可与言而不言,谓之隐;不观气色而言,谓之瞽[92]。故君子不傲、不隐、不瞽,谨顺其身[93]。《诗》曰:"匪交匪舒,天子所予[94]。"此之谓也。

百发失一,不足谓善射[95];千里蹞步不至,不足谓善御[96];伦类不通,仁义不一,不足谓善学[97]。学也者,固学一之也[98]。一出焉,一入焉,涂巷之人也[99];其善者少,不善者多,桀、纣、盗跖也[100];全之尽之,然后学者也[101]。

君子知夫不全不粹之不足以为美也,故诵数以贯之,思索以通之,为其人以处之,除其害者以持养之[102]。使目非是无欲见也,使耳非是无欲闻也,使口非是无欲言也,使心非是无欲虑也[103]。及至其致好之也,目好之五色,耳好之五声,口好之五味,心利之有天下[104]。是故权利不能倾也,群众不能移也,天下不能荡也[105]。生乎由是,死乎由是,夫是之谓德操[106]。德操然后能定,能定然后能应[107]。能定能应,夫是之谓成人[108]。天见其明,地见其光,君子贵其全也[109]。

[注释]

[1]本篇为《荀子》的第一章,较为系统地阐述了荀子的教育思想。荀子认为知识才能不是天生的,而是通过后天的学习、教育和环境影响取得的。

[2]君子:此之君子是泛称,指有文化、才德的士人。已:停止。

[3]青:靛青。前一“青”指颜料,后“青于蓝”的“青”指颜色。取:提取,提炼。蓝:草名,即蓼蓝,其叶可做蓝色染料。

[4]木直中绳:中,符合。绳,指木工测量木材曲直的工具墨线。此句是说木材很直符合墨线的标准。

[5]輮,同“揉”,使直变弯曲。

[6]规:圆规,测量圆的工具。

[7]有:同“又”。槁暴(gǎo pù):槁,干枯。暴,同“曝”,晒。即晒干。

[8]挺:直。

[9]受绳:经过墨绳校正。

[10]金:指金属做的锐器,如刀剑。砺:磨刀石。

[11]参:检验。或曰,即“三”,后作“叁”。省乎:一说为后人误补。省(xǐng),省察。

[12]溪:指山涧。

[13]先王:古代帝王,此指荀子理想中的贤德君主。

[14]干、越:都是春秋时期古国名,在今江苏、浙江一带。干,又作“邗”。本是一个小国,被吴所灭,所以吴也被称为干。夷、貉:貉,同“貊”。夷,是古时对东方少数民族的称呼。貉,是对东北少数民族的称呼。

[15]这几句诗引自《诗经·小雅·小明》。意思是:你们这些君子们啊,不要长久地安逸享乐,要认真恭敬地对待你的职位,爱好正直的人,神了解了你的行为,会帮助你们得到大福。靖:安。共:同“恭”,敬。好:爱好。介:助。景:大。

[16]神:此指精神境界。化道:即化于道,受道的教化,思想行动皆合于

道。这里的"道"是指荀子推崇的封建礼制、道德观念所遵循的总的原则、方法和规律。

[17] 尝:曾经。须臾:一会儿。

[18] 跂(qǐ):抬起脚后跟。博见:即见博,看见得宽广。

[19] 招:招手。疾:这里指声音洪大。彰:清楚。

[20] 假:借助。舆:马车。利足:使腿脚跑得更快。致:使到达。楫:船桨。能水:能,即会。会水,水性好。绝:渡过。

[21] 生:同"性",本性。善:擅长。

[22] 蒙鸠:即鹪鹩,体约三寸,羽毛赤褐的一种小鸟。系:联结。苇苕:芦苇的嫩条。

[23] 完:完善、完整。所系者然也:此言是(鸟窝)凭借的地方不合适造成的。

[24] 射干:一种草药名,又称"乌扇"。仞:古制七尺或八尺为一仞。

[25] 此二句是说,并不是射干的茎加长了,而是它所生长的地方使它这样。本段用各种譬喻来说明环境对人成长的重要性。

[26] 蓬:草名,即飞蓬。麻:即蓖麻,其茎极直。涅:黑土。"白沙在涅,与之俱黑"句,原脱,王念孙以为后人据《大戴礼记》误删。今依《尚书正义·洪范》正义引文补。

[27] 兰槐:即白芷,一种香草名,花白、味香。其:如果。渐:浸泡。滫(xiǔ):淘米水,指脏水。庶人:普通人。这里荀子将庶人与君子作为相对的概念。服:佩戴。

[28] 此二句是说,不是他的本质不好,而是由于把他浸入脏水的缘故。

[29] 游:即古人出外交往、游历。士:指知识分子。中正:指恰当正确的事情。

[30] 起:发生。象:相应。必象其德:一定和他自己的品德(优劣)相对应。

[31] 蠹(dù):蛀虫。

[32] 怠慢忘身:怠惰散慢以至于不顾自己的行为。乃:于是,就。

[33] 强自取柱,柔自取束:柱,同"祝",折断。言太刚强了就容易折断,太柔软了就容易受约束。《荀子集解》引王引之云:"柱与束相对为文。则柱非谓屋柱之柱也,柱当读为祝。哀十四年《公羊传》:'天祝予。'

十三年《榖梁传》:'祝发文身。'何、范注并曰:'祝,断也。'此言物强则自取断折。"

[34]此二句是说,行为邪恶肮脏正是造成人们对你怨恨的原因。秽:污秽,肮脏。构:造成。

[35]此四句是说,堆放的柴草看上去好像一样,而火总是从干燥的柴草开始烧;平地看起来好像一样,而水总是会积在低洼的地方。施:放置。薪:柴草。湿:潮湿的地方,此指低洼的地方。

[36]畴:同"俦",一起,共同。群焉:《集解》:"刘台拱曰:'群焉,当从《大戴礼记》作"群居"。'王念孙曰:'群居与畴生对文。今本"居"作"焉"者,涉下文四"焉"字而误。'"

[37]质的:指箭靶。质,古时的一种箭靶。的(dì),箭靶的中心。

[38]斤:斧子。

[39]醯(xī):醋。蚋(ruì):类似蚊子的昆虫。

[40]此句是说,君子应该谨慎地对待自己言论和行为的立足点。立,指立足之法,即所学。

[41]此二句是说,土堆积起来成为山,风雨就从这里发生。古人认为山能聚集云雾生成风雨。荀况以此说明只要坚持不懈、专心一意,就能有所作为。

[42]此二句是说,聚集很多水流而成深渊,就会有蛟龙产生。

[43]此三句是说,积累善行而养成高尚的品德,那么自然就会获得高度的智慧,从而就具备了圣人的精神境界。神明:指智慧的至高境界。自得:自然获得。

[44]跬(kuǐ):半步。致:达到。

[45]骐骥(qí jì):传说中的千里马。驽(nǔ):劣马。驾:马一天的行程。功:成功。舍:放弃。

[46]锲(qiè):用刀刻。

[47]镂(lòu):雕刻。

[48]螾:同"蚓",即蚯蚓。埃土:尘土。黄泉:指地下的泉水。

[49]六跪:即六只脚。实际蟹有八足。《荀子集解》引卢文弨说,疑"六"字为"八"字之讹。螯(áo):螃蟹身前如钳形的爪子。蟺:同"鳝",即

鳝鱼。躁:浮躁,不专心。

[50]冥冥:幽深昏暗。这里比喻埋头苦干的样子。与下文"惛惛"之意相
同。昭昭:显著的样子。赫赫:巨大、显著。

[51]此二句是说,在歧路上徘徊不定的人是达不到目的地的;同时事奉两
个君主的人是不会被君主们接纳的。衢(qú):十字路。此处指在歧
路上徘徊不定。容:接纳。

[52]此二句是说,眼睛不能同时看清楚两个东西,耳朵不能同时听明白两
件事。荀子以此说明应当专一的道理。

[53]螣(téng)蛇:古时传说的一种能飞的蛇。梧鼠:据《大戴礼记》当作
"鼫(shí)鼠"。是一种形状象兔的鼠类。据说它有五种技能,但都不
能专心一意做到底。它能飞但不能飞到屋檐上;能爬树但不能到树
顶;能游泳但渡不过山涧;能打洞但掩不住身子;能走路但走不到别
人前面。穷:困,没办法。

[54]尸鸠:即布谷鸟。据说尸鸠在桑树上哺育七只小鸟,早晨从上而下喂
它们,傍晚再从下而上喂它们,天天如此,从不间断。淑人:善人。
仪:仪表、行为举止。一:专一。结:凝结,指心志坚定。此诗出自《诗
经·曹风·尸鸠》,以此诗来佐证君子应当学而专一的道理。

[55]此四句是说,瓠巴鼓瑟,瑟声悠扬,连河底的鱼都浮上来听;伯牙弹
琴,琴声悦耳,连马也仰起头不食草料来听。瓠巴:传说中擅长鼓瑟
的人。流:当据《礼记》引文改为"沈",同"沉"。伯牙:传说中善于弹
琴的人。六马:古代天子以六马驾车。秣:饲料。

[56]此二句是说,所以,声音不会因为小而不被人听到;行动不会由于隐
秘而不露行迹。

[57]此二句是说,山上如果有了宝玉,草木都会滋润;深渊里如果有了珍
珠,渊边的崖壁都会有光彩。枯:枯燥,此处指色彩单调枯燥。

[58]此二句是说,是没有不断的积累善行吧,不然哪有不被人们所知道的
呢? 邪(yé):疑问词。

[59]此二句是说,学习从哪里开始,又到哪里中止呢? 恶(wū):疑问词,什
么,哪里。

[60]数:次序,此指学习的课程顺序。

[61] 此二句是说,学习的原则,是从做士开始,而最终成为圣人。此句可参见《荀子·儒效》篇:"彼学者,行之,曰士也;敦慕焉,君子也;知之,圣人也。"义:内在原则。

[62] 此二句是说,如果学习能够踏实持久,就深入了,学习直到死,然后才停止。没:同"殁",死。

[63] 须臾:一会儿。舍:离弃。

[64] 此四句是说,努力学习的,是人;舍弃学习的,则是如同禽兽了。

[65] 《书》:即《尚书》,是我国夏、商、周时代官方文告、档案的汇编。纪:同"记",记载。此句是说,《尚书》是记载政事的。

[66] 《诗》:即《诗经》,是我国现存最早的一部诗歌总集。它选收了自西周至春秋时代的三百零五首诗歌,分为风、雅、颂三部分。中声:符合(礼教)的乐章。止:停留,留存。此句是说《诗经》中所收的都是符合标准的乐章。

[67] 《礼》:即《仪礼》,记载了西周的道德规范、礼仪制度,又称为《礼经》。大分:总纲。类:指由法类推的条例。纲纪:指纲要。此句可看《荀子·王制》篇:"有法者以法行,无法者以类举。"此四句是说,《礼》是确定法律的总纲,是以法类推出各种条例的纲要,所以说学习一定要达到《礼》才能停止。

[68] 极:顶点。此句是说,这就叫做达到了最高的道德。

[69] 此五句是说,《礼》所记载的敬重礼仪,《乐》所具有的和谐,《诗》、《书》所记载知识的广博,《春秋》所包含意义的微妙,天地间的事情全都包括在其中了。敬:敬重。文:指礼节、仪式。《乐》:即《乐经》,已失传。中和:和谐。《春秋》:是春秋时期鲁国国史,我国现存最早的一部编年体史书。微:微妙。毕:全,完备。

[70] 此五句是说,君子学习起来,听在耳里,记在心里,体现在举止仪表中,表现在行动的各个方面。箸:同"贮",积贮。布:分布,这里指体现。四体:即四肢。这里指仪表举止。形:表现。

[71] 此三句是说,即使是极细小的言行,都可以作为别人效法的榜样。端:同"喘",小声说话的样子。蝡:同"蠕",行动缓慢的样子。一:都。

[72]"小人"几句是说,小人学习起来,听在耳里,说在嘴上,嘴和耳朵之间距离才四寸而已,怎么能够提高自身的修养呢? 则:表示范围,即"才"、"仅"的意思。曷(hé):怎么。躯:身体。

[73]此二句是说,古时的人,学习是为提高自己,现在的人学习,却是为别人看的。

[74]禽犊:家禽和小牛,古时常用来作为礼物互相赠送。这里用来比喻有些人学习就象是为了到处卖弄,讨人喜欢。

[75]傲:急躁。嚼(zàn):唠叨。此二句是说,所以,别人没有问就去告诉人家叫做急躁,人家问一个问题,却告诉两个问题的叫做罗嗦。

[76]此句是说君子回答问题要适度。向:同"响",回响。

[77]此句是说,学习起来没有比接近良师益友更简便的方法了。此句可参看《解蔽》篇:"故学者,以圣王为师。"便:简便。其人:指良师益友。

[78]此句是说,《礼》、《乐》包含着一定的法度,但没有明白的解说出道理来。法:有法度。说:明讲出来。

[79]此二句是说,《诗》、《书》讲的都是过去的事,不能切合实际;《春秋》蕴含的道理太隐晦简约,不能很快的使人理解。故:旧。切:切近,即切合实际。约:隐晦,不明。速:迅速,这里指理解迅速。

[80]此三句是说,仿效良师益友而学习君子的学说,就能养成全面的崇高品格,而通达于世了。方:同"仿",仿效。之习:此"之"为"而"之意。说:学说。尊:崇高。以:而。遍:全面。周:周到。这里有通达的意思。

[81]经:同"径",途径。好(hào):爱好。隆礼:尊崇礼义。

[82]安:语助,怎么。特:只,仅仅。杂志:庞杂的书籍,指诸子之书。原文作"杂识志","识"当为衍文,今删之。顺:同"训",解释。

[83]末世穷年:所余的生命,此处指一生。陋儒:学识浅陋的儒生。

[84]原:还原,此处指考察。经纬:南北为经,东西为纬,这里指条理。蹊径:小路,这里指道路,途径。

[85]此三句是说,就如同提起皮袍的领子,用五指抓住抖搂,皮毛就很快理顺了。挈(qiè):用手提起。裘:皮袍。诎:同"屈",弯曲。顿:整

顿,抖搂。

[86]此六句是说,不实行礼、法,而用《诗》《书》去办事,打个比方就好像用手指去测量河水的深度,用戈去舂米,用锥子吃饭一样,是不能达到目的的。道:取道,即采取,实行。宪:法令。戈:古代的一种兵器,长柄,有矛有刃。舂:音冲,把谷类的壳捣掉。黍(shǔ):黄米。餐:吃。壶:古代盛食物的器具,这里指食物。

[87]法士:指遵守礼法的士。

[88]察辩:名察善辩。散儒:指不遵守礼法的儒生。

[89]此八句是说,问不合礼法的问题的,就不要告诉他;告诉你不合礼法的事,就不要问他;说不合礼法的事的,就不要听他的;有人态度蛮横、争执斗气的,就不要和他辩论。楛(kǔ):恶劣,这里指不合礼法。争气:态度蛮横,争执斗气。

[90]此三句是说,所以一定要按照"道"的标准来做,然后才可以接受它,如果不是按照"道"的标准就要避开它。由:经由,按照。

[91]此六句是说,所以懂礼恭敬之后,才可以和他谈论"道"的方向;言辞谦逊恭顺之后,才可以跟他讲解"道"的内容;等他表现出乐听从之后,才可以向他讲解"道"的深刻含义。方:方向。理:条理,此处指"道"的内容。致:极点。

[92]此六句是说,所以对那些不可以跟他交谈的人却偏要说,叫做急躁;对那些可以跟他说的人却又不说,叫做隐瞒;不看对方表情就去说,叫做盲目。隐:隐瞒。瞽(gǔ):盲人。

[93]谨顺其身:即谨慎其身,谨慎地对待那些来请教的人。顺,同"慎"。

[94]此句诗引自《诗经·小雅·采菽》,意思是:不要急躁也不要怠慢,就会受到天的赏赐。匪:不。交:同"绞",急迫。舒:舒缓。予:赐予。

[95]此二句是说,发射一百次箭,有一次没射中,也不能叫做善于射箭。

[96]此二句是说,一千里的路程,只差半步没有到达,也不能叫做善于驾车。

[97]此三句是说,对各类事物不能融会贯通,对仁义不能做的完全彻底,不能够叫做善于学习。伦类:泛指各类事物。仁义:儒家所提倡的社会道德规范。一:全,尽。

[98]此二句是说,学习,本来就应该完全彻底地贯彻。固:本来。

[99]此三句是说,一会儿出来,一会儿进去,(这样对待学习)是庸碌的人的作为。涂巷之人:指平庸的人。涂,同"途",道路。巷,小巷,胡同。

[100]桀:夏朝最后的君主,据说是昏庸的暴君。纣:商朝最后的一位君主,亦为著名的无道暴君。盗跖(zhí):传说为春秋末率领奴隶反抗统治者的领袖,因与统治阶级对抗,故被诬为盗,其名为跖。

[101]此二句是说:完全彻底的做到,才称得上是真正的学者。

[102]夫:其,此处为指示代词,指学习。粹:纯粹。诵数:即如上文"其数则始于诵经",指按照由诵经到读礼的次序去学习。贯:连贯,联系。处:居,即指实行。此五句是说,君子知道学习得不全面不纯粹是不能够称为完美的,所以依次去学习以达到知识的连贯;用心思考以达融会贯通;效法那样的人(良师益友)努力去实行;排除有害的东西,来培养(有益的)学识。

[103]此四句是说,要使自己的眼睛、耳朵、嘴和心对于不是全面纯粹的学识的东西,不想去看、去听、去说、去思考。是:指代全面纯粹的学识。

[104]致:极。好:喜欢,爱好。五色:即青、黄、赤、白、黑。五声:即宫、商、角、徵、羽。五味:即酸、甜、苦、辣、咸。心利之有天下:即心以有天下为利,心想追求占有天下。

[105]此三句是说,这样权利再大也不能使你屈服,人数再多也不能使你改变心志,天下所有的事情都不能使你动摇。

[106]此三句是说,活着这样做,到死也不改变,这就叫做有好的品德和节操。

[107]定:坚定。应:应变,即能应付各种事情。

[108]成人:完美的人。

[109]此三句是说,天显现的是它的光明,地显现的是它的广大,君子则重视自己品德的完全。见:同"现",显现。光:同"广"。贵:重视。

荣　辱[1]

憍泄者,人之殃也;恭俭者,偋五兵也[2]。虽有戈矛之刺,不如恭俭之利也。故与人善言,暖于布帛;伤人之言,深于矛戟[3]。故薄薄之地,不得履之,非地不安也,危足无所履者,凡在言也[4]。巨涂则让,小涂则殆,虽欲不谨,若云不使[5]。

快快而亡者,怒也[6];察察而残者,忮也[7];博而穷者,訾也[8];清之而俞浊者,口也[9];豢之而俞瘠者,交也[10];辩而不说者,争也[11];直立而不见知者,胜也[12];廉而不见贵者,刿也[13];勇而不见惮者,贪也[14];信而不见敬者,好剸行也[15]。此小人之所务[16],而君子之所不为也。

斗者,忘其身者也,忘其亲者也,忘其君者也[17]。行其少顷之怒,而丧终身之躯,然且为之,是忘其身也[18];室家立残,亲戚不免乎刑戮[19],然且为之,是忘其亲也;君上之所恶也,刑法之所大禁也,然且为之,是忘其君也。忧忘其身,内忘其亲,上忘其君,是刑法之所不舍也,圣王之所不畜也[20]。乳彘不触虎,乳狗不远游,不忘其亲也[21]。人也,忧忘其身,内忘其亲,上忘其君,则是人也,而曾狗彘之不若也[22]。

凡斗者,必自以为是,而以人为非也。己诚是也,人诚非也,则是己君子,而人小人也[23];以君子与小人相贼害也,忧以忘其身,内以忘其亲,上以忘其君,岂不过甚矣哉[24]!是人也,所谓以狐父之戈钃牛矢也[25]。将以为智邪?则愚莫大焉[26];将以为利邪?则害莫大焉;将以为荣邪?则辱莫大焉;将以为安邪?则危莫大焉。人之有斗,何哉?我欲属之狂惑疾病邪[27]?则不可,圣王又诛之。我欲属之鸟鼠禽兽邪?则又不可,其形体又人,而好恶多同[28]。人之有斗,何哉?我甚丑之。

有狗彘之勇者,有贾盗之勇者[29],有小人之勇者,有士君子之勇者。争饮食,无廉耻,不知是非,不辟死伤,不畏众强,恈恈然惟利饮食之见,是狗彘之勇也[30]。为事利[31],争货财,无辞让,果敢而振,猛贪而戾[32],恈恈然惟利之见,是贾盗之勇也。

轻死而暴,是小人之勇也[33]。义之所在,不倾于权,不顾其利,举国而与之不为改视,重死持义而不桡,是士君子之勇也[34]。

鯈𫗧者,浮阳之鱼也,胠于沙而思水,则无逮矣[35]。挂于患而欲谨,则无益矣[36]。自知者不怨人,知命者不怨天;怨人者穷,怨天者无志[37]。失之己,反之人,岂不迂乎哉[38]!

荣辱之大分,安危利害之常体[39]:先义而后利者荣,先利而后义者辱;荣者常通,辱者常穷;通者常制人[40],穷者常制于人,是荣辱之大分也。材悫者常安利,荡悍者常危害[41];安利者常乐易,危害者常忧险;乐易者常寿长,忧险者常夭折:是安危利害之常体也[42]。

夫天生蒸民,有所以取之[43]。志意致修,德行致厚,智虑致明,是天子之所以取天下也[44]。政令法,举措时,听断公[45],上则能顺天子之命,下则能保百姓,是诸侯之所以取国家也。志行修,临官治,上则能顺上,下则能保其职,是士大夫之所以取田邑也[46]。循法则、度量、刑辟、图籍,不知其义,谨守其数,慎不敢损益也;父子相传,以持王公,是故三代虽亡,治法犹存,是官人百吏之所以取禄秩也[47]。孝弟原悫,軥录疾力,以敦比其事业[48],而不敢怠傲,是庶人之所以取暖衣饱食,长生久视[49],以免于刑戮也。饰邪说,文奸言,为倚事[50],陶诞突盗,惕悍㤭暴[51],以偷生反侧于乱世之间,是奸人之所以取危辱死刑也[52]。其虑之不深,其择之不谨,其定取舍楛僈[53],是其所以危也。

材性知能,君子小人一也。好荣恶辱,好利恶害,是君子小人之所同也;若其所以求之之道则异矣[54]。小人也者,疾为诞而欲人之信己也[55],疾为诈而欲人之亲己也,禽兽之行而欲人之善己也。虑之难知也,行之难安也,持之难立也,成则必不得其所好,必遇其所恶焉[56]。故君子者,信矣,而亦欲人之信己也;忠矣,而亦欲人之亲己也;修正治辨矣,而亦欲人之善己也[57]。虑之易知也,行之易安也,持之易立也,成则必得其所好,必不遇其所恶焉。是故穷则不隐,通则大明,身死而名弥白[58]。小人莫不延颈举踵而愿曰:"知虑材性,固有以贤人矣。"夫不知其与己无以异也。则君子注错之当,而小人注错之过也[59]。故孰察小人之知能,足以知其有余,可以为君子之所为也[60]。譬之越人安越,楚人安楚,君子安雅,是非知能材性然也,是注错习俗之节异也[61]。仁义德行,常安之术也,然而未必不危也[62];污僈突盗,常危之术也,然而未必不安也[63]。故君子道其常,而小人道其怪[64]。

凡人有所一同[65]:饥而欲食,寒而欲暖,劳而欲息,好利而恶害,是人之所生而有也,是无待而然者也[66],是禹桀之所同也[67]。目辨白黑美恶,耳辨声音清浊,口辨酸咸甘苦,鼻辨芬芳腥臊,骨体肤理辨寒暑疾养[68],是又人之所常生而有也[69],是无待而然者也,是禹桀之所同也。可以为尧禹,可以为桀跖,可以为工匠,可以为农贾,在埶注错习俗之所积耳[70]。是又人之所生而有也,是无待而然者也,是禹桀之所同也[71]。为尧禹则常安荣,为桀跖则常危辱;为尧禹则常愉佚,为工匠农贾则常烦劳[72]。然而人力为此,而寡为彼,何也?曰:陋也[73]。尧禹者,非生而具者也,夫起于变故,成乎修为,待尽而后备者也[74]。人之生固小人,无师无法则唯利之见耳[75]。人之生固小人,又以遇乱世,得乱俗,是以小重小也,以乱得乱也。君子非得埶以临之,则无由得开内焉[76]。今是人之口腹[77],安知礼义?安知辞让?安知廉耻隅积[78]?亦呥呥而噍[79],乡乡而饱已矣[80]。人无师无法,则其心正其口腹也[81]。今使人生而未尝睹刍豢稻粱也[82],惟菽藿糟糠之为睹,则以至足为在此也,俄而粲然有秉刍豢稻粱而至者[83],则瞲然视之曰[84]:此何怪也?彼臭之而嗛于鼻[85]，尝之而甘于口，食之而安于体，则莫不弃此而取彼矣。今以夫先王之道，仁义之统[86]，以相群居[87]，以相持养，以相藩饰[88]，以相安固邪。以夫桀跖之道，是其为相县也，几直夫刍豢稻粱之县糟糠尔哉[89]！然而人力为此，而寡为彼，何也？曰：陋也。陋也者，天下之公患也，人之大殃大害也。故曰：仁者好告示人。告之、示之、靡之、儇之、鉩之、重之，则夫塞者俄且通也，陋者俄且僩也，愚者俄且知也[90]。是若不行，则汤武在上曷益？桀纣在上曷损？汤武存，则天下从而治；桀纣存，则天下从而乱。如是者，岂非人之情，固可与如此，可与如彼也哉[91]！

人之情，食欲有刍豢，衣欲有文绣，行欲有舆马[92]，又欲夫余财蓄积之富也，然而穷年累世不知不足[93]，是人之情也。今人之生也，方知畜鸡狗猪彘，又畜牛羊，然而食不敢有酒肉；余刀布，有困窌，然而衣不敢有丝帛[94]；约者有筐箧之藏，然而行不敢有舆马[95]。是何也？非不欲，几不长虑顾后，而恐无以继之故也[96]？于是又节用御欲，收敛蓄藏以继之也[97]。是于己长虑顾后，几不甚善矣哉！今夫偷生浅知之属，曾此而不知也[98]，粮食大侈，不顾其后，俄则屈安穷矣[99]。是其所以不免于冻饿，操瓢囊为沟壑中瘠者也[100]。况夫先王之道，仁义之统，《诗》、《书》、礼、乐之分乎[101]！彼固为天下之大虑也[102]，将为天下生民之属，长虑顾后而保万世也。其流长矣，其温厚矣，其功盛姚远矣，非顺孰修为之君子[103]，莫之能知也。故曰：短绠不可以汲深井之泉，知不几者不可与及圣人之言[104]。夫《诗》、《书》、礼、乐之分，固非庸人之所知也。故曰：一之而可再也，有之而可久也，广之而可通也，虑之而可安也，反鉩察之而俞可好也[105]。以治情则利，以为名则荣，以群则和，以独则足乐，意者其是邪[106]！

夫贵为天子，富有天下，是人情之所同欲也，然则从人之欲^[107]，则埶不能容^[108]，物不能赡也^[109]。故先王案为之制礼义以分之，使有贵贱之等，长幼之差，知愚能不能之分，皆使人载其事^[110]，而各得其宜。然后使谷禄多少厚薄之称，是夫群居和一之道也^[111]。故仁人在上，则农以力尽田，贾以察尽财^[112]，百工以巧尽械器，士大夫以上至于公侯，莫不以仁厚知能尽官职。夫是之谓至平^[113]。故或禄天下，而不自以为多^[114]，或监门御旅，抱关击柝^[115]，而不自以为寡。故曰："斩而齐，枉而顺，不同而一^[116]。"夫是之谓人伦^[117]。《诗》曰："受小共大共，为下国骏蒙^[118]。"此之谓也。

[注释]

[1]本篇是《荀子》的第四章，阐述了荀子的荣辱观。他认为人的尊卑荣辱不是命定的，而是后天努力及环境影响的结果。因此，人们只要遵循礼法、重视师法教化，是能够获得尊贵、荣耀的。

[2]愍：同"骄"，骄傲。泄：同"媟"，慢懈，不庄重。偋：同"屏"，排除。五兵：指古代五种常用的兵器，即刀、剑、矛、戟、箭。

[3]"故与人善言"四句是说，所以用好话赞扬别人，比布帛更使人感到温暖；用恶言伤害别人，比矛戟伤害的更深。与：赞扬。善：好。"伤人之言"的"之"，当作"以"。《集解》引王念孙曰："'伤人之言'，'之'本作'以'，谓以言伤人较之以矛戟伤人者更深也。今本作'之'，则与句不甚贯注矣。《非相篇》：'故赠人以言，重于金石珠玉；劝人以言，美于黼黻文章；听人以言，乐于钟鼓琴瑟。'三'以'字与此文同一例。《艺文类聚·人部》三、《太平御览·兵部》八十四引此并作'伤人以言'。"

[4]"故薄薄之地"五句是说，所以广大的土地，却不能立足，不是因为土地不安定，即使侧着脚也没有可以立足的地方，全是在于（社会上的）恶言伤人。薄薄之地：形容社会之大。薄，同"溥"，广大。履：踏、站，指立足。危足：侧着脚。

[5]"巨涂则让"几句是说，大路上拥挤，小路上（不平坦）有危险，即使想不要太谨慎，好像也是不能的。涂：同"途"，道路。让：同"攘"，拥挤。

谨:谨慎。

[6]此句是说,做事不顾后果而招致死亡,是由于一时的怒气。怏怏:肆
　　意,不顾后果。一说为"夬夬",决断的样子。

[7]此句是说,精明的人而遭到残害的,是因为有嫉妒之心。察察:清醒明
　　察。残:残害。忮(zhì):嫉妒。

[8]此句是说,知识渊博而处境窘迫,是由于诋毁别人。穷:窘迫。訾
　　(zǐ):诋毁,诬蔑。

[9]俞:同"愈",更加。此句是说,想要得到好名声,反而更坏,是由于他口
　　说的缘故。《荀子集解》:"在口说之故。谓文过其实也。"清:清白。
　　这里指希望得到好的名声。

[10]此句是说,虽想用酒肉结交朋友,反而感情更加淡薄,是由于结交的
　　　方式不正确。豢(huàn):喂养,此指酒肉之交。瘠:瘦,此指淡薄。

[11]此句是说,善于辩论却不能说服别人,是由于他好与人争执。辩:善
　　　于辩论。不说:不能说服别人。争:争执,不相让。

[12]此句是说,行为正派而得不到别人的认可,是由于好胜。直立:正直,
　　　正派。

[13]此句是说,品行端正而不能得到敬重,是由于他伤害别人的感情。
　　　廉:有棱角,此指人的品行正直。刿(guì):伤害。

[14]惮:害怕。

[15]此句是说,讲信守行而不被人尊敬,是由于他的独断专行。剸:同
　　　"专",独断专行。

[16]小人:品德低劣的人。务:做。

[17]斗者:指为个人利益、恩怨而进行私斗的人。《荀子集解》:"盖当时禁
　　　斗杀人之法,戮及亲戚。《尸子》曰:'非人君之用兵也。'以为民伤
　　　斗,则以亲戚徇一言而不顾之也。"或云,战国时有所谓"游侠",为贵
　　　族豢养搞私斗,荀况很反对私斗,故此处是针对游侠的。

[18]少顷:一会儿。然且:尚且。

[19]室家立残:一家人立即遭到残杀。刑戮:刑杀。

[20]"忧忘其身"数句:"忧",或以为作"下",文意更胜。下文"忧忘其身"
　　　亦同。畜:养,此处指收留。

[21]彘(zhì):猪。乳彘不触虎:哺乳的母猪不去触犯老虎。"不"字原脱,据宋本补。乳狗不远游:哺乳的母狗不会离开小狗去远游。

[22]曾:乃,竟然。

[23]"己诚是也"几句是说,如果自己真的是对的,别人的确是错的,那么自己是君子,别人就是小人。诚:确实。

[24]贼害:攻击,残害。过甚:错的厉害。

[25]狐父:古地名,在今江苏砀山附近,传说那里生产一种优质的戈。镴(zhǔ):砍。牛矢:牛屎。此处比喻君子与小人争斗,就如用好的兵器去砍牛屎一样降低了身份和品德。

[26]此句是说,把这种行为看成是明智的吗?那就没有比这更愚蠢的了。

[27]属:归于。狂惑疾病:精神疾病。

[28]其形体又人:他却又是人的形体。好恶多同:喜好和厌恶的感情都和别人相同。

[29]贾(gǔ):商人。盗:盗贼。

[30]"不辟死伤"以下四句:辟,同"避",躲避。恈恈(móu):贪婪的样子。唯利饮食之见:只看到饮食。利,据文意当为衍文。《集解》引王引之曰:"饮食之上本无利字,……利字即涉下文利字而衍。"

[31]为事利:做事是为了利。

[32]振:当作"很"。《荀子集解》王引之曰:"振当为很字之误也。果敢而很、猛食而戾,二句一意相承。故《广雅》曰:'戾,很也。'若振则非其类也。"很,同"狠",凶狠。戾(lì):残暴。

[33]轻死而暴:不怕死而且凶暴。

[34]义:即社会道德规范、行为标准。不倾于权:不屈服于权势。与:对付,这里指反对。改视:改变看法。重死持义而不桡:虽然爱惜生命,但是为了坚持义而不屈从。桡,同"挠",屈从。

[35]鲦鲩(tiáo qiáo):鱼名。王念孙云:"窃疑鲩为鲣字之误。《尔雅》云:鲂,鲣。鲣即鲂之异名,则鲦鲣为二鱼也。隶书丕字或作丕,本字或作杢,二形相似,故鲣误为鲩与?"(《读书杂志》卷十)又骆瑞鹤云:"疑鲩本当作鲦,因右半与'柒'音同,与'来'形近而转写误为鲩耳。……盖鲦即鲔,古名鲦,后音转为鲔。《广韵》:'鲔,白鱼别名。'

不言鰶,则鰶字泯没已久。"(详见《荀子补正》)二说可供参考。浮
阳:浮于水面以就阳光。胠(qū):同"阹",遮拦。胠于沙:此处指搁
浅在沙滩上。无逮:无法达到。

[36]此句是说,遭到祸患之后才想到谨慎,就没有用了。挂:牵连,遭
遇到。

[37]命:命运,《荀子·正名》:"节遇谓之命。",即偶然遇到的事情叫做
命。穷:穷困,没办法。志:王念孙读之为"识"。即见识。

[38]反:求。迂:远。此句是说,自己有了过失,却去别人那里寻求原因,
岂不是相差太远吗?

[39]大分:根本。常体:通常的情形。

[40]常通:经常顺利,通达。制人:制服别人。

[41]材悫(què):材,疑当为"朴"之误。《荀子集解》:"汪中曰:'材疑当作
朴字之误也。朴悫与荡悍,安利与危害,乐易与幽险,寿长与夭折,皆
对文。'王念孙曰:'《大戴记·王言篇》:"士信民顿,工璞商悫,女憧
妇空。"《家语》作:"士信民敦而俗朴(璞、朴、璞并通),男悫而女贞。"
王肃云:"璞、悫,愿貌。"'"朴悫,即纯朴、诚实。荡悍:放荡、凶悍。

[42]乐易:安乐。幽险:忧愁,危险。

[43]蒸民:蒸,众多。蒸民,即众民。有所以取之:各有取得自己地位的
原因。

[44]致:极,最。修:美好。厚:深厚,醇厚。明:明察。

[45]政令法:政令符合法制。举措时:采取措施适时。听断公:处理事情
公正。

[46]志行修:志向和品行美好。临官治:做官的时候能够治理好政事。田
邑:此处指封地。

[47]循:遵守。刑辟:刑法。图籍:地图和人口簿册。义:道理。谨守其
数:严格遵守它的规则。损益:减增,指更改。持:同"侍",侍奉。三
代:即指夏、商、周。官人百吏:泛指诸侯以下的各级官吏。禄:俸禄。
秩:指官位。

[48]弟:同"悌",尊敬兄长。原悫:忠厚老实。原,同"愿",诚实。钩(qū)
录:同"劬碌",勤劳。疾力:努力。敦比:即努力治理。敦:勉力。比:

通"庀(pǐ)",治理。

[49]长生久视:即长寿。

[50]文:文饰,掩饰。邪说、奸言:指不符合道德、礼义的言论。可参看《荀子·非十二子》:"辩说譬喻,齐给便利,而不顺礼义,谓之奸说。"倚事:奇怪的事。

[51]陶:同"谣",虚构的言论,此处指欺诈。陶诞:欺诈荒诞。突盗:凶暴强横。惕悍恂(jiāo)暴:放荡傲慢而又残暴。惕:同"荡"。

[52]偷生:苟且生存。反侧:作乱。奸人:指破坏社会秩序,不守礼义的人。

[53]楛(kǔ)僈:轻率、放纵。僈:同"慢"。

[54]材性知能:指天然的资质、认知能力和掌握才能的能力。若其所以求之之道则异矣:至于他们追求"荣""利"的道路就不同了。

[55]疾:极力。

[56]"虑之难知"几句是说,他们考虑的问题是那种难以理解的问题,做的事情是那些难以做到的事情,坚持的是那些难以成立的主张,如果做成了,就一定不能得到他们所喜欢的(名利),而一定会得到他们所厌恶的结果。

[57]辨:治。修正治辨:品行正直,而且把事物都治理的很好。

[58]不隐:不能隐蔽。此处指尽管君子在穷困之时,美好的名声也不会被隐蔽。大明:非常显赫。弥:更加。白:此处有显著的意思。

[59]延颈举踵:伸长脖子,踮起脚尖。愿:羡慕。贤人:即贤于人,胜过别人。注错:即举止。《荀子集解》引王念孙曰:"《广雅》:'措鈷,置也。'措鈷即注错。是注错同训为置。"当:适当,得当。

[60]孰察:即仔细分析。孰,同"熟",仔细。有余:此处指充分、足够。

[61]"譬之越人"几句是说,这就如同越人安居于越国,楚人安居于楚国,君子安居于中原,这不是自然具有的本性和认识能力使他们这样的,而是由于他们的举止和风俗习惯不同所造成的。越:春秋战国时国名,在今浙江省。楚:春秋战国时国名,在今湖北、湖南省一带。雅:通"夏",指中原一带。节异:节制不同。

[62]术:方法。未必不危:指小人对这"常安之术",未必不以为是"危"

的,所以背弃它。

[63]污僈:污浊放纵。未必不安:指小人对"常危之术"未必不以为是安的,所以照着做。

[64]道其常:遵循他的常规。道其怪:固执他的歪理。

[65]一同:相同。

[66]无待而然:这里指不需经过后天学习培养就具备。

[67]禹:传说中原始社会的首领,夏朝的开国君主,儒家所推重的圣王。桀:夏朝最后一个君主,著名的暴君。

[68]骨体肤理:指身体。疾养:即痛痒。养,同"痒"。

[69]是又人之所常生而有也:"常"字当为衍文。《荀子集解》:"先谦案:'常'字以文求之,不当有。上下文'所生而有'句,并无'常'字。此'常'字缘上下文而衍。"

[70]尧:传说中古代的圣明的部落首领。跖(zhí):传说中春秋末年奴隶起义的首领,荀子是将他作为盗贼的典型而举例的。"在埶注错习俗之所积耳"句是说,在于举止、风俗习惯长期积累所造成的。埶,同"势",据文义当为衍文。

[71]"是又人之所生"三句为衍文,当删。《集解》引王念孙曰:"案此二十三字,涉上文而衍。下文'为尧禹则常安荣,为桀纣则常危辱'云云,与上文'在注错习俗之所积'句,紧相承接。若加此二十三字,则隔断上下语脉。故知为衍文。"

[72]佚:同"逸"。愉佚:愉快,安乐。

[73]力:努力。一说为"多"字之误。为此:指作桀、跖,作工匠、农贾。为彼:指为尧、禹。陋:见识浅陋。

[74]变故:指历经各种患难。修为:原文为"修修之为",据文义改。即努力提高品行修养。

[75]人之生固小人:意思是说,人的本性本来就充满了与小人一样的欲求。生,同"性",本性。无师:指没有导师指引教育。无法:指没有社会规范、礼法的约束。

[76]以小重小:意思是说,以小人的本性再加上乱世乱俗。重,重叠,复加。无由得开内:意思是说,没有方法开导他们(小人),使他们接受

礼法。内,同"纳",接受。

[77]是:肯定,此处指听任、放任。

[78]隅积:隅,指部分。积,指整体。此处指社会礼法的总体原则和部分
道理。

[79]呻呻(rán):咀嚼的样子。噍(jiào):咀嚼。

[80]乡乡:即吃得很香的样子。乡,同"香"。

[81]此句是说,一个人如果没有老师的教育,没有礼法的约束,那他的心
也就像他的嘴和肚子一样(只求吃饱,而无礼义之心)。正:正像。

[82]睹:看见。刍豢:指牛羊猪狗。菽藿(shū huò):豆和豆叶。

[83]俄而:突然。粲然:鲜美的样子。秉:拿。

[84]瞲(xuè)然:惊奇的样子。

[85]臭:同"嗅"。嗛(qiǎn):快意,舒服。原文"嗛"字上有"无"字,当为
衍文,今删去之。

[86]统:要领,纲纪。

[87]以相群居:来协调社会之间的各种关系。相:辅助,协调。

[88]持养:保养。藩饰:装饰。

[89]县:同"悬",悬殊。是其为相县也,几直夫刍豢稻粱之县糟糠尔哉:意
思是说,他们之间的悬殊,岂止是猪狗肉食、稻米与糟糠之间的悬殊
呢!几直:岂止,何止。

[90]告、示:宣传教育。靡:磨练。儇(xuān):积累。铅(yán):同"沿",顺
从,这里指诱导。重:重申。塞者俄且通也:意思是说,闭塞的人很快
就会明白了。侗(xián):宽大、博大。即指见识广博。

[91]汤:商朝的建立者。武:周武王,周王朝的建立者。纣:商王朝的最后
一个国君。曷:何。可与如此,可与如彼:可以像这样,可以像那样。

[92]文绣:指有精美图案的丝织品。舆:车。

[93]穷年累世:指一直,永远。穷年:整年。不知不足:据文义当为"不知
足",衍一"不"字。

[94]刀布:古时的一种钱币,此处泛指钱币。囷(qūn):圆形谷仓。窌
(jiào):地窖。

[95]约者:节约的人。筐箧(qiè)之藏:指积蓄钱帛于筐箧之中。

[96]几不:岂不,难道不是。也:同"邪",表疑问,相当于"吗"。

[97]御欲:节制欲望。收敛:聚集。

[98]今夫偷生浅知之属,曾此而不知也:意思是说,现在那些苟且偷生、浅陋无知之辈,竟连这个道理也不知道。

[99]大侈:太挥霍奢侈。大,同"太"。俄则屈安穷:很快就陷于穷困。屈,竭尽。安,语助词。

[100]操瓢囊为沟壑中瘠者也:意思是说,拿着讨饭用的瓢囊饿死在沟里。瘠者,饿死的人。

[101]况夫:何况。分:总纲,根本原则。

[102]彼:指先王之道、仁义之统和《诗》、《书》、礼、乐的原则。

[103]温:同"蕴",蕴藏。姚远:同"遥远"。顺:同"慎",谨慎。原脱,据《礼论》篇"非顺孰修为之君子,莫之能知也"文义补。孰:同"熟",精熟。

[104]绠:绳子。汲:打水。知不几者不可与及圣人之言:知识差得很远的人是不能和他谈论圣人的话的。不几,不近,相差很远。

[105]"一之而可再也"五句是说:按照《诗》、《书》、礼、乐的根本原则去实行一次,就可以继续实行下去;掌握了《诗》、《书》、礼、乐的原则,就可以使国家长久;把《诗》、《书》、礼、乐的原则推广应用,就可以通晓一切道理;按照《诗》、《书》、礼、乐的原则去谋划,就可以使国家安固,反复按照《诗》、《书》、礼、乐的原则去考察,就可以把各种事情办得更好。反:反复。俞:同"愈",更加。

[106]以治情则利:用《诗》、《书》、礼、乐的原则来陶冶性情就可以得到好处。以群则和:用《诗》、《书》、礼、乐的原则来处理社会各等级之间的关系就可以达到和谐一致。意者其是邪:是不是这样呢? 意,疑问词。

[107]从:同"纵"。

[108]埶:同"势"。

[109]赡:满足。

[110]载其事:担负各自的工作。

[111]谷禄:指俸禄。之称:即是称,都得到平衡。是夫群居和一之道也:

　　这是使社会上下之间协调一致的方法。

[112]尽:尽力,精心。贾以察尽财:商人以他的明察精心于理财。

[113]至平:最公平。

[114]禄天下:以天下为禄,即受天下供奉的人,指皇帝。

[115]监门:看守城门的官吏。御:通"迓",逆。御旅:即逆旅,旅店,这里
　　　指旅店的管事人。抱关:看守城门的士兵。击柝:指打更的人。柝,
　　　打更的木棒。

[116]此三句是说:正是不齐才能齐,不直才能顺直,不同才能统一。斩:
　　　通"儳",不齐。枉:曲,不直。

[117]人伦:人们的等级顺序。

[118]本诗选自《诗经·商颂·长发》。诗的意思是:"帝王承受了大事小
　　　事的法度,作为诸侯国的保护者。"荀况引用这两句诗是为了说明仁
　　　人在上,办事都有法度。这样百姓、官吏才能仁厚知能,各尽其职。
　　　受:承受。共:通"拱",法度。下国:指诸侯国。骏蒙:保护者。骏,
　　　通"徇",庇护。

非十二子[1]

　　假今之世,饰邪说,文奸言,以枭乱天下,矞宇嵬琐,使天下
混然不知是非治乱之所在者,有人矣[2]。

　　纵情性,安恣睢,禽兽行,不足以合文通治[3],然而其持之
有故,其言之成理,足以欺惑愚众[4]。是它嚣、魏牟也[5]。

　　忍情性,綦谿利跂[6],苟以分异人为高[7],不足以合大众,
明大分[8],然而其持之有故,其言之成理,足以欺惑愚众。是陈
仲、史鳍也[9]。

　　不知一天下建国家之权称[10],上功用[11],大俭约[12],而僈
差等[13],曾不足以容辨异,县君臣[14],然而其持之有故,其言之
成理,足以欺惑愚众。是墨翟、宋钘也[15]。

尚法而无法^[16]，下修而好作^[17]，上则取听于上^[18]，下则取从于俗^[19]，终日言成文典^[20]，反细察之^[21]，则倜然无所归宿^[22]，不可以经国定分^[23]，然而其持之有故，其言之成理，足以欺惑愚众。是慎到、田骈也^[24]。

不法先王^[25]，不是礼义^[26]，而好治怪说^[27]，玩琦辞^[28]，甚察而不惠^[29]，辩而无用^[30]，多事而寡功^[31]，不可以为治纲纪^[32]，然而其持之有故，其言之成理，足以欺惑愚众。是惠施、邓析也^[33]。

略法先王而不知其统^[34]，然而犹材剧志大^[35]，闻见杂博^[36]。案往旧造说^[37]，谓之五行^[38]，甚僻违而无类^[39]，幽隐而无说^[40]，闭约而无解^[41]。案饰其辞，而祗敬之，曰：此真先君子之言也^[42]。子思唱之，孟轲和之^[43]。世俗之沟瞀儒^[44]，嚾嚾然不知其所非也^[45]，遂受而传之，以为仲尼、子弓为兹厚于后世^[46]。是则子思、孟轲之罪也。

若夫总方略^[47]，齐言行^[48]，一统类^[49]，而群天下之英杰^[50]，而告之以大古^[51]，教之以至顺^[52]；奥窔之间^[53]，簟席之上^[54]，敛然圣王之文章具焉^[55]，佛然平世之俗起焉^[56]；六说者不能入也^[57]，十二子者不能亲也^[58]；无置锥之地，而王公不能与之争名^[59]，在一大夫之位^[60]，则一君不能独畜^[61]，一国不能独容^[62]，成名况乎诸侯^[63]，莫不愿以为臣^[64]，是圣人之不得埶者也^[65]，仲尼、子弓是也。

一天下，财万物^[66]，长养人民^[67]，兼利天下^[68]，通达之属莫不从服^[69]，六说者立息^[70]，十二子者迁化^[71]，则圣人之得埶者，舜禹是也^[72]。

今夫仁人也，将何务哉^[73]？上则法舜禹之制^[74]，下则法仲尼、子弓之义，以务息十二子之说^[75]。如是则天下之害除，仁人之事毕^[76]，圣王之迹著矣^[77]。

信信，信也；疑疑，亦信也[78]。贵贤，仁也；贱不肖，亦仁也[79]。言而当，知也[80]；默而当[81]，亦知也，故知默犹知言也[82]。故多言而类[83]，圣人也；少言而法[84]，君子也；多言无法[85]，而流湎然[86]，虽辩，小人也。故劳力而不当民务[87]，谓之奸事；劳知而不律先王[88]，谓之奸心；辩说譬喻[89]，齐给便利[90]，而不顺礼义[91]，谓之奸说。此三奸者，圣王之所禁也。知而险[92]，贼而神[93]，为诈而巧[94]，言无用而辩，辩不惠而察[95]，治之大殃也[96]。行辟而坚[97]，饰非而好[98]，玩奸而泽[99]，言辩而逆[100]，古之大禁也。知而无法[101]，勇而无惮[102]，察辩而操僻，淫太而用之[103]，好奸而与众[104]，利足而迷[105]，负石而坠[106]，是天下之所弃也[107]。

兼服天下之心[108]：高上尊贵，不以骄人[109]；聪明圣知，不以穷人[110]；齐给速通[111]，不争先人[112]；刚毅勇敢，不以伤人。不知则问，不能则学，虽能必让[113]，然后为德[114]。遇君则修臣下之义[115]，遇乡则修长幼之义[116]，遇长则修子弟之义，遇友则修礼节辞让之义，遇贱而少者[117]，则修告导宽容之义[118]。无不爱也，无不敬也，无与人争也[119]，恢然如天地之苞万物[120]。如是则贤者贵之[121]，不肖者亲之。如是而不服，则可谓訞怪狡猾之人矣[122]，虽则子弟之中[123]，刑及之而宜[124]。《诗》云："匪上帝不时，殷不用旧。虽无老成人，尚有典刑。曾是莫听，大命以倾[125]。"此之谓也。

古之所谓仕士者[126]，厚敦者也[127]，合群者也[128]，乐富贵者也[129]，乐分施者也[130]，远罪过者也[131]，务事理者也[132]，羞独富者也[133]。今之所谓仕士者，污漫者也[134]，贼乱者也[135]，恣睢者也[136]，贪利者也，触抵者也[137]，无礼义而唯权埶之嗜者也[138]。

古之所谓处士者[139]，德盛者也[140]，能静者也[141]，修正者也[142],知命者也[143],箸是者也[144]。今之所谓处士者,无能而云能者也[145],无知而云知者也,利心无足[146],而佯无欲者也[147],行伪险秽[148],而强高言谨悫者也[149],以不俗为俗[150],离纵而跂訾者也[151]。

士君子之所能不能为[152]:君子能为可贵,而不能使人必贵己[153];能为可信,而不能使人必信己[154];能为可用,而不能使人必用己[155]。故君子耻不修,不耻见污[156];耻不信,不耻不见信[157];耻不能,不耻不见用[158]。是以不诱于誉[159],不恐于诽[160],率道而行[161],端然正己[162],不为物倾侧[163],夫是之谓诚君子[164]。《诗》云:“温温恭人,维德之基[165]。”此之谓也。

士君子之容[166]:其冠进[167],其衣逢[168],其容良[169]。俨然,壮然,祺然,蕼然,恢恢然,广广然,昭昭然,荡荡然[170],是父兄之容也。其冠进,其衣逢,其容悫[171]。俭然,恀然,辅然,端然,訾然,洞然,缀缀然,瞀瞀然[172],是子弟之容也。

吾语汝学者之嵬容[173]:其冠绝[174],其缨禁缓[175],其容简连[176]。填填然,狄狄然,莫莫然,瞡瞡然,瞿瞿然,尽尽然,盱盱然[177]。酒食声色之中,则瞒瞒然,瞑瞑然[178];礼节之中,则疾疾然,訾訾然[179];劳苦事业之中,则儢儢然,离离然[180],偷儒而罔,无廉耻而忍嫚訽[181],是学者之嵬也。

弟佗其冠,神襌其辞[182],禹行而舜趋[183],是子张氏之贱儒也[184]。正其衣冠[185],齐其颜色[186],嗛然而终日不言[187],是子夏氏之贱儒也[188]。偷儒惮事[189],无廉耻而耆饮食[190],必曰君子固不用力[191],是子游氏之贱儒也[192]。彼君子则不然[193]:佚而不惰[194],劳而不僈[195],宗原应变[196],曲得其宜[197],如是然后圣人也。

[注释]

[1]本篇为《荀子》的第六篇。文中综合分析评论当时的诸家学说,分别对墨家、名家、道家、前期法家以及儒家之流进行了批判。其主要矛头指向的是儒家中的思孟学派。同时表达出荀况"一天下,财万物"的政治理想。

[2]此七句是说,借着当今战乱之世,文饰邪说奸言来扰乱天下,使用欺诈、卑劣手段和诡计,使天下人混混然不知还有所谓是非、治乱的标准存在,这样的人是大有人在的。假:借。今之世:指战国时期。假今之世:即指趁着当今的混乱之世。饰、文:皆为修饰之义。奸言:可参看《荀子·非相》:"凡言不合先王,不顺礼义,谓之奸言。"枭(xiāo):同"淆",扰乱。矞宇嵬琐:指用说假话,使诡计和奸诈的手段扰乱天下。矞(jué):同"谲",欺诈。宇:同"訏",诡诈。嵬(wěi):怪僻,奸诈。琐:细小,卑鄙。混然:混乱的样子。有人矣:即大有人在。

[3]纵:放纵。安:安于。恣睢(zì suī):任意而为。禽兽行:行为如同禽兽。合文通治:符合礼义,达到国家大治。文:文饰,指礼义,即合乎文明。

[4]此三句是说,然而他们讲起理论来,有根有据,有条有理,足以欺骗迷惑愚昧的人们。

[5]它嚣:人名,未详年代事迹。魏牟:战国时期魏国贵族,属道家一派,《汉书·艺文志》道家类著录《公子牟》四篇。或曰与庄子同时代。

[6]忍:抑制,强忍。綦谿利跂:指讲话极其深奥,行动离世独行。綦(qí),极。谿(xī):深的意思。利,同"离"。跂,同"企",立。

[7]苟以分异人为高:一心追求以与众不同为高明。

[8]合大众:与大家打成一片。明大分:明白遵守等级名分。

[9]陈仲:又叫田仲、陈仲子。战国时期齐国贵族。他离开富有的哥哥,靠织草鞋为生,以清高自居,所以是荀况批评的对象。史鳅(qiū):字子鱼,又叫史鱼,春秋时卫国大夫,他生前多次劝说卫灵公,没有被采纳,临死时,叫儿子不要把他的尸体装入棺材,要进行"尸谏"。卫灵公知道后,对他大加赞扬,而获得名声,这也是荀况批评的异行。

[10]一天下:统一天下。权称:指准则,即礼。《荀子·富国》曰:"礼者,贵贱有等,长幼有差,贫富轻重皆有称者。"

[11]上功用:即崇尚实际的功用。上,同"尚"。

[12]大俭约:重视节俭。

[13]慢差等:怠慢、无视等级差别。

[14]曾不足以容辨异,县君臣:意思是说,以至于竟然不能够容许人们之间有差别,君臣之间有等级。县,同"悬",悬殊、差别。

[15]墨翟(dí):战国时期鲁国人,墨家创始人。其学说主张兼爱、节用、节葬和非乐等。宋钘(xíng):又叫宋荣子,战国时期宋国人,与孟子、尹文子、慎到等人同时。他的"情欲寡"的思想与荀况"性恶论"为基础的"隆礼重法"思想相对立,是此处荀况批评的主要对象。

[16]尚法而无法:崇尚法治,而没有法令准则。

[17]下:轻视。修:指贤人。好作:喜欢另创一套。

[18]取听于上:听从君主的旨意。

[19]取从于俗:随社会上的习俗来选择。

[20]终日言成文典:整天讲述法律条文。

[21]反紃察之:意思是说,反复加以考察研究。紃,同"循",往复。

[22]倜(tì)然:远离的样子。归宿:结果,落脚点。

[23]经国定分:治理国家,确定名分。

[24]慎到:战国时期赵国人,曾在齐国稷下学宫讲学,是早期法家的代表之一。田骈(pián):战国时期齐国人,属道家一派。

[25]先王:儒家所推重的古代圣王。

[26]不是礼义:反对礼义。是,即肯定。

[27]治:钻研。

[28]玩:玩弄。琦:同"奇",奇怪。

[29]甚察而不惠:分析的很精细,但却不合急需。甚,很。察,明察。惠,当为"急"之误,《荀子·天论》"不急之察"与此同义,当改之。

[30]辩而无用:讲得头头是道,但无实际效果。

[31]多事而寡功:做了很多的事但其功效甚微。

[32]不可以为治纲纪:不可以作为治理国家的原则。

[33]惠施:战国时期宋国人,名家的重要代表人物。邓析:春秋时期郑国人,刑名学家。

[34]略:粗略。统:纲领。

[35]然而犹:原文为"犹然而",今据宋本改。材剧志大:才多而志大。材,同"才"。

[36]杂博:杂多广泛。

[37]案:同"按",根据。往旧:过去,指古代。造说:臆造一种说法。

[38]五行:此处指五常,即仁、义、礼、智、信。

[39]僻违:邪僻。无类:不伦不类。

[40]幽隐而无说:隐晦而说不出道理。

[41]闭约而无解:晦涩而不可理解。

[42]此三句是说,修饰他们的言辞,而且十分恭敬地说:这真正是先君子(指孔子)的言论。案:语助词。其:指子思、孟轲之流。祇(zhī)敬:恭恭敬敬。

[43]子思:姓孔名伋,孔丘的孙子,儒家代表人物之一。孟轲:战国中期邹国人,儒家重要代表人物。

[44]沟瞀(mào):无知。原文作"沟犹瞀",今据《儒效篇》"愚陋沟瞀"删。

[45]嚾(huān)嚾然:吵吵嚷嚷的样子。不知其所非:不知道他们不对的地方。

[46]仲尼:即孔丘。子弓:一说是仲弓,即孔丘的弟子冉雍;一说是馯臂子弓,战国时讲《周易》的学者。原文作"子游",郭嵩焘曰:"《荀子》屡言仲尼、子弓,不及子游。本篇后云子游氏之贱儒,与子张、子夏同讥,则此子游必子弓之误。"今据改。兹:此,指子思、孟轲的所作所为。厚于后世:被后世推崇。

[47]若夫:发语词,至于。总方略:总括治国的方针、策略。

[48]齐言行:统一人们的言论、行动。齐,整齐。

[49]一统类:统一治事的纲纪。

[50]群:聚集。

[51]大(tài)古:指古代圣王的业绩。

[52]至顺:最高的治国之道。

[53]奥突(yǎo):屋的西南角叫奥,东南角叫突。此处指屋子里面。

[54]簟(diàn)席:用竹子做的席子。

[55]敛然:聚集的样子。圣王之文章具焉:圣王的典章制度就具备了。

[56]佛(bó)然:勃然兴起的样子。平世之俗起焉:使社会安定的风俗兴起了。

[57]六说者:指魏牟、墨翟、孟轲、田骈、邓析、史鰌等六家的学说。不能入也:不能够入于君主接纳的范围之内。

[58]十二子者:即指上文中所举之十二人。亲:亲近。

[59]王公:指君主和诸侯。争名:争夺名望。

[60]位:职位。

[61]蓄:养。

[62]容:容纳。

[63]成名:成,同"盛"。即盛名。况:增益,超过。

[64]莫不愿以为臣:(君主)没有不愿意让他做自己的大臣的。

[65]圣人:荀子理想中具备完美道德的人。

[66]财:同"裁",管理、利用。

[67]长养:养育。

[68]兼利天下:使天下的人同时得到好处。

[69]通达之属:所能通行到达的地方,即指全天下。

[70]立息:立即停息。

[71]迁化:随之变化。

[72]舜:传说中圣明的部落联盟首领。

[73]仁人:指具备社会道德的人。将何务哉:打算做什么呢?

[74]制:制度。

[75]务息:务必制止。

[76]毕:完成。

[77]迹:事迹、业绩。著:显著。

[78]此四句是说,相信应该相信的,是诚信。怀疑应当怀疑的,也是诚信。信信:相信应该相信的。疑疑:怀疑应当怀疑的。

[79]此四句是说,尊崇贤人,是仁;鄙视不贤的人,也是仁。贵贤:尊敬贤人。贱不肖:鄙视不贤的人。

[80]当:恰当。知:同"智",智慧。

[81]默：不说话。

[82]犹：如同,好像。

[83]类：统类,此处指合乎礼义。

[84]法：法则,此处指符合道德准则。

[85]多言：原文为"多少",今据《大略篇》及文义改。

[86]流湎然：沉溺的样子,此处指小人沉醉于"多言无法"的状况。

[87]劳力：费力气。不当民务：不适合人民的正当事务。

[88]劳知：用尽心思。律：遵循、效法。

[89]譬喻：比喻。

[90]齐给便利：迅速敏捷。

[91]不顺礼义：不遵守礼义。

[92]知而险：狡猾而且阴险。

[93]贼而神：为非作歹而变化莫测。一说"神"当作"狠"。

[94]为：同"伪"。为诈而巧：虚伪奸诈而十分狡诈。

[95]言无用而辩,辩不惠而察：言论无用却讲的头头是道,谈论的不合急
需却讲的非常清楚。不惠：当为"不急"。其说见注[29]。

[96]治之大殃：治理国家的最大祸殃。

[97]行辟而坚：行为邪僻而顽固不化。辟,同"僻",邪。

[98]饰非而好：掩饰罪过而十分巧妙。

[99]玩奸而泽：玩弄权术而十分圆滑。

[100]言辩而逆：说话头头是道而违反常理。

[101]知而无法：聪明而不守法度。

[102]勇而无惮：勇猛而肆无忌惮。

[103]察辩而操僻,淫大而用之：《荀子集解》引俞樾云："杨注读'察辨而
操僻淫'为句,误也。当以'察辨而操僻'五字为句。《大略篇》亦云
'察辨而操僻',是其证。'大'读为'汰','淫汰'连文。《仲尼篇》
曰'若是其险污淫汰也',是其证。'之'者'乏'之坏字。……'淫汰
而用乏',与'察辨而操僻'相对成文。"意思是说,考察事物很精细
而行为邪僻,过于奢侈而使费用缺乏。大,同"汰",奢侈浪费。之,
当为"乏"之误。

[104]好奸而与众:喜欢干坏事而且党羽众多。与,党与,结党。

[105]利足而迷:贪图便利的途径而陷入迷途。

[106]负石而坠:此处所用之典故是申徒狄负石赴河之事,比喻抱着必死之心。《荀子·不苟》:"故怀负事而赴河,是行之难为者。"注:"申徒狄恨道不行,发愤而负石自沉于河。"

[107]弃:抛弃、厌弃。

[108]兼服天下之心:使天下人民都心悦诚服(的方法)。

[109]骄人:傲视别人。

[110]穷人:使人困窘、难堪。

[111]齐给速通:口才流利,反应敏锐。

[112]不争先人:争,据上下句文例当为"以"。即不因此而与人争先。

[113]虽能必让:虽然有才能,但一定谦让。让,谦让。

[114]为:成为,实现。德:品德。

[115]修:讲求,实行。

[116]乡:乡亲。

[117]贱而少者:身份低贱而辈分又小的人。

[118]告导:告诫、诱导。

[119]无与人争也:不同他人相争。

[120]恢然如天地之苞万物:心胸如同天地能包容万物一样广大。恢然,广大的样子。苞,同"包"。

[121]贵:敬重。

[122]祅:同"妖"。

[123]子弟:泛指亲属。

[124]宜:适宜。

[125]此诗引自《诗经·大雅·荡》。诗的意思是说:不是上帝的错误,而是殷纣王不效法先王。虽然已没有老成人来辅佐,尚有先王的法度、事例可以效法。但是殷纣王没听,终于使商朝灭亡。匪:不。不时:不是时候,即言上帝不赐予太平之世。旧:指先王之道。老成人:指旧的辅佐大臣,如伊尹那样的人。典刑:指可效法的法度和事例。

[126]仕士:做官的人。原文作"士仕",今据文意改。下一"仕士"同。

[127]厚敦:忠厚老实。

[128]合群:与群众相合在一起。

[129]乐富贵:据文意当为"乐可贵"。即以值得注重的道为快乐。《荀子集解》王先谦案:"'富'字当是'可'字之误。正文言'乐可贵者也',故注以'乐其道'释之。惟道为可贵也。下文'君子能为可贵'注云:'可贵,谓道德也。'可互证。"

[130]乐分施:乐意把自己的东西分施给别人。

[131]远罪过:远离罪过。

[132]务事理:使事务有条理。

[133]羞独富:以个人独自富有为羞耻。

[134]污漫:欺骗,诳诈。

[135]贼乱:为非作歹,破坏捣乱。

[136]恣睢:放纵。

[137]触抵:触犯法令。

[138]唯权埶之嗜:唯独嗜好权势。

[139]处士:隐士,无官职的人。

[140]德盛:道德高尚。

[141]能静:指能够安于自己的位置。

[142]修正:行为端正。

[143]知命:懂得天命、道理。

[144]箸是:宣扬正确主张。箸,同"著",显著。一说当为"箸定",即有所定守,无转移的意思。后者义更胜。

[145]无能而云能:没有才能却要说有才能。

[146]利心无足:贪利之心没有满足的时候。

[147]佯无欲:假装做没有欲求的样子。

[148]行伪险秽:行为阴险肮脏。

[149]强高言:硬要说大话。谨悫(què):谨慎诚实。

[150]以不俗为俗:把不合于社会一般习俗当作自己的习俗,即自命清高。

[151]离纵:离开正道。跂訾(qǐ zǐ):此处指显示自己高人一等。跂,跂起

后脚跟。訾,同"趾",指脚尖着地。

[152]能不能为:能做到的和不能做到的。

[153]君子能为可贵,而不能使人必贵己:意思是说,君子可以做到道德高尚,却不能够使人一定尊重自己。

[154]能为可信,而不能使人必信己:意思是说,君子能够做到讲信用,却不能使别人一定信任自己。

[155]能为可用,而不能使人必用己:意思是说,君子能够具备被任用的才能,却不能使人一定任用自己。

[156]耻不修:以自己的道德不好为羞耻。不耻见污:不怕被别人诬蔑。

[157]耻不信:以自己不守信用为耻。不见信:不被信任。

[158]不能:没有能力。不见用:不被任用。

[159]是以:所以。不诱于誉:不被荣誉所引诱。

[160]不恐于诽:不被别人的诽谤吓倒。

[161]率:遵循。

[162]端然正己:严肃的端正自己的言行。

[163]物:指外界事物。倾侧:即动摇。

[164]诚:实在,确实。

[165]此诗选自《诗经·大雅·抑》。诗的意思是说:多么温柔恭敬的人啊,这是道德的基础。

[166]容:容貌。

[167]冠进:即高高的帽子。进,同"峻",高。

[168]衣逢:衣服宽大。其容良:他的面容温和。

[170]俨然:庄重的样子。壮然:严肃而不可侵犯的样子。祺然:安详的样子。蕼(sì)然:宽舒的样子。恢恢然,广广然:心胸宽广,无所不容的样子。昭昭然,荡荡然:明朗、坦率的样子。

[171]容臷:面容态度朴实诚恳。

[173]俭然:自谦的样子。侈(chǐ)然:侈,同"姼",美好的样子。辅然:亲近的样子。端然:正直的样子。訾:同"孳",勤勉。洞然:恭敬的样子。缀缀然:不背离的样子。瞀瞀(mào mào)然:不敢正视的样子。

[174]吾语汝:我告诉你。鬼容:丑态。

[175]冠绕(miǎn):绕,当为"俛",前倾而低俯。即把帽子戴的低而前倾。
其缨禁缓:他的帽带、腰带都松松的。缨,帽带。禁,同"紟",腰带。

[176]简连:傲慢的样子。

[177]填填然:行动迟缓的样子。狄狄然:即不稳重的样子。狄,同"趯",
跳跃。莫莫然:沉默寡言的样子。瞡瞡(guī guī)然:见识短浅的样
子。瞿瞿然:惊慌失措的样子。尽尽然:消沉沮丧的样子。盱盱(xū
xū)然:直目瞪眼的样子。

[178]瞒瞒然,瞑瞑然:即沉醉迷乱的样子。瞑,同"湎",沉湎。

[179]疾疾然:憎恶的样子。訾訾然:骂骂咧咧的样子。

[179]偄(lù)偄然:怠慢的样子。离离然:不愿亲自动手的样子。

[180]偷儒而罔:即懒惰偷闲而不怕人议论。儒,同"懦"。忍謼(xī)诟
(gòu):忍受污辱和谩骂。

[181]弟佗其冠:把帽子戴的歪歪斜斜。弟佗,即颓唐。

[182]神襌:同"冲淡",即言辞无味。

[183]禹行而舜趋:此处指装着一副禹、舜的样子。禹行,传说禹因为长期
治水,使腿脚成疾,行走不便。舜趋:据说舜在父母面前总是低着头
走路,以示孝敬。

[184]子张氏:姓颛孙,名师,字子张,春秋时陈国人,孔子门徒。贱儒:低
贱的儒士。

[185]正其衣冠:衣冠整齐。

[186]齐其颜色:表情庄重。

[187]嗛(qiǎn)然:此处指装出一副谦虚的样子。

[188]子夏氏:姓卜,名商,字子夏,春秋时晋国人,孔子门徒。

[189]偷儒惮事:懒惰恶劳,胆小怕事。

[190]耆:同"嗜",贪好。

[191]必曰:总是说。固不用力:本来就不用劳动做事。

[192]子游氏:姓言,名偃,字子游,春秋时吴国人,孔子的门徒。

[193]彼君子则不然:那些君子不是这样。

[194]佚而不惰:虽然安逸而不懒惰。佚,同"逸"。

[195]劳而不僈:虽然劳累而不懈怠。僈,同"慢"。

[196]宗原应变:遵守着治国的根本,而又能适应情况的变化。原,治国的根本。

[197]曲得其宜:各方面都做得很恰当。曲,委曲、全面。

儒 效(节选)[1]

大儒之效[2]:武王崩[3],成王幼[4],周公屏成王而及武王[5],以属天下[6],恶天下之倍周也[7]。履天子之籍[8],听天下之断[9],偃然如固有之[10],而天下不称贪焉[11];杀管叔[12],虚殷国[13],而天下不称戾焉[14];兼制天下[15],立七十一国,姬姓独居五十三人[16],而天下不称偏焉[17]。教诲开导成王,使谕于道[18],而能揜迹于文、武[19]。周公归周[20],反籍于成王[21],而天下不辍事周[22],然而周公北面而朝之[23]。天子也者,不可以少当也,不可以假摄为也[24];能则天下归之[25],不能则天下去之[26]。是以周公屏成王而及武王,以属天下,恶天下之离周也[27]。成王冠[28],成人,周公归周,反籍焉,明不灭主之义也[29]。周公无天下矣。乡有天下[30],今无天下,非擅也[31];成王乡无天下,今有天下,非夺也:变势次序节然也[32]。故以枝代主而非越也[33],以弟诛兄而非暴也,君臣易位而非不顺也[34]。因天下之和[35],遂文、武之业[36],明枝主之义[37],抑亦变化矣,天下厌然犹一也[38]。非圣人莫之能为[39],夫是之谓大儒之效。

秦昭王问孙卿子曰[40]:"儒无益于人之国?"

孙卿子曰:"儒者法先王,隆礼义,谨乎臣子而致贵其上者也[41]。人主用之,则势在本朝而宜;不用,则退编百姓而悫;必为顺下矣[42]。虽穷困冻餧[43],必不以邪道为贪[44]。无置锥之地[45],而明于持社稷之大义[46]。嗷呼而莫之能应,然而通乎财万物,养百姓之经纪[47]。埶在人上,则王公之材也[48];在人下,则社稷之臣,国君之宝也。虽隐于穷阎漏屋,人莫不贵之,道诚存也[49]。

"仲尼将为司寇[50],沈犹氏不敢朝饮其羊[51],公慎氏出其妻[52],慎溃氏踰境而徙[53],鲁之粥牛马者不豫贾[54],必蚤正以待之也[55]。居于阙党[56],阙党之子弟罔不分[57],有亲者取多[58],孝弟以化之也[59]。儒者在本朝则美政,在下位则美俗[60]。儒之为人下如是矣。"

王曰:"然则其为人上何如?[61]"

孙卿曰:"其为人上也,广大矣[62]!志意定乎内,礼节修乎朝,法则度量正乎官,忠信爱利形乎下[63]。行一不义,杀一无罪,而得天下,不为也。此若义信乎人矣[64],通于四海[65],则天下应之如讙也[66]。是何也?则贵名白而天下治也[67]。故近者歌讴而乐之[68],远者竭蹶而趋之[69]。四海之内若一家,通达之属莫不从服[70],夫是之谓人师[71]。《诗》曰:'自西自东,自南自北,无思不服[72]。'此之谓也。夫其为人下也如彼,其为人上也如此,何谓其无益于人之国也!"

昭王曰:"善!"

先王之道,仁之隆也,比中而行之[73]。曷谓中[74]?曰:礼义是也。道者,非天之道,非地之道,人之所以道也,君子之所道也[75]。

君子之所谓贤者,非能遍能人之所能之谓也[76];君子之所谓知者[77],非能遍知人之所知之谓也[78];君子之所谓辩者[79],非能遍辩人之所辩之谓也[80];君子之所谓察者[81],非能遍察人之所察之谓也[82]:有所止矣[83]。相高下[84],视硗肥[85],序五种[86],君子不如农人;通货财[87],相美恶,辩贵贱,君子不如贾人[88];设规矩,陈绳墨[89],便备用[90],君子不如工人;不恤是非然不然之情[91],以相荐撙[92],以相耻怍[93],君子不若惠施、邓析[94]。若夫谲德而定次[95]，量能而授官，使贤不肖皆得其位[96]，能不能皆得其官，万物得其宜[97]，事变得其应[98]，慎、墨不得进其谈[99]，惠施、邓析不敢窜其察[100]，言必当理，事必当务，是然后君子之所长也[101]。

凡事行[102]，有益于理者[103]，立之；无益于理者，废之。夫是之谓中事[104]。凡知说[105]，有益于理者，为之；无益于理者，舍之。夫是之谓中说[106]。事行失中[107]，谓之奸事[108]；知说失中，谓之奸道。奸事、奸道，治世之所弃[109]，而乱世之所从服也[110]。若夫充虚之相施易也[111]，"坚白""同异"之分隔也[112]，是聪耳之所不能听也，明目之所不能见也，辩士之所不能言也[113]，虽有圣人之知，未能偻指也[114]。不知无害为君子[115]，知之无损为小人[116]。工匠不知，无害为巧；君子不知，无害为治。王公好之则乱法[117]，百姓好之则乱事[118]。而狂惑戆陋之人[119]，乃始率其群徒[120]，辩其谈说[121]，明其辟称[122]，老身长子[123]，不知恶也[124]。夫是之谓上愚，曾不如相鸡狗之可以为名也[125]。《诗》曰："为鬼为蜮，则不可得，有靦面目，视人罔极。作此好歌，以极反侧[126]。"此之谓也。

我欲贱而贵，愚而智，贫而富，可乎[127]？曰：其唯学乎[128]。彼学者[129]，行之[130]，曰士也；敦慕焉[131]，君子也；知之[132]，圣人也。上为圣人，下为士、君子，孰禁我哉[133]！乡也混然涂之人也[134]，俄而并乎尧禹[135]，岂不贱而贵矣哉！乡也效门室之辨，混然曾不能决也，俄而原仁义，分是非，圆回天下于掌上，而辩黑白，岂不愚而知矣哉[136]！乡也胥靡之人，俄而治天下之大器举在此，岂不贫而富矣哉[137]！今有人于此，屑然藏千溢之宝，虽行丐而食，人谓之富矣[138]。彼宝也者，衣之不可衣也，食之不可食也，卖之不可偻售也[139]。然而人谓之富，何也？岂不大富之器诚在此也？是杆杆亦富人已，岂不贫而富矣哉[140]！

故君子无爵而贵，无禄而富，不言而信，不怒而威，穷处而荣，独居而乐，岂不至尊、至富、至重、至严之情举积此哉[141]！

[**注释**]

[1]本篇节选自《荀子》的第八章，主要通过论述大儒与俗儒的对立，从而阐述了荀况心目中理想的大儒对思想、政治的作用。本文侧重节选了大儒对于政治、社会的巨大功效，以及一般士人可以通过学习达到大儒的境界等内容。

[2]效：功效、作用。

[3]武王：即周武王，姓姬名发，周文王的儿子，周朝的第一个君主。崩：古代君主的死叫崩。

[4]成王：周武王的儿子。

[5]周公：姓姬名旦，周文王的儿子，周武王的弟弟。曾助武王伐纣，武王死后，辅助成王治理国家。屏：同"摒"，摒弃。摒成王：即撇开成王。及：继承。

[6]属：统属，统治。

[7]恶（wù）：憎恶，讨厌。这里指唯恐、担心。倍：同"背"，背叛。

[8]履：踏，登上。籍：位。

[9]听天下之断：指处理天下的政务。

[10]偃然如固有之：（这王位）就好像本来就有的一样安然处之。偃（yǎn）然：安然。

[11]称：说。贪：贪欲。这里指夺取王位的野心。

[12]管叔：周公旦的哥哥，他鼓动殷朝的遗民发动叛乱，图谋推翻周公的统治，被周公所杀。

[13]虚殷国：使殷国成为废墟。周公平定了叛乱后，把殷国的遗民迁到洛邑，使原来的殷都成为废墟。虚：同"墟"，荒废为废墟。

[14]戾（lì）：残暴。

[15]兼制：全面统治。

[16]姬姓：姓姬的，指周文王家族。

[17]偏：不公正。

[18]谕(yù):知道,明白。道:指治理国家的根本原则。

[19]掩迹:继承前人的业绩。掩(yǎn),承袭。文、武:指周文王、周武王。

[20]归周:把周的天下归还给周成王。

[21]反籍:即归还天子的王位。反,同"返",返还。

[22]辍(chuò):停止。事:侍奉。

[23]北面而朝之:古代帝王之位面向南,臣子面向北朝拜他。这里指周公回到臣子的位置上。

[24]这句是说,天子不可由年幼的人担当,也不可以由别人代理去做。少:年幼。假摄:代行职权。

[25]能则天下归之:能胜任(天子)的,天下就归顺他。能,胜任。

[26]去:背离。

[27]这句是说,之所以周公撇开成王,而自己继承武王来统治天下,是怕天下的人背叛周朝。是以:因此,所以。

[28]冠(guàn):古代男子二十岁时行加冠礼,以示成人。

[29]主:与下文"枝"相对,指嫡长子。义:道理。

[30]乡:同"向",以往,从前。

[31]擅:同"禅",让位。

[32]变势次序:地位次序的变化。节然:恰好这样。

[33]枝:指血缘中的支脉,即嫡长子以外的儿子。周公是武王的弟弟,所以称他为枝子。越:越礼,即超出本分。

[34]易:变换。

[35]因:凭借。天下之和:天下安定的局面。

[36]遂:完成。

[37]明枝主之义:表明枝子与嫡长子之间的大义。

[38]抑亦变化矣,天下厌然犹一也:虽然有这样的变化,天下仍然像以往一样安安稳稳的。抑:转折连词,却、虽然。厌然:安然。

[39]非圣人莫之能为:除了圣人,没人能够做到。圣人,荀况理想中德才兼备的人。

[40]秦昭王:即秦昭襄王,名稷(前324—前251),战国时秦国国君。孙卿子:即荀况。避汉宣帝刘询讳,后人改称孙卿。或说,"荀"、"孙"古

音相近,为语音之转。人之国:人们的国家。

[41]"儒者"三句是说,大儒效法先王,尊崇礼义,谨慎的做臣子并使他的君主尊贵。先王:古代的帝王,荀况理想中符合封建政治、道德要求的君主。礼义:指封建等级制度、道德规范和礼节仪式。

[42]"人主用之"四句是说,君主如果用他,那么他在朝廷内会做一个称职的臣子;如果不用他,那么他会做一个很朴实恭顺的老百姓。人主:君主。编:即编户,编在户口册上。退编:即辞退官职,当老百姓。悫(què)诚实。顺下:恭顺的老百姓。

[43]冻餧:受冻挨饿。餧,同"馁",饥饿。

[44]必不以邪道为贪:一定不会用歪门邪道去求利。

[45]无置锥之地:没有放下一个锥子的地方,形容一点土地都没有。

[46]持:维护。社稷:指国家。

[47]"嚤呼"三句是说,他的召唤虽然没有人响应,然而他却能通晓管理万物、养育百姓的纲纪。嚤呼:呼唤,呼号。原为"鸣呼",王念孙据上下文义改,今从之。嚤(jiào):同"叫"。应:响应。通:通晓。财:同"裁",管理。经纪:纲纪。

[48]王公:指天子、诸侯。

[49]"虽隐"三句是说,他虽然隐居在穷困的地方和破旧的房屋里,但没有人不尊敬他,因为他确实有可尊敬的道德。隐:隐居。阎:同"巷"。漏:同"陋"。

[50]仲尼:即孔丘。司寇:春秋战国时,一国的最高司法官。

[51]沈犹氏:春秋时鲁国人,据说他经常在早晨把羊喂饱饮足上市场去卖以欺诈买主。

[52]公慎氏:春秋时鲁国人,据说他的妻子淫乱,他不敢管。出:休,古时丈夫断绝与妻子的关系叫做休。

[53]慎溃氏:春秋时鲁国人,据说他平时奢侈浪费,胡作非为。

[54]粥:同"鬻",卖。豫贾:虚定高价。豫:欺骗,诓骗。贾:同"价"。

[55]蚤正:预先改正,是指孔丘必定先纠正他们,使他们正确对待事情。蚤:同"早"。

[56]阙(què)党:同"阙里",地名,孔子旧居,在今山东省曲阜县境内。

[57] 罔不分：分配捕获的鱼兽。一说“分”字上当有一“必”字。罔，同
　　“网”。不，同“罘（fú）”，捕兽的工具。罔不，捕鱼兽的工具，这里指
　　所捕获的鱼兽。

[58] 有亲者：有父母的人。

[59] 孝弟以化之也：这是因为孝悌教化了他们。弟，同“悌”，尊敬兄长。

[60] 这二句是说，儒者在朝廷当官，就会使朝政完美，在下当百姓，就会使
　　风俗完美。

[61] 王：指秦昭襄王。然则：那么。其：代词，指大儒。

[62] 这三句是说，孙卿回答说，大儒在人上，作用是很广大的。

[63] “志意”四句是说，大儒的内心有坚定的意志，用礼节整顿朝廷，用各
　　种规章制度整顿官府，使百姓养成忠、信、爱、利这些道德品质。志
　　意：意志。修：整顿。法则度量：指各种规章制度。正：纠正。官：官
　　府。形：表现。

[64] 此若义：原文作“此君义”，《集解》引王念孙曰：“‘君’当为‘若’字之
　　误也。‘此若义’犹云‘此义’。‘若’亦‘此’也。连言‘此若’者，古
　　人自有复语耳。‘此若义’三字，承上文而言。”今从王说，改之。信乎
　　人：被人相信。

[65] 通：传遍。

[66] 讙（huān）：喧，形容齐声回答。

[67] 贵名白：尊贵的名声显赫天下。白，明显，显赫。治：据文意和《致士》
　　“能以礼挟而贵名白、天下愿”句，当作“愿”，仰慕。

[68] 歌讴（ōu）而乐之：歌颂他而且欢迎他。歌讴，歌颂，赞美。

[69] 竭蹶（jué）：形容用尽全力，不辞劳苦。趋：投奔。

[70] 通达之属：舟车、人迹能够到达的地方。

[71] 师：表率。

[72] 这首诗引自《诗经·大雅·文王有声》，意思是从西到东，从南到北，
　　没有不顺服的。

[73] 这三句是说，先王的道，是仁的最高表现，是按照最恰当的标准去行
　　动的。道：荀况理想中的封建政治、思想的总原则。仁之隆：仁的最
　　高表现。比：顺，按照。中：正中，适当。

[74]曷:同"何",什么。

[75]"道者"五句是说,这个道不是天的道,也不是地的道,而是人们所应
遵循的原则,是君子应遵循的原则。

[76]"君子"二句是说,君子所说的贤,并不是说能够全面做到一切人所能
做到的一切事情。贤:指具有高尚的品德和才能。遍:普遍,全面。

[77]知:同"智",有智慧。

[78]二"知"字,都是知道了解的意思。

[79]辩:同"辨",有明辨的能力。

[80]二"辩"字,都是辨别、分析的意思。

[81]察:指明察。

[82]二"察"字,都指识别、洞察。

[83]有所止矣:意思是君子的知识、才能是有一定限度的。止:限度。原
文作"正",《集解》引王念孙曰:"《解蔽篇》曰:'夫学也者,故学止之
也。恶乎止之? 曰:止乎至足。曷谓至足? 曰:圣王是也。'是其证。
《群书治要》正作'有所止'矣。"今据改之。

[84]相高下:察看田地高低的地势。相,察看。

[85]垚(qiāo):薄田。

[86]序:次序、安排。五种:指黍、稷、豆、麦、麻。

[87]通:流通。

[88]贾(gǔ):商人。

[89]设:陈设。规矩、绳墨:木工所使用的工具,规矩用来定圆和方,绳墨
用来画直线。

[90]便:方便,这里指使用熟练。备用:设备、器用。

[91]恤(xù):顾虑。然不然之情:是不是这样的情况。

[92]荐:同"践",践踏。撙(zǔn):压抑、欺负。

[93]怍(zuò):羞侮、耻辱。

[94]惠施:战国时期宋国人,名家学派的代表人物之一。邓析:春秋时期
郑国人,刑名学家。

[95]谲(jué):比较、判断。定次:确定次序。

[96]不肖:不贤。

［97］宜:合适、适当。

［98］事变:各种突然的变化。应:应付,处理。

［99］慎:慎到,战国时期赵国人,法家代表之一。墨:墨翟(dí),战国时期
鲁国人,墨家学派开创者。进其谈:指发表自己的意见、言论。

［100］窜其察:渗透进他们的诡辩。

［101］言必当理,事必当务,是然后君子之所长也:说话符合道理,做事符
合要求,这就是君子的特长。当,符合。务,要求。

［102］事行:即事情、行为。

［103］理:指封建政治、道德的原则。一说,“理”字当为“治”字,唐朝人避
讳所改。

［104］中事:正确的事。

［105］知说:即知识、学说。

［106］中说:正确的学说。

［107］失中:失去正确性。

［108］奸:奸诈,虚伪。

［109］治世:安定的社会。

［110］乱世:混乱的社会。从服:指推崇、流行。

［111］充:实。相施易:相互转化。施,同“移”。

［112］坚白:即“离坚白”,是战国时期名家学者公孙龙提出的重要命题。
公孙龙用一块石头举例,论证坚硬和白色两种属性是各自独立的,
不能同时是石头的属性,从而说明了共性和个性之间的区别。同
异:即“合同异”,这是战国时期名家惠施的重要命题。他认为事物
同、异是相对的,就具体的事物讲,可以有同异之别,而如果从根本
上说,万物既可以说“毕同”,又可以说“毕异”。这种理论在当时叫
做“合同异”。分隔:即分析。

［113］辩士:善辩的人。

［114］偻(lóu)指:即屈指,这里是说,可以象屈指而数那样很快讲明白
道理。

［115］害:妨碍。

［116］无损为小人:意思是,仍然是个小人。

[117]法:法度。

[118]乱事:乱了本业。

[119]狂惑:狂妄糊涂。戆(gàng)陋:呆笨、愚蠢。

[120]乃:竟然。始:虚词,无义。

[121]辩:申辩。

[122]明:阐明。辟:同"譬",比喻。称:引证。

[123]老身长子:自己衰老了,儿子也长大了。即指一辈子。

[124]恶(wù):厌恶,厌弃。

[125]这二句是说,这就叫做最愚蠢,连那些相鸡、狗的人都不如。上愚:最愚蠢的人。相鸡狗:指鉴别鸡、狗优劣的人。为名:有名气。

[126]这首诗出自《诗经·小雅·何人斯》,诗的意思是说:"你若是个鬼或者怪,那么我自然无法认清你的真面目;可是你有脸和眼睛,人们终究会将你的真相看清。我作这首好歌,就是要尽情揭露你这个反复无常的人。"蜮(yù):传说是一种叫做短狐的害人的动物。觍(tiǎn):形容脸上的表情。罔(wǎng)极:没有终极,这里是终究的意思。反侧:反复无常,为人不正直。

[127]这四句是说,我想由卑贱变成高贵,由愚蠢变成有智慧,由贫穷变成富足,可以吗?

[128]这二句是说,回答说:大概就在于学习吧。

[129]彼学者:学习这件事。

[130]行之:指学习了就去实行它。

[131]敦慕:勤勉、努力。

[132]知之:能融会贯通的深刻理解它。

[133]这三句是说,学习好的可以成为圣人,起码也可以成为一个君子或士,这谁能阻止我呢。孰:谁。禁:阻止。

[134]乡:同"向",过去、以往。混然:没有知识的样子。涂之人:普通老百姓。

[135]俄而:突然,很快。并乎:并列于。

[136]"乡也效门室"七句是说,以前考察门和房子的区别,还茫然不能判断,但是很快就能探讨仁义的根源,分辨是非,处理天下大事圆转自

如,就如同分辨黑白那样容易,这不就是由愚蠢变为智慧了吗? 效:考察。辨:分辨,区别。决:判断。原:探索根源。圆回:运转。原文作"图",今改。而:同"如"。

[137]"乡也胥靡"三句是说,不久以前,还是个空无所有的人,很快治理天下的大权都掌握在他的手中,这难道不是由贫穷变为富足了吗? 胥靡:空无所有。胥(xū),空疏。靡(mí),没有。大器:重要的器具,这里指治理天下的大权。举:全。

[138]"今有人"四句是说,现在有这样的人,他藏着许多金银财宝,虽然以讨饭为生,人们还是说他很富有。屑然:杂而多的样子,这里指宝贝的多种多样。千溢:形容金银很多。溢:同"镒",古代重量单位,二十四两为镒。貣(tè):乞讨。

[139]"彼宝也者"四句是说,那种"宝贝",穿不能当衣服,吃不能当饭,卖不能很快出售。彼宝也者:那种宝贝,指学到的治国本领。

[140]"然而人谓之富"五句是说,然而人说他富有,为什么? 岂不是因为巨大的财富确实就在这里吗? 这么说,知识渊博也就是富人,岂不是由穷变富了吗? 是:代词,指学习。杆杆(yú yú):广大,充足。

[141]"故君子"七句是说,所以君子没有官位但是尊贵,没有俸禄但是富足,不说话就有信用,不发怒就有威严,处境困窘但是荣耀,孤立无援也很快乐,君子那些最崇高、最富足、最庄重、最威严的东西难道不都是从学习中得来的吗? 爵:官位。禄:俸禄。穷处:处境困窘。独居:孤立无援。举积此:全部聚集在这里。此,指学习。

王　霸(节选)[1]

国者,天下之制利用也;人主者,天下之利势也[2]。得道以持之[3],则大安也[4],大荣也[5],积美之源也[6];不得道以持之,则大危也,大累也[7],有之不如无之;及其綦也,索为匹夫不可得也,齐湣、宋献是也[8]。故人主天下之利势也,然而不能自安也[9],安之者必将道也[10]。

故用国者,义立而王,信立而霸,权谋立而亡[11]。三者明主之所谨择也[12],仁人之所务白也[13]。絜国以呼礼义[14],而无以害之,行一不义,杀一无罪,而得天下,仁者不为也,擽然扶持心国[15],且若是其固也[16]。之所与为之者之人[17],则举义士也[18];之所以为布陈于国家刑法者[19],则举义法也;主之所极然帅群臣而首乡之者[20],则举义志也[21]。如是则下仰上以义矣,是綦定也[22];綦定而国定,国定而天下定。仲尼无置锥之地,诚义乎志意,加义乎身行,箸之言语[23],济之日[24],不隐乎天下[25],名垂乎后世。今亦以天下之显诸侯,诚义乎志意,加义乎法则度量,箸之以政事,案申重之以贵贱杀生,使袭然终始犹一也[26]。如是,则夫名声之部发于天地之间也[27],岂不如日月雷霆然矣哉!故曰:以国齐义[28],一日而白[29],汤武是也[30]。汤以亳[31],武王以鄗[32],皆百里之地也[33],天下为一[34],诸侯为臣,通达之属[35],莫不从服,无它故焉,以义济矣[36]。是所谓义立而王也。

德虽未至也[37],义虽未济也[38],然而天下之理略奏矣[39],刑赏已诺信乎天下矣[40],臣下晓然皆知其可要也[41]。政令已陈,虽睹利败,不欺其民[42];约结已定[43],虽睹利败,不欺其与[44]。如是,则兵劲城固,敌国畏之;国一綦明[45],与国信之。虽在僻陋之国[46],威动天下,五伯是也[47]。非本政教也[48],非致隆高也[49],非綦文理也[50],非服人之心也[51],乡方略[52],审劳佚[53],谨畜积[54],修战备,齺然上下相信[55],而天下莫之敢当[56]。故齐桓、晋文、楚庄、吴阖闾、越勾践[57],是皆僻陋之国也,威动天下,强殆中国[58],无它故焉,略信也[59]。是所谓信立而霸也。

絜国以呼功利,不务张其义,齐其信,唯利之求,内则不惮诈其民,而求小利焉,外则不惮诈其与,而求大利焉,内不修正其所以有，然常欲人之有[60]。如是，则臣下百姓莫不以诈心待其上矣。上诈其下，下诈其上，则是上下析也[61]。如是，则敌国轻之[62]，与国疑之，权谋日行[63]，而国不免危削，綦之而亡[64]，齐闵、薛公是也[65]。故用强齐[66]，非以修礼义也[67]，非以本政教也，非以一天下也[68]，绵绵常以结引驰外为务[69]。故强，南足以破楚[70]，西足以诎秦[71]，北足以败燕[72]，中足以举宋[73]。及以燕赵起而攻之[74]，若振槁然[75]，而身死国亡，为天下大戮[76]，后世言恶，则必稽焉[77]。是无它故焉，唯其不由礼义，而由权谋也。

三者明主之所以谨择也，而仁人之所以务白也。善择者制人[78]，不善择者人制之[79]。

国者，天下之大器也，重任也，不可不善为择所而后错之，错险则危；不可不善为择道然后道之，涂薉则塞；危塞则亡[80]。彼国错者，非封焉之谓也，何法之道，谁子之与也[81]。故道王者之法，与王者之人为之，则亦王[82]；道霸者之法，与霸者之人为之，则亦霸；道亡国之法，与亡国之人为之，则亦亡。三者明主之所以谨择也，而仁人之所以务白也。

故国者，重任也，不以积持之则不立[83]。故国者，世所以新者也，是惮惮，非变也，改玉改行也[84]。故一朝之日也，一日之人也，然而厌焉有千岁之国，何也[85]？曰：援夫千岁之信法以持之也，安与夫千岁之信士为之也[86]。人无百岁之寿，而有千岁之信士，何也？曰：以夫千岁之法自持者[87]，是乃千岁之信士矣[88]。故与积礼义之君子为之则王，与端诚信全之士为之则霸[89]，与权谋倾覆之人为之则亡[90]。三者明主之所以谨择也，仁人之所以务白也。善择之者制人，不善择之者人制之。

彼持国者，必不可以独也，然则强固荣辱在于取相矣[91]。身能相能，如是者王[92]；身不能，知恐惧而求能者，如是者强；身不能,不知恐惧而求能者,安唯便僻左右亲比己者之用[93],如是者危削;綦之而亡。国者,巨用之则大[94],小用之则小[95];綦大而王,綦小而亡,小巨分流者存[96]。巨用之者,先义而后利,安不恤亲疏[97],不恤贵贱,唯诚能之求[98],夫是之谓巨用之。小用之者,先利而后义,安不恤是非,不治曲直,唯便僻亲比己者之用,夫是之谓小用之。巨用之者若彼,小用之者若此,小巨分流者,亦一若彼,一若此也[99]。故曰:"粹而王[100],驳而霸[101],无一焉而亡。"此之谓也。

国无礼则不正[102]。礼之所以正国也,譬之犹衡之于轻重也[103],犹绳墨之于曲直也[104],犹规矩之于方圆也[105],既错之而人莫之能诬也[106]。《诗》云:"如霜雪之将将,如日月之光明,为之则存,不为则亡[107]。"此之谓也。

国危则无乐君,国安则无忧民[108]。乱则国危,治则国安。今君人者[109],急逐乐而缓治国,岂不过甚矣哉[110]!譬之是由好声色,而恬无耳目也,岂不哀哉[111]!夫人之情,目欲綦色[112],耳欲綦声,口欲綦味,鼻欲綦臭[113],心欲綦佚[114]。此五綦者,人情之所必不免也[115]。养五綦者有具[116]。无其具,则五綦者不可得而致也[117]。万乘之国,可谓广大富厚矣,加有治辨强固之道焉,若是则恬愉无患难矣,然后养五綦之具具也[118]。故百乐者,生于治国者也[119];忧患者,生于乱国者也。急逐乐而缓治国者,非知乐者也[120]。故明君者,必将先治其国,然后百乐得其中。暗君者[121],必将急逐乐而缓治国,故忧患不可胜校也[122],必至于身死国亡然后止也,岂不哀哉!将以为乐,乃得忧焉[123];将以为安,乃得危焉;将以为福,乃得死亡焉,岂不哀哉!於乎[124]!君人者,亦可以察若言矣[125]。故治国有道,人主有职[126]。若夫贯日而治详,一日而曲列之,是所使夫百吏官人为也,不足以是伤游玩安燕之乐[127]。若夫论一相以兼率之[128]，使臣下百吏莫不宿道乡方而务[129]，是夫人主之职也。若是则一天下[130]，名配尧禹[131]。之主者[132]，守至约而详[133]，事至佚而功[134]，垂衣裳，不下簟席之上[135]，而海内之人莫不愿得以为帝王。夫是之谓至约，乐莫大焉。

［注释］

[1]本篇节选自《荀子》的第十一篇，主要阐述如何加强国家政权，和实现封建统一的政治理想。荀况认为，掌握国家政权至关重要，而决定国家安危的则是当政者所执行的治国原则以及所任用的人。荀况主张统一，反对割据；主张任人唯贤，反对任人唯亲。本文侧重节选了掌握国家政权的重要性，以及当政者所应采取的治国原则等内容。

[2]这四句是说，国家政权是天下最有力的工具，君主的地位是天下最有权力的地位。制利用：即利器，最有力的工具。“制”字，当为衍文。利势：最有权势的地位。

[3]得道：即使用正确的政治原则。道：指治理国家的根本原则。持：把持，掌握。

[4]大安：最安定。

[5]大荣：最强盛。

[6]积美之源：聚集一切美好业绩和声誉的源泉。

[7]累：祸害。

[8]“及其綦也”三句是说，（如果有了国家的政权、君主的地位而不能用正确的治国原则去对待）这种情况到了最严重的程度时，那么君主想要当一个普通老百姓都不可得，齐愍王、宋康王就是这样。及：达到。綦（qí）：极，甚。索：求。匹夫：老百姓。齐愍：即齐愍王，战国时齐国国君。他执政时，齐国一度强大，但由于他在政治上实行了错误的政策，而被燕、赵、韩、魏、秦等国打败，死于莒（jǔ，今山东莒县），齐国由此衰败下来。宋献：即宋康王，名偃，战国时宋国国君，被齐愍王打败，死于温（今河南温县）。

[9]自安：自动的安定。

[10]安之者必将道也:要使天下安定,一定要实行正确的治国原则。
将,行。

[11]这四句是说,遵循义可以称王于天下,恪守信用可以称霸于诸侯,玩
弄权术就要灭亡。用国:治理国家。义:指符合封建正直、道德标准
的言行。立:树立、确立。王:称王天下。信:守信用。霸:称霸于诸
侯。权谋:玩弄权术。

[12]三者:指上文的三种情况。明主:明智的君主。谨择:谨慎的选择。

[13]仁人:荀况理想中的具备封建道德的人。务白:务必明白。

[14]絜(xié):举,这里指管理。呼:呼唤,提倡。

[15]擽(luò)然:石头坚固的样子。扶持心国:持心、持国。

[16]固:坚定。

[17]之所与:"之"字在这里是"其"的意思,下文"之人"、"之所"皆同。之
所与为之者:那些和他一起搞政事的人。

[18]举:全、都。

[19]布陈:颁布。

[20]主之所:据文义及文例,"主"字当为衍文。极然:即动作敏捷的样子。
极,同"亟",急迫。首乡:即面向。乡:同"向"。

[21]义志:指符合礼义要求的目标。志,志向,目标。

[22]这二句是说,这样百姓臣下就都用礼义来敬慕君主,基础就巩固了。
綦:通"基",基本,基础。

[23]仲尼无置锥之地,诚义乎志意,加义乎身行,箸之言语:意思是说,孔
丘没有一点土地,真正用义来端正自己的思想,用义来约束自己的行
为,并且表现于言谈中。仲尼:即孔丘。诚:真正。加:施加。身行:
自己的行动。箸:同"著",表现。

[24]济之日:成功的时候。

[25]不隐乎天下:不被天下人所埋没。

[26]"今亦以"六句是说,当今天下显赫的诸侯们,如果真正能用义来端正
自己的思想,用义来衡量各种法令制度,把它运用于政事,坚持按义
进行赏罚,并且做到始终如一。显:显赫。法则度量:各种法令制度。
案:语助词。申重:反复强调,表示重视。贵贱杀生:这里指进行赏

罚。袭然:合一的样子。犹一:如一。

[27]部发:即勃发、光大。部,同"勃"。

[28]以国齐义:使国家统一于义。齐:统一。

[29]一日而白:很快名声就能显赫于世。

[30]汤:即商汤王,商朝的第一个君主。武:即周武王,周朝的第一个
　　君主。

[31]亳(bó):商汤王时的国都,在今河南商丘县东南。

[32]鄗(hào):一作"镐",周武王时的国都,在今陕西西安市西南。

[33]百里之地:形容疆域不大。

[34]一:统一。

[35]通达之属:指车船、人迹能够到达的地方。

[36]以义济矣:是靠礼义来实现的。济,助,起作用。一说"济"为齐全义,
　　意思是说,因为言行完全符合礼义的缘故。

[37]未至:还没有达到(最完善的程度)。

[38]未济:还没有完全具备。济,齐备。

[39]略奏:基本具备。略,基本、大致。奏,同"凑",聚。

[40]刑赏已诺信乎天下矣:刑与赏,什么是禁止的,什么是允许的,都能取
　　信于天下。已,禁止,不允许。诺,允许。

[41]晓然:清楚的知道。可要:可以相信。要,约。

[42]这句是说,政令已经颁布,虽然看到有成败得失,也不失信于老百姓。
　　睹:看。利败:成功失败。欺:欺骗。

[43]约结:诸侯国之间缔结的盟约。

[44]与:指结盟的诸侯国。

[45]国一:国家上下一致。綦明:约定明确。綦,同"期",约定。或说,
　　"綦"通"基",指立国的基础。

[46]僻陋:偏僻。

[47]五伯:即五霸,说法不一。荀况指的是齐桓公、晋文公、楚庄王、吴王
　　阖闾、越王勾践。伯,同"霸"。

[48]非本政教:不是以政教作为根本。

[49]非致隆高:不是极其崇高。致,极。

[50]非綦文理:礼法制度还没有条贯、完备。綦,极,甚。

[51]非服人之心:不能得到天下的人心。

[52]乡方略:即注重方针策略。乡,同"向",向往,即注重。

[53]审劳佚:注意恰当安排劳和逸。审,即考察辨析。

[54]谨畜积:注意蓄积财物。畜,同"蓄"。

[55]齵(zhuó)然:牙齿上下相合的样子。

[56]当:对敌,抵抗。

[57]齐桓:即齐桓公,名小白,春秋时齐国国君。晋文:即晋文公,名重耳, 春秋时晋国国君。楚庄:即楚庄王,名旅,春秋时楚国国君。吴阖闾 (hé lú):一作"阖庐",名光,春秋时吴国国君。越勾践:春秋时越国 国君。

[58]强殆中国:强大足以危及中原国家。

[59]略信:指取信于天下。略:取。

[60]"挈国"十句是说,治理国家只提倡功利,而不致力于发扬礼义、坚持 信用,只是唯利是图,对内不顾一切地欺诈老百姓以追求小利,对外 不顾一切地欺骗结盟的诸侯国以追求大利,不好好治理自己已有的 土地财物,却常常想占有别人的东西。张:发扬。齐:使一致,这里指 始终贯彻坚持;一说当作"济",即成的意思。唯利之求:即唯求利。 惮:害怕。修正:治理。以:同"已"。所以有:指已经有的土地、财物。 欲:追求。

[61]析:分离,指上下离心离德。

[62]轻:轻视。

[63]日行:越来越盛行。

[64]綦之而亡:达到极点就要灭亡。

[65]齐闵:即齐愍王。薛公:即孟尝君,名田文,封于薛,是齐愍王的相国。

[66]用强齐:掌握利用着强大的齐国。齐,诸侯国名,在今山东北部和河 北南部。

[67]修:整治。

[68]非以一天下:不是用来统一天下。

[69]绵绵:接连不断。结引:勾结别国。驰外:向外扩张。务:事,这里指

追求的目标。

[70]破:攻克。楚:诸侯国名,在今湖北和湖南北部。

[71]诎秦:使秦国屈服。诎,同"屈",屈服。秦,诸侯国名,在今陕西境内。

[72]燕:诸侯国名,在今河北北部和辽宁南部。

[73]举宋:拿下宋国。宋,诸侯国名,在今河南商丘一带。

[74]赵:诸侯国名,在今山西北部和中部,河北西部和南部。

[75]若振槁然:象摇落枯叶一样容易。槁,枯叶。

[76]戮:耻辱。

[77]后世言恶,则必稽焉:意思是,后世的人谈起坏事都以他为教训。这里指前284年燕联合赵、魏、韩、秦攻占齐都临淄,齐愍王死于莒一事。稽,考察、借鉴。

[78]制人:制服别人。制,制服、统治。

[79]人制之:被别人制服。

[80]"国者"八句是说,国家是天下最大的工具,是最重的担子,不可不妥善地选择恰当的治国原则和人安置它,把国家放在危险的治国原则上或委托给危险的人就会危险;不可不妥善地选择正确的治国原则然后去实行,治国的原则污秽就会行不通;国家危险、政道堵塞不通就会灭亡。大器:最大的工具。重任:即重担。择所:选择处所。喻指选择什么样的治国原则和任用什么样的人。错:同"措",放置。错险:放置在危险的地方。喻指使国家处于不安的局势或处于坏人的掌握之下。涂:同"途",道路。这里指治国原则。薉(huì):同"秽",杂草丛生,这里指政治污秽。塞:行不通。

[81]"彼国错者"四句是说,关于国家安置的问题,并不是指划分一下疆界,而是看实行什么样的治国原则,任用什么样的人。彼国错者:国家应该如何安置。一说"国错"当为"错国"。封:封疆、划分疆界。

[82]"故道王者"三句是说,所以实行王者之法,任用王者之人去执行,就能够称王天下。王者:指能统一天下的人。为之:为政,掌管政事。

[83]"故国者"三句是说,所以说国家是最重的担子,不用长期积累起来的正确法则去治理,国家就不能巩固。积:积累。这里指长期积累的法制。

[84]"故国者"五句是说,所以对于国家来说,随时代不断更新的,只是君
臣之间地位的转换,而不是制度上的根本变化,这种变化只是改换佩
玉和步伐而已。惮惮:疑当为"禅禅",更迭。或说,"惮"同"坦",坦
明义。改玉改行:改换佩玉,变换步伐。这里指君臣地位的变化。
玉:原文作"王",二字古文字形相同。今改之。行:步伐。古代贵族,
不同等级佩戴的玉不同,在举行仪式时,不同等级人的步伐也不同。

[85]"故一朝"四句是说,一朝一代的君臣所存在的时间很短,但是能够有
安然存在千年的国家,是为什么呢?故:当为衍文,据文义此句是疑
问句,"故"字当涉上文而衍,当删。一朝之日:与下文"一日之人"都
表示时间短暂。厌焉:即安然。千岁之国:原文作"千岁之固",据《群
书治要》引文改。

[86]这二句是说,回答说:这是由于借助了那些千年的信法来治理国家,
并且和那些坚守信法的有识之士一起去实行。援:借助,援引。夫:
那些。信法:指确实可行的法,这里泛指礼法。安:语助词。信士:坚
守信法的有识之士。这是荀况理想中德才兼备的知识分子。

[87]以夫千岁之法自持者:用千岁之法来要求自己的人。

[88]是乃:这就是。

[89]端诚信全:品行端正、忠诚、坚守信用。

[90]倾覆:反复无常,这里指搞倾覆活动。

[91]"彼持国者"三句是说,那掌握国家的国君,一定不能独自一人(胜任
全部治理的事务),既然这样,那么国家的强大或衰败,荣或辱就在于
选取辅助他的人了。固:破败,与"强"的意思相反。相:辅助。这里
指辅佐君主的人。

[92]这二句是说,君主自己有才能,辅助的人也有才能,像这样的就能够
称王于天下。身能:指君主自身有才能。

[93]安唯便僻左右亲比己者之用:一味地任用善于阿谀奉承的和身边亲
近自己的人。安,发语词,于是。下文"安"同此意。便僻,阿谀奉承。
亲比,亲近,靠近。

[94]巨用之:指立足于大处来治理国家,即下文所说"先义而后利……",
可参看《王制篇》"诚以其国为王者之所",即此意。

[95]小用之:指立足于小处来治理国家,即下文所说"先利而后义……",
　　　可参看《王制篇》"以其国为危殆灭亡之所",即此意。

[96]小巨分流者:指介于巨用和小用两者之间的。

[97]不恤:不顾。

[98]唯诚能之求:只求任用真正有才能的人。

[99]一若彼,一若此:意思是,有些方面像"巨用之者",有些方面像"小用
　　　之者"。

[100]粹:纯粹。即指完全用"巨用之者"。

[101]驳:杂。即指"小巨分流者"。

[102]正:端正。这里指得到治理。

[103]譬之犹衡之于轻重:就好比秤是衡量轻重的标准。譬之,比如。犹,
　　　好像。衡,秤。

[104]绳墨:木工划直线用的工具。

[105]规:划圆的工具。矩:划方形的工具。

[106]既错之而人莫之能诬:(治国的礼法标准)已经确立,那就任何人都
　　　不能被欺骗了。诬:欺骗。

[107]这里所引的是一首逸《诗》,意思是说:像霜雪覆盖大地那样普遍,像
　　　日月那样光明,实行它就能存在,不实行它就会灭亡。荀况在这里
　　　引用此诗,是为了用来比喻礼法对于国家的重要。将将:集聚、
　　　众多。

[108]民:疑当作"君",因下文文义所讲全是讲君主的"忧"和"乐"。

[109]君人:即君主。

[110]岂不过甚矣哉:难道不是非常错误的吗?

[111]"譬之"三句是说,这就好比是追求声色,而又安于没有耳朵和眼睛
　　　一样,难道不可悲吗? 由:同"犹",好像。恬:安然。

[112]目欲綦色:眼睛想要看最好的颜色。

[113]臭(xiù):香味。

[114]佚:同"逸",安逸。

[115]"此五綦"二句是说,这五种欲望,是人的情性所不可避免的。

[116]养:满足。具:条件。

[117]致:招致,使到来。

[118]"万乘之国"五句是说,万乘的大国可以说是广大而富足的了,再加上有一条能把国家治理得坚强巩固的治国之道,像这样就可以安然愉快而没有患难了,然后满足那五种欲望的条件就具备了。万乘之国:有一万辆兵车的国家,指大国。乘(shèng):兵车,四马驾一车就是一乘。治辨:治理。具具:条件具备。前一个"具"是指条件,后一个"具"是具备的意思。

[119]这二句是说,所以所有的快乐,都是出现在得到治理的安定国家。百乐:所有的快乐。治国:安定的国家。

[120]"急逐乐"二句是说,急于追求快乐而将治国缓行的君主,不是真正懂得如何取得快乐的人。

[121]暗君者:原文无"者"字,今据下文"明君者"文例补。

[122]不可胜校:数不胜数。校(jiào):计数。

[123]将以为乐,乃得忧焉:想要得到快乐,却得到忧患。将,要。乃,却。

[124]於乎:即呜呼。

[125]若言:以上的这些话。

[126]职:职责。

[127]"若夫"四句是说,至于需要用好几天才能处理周详的事务,这些事务是可以任用百官去做的,而不足以妨碍君主愉快的游玩和休息的。若夫:至于。贯日:累日,几天。治详:治理周详。曲:委曲,各方面。曲列:各方面依次办理。一说,"列"当作"别",同"辨",是治理的意思。伤:妨碍。安燕:即休息。

[128]论:讨论选择。相:辅佐的人,相当于后世说的宰相。兼率之:率领全部的官吏。

[129]宿道乡方而务:沿着正确的道路和方向而努力。宿道,止于道,即指归于正道。乡方,乡,同"向"。向着正确的方向。务,从事,努力。

[130]一天下:此上脱"功"字。《荀子集解》引王引之曰:"'一天下'上有'功'字。而今本脱之。则与下句不对。下文'功一天下,名配舜禹'是其证。"

[131]尧、禹:传说中圣明的原始社会部落首领。

［132］之主者：这样的君主。

［133］守至约而详：所主管的极其简要而又十分周详。守，掌管，主管。

［134］事至佚而功：做起事来极其安逸却很有功效。

［135］垂衣裳，不下簟(diàn)席之上：衣服襟袖下垂，不用从竹席上下来。形容君主十分安逸的样子。簟，竹子编的席。

天　论(节选)[1]

天行有常[2]，不为尧存[3]，不为桀亡[4]。应之以治则吉[5]，应之以乱则凶[7]。强本而节用，则天不能贫[7]；养备而动时，则天不能病[8]；修道而不贰，则天不能祸[9]。故水旱不能使之饥渴，寒暑不能使之疾，祆怪不能使之凶[10]。本荒而用侈[11]，则天不能使之富；养略而动罕[12]，则天不能使之全[13]；倍道而妄行[14]，则天不能使之吉。故水旱未至而饥，寒暑未薄而疾[15]，祆怪未至而凶。受时与治世同，而殃祸与治世异，不可以怨天，其道然也[16]。故明于天人之分[17]，则可谓至人矣[18]。

不为而成[19]，不求而得[20]，夫是之谓天职[21]。如是者，虽深，其人不加虑焉；虽大，不加能焉；虽精，不加察焉，夫是之谓不与天争职[22]。天有其时，地有其财，人有其治，夫是之谓能参[23]。舍其所以参，而愿其所参，则惑矣[24]。

列星随旋[25]，日月递照[26]，四时代御[27]，阴阳大化[28]，风雨博施[29]，万物各得其和以生[30]，各得其养以成。不见其事，而见其功，夫是之谓神[31]。皆知其所以成，莫知其无形，夫是之谓天功[32]。唯圣人为不求知天[33]。

天职既立，天功既成，形具而神生[34]，好恶喜怒哀乐臧焉[35]，夫是之谓天情[36]。耳、目、鼻、口、形，能各有接而不相能也[37]，夫是之谓天官[38]。心居中虚[39]，以治五官[40]，夫是之谓

天君[41]。财非其类以养其类,夫是之谓天养[42]。顺其类者谓
之福,逆其类者谓之祸,夫是之谓天政[43]。暗其天君[44],乱其
天官,弃其天养,逆其天政,背其天情,以丧天功,夫是之谓大
凶[45]。圣人清其天君[46],正其天官[47],备其天养[48],顺其天
政,养其天情[49],以全其天功。如是,则知其所为[50],知其所不
为矣[51];则天地官而万物役矣[52]。其行曲治,其养曲适,其生
不伤,夫是之谓知天[53]。

　　故大巧在所不为,大智在所不虑[54]。所志于天者,已其见
象之可以期者矣[55];所志于地者,已其见宜之可以息者矣[56];
所志于四时者,已其见数之可以事者矣[57];所志于阴阳者,已其
见和之可以治者矣[58]。官人守天,而自为守道也[59]。

　　治乱,天邪[60]?曰:日月星辰瑞历[61],是禹桀之所同也,禹
以治,桀以乱:治乱非天也。

　　时邪[62]?曰:繁启蕃长于春夏[63],畜积收臧于秋冬[64],是
禹桀之所同也,禹以治,桀以乱:治乱非时也。

　　地邪?曰:得地则生,失地则死,是又禹桀之所同也,禹以
治,桀以乱:治乱非地也。《诗》曰:"天作高山,大王荒之。彼作
矣,文王康之[65]。"此之谓也。

　　天不为人之恶寒也辍冬[66],地不为人之恶辽远也辍广[67],
君子不为小人之匈匈也辍行[68]。天有常道矣[69],地有常数
矣[70],君子有常体矣[71]。君子道其常[72],而小人计其功[73]。
《诗》曰:"礼义之不愆,何恤人之言兮[74]!"此之谓也。

　　楚王后车千乘[75],非知也[76];君子啜菽饮水[77],非愚也:是
节然也[78]。若夫志意修[79],德行厚[80],知虑明[81],生于今而志
乎古[82],则是其在我者也[83]。故君子敬其在己者[84],而不慕其
在天者[85];小人错其在己者[86],而慕其在天者。君子敬其在己
者,而不慕其在天者,是以日进也[87];小人错其在己者,而慕其

在天者,是以日退也[88]。故君子之所以日进,与小人之所以日退,一也[89]。君子小人之所以相县者[90],在此耳[91]。

星队[92],木鸣[93],国人皆恐[94]。曰:是何也?曰:无何也!是天地之变,阴阳之化,物之罕至者也[95]。怪之[96],可也;而畏之,非也。夫日月之有蚀[97],风雨之不时[98],怪星之党见[99],是无世而不常有之[100]。上明而政平[101],则是虽并世起[102],无伤也[103];上暗而政险[104],则是虽无一至者[105],无益也。夫星之队,木之鸣,是天地之变,阴阳之化,物之罕至者也。怪之,可也;而畏之,非也。

物之已至者,人祅则可畏也[106]。楛耕伤稼[107],耘耨失薉[108],政险失民[109]。田薉稼恶[110],籴贵民饥[111],道路有死人,夫是之谓人祅;政令不明[112],举错不时[113],本事不理[114],夫是之谓人祅;勉力不时,则牛马相生,六畜作祅[115],礼义不修[116],内外无别[117],男女淫乱,则父子相疑[118],上下乖离[119],寇难并至[120],夫是之谓人祅。祅是生于乱[121]。三者错[122],无安国。其说甚尔,其菑甚惨[123]。可怪也,而亦可畏也。传曰:"万物之怪书不说[124]。"无用之辩,不急之察,弃而不治[125]。若夫君臣之义,父子之亲,夫妇之别,则日切瑳而不舍也[126]。

雩而雨,何也[127]?曰:无何也,犹不雩而雨也[128]。日月食而救之[129],天旱而雩,卜筮然后决大事[130],非以为得求也[131],以文之也[132]。故君子以为文,而百姓以为神。以为文则吉,以为神则凶也。

在天者莫明于日月[133],在地者莫明于水火,在物者莫明于珠玉,在人者莫明于礼义。故日月不高,则光晖不赫[134];水火不积[135],则晖润不博[136];珠玉不睹乎外[137],则王公不以为宝;礼义不加于国家,则功名不白[138]。故人之命在天,国之命在礼[139]。君人者[140],隆礼尊贤而王[141],重法爱民而霸[142],好利多诈而危^[143],权谋倾覆幽险而亡矣^[144]。

[注释]

[1]本篇节选自《荀子》的第十七章,主要批判了"天命论",认为"天行有常",应该"明于天人之分",社会治乱决定于人,而非天命。

[2]天行有常:自然界的运行变化是有固定的次序的。天,这里指自然界,即人类社会以外的客观物质世界。行:运行,变化。常:常规,固定的次序。

[3]尧:传说中贤明的原始部落首领。

[4]桀:夏朝最后的君主,据说是著名的暴君。

[5]应:适应,对应。之:代指天行之常。治:安定大治的情况。

[6]乱:混乱动荡的局势。

[7]这二句是说,加强农业生产这个根本,那么就是上天也不能使他贫穷。本:指农业生产。

[8]这二句是说,供养资料充足,活动适时,那么就连上天也不能使他困窘。养:供养。备:充足。动时:活动适时。病:困窘。

[9]这二句是说,遵循自然界和社会变化的规律而坚定不移,那么就连上天也不能使他遭受灾祸。修:据《荀子集解》引王念孙说,当为"循"。因顺、遵循。道:这里指治理自然界和社会的原则。不贰:专一,坚定不移。

[10]这三句是说,所以水灾旱灾不能使他闹饥荒,寒冬、酷暑不能使他发生疾病,怪异之事不能使他处境凶险。使之饥渴:"渴"字,据《荀子集解》引刘台拱、王念孙说,当为衍文。祅怪:指自然界的灾害和变异情况。祅:同"妖"。

[11]本荒:农业生产荒废。侈:浪费。

[12]略:简略,不足。动罕:懒惰。罕,稀少。一说,"罕"当作"逆","动逆",即活动不适时。

[13]全:健全。

[14]倍:同"背",违背。妄行:任意胡乱行事。

[15]薄:迫近,接触。

[16]"受时"四句是说,遇到好的天时与安定的时期相符合,遭到灾殃祸患
　　　与安定的时期不相符合,不可以埋怨上天,是自然界的规律使它成这
　　　样的。受时:遇到的天时。治世:社会安定的时期。道:这里指自然
　　　界变化的规律。然:这样。

[17]天人之分:天和人的分别。

[18]至人:最高明的人。

[19]为:做。

[20]求:谋求。

[21]夫:发语词。是:这。天职:自然而来的职能。

[22]"如是者"八句是说,像这样的情况,虽然自然界的职能十分深奥,高
　　　明的人士不去加以探求;虽然十分广大,也不去夸大它的作用;虽然
　　　十分微妙,也不去对它更多加考察。这就叫不与天争职能。如是者:
　　　像这样的情况。深:深远。其人:指上文所说的至人。加:施加。能:
　　　能力,作用。精:微妙。

[23]"天有其时"四句是说,天有它的时令,地有它的资源财富,人有人的
　　　治理方法和能力,这就叫天、地、人能互相配合。时:时令,指四季、风
　　　雨、水旱等变化。财:资源。治:治理。参:参与,配合。

[24]"舍弃所以参"三句是说,放弃人治理自然界和社会的努力,而向往天
　　　地的职能,那就糊涂了。舍:放弃。所以参:所用来配合的,就是指人
　　　治理自然界和社会的能力。愿:向往。所参:所配合的,即指天时和
　　　地财。

[25]随旋:相随旋转。

[26]递:交替。

[27]代御:交替、更代。御,进用。

[28]阴阳大化:阴阳二气相互作用而变化。

[29]博施:普遍地施于万物。

[30]和:和谐,相协调。

[31]"不见其事"三句是说,看不见大自然是怎样做的,却可以看到它的功
　　　效,这就叫做"神"。

[32]"皆知"三句是说,人们都知道大自然已经生成万物,却没有人知道它

在生成万物时的无形的过程。这就叫做"天功"。以:同"已"。无
形:没有行迹可见。天功:原文作"天",《荀子集解》引王念孙曰:"人
功有形,而天功无形,故曰'莫知其形,夫是之谓天功'。'天功'二
字,下文凡见三。"今据补。

[33]这句是说,只有圣人才不会对自然的造化过程去冥思苦想。

[34]形:指人的形体。神:指人的精神活动。

[35]臧:同"藏"。焉:于此,指在人的形体里。

[36]天情:人所自然具有的情感。

[37]能各有接:指耳、鼻、口、形各有不同的感触外物的能力。接,接触。
不相能:不能相互替代。

[38]天官:即人所具有的天然的感官。

[39]中虚:指胸腔。

[40]治:统领,支配。

[41]君:君主,古代人认为心是主宰五官的思维器官,所以用君主来比
喻心。

[42]这二句是说,人们利用自然界的万物来养育自己,这就叫做"天养"。
财:同"裁",制裁,利用。非其类:指人类以外的万物。其类:指人类。

[43]这句是说,顺应人类的需要来供养人们就是福,不顺应就是祸,这就
叫做"天政"。天政:自然的规则。

[44]暗其天君:指把心弄的昏暗不清。

[45]大凶:巨大的灾祸。

[46]清:使纯净,使清明。

[47]正:端正。

[48]备:完备,充足。

[49]养其天情:使人的感情得到调养。

[50]所为:指人所能做和应该做的事。

[51]所不为:指人所不能做和不应该做的事。

[52]天地官而万物役:天地为人类服务,而万物供人类役使。官,任用。
役,役使。

[53]这四句是说,人们的行动各个方面都处理的很好,保养身体完全恰

当,人的生命就不会被伤害,这就叫做"知天"。行:行动。曲治:各方面都治理得很好。曲,委曲,各方面。曲适:各方面都恰当。生:生命。

[54]这二句是说,最能干的人在于他不去做不能做的和不应该做的事,最聪明的人在于他不去考虑那些不能考虑和不应考虑的事。大巧:指最能干的人。大智:指最聪明的人。

[55]这二句是说,对于天的认识,是要根据已经显现出来的自然现象预测未来的变化。志:知,认识。下同。已:同"以"。下同。见:同"现"。下同。期:预期,推测。

[56]这二句是说,对于地的认识,是要根据已经了解到的适合作物生长的条件合理的繁殖。宜:适宜,指作物生长的适宜条件。息:繁殖生长。

[57]这二句是说,对于四时的认识,是要根据已经表现出来的节气变化的次序,正确的安排农业生产。四时:四季。数:指四时节气变化的次序。事:从事。指安排农业生产。

[58]这二句是说,对阴阳变化的认识,是要根据已经看到的阴阳和谐的现象进行调理。和:和谐,调和,原文作"知",《荀子集解》引王念孙曰:"和者是也。上文云:'阴阳大化,万物各得其和以生。'是其证。阴阳见其和,而圣人法之以为治。故曰'所志于阴阳者,已其见和之可以治者矣'。'和'与'知'字相似而误。"今据改。

[59]这二句是说,(大巧、大智的圣人)任用专人观察天象,而自己却掌握着治理自然和社会的根本原则。官人:这里指掌握天文历法的人。守天:观察天象。自为:指圣人自己做的事情。守道:掌握治理自然和社会的原则。

[60]治乱,天邪:社会安定、混乱是天造成的吗?

[61]瑞历:历象,指日月星辰运转的现象。

[62]时邪:社会安定、混乱是时令所造成的吗?

[63]繁启:指农作物纷纷发芽出土。繁,众多。启,萌芽。蕃:茂盛。

[64]畜:同"蓄"。

[65]这首诗引自《诗经·周颂·天作》,诗的意思是说:"天生这座高山,太王使它名望增大。太王已使它名声增大了,而文王又把它安定下

来。"高山:指岐山,在今陕西省岐山县东北。大王:太王,也称古公亶
(dǎn)父,周文王姬昌的祖父。荒:大。康:安定。

[66]恶:厌恶。辍(chuò):废止。

[67]辍广:这里指缩小本来广大的面积。

[68]訩訩:同"汹汹",吵吵嚷嚷。

[69]常道:一定的常规。

[70]常数:一定的法则。

[71]常体:一定的规范。

[72]道:遵循。常:指"常体"。

[73]计:计较。功:功效,指眼前的利益。

[74]这首诗是逸《诗》,今已失传。诗的意思是说:"在礼义上没有违背,何
必顾虑别人的议论呢?"愆(qiān):差错,引申为违背。礼义之不愆:
此五字原脱,今据文义和《正名篇》所引同诗及《文选·答客难》补。
何恤:何必顾虑。

[75]后车:随从的车。千乘(shèng):一千辆四马驾的车,言其车多。

[76]知:同"智",聪明。

[77]啜(chuò):吃。菽(shū):豆类,这里泛指粗粮。

[78]节然:偶然,恰巧。

[79]志意修:指意志端正。"志",原为"心",今依王念孙说,据《正论篇》
"志意修,德行厚,知虑明……"文例改。

[80]德行厚:品行高尚。

[81]知虑明:思虑精明。

[82]志乎古:懂得古代的事。

[83]在我:在于自己的努力。

[84]敬:敬重,重视。

[85]慕:指望。在天者:由自然决定的。

[86]错:同"措",舍弃。

[87]日进:日益进步。

[88]日退:日益后退。

[89]一也:道理是一样的。

[90]县:同"悬",悬殊,差别。

[91]在此:就在这里,指"君子敬其在己者","小人慕其在天者"。

[92]星队:指流星落地的现象。队,同"坠",坠落。

[93]木鸣:指社树,古代祭神用的树,因风吹而发出声音,古人以为怪异。

[94]国人:众人。

[95]物之罕至者也:事物中很少出现的现象。

[96]怪:感到奇怪。

[97]有蚀:发生日蚀、月蚀。

[98]不时:不按时节。

[99]党见:偶然出现。党,同"傥(tǎng)",偶然。

[100]是无世不常有之:这些现象是任何一个时代都曾经出现过的。常,同"尝",曾经。

[101]上明:君主贤明。政平:政治稳定。

[102]并世起:指上述自然界的怪异现象在同一个时代都出现。

[103]无伤:没有损害。

[104]上暗:君主昏庸。政险:政治险恶。

[105]无一至者:指上述自然界的怪异现象都不出现。

[106]这二句是说,在已经发生的事情中,人为的怪现象是最可怕的了。人祅:人为的灾祸,人为的怪现象。

[107]楛耕伤稼:耕作粗劣,伤害庄稼。楛(kǔ),粗劣。

[108]耘耨失薉:耕耘失时,使土地荒秽。《荀子集解》引王念孙说,当作"楛耘失岁"。耨(nǒu):锄草。薉(huì),同"秽",杂草。

[109]政险失民:政治险恶,失去民心。

[110]田薉稼恶:田中杂草丛生,庄稼生长得差。

[111]籴(dí)贵民饥:粮价很高,人民忍饥挨饿。籴,即卖米粮,这里指粮价。

[112]政令:政治法令。

[113]举错:泛指国家的各种政策措施。举,兴办。错,同"措",停顿。

[114]本事不理:本事,指农业生产。意思是不抓农业生产。

[115]勉力不时,则牛马相生,六畜作祅:此三句原在下文"其菑甚惨"之

后,今据王念孙说移至此处。勉力:役使人力。牛马相生:牛马相互
生怪胎。六畜:指猪、牛、马、羊、狗、鸡。

[116]礼义:封建社会的等级制度和道德规范。修:整顿。

[117]内:指女子。外:指男子。

[118]则父子相疑:"则"字为衍文,当删。

[119]乖离:背离。

[120]寇难:侵犯患难。

[121]祆是生于乱:人妖就是这种人为的混乱造成的。

[122]三者:指上述三种"人祆"。错:交错。

[123]这二句是说,人祆产生的道理很浅近,但它带来的灾难却是很惨重
的。尔:同"迩",浅近。菑:同"灾",灾难。

[124]这句意思是说,古书上说,"天下的怪现象,书上是不讲的"。传:指
解说经义的古代文献。书:指儒家正统的典籍。

[125]这三句是说,没有用的辩说,不切需要的考察,应当抛弃不要。

[126]日切瑳而不舍:天天琢磨研究而没有一刻的停止。切瑳,琢磨研究。
瑳,同"磋"。

[127]这句是说,祭神求雨而下了雨,这是为什么?雩(yú):古代求雨的祭
祀。雨:下雨。

[128]这句是说,回答说,这没有什么,如同不祭神求雨而下雨是一样的。
犹:如同。

[129]食:同"蚀"。救:古时人们发现日月蚀的现象后,就敲盆打鼓呼救。

[130]卜:古时用龟甲兽骨占吉凶叫卜。筮(shì):古时用筮草占吉凶叫筮。

[131]非以为得求也:不是因为能乞求到什么。

[132]以文之也:用来文饰的。

[133]在天者莫明于日月:在天上的没有比日月更明亮的了。

[134]这句是说,所以,日月如果不高悬于天空,它的光辉就不显赫。晖:
同"辉"。赫:显赫。

[135]积:积聚。

[136]晖润不博:光泽不多。晖,指火的光亮。润,指水的润泽。

[137]睹:当作"睹(dǔ)",明亮,光彩显露。

[138]这二句是说,礼义不用于治理国家,那么它的功绩和名声就不会显著。白:显著。

[139]这二句是说,所以人的命运在于如何对待自然界,国家的命运在于是否实行礼义。

[140]君人者:指君主。

[141]隆礼尊贤:尊尚礼义,敬重贤人。王(wàng):称王于天下。

[142]重法爱民:重视法制,爱护人民。霸:称霸于诸侯。

[143]好利多诈:贪图私利而又狡诈。

[144]权谋:权术,阴谋。倾覆:反复无常,指搞颠覆活动。幽险:阴险。亡矣:原文作“尽亡矣”,王先谦《荀子集解》案:“‘尽’字无义,衍文也。《强国篇》四语与此同,无‘尽’字。”今从此说而删之。

正　名(节选)[1]

　　后王之成名[2]:刑名从商[3],爵名从周[4],文名从《礼》[5]。散名之加于万物者,则从诸夏之成俗曲期,远方异俗之乡,则因之而为通[6]。

　　散名之在人者[7]:生之所以然者谓之性[8];性之和所生,精合感应,不事而自然谓之性[9]。性之好、恶、喜、怒、哀、乐谓之情[10]。情然而心为之择谓之虑[11]。心虑而能为之动谓之伪[12];虑积焉,能习焉,而后成谓之伪[13]。正利而为谓之事[14]。正义而为谓之行[15]。所以知之在人者谓之知[16];知有所合谓之智[17]。所以能之在人者谓之能[18];能有所合谓之能[19]。性伤谓之病[20]。节遇谓之命[21]。是散名之在人者也,是后王之成名也。

　　故王者之制名[22],名定而实辨[23],道行而志通[24],则慎率民而一焉[25]。故析辞擅作名[26],以乱正名[27],使民疑惑,人多辨讼[28],则谓之大奸[29]。其罪犹为符节度量之罪也[30]。故其民莫敢托为奇辞以乱正名,故其名壹[31];壹则易使,易使则公[32]。其民莫敢托为奇辞以乱正名,故壹于道法[33],而谨于循令矣[34]。如是则其迹长矣[35]。迹长功成,治之极也[36]。是谨于守名约之功也[37]。今圣王没[38],名守慢[39],奇辞起,名实乱[40],是非之形不明[41],则虽守法之吏[42],诵数之儒[43],亦皆乱也。若有王者起,必将有循于旧名,有作于新名[44]。然则所为有名,与所缘以同异,与制名之枢要,不可不察也[45]。

异形离心交喻,异物名实玄纽,贵贱不明,同异不别[46]。如是,则志必有不喻之患,而事必有困废之祸[47]。故知者为之分别制名以指实,上以明贵贱,下以辨同异[48]。贵贱明,同异别,如是则志无不喻之患,事无困废之祸,此所为有名也。

然则何缘而以同异[49]?曰:缘天官[50]。凡同类同情者,其天官之意物也同[51]。故比方之疑似而通,是所以共其约名以相期也[52]。形体、色理以目异[53];声音清浊、调竽、奇声以耳异[54];甘、苦、咸、淡、辛、酸、奇味以口异[55];香、臭、芬、郁、腥、臊、漏、庮、奇臭以鼻异[56];疾、养、沧、热、滑、铍、轻、重以形体异[57];说、故、喜、怒、哀、乐、爱、恶、欲以心异[58]。心有征知[59]。征知,则缘耳而知声可也,缘目而知形可也[60]。然而征知必将待天官之当簿其类,然后可也[61]。五官簿之而不知,心征知而无说,则人莫不然谓之不知。此所缘而以同异也[62]。

然后随而命之,同则同之,异则异之[63]。单足以喻则单,单不足以喻则兼[64];单与兼无所相避则共,虽共,不为害矣[65]。知异实者之异名也,故使异实者莫不异名也,不可乱也,犹使同实者莫不同名也[66]。

故万物虽众,有时而欲遍举之,故谓之物[67]。物也者,大共名也[68]。推而共之,共则有共,至于无共然后止[69]。有时而欲偏举之[70]，故谓之鸟兽。鸟兽也者，大别名也[71]。推而别之，别则有别，至于无别然后止。

名无固宜，约之以命，约定俗成谓之宜，异于约则谓之不宜[72]。名无固实，约之以命实，约定俗成，谓之实名[73]。名有固善，径易而不拂，谓之善名[74]。

物有同状而异所者，有异状而同所者，可别也[75]。状同而为异所者，虽可合，谓之二实[76]。状变而实无别而为异者，谓之化；有化而无别，谓之一实[77]。此事之所以稽实定数也，此制名之枢要也[78]。后王之成名，不可不察也。

"见侮不辱"[79]，"圣人不爱己"[80]，"杀盗非杀人也"[81]，此惑于用名以乱名者也[82]。验之所为有名，而观其孰行，则能禁之矣[83]。"山渊平"[84]，"情欲寡"[85]，"刍豢不加甘，大钟不加乐"[86]，此惑于用实以乱名者也[87]。验之所缘以同异，而观其孰调，则能禁之矣[88]。"非而谒楹"[89]，有"牛马非马也"，此惑于用名以乱实者也[90]。验之名约，以其所受，悖其所辞，则能禁之矣[91]。凡邪说辟言之离正道而擅作者，无不类于三惑者矣[92]。故明君知其分而不与辨也[93]。

夫民易一以道[94]，而不可与共故[95]。故明君临之以势，道之以道，申之以命，章之以论，禁之以刑[96]。故其民之化道也如神，辨说恶用矣哉[97]！今圣王没，天下乱，奸言起，君子无势以临之，无刑以禁之，故辨说也[98]。实不喻然后命，命不喻然后期，期不喻然后说，说不喻然后辨[99]。故期、命、辨、说也者，用之大文也，而王业之始也[100]。名闻而实喻，名之用也[101]。累而成文，名之丽也[102]。用丽俱得，谓之知名[103]。名也者，所以期累实也[104]。辞也者，兼异实之名以论一意也[105]。辨说也者，不异实名以喻动静之道也[106]。期命也者，辨说之用也[107]。辨说也者，心之象道也[108]。心也者，道之工宰也[109]。道也者，治之经理也^[110]。心合于道,说合于心,辞合于说,正名而期,质请而喻,辨异而不过,推类而不悖^[111]。听则合文,辨则尽故^[112]。以正道而辨奸,犹引绳以持曲直^[113]。是故邪说不能乱,百家无所窜^[114]。有兼听之明,而无奋矜之容;有兼覆之厚,而无伐德之色^[115]。说行则天下正,说不行则白道而冥穷,是圣人之辨说也^[116]。《诗》曰:"颙颙卬卬,如圭如璋,令闻令望。岂弟君子,四方为纲^[117]。"此之谓也。

[注释]

[1]本篇节选自《荀子》的第二十二章,主要阐明"名"、"实"的关系。荀况认为,事物的名称是人们共同"约定俗成"的,但这种"约定俗成"必须是"稽实定数",就是说一定要根据客观实际来确定事物的名称。即二者是"实"决定"名","名"反映"实"的关系。因此,正名的作用就是"名定而实辨,道行而志通",而王者应当"制名以指实",从而使名称符合客观实际,这也是国家政治统一的基础。

[2]后王:指近世的君主。成名:指已有可仿效的确定的名称。

[3]刑名:刑法的名称。从:遵从,依照。

[4]爵名:爵位的名称。

[5]文名:礼节仪式的名称。《礼》:指《仪礼》。

[6]"散名"四句是说,给万物命的名,那是依从中原地区已有的风俗习惯和共同约定的名称,边远地区不同风俗的地方,就根据这些习惯和共同约定的名称而相互交流思想。散名:指一般事物的各种名称。诸夏:指中原地区。成俗:已有的风俗习惯。曲期:普遍共同约定。曲,委曲周遍,即多方面的意思。期,约定。《荀子集解》王先谦案:"郝(懿行)云'曲期'二字下属,是也。……曲期者,乃委曲以会之。万物之散名,从诸夏之成俗,以委曲期会于远方异俗之乡,而因之以通,所谓名从中国是也。"即当作"从诸夏之成俗,曲期远方异俗之乡"。因之:之,指代中原地区的文化。通:沟通,交流。

[7]这句是说,关于人本身的各种名称。

[8]这句是说,生来就这样的就叫做"性"。

[9]"性之和"三句是说,由本性的阴阳二气相和所产生的,任何外界事物相接触而产生的反应,不是经过后天努力或社会教化而是自然就这样的,这就叫做"性"。性之和所生:由本性的阴阳二气相和而生。精:精神,这里指人的感官的本能。合:相接,融合。感应:指任何外界事物接触后的反应。事:做,这里指后天的努力、作为。

[10]情:感情。

[11]这句是说,感情就是这样的几个方面,而心对它们加以选择判断就叫做思虑。

[12]这句是说,心考虑之后,人的官能照着去做就叫做人为。能:指人体官能。动:行动。伪:人为。

[13]这三句是说,思虑经过长期的积累,官能反复的去实践运用,然后形成了一定的言行的规范,这就叫做人为。成:成形。这里指形成为一种言行的规范。

[14]这句是说,符合功利而去做,就叫做事业。正:当,符合。利:功利。

[15]这句是说,符合义而去做,就叫做德行。行:德行。

[16]这句是说,人自身固有的认识客观事物的能力叫做知。所以知:指认识能力。在人者:指人自然固有的。

[17]这句是说,人的认知能力与客观事物相接之后所产生的认识叫做智。智:指人的认识、知识、智慧等。

[18]这句是说,人自身固有的掌握才能的能力,叫做能。所以能:指掌握才能的能力。"所"字前原衍"智"字,今据文义从卢文弨说删。

[19]这句是说,这种功能和客观事物接触后所形成的某种能力叫做才能。

[20]这句是说,本性受到损伤叫做病。

[21]这句是说,偶然的遭遇叫做命运。节遇:偶然的遭遇。

[22]制名:制定事物的名称。

[23]实辨:即对客观事物分辨清楚。实,指客观事物。

[24]道:这里指制定名称的基本原则。行:实行。志通:思想意志互相沟通。

[25]慎率民而一焉:谨慎地率领人民来一致遵守这些名称。

[26]析辞:拆分辞句,意思是在辞句上做文章。擅作名:擅自制造名称。

[27]正名:正确、正式的名称。

[28]辨讼:辩论争执是非。

[29]大奸:非常坏的人。

[30]为:同"伪",伪造。与下两句中的"托为"的"为"同。符节:信物,古代用竹、木、铜等作凭信物,一般分为两半,双方各执一半。度量:指度、量、衡等测量用的标准工具。

[31]这二句是说,所以老百姓没有敢假托伪造出奇谈怪论来扰乱正确的名称,这些名称都很确实。托:凭借、依托。奇辞:奇谈怪论,与正名相反。悫(què):确实。

[32]这二句是说,诚实就容易统治,容易统治就能收到功效。使:役使、统治。公:同"功",功效。

[33]壹:统一。道法:根本的法则。

[34]谨:谨慎。循令:遵守政令。

[35]迹:同"绩",业绩、事业。长:长远。

[36]极:顶点,顶端。

[37]这句是说,这是谨慎地遵守统一约定的名称的功效。名约:约定的名称。

[38]圣王:荀况心目中的古代贤明的君主。没(mò):消失,泯灭。

[39]名守慢:怠慢了遵守统一名称的事。

[40]名实乱:名称与实际的关系混乱了,即名与实不相符。

[41]是非之形不明:是非之间的界限不清楚。

[42]守法之吏:遵守法令的官吏。

[43]诵数:指按照由诵经到读礼的次序去学习。或曰,诵数即诵述,诵说。

[44]"若有王者"三句是说,如果有新的圣王出现,他一定会沿用一些旧有的名称,制作一些新的名称。循:遵循、沿用。旧名:旧有的名称。作:创作、制作。

[45]"然则"四句是说,这样,所以要有名称,以及制定名称要根据事物之间的同与不同和制定名称的根本原则,就必须弄明白。所为有名:所以要有名称。所缘以同异:指名称根据的相同与不同。枢要:关键,

这里指制名的根本原则。察:考察,明白。

[46]"异形"四句是说,不同的人,想法也不一样,而要相互诉说自己的看法;不同的事物,名实都不同却混杂在一起,这样就会使贵和贱分不清,同和异无法区别。异形:指不同的人。离心:指各人有不同的想法。交:互相。喻:晓喻,告诉。玄:同"眩",混乱。一说,当作"互",交互。纽:纽结在一起。别:区别,分别。

[47]"如是"三句是说,如果这样,那么思想一定会有不能相互了解的弊病,而事情一定会遇到废止的祸害。患:祸患,弊病。困废:停止,废止。

[48]"故知"三句是说,所以智者对这些加以分别,制定各种名称,用来指示各种客观事物,在上用来分清贵和贱,在下用来辨别同和异。知:同"智"。指:指点,表明。

[49]这句是说,那么根据什么来区别名称的同和异呢?

[50]天官:自然具有的感官。可以参见《天论篇》:"耳、目、鼻、口、形,能各有所接而不相能也,夫是之谓天官。"

[51]这二句是说,凡是同一类有相同感情的,他们的感官对事物的感觉印象也是相同的。同类同情者:这里指人类,一说,泛指同一类的事物。意物:对事物的感觉印象。

[52]这二句是说,所以,通过各种比方、譬喻,摹仿的大体相似,就可以相互理解,这就是人们为什么要共同约定名称,用来相互交流的原因。比方:比喻。一说,"方"是"并"的意思,"比方"即合并,归类。疑:同"拟"。疑似:即拟似,指摹仿的大体相似。通:沟通,相互了解。约名:约定的名称。期:相互期会,相互交往。

[53]理:纹理。以目异:用眼睛来区别。异,区别不同。

[54]清浊:清晰还是混杂。调竽:调和笙竽以导众乐。王先谦《荀子集解》以为"竽"当作"节"字。奇声:指各种不同的声音。

[55]甘:甜。辛:辣。奇味:特殊的味道。

[56]郁:指香味。香、臭、芬、郁:指各种香的气味。漏:马膻气。原文作"洒",今据文义从王念孙说改。腐(yǒu):牛膻气。原文作"酸",今据文义从王念孙说改。奇臭(xiù):奇怪的气味。

[57]疾:痛。养:同"痒"。沧(chuàng):寒冷。钑:当为"铍(sà)",同
　　　"涩"。作"钑",当为形近之误。

[58]说:同"悦",指心悦诚服。故:与"说"相对,指故意做作出来的感情。

[59]这句是说,心能够考察验证事物。心:指思维器官。征:验证,考察。

[60]"征知"三句是说,心有验证事物的能力,那么通过耳朵知道声音就是
　　　可能的了,通过眼睛知道形状就是可能的了。缘:依靠,借助。

[61]这二句是说,然而心验证事物的能力也一定要等到器官接触到对象
　　　之后才能起作用。簿:同"薄",接近,接触。

[62]"五官"四句是说,如果五官接触了外界事物而不认识它,用心对它考
　　　察了而不能说出道理来,那么没有人不把这种情况说成是不知道的。
　　　这就是区别名称同异的根据。

[63]"然后"三句是说,然后根据这种区别给事物命名,相同的事物就取相
　　　同的名称,不同的事物就取不同的名称。随:随即,跟着。命之:给事
　　　物命名。

[64]这二句是说,单名足以使人明白的就用单名,单名不足以使人明白的
　　　就用复名。单:单名,指一个字的名称。兼:复名,指两三个字的
　　　名字。

[65]"单与兼"三句是说,单名和复名没什么互相违背的就用共名,虽然用
　　　了共名,也没有妨碍。避:指违背。共:共名。害:妨碍。

[66]"知异实者"四句是说,知道不同的事物应该有不同的名称,就应该让
　　　不同的事物没有不异名的,不可以混乱,这就像使同类的事物没有不
　　　同名的道理一样。"同实",原文作"异实",今据文义及王念孙说改。

[67]这三句是说,所以万物虽有许许多多,有时想要把它们全部概括起
　　　来,就统称为"物"。众:多。遍举:全面的概括。

[68]这二句是说,物这个概念,是最大的共名。

[69]这三句是说,按照这样一步步往上推,共名之上又有共名,一直推到
　　　无法再推的共名时为止。推:推演,推论。至:到。

[70]偏举:部分的概括。原文作"徧举",今据文义从俞樾说改。一说
　　　"徧"同"偏"。

[71]别名:指低一级的类的概念。别名与共名是荀况对概念基本种属关

系的划分,二者又是相对的,往上推有"共名",往下推有"别名"。这
句是说,"鸟"、"兽"的概念,是最大的"别名"。

[72]"名无固宜"四句是说,名称没有本来就合适的,而是由人们共同约定
来给事物命名,约定了,习惯了,这就叫合适的名称,而与约定不同的
名称就叫做不合适的名称。固:本来。宜:合适。

[73]"名无固实"四句是说,名称并没有本来就对应的事物,而是由人们共
同约定用某个名称来称呼某种事物,约定了,习惯了,就成为某种事
物的名称了。

[74]"名有固善"三句是说,有本来好的名字,直接明了而又不自相矛盾,
就叫做好的名称。径易:直接平易。拂:违背。不拂:这里指不自相
矛盾。

[75]这三句是说,事物有外貌相同而实体不同的,也有外貌不同而是同一
个实体的,这种情况是可以区别开的。状:形状,指事物的外貌。所:
处所,这里引申为事物的实体。

[76]"状同"三句是说,事物外貌相同而实体不同,名称虽然可以合用一
个,也应该说是两个实体。

[77]"状变"四句是说,事物外貌变了,但实质并没有变,这就叫做"化",
这种只有外貌的变化,而没有实质的区别,仍然叫做同一个事物。
化:变化。

[78]这二句是说,这就是所以要考察事物的实质,确定制定事物名称的法
度的缘故,这就是制定名称的关键。稽(jī):考察。数:这里指制定名
称并使它与实际相符合的法度。

[79]见侮不辱:受到欺侮并不算是耻辱。这是战国时期宋国人宋钘的一
个观点,可参见《庄子·天下篇》。

[80]圣人不爱己:圣人不珍爱自己,就是说对自己和对别人都一样。这一
观点较接近墨家。或曰近似庄子之意。

[81]杀盗非杀人也:杀死强盗不是杀人。这是墨家的一个观点,可以参见
《墨子·小取》。

[82]惑:迷惑,迷乱。用名以乱名:用名称来混乱名称。这里是指,用名称
表面上的异同来混淆抹煞实质上的异同,就如"侮"与"辱"是两个

词,"圣人"与"人"是两个词,"盗"与"人"也是两个词,但其实质是相同的。

[83]"验之"三句是说,检查一下有名称的原因,看一看这些说法与通常的说法哪种能够行得通,就能禁止这种说法了。验:检查,察看。所为有名:原文作"所以为有名",今据王引之说删"以"字。孰(shú):谁。

[84]山渊平:高山和深渊一样平。这是名家惠施的观点,可以参见《庄子·天下篇》。

[85]情欲寡:感情和欲望很少。这是宋钘的观点,可以参见《庄子·天下篇》。

[86]刍豢不加甘,大钟不加乐:吃肉并不能感觉更加甘美,听大钟的音乐而不感到更加快乐。这一观点接近墨家。刍豢(chú huàn),指牛羊猪狗等,这里指肉类。甘,甜,味道好。

[87]用实以乱名:这里指用实际中的特殊情况来混乱名称的本质含义。比如有低处的山和高处的渊相平的情况,但这是特殊情况,一般意义上,山是高的,渊是低的,山对于渊应该是高的,这样用山和渊相平的特殊情况就会混淆抹煞山和渊的本质含义。

[88]"验之所缘"三句是说,只要检验一下他们有同有异的原因,看看这些说法与通常的说法哪种符合事实,就可以禁止这种说法。验之所缘以同异:检验有同有异的原因。原文"缘"下衍"无"字,今据文义从王引之说删。调(tiáo):合适。

[89]非:同"排",相互排斥。楹:同"盈",充满、包含。非而谒楹:据文义,当作"排而谓盈",即本来相互排斥而说成是相互包含。

[90]用名以乱实:用事物的名称来混乱事物的实际。比如"牛马"和"马"是两个词,"牛马"指牛和马,"马"只是马,"牛马"包括马,而说"牛马非马"就是用名词的不同混淆了事物的实际关系。

[91]"验之名约"四句是说,只要考察一下名称约定的原则,用他所能接受的去反驳他所反对的,就能禁止这种说法了。受:接受,赞成。悖:反驳。辞:推辞,反对。

[92]这二句是说,凡是偏离正道而擅自制造的邪说谬论,没有不和以上三种情况相类似的。辟言:即谬论。辟,同"僻"。

[93]这句是说,所以圣明的君主知道邪说与正道的区别,而不去和它们争辩。分:区别。

[94]易一以道:容易用道来统一。

[95]不可与共故:不可以共同了解缘故,这里是指不可以向人民讲明理由。

[96]"故明君"五句是说,所以圣明的君主用权势来统治他们,用正道来引导他们,用命令来告诫他们,用言论来开导他们,用刑法来禁止他们。临之以势:用权势在百姓之上进行统治。道之以道:用正道来引导百姓。前一个"道"字同"导",引导。申:说明,告诫。命:命令。章:表明,开导。论:言论。禁:禁止。刑:刑法。

[97]这二句是说,所以圣明君主统治下人民统一于道十分迅速而自然,哪里还用得着辩论呢? 化:教化、感化。道也如神:归于正道如同有神力那么迅速。辨说:辩论。原文作"辨势",今据下文多次言"辨说"改。恶(wū):何。

[98]"今圣王没"六句是说,如今圣王没有了,天下混乱,产生了各种奸邪的言论,君子没有权势可以在百姓之上进行统治,没有刑法来禁止他们,所以只能进行辩论。

[99]"实不喻"四句是说,实物不能明白,就给它起个名称,名称还不能明白就相互交流来约定,约定了还不能明白就要说明一下,说明了还不能明白,就要辩论了。

[100]这三句是说,约定、命名、辩论、说明,这些都是实际运用中的重要形式,也是君王事业的开始。用之大文:即指实际运用中的重要形式。用,运用、使用。文,文采、形式。始:起点,开始。

[101]这二句是说,听到名称就明白它所代表的事物,这就是名称的作用。

[102]这二句是说,名称积累而形成文章,这就是名称的相互配合。累:积累。丽:同"俪",联结、配合。

[103]这二句是说,名称的使用和配合都很恰当,就叫做懂得名称。

[104]这二句是说,名称是人们用来约定累积之实的。

[105]这二句是说,"辞",是人们用不同的事物一起来表达同一个意思的。辞:相当于现代形式逻辑学中的命题或判断。兼:并用。

[106]这二句是说,辨说,是不变更实名而喻晓是非、动静的道理。辨说:相当于现在形式逻辑学中的推理。动静:指是非。

[107]这二句是说,各种约定的名称、概念,是供人们辩论是非用的。期命也者:即指各种约定的名称、概念。

[108]这二句是说,辨说是心对道认识的反映。象:表现,反映。

[109]这二句是说,心是道的主宰。工宰:即主管者。工,即官。

[110]这二句是说,道是治理国家的常理。经理:常理,即原则。经,即常。

[111]"心合于道"六句是说,心符合于道,解说符合于心,命题符合于解说,用正确的名称并且相互约定,使事物朴实而且明白,分辨不同的事物而不会有错,推论事物的类别而不会违背正道。质:朴实。请:同"情",即实。不过:没有过错。推类而不悖:推论各种的类别而不违背正道。

[112]这二句是说,听起来就合于礼法,辩论起来可以把事情的原因完全搞清楚。文:这里指礼法。尽:完全。故:缘故。

[113]这二句是说,用正确的道理来辨明奸邪就好像用绳墨来衡量曲直一样。持:掌握,衡量。

[114]这二句是说,所以邪说不能够扰乱正道,各家的谬论也就没处躲藏了。窜:逃窜,隐藏。

[115]"有兼听"四句是说,有兼听的明智,而没有骄傲自大的神色;有无所不包的度量,而没有自夸美德的神色。奋矜:骄傲自大。兼覆:指无所不包。伐:自夸。

[116]"说行"三句是说,学说行于世则天下归于正道,学说不能行于世就彰明正道而隐居起来,这就是圣人的辩论解说。说:学说。白道:彰明正道。冥穷:这里指隐居。冥,隐藏。穷,同"躬",自身。

[117]这首诗出自《诗经·大雅·卷阿》,意思是说:体貌庄敬,志气高昂,就像玉圭和玉璋一样,有好的名誉和声望。和颜悦色、平易近人的君子,四方的人民都以他为典范。本文引此诗来说明君子所应有的行为和道德修养,从而证明君子正确对待名实的态度。颙(yǒng)颙:形体外貌庄重恭敬的样子。卬(áng)卬:志气高昂的样子。圭、璋:两种玉器。令:好的。岂(kǎi)弟:一作"恺悌",即和乐平易。

纲:典范。

性　恶(节选)[1]

人之性恶,其善者伪也[2]。

今人之性,生而有好利焉[3],顺是[4],故争夺生而辞让亡焉[5];生而有疾恶焉[6],顺是,故残贼生而忠信亡焉[7];生而有耳目之欲,有好声色焉,顺是,故淫乱生而礼义文理亡焉[8]。然则从人之性,顺人之情,必出于争夺,合于犯分乱理,而归于暴[9]。故必将有师法之化[10],礼义之道[11],然后出于辞让,合于文理,而归于治[12]。用此观之,然则人之性恶明矣,其善者伪也。

故枸木必将待檃栝、烝矫然后直[13];钝金必将待砻厉然后利[14]。今人之性恶,必将待师法然后正,得礼义然后治。今人无师法,则偏险而不正[15];无礼义,则悖乱而不治[16]。古者圣王以人性恶,以为偏险而不正,悖乱而不治,是以为之起礼义[17],制法度,以矫饰人之情性而正之[18],以扰化人之情性而导之也[19],使皆出于治,合于道者也[20]。今之人,化师法[21],积文学[22],道礼义者为君子[23];纵性情,安恣睢[24],而违礼义者为小人。用此观之,人之性恶明矣,其善者伪也。

孟子曰:“今之学者,其性善[25]。”

曰:是不然。是不及知人之性,而不察乎人之性伪之分者也[26]。凡性者,天之就也[27],不可学,不可事[28]。礼义者,圣人之所生也[29],人之所学而能、所事而成者也[30]。不可学,不可事而在人者[31],谓之性;可学而能,可事而成之在人者[32],谓之伪。是性伪之分也。今人之性,目可以见,耳可以听。夫可以见之明不离目,可以听之聪不离耳,目明而耳聪,不可学明矣[33]。

孟子曰:"今人之性善,将皆失丧其性,故也[34]。"

曰:若是则过矣[35]。今人之性,生而离其朴,离其资,必失而丧之[36]。用此观之,然则人之性恶明矣[37]。所谓性善者,不离其朴而美之,不离其资而利之也[38]。使夫资朴之于美,心意之于善,若夫可以见之明不离目,可以听之聪不离耳,故曰目明而耳聪也[39]。今人之性,饥而欲饱,寒而欲暖,劳而欲休,此人之情性也。今人饥见长而不敢先食者,将有所让也;劳而不敢求息者,将有所代也[40]。夫子之让乎父,弟之让乎兄,子之代乎父,弟之代乎兄,此二行者[41],皆反于性而悖于情也[42]。然而孝子之道,礼义之文理也。故顺情性则不辞让矣,辞让则悖于情性矣。用此观之,然则人之性恶明矣,其善者伪也。

问者曰:"人之性恶,则礼义恶生[43]?"

应之曰:凡礼义者,是生于圣人之伪,非故生于人之性也[44]。故陶人埏埴而为器[45],然则器生于工人之伪[46],非故生于人之性也。故工人斲木而成器[47],然则器生于工人之伪,非故生于人之性也。圣人积思虑,习伪故,以生礼义而起法度,然则礼义法度者,是生于圣人之伪,非故生于人之性也[48]。若夫目好色,耳好声,口好味,心好利,骨体肤理好愉佚[49],是皆生于人之情性者也;感而自然[50],不待事而后生之者也[51]。夫感而不能然,必且待事而后然者,谓之生于伪[52]。是性伪之所生,其不同之征也[53]。

故圣人化性而起伪,伪起而生礼义,礼义生而制法度;然则礼义法度者,是圣人之所生也[54]。故圣人之所以同于众,其不异于众者,性也;所以异而过众者,伪也[55]。夫好利而欲得者,此人之情性。假之人有弟兄资财而分者[56],且顺情性,好利而欲得,若是,则兄弟相拂夺矣[57];且化礼义之文理[58],若是,则让乎国人矣[59]。故顺情性则弟兄争矣,化礼义则让乎国人矣。

凡人之欲为善者,为性恶也[60]。夫薄愿厚,恶愿美,狭愿广,贫愿富,贱愿贵,苟无之中者[61],必求于外。故富而不愿财,贵而不愿势,苟有之中者,必不及于外[62]。用此观之,人之欲为善者,为性恶也。今人之性,因无礼义,故强学而求有之也[63];性不知礼义,故思虑而求知之也。然则生而已,则人无礼义,不知礼义[64]。人无礼义则乱,不知礼义则悖,然则生而已,则悖乱在己[65]。用此观之,人之性恶明矣,其善者伪也。

孟子曰:"人之性善。"

曰:是不然。凡古今天下之所谓善者,正理平治也[66];所谓恶者,偏险悖乱也。是善恶之分也矣。今诚以人之性固正理平治邪,则有恶用圣王,恶用礼义哉[67]?虽有圣王礼义,将曷加于正理平治也哉[68]?今不然,人之性恶。故古者圣人以人之性恶,以为偏险而不正,悖乱而不治,故为之立君上之势以临之[69],明礼义以化之,起法正以治之[70],重刑罚以禁之,使天下皆出于治[71],合于善也。是圣王之治而礼义之化也。今当试去君上之势,无礼义之化,去法正之治,无刑罚之禁,倚而观天下民人之相与也[72]。若是,则夫强者害弱而夺之,众者暴寡而哗之,天下悖乱而相亡,不待顷矣[73]。用此观之,然则人之性恶明矣,其善者伪也。

故善言古者,必有节于今;善言天者,必有征于人[74]。凡论者贵其有辨合,有符验[75]。故坐而言之,起而可设[76],张而可施行[77]。今孟子曰"人之性善",无辨合符验,坐而言之,起而不可设,张而不可施行,岂不过甚矣哉!故性善则去圣王,息礼义矣[78];性恶则与圣王[79],贵礼义矣。故檃栝之生,为枸木也;绳墨之起,为不直也;立君上,明礼义,为性恶也。用此观之,然则人之性恶明矣,其善者伪也。

　　直木不待檃栝而直者,其性直也[80]。枸木必将待檃栝烝矫然后直者,以其性不直也。今人之性恶,必将待圣王之治,礼义之化,然后皆出于治,合于善也[81]。用此观之,然则人之性恶明矣,其善者伪也。

　　问者曰:"礼义积伪者,是人之性,故圣人能生之也[82]。"

　　应之曰:是不然。夫陶人埏埴而生瓦,然则瓦埴岂陶人之性也哉?工人斲木而生器,然则器木岂工人之性也哉[83]?夫圣人之于礼义也,辟则陶埏而生之也[84]。然则礼义积伪者,岂人之本性也哉!凡人之性者,尧舜之与桀跖[85],其性一也;君子之与小人,其性一也。今将以礼义积伪为人之性邪?然则有曷贵尧禹,曷贵君子矣哉[86]!凡所贵尧、禹、君子者,能化性,能起伪,伪起而生礼义[87]。然则圣人之于礼义积伪也,亦犹陶埏而为之也。用此观之,然则礼义积伪者,岂人之性也哉!所贱于桀跖小人者,从其性,顺其情,安恣睢,以出乎贪利争夺。故人之性恶明矣,其善者伪也。

[注释]

[1] 本篇节选自《荀子》第二十三章,系统阐述了"性恶论"的基本观点,围绕"人之性恶,其善者伪也"的论点,从人的生理和各种物质欲望等方面反复进行论证,同时针对孟子所主张的"性善论"和"天赋道德论"进行了批判。荀况强调后天努力、教育和环境影响对人的道德观念形成的作用。

[2] 这句是说,人的本性是恶的,而善是后天人为的。性:本性。伪:同"为",人为。

[3] 好(hào)利:贪图利益。

[4] 顺是:顺着这种本性。

[5] 争夺生:发生争夺。辞让亡:辞让的美德丧失。

［6］疾恶(wù)：嫉妒，憎恨。

［7］残贼：伤害，残害。

［8］礼义文理：指封建社会的等级制度和道德规范。文理，条理，秩序。

［9］"然则"五句是说，既然如此，那么放纵人的本性，顺着人的情欲，必然造成争夺，出现违反等级制度破坏社会秩序的事而最终导致暴乱。然则：既然这样，那么。从：同"纵"，放纵。合：符合。分：当作"文"。《荀子集解》引俞樾曰："'犯分'当作'犯文'。此本以文理相对。上文曰'顺是，故淫乱生而礼义文理亡焉'，下文曰'合于文理而归于治'，并其证也。"文、理，即指上文的礼义文理。归于：导致。暴：暴乱。

［10］师法之化：指君主、师长和法制的教化。

［11］道：同"导"，引导。

［12］治：指安定的治世。

［13］枸(gōu)：弯曲。待：依靠。檃栝(yǐn kuò)：矫正弯木的工具。烝(zhēng)：加热。矫：矫正。

［14］钝金：指不锋利的金属器具，如刀剑。砻(lóng)厉：打磨的意思。砻、厉，皆指磨石。厉，同"砺"。

［15］偏险：即邪恶。

［16］悖(bèi)乱：违背破坏。

［17］是以：因此，所以。

［18］矫饰：强制修饰美化。一说，"饰"当为"饬"，整顿。

［19］扰化：驯服教化。扰，驯。

［20］使皆出于治，合于道者也：使人们的行为都符合治世和道的标准。

［21］化师法：接受师法的教化。

［22］积文学：积累文化知识。

［23］道：实践。

［24］安恣睢：任意胡作非为。

［25］这句是说，孟子说：人之所以能学习，是因为他的本性是善的。孟子：即孟轲，邹国人，战国中期儒家重要代表人物。

［26］"是不然"三句是说，这是不对的。这是没能真正认识人的本性，而且不了解人的本性与人为之间区别的说法。及：达到。

[27] 天之就也:指自然生成的。

[28] 事:做,从事。

[29] 生:产生,制定。

[30] 学而能:通过学习而能够掌握的。事而成:经过人为而能做成的。

[31] 而在人者:《荀子集解》引顾广圻曰:"'而在人者','而'疑当作'之','人'疑当作'天',与'可学而能,可事而成之在人者,谓之伪也'为对文也。上文'凡性者,天之就也,不可学、不可事',亦其明证。"

[32] 在人者:通过人为努力可以达到的。

[33] "今人"七句是说,当今人的本性,眼睛可以看见东西,耳朵可以听见声音。可以看见东西的视觉离不开眼睛,可以听见声音的听觉离不开耳朵,所以眼睛的视觉、耳朵的听觉不是可以学来的,这是很清楚的。

[34] 这三句是说,孟子说:人的本性是善的,由于丧失了善的本性,所以变恶了。故也:据上下文义当作"故恶也"。《荀子集解》引杨倞注曰:"孟子言失丧本性,故恶也。"

[35] 过:过错,失误。

[36] "今人"四句是说,如果人的本性生下来就脱离了它固有的素质,那就一定会丧失本性。朴:本来的素质。资:材料。与"朴"都是指人本性的天生素质。

[37] "然则人之性恶明矣",之后当脱去"其善者伪也"五字。《荀子集解》引王念孙曰:"此下当有'其善者伪也'句。'人之性恶,其善者伪也',二句前后凡九见,则此亦当然。"

[38] 这三句是说,所谓性善,就是不离开他本身固有的素质、材料,并且把这看作是美的、好的。

[39] "使夫"五句是说,让资朴与美的关系、心意与善的关系就像视觉离不开眼睛、听觉离不开耳朵一样,所以才叫做眼睛明亮、耳朵聪敏。

[40] "今人饥"四句是说,如果有人饿了,看见长辈而不敢先吃,是因为要谦让长辈;很劳累了,却不敢希求休息,是因为要代替长辈劳动。长:长辈。代:代替,指代替长辈劳动。

[41]行:行为。二行:即指上文的"让"和"代"。

[42]皆反于性而悖于情:都是违反人的本性和背离人的情欲的。

[43]恶(wū)生:从哪里产生。恶,即"何"。

[44]"凡礼义者"三句是说,凡是礼义,都是产生于圣人的作为,而不是本来就产生于人性的。故:同"固",本来。

[45]陶人:从事陶器生产的人。埏埴(shān zhí):用水调和粘土制作陶器。埴:粘土。

[46]工人之伪:《荀子集解》引杨倞注以为"工人"当作"陶人"。

[47]工人:这里指木工。斲(zhuó):砍削,加工。

[48]"圣人"六句是说,圣人积累各种思考,熟习各种人为的事情,来生成礼义、兴起法度,那么礼义法度,是产生于圣人的作为,不是本来就产生于人性的。习伪故:熟习人为的事情。

[49]骨体肤理:这里指人的身体。肤理,皮肤的纹理。愉佚:安逸。

[50]感而自然:一感受到、接触到就自然那样。

[51]不待事而后生:不用等从事之后才产生。

[52]"夫感"三句是说,感觉、接触到了而不能自然就那样,必须经过从事之后才能做到,这就叫产生于"伪"。

[53]其:这里指代"性"和"伪"。征:特征,明证。

[54]"故圣人"五句是说,所以圣人改造人的本性(恶),而兴起人为的(善),从而确立礼义,制定法度;那么礼义法度都是圣人创造的。化:改造,使变化。起:兴起。

[55]"故圣人之所以同于众"五句是说,圣人和普通人相同而没有两样的是本性;圣人所不同于普通人而超过普通人的是人为的力量。

[56]假之:假如。

[57]拂夺:争夺。

[58]化礼义之文理:受礼义规范的教化。

[59]国人:指普通人。

[60]这二句是说,人之所以想要做善事,正是因为人的本性是恶的。

[61]苟无之中者:如果本身不具有它。中,指本身。

[62]及:指寻求。

[63]强学:努力学习。

[64]这三句是说,那么就人性本身而言,人是没有礼义,也不懂礼义的。
生而已:就性本身而言。生:同"性",下同。

[65]"人无礼义"四句是说,人没有礼义,不懂礼义,那就会造成社会的悖
乱,就人性本身而言,悖乱就在他自身之中。

[66]正理平治:合乎礼义法度,遵守社会秩序。

[67]"今诚"三句是说,如今真的认为人的本性就是合乎礼义法度,遵守秩
序的,那么又为什么要用圣王和礼义呢? 诚:真的。恶(wū):即"何"
的意思。邪(yé):同"耶",疑问语气词。有:同"又"。

[68]这二句是说,虽有圣王、礼义,在正理平治的情况下有什么可增加
的呢?

[69]临:指统治。

[70]法正:即法度。

[71]使天下皆出于治:使天下全都达到安定有序。

[72]"今当"五句是说,现在倘若试着去掉君主的势力,不要礼义教化,去
掉法度的治理,不要刑罚的限制,站在一旁来看天下人们相互交往的
情况。当:同"倘",假使。试:试验、尝试。去:去掉、舍弃。倚:立,站
着。相与:相互交往的情况。

[73]"若是"五句是说,如果这样,那么那些强的人就会损害弱者去掠夺他
们,人数多的就会欺负人单力薄的而侵扰他们,天下悖乱和相继灭亡
也就不用等多长时间了。暴:欺负。哗:喧哗,侵扰。相亡:相继灭
亡,即同归于尽。顷:稍顷,指很短的时间。

[74]"故善言古者"四句是说,善于谈论古代事情的,一定要有现今的事情
作验证;善于谈论天命的,一定要有人的事情作验证。节:符节,古代
使者所持的凭信,这里指验证性的、与古相符合的事情。征:验证。

[75]这二句是说,凡是谈论什么事,重要的是要有证明和根据来验证。
辨:同"别",是古代用的一种凭信,将凭信一分为二,双方各执其一,
可以合在一起相互验证。

[76]设:布置安排。

[77]张:展开,推广。施:实行。

[78] 息:停止,废除。

[79] 与:赞扬,肯定。

[80] 这二句是说,直木不等檃栝来矫正就是直的,是因为它的本性就是直的。

[81] "今人之性恶"五句是说,人的本性是恶的,就一定得依赖圣王的治理,礼义的教化,然后才能都达到安定有序,合乎善的标准。

[82] 这三句是说,问的人说:"积累人为的事从而达到礼义,这是人的本性,所以圣人才能创造出礼义来。"

[83] "夫陶人"四句是说,制陶的匠人用水调和粘土生产出瓦,那么,难道用土制瓦就是陶匠的本性吗? 木工砍削木头生产器具,那么,难道用木头制造器具就是木工的本性吗? 瓦埴:用土制瓦。器木:用木制造器具。

[84] 这二句是说,圣人对于礼义的关系,就如同陶匠调土制陶一样。辟:同"譬",譬如,就如同。辟则:一说,"则"当作"亦"。

[85] 尧、舜:传说中原始社会时的圣明的部落首领。桀:夏朝最后一个君主,相传为暴君。跖(zhí):相传为春秋末年奴隶起义的领袖,被封建统治阶级称为"盗跖"。这里用一般意义上的圣王和暴君、盗贼对举,来形成鲜明对比,从而说明人性是一样的,不会因人而异。

[86] 有:同"又"。曷:何,为什么。禹:传说中圣明的原始社会部落首领。

[87] "凡所贵"四句是说,凡是以尧、禹、君子为可贵的,能够使本性转化,能够兴起人为的努力,最终经过人为的努力而创造出礼义。

韩非子

　　战国韩非著。据《史记·老子韩非列传》载,韩非为韩国的公子,喜好刑名之学,其源出于黄老。韩非为人口吃,不能道说,而善著书。与李斯一同向荀卿求学,李斯自以为不如韩非。韩非见韩国削弱,屡次上书劝谏韩王,不被韩王采纳。于是发愤著书,成《孤愤》《五蠹》《内储说》《外储说》《说林》《说难》十余万言。其书传到秦国,秦王嬴政称赞道:"嗟乎,寡人得见此人与之游,死不恨矣!"李斯告诉秦王书为韩非所作,秦王立即发兵攻韩,韩非出使于秦,为秦所留。李斯、姚贾嫉妒韩非,设计陷害他,并逼迫韩非在狱中自杀。

　　《汉书·艺文志》载《韩子》五十五篇,与今存本同。《四库全书总目提要》曰:"疑非所著书本各自为篇,非殁之后,其徒收拾编次,以成一帙。故在韩在秦之作,均为收录。并其私记未完之稿亦收入书中。名为非撰,实非非所手定也。以其本出于非,故仍题非名,以著于录焉。"所以《韩非子》除个别篇章为门人所记,少数几篇疑为他人著作窜入外,大都出于韩非本人之手。韩非是法家的集大成人物。他综合了商鞅的"法",申不害的"术",慎到的"势"。行"法"必须重罚薄赏,严刑峻法。"术"是君主驾驭臣下的手段,可以无所不用其极。"势"为君主的权势地位,韩非认为“民者固服于势,寡能怀于义”。又韩非以为社会历史不断进化,“世异则事异”,“圣人不期修古,不法常可,论世之事,因为之备”。韩非的思想主要集中于《五蠹》和《显学》。《史记·太史公自序》评韩非曰:“法家严而少恩;然其正君臣上下之分,不可改矣。”

韩非的文章犀利峻刻。钱基博《中国文学史》曰:“大抵儒家重实际,其文多平实。道家主想象,其文多超逸。法家尚深刻,其文多峭峻。此外如墨杂家之文质,名家小说家之文琐。”其文又能开创体例:《难一》首创难体,后世辩驳论难之体皆由此出;《内》《外储说》自为经传(“经”为主旨,简练隽永;“传”为解说,举例众多;经传配合,前后呼应),开启汉代“连珠”之体。

孤　愤[1]

智术之士,必远见而明察,不明察,不能烛私[2];能法之士[3],必强毅而劲直,不劲直,不能矫奸[4]。人臣循令而从事[5],案法而治官[6],非谓重人也[7]。重人也者,无令而擅为[8],亏法以利私[9],耗国以便家[10],力能得其君[11],此所为重人也[12]。智术之士,明察听用[13],且烛重人之阴情[14];能法之士,劲直听用,且矫重人之奸行。故智术能法之士用,则贵重之臣必在绳之外矣[15]。是智法之士与当涂之人[16],不可两存之仇也。

当涂之人擅事要[17],则外内为之用矣[18]。是以诸侯不因[19],则事不应[20],故敌国为之讼[21];百官不因,则业不进[22],故群臣为之用;郎中不因[23],则不得近主[24],故左右为之匿[25];学士不因[26],则养禄薄礼卑[27],故学士为之谈也[28]。此四助者[29]，邪臣之所以自饰也。重人不能忠主而进其仇[30]，人主不能越四助而烛察其臣，故人主愈弊而大臣愈重[31]。

凡当涂者之于人主也，希不信爱也[32]，又且习故[33]。若夫即主心同乎好恶[34]，固其所自进也[35]。官爵贵重，朋党又众[36]，而一国为之讼[37]。则法术之士欲干上者[38]，非有所信爱之亲，习故之泽也[39]；又将以法术之言矫人主阿辟之心[40]，是与人主相反也。处势卑贱，无党孤特[41]。夫以疏远与近爱信争，其数不胜也[42]；以新旅与习故争[43]，其数不胜也；以反主意与同好争，其数不胜也；以轻贱与贵重争，其数不胜也；以一口与一国争[44]，其数不胜也。法术之士操五不胜之势[45]，以岁数而又不得见[46]；当涂之人乘五胜之资，而且暮独说于前[47]。故法术之士奚道得进[48]，而人主奚时得悟乎？故资必不胜而势不两存[49]，法术之士焉得不危[50]？其可以罪过诬者，以公法而诛之；其不可被以罪过者，以私剑而穷之[51]。是明法术而逆主上者，不僇于吏诛[52]，必死于私剑矣。朋党比周以弊主[53]，言曲以便私者[54]，必信于重人矣。故其可以功伐借者，以官爵贵之；其不可借以美名者，以外权重之[55]。是以弊主上而趋于私门者，不显于官爵，必重于外权矣。今人主不合参验而行诛[56]，不待见功而爵禄，故法术之士安能蒙死亡而进其说[57]？奸邪之臣安肯乘利而退其身[58]？故主上愈卑，私门益尊。

夫越虽国富兵强，中国之主皆知无益于己也[59]，曰："非吾所得制也。"今有国者虽地广人众，然而人主壅蔽[60]，大臣专权，是国为越也[61]。智不类越，而不智不类其国，不察其类者也[62]。人之所以谓齐亡者，非地与城亡也，吕氏弗制而田氏用之[63]；所以谓晋亡者，亦非地与城亡也，姬氏不制而六卿专之也[64]。今大臣执柄独断，而上弗知收，是人主不明也。与死人同病者，不可生也；与亡国同事者[65]，不可存也。今袭迹于齐、晋,欲国安存,不可得也。

凡法术之难行也,不独万乘,千乘亦然。人主之左右不必智也,人主于人有所智而听之,因与左右论其言,是与愚人论智也;人主之左右不必贤也,人主于人有所贤而礼之,因与左右论其行,是与不肖论贤也。智者决策于愚人,贤士程行于不肖[66],则贤智之士羞而人主之论悖矣。人臣之欲得官者,其修士且以精絜固身[67],其智士且以治辩进业。其修士不能以货赂事人,恃其精洁而更不能以枉法为治[68],则修智之士不事左右、不听请谒矣[69]。人主之左右,行非伯夷也[70],求索不得,货赂不至,则精辩之功息[71],而毁诬之言起矣。治辩之功制于近习,精洁之行决于毁誉,则修智之吏废,则人主之明塞矣。不以功伐决智行,不以参伍审罪过[72],而听左右近习之言,则无能之士在廷,而愚污之吏处官矣。

万乘之患,大臣太重;千乘之患,左右太信:此人主之所公患也[73]。且人臣有大罪,人主有大失[74],臣主之利与相异者也。何以明之哉?曰:主利在有能而任官,臣利在无能而得事;主利在有劳而爵禄,臣利在无功而富贵;主利在豪杰使能[75],臣利在朋党用私。是以国地削而私家富[76],主上卑而大臣重。故主失势而臣得国,主更称蕃臣[77],而相室剖符[78]。此人臣之所以谲主便私也[79]。故当世之重臣,主变势而得固宠者,十无二三[80]。是其故何也?人臣之罪大也。臣有大罪者,其行欺主也,其罪当死亡。智士者远见而畏于死亡,必不从重人矣;贤士者修廉而羞与奸臣欺其主,必不从重臣矣。是当涂者之徒属,非愚而不知患者,必污而不避奸者也。大臣挟愚污之人,上与之欺主,下与之收利侵渔[81],朋党比周,相与一口[82],惑主败法,以乱士民,使国家危削,主上劳辱,此大罪也。臣有大罪而主弗禁,此大失也。使其主有大失于上,臣有大罪于下,索国之不亡者,不可得也。

[注释]

[1]本篇为《韩非子》的第十一篇。韩非作为法家之士,曾多次上书韩王,都不被重用;又没有朋辈的引荐,孤独愤激,一如卞和抱璧之长号,故作《孤愤》。韩非认为"智法之士"与"当涂之人"是不可两存的仇敌,当涂之人会遮蔽君主而使自己日益权重,智法之士则远离君主躲避祸害,最终导致"主上愈卑,私门益尊",国家灭亡,以此告诫统治者要求人任贤,执"势"以驾御臣下。

[2]烛私:照见私情。

[3]能法之士:长于法令的人。能:善于,长于。

[4]矫奸:矫正奸行。

[5]循令:遵守命令。

[6]案法:按照法律。案:通"按",按照。

[7]重人:权臣。

[8]无令而擅为:没有命令却擅自行动。

[9]亏法:毁坏法令。

[10]耗国以便家:损耗邦国来便利私家。

[11]得其君:获得君王宠信。

[12]为:通"谓"。

[13]听用:被君王听信任用。

[14]且:将要。阴情:隐情。

[15]必在绳之外:必定不为法律宽容。绳:法度。

[16]当涂之人:当权的大臣。涂:同"途"。

[17]擅事要:掌握政权。

[18]外内为之用:诸侯各国与国内之人都为其所用,即下文"诸侯、百官、郎中、学士"都要依靠重人。

[19]诸侯不因:如果诸侯不依靠他。因:依靠,亲近。

[20]事不应:事情办不成。

[21]讼:通"颂",颂扬。

[22]业不进:职位不得升迁。

[23]郎中:官名,战国时代近侍的称呼。

[24]近主:接近君主。

[25]左右为之匿:郎中为重人隐瞒奸事。

[26]学士:学者,文人。

[27]养禄薄礼卑:俸禄低微卑贱。

[28]为之谈:替重臣说好话。

[29]四助:即上文诸侯、百官、郎中、学士,因对重人有所帮助,所以称为四助。

[30]进其仇:向君主推荐智术能法之士。按上文说"智法之士"与"当涂之人"是不可两存的仇人。

[31]弊:本文"弊"皆通"蔽",被蒙蔽。

[32]希不信爱:很少不被君王信任宠爱的。希:通"稀"。

[33]又且习故:况且为君王亲近熟悉。习故:亲近和故旧。

[34]即主心同乎好恶:迎合君主的心理与他好恶相同。即:迎合、符合。

[35]固其所自进也:本来就是当涂者使自己进身的原因。进:引进,推荐。

[36]朋党:为私利而勾结,排斥异己的宗派集团。

[37]一国为之讼:全国的"朋党"都会替他颂扬。

[38]干上:向君主干求。干,求取,干求。

[39]泽:恩泽。

[40]矫人主阿辟之心:矫正君主爱好阿谀、邪僻的心理。

[41]特:单独,独个。

[42]数:气数、气运,命运。

[43]旅:客处之人。

[44]以一口与一国争:以法术之士一人与全国阿谀者争斗。

[45]操五不胜之势:凭借这五种不能胜利的形势。

[46]以岁数而又不得见:不能见到君王动辄以年来计算。

[47]旦暮独说于前:早晚独自取悦君王之前。

[48]奚道:什么方法。

[49]资:凭借。

[50]焉得不危:怎么能不处境危险呢?

[51]其可以罪过诬者……以私剑而穷之:法术之士如有过失可以诬陷的,就用朝廷的法律杀之;无法加以罪名的,就派遣私家的刺客杀之。私剑:代指刺客。

[52]僇:通"戮",杀戮。

[53]比周:结伙营私。

[54]言曲以便私者:语言邪曲来便于私利。

[55]故其可以功伐借者……以外权重之:所以重人对于那些可以拿功劳作借口的朋党,就用官爵使其显贵;对于那些不能拿美名作借口的,就用外国势力使其贵重。功伐:功劳,功绩。外权:外国势力。

[56]人主不合参验而行诛:君主对法术之士不等参考验证就行诛戮。

[57]蒙:蒙受。

[58]乘:刘师培怀疑"乘"为"弃"字之误。按"乘""弃"二字字形相近。

[59]中国:中原诸国。无益于己:意指越虽富有,但远离中原,中原诸国无力制越,所以认为对己国无益。

[60]人主壅蔽:意指人主受蒙蔽而视听不明。

[61]是国为越也:指大臣专权,君主无法统治其国,即使地广人众,也对自己无益,就象国富兵强的越对自己无益一样。

[62]智不类越……不察其类者也:君主皆知己国不似越国,而重臣专权,国君无法统治,国实已变成越,却不知己国即与越国无异,原因就是不能察知己国类于越国。智:通"知"。

[63]吕氏弗制而田氏用之:周天子封吕望于齐,故齐本是吕氏之国,其后田氏专权,所以说田氏用之。

[64]姬氏不制而六卿专之:周成王封弟叔虞于唐,称唐侯,子燮徙居筋,称晋侯。晋景公十二年始作六卿,范氏、中行氏、智氏及韩、赵、魏世为晋卿,六卿专权,最后韩、赵、魏三家分晋。

[65]与亡国同事:与亡国的政治行为相同。

[66]贤士程行于不肖:贤者品行由不肖者来评定。程行:评定品行。

[67]修士:修身之士。絜:同"洁"。

[68]其修士不能以货赂事人,恃其精洁而更不能以枉法为治:陶鸿庆认为

此处有讹脱,根据文意当为"其修士恃其精洁而不能以货赂事人,其智士恃其智辩更不能以枉法为治"。

[69]不事左右、不听请谒:对君主的重臣不侍奉、不告求。

[70]伯夷:商代孤竹君的长子,其父遗命要立次子叔齐继位,父死后,叔齐让位给伯夷,伯夷不受,叔齐也不愿登位,先后逃到周国。周武王伐纣,二人曾叩马谏阻。周武王灭商后,他们不食周粟,逃到首阳山,采薇而食,饿死在山里。古人把他们当作高尚守节的典型。

[71]精辩:即上文修士之精洁、智士之治辩。

[72]参伍:错综比较,以为验证。

[73]公患:共同的患难。

[74]且人臣有大罪,人主有大失:即下文"臣有大罪而主弗禁,此大失也"之意。

[75]豪杰使能:利用豪杰的才能。

[76]国地削而私家富:国家土地被割,私家从中获利。意思是毁国以利其家。

[77]蕃臣:藩属的大臣。蕃:通"藩"。

[78]相室剖符:意指重人变为人主,号令群臣。相室:执政大臣,丞相。剖符:古时帝王授予诸侯和功臣的凭证。竹制,剖分为二,帝王与诸侯各执其一,故称剖符。

[79]谲主:欺骗君王。

[80]主变势而得固宠者,十无二三:君主改变旧的形势,重臣还能保持宠幸的,十个里面没有两三个。

[81]侵渔:侵夺吞没,指掠夺他人的财物,像渔人捕鱼一样。

[82]相与一口:互相应和,如出一口。

说　难[1]

凡说之难:非吾知之有以说之之难也[2],又非吾辩之能明吾意之难也[3]，又非吾敢横失而能尽之难也[4]。凡说之难：在知所说之心，可以吾说当之[5]。所说出于为名高者也[6]，而说之以厚利，则见下节而遇卑贱[7]，必弃远矣[8]。所说出于厚利者也，而说之以名高，则见无心而远事情[9]，必不收矣[10]。所说阴为厚利而显为名高者也[11]，而说之以名高，则阳收其身而实疏之[12]；说之以厚利，则阴用其言显弃其身[13]矣。此不可不察也。

夫事以密成，语以泄败[14]。未必其身泄之也，而语及所匿之事，如此者身危[15]。彼显有所出事，而乃以成他故，说者不徒知所出而已矣，又知其所以为，如此者身危[16]。规异事而当，知者揣之外而得之，事泄于外，必以为己也，如此者身危[17]。周泽未渥也，而语极知，说行而有功则德忘；说不行而有败则见疑[18]，如此者身危。贵人有过端[19]，而说者明言礼义以挑其恶[20]，如此者身危。贵人或得计而欲自以为功，说者与知焉，如此者身危[21]。强以其所不能为，止以其所不能已[22]，如此者身危。故与之论大人[23]，则以为间己矣[24]；与之论细人[25]，则以为卖重[26]。论其所爱，则以为藉资[27]；论其所憎，则以为尝己也[28]，径省其说，则以为不智而拙之[29]；米盐博辩，则以为多而交之[30]。略事陈意，则曰怯懦而不尽[31]；虑事广肆，则曰草野而倨侮[32]。此说之难，不可不知也。

凡说之务，在知饰所说之所矜而灭其所耻[33]。彼有私急也，必以公义示而强之[34]。其意有下也，然而不能已，说者因为之饰其美而少其不为也[35]。其心有高也，而实不能及，说者为之举其过而见其恶，而多其不行也[36]。有欲矜以智能，则为之举异事之同类者，多为之地，使之资说于我，而佯不知也以资其智[37]。欲内相存之言，则必以美名明之，而微见其合于私利也[38]。欲陈危害之事，则显其毁诽而微见其合于私患也[39]。

誉异人与同行者,规异事与同计者[40]。有与同污者,则必以大饰其无伤也;有与同败者,则必以明饰其无失也[41]。彼自多其力,则毋以其难概之也[42];自勇其断,则无以其谪怒之[43];自智其计,则毋以其败穷之[44]。大意无所拂悟,辞言无所系縻,然后极骋智辩焉[45]。此道所得亲近不疑而得尽辞也[46]。伊尹为宰[47],百里奚为虏[48],皆所以干其上也[49]。此二人者,皆圣人也;然犹不能无役身以进[50],如此其污也[51]!今以吾言为宰虏,而可以听用而振世,此非能仕之所耻也[52]。夫旷日离久[53],而周泽既渥,深计而不疑,引争而不罪[54],则明割利害以致其功[55],直指是非以饰其身[56],以此相持[57],此说之成也[58]。

　　昔者郑武公欲伐胡[59],故先以其女妻胡君以娱其意[60]。因问于群臣:"吾欲用兵,谁可伐者?"大夫关其思对曰:"胡可伐。"武公怒而戮之,曰:"胡,兄弟之国也[61]。子言伐之,何也?"胡君闻之,以郑为亲己,遂不备郑[62]。郑人袭胡,取之。宋有富人,天雨墙坏。其子曰:"不筑,必将有盗。"其邻人之父亦云[63]。暮而果大亡其财[64]。其家甚智其子[65],而疑邻人之父。此二人说者皆当矣[66],厚者为戮,薄者见疑[67],则非知之难也,处知则难也[68]。故绕朝之言当矣[69],其为圣人于晋,而为戮于秦也[70],此不可不察。

　　昔者弥子瑕有宠于卫君[71]。卫国之法:窃驾君车者罪刖。弥子瑕母病,人间往夜告弥子[72],弥子矫驾君车以出[73]。君闻而贤之[74],曰:"孝哉!为母之故,忘其刖罪。"异日,与君游于果园,食桃而甘[75],不尽,以其半啖君[76]。君曰:"爱我哉!忘其口味以啖寡人。"及弥子色衰爱弛[77],得罪于君,君曰:"是固尝矫驾吾车[78],又尝啖我以馀桃。"故弥子之行未变于初也,而以前之所以见贤而后获罪者[79],爱憎之变也。故有爱于主,则智当而加亲[80];有憎于主,则智不当见罪而加疏。故谏说谈论之士,不可不察爱憎之主而后说焉。夫龙之为虫也[81],柔可狎而骑也[82];然其喉下有逆鳞径尺,若人有婴之者[83],则必杀人。人主亦有逆鳞,说者能无婴人主之逆鳞,则几矣[84]。

[注释]

[1]本篇论述游说君主之难。开篇提出论点——"凡说之难:在知所说之心,可以吾说当之",即必须洞悉迎合君主的心理;次节极言其害——详列游说不当以致身危诸事,说明游说之难;其次举出破解之道——强调不惜用各种办法来迎合君主,夸饰其行、掩饰其过;其次举例证明——用郑武公事与智子疑邻事,表明"处知"必须慎重;终篇复举其例——用弥子瑕事,说明须察君主之爱憎才不至于触犯君主之逆鳞。文章条分缕析,逻辑性极强。

[2]非吾知之有以说之之难也:陈奇猷以为"知之"下脱"难"字,今从之。此句意为:知道一件事情并不难,要说服别人却很难。第二个"之"字指被说者。

[3]非吾辩之能明吾意之难也:按《史记·老子韩非列传》"辩之"下有"难"字,今据文意补足。此句意为:辩驳一件事并不难,能让人明白自己的心意却很难。

[4]非吾敢横失而能尽之难也:说人之时,我不敢极骋智辩,因而难以完全传达己意。失:同"佚",奔放。"横失"相当于"横逸",意为纵横奔放。

[5]在知所说之心,可以吾说当之:在于知道君主的心意,可以用我的说法适应他。所说:被游说之人,即君主。当:适应,迎合。

[6]所说出于为名高者也:君主出于求得好名声的目的。

[7]见下节而遇卑贱:见己之品德低下,且以卑贱对待。下节:品德低下。

[8]必弃远矣:必定被遗弃和疏远。

[9]见无心而远事情:见己之无头脑而脱离实际。

[10]必不收矣:必定不被任用了。

[11]阴为厚利而显为名高:暗地里想要求取厚利,表面上却要立高名。

[12]阳收其身而实疏之:表面上任用其人,实际加以疏远。

[13]阴用其言显弃其身:暗地里采用他的意见,表面上反要遗弃其人。

[14]事以密成,语以泄败:事情因为隐秘才能成功,语言由于外泄导致失败。

[15]未必其身泄之也,而语及所匿之事,如此者身危:说者本人未必泄露出来,但无意中曾谈及君主所隐匿之事,像这样会招致危险。身:游说者本人。

[16]彼显有所出事,而乃以成他故,说者不徒知所出而已矣,又知其所以为,如此者身危:被游说之人表面做此事,实际却想成就他事,说者不仅知道此事,还知道做此事的原因,像这样会招致危险。

[17]规异事而当,知者揣之外而得之,事泄于外,必以为己也,如此者身危:说者为君主谋划别的事而且迎合了君主的心意,有智之人由外面揣摩知道了此事,导致事情败露,君主必定以为是说者所为,像这样会导致危险。规:谋划。知:通“智”。按陈奇猷以为“知者”乃“说者”之误,亦通。

[18]周泽未渥也,而语极知,说行而有功则德忘;说不行而有败则见疑:君主的恩宠尚不深厚,说者就尽其智慧坦诚而言,其说即使得以施行而且有功,其人之德也将被遗忘;其说如若行不通而失败,其人将被怀疑。周泽:恩宠。渥(wò):深厚,充盈。极知:尽其智慧。按“德忘”《史记索隐》引作“见忘”,亦通。

[19]过端:过错。

[20]挑其恶:显露他的恶事。挑:显露,张扬。

[21]贵人或得计而欲自以为功,说者与知焉,如此者身危:贵人有时行事如愿就想自居功劳,说者若参与知道此事,像这样会招致危险。得计:如愿,合乎愿望。与:参与。

[22]强以其所不能为,止以其所不能已:勉强贵人做他做不到的事,阻止贵人做他不愿停止的事。已:停止。

[23]论大人:评论大官贵族。

[24]间己:离间自己。

[25]细人:老百姓。

[26]卖重:卖弄权势。

[27]藉资:借君之所爱,作己之助。藉,借。

[28]尝己:试探自己含怒的深浅程度。尝,试探。

[29]径省其说,则以为不智而拙之:按"拙"《史记》作"屈",今从之。此句意为:君主意在文饰华美,而说者却直接省略其辞,就会被君主认为无知并蒙受屈辱。径:直接。

[30]米盐博辩,则以为多而交之:陈奇猷以为"交"与"弃"形近而误,今从之。此句意为:君主意在简要,而说者语言繁琐旁征博引,就会被君主认为繁琐并受到遗弃。米盐:喻琐碎、烦碎。按《史记》引此作"多而久之",以为"时乃永久,人主疲倦",亦通。

[31]略事陈意,则曰怯懦而不尽:说者粗略陈述事情大意,就会被认为胆小不敢尽言。略:省减。

[32]虑事广肆,则曰草野而倨侮:说者考虑事情深广放纵,就会被认为鄙陋而傲慢。肆:放纵。草野:粗俗。倨侮:倨傲侮慢。

[33]凡说之务,在知饰所说之所矜而灭其所耻:大凡游说的要旨,在于知道如何夸饰被说者自得之事,掩饰被说者所耻之事。务:要旨。饰:夸饰。矜:自得,《尚书·大禹谟》传曰"自贤曰矜"。灭:掩饰。

[34]彼有私急也,必以公义示而强之:对方有私人的急事,说者必须向他指明这是符合公义,强迫他去做。

[35]其意有下也,然而不能已,说者因为之饰其美而少其不为也:对方心意卑下却无法抑制自己,说者就要为他无法抑制的坏事(如好身色犬马)加以粉饰,并且嫌他不做。少:轻视,贬低。

[36]其心有高也,而实不能及,说者为之举其过而见其恶,而多其不行也:对方心意高尚实际上却力所不及,说者就要举出他向往而做不到的事的缺点和坏处,并且称赞他不做。多:重视,看重。

[37]有欲矜以智能,则为之举异事之同类者,多为之地,使之资说于我,而佯不知也以资其智:对方想要矜其智能,说者就要为他举出同类的其他事情,多方为他考虑,让他不自觉地从我这里取得许多办法,而我假装不知道,来资助他自矜智能。"多为之地"相当于今日"多为之留余地";按《史记·魏其武安侯列传》曰"今众辱程将军,仲孺独不为李将军地乎",意与此相似。

[38]欲内相存之言,则必以美名明之,而微见其合于私利也:想要君主采纳共同保全的意见,必须明言其合于美名,又暗示其合于私利。相存:犹言"共全",从王焕镳说。

[39]欲陈危害之事,则显其毁诽而微见其合于私患也:想要陈说事情的利害,就要明言其不合于美名,又暗示其事情于彼不利。毁诽:诽谤,即不美之名。

[40]誉异人与同行者,规异事与同计者:赞誉与君主品行相同的他人(因他人与君主品德相同,赞他人即赞君主,又不露阿谀奉承之嫌),规划与君主所谋相同的其他事(因他事与君主所谋相同,规划他事即规划此事,如此既不过于张扬又不致掠君之美)。

[41]有与同污者,则必以大饰其无伤也;有与同败者,则必以明饰其无失也:对于与君主有相同的污行和败行的人,就必须极力夸饰,明言其无害无损(即讨好君主,让其心安理得)。

[42]彼自多其力,则毋以其难概之也:君主自夸其力,就不得用他认为困难的事情来限制他。概:古代量谷物时刮平斗斛的器具,引申为"刮平"、"限量"。

[43]自勇其断,则无以其谪怒之:君主自矜勇于决断,就不要用他的过错来激怒他。谪:缺点,过错。按《史记》"谪"作"敌",《史记正义》引刘伯庄言曰"贵人断甲为是,说者以乙破之,乙之理难同,怒以下敌上也",亦通。

[44]自智其计,则毋以其败穷之:君主自矜计谋机智,就不要拿他的失败来令他理屈。穷:理屈,辞屈。按以上三句言说者须为君主护短。

[45]大意无所拂悟,辞言无所系縻,然后极骋智辩焉:说者对待君主在大旨上不能忤逆,言谈时不能触犯,这样以后就能极力施展自己的智谋辩术了。大意:主旨,大概。拂:违背。悟:通"忤",忤逆。系縻:或作"击摩",意为抵触。按《太平御览》引"意"作"怒";或以为"辞"当作"乱","乱言"与"大怒"相对,则此句意为"在君主盛怒之时能不忤逆,在君主乱言之时能不抵触"。亦通。

[46]此道所得亲近不疑而得尽辞也:按俞樾以"得"为衍文,"道所"当作"所道",犹言"所由",今从之。此句意为:说者由此获得君主亲近不

被怀疑,就能畅所欲言了。

[47]伊尹:商汤臣,名挚,是汤妻陪嫁的奴隶。后佐汤伐夏桀,被尊为阿衡(宰相)。《史记·殷本纪》曰:伊尹名阿衡。阿衡欲奸(干)汤而无由,乃为有莘氏媵臣,负鼎俎,以滋味说汤,致于王道。宰:厨师。

[48]百里奚:春秋时秦穆公之贤相。原为虞大夫,晋献公灭虞,虏奚,献公嫁女于秦,使其为秦穆公夫人陪嫁之臣。奚以为耻,逃至宛,被楚人所执。秦穆公闻其贤,用五羖羊皮赎之,后来委以国政,称为五羖大夫。与蹇叔、由余等共助穆公成就霸业。

[49]皆所以干其上也:都是用来求见君主的方法。干:求取,干求。

[50]役身:身为贱役。

[51]如此其污也:像这样多么恶劣啊!污:恶劣,卑鄙。

[52]今以吾言为宰虏,而可以听用而振世,此非能仕之所耻也:说者如若听从我的意见为了干求君主甘作家臣、俘虏,就能为君主听信任用而救世,这并不是智能之士的耻辱。意为忍一时之辱来成就一番大事业。能仕:智能之士。仕,通"士"。

[53]旷日:费时日。离久:经久;按《史记》作"弥久",亦通。旷日离久即言君臣相处之时日久。

[54]深计而不疑,引争而不罪:说者即使深入考虑也不被怀疑,与君主争辩也不被加罪。引:争夺,争辩。

[55]割:剖析;裁决。

[56]直指:直接指出,表明无所回避。饰:通"饬",整治。"饰其身"即正其身。

[57]相持:互相依靠,互相凭借,即君信臣,臣忠君。持,通"恃"。

[58]此说之成也:这样游说才成功了。

[59]郑武公:名掘突,郑桓公之子。《史记·郑世家》曰:二岁,犬戎杀幽王于骊山下,并杀桓公。郑人共立其子掘突,是为武公。胡:即"犬戎",在殷周时居于我国西部,周幽王十一年,申侯引犬戎入宗周攻杀幽王,平王立,迁于洛邑,是为东周。

[60]妻:嫁。娱其意:使其心情愉快。

[61]兄弟之国也:友谊如兄弟般深厚的国家。

［62］备：防备。

［63］父（fǔ）：老人，老者。亦云：也这样说。

［64］亡：丢失。

［65］智其子：认为自家儿子很聪明。

［66］当：恰当。

［67］厚者为戮，薄者见疑：重则被戮，轻则被杀。

［68］非知之难也，处知则难：知道一件事并不难，如何对待这种认识却很难。

［69］绕朝：秦大夫。晋大夫士会出奔于秦，晋人恐秦国重用士会，乃遣魏寿余以诈谋诱其归国，秦伯许之。绕朝劝秦伯勿遣士会，秦伯不听，士会遂归晋。临行时，绕朝赠士会以策，曰："子无谓秦无人，吾谋适不用也。"事见《左传》文公十三年。

［70］为圣人于晋：指绕朝洞悉晋人计谋有若圣人。然《左传》、《史记》皆未载绕朝被秦杀戮之事，韩非大概据秦史而言。

［71］弥子瑕：春秋时卫灵公的嬖臣。《大戴礼记·保傅篇》作"迷子瑕"。

［72］间往：私下前往。间，私下，乘间。

［73］矫：矫诏，假托君命。

［74］贤之：认为他贤德。

［75］甘：味美，此处用如动词，觉得味美。

［76］不尽，以其半啖君：没有吃完，把剩下的一半桃子给卫君吃。啖（dàn），给……吃。

［77］爱弛：宠爱减弱。

［78］固：曾经。

［79］以：王先慎曰《群书治要》无"以"字，疑为衍文。

［80］当：适合，恰当，顺当。

［81］龙之为虫也：《左传》昭公二十九年：魏献子问于蔡墨曰："吾闻之，虫莫知于龙，以其不生得（活捕）也，谓之知，信乎？"可证先秦人以龙为虫类。

［82］柔可狎：《史记》作"可扰狎"。高亨以为"柔可狎"当作"可柔狎"，且"柔"、"扰"古音同通用。柔，驯服。狎，亲近。

[83]婴:同"撄",触犯,遭遇。

[84]几:庶几,相当于"几乎"、"差不多",表示非常接近,意即非常接近于擅长游说了。

和　氏[1]

　　楚人和氏得玉璞楚山中[2],奉而献之厉王[3]。厉王使玉人相之[4]。玉人曰:"石也。"王以和为诳[5],而刖其左足[6]。及厉王薨[7],武王即位。和又奉其璞而献之武王。武王使玉人相之。又曰:"石也。"王又以和为诳,而刖其右足。武王薨,文王即位。和乃抱其璞而哭于楚山之下,三日三夜,泪尽而继之以血[8]。王闻之,使人问其故,曰:"天下之刖者多矣,子奚哭之悲也[9]?"和曰:"吾非悲刖也,悲夫宝玉而题之以石[10],贞士而名之以诳[11],此吾所以悲也[12]。"王乃使玉人理其璞而得宝焉[13],遂命曰:"和氏之璧。"

　　夫珠玉,人主之所急也。和虽献璞而未美,未为主之害也[14],然犹两足斩而宝乃论[15],论宝若此其难也[16]!今人主之于法术也,未必和璧之急也[17],而禁群臣士民之私邪[18]。然则有道者之不僇也[19],特帝王之璞未献耳[19]。主用术[20],则大臣不得擅断[21],近习不敢卖重[22];官行法[23],则浮萌趋于耕农[24],而游士危于战陈[25];则法术者乃群臣士民之所祸也[26]。人主非能倍大臣之议[27],越民萌之诽[28],独周乎道言[29]也,则法术之士虽至死亡,道必不论矣[30]。

　　昔者吴起教楚悼王以楚国之俗曰[31]:"大臣太重,封君太众[32]。若此,则上逼主而下虐民,此贫国弱兵之道也。不如使封君之子孙三世而收爵禄[33],绝灭百吏之禄秩[34],损不急之枝官[35],以奉选练之士[36]。"悼王行之期年而薨矣[37],吴起枝解于楚^[38]。商君教秦孝公以连什伍^[39],设告坐之过^[40],燔诗书而明法令^[41],塞私门之请而遂公家之劳^[42],禁游宦之民而显耕战之士^[43]。孝公行之,主以尊安,国以富强,八年而薨^[44],商君车裂于秦^[45]。楚不用吴起而削乱^[46],秦行商君法而富强。二子之言也已当矣^[47],然而枝解吴起而车裂商君者,何也?大臣苦法而细民恶治也^[48]。当今之世,大臣贪重^[49],细民安乱^[50],甚于秦、楚之俗,而人主无悼王、孝公之听^[51],则法术之士,安能蒙二子之危也而明己之法术哉^[52]?此世所以乱无霸王也。

[注释]

[1]本篇借卞和献璞被刖之事,说明法术之士虽身怀国宝却难以被肯定任用,其原因有三:“大臣贪重”,“细民安乱”,“人主无悼王、孝公之听”。解决之道只有“主用术”、“官行法”,否则必定“世乱无霸王“。

[2]和氏:《艺文类聚》七引“和氏”作“卞和”。玉璞:尚在石中未经雕琢加工的玉。

[3]厉王:按《史记·楚世家》无厉王,熊通“自立为武王”,为楚国第一位君主,张淏怀疑厉王就是熊通之兄蚡冒。本篇“厉王、武王、文王”,《新序·杂事》作“厉王、武王、共王”,《论衡·变动篇》作“厉、武之时,卞和献玉”,《汉书·邹阳传》注引此作“武王、文王、成王”。未知孰是,姑存疑。

[4]玉人:治玉之人。相:省视,察看。

[5]以和为诳:认为和氏欺骗自己。诳(kuáng):欺骗,迷惑。

[6]刖(yuè)古代砍掉脚的酷刑。

[7]及:等到。薨(hōng):诸侯死曰薨。

[8]泪尽而继之以血:眼泪流尽了接着流出了血。

[9]奚:为什么。

[10]题:命名,称。

[11]贞士:言行一致、守志不移之人。

[12]此吾所以悲也:这就是我悲伤的原因。

[13]理:治玉。

[14]和虽献璞而未美,未为主之害也:即使和氏所献之璞并非美玉,也无
害于君王。

[15]论:衡量,平定。

[16]其:极,甚。

[17]今人主之于法术也,未必和璧之急也:现在君主对于法术,未必会像
求和氏璧那样紧急。

[18]禁群臣士民之私邪:此句当有脱文。或以为人主"禁群臣士民之私
邪"的目的是欲其"为卞和之忠","苟无卞和之忠,谁肯犯禁而论其
法术也";或以为"法术之士一旦得用,将禁止旧贵族的营私舞弊,势
必引起他们的仇视"。未知孰是,姑存疑。

[19]然则有道者之不僇也,特帝王之璞未献耳:既然这样,那么法术之士
之所以未被杀戮,只是由于尚未进献法术罢了。有道者:法术之士。
僇:同"戮",杀戮。特:只是。帝王之璞:比喻法术。

[20]术:办法,策略。《韩非子·定法》:"术者,因任而授官,循名而责实,
操生杀之柄,课群臣之能者也。此人主之所执也。"

[21]擅断:擅自决断。

[22]近习:近臣故人。卖重:卖弄权势。

[23]官行法:官吏执行法令。

[24]浮萌:游民。浮:游荡,游手好闲。萌:通"氓",民,农民。

[25]游士危于战陈:游士冒战阵之危险。游士:从事游说活动的人。陈:
通"阵"。

[26]法术者乃群臣士民之所祸也:法术是群臣士民所指责的。上文说大
臣无法"擅断",浮萌、游士被迫耕战,法术妨碍了这些人的既得利益,
所以他们指责法术。祸:通"过",指责,谴责。

[27]人主非能倍大臣之议:君主不能背弃大臣的非议。倍:通"背"。

[28]越民萌之诽:不顾百姓的诽谤。

[29]独周乎道言:独自合乎法术之言。周,合。道言,法术之言。

[30]则法术之士虽至死亡,道必不论矣:那么法术之士即使死了,法术也
一定不能被评定赏识。

[31]吴起:前? 一前378年,战国卫人。曾从学于曾参。初仕鲁,后仕魏,魏文侯用为将,攻秦,拔五城,为西河守以拒秦。为魏相公叔所忌,奔楚,楚悼王用为令尹。吴起为将同士卒共甘苦;为相明法令,捐不急之官,务在富国强兵。楚之贵戚大臣多怨起。悼王死,被宗室大臣杀害。

[32]封君:领受封邑的贵族。众:多。

[33]三世而收爵禄:三代就把所封的爵禄收回。按王先慎曰:《韩非子·喻老篇》“楚邦之法,禄臣再世而收地”,则三世而收爵禄,不起于吴起,盖楚法废弛,故吴起云然。

[34]绝灭百吏之禄秩:减少官吏们的俸禄。按卢文弨以为“绝灭”二字疑当作“减”。“灭”与“减”形近而误,且下文说“损不急之枝官”,文例相同,今从之。禄秩:俸禄。

[35]损不急之枝官:减少不急用的冗官。枝官:冗官,多余的官。

[36]以奉选练之士:来奉养精锐干练之士。选练:精锐干练。

[37]期(jī)年:满一年。

[38]枝解:同“肢解”,古代分割四肢的酷刑。

[39]商君:即商鞅。连什伍:户籍以五家为伍,互相担保,十家相连,叫什伍。《管子·立政》:“十家为什,伍家为伍,什伍皆有长焉。”

[40]设告坐之过:确立告奸连坐的责任。因什伍相连,互相监视,一家若有罪,九家须共同告奸;若不告奸,十家连坐。

[41]燔诗书而明法令:烧毁《诗经》《尚书》等儒家著述以申明法令。按商鞅主张压抑儒生,认为农民没有知识更有利于务农。《商君书·垦令》曰:国之大臣诸大夫,博闻、辩慧、游居之事皆无得为,无得居于百县,则农民无所闻变方(放)。农民无所闻变见方(放),则知农无从离其故事,而愚农不知,不好学问。愚农不知,不好学问,则务疾农。

[42]塞私门之请而遂公家之劳:堵塞私家的请托,满足有功于国家之人的心愿(即封赏)。私门:指权臣。劳:功绩。

[43]游宦:春秋战国时士人离开本国至他国求官谋职。显:使……显耀。

[44]八年而薨:王先慎曰:《国策》“孝公行商君法十八年而死”,《史记》

"商君相秦十年",《索隐》云:"《国策》盖连其未作相之年说也"。陈奇猷疑"八"字上夺"十"字,今从之。

[45]车裂:古代酷刑之一,以车撕裂人体。

[46]削乱:削弱混乱。

[47]当:恰当。

[48]大臣苦法而细民恶治:大臣苦于法令太严,小民厌恶政治清明安定。

[49]贪重:贪图重权。

[50]安乱:安于社会动荡不定。

[51]人主无悼王、孝公之听:君主不象悼王和孝公那样善于听从吴起与商君的意见。听:听从,接受。

[52]蒙:冒着,蒙受。二子:指吴起、商鞅。

说林上[1]

汤以伐桀[2],而恐天下言己为贪也,因乃让天下于务光[3]。而恐务光之受之也,乃使人说务光曰:"汤杀君而欲传恶声于子[4],故让天下于子。"务光因自投于河。

秦武王令甘茂择所欲为于仆与行事[5]。孟卯曰[6]:"公不如为仆。公所长者,使也[7]。公虽为仆,王犹使之于公也[8]。公佩仆玺而为行事,是兼官也[9]。"

子圉见孔子于商太宰[10]。孔子出,子圉入,请问客[11]。太宰曰:"吾已见孔子,则视子犹蚤虱之细者也[12]。吾今见之于君[13]。"子圉恐孔子贵于君也,因谓太宰曰:"君已见孔子,亦将视子犹蚤虱也。"太宰因弗复见也[14]。

魏惠王为臼里之盟[15],将复立于天子[16]。彭喜谓郑君曰[17]:"君勿听。大国恶有天子,小国利之[18]。若君与大不听,魏焉能与小立之[19]?"

晋人伐邢,齐桓公将救之[20]。鲍叔曰[21]:"太蚤[22]。邢不亡,晋不敝[23];晋不敝,齐不重[24]。且夫持危之功,不如存亡之德大[25]。君不如晚救之以敝晋,齐实利;待邢亡而复存之,其名实美。"桓公乃弗救。

子圉出走[26],边候得之[27]。子圉曰:"上索我者,以我有美珠也[28]。今我已亡之矣。我且曰子取吞之[29]。"候因释之[30]。

庆封为乱于齐而欲走越[31]。其族人曰:"晋近,奚不之晋[32]?"庆封曰:"越远,利以避难。"族人曰:"变是心也,居晋而可[33];不变是心也,虽远越,其可以安乎?"

智伯索地于魏宣子[34],魏宣子弗予。任章曰[35]:"何故不予?"宣子曰:"无故请地[36],故弗予。"任章曰:"无故索地,邻国必恐。彼重欲无厌[37],天下必惧。君予之地,智伯必骄而轻敌,邻邦必惧而相亲[38]。以相亲之兵待轻敌之国,则智伯之命不长矣。《周书》曰[39]:'将欲败之,必姑辅之;将欲取之,必姑予之[40]。'君不如予之以骄智伯。且君何释以天下图智氏,而独以吾国为智氏质乎[41]?"君曰:"善。"乃与之万户之邑[42]。智伯大悦,因索地于赵,弗与,因围晋阳[43]。韩、魏反之外,赵氏应之内,智氏以亡[44]。

秦康公筑台三年[45]。荆人起兵[46],将欲以兵攻齐。任妄曰:"饥召兵[47],疾召兵,劳召兵[48],乱召兵。君筑台三年,今荆人起兵将攻齐,臣恐其攻齐为声[49],而以袭秦为实也,不如备之。"戍东边[50],荆人辍行[51]。

齐攻宋,宋使臧孙子南求救于荆。荆大说[52],许救之,甚欢[53]。臧孙子忧而反。其御曰[54]:"索救而得,今子有忧色,何也?"臧孙子曰:"宋小而齐大。夫救小宋而恶于大齐,此人之所以忧也;而荆王说,必以坚我也[55]。我坚而齐敝,荆之所利也[56]。"臧孙子乃归。齐人拔五城于宋而荆救不至[57]。

魏文侯借道于赵而攻中山[58]，赵肃侯将不许[59]。赵刻曰：
"君过矣[60]。魏攻中山而弗能取，则魏必罢[61]。罢则魏轻，魏
轻则赵重。魏拔中山，必不能越赵而有中山也。是用兵者魏也，
而得地者赵也。君必许之。许之而大劝[62]，彼将知君利之也，
必将辍行。君不如借之道，示以不得已也[63]。"

鸱夷子皮事田成子[64]，田成子去齐，走而之燕，鸱夷子皮负
传而从[65]。至望邑，子皮曰："子独不闻涸泽之蛇乎？泽涸，蛇
将徙。有小蛇谓大蛇曰：'子行而我随之，人以为蛇之行者耳，
必有杀子。不如相衔负我以行[66]，人以我为神君也。'乃相衔负
以越公道[67]。人皆避之，曰：'神君也。'今子美而我恶[68]，以子
为我上客，千乘之君也；以子为我使者，万乘之卿也[69]。子不如
为我舍人[70]。"田成子因负传而随之。至逆旅[71]，逆旅之君待
之甚敬[72]，因献酒肉。

温人之周[73]，周不纳客[74]。问之曰："客耶？"对曰："主
人。"问其巷人而不知也[75]，吏因囚之。君使人问之曰："子非周
人也，而自谓非客，何也？"对曰："臣少也诵《诗》，曰：'普天之
下，莫非王土；率土之滨，莫非王臣[76]。'今君，天子，则我天子之
臣也。岂有为人之臣而又为之客哉[77]？故曰：主人也。"君使
出之[78]。

韩宣王谓樛留曰[79]："吾欲两用公仲、公叔[80]，其可乎？"对
曰："不可。晋用六卿而国分[81]，简公两用田成、阚止而简公
杀[82]，魏两用犀首、张仪而西河之外亡[83]。今王两用之，其多
力者树其党，寡力者借外权[84]。群臣有内树党以骄主[85]，有外
为交以削地[86]，则王之国危矣。"

绍绩昧醉寐而亡其裘[87]。宋君曰："醉足以亡裘乎？"对曰：
"桀以醉亡天下，而《康诰》曰'毋彝酒'者[88]。彝酒，常酒也。
常酒者，天子失天下，匹夫失其身[89]。"

管仲、隰朋从于桓公而伐孤竹[90]，春往冬反，迷惑失道。管仲曰："老马之智可用也。"乃放老马而随之，遂得道。行山中无水，隰朋曰："蚁冬居山之阳[91]，夏居山之阴。蚁壤一寸而仞有水[92]。"乃掘地，遂得水。以管仲之圣而隰朋之智，至其所不知，不难师于老马与蚁[93]。今人不知以其愚心而师圣人之智，不亦过乎？

有献不死之药于荆王者，谒者操之以入[94]。中射之士问曰[95]："可食乎？"曰："可。"因夺而食之。王大怒，使人杀中射之士。中射之士使人说王曰："臣问谒者，曰'可食'，臣故食之，是臣无罪，而罪在谒者也。且客献不死之药，臣食之而王杀臣，是死药也，是客欺王也。夫杀无罪之臣，而明人之欺王也[96]，不如释臣。"王乃不杀。

田驷欺邹君，邹君将使人杀之。田驷恐，告惠子[97]。惠子见邹君曰："今有人见君，则映其一目[98]，奚如[99]？"君曰："我必杀之。"惠子曰："瞽，两目映[100]，君奚为不杀？"君曰："不能勿映[101]。"惠子曰："田驷东慢齐侯[102]，南欺荆王，驷之于欺人，瞽也[103]，君奚怨焉？"邹君乃不杀。

鲁穆公使众公子或宦于晋[104]，或宦于荆。犁鉏曰："假人于越而救溺子[105]，越人虽善游，子必不生矣。失火而取水于海，海水虽多，火必不灭矣，远水不救近火也。今晋与荆虽强，而齐近，鲁患其不救乎[106]！"

严遂不善周君[107]，患之[108]。冯沮曰[109]："严遂相，而韩傀贵于君[110]。不如行贼于韩傀[111]，则君必以为严氏也。"

张谴相韩，病将死。公乘无正怀三十金而问其疾[112]。居一日[113]，君问张谴曰[114]："若子死，将谁使代子？"答曰："无正重法而畏上[115]。虽然，不如公子食我之得民也[116]。"张谴死，因相公乘无正。

　　乐羊为魏将而攻中山[117]，其子在中山，中山之君烹其子而遗之羹[118]。乐羊坐于幕下而啜之[119]，尽一杯。文侯谓堵师赞曰[120]："乐羊以我故而食其子之肉。"答曰："其子而食之，且谁不食[121]？"乐羊罢中山[122]，文侯赏其功而疑其心。孟孙猎得麑[123]，使秦西巴持之归[124]，其母随之而啼[125]。秦西巴弗忍而与之[126]。孟孙归，至而求麑。答曰："余弗忍而与其母。"孟孙大怒，逐之。居三月[127]，复召以为其子傅[128]。其御曰："曩将罪之[129]，今召以为子傅，何也？"孟孙曰："夫不忍麑，又且忍吾子乎[130]？"故曰："巧诈不如拙诚[131]。"乐羊以有功见疑，秦西巴以有罪益信[132]。

　　曾从子，善相剑者也[133]。卫君怨吴王[134]。曾从子曰："吴王好剑，臣相剑者也。臣请为吴王相剑，拔而示之，因为君刺之。"卫君曰："子之为是也，非缘义也，为利也[135]。吴强而富，卫弱而贫。子必往，吾恐子为吴王用之于我也[136]。"乃逐之。

　　纣为象箸而箕子怖[137]，以为象箸必不盛羹于土簋[138]，则必犀玉之杯[139]；玉杯象箸必不盛菽藿[140]，则必旄象豹胎[141]；旄象豹胎必不衣短褐而舍茅茨之下[142]，则必锦衣九重[143]，高台广室也。称此以求[144]，则天下不足矣。圣人见微以知萌，见端以知末[145]，故见象箸而怖，知天下之不足也。

　　周公旦已胜殷[146]，将攻商盖[147]。辛公甲曰[148]："大难攻，小易服[149]。不如服众小以劫大[150]。"乃攻九夷而商盖服矣[151]。

　　纣为长夜之饮[152]，欢以失日[153]，问其左右，尽不知也。乃使人问箕子。箕子谓其徒曰[154]："为天下主而一国皆失日[155]，天下其危矣。一国皆不知而我独知之，吾其危矣。"辞以醉而不知。

　　鲁人身善织屦[156]，妻善织缟[157]，而欲徙于越。或谓之曰：

"子必穷矣[158]。"鲁人曰:"何也?"曰:"屦为履之也,而越人跣行[159];缟为冠之也,而越人被发[160]。以子之所长,游于不用之国,欲使无穷,其可得乎?"

　　陈轸贵于魏王[161]。惠子曰:"必善事左右。夫杨,横树之即生[162],倒树之即生,折而树之又生。然使十人树之而一人拔之,则毋生杨[163]。至以十人之众,树易生之物而不胜一人者,何也? 树之难而去之易也。子虽工自树于王[164],而欲去子者众,子必危矣。"

　　鲁季孙新弑其[165]君,吴起仕焉[166]。或谓起曰:"夫死者始死而血,已血而衃,已衃而灰,已灰而土[167]。及其土也,无可为者矣[168]。今季孙乃始血,其毋乃未可知也[169]。"吴起因去之晋。

　　隰斯弥见田成子[170],田成子与登台四望。三面皆畅[171],南望,隰子家之树蔽之。田成子亦不言。隰子归,使人伐之;斧离数创[172],隰子止之。其相室曰[173]:"何变之数也[174]?"隰子曰:"古者有谚曰:'知渊中之鱼者不祥。'夫田子将有大事[175],而我示之知微[176],我必危矣。不伐树,未有罪也;知人之所不言,其罪大矣[177]。"乃不伐也。

　　杨子过于宋东之逆旅[178],有妾二人,其恶者贵,美者贱[179]。杨子问其故。逆旅之父答曰[180]:"美者自美[181],吾不知其美也;恶者自恶,吾不知其恶也。"杨子谓弟子曰:"行贤而去自贤之心,焉往而不美[182]。"

　　卫人嫁其子而教之曰[183]:"必私积聚。为人妇而出[184],常也;其成居,幸也[185]。"其子因私积聚,其姑以为多私而出之[186]。其子所以反者倍其所以嫁[187]。其父不自罪于教子非也,而自知其益富[188]。今人臣之处官者,皆是类也[189]。

　　鲁丹三说中山之君而不受也[190],因散五十金事其左右。

复见,未语,而君与之食。鲁丹出,而不反舍,遂去中山[191]。其御曰:"反见[192],乃始善我[193]。何故去之?"鲁丹曰:"夫以人言善我,必以人言罪我。"未出境,而公子恶之曰[194]:"为赵来间中山[195]。"君因索而罪之[196]。

田伯鼎好士而存其君[197],白公好士而乱荆[198]。其好士则同,其所以为则异[199]。公孙友自刖而尊百里[200],竖刁自宫而诌桓公[201]。其自刑则同,其所以自刑之为则异。慧子曰[202]:"狂者东走[203],逐者亦东走[204]。其东走则同,其所以东走之为则异。故曰:同事之人,不可不审察也[205]。"

[注释]

[1]《说林》是韩非收集的民间故事、传说以及古代史料,以供游说者参考使用。因为篇幅太繁,所以分为上、下两篇。王先慎引《史记索隐》曰:"说林者,广说诸事,其多若林,故曰说林也。"文章较多涉及权谋。

[2]以:同"已"。

[3]务光:传说是夏朝末年的隐士,《庄子·让王篇》作"瞀光","汤伐桀,克之,以让卞随,卞随辞,又让瞀光,瞀光辞曰:'废上,非义也;杀民,非仁也;人犯其难我享其利,非廉也。吾闻之,非其义者不受其禄,无道之世不践其土,况尊我乎? 吾不忍久见也。'乃负石而自沉于庐水。"

[4]汤杀君而欲传恶声于子:汤以臣下弑君王,让天下给务光的目的是想把坏名声嫁祸于务光。恶声:弑君之恶名。

[5]秦武王令甘茂择所欲为于仆与行事:秦武王让甘茂自己选择担任太仆还是使者。秦武王,战国时秦君,惠文王子,名荡,在位四年。甘茂,战国下蔡人,学百家之术,佐秦武王平定蜀乱,拜为左丞相,拔韩之宜阳。事见《史记·樗里子甘茂列传》。仆:即太仆,掌管舆马的官吏。行:古代通使聘问之官,又叫"行人"。按俞樾以"事"为衍文,"下文曰:'公佩仆玺而为行事',是仆与行为官名,古佩仆之玺而为行之事也。读者误以行事连读,遂于此文亦增事字矣",今从之。

[6]孟卯:又作"芒卯"、"昭卯",战国时齐国人,以善辩见重于魏,为相,有

贤名。

[7]公所长者,使也:您所擅长的是出使他国。

[8]公虽为仆,王犹使之于公也:您虽然任太仆,君王仍会让您出使他国。

[9]公佩仆玺而为行事,是兼官也:您佩带着太仆的官印又能做出使他国之事,这样就兼任了两个官职。玺(xǐ),官印。秦以前官印可称玺,秦以后则专指皇帝的印。

[10]子圉(yǔ):当为宋国一官吏的字,姓名待考。见(xiàn),引见,推荐,引荐。商:宋的别名。据《史记·周本纪》与《史记·宋微子世家》,宋国君主是商王纣庶兄微子开的后裔,所以宋又称商。太宰:官名,相传殷始置太宰,周亦名冢宰,为天官之长,辅佐帝王治理国家,简称宰,与相的职位相同。按陈奇猷以为宋太宰即戴驩。

[11]请问客:询问商太宰对孔子的看法。客:指孔子。

[12]吾已见孔子,则视子犹蚤虱之细者也:我见过孔子后,再看您就好象微小的跳蚤虱子了。

[13]吾今见之于君:我马上就要向君主引见他。

[14]太宰因弗复见:太宰于是不替孔子引见。

[15]魏惠王:战国时魏国君主,名罃(yīng),于前370年继承其父魏武侯击而即位。因曾迁都大梁,故又称梁惠王。他在即位最初二十年之内,在战国诸雄中最为强大。事见《史记·魏世家》。曰里:《战国策·韩策三》作九里,今河南洛阳附近。盟:会盟。

[16]将复立于天子:将要恢复名存实亡的周天子的天下共尊的地位。立:通"位"。王先慎据《战国策》以为"立于"二字当衍,亦通。

[17]彭喜:《战国策》作"房喜",生平不详。郑君:即韩昭侯。前375年,韩灭郑,迁都于郑,故韩王也称郑君。《史记·魏世家》:"惠王十五年,鲁、卫、宋、郑君来朝。"

[18]大国恶有天子,小国利之:大国厌恶有天子发号施令,小国却能从天子处获利。

[19]若君与大不听,魏焉能与小立之:如果君主您与其他力量强大的国家不听他的,魏国怎能与力量弱小的国家恢复天子的地位呢?

[20]邢:诸侯国名,姓姬,周公之子所封,今河北邢台西南,后迁都山东聊

城西南。齐桓公:齐国君主,名小白,春秋五霸之一。晋人伐邢,史实无考,《春秋》庄公三十二年狄伐邢,闵公元年齐人救邢,《左传》曰管仲说齐侯救邢,与《韩非子》所说异。

[21]鲍叔:即鲍叔牙,齐桓公大臣,推荐管仲,使桓公成就霸业。事见《史记·管晏列传》。

[22]蚤:通"早"。

[23]敝:疲敝,疲惫。

[24]晋不敝,齐不重:晋国如果不疲敝,齐国的地位就不能加重。

[25]且夫持危之功,不如存亡之德大:况且扶助处于危险境地的国家的功德,不如恢复已灭亡的国家的功德大。持:扶持,扶助。

[26]子胥:即伍子胥,姓伍名员,楚人。楚平王杀子胥父兄,子胥被迫出奔吴。事见《史记·伍子胥列传》。

[27]边候:守卫边界关卡、警戒敌情的官吏。

[28]上索我者,以我有美珠也:君主搜捕我,是因为我有美珠。

[29]且:将。

[30]因:于是。释:释放。

[31]庆封:春秋时齐国执政的卿,"杀崔杼,益骄,嗜酒好猎,不听政令",后被逐,先奔鲁,继奔吴。事见《史记·齐太公世家》。走:逃跑,逃亡。

[32]奚不之晋:为什么不到晋国去?

[33]变是心也,居晋而可:改变犯上作乱的念头,居住在晋国就可以了。

[34]智伯:即智伯瑶,在春秋末期晋国六卿中势力最强大。"出公十七年,知伯与赵、韩、魏共分范、中行地以为邑","当是时,晋国政皆决知伯,晋哀公不得有所制。"事见《史记·晋世家》。魏宣子:《史记》作"魏桓子","与韩康子、赵襄子共伐知伯,分其地",与《韩非子》所说异。

[35]任章:《说苑·权谋篇》作"任增",《汉书·古今人表》有"任章",实为一人。

[36]请:请求,求取。

[37]重欲无厌:贪得无厌。

[38]相亲:与我国亲近。

[39]《周书》:即《逸周书》,旧题《汲冢周书》,记载周朝训诰誓命,《汉书·

艺文志》有《周书》七十一篇,今存本已残缺。

[40]将欲败之,必姑辅之;将欲取之,必姑予之:将要击败他,必须暂且辅助他;将要夺取他,必须姑且给予他。

[41]且君何释以天下图智氏,而独以吾国为智氏质乎:况且您为什么放弃用天下的力量来图谋对付智氏,而独独让我们魏国成为智氏的攻击目标呢? 释:放弃。质:箭靶,目标。

[42]邑:泛指一般城镇,大曰都,小曰邑。

[43]晋阳:赵氏食邑,今山西太原西南。

[44]以:按乾道本作"自"。杨树达曰:"按自字当作以,以,古作目,与自形近而误。"今据改。

[45]秦康公:春秋时秦国君主,名罃。

[46]荆:即楚。楚原来建国于荆山一带,故名。《春秋》庄公十年:"荆败蔡师于莘。"杜预注:"荆,楚本号,后改为楚。"

[47]饥召兵:荒年招致敌兵。

[48]劳:使百姓辛苦。意指秦筑台三年,百姓不堪其苦,所以会招致敌兵。

[49]声:名。

[50]戍:派兵驻守。东边:东面边境。

[51]辍(chuò):止,停止。

[52]说:通"悦"。

[53]许救之,甚劝:答应出兵援救,十分卖力。按"劝",乾道本作"欢"。顾广圻曰:"欢,当从《策》作劝,高注:'劝,力也。'"今据改。

[54]御:驾车之人。

[55]坚我:坚定我们抗齐的决心。

[56]我坚而齐敝,荆之所利也:我们坚持抗敌,齐兵必将疲敝,正是楚国的利益所在。

[57]拔:攻取。

[58]魏文侯:战国时魏国君主,名都。魏文侯十七年伐中山,事见《史记·魏世家》。中山:周诸侯国名。春秋白狄别族之鲜虞地,战国时为中山国,被赵武灵王所灭。事见《史记·赵世家》。

[59]赵肃侯:按松皋圆:"《策》无肃字,魏文、赵肃侯相去殆六十年,宜作烈

侯为正。"赵烈侯,名籍。

[60]过:错。

[61]罢:通"疲",疲敝,疲惫。

[62]劝:按乾道本作"欢",据上文"许救之,甚劝"文例改。

[63]君不如借之道,示以不得已也:您不如把路借给他们过,表示迫不得已。言下之意是魏必攻中山,则赵可坐收渔利。

[64]鸱(chī)夷子皮:田成子的谋士。《淮南子·氾训论》:"私门成党而公道不行,故使田成、鸱夷子皮得成其难。"事:侍奉。田成子:即田常,弑齐简公。事见《史记·齐太公世家》。

[65]负传而从:背着符牒跟随着。传:出入关卡的符牒。

[66]不如相衔负我以行:不如以嘴相互衔着,背着我走。

[67]公道:大路。

[68]恶:容貌丑陋。

[69]以子为我上客,千乘之君也;以子为我使者,万乘之卿也:把您当作我的上客,人家就会把我看作中等国家的君主;把您当作我的使者,人家就会把我看作大国的卿相。

[70]子不如为我舍人:您不如做我的舍人,那么人家就会把我看作大国的君主。舍人:战国至汉初,王公贵官的侍从宾客、亲近左右,通称舍人。

[71]逆旅:客舍,迎止宾客之处。

[72]君:主人。

[73]温:古邑名,今河南温县西南。清顾祖禹《读史方舆纪要》:"温县,周畿内国,战国时魏邑。之:到。

[74]纳客:接纳外来人口。

[75]问其巷人而不知:问他同巷所居之人却不知道。

[76]普天之下,莫非王土;率土之滨,莫非王臣:引自《诗·小雅·北山》,"普"原作"溥",意为普天之下,没有不是君主的土地;四海之内,没有不是君主的臣民。率土:谓境域之内。

[77]岂有为人之臣而又为之客哉:哪有既是天子的大臣又是他的客人的呢?

[78]君使出之:君王让人把他放了。

[79]韩宣王:战国时韩国君主,即韩宣惠王。樛(jiū)留:人名、事迹待考。

[80]两用:同时重用。公仲:名侈。公叔:名伯婴。二人皆为韩国贵族。事见《史记·韩世家》。

[81]六卿:春秋时晋国的韩氏、赵氏、知氏、范氏、中行氏,六卿专权于晋国。国分:韩、赵、魏三家分晋。

[82]简公:即齐简公,春秋末期齐国君主,名壬,为田成子所弑。田成:即田成子。阚(kàn)止:《史记》作"监止",字子我,齐简公宠臣,与田成子分任左右相。

[83]犀首:古官名,类似后代的虎牙将军。战国公孙衍曾为此官,故又称公孙衍为犀首。据《史记·张仪列传》载,公孙衍与张仪不善,"张仪已卒之后,犀首入相秦。尝佩五国之相印,为约长"。张仪:魏人,曾与苏秦向鬼谷子先生学术,苏秦为合纵派代表人物,张仪为连横派代表人物。张仪曾任魏惠文王的相。西河:战国魏地,今陕西东部黄河西岸地区。

[84]多力者树其党,寡力者借外权:力量强大的就会树立私党,力量弱小的就会借助别的诸侯国力量。

[85]骄主:对君主傲慢。

[86]外为交:交结外敌。

[87]绍绩昧:复姓绍绩,名昧,生平不详。裘:皮衣。

[88]《康诰》:《尚书》篇名。毋彝酒:不要经常饮酒。彝:常。按"毋彝酒"见于《尚书·酒诰》,段玉裁曰:"周时通《酒诰》、《梓材》为《康诰》。"孙诒让《尚书骈枝》以为《酒诰》是古本《尚书·康诰》的中篇。

[89]匹夫失其身:普通人就会丧失性命。

[90]管仲:名夷吾,春秋时齐桓公的相。隰(xí)朋:齐桓公左相。桓公使隰朋治内,管仲治外。孤竹:古国名,《史记正义》引《括地志》:"孤竹故城在平州卢龙县南十二里。"

[91]阳:山南水北曰阳,山北水南曰阴。

[92]蚁壤一寸而仞有水:蚁穴高一寸则其下八尺就有水。蚁壤:蚁穴。仞:古代高度计算单位,说法众多,今从《说文》作"八尺"。

[93]不难:相当于"不惮"、"不惜"。难:畏惧。

[94]谒者:古代官名,掌管引进拜见者。通称"典谒"、"谒者",也简称
"谒"。操:拿。

[95]中射之士:帝王的侍御近臣。

[96]明:表明,说明。

[97]惠子:即惠施,战国时宋人,名家代表人物之一。主张"合同异"说,认
为一切事物的差别、对立是相对的。由于过分夸大事物的同一性,结
果往往流于诡辩,以善用喻言著称。

[98]眹其一目:闭一目,表示轻蔑。眹(jiā):闭目。

[99]奚如:怎么办? 奚:何。

[100]瞽(gǔ):眼瞎。

[101]不能勿眹:瞎子不能不闭着双眼。

[102]慢:通"谩(mán)",欺骗。

[103]驷之于欺人,瞽也:田驷欺骗人,就象瞎子闭双眼一样成为了习性。

[104]鲁穆公:战国时鲁国君主,名显。鲁为小国,故使诸公子仕宦于大国
以图结交外援。宦:做官。

[105]假人于越而救溺子:从边远的越国借用善于游泳的人来救溺水的孩
子。假:借。按古时中原人以越为边远蛮荒之地。

[106]今晋与荆虽强,而齐近,鲁患其不救乎:现在晋国与楚国虽然强大,
但距鲁国远;齐国距鲁国近,如果攻打鲁国,恐怕晋、楚救不了鲁国
的祸难。

[107]严遂:韩哀侯臣,弑韩哀侯。不善:不和,不友善。周君:即西周君。
按周末周考王以王城故地分封其弟揭,为桓公。王都在洛阳,王城
在西,故称西周。西周是位于韩国西边的一个小诸侯国,后为秦
所灭。

[108]患之:周君很担心这件事。

[109]冯沮:《战国策·赵策》作"冯且(jū)",西周君的臣子。

[110]韩傀:《韩非子·内储说下》作"韩廆(wěi)",韩哀侯的相。按《史
记·韩世家》当时严遂并未任相。

[111]行贼于韩傀:暗杀韩傀。行贼:行刺。

[112]公乘无正:复姓公乘,名无正。按"公乘"为爵位名,起于先秦,《墨子·号令》:"官吏豪杰与计坚守者十人,及城上吏比五官者,皆赐公乘。"后以爵为氏。金:古代计算货币的单位,秦以一镒为一金,汉以一斤为一金,因时而异。

[113]居一日:按"日"字乾道本作"月",顾广圻曰"月,当作日。"今据改。

[114]君:按"君"字乾道本作"自",卢文弨曰:"自,君字之讹。"今据改。

[115]重法而畏上:重视法度,敬畏主上。

[116]虽然,不如公子食我之得民也:虽然这样,比不上公子食我能得民心。公子食我:韩国贵族。按张谴受贿于公乘无正,故言其"重法畏上",便于君主控制;公子食我得民心,若被重用,将威胁君主。

[117]乐(yuè)羊:战国魏文侯的将,由翟璜推荐给魏文侯,攻克中山。

[118]烹其子而遗之羹:把他儿子煮熟了,给他送来带汁的肉。遗(wèi):送给。羹:用肉(或肉菜相杂)调和五味做的有浓汁的食物。

[119]啜(chuò):尝,饮。

[120]堵师赞:复姓堵师,名赞。

[121]其子而食之,且谁不食:连自己的儿子都吃,还有谁不能吃呢?

[122]罢中山:自中山归。罢,归。

[123]孟孙:孟孙氏,晋国的卿,权臣。麑(ní):幼鹿。

[124]秦西巴:复姓秦西,名巴。按"持之归"乾道本作"持之载归",王先慎曰:"各本'持之归'作'持之载归'。案:'持之载归'语重复,盖一本作'持之归',一本作'载之归',校者误合为一,又误乙持字于之字下耳。《治要》《艺文类聚》六十六、《御览》八百二十二引无载字,今据改。《淮南子》作'持归烹之'。"今据改。

[125]其母随之而啼:小鹿的母亲跟在后面啼鸣。

[126]弗忍而与之:不忍心,把小鹿放还给母鹿。

[127]居三月:过了三个月。居:及,待。

[128]傅:师傅。

[129]曩(nǎng):以往,从前。

[130]夫不忍麑,又且忍吾子乎:连小鹿都不忍心,何况对我儿子呢?意即秦西巴对儿子会很仁慈。

[131]巧诈不如拙诚:智巧的伪诈比不上笨拙的诚实。

[132]益信:更受信任。

[133]相:鉴定,鉴别。

[134]卫君:卫国君主,当为卫出公,卫出公与吴王夫差积怨事,见《左传》哀公十二年。吴王:陈奇猷曰:吴王当系指夫差,盖夫差屡伐齐、鲁,伐齐、鲁必经卫,卫受其害,故怨之,一也。吴以干将、莫邪名于世,则夫差好剑亦必然之事,二也。今从之。

[135]子之为是也,非缘义也,为利也:你做这件事,不是出于道义,而是为了私利。按"之为"乾道本作"为之",陶鸿庆曰:"案为之二字当乙。"今据改。

[136]吾恐子为吴王用之于我也:我担心你被吴王用来对付我。

[137]纣:商末君主,暴君。象箸(zhù):象牙做的筷子。箕子:商纣王叔父,曾任太师。纣淫佚,箕子谏,不听,乃被发佯狂而隐。事见《史记·宋微子世家》。怖:恐惧。按"而"字据道藏本补。

[138]以为象箸必不盛羹于土簋:认为纣既然用了象牙做的筷子,必定不会用陶土做的簋来盛羹。意即纣将会更加奢侈。簋(guǐ):古代盛食物的器皿,也用作礼器。或竹木制,或陶土制,或以青铜铸造。形状不一,一般为圆腹、侈口、圈足。按王先慎据《韩非子·喻老篇》改"簋"为"铏",不妥。"铏"亦为盛羹的小鼎,《三礼图·铏》:"铏受一斗,两耳三足,高二寸,有盖。士以铁为之,大夫以上以铜为之,诸侯以白金,天子以黄金。"是"铏"不当为陶土所制,疑《喻老篇》之"铏"亦当为"簋",盖韩非笔误耳。

[139]犀玉之杯:犀牛角和玉做的酒杯。

[140]菽(shū):豆类的总称。藿(huò):豆叶,嫩时可食。

[141]旄象豹胎:牦牛、大象和豹之腹子,皆为古时的珍贵食物。旄(máo):牦牛。

[142]衣短褐而舍茅茨之下:穿粗布衣服,住在茅草屋下。短:通"裋(shù)",古时指童仆穿的粗布衣服,也泛指粗布衣服。褐(hè):用兽毛或粗麻制成的衣服。茅茨(cí):茅草屋顶。

[143]九重:九层。

［144］称此以求：随着这种标准追求下去。称（chèn）：随。

［145］见微以知萌，见端以知末：能从微小的现象中看到事物的苗头，能从
　　　　事情的开端预见事物的结果。

［146］周公旦已胜殷：即姬旦，周文王子，辅助武王灭纣，建周王朝，封于
　　　　鲁。殷：商。

［147］商盖：即商奄，古国名，商族在东方的重要根据地，今山东曲阜一带。
　　　　按《银雀山汉墓竹简·孙膑兵法·见威王》："帝奄反，故周公浅
　　　　（践）之。"即指此事。

［148］辛公甲：即辛甲，商大臣，屡次劝谏纣王不从，出奔于周，任周武王
　　　　太史。

［149］大难攻，小易服：大国难以攻取，小国容易臣服。

［150］劫：胁迫。

［151］九夷：淮夷，古代居于淮河流域的少数民族。夷：古代中原人对东方
　　　　各少数民族的蔑称。

［152］长夜之饮：不分昼夜地饮酒，白天也闭窗举烛，以日为夜。参见《论
　　　　衡·语增篇》。

［153］欢以失日：快活得忘记了日期。按"欢"字乾道本作"惧"，顾广圻
　　　　曰："惧当作'欢'。"今据改。

［154］徒：随从。

［155］一国：全国之人，指纣与其左右臣下。

［156］身：自己、本人。屦（jù）：古时用麻葛等制成的鞋。

［157］缟（gǎo）：白色生绢，可制帽。

［158］穷：窘迫。

［159］屦为履之也，而越人跣行：屦是穿在脚上的，而越人赤脚走路。履：
　　　　鞋，此处用为动词，"穿"。跣（xiǎn）行：光着脚走路。

［160］缟为冠之也，而越人被发：生绢制的帽子是戴在头上的，而越人披头
　　　　散发。被：通"披"。

［161］陈轸（zhěn）：战国时人，纵横家。

［162］树：种植。

［163］毋生杨：就没有活的杨树了。

［164］工：擅长。

［165］季孙："三桓"之一。春秋鲁大夫孟孙（仲孙）、叔孙和季孙，都是鲁桓公的后代，故称三桓。文公死后，三桓势力日强，分领三军，实际掌握了鲁国的政权，称之为"公室卑，三桓强"。事见《史记·鲁周公世家》。新：刚刚。

［166］吴起：战国时卫人，曾从学于曾参，法家代表人物。初仕鲁，后仕魏，继奔楚。事见《史记·孙子吴起列传》。《韩非子》言吴起由鲁奔晋，与此不同。

［167］夫死者始死而血，已血而衄，已衄而灰，已灰而土：人被杀就会流血，血流干了皮肉就收缩，收缩之后变成残骸，最后化为泥土。衄，俗作"朒（nù）"。《广雅·释言》："衄，缩也。"按"而"字乾道本无，今据道藏本改。

［168］及其土也，无可为者矣：等到变成泥土，就不能作祟了。为：作祟。

［169］今季孙乃始血，其毋乃未可知也：现在季孙才刚杀鲁君，恐怕以后的情况还未可知吧。意即季孙将进一步清除异己势力。毋乃：恐怕，该不会……吧。

［170］隰（xī）斯弥：春秋时齐国大夫，隰朋之后代。

［171］畅：通畅无遮拦。

［172］斧离数创：斧头才砍了几个口子。离：割，斫。创：创伤，伤口。

［173］相室：家臣。

［174］何变之数也：为什么改变得这么快呢？数（shuò）：急速。

［175］大事：即田成子夺取政权、弑齐简公事。见注［64］。

［176］微：隐微，秘密。

［177］知人之所不言，其罪大矣：知道别人不肯说的事，那罪过可就大了。

［178］杨子：即杨朱，战国魏人，主张"贵生重己"、"拔一毛以利天下而不为也"，与墨子的"兼爱"相反，被儒家斥为异端。

［179］恶者贵，美者贱：长得丑的妾获尊贵，长得美的妾待之卑贱。

［180］父（fǔ）：从事某种行业的人的通称，如"渔父"、"田父"、"樵父"，此指客店主人。

［181］自美：自以为美丽。

[182]行贤而去自贤之心,焉往而不美:做贤德之事而能去掉自以为贤德
　　　的念头,到哪里不为人赞美呢?

[183]子:女儿。杨树达曰:"按事又见《吕氏春秋·遇合篇》、《淮南子·
　　　氾论训》。'卫人'《淮南》作宋人。"王焕镳曰:"按古代说愚蠢的故
　　　事,多托于宋人。"

[184]出:古人称弃逐妻子曰出,即休妻。

[185]其成居,幸也:能终身相守,是很侥幸的。成:终。

[186]姑:婆婆。

[187]其子所以反者倍其所以嫁:他女儿带回家的私房,是他当初给女儿
　　　嫁妆的一倍。

[188]其父不自罪于教子非也,而自知其益富:她父亲不自责教育女儿的
　　　失误,反而因增加财富自以为聪明。知:通"智"。

[189]今人臣之处官者,皆是类也:现在处于官位上的大臣,都是这类人。
　　　即两种人都出于私利而积聚财物。

[190]不受:意见不被接纳。

[191]不反舍,遂去中山:连住所都不回,就离开了中山国。

[192]反见:相当于"复见",即见第二次。

[193]乃始善我:才刚刚对我们好。

[194]恶(wù):诋毁,中伤。

[195]间(jiàn):刺探情报。

[196]索:搜索,搜捕。

[197]存其君:保存他的君主。

[198]白公:即白公胜,春秋时楚平王太子建的儿子,曾避难至吴,"好兵而
　　　下士,欲报仇",发动政变欲弑楚惠王,兵败被杀。事见《史记·楚世
　　　家》。

[199]其所以为则异:王先慎曰:"'所以'下当有'好士之'三字,此谓其好
　　　士则同,其所以好士之为则异。下文'其自刑则同,其所以自刑之为
　　　则异','其东走则同,其所以东走之为则异',与此语句一律,明此脱
　　　'好士之'三字。"今从之。

[200]公孙友:王先慎以为即"公孙枝";秦大夫,其自刖事不详。刖:古代

砍掉脚的酷刑。百里:即百里奚,见《说难》注[48]。

[201]竖刁:齐桓公幸臣,"桓公好内,多内宠",竖刁自宫(割掉生殖器与睾丸)为桓公治内,后与易牙、开方专权。事见《史记·齐太公世家》。谄:谄媚。

[202]慧子:即惠子,惠施。慧:通"惠"。参见注[97]。

[203]狂者东走:精神失常的人向东跑。

[204]逐者:追随者。

[205]同事之人,不可不审察也:对做同样事情的人,不可不仔细考察他们各自的动机。审:仔细,周密。

说林下

伯乐教二人相踶马[1],相与之简子厩观马[2]。一人举踶马[3]。其一人从后而循之[4],三抚其尻而马不踶[5]。此自以为失相[6]。其一人曰[7]:"子非失相也,此其为马也,蹷肩而肿膝[8]。夫踶马也者,举后而任前[9],肿膝不可任也,故后不举[10]。子巧于相踶马而拙于任肿膝[11]。"夫事有所必归[12],而以有所肿膝而不任,智者之所独知也。惠子曰:"置猿于柙中[13],则与豚同[14]。"故势不便,非所以逞能也[15]。

卫将军文子见曾子[16],曾子不起而延于坐席[17],正身于奥[18]。文子谓其御曰:"曾子,愚人也哉!以我为君子也,君子安可毋敬也[19]?以我为暴人也[20],暴人安可侮也?曾子不僇,命也[21]。"

鸟有翢翢者[22],重首而屈尾[23],将欲饮于河,则必颠[24],乃衔其羽而饮之[25],人之所有饮不足者,不可不索其羽也[26]。鱣似蛇[27],蚕似蠋[28],人见蛇则惊骇,见蠋则毛起[29]。渔者持鱣[30],妇人拾蚕,利之所在,皆为贲、诸[31]。

伯乐教其所憎者相千里之马，教其所爱者相驽马[32]。千里之马时一，其利缓[33]；驽马日售，其利急。此《周书》所谓"下言而上用者，惑也"[34]。

桓赫曰："刻削之道[35]，鼻莫如大，目莫如小。鼻大可小，小不可大也[36]；目小可大，大不可小也。"举事亦然。为其后可复者也，则事寡败矣[37]。

崇侯、恶来知不适纣之诛也[38]，而不见武王之灭之也。比干、子胥知其君之必亡也，而不知身之死也[39]。故曰："崇侯、恶来知心而不知事[40]，比干、子胥知事而不知心。"圣人其备矣。

宋太宰贵而主断[41]。季子将见宋君，梁子闻之曰："语必可与太宰三坐乎，不然，将不免[42]。"季子因说以贵主而轻国[43]。

杨朱之弟杨布，衣素衣而出[44]，天雨，解素衣，衣缁衣而反[45]，其狗不知而吠之[46]。杨布怒，将击之。杨朱曰："子勿击也，子亦犹是。曩者使女狗白而往，墨而来，子岂能毋怪哉[47]？"

惠子曰：羿执决持扞，操弓关机，越人争为持的[48]。弱子扞弓，慈母入室闭户[49]。"故曰："可必[50]，则越人不疑羿；不可必，则慈母逃弱子。"

桓公问管仲："富有涯乎[51]？"答曰："水之以涯，其无水者也；富之以涯，其富已足者也[52]。人不能自止于足，而亡其富之涯乎[53]！"

宋之富贾有监止子者[54]，与人争买百金之璞玉，因佯失而毁之[55]，负其百金[56]，而理其毁瑕，得千溢焉[57]。事有举之而有败，而贤其毋举之者，负之时也[58]。

有欲以御见荆王者，众驺妒之[59]。因曰："臣能撽鹿[60]。"见王。王为御，不及鹿；自御，及之[61]。王善其御也，乃言众驺妒之[62]。

荆令公子将伐陈[63]。丈人送之曰[64]："晋强，不可不慎也。"公子曰:"丈人奚忧!吾为丈人破晋。"丈人曰:"可。吾方庐陈南门之外^[65]。"公子曰:"是何也?"曰:"我笑勾践也。为人之如是其易也,己独何为密密十年难乎^[66]?"

尧以天下让许由,许由逃之,舍于家人^[67],家人藏其皮冠^[68],夫弃天下而家人藏其皮冠,是不知许由者也。

三虱相与讼^[69],一虱过之,曰:"讼者奚说^[70]?"三虱曰:"争肥饶之地^[71]。"一虱曰:"若亦不患腊之至而茅之燥耳,其又奚患^[72]?"于是乃相与聚嘬其母而食之^[73]。彘臞^[74],人乃弗杀。

虫有虺者^[75],一身两口,争食相龁也^[76]。遂相杀,因自杀^[77]。人臣之争事而亡其国者,皆虺类也^[78]。

宫有垩,器有涤,则洁矣^[79]。行身亦然,无涤垩之地则寡非矣^[80]。

公子纠将为乱^[81],桓公使使者视之。使者报曰:"笑不乐,视不见,必为乱^[82]。"乃使鲁人杀之。

公孔弘断发而为越王骑^[83],公孙喜使人绝之曰^[84]:"吾不与子为昆弟矣^[85]。"公孙弘曰:"我断发,子断颈而为人用兵^[86],我将谓之何?"周南之战^[87],公孙喜死焉。

有与悍者邻^[88],欲卖宅而避之。人曰:"是其贯将满矣,子姑待之^[89]。"答曰:"吾恐其以我满贯也^[90]。"遂去之^[91]。故曰:"物之几者,非所靡也^[92]。"

孔子谓弟子曰:"孰能导子西之钓名也^[93]?"子贡曰:"赐也能^[94]。"乃导之,不复疑也^[95]。孔子曰:"宽哉,不被于利!洁哉,民性有恒!曲为曲,直为直^[96]。"孔子曰:"子西不免^[97]。"白公之难^[98],子西死焉。故曰:"直于行者曲于欲^[99]。"

晋中行文子出亡^[100],过于县邑^[101]。从者曰^[102]:"此啬夫^[103],公之故人^[104]。公奚不休舍^[105],且待后车?"文子曰:"吾尝好音,此人遗我鸣琴;吾好佩,此人遗我玉环:是振我过者也^[106]。以求容于我者，吾恐其以我求容于人也^[107]。"乃去之。果收文子后车二乘而献之其君矣^[108]。

周趮谓宫他曰："为我谓齐王曰：'以齐资我于魏，请以魏事王^[109]。'"宫他曰："不可，是示之无魏也^[110]，齐王必不资于无魏者，而以怨有魏者^[111]。公不如曰：'以王之所欲，臣请以魏听王。'齐王必以公为有魏也，必因公^[112]。是公有齐也，因以有齐、魏矣。"

白圭谓宋大尹曰^[113]："君长自知政，公无事矣^[114]。今君少主也而务名，不如令荆贺君之孝也，则君不夺公位而大敬重公，则公常用宋矣^[115]。"

管仲鲍叔相谓曰^[116]："君乱甚矣^[117]，必失国。齐国之诸公子其可辅者，非公子纠，则小白也。与子人事一人焉，先达者相收^[118]。"管仲乃从公子纠，鲍叔从小白。国人果弑君^[119]。小白先入为君^[120]，鲁人拘管仲而效之^[121]，鲍叔言而相之^[122]。故谚曰："巫咸虽善祝，不能自被也；秦医虽善除，不能自弹也^[123]。"以管仲之圣而待鲍叔之助，此鄙谚所谓"虏自卖裘而不售，士自誉辩而不信^[124]"者也。

荆王伐吴，吴使沮卫、蹙融犒于荆师^[125]，而将军曰："缚之，杀以衅鼓^[126]。"问之曰："汝来，卜乎^[127]？"答曰："卜。""卜吉乎^[128]？"曰："吉。"荆人曰："今荆将以汝衅鼓，其何也？"答曰："是故其所以吉也。吴使臣来也，固视将军怒，将军怒，将深沟高垒^[129]；将军不怒，将懈怠。今也将军杀臣，则吴必警守矣^[130]。且国之卜，非为一臣卜。夫杀一臣而存一国，其不言吉何也？且死者无知，则以臣衅鼓无益也；死者有知也，臣将当战之时，臣使鼓不鸣。"荆人因不杀也。

知伯将伐仇由^[131]，而道难不通，乃铸大钟遗仇由之君。仇由之君大说，除道将内之^[132]。赤章曼枝曰："不可。此小之所以事大也,而今也大以来,卒必随之[133],不可内也。"仇由之君不听,遂内之。赤章曼枝因断毂而驱[134],至于齐,七月而仇由亡矣。

越已胜吴,又索卒于荆而攻晋[135]。左史倚相谓荆王曰[136]:"夫越破吴,豪士死,锐卒尽,大甲伤[137]。今又索卒以攻晋,示我不病也[138]。不如起师与分吴。"荆王曰:"善。"因起师而从越[139]。越王怒,将击之。大夫种曰[140]:"不可。吾豪士尽,大甲伤。我与战,必不克[141]。不如赂之。"乃割露山之阴[142]五百里以赂之。

荆伐陈,吴救之,军间三十里[143],雨十日,夜星[144]。左史倚相谓子期曰[145]:"雨十日,甲辑而兵聚[146]。吴人必至,不如备之。"乃为陈[147]。陈未成也而吴人至,见荆陈而反。左史曰:"吴反覆六十里,其君子必休,小人必食[148]。我行三十里击之,必可败也。"乃从之,遂破吴军。

韩赵相与为难[149]。韩子索兵于魏[150],曰:"愿借师以伐赵。"魏文侯曰:"寡人与赵兄弟,不可以从。"赵又索兵以攻韩[151]。文侯曰:"寡人与韩兄弟,不敢从。"二国不得兵,怒而反。已乃知文侯以构于己[152],乃皆朝魏。

齐伐鲁,索谗鼎[153],鲁以其雁往[154]。齐人曰:"雁也。"鲁人曰:"真也。"齐曰:"使乐正子春来,吾将听子[155]。"鲁君请乐正子春,乐正子春曰:"胡不以其真往也?"君曰:"我爱之[156]。"答曰:"臣亦爱臣之信[157]。"

韩咎立为君[158],未定也。弟在周[159],周欲重之[160],而恐韩咎不立也[161]。綦毋恢曰[162]:"不若以车百乘送之[163]。得立,因曰'为戒';不立,则曰'来效贼'也[164]。"

靖郭君将城薛[165],客多以谏者。靖郭君谓谒者曰:"毋为客通[166]。"齐人有请见者曰:"臣请三言而已[167]。过三言,臣请

烹[168]。”靖郭君因见之。客趋进曰[169]:“海大鱼。”因反走。靖
郭君曰:请闻其说。客曰:“臣不敢以死为戏。”靖郭君曰:“愿为
寡人言之。”答曰:“君闻大鱼乎? 网不能止,缴不能缒也[170],荡
而失水,蝼蚁得意焉[171]。今夫齐亦君之海也。君长有齐,奚以
薛为[172]? 君失齐,虽隆薛城至于天[173],犹无益也。”靖郭君曰:
“善。”乃辍[174],不城薛。

　　荆王弟在秦[175],秦不出也[176]。中射之士曰:“资臣百金,
臣能出之。”因载百金之晋[177],见叔向[178],曰:“荆王弟在秦,秦
不出也。请以百金委叔向[179]。”叔向受金而以见之晋平公
曰[180]:“可以城壶丘矣[181]。”平公曰:“何也?”对曰:“荆王弟在
秦,秦不出也,是秦恶荆也,必不敢禁我城壶丘。若禁之,我曰:
‘为我出荆王之弟,吾不城也。’彼如出之,可以德荆;彼不出,是
卒恶也[182],必不敢禁我城壶丘矣。”公曰:‘善。’乃城壶丘。谓
秦公曰:“为我出荆王之弟,吾不城也。”秦因出之。荆王大说,
以炼金百镒遗晋[183]。

　　阖庐攻郢[184],战三胜,问子胥曰:“可以退乎?”子胥曰:“溺
人者一饮而止,则无遂者,以其不休也[185]。不如乘之以
沉之[186]。”

　　郑人有一子,将宦[187],谓其家曰:“必筑坏墙,是不善人将
窃。”其巷人亦云。不时筑[188],而人果窃之。以其子为智,以巷
人告者为盗。

[注释]

[1]伯乐:春秋秦穆公时人,以善相马著称。相(xiàng):观察,鉴别。蹏
　　马:踢人的马,即烈马,常以后蹄踢人。蹏(dì):踢,踏。

[2]相与:一同。之:到,往。简子:即赵简子,名鞅,春秋末期晋国六卿之
　　一。参见《说林上》注解[34]、[81]。厩(jiù):马棚。

[3]举:选,推荐。

[4] 循：通"揗"，抚摩。按乾道本"其一人"下原有"举踶马其一人"，顾广圻以为衍文，今据删。

[5] 尻(kāo)：屁股，臀部。

[6] 此自以为失相：陈奇猷以为"此"字下当有"人"字，"此人"即"举踶马"者。该句意为：那个选烈马的人自认为观察错了。

[7] 按"曰"字乾道本无，顾广圻曰："《今本》人下有'曰'字。"今据补。

[8] 踒(wō)：折，跌伤。肩：四足动物前腿的根部。"踒肩"意指马前腿跌伤。肿膝：膝部肿大。

[9] 举后而任前：如果后腿抬起就要靠前腿支撑全身的重量。举：举起，抬起。任：担当，承受。

[10] 肿膝不可任也，故后不举：这匹马前腿膝部肿大无法承受全身的重量，所以后腿没有抬起来踢人。

[11] 子巧于相踶马而拙于任肿膝：您擅长鉴别踶马却不明白马前膝肿大无法承受全身重量的道理。按：乾道本"任"下原有"在肿膝而不任拙于"八字，顾广圻以为衍文，今据删。

[12] 事有所必归：事情的发展必定有其根源。归：结局，归宿。

[13] 柙：关猛兽或其他畜兽的木笼。

[14] 豚：小猪，也泛指猪。

[15] 故势不便，非所以逞能也：所以形势不利的话就无法显露才能。逞：显露，表现。

[16] 卫将军文子：公孙弥牟，字子之，谥文子。梁履绳《左通补释》云："弥牟官卫之将军，故《檀弓》称将军文子。"事见《左传》哀公十二年。曾子：曾参(shēn)，字子舆，春秋鲁南武城人，孔子弟子。

[17] 曾子不起而延于坐席：曾子没有起身请文子入座。延：请，引进，接待。

[18] 正身于奥：端坐在尊位上。奥：室内西南隅，古时祭祀神主或尊长居坐之处。

[19] 以我为君子也，君子安可毋敬也：假如认为我是君子的话，对君子怎么可以不尊敬呢？

[20] 暴人：恶人。

[21]曾子不僇,命也:曾子没被杀害,是命好啊！僇(lù):通"戮",杀,刑戮。

[22]翢翢(zhōu):又作"周周",古代鸟名。

[23]重首而屈尾:头部大,尾部短。屈:短。《说文解字》:"屈,无尾也。"引申为短。

[24]颠:翻倒,栽跟头。

[25]乃衔其羽而饮之:就让别的鸟衔着它的羽毛再来饮水。

[26]人之所有饮不足者,不可不索其羽也:人们有欲望却不能满足的,不得不寻求党羽来帮助自己。

[27]鳝(shàn):鳝鱼。

[28]蠋(zhú):毛虫,蛾蝶类的幼虫。

[29]毛起:因害怕而汗毛立起。

[30]持:拿,抓。

[31]利之所在,皆为贲、诸:利益所在,都变得象孟贲、专诸那么勇敢。贲:孟贲,春秋卫国人,《帝王世纪》载孟贲能生拔牛角,又《史记·袁盎传》《索隐》引《尸子》曰"孟贲水行不避蛟龙,陆行不避兕虎"。诸:专诸,春秋吴国人,助公子光(阖闾)刺杀吴王僚,事见《史记·刺客列传》。二人皆为著名的勇士。

[32]驽(nú)马:劣马,此处相对于"千里马"而言,指普通的马。

[33]千里之马时一,其利缓:千里马偶尔出现一回,获取利益很慢。

[34]下言而上用者,惑也:把权宜性的话当作固定不变的意见来采用,糊涂啊！按《淮南子·泛论训》曰:"昔者《周书》有言曰:'上言者下用也,下言者上用也。'上言者常也,下言者权也。"可与此互相印证。

[35]刻削之道:雕刻的方法。

[36]鼻大可小,小不可大也:鼻子雕大了还可改小,雕得小就无法改大了。

[37]举事亦然。为其后可复者也,则事寡败矣:办事也是如此。做那些今后还可补救的事,那么事情很少会失败。复:弥补,补救。按"后"字乾道本作"不",今据张榜本改。

[38]崇侯、恶来知不适纣之诛也:崇侯、恶来知道不顺从商纣被诛杀,却不能预见周武王会把商纣灭掉。崇侯即崇侯虎,与恶来皆为商纣王的

宠臣,好诽谤他人。事见《史记·殷本纪》《史记·周本纪》。

[39]比干、子胥知其君之必亡也,而不知身之死也:比干、子胥知道自己的君主必然灭亡,却不知自身会被杀戮。比干:殷末纣王叔伯父。纣淫乱,比干犯颜强谏,纣怒,剖其心而死。与箕子、微子称殷之三仁。事见《史记·宋世家》。子胥:即伍子胥。子胥奔吴后,与孙武共同辅佐吴王阖闾伐楚,掘楚平王墓,鞭尸三百。吴王夫差击败越国,越国求和,子胥进谏不被接受。夫差后来相信伯嚭的谗言,逼迫子胥自杀。事见《史记·伍子胥列传》。参见《说林上》注[26]。

[40]知心而不知事:知道君主心理却不知道国家大事。

[41]宋太宰:即商太宰,参见《说林上》注[10]。贵而主断:地位尊贵,主事专断。

[42]语必可与太宰三坐乎,不然,将不免:您与宋君说话,一定要像君主、太宰和您三人都在场说的一样,不这样,您难免招祸。此处梁子提醒季子,不要在背后向君主说太宰的坏话,否则会触犯太宰。

[43]季子因说以贵主而轻国:季子于是进说尊重君主和少操劳国事。轻国:以国事为轻,意指少操劳国事。

[44]衣素衣:穿着白衣服。

[45]缁(zī)衣:黑衣。

[46]其狗不知而吠之:他家的狗没有认出他来,对着他叫。吠(fèi):叫。

[47]曩者使女狗白而往,墨而来,子岂能毋怪哉:假使前些日子你的狗出去时还是白色的,回来时却变成了黑色,你难道不奇怪吗?曩(nǎng):从前,过去。女:通“汝”,你。

[48]羿执决持扞,操弓关机,越人争为持的:羿拿着扳指戴着皮袖套,拿起弓箭拉动扳机射箭时,关系敌对的越人都争着为他举箭靶。羿(yì):人名。古代传说羿有三,皆以善射名。一、夏有穷氏之国君,因夏民以伐夏政。以不修民事,为家臣寒浞所杀。见《左传》襄公四年。二、唐尧时十日并出,草木枯焦,羿射落九日。其妻姮娥,奔月为月神。见《楚辞·天问》、《淮南子·览冥训》。三、帝喾的射师。见《说文解字·羽部》。决(jué):古代射箭时套在右手大拇指上的套子,用象牙或骨制成,钩弦时用来保护手指,俗称扳指。按“决”字乾道本作

"鞮"。王念孙《读书杂志》录王引之说:"鞮,为马颈靼,非射所用。鞮当为决,决误为鞮,后人因改为鞮耳。决谓韘(shè)也,箸于右手大指,所以钩弦也。扞谓韝(gōu)也,或谓之拾,或谓之遂,箸于左臂,所以扞弦也,故曰:'执决持扞,操弓关机'。"今据改。扞(hàn):古代射者所著的一种皮袖套,即臂衣。关:通"弯",拉满弓。机:古代弩箭上的发动机关。越人:陈奇猷曰:"本书多以越为敌国,如《孤愤篇》'大臣专权是国为越也'是其例。此盖谓羿善射,射必中的,虽敌国之人为之持的亦不疑羿之射己也。"其言甚是。的:箭靶。

[49]弱子扞弓,慈母入室闭户:小孩子拉弓射箭,最亲近的慈母都要躲进屋内关起门来。弱子:小孩子。扞(yū):引,拉。按"扞"字乾道本作"扞"。王念孙《读书杂志》录王引之说:"扞弓,当作扞弓。扞字从于不从干。扞弓,引弓也。"今据改。

[50]可必:一定射中箭靶。

[51]涯:边际、极限。

[52]水之以涯,其无水者也;富之以涯,其富已足者也:水的极限,是没有水的地方;富的极限,是富到已经满足的地步。

[53]人不能自止于足,而亡其富之涯乎:人到了满足还不能自制,就没有富的极限了。亡:没有。

[54]贾(gǔ):商人。监止子:人名。

[55]佯失而毁之:假装失手把璞玉摔坏。

[56]负:赔。

[57]理其毁瑕,得千溢焉:修治摔坏后留下的瑕疵,卖掉后得了千金。理:治雕琢。溢:通"镒",古重量单位,一溢为二十两或二十四两。

[58]事有举之而有败,而贤其毋举之者,负之时也:事情有做了却失败的,就认为还是不做的好,那只看到了赔钱的时候。意即有的人只看到眼前的损失,却不知道以后能获得极大的利益。

[59]有欲以御见荆王者,众驺妒之:有个想凭借驾驭车马技能求见楚王的人,别的马夫嫉妒他。驺(zōu):古时为王公贵族养马并管驾车的人。

[60]臣能撽鹿:我能追打奔驰的鹿。撽(qiào):击,旁击。

[61]王为御,不及鹿;自御,及之:楚王驾驭车马,赶不上鹿,他自己驾车,

就赶上了鹿。

[62]王善其御也,乃言众驺妒之:楚王称赞他驾驭车马的技能,他才说明
那些马夫嫉妒他。陈奇猷曰:"此人善御,无可进身,自谓能撽鹿,一
则不致遭众驺之妒,再则可显其技于王前也。亦以喻智能之士欲进
用于人主,必遭重臣左右之妒,其亦可用撽鹿之法也。"

[63]荆令公子将伐陈:当指前 478 年楚公孙朝率师灭陈。事见《左传》哀
公十七年。公子:公孙朝。将(jiàng):率领军队。

[64]丈人:通称老人。

[65]吾方庐陈南门之外:我将要在陈国都城南门外建一所小房子。

[66]我笑勾践也。为人之如是其易也,己独何为密密十年难乎:我笑勾践
呀。为人像这样容易,他为什么要经受勤勉努力的十年磨难呢? 此
处丈人嘲笑公子轻敌。已:其。密密:刘师培以为即"黾勉",勤勉
努力。

[67]舍于家人:住在平民家中。

[68]其:自己,自家。

[69]虱(shī):虫名。寄生于人畜身上吸血的昆虫。讼(sòng):争论,争辩。

[70]讼者奚说:你们争论什么呢?

[71]争肥饶之地:争夺猪身丰腴的地方。

[72]若亦不患腊之至而茅之燥耳,其又奚患:你们难道也不担心腊祭一到
就要用茅草烤猪连你们也会烧死吗,又何必担心这些小事呢? 腊:祭
名。冬至后三戌祭百神。燥:王先慎引《诗·汝坟》释文曰:"楚人名
火曰燥。"

[73]于是乃相与聚嘬其母而食之:于是这些虱子就相互聚在一处叮咬猪
身。嘬(chuāi):叮、咬。母:母体。松皋圆曰:"豮者,虱所由生,故谓
之母。"

[74]臞:也作"癯",消瘦。

[75]虺(huǐ):传说中的怪蛇。屈原《天问》:"雄虺九首,鯈忽焉在?"按
"虺"字乾道本作"就",顾广圻曰:"就,当依《颜氏家训》引此作魄,
《古今字诂》:'魄亦古之虺字。'"今据改。

[76]齕(hé):咬。按"食"字乾道本无,据道藏本补。

[77]遂相杀,因自杀:于是蛇的两张嘴互相残杀,因而杀死了自己。

[78]咷:按乾道本作"蚍",据上文例改。

[79]宫有垩,器有涤,则洁矣:宫墙刷上白色,器皿经过洗涤,就干净了,垩
(è):用白土涂刷。后也称以物涂饰粉刷为垩。

[80]行身亦然,无涤垩之地则寡非矣:修身也是这样,到了无需洗涤和粉
饰的地步时,过错就少了。

[81]公子纠:春秋时齐襄公弟,桓公的哥哥,与桓公争夺齐国王位失败,
在鲁国图谋作乱。事见《史记·齐太公世家》。

[82]笑不乐,视不见,必为乱:笑却不快乐,看似没看见,必定要作乱。

[83]断发:剪短头发。春秋时中原人留长发,越人剪短发。骑(jì):骑马的
侍从。

[84]绝:绝交,断绝关系。公孙喜,魏将。上文公孙弘当为魏国人。

[85]昆弟:兄弟。公孙喜认为公孙弘断发违背了中原人的习诺。是本家
族的耻辱,所以不与公孙弘做兄弟。

[86]断颈:比喻为君主卖命。用兵:带兵征战。

[87]周南:东周国都王城的南面。《史记·韩世家》曰:"釐王三年,使公孙
喜率周、魏攻秦。秦败我二十四万,虏喜伊阙。"秦将白起大败韩、魏、
西周联军,公孙喜被俘虏杀害。

[88]悍者:杀悍之人。

[89]是其贯将满矣,子姑待之:他就要恶贯满盈了,你姑且等等吧。贯:古
时穿钱具的绳索,即钱串,"贯将满"此喻即将恶贯满盈,自食其果。
按乾道本"满"字下原有"也遂去之故曰勿之。"顾广圻以之为衍文,
今据删。

[90]吾恐其以我满贯也:我怕他害了我之后才恶贯满盈。

[91]遂去之:按乾道本无"之"字,据张鼎文本、凌瀛初本补。

[92]物之几者,非所靡也:事情危急时,不应拖拉。几(jī):危险。靡:迟
缓,拖拉。

[93]孰能导子西之钓名也:谁能开导子西让他不要沽名钓誉呢。子西:楚
国令尹。

[94]赐:子贡自称其名,古时与长者说话自称其名表尊敬对方。按《史

记·仲尼弟子列传》曰:"端沐赐,卫人,字子贡。少孔子三十一岁。子贡利口巧辞,孔子常黜其辩。"

[95]乃导之,不复疑也:于是开导他,不再怀疑子西还会沽名钓誉。这是因为子贡自以为"利口巧辞",自信太过。

[96]宽哉,不被于利! 洁哉,民性有恒! 曲为曲,直为直:胸怀宽广啊,不为利益所诱惑! 品质纯洁啊,为的本性恒久不变! 曲的就是曲的,直的就是直的。

[97]子西不免:子西免不了要遭受祸难。

[98]白公之难:白公胜于前479年,发动改变,杀令尹子西,废楚惠王。《左传》哀公十六年:"(白公)遂作乱。秋七月,杀子西、子期于朝,而劫惠王。子西以袂掩面而死。"参见《说林上》注[198]。

[99]直于行者曲于欲:行为正直的人会屈从于个人的欲望。曲:屈从。

[100]中行文子:晋国执政六卿之一,即中行氏。中行是以官为姓氏,文子为谥号。参见《说林上》注[34]和[81]。《史记·晋世家》曰:"(定公)二十二年,晋败范、中行氏,二子奔齐。"

[101]县邑:县城。古称邦畿千里之地为县,后亦称王畿内都邑为县。其后诸侯境内之地亦称县。其先以县统郡。秦废封建,以郡统县,历代因之。

[102]从者:随从。

[103]啬夫:古代官名。或为主币之官,或为司空之属,或为检束群吏百姓之官。陈奇猷曰:"《外储说右下》有救火之啬夫,则啬夫乃一般之役作者,此文啬夫亦为此义。盖指曾为文子役作之人也。"其言甚是。

[104]故人:老朋友,即曾在中行文子手下做过事。

[105]休舍:在啬夫家里休息。

[106]振:助长,纵容。

[107]以求容于我者,吾恐其以我求容于人也:向我求得好感的人,我怕他拿我去求得别人的好感。求容:取得好感。

[108]果收文子后车二乘而献之其君矣:啬夫果然收缴了中行文子的两辆副车,献给君王。后车:副车,侍从之车。《诗·小雅·绵蛮》:"命彼后车,谓之载之"。

[109]以齐资我于魏,请以魏事王:如果用齐国的力量资助我在魏国取得权位,那么请让我拿魏国来侍奉齐王。

[110]是示之无魏也:这样就表明您在魏国无权无势。

[111]齐王必不资于无魏者,而以怨有魏者:齐王必定不肯资助在魏国无权势的人,因而招致魏国有权势的人的仇怨。

[112]因:倚仗,依靠。

[113]白圭:战国时魏相,善筑堤。大尹:宋国官名。《左传》哀公二十六年杜预注:"大尹,近官有宠者。"按乾道本"大尹"作"令尹",但"令尹"为楚国官名,宋则无,据《战国策·宋策》改。

[114]君长自知政,公无事矣:君王长大了自己要主管政事,您就没事干了。知:主持,掌管。

[115]今君少主也而务名,不如令荆贺君之孝也,则君不夺公位而大敬重公,则公常用宋矣:现在君王年幼并且注重名声,不如让楚国祝贺君王孝顺,君王就不会夺您的权位,而且非常敬重您,那您就能长期掌握宋国的大权了。按《战国策·宋策》,当时君王年幼,太后执政,大尹为太后的宠臣。君王如要"孝子"之名,就不能夺太后之政,更不能夺大尹之位。

[116]鲍叔:即鲍叔,管仲好友,曾向齐桓公(公子小白)举荐管仲。世称"管鲍之交"。

[117]君:指齐襄公。《史记·齐太公世家》曰:"初,襄公之醉杀鲁桓公,通其夫人,杀诛数不当,淫于妇人,数欺大臣,群弟恐祸及,故次弟纠奔鲁。其母鲁女也。管仲、召忽傅之。次弟小白奔莒,鲍叔傅之。"

[118]与子人事一人焉,先达者相收:我和您各人侍奉一个,先成功的人要提携对方。先达者:先成功的人。按"先"字道藏本作"相",据道藏本改。收:收留,引申为提携。

[119]国人果弑君:齐公孙无知杀死齐襄公,自立为齐君。弑(shì):古时臣子杀死君主或子女杀死父母称弑。

[120]小白先入为君:无知被雍林人杀害,公子小白在大夫高的帮助下,先回到齐国即位,是为齐桓公。事见《史纪·齐太公世家》。

[121]效:献出。

[122]鲍叔言而相之:鲍叔向齐桓公进言,推荐管仲为相。

[123]巫咸虽善祝,不能自祓也;秦医虽善除,不能自弹也:巫咸虽然善于祷告,却不能为自己除去灾祸;秦医虽然善于治病,却不能给自己针灸去病。巫咸:古代传说神巫名,或曰黄帝时人,或曰唐尧时人,或曰殷中宗时人。祝:用言语向鬼神祈祷求福。祓(fú):古代除灾求福的的祭祀。秦医:即名医扁鹊,姓秦,名越人。"秦医"与上文"巫咸"对文,当为专有名词。或以为泛指秦国的名医,如"和缓"(刘师培语),亦通。按乾道本"秦"上有"养",今据删。除:治病。弹:针刺,陈奇猷曰:"弹者谓以砭针治病也。"

[124]虏自卖裘而不售,士自誉辩而不信:奴隶自己卖皮衣就卖不掉,士人自我标榜善于辩论就无人相信。

[125]蹶(jué)融:吴王余祭的弟弟。刘师培曰:案融、由一声之转,"蹶融"即《左传》昭五"阙由"。犒于荆师:犒劳楚国军队。

[126]衅:血祭。郑玄曰:"衅,谓杀牲以血血之。"段玉裁曰:"凡言衅庙、衅钟、衅鼓、衅宝镇、宝器,衅龟策,衅宗庙,名器皆同,以血涂之,因荐而祭之。"衅鼓:将血涂在鼓上祭鼓。

[127]汝来,卜乎:你们来,占卜过吗?

[128]按乾道本"卜吉"下无"乎曰吉",据道藏本补。

[129]将深沟高垒:深挖沟,高筑壁垒,即修建防御工事以抗楚军。

[130]警守:警惕、防守。

[131]知伯:即智伯瑶,见《说林上》注[34]。知:通"智"。仇由:古国名,春秋时狄族建立的国家,在今山西阳泉市。

[132]除道将内之:修治道路,准备接受大钟。除,开辟,修治。内,通"纳",接受。

[133]此小之所以事大也,而今也大以来,卒必随之:送大钟是小国用来侍奉大国的方法,但现在大国却前来送大钟给我们,他们的军队一定会随之而来,按"必"字乾道本作"以",据道藏本改。

[134]断毂而驱:截短车毂走路。太田方曰:"《周礼·考工记》:'行泽者欲短毂,行山者欲长毂。短毂则利,长毂则安。'是短毂疾利,故断之也。""断毂"的目的是加快车速,说明赤章曼枝争于离开仇由。毂

（gǔ）：车轮中心穿轴承辐的部分。

[135]索卒于荆：向楚国借兵。

[136]左史倚相：楚惠王的史官。事见《左传》昭公十六年。

[137]大甲：坚甲，代指武器装备。

[138]示我不病也：向我们表示不弱。

[139]从越：跟踪越军而不战，对它构成威胁。

[140]大夫种：即文种，春秋越大夫，字少禽，也作子禽，楚国郢人，与范蠡
　　　同事越王勾践，出计灭吴，功成，范蠡劝其引退，不听，后为勾践赐剑
　　　自杀。

[141]克：战胜。

[142]露山之阴：露山北边。

[143]军间三十里：楚、吴二军相距三十里。间：相距。

[144]星：通“姓”，晴。

[145]子期：又作子綦（qí），楚国司马。

[146]甲辑而兵聚：铠甲、兵器都聚集在一块堆放着。辑：同“集”。

[147]乃为陈：于是排兵布阵。陈：通“阵”。

[148]君子必休，小人必食：军官必定在休息，士兵必定在吃饭，君子：对统
　　　治者和贵族男子的通称，常与被统治的所谓小人或野人对举。此处
　　　指军队的将官。

[149]为难：为敌。

[150]韩子：韩国君主。

[151]赵又索兵以攻韩：按乾道本“兵”下无“以”，据道藏本补。

[152]已乃知文侯以构于己：事后才知道魏文侯用这个办法使双方和解。
　　　构：连结，引申为“和解”。

[153]谗鼎：春秋鲁鼎名。《左传》昭公三年：“谗鼎之铭曰：昧旦丕显，后世
　　　犹怠，沉日不悛，其能久乎？”杨树达曰：“按‘谗’本字当作鬵（qín）。
　　　《说文》云：‘鼎，大上小下曰鬵。读若岑。……’（岑、谗）皆声近假
　　　借字。”其言甚是。

[154]雁：通“赝（yàn）”，假的。

[155]使乐正子春来，吾将听子：让乐正子春来证明，我们才相信你们。乐

正:乐官名。周官大司乐,即大乐正,掌大学,为乐官之长;乐师即小
　　乐正,掌小学,为乐官之副。子春:曾参弟子,以孝名闻。陈奇猷曰:
　　"乐正子春既有孝行。故齐人信之。"

[156]我爱之:按"之"字乾道本下有"信",据道藏本删。

[157]臣亦爱臣之信:我也爱惜我的信誉。

[158]韩咎:《史记·韩世家》曰:"(襄王)十二年,太子婴死。公子咎、公
　　子虮(jī)虱争为太子。后来公子咎联合韩相国公仲侈,采用苏代的
　　建议,终被立为太子,是为韩釐(xī)王。

[159]周:即西周君都城。

[160]周欲重之:周想使他居重位。暗指西周国想扶植韩咎之弟即韩国君
　　主位。

[161]而恐韩咎不立也:按"咎"当依《战国策》改为"之"。意指担心韩国
　　不立其弟为君。

[162]綦毋恢:复姓綦毋,名恢,西周君大臣。

[163]不若以车百乘送之:不如用百辆兵车送韩咎之弟回国。

[164]得立,因曰'为戒';不立,则曰'来效贼'也:如果其弟能立为韩君。
　　就说是给他做警卫的;如果不能立为君主,就说是来向韩咎献贼的。
　　陈奇猷曰:"谓咎弟得立,则谓以车乘为戒示惠于咎弟,咎弟不得立,
　　则咎弟为咎之贼,因致咎弟于咎而言来效贼也。"戒:防备,戒备。
　　《说文·廾(gǒng)部》:"戒,警也。"

[165]靖郭君将城薛:靖郭君将在薛地筑城。靖郭君:即田婴。战国时齐
　　人,孟尝君之父。历事威王、宣王、湣王。宣王二年,田婴与田忌、孙
　　膑共伐魏。大胜于马陵,杀魏将庞涓。田婴相齐十一年,封于薛。
　　号靖郭君。事见《史记·孟尝君列传》。

[166]毋为客通:不要替门客通报。

[167]三言:三个字。

[168]臣请烹:请您把我烹熟。

[169]趋:小步快走以示恭敬。

[170]网不能止,缴不能绁:网不能捕获它,箭不能拖住它。止:捕获。缴
　　(zhuó):系在箭上的生丝绳,此处借指带生丝绳的箭。绁(guà):绊

助,受阻,借指"拖拉""挂住"。

[171]荡而失水,蝼蚁得意焉:放纵乱游离开了海水,蝼蚁都能对它为所欲为了。荡:放纵。蝼蚁:蝼蛄与蚂蚁。常喻指微贱的生命。得意:因如愿以偿而感到满意。

[172]君长有齐,奚以薛为:如果您长久掌握齐国政权。还要薛干什么呢?

[173]隆:高。

[174]辍(chuò):停止。

[175]荆王弟:王先慎曰:"《说苑·权谋篇》云楚公子午。"

[176]秦不出也:秦国不放他回国。

[177]之:到、往。

[178]叔向:即羊舌肸(xī),晋卿,任平公太傅。

[179]请以百金委叔向:请以百金委托您叔向办此事。委:委托。

[180]晋平公:名彪,春秋时晋国君主。

[181]壶丘:又作"瓠丘",晋地,今山西垣曲县东南。

[182]彼如出之,可以德荆;彼不出,是卒恶也:秦国如果放楚王弟弟回国,可以让楚国对我们感恩;如果不放,说明秦始终厌恶楚国。按"德"字乾道本作"得",刘师培曰:"案得当作德,言示德于荆也,得为假字。"今据改。

[183]炼金:纯金。

[184]阖庐:又作阖闾,吴公子光,春秋五霸之一。公子光使专诸刺杀吴王僚而自立,是为吴王阖庐,用楚亡臣伍子胥,屡败楚兵,九年吴兵入楚都郢。十五年与越王勾践战,兵败伤指而死。事见《史记·吴太伯世家》。

[185]溺人一饮而止,则无遂者,以其不休也:要淹死别人只让他喝一口水就停手,那是不会成功的,因为他半途停止了。遂:成功。按"遂"字乾道本作"逆",顾广圻曰:"藏本,今本'逆'作'溺'。按所改误也。'逆'当作'遂',形近之误。"今据改。又乾道本"其"下有"不"字,孙楷第曰:"按如顾说则下句'不'字衍文,'以其休也'正承'一饮而止'言之。"今据删。

[186]不如乘之以沉之:不如趁他快淹死时使他沉到水底。

[187]宦:做官。

[188]不时筑:未能及时修筑。

内储说上七术(节选)[1]

主之所用也七术,所察也六微[2]。七术:一曰众端参观[3],二曰必罚明威[4],三曰信赏尽能[5],四曰一听责下[6],五曰疑诏诡使[7],六曰挟知而问[8],七曰倒言反事[9]。此七者,主之所用也。

经一 参观[10]

观听不参则诚不闻[11],听有门户则臣壅塞[12]。其说在侏儒之梦见灶[13],哀公之称“莫众而迷”[14]。故齐人见河伯[15],与惠子之言“亡其半”也[16]。其患在竖牛之饿叔孙[17],而江乙之说荆俗也[18]。嗣公欲治不知,故使有敌[19]。是以明主推积铁之类[20],而察一市之患[21]。

经二 必罚

爱多者则法不立[22],威寡者则下侵上。是以刑罚不必则禁令不行[23]。其说在董子之行石邑[24],与子产之教游吉也[25]。故仲尼说陨霜[26],而殷法刑弃灰[27];将行去乐池[28],而公孙鞅重轻罪[29]。是以丽水之金不守[30],而积泽之火不救[31]。成欢以太仁弱齐国[32],卜皮以慈惠亡魏王[33]。管仲知之,故断死人[34];嗣公知之,故买胥靡[35]。

经三 赏誉

赏誉薄而谩者下不用也[36],赏誉厚而信者下轻死[37]。其

说在文子称"若兽鹿"[38]。故越王焚宫室[39],而吴起倚车
辕[40],李悝断讼以射[41],宋崇门以毁死[42]。勾践知之,故式怒
蛙[43];昭侯知之,故藏弊裤[44]。厚赏之使人为贲、诸也[45],妇人
之拾蚕,渔者之握鳣,是以效之[46]。

经四　一听

一听则愚智不纷,责下则人臣不参[47]。其说在"索郑"与
"吹竽"[48]。其患在申子之以赵绍、韩沓为尝试[49]。故公子氾
议割河东[50],而应侯谋弛上党[51]。

经五　诡使

数见久待而不任,奸则鹿散[52]。使人问他则不鬻私[53]。
是以庞敬还公大夫[54],而戴欢诏视辒车[55];周主亡玉簪[56],商
太宰论牛矢[57]。

经六　挟智

挟智而问,则不智者智[58];探智一物,众隐皆变[59]。其说
在昭侯之握一爪也[60]。故必审南门而三乡得[61]。周主索曲杖
而群臣惧[62],卜皮使庶子[63],西门豹详遗辖[64]。

经七　倒言

倒言反事以尝所疑则奸情得[65]。故阳山谩樛竖[66],淖齿
为秦使[67],齐人欲为乱[68],子之以白马[69],子产离讼者[70],嗣
公过关市[71]。

说三

齐王问于文子曰[72]:"治国何如?"对曰:"夫赏罚之为道,

利器也[73];君固握之,不可以示人。若如臣者,犹兽鹿也,唯荐草而就[74]。"

越王问于大夫文种曰[75]:"吾欲伐吴,可乎?"对曰:"可矣。吾赏厚而信,罚严而必。君欲知之[76],何不试焚宫室?"于是遂焚宫室,人莫救之。乃下令曰:"人之救火者死,比死敌之赏[77];救火而不死者,比胜敌之赏;不救火者,比降北之罪[78]。"人涂其体被濡衣而走火者[79],左三千人,右三千人。此知必胜之势也。

吴起为魏武侯西河之守。秦有小亭临境[80],吴起欲攻之。不去,则甚害田者;去之,则不足以征甲兵[81]。于是乃倚一车辕于北门之外而令之曰[82]:"有能徙此南门之外者,赐之上田、上宅[83]。"人莫之徙也。及有徙之者,遂赐之如令。俄又置一石赤菽东门之外而令之曰[84]:"有能徙此于西门之外者,赐之如初。"人争徙之。乃下令曰:"明日且攻亭,有能先登者,仕之国大夫,赐之上田宅。"人争趋之,于是攻亭一朝而拔之。

李悝为魏文侯上地之守,而欲人之善射也,乃下令曰:"人之有狐疑之讼者[85],令之射的[86],中之者胜,不中者负。"令下而人皆疾习射[87],日夜不休。及与秦人战,大败之,以人之善战射也。

宋崇门之巷人[88],服丧而毁,甚瘠[89],上以为慈爱于亲,举以为官师[90]。明年,人之所以毁死者岁十余人。子之服亲丧者,为爱之也[91],而尚可以赏劝也,况君上之于民乎?

越王虑伐吴,欲人之轻死也,出见怒蛙,乃为之式。从者曰:"奚敬于此?"王曰:"为其有气故也[92]。"明年之请以头献王者岁十余人。由此观之,誉之足以杀人矣[93]。

一曰:越王勾践见怒蛙而式之。御者曰:"何为式?"王曰:"蛙有气如此,可无为式乎?"士人闻之曰:"蛙有气,王犹为式,况士人有勇者乎!"是岁人有自到死以其头献者[94]。故越王将复吴而试其教[95],燔台而鼓之[96],使民赴火者,赏在火也[97];临江而鼓之,使人赴水者,赏在水也;临战而使人绝头刿腹而无顾心者[98],赏在兵也。又况据法而进贤,其劝甚此矣[99]。

韩昭侯使人藏弊裤,侍者曰:"君亦不仁矣,弊裤不以赐左右而藏之。"昭侯曰:"非子之所知也。吾闻明主之爱一嚬一笑,嚬有为嚬,而笑有为笑[100]。今夫裤,岂特嚬笑哉!裤之与嚬笑相去远矣。吾必待有功者,故收藏之未有予也。"

鳣似蛇,蚕似蠋。人见蛇则惊骇,见蠋则毛起。然而妇人拾蚕,渔者握鳣,利之所在,则忘其所恶,皆为贲、诸。

说四

魏王谓郑王曰[101]:"始郑、梁一国也,已而别,今愿复得郑而合之梁[102]。"郑君患之,召群臣而与之谋所以对魏。公子谓郑君曰:"此甚易应也[103]。君对魏曰:'以郑为故魏而可合也,则弊邑亦愿得梁而合之郑。'"魏王乃止。

齐宣王使人吹竽[104],必三百人。南郭处士请为王吹竽[105],宣王说之,廪食以数百人[106]。宣王死,湣王立,好一一听之,处士逃。

一曰:韩昭侯曰:"吹竽者众,吾无以知其善者。"田严对曰:"一一而听之。"

赵令人因申子于韩请兵[107],将以攻魏。申子欲言之君,而恐君之疑己外市也[108],不则恐恶于赵[109],乃令赵绍、韩沓尝试君之动貌而后言之[110]。内则知昭侯之意,外则有得赵之功。

三国兵至韩,秦王谓楼缓曰[111]:"三国之兵深矣!寡人欲割河东而讲,何如?"对曰:"夫割河东[112],大费也[113];免国于患,大功也。此父兄之任也[114],王何不召公子汜而问焉?"王召公子汜而告之,对曰:"讲亦悔,不讲亦悔。王今割河东而讲,三国归,王必曰:'三国固且去矣,吾特以三城送之。'不讲,三国也入韩,则国必大举矣[115],王必大悔。王曰:'不献三城也。'臣故曰:讲亦悔,不讲亦悔。"王曰:"为我悔也,宁亡三城而悔,无危乃悔。寡人断讲矣[116]。"

应侯谓秦王曰[117]:"王得宛、叶、兰田、阳夏[118],断河内[119],困梁、郑,所以未王者,赵未服也。弛上党在一而已,以临东阳,则邯郸口中虮也[120]。王拱而朝天下,后者以兵中之[121]。然上党之安乐,其处甚剧[122],臣恐弛之而不听,奈何?"王曰:"必弛易之矣[123]。"

说六

韩昭侯握爪,而佯亡一爪,求之甚急。左右因割其爪而效之。昭侯以此察左右之诚不。

韩昭侯使骑于县[124],使者报,昭侯问曰:"何见也?"对曰:"无所见也。"昭侯曰:"虽然,何见?"曰:"南门之外,有黄犊食苗道左者[125]。"昭侯谓使者:"毋敢泄吾所问于女。"乃下令曰:"当苗时,禁牛马入人田中,固有令,而吏不以为事[126],牛马甚多入人田中。亟举其数上之[127];不得,将重其罪。"于是三乡举而上之。昭侯曰:"未尽也。"复往审之,乃得南门之外黄犊。吏以昭侯为明察,皆悚惧其所而不敢为非[128]。

周主下令索曲杖,吏求之数日不能得。周主私使人求之,不移日而得之。乃谓吏曰:"吾知吏不事事也。曲杖甚易也,而吏不能得,我令人求之,不移日而得之,岂可谓忠哉!"吏乃皆悚惧其所,以君为神明。

卜皮为县令,其御史污秽而有爱妾[129],卜皮乃使少庶子佯爱之,以知御史阴情[130]。

西门豹为邺令[131],佯亡其车辖,令吏求之不能得,使人求之而得之家人屋间。

[注释]

[1]"储说"意即积聚历史传说民间故事,供君主使用,以备不时之需。因为篇幅过繁,分为内外储说。内储说又分为上下,外储说分为左右,在右复分为上下;共六篇。每篇先标论点,称为"经";再举例证,称为"说"。"经"文简练易诵,"说"部罗列诸事,印证"经文"。"经"、"说"配合,前后呼应,开创了一种新文体,汉、魏人称为"连珠体"。故韩非之《内》、《外储说》六篇,可视为连珠体之始祖。"七术"即七种驾驭臣下的方法:"众端参观"与"一听责下"言考核臣下;"必罚明威"与"信赏尽能"言赏罚制度;"疑诏诡使"、"挟知而问"与"倒言反事"言防奸察奸。大抵是些封建阶级的统治术,体现了以法、术、势为核心的法家韩非对"术"的过分迷恋,在后代产生过消极的影响。本文因篇幅太长故节选,"经"文全录,供读者参考;"说"部仅为解"经"之事例,择其"说三"、"说四"、"说六",分别对应"经三"、"经四"、"经六",窥其一斑耳。

[2]主之所用也七术,所察也六微:君主采用的有七种驾驭臣下的方法,必须明察的有六种情况。微:隐秘,隐微。

[3]众端参观:多方参验观察臣下的言行。端:方面。参:参验。

[4]必罚明威:臣下如有过失一定要惩罚来显明君主威严。

[5]信赏尽能:承诺过对有功之臣的赏赐一定要兑现,使臣下尽其所能。

[6]一听责下:逐一听取臣下的议论,督责他们各司其职。一:皆,一一。

[7]疑诏诡使:下达可疑的命令,使用诡诈的手段,来考察臣下是否忠诚。诏:命令。

[8]挟知而问:隐藏已经知道的情况再来询问臣下,来验证他们言行的真伪。挟:隐藏,怀藏。

[9]倒言反事:说与本意相悖的话和做与实情相反的事,来侦察臣下的阴谋。

[10]参观:即上文"众端参观"的省略语。按原书小标题作"参观一",置于段末,现依照今人习惯,移至经文前面,余皆仿此。

[11]诚:真情,实情。

[12]听有门户则臣壅塞:偏听一人就会被臣下蒙蔽。听有门户:意谓偏听一人有如只经一个门户。

[13]其说在:以上论点的说明在……按乾道本"说"下无"在"字,据赵用贤本补。侏儒之梦见灶,侏儒借梦见灶来讽喻君主受蒙蔽。按"经"文太简,故参以"说"部意译。

[14]哀公之称"莫众而迷":鲁哀公称引"莫众而迷"的谚语却仍然受到蒙弊。莫众而迷:办事若没有众人考虑就容易迷惑。

[15]齐人见河伯:齐人利用君主对他的偏信谎说所见大鱼即河伯。

[16]惠子之言"亡其半":惠施说君主如果轻信尚在争论的意见,就等于失去另一半人的意见。

[17]患:祸患。竖牛之饿叔孙:叔孙偏听竖牛的话,误杀二子,自己也被竖牛饿死。

[18]江乙之说荆俗:江乙说楚国因有"不言人之恶"的风俗,致使白公得以作乱。按"乙"字乾道本作"乞",据道藏本改。

[19]嗣公欲治不知,故使有敌:卫嗣公想治理好国家却不知其术,扶植新的臣妾与得宠的臣妾相抗衡却更受蒙蔽。敌:匹敌,抗衡。

[20]是以明主推积铁之类:所以明智的君主根椐积铁防箭需全面的道理推知防奸之法。推:推知,推演。

[21]察一市之患:明察"三人成虎"所带来的祸患。

[22]爱多者则法不立:君主仁爱太多,法度就无法建立。

[23]刑罚不必则禁令不行:如果执行刑罚不坚定,那么禁令就无法实行。必:坚决,坚定。

[24]董子之行石邑:董阏(yān)于巡视石邑,见深涧陡峭幽深无人敢入,从而领会到执法必严可以防奸的道理。

[25]子产之教游吉:子产教诲游吉要严刑禁奸。

[26]仲尼说陨霜:孔丘说君主治国不能象阴霜那样该杀却不杀。

[27]殷法刑弃灰:商代法律规定倒灰在街道上受重刑。

[28]将行去乐池:将行由于自己没有赏罚之权无法行事从而离开了中山之相乐池。将(jiàng)行:领队。

[29]公孙鞅重轻罪:商鞅对犯轻罪的人从重处罚。

[30]丽水之金不守：到丽水偷金的行为不能禁止，是由于偷金者不一定被
　　　抓到，所以人们不顾死刑怀着侥幸的心理铤而走险。

[31]积泽之火不救：积泽的火无人去救，只因未能处罚不救之人。

[32]成欢以太仁弱齐国：成欢以为齐王太过仁慈会削弱齐国。

[33]卜皮以慈惠亡魏王：卜皮认为魏王太慈惠，魏国必将灭之。

[34]管仲知之，故断死人：管仲知道"必罚"的道理，所以下令如若厚葬将
　　　斩杀尸体、责罚办丧事之人。断：斩杀。

[35]嗣公知之，故买胥靡：卫嗣公知道"必罚"的道理，所以愿意用卫国的
　　　城邑来买回逃到魏国的囚犯。

[36]赏誉薄而谩者下不用：赏誉轻而且不能兑现，臣下就不为君主所用。
　　　谩：欺骗。

[37]轻死：拼死效力。

[38]文子称"若兽鹿"：文子说君主要紧握赏罚的原则，臣下喜欢赏誉就
　　　好比兽鹿爱好肥美的草一样。

[39]越王焚宫室：越王通过焚烧宫室来验证厚赏严罚的效果。

[40]吴起倚车辕：吴起用奖励搬车辕的人的办法表明"赏誉厚而信"的原
　　　则，以鼓舞民众攻克秦亭。

[41]李悝断讼以射：李悝根据射箭的准与不准来判定诉讼的是非，以此鼓
　　　励人们学习射箭。

[42]宋崇门以毁死：宋国君主奖赏崇门地区一个服丧哀痛过度的人，导致
　　　许多人仿效至死，可见赏赐的力量如是之大。毁：悲哀过度。

[43]勾践知之，故式怒蛙：勾践知道赏誉的重要性，所以以扶轼俯首对怒蛙
　　　表示敬意，鼓励人们要有勇气。式：同"轼"，古代车厢前面用来扶手
　　　的横木；又立乘车上俯身抚轼，表示敬意，是古代的一种礼仪。怒蛙：
　　　青蛙肚子鼓气膨胀，似发怒。

[44]昭侯知之，故藏弊裤：韩昭侯知道赏赐须施于有功之人，所以让侍者
　　　收藏好自己的旧裤不轻易给人。弊裤：旧裤。

[45]厚赏之使人为贲、诸：厚赏可使人变成像孟贲、专诸那样的勇士。

[46]效：证明。

[47]一听则愚智不纷，责下则人臣不参：君主逐一听取臣下意见，就不会

混淆愚、智;时常督责臣下,无能者就无法参杂在有能者之中。纷:淆
乱,纷乱。

[48]"索郑"与"吹竽":魏王欲吞并韩国,韩王听取群臣的建议针锋相对;
齐湣王好逐一听人吹竽,滥竽充数的南郭先生只好逃之夭夭了。

[49]申子之以赵绍、韩沓为尝试:申不害为赵国借兵不明言于君上,先派
赵绍、韩沓去试探韩昭侯的意图。

[50]公子氾议割河东:秦昭襄王接受公子氾的意见,不再迟疑,坚定了割
让河东讲和的主张。

[51]应侯谋弛上党:秦昭襄王听从应侯范雎的计谋,放弃上党,集中力量
对付赵国。上党:地名。

[52]数见久待而不任,奸则鹿散:君主多次召见一些人,让他们久处身边
却不任用他们做事,奸邪之人猜测他们必定接受了君主的特殊使命,
就会恐惧四散奔逃。鹿散:象鹿受惊一样四散奔逃。

[53]使人问他则不鬻私:派人做事后又盘问其他事情来旁敲侧击,此人就
不敢弄虚作假。鬻:卖。

[54]庞敬还公大夫:庞敬命公大夫半道返回,故布疑阵,使者不敢作弊。
公大夫:管理市场的官吏。"市人"则为一般管理市场的人。

[55]戴欢诏视辒车:宋太宰戴欢派人佯为侦察辒车实为侦察其他隐情。
辒车:古代的一种卧车,常密闭。

[56]周主亡玉簪:周王故意丢失玉让人寻找,然后自己发现,被手下人视
若神明。

[57]商太宰论牛矢:宋太宰事先通过他人了解情况后,再责问手下管理市
场的官吏城门外为什么有许多牛屎,以此显示自己无所不知。

[58]挟智而问,则不智者智:隐藏已经知道的事情再去问别人,那么连自
己原本不知的情况也能知道。智:通"知"。按第三个"智"字乾道本
作"至",陶鸿庆曰:"案至亦当作智,三智字皆读为知。言挟所知以问
所不知,则所不知者亦知矣。"今据改。

[59]探智一物,众隐皆变:打探了了解到一件事,那么许多隐情都能变出来。
按"探"字乾道本作"深",孙楷第曰:"按'深'字当作'探','物'下脱
'则'字,《北堂书钞》百四十一引本篇'西门豹'章末有'故探知一物,

则众隐皆扶'十字,即承经文而言。"今据改。

[60]昭侯之握一爪:韩昭侯假装掉了一个指甲来观察左右侍从是否忠诚。
　　爪:指甲。

[61]必审南门而三乡得:韩昭侯事先探知南门外的情况,命令手下报告,
　　顺带把其他三个门外的情况也搞清楚了。乡:方向,方位。

[62]周主索曲杖而群臣惧:周主下令寻找弯曲的拐杖,群臣苦觅不得周主
　　却轻易得之,故臣下恐惧万分,祝君作神明。

[63]卜皮使庶子:卜皮派年轻的庶子假装爱上御史的宠妾,以刺探御史的
　　隐密。庶子:战国时秦、魏等国,家臣也称庶子。按"使"字乾道本作
　　"事",王先慎曰:"'事'当作'使',下文卜皮为县令,其御史污秽而有
　　爱妾,卜皮乃使庶子佯爱之,以知御史阴情,正作'使'字。"今据改。

[64]西门豹详遗辖:西门豹假装丢失车辖而命令官吏寻找,最终自己来发
　　现,以示聪明过人。详:通"佯"。辖:车键,车轴两端扣住畫(wèi)的
　　插拴。

[65]倒言反事以尝所疑则奸情得:用说反话做反事来试探所怀疑的事,就
　　能得知奸情。尝:试,试探。

[66]阳山谩樛(jiū)竖:阳山假装诽谤樛竖来试探君主是否怀疑自己。

[67]淖齿为秦使:淖齿听说齐王讨厌自己,就派人假扮秦国的使臣来打听
　　君王的口风。

[68]齐人欲为乱:齐国有人想作乱,故意驱逐所爱之人,看齐王有什么
　　反应。

[69]子之以白马:子之假意说看见一匹白马跑出门,以此了解左右是否
　　诚实。

[70]子产离讼者:子产把诉讼双方隔离开来,使他们不能互相通话,来了
　　解实情。

[71]嗣公过关市:卫嗣公让人假扮客商贿赂关吏通过关市,再亲自揭发以
　　示明察秋毫。

[72]文子:人名。老子弟子,或曰姓辛名姸(一作钘),字文子,号计然,葵
　　丘濮上人,为范蠡师。

[73]夫赏罚之为道,利器也:赏罚作为治国之道,是一种锐利的兵器;君主

应牢固掌握,不能给别人看到。按文子为老子弟子,故此语乃袭其师
"国之利器,不可以示人"之语。

[74]唯荐草而就:只要是肥美的草,就会凑上去吃。荐:兽畜吃的草,美
草,甘草。就:接近,靠近。

[75]文种:大夫种。参见《说林下》注[140]。

[76]君欲知之:按乾道本"欲"下无"知",据道藏本补。

[77]死敌:与敌战斗而死。

[78]降北:兵败投降。

[79]涂其体:在身上涂上防火物。被濡衣:披着湿衣。被,通"披"。濡,浸
渍,湿润。走火:奔赴火场。

[80]亭:古代设在边塞观察敌情的岗亭。

[81]征甲兵:征调军队。

[82]倚:立。车辕:车前驾牲畜的曲木,压在车轴上,伸出车舆前端。

[83]上田:上等田地。

[84]俄:不久。一石:一百二十斤为一石。赤菽:经豆。

[85]狐疑之讼:是非难定的诉讼。

[86]的:箭靶。

[87]疾:忙着。

[88]巷人:里巷之居民,即平民。

[89]服丧而毁,甚瘠:守丧时哀痛过度,很瘦弱。

[90]官师:周代中士、下士等的泛称。

[91]子之服亲丧者,为爱之也:儿子为父母服丧,是因为爱父母。

[92]为其有气故也:因为它有气概的缘故。

[93]誉之足以杀人矣:赞誉足以杀人。按"誉"字乾道本作"毁",据道藏
本改。

[94]自刭:自刎。

[95]越王将复吴而试其教:越王准备向吴国复仇,于是试验这种教化的效
果。按王先慎曰:"乾道本'越'作'曰','吴'作'吾',今依张榜本、
赵本改。"今从之。

[96]燔台而鼓之:在台上点火焚烧。燔(fán):焚烧。

[97]使民赴火者,赏在火也:使人们勇于扑进火中的原因,是进火有赏。

[98]绝头刳腹而无顾心:断头剖腹却没有回头的心意。

[99]又况据法而进贤,其劝甚此矣:又何况根据法令举用贤人,它的鼓励作用就更大了。劝:劝勉,鼓励。按"劝"字乾道本作"助",顾广圻曰:"助,当作劝。"今据改。

[100]明主之爱一嚬一笑,嚬有为嚬,而笑有为笑:明主不轻易露出自己的一嚬一笑,嚬有嚬的原因,笑有笑的原因,爱:吝惜,引申为不轻易。嚬:同"颦",皱眉。

[101]郑王:即韩王。

[102]始郑、梁一国也,已而别,今愿复得郑而合之梁:以前韩、魏都属一个国家晋国,后来才分开,现在我希望把韩国合到魏国。郑:韩的别名。韩哀侯灭郑,迁都到郑,故韩又称郑。梁:魏的别名。魏国迁都大梁。故名。

[103]应:回应,回答。

[104]竽:古代一种簧管乐器,形似笙而略大。

[105]南郭:复姓。处士:未仕或不仕的士人。

[106]廪食以数百人:几百人享受着吃官粮的待遇。廪(lǐn):粮仓。廪食:官府供给粮食。

[107]因:凭借,通过。

[108]外市:勾通外人。按此句"之"下乾道本有"欲",据道藏本删。

[109]恶(wù):招恨,得罪。

[110]尝试君之动貌:试探君王的意图。

[111]楼缓:赵国人,纵横家,为秦昭襄王的相。按此句乾道本"国"下无"兵",据道藏本补;乾道本"王"前无"秦",据《战国策·秦策四》补。

[112]河东:黄河流经山西,自北而南,故称山西境内黄河以东地区为河东。讲:议和。

[113]费:损失。

[114]父兄:此指君主宗族旧臣。

[115]国必大举:国家必定大规模发兵。指陷国家于危险境地中。

[116]断讲:决定讲和。

[117]应侯:范雎的封号。范雎说秦昭王以远交近攻,加强王权之策。昭王以雎为相,封于应,号应侯。屡败韩赵之师。

[118]宛、叶、兰田、阳夏:皆为楚国地名。

[119]断:截断,切断。河内:魏国地名。

[120]弛上党在一而已,以临东阳,则邯郸口中虱也:放弃上党只是一个郡罢了,如果我们移上党之兵临东阳,邯郸犹如口中的虱子呀。弛:放弃。上党:原为韩地,为秦国攻取,发兵守护。

[121]王拱而朝天下,后者以兵中之:大王拱手使天下来朝拜,不朝拜的国家用兵攻之。

[122]然上党之安乐,其处甚剧:然而上党乃安乐之地,地位又很重要。剧:重要。

[123]必弛易之:一定要移兵攻打东阳。驰易:移易。

[124]韩昭侯使骑于县:韩昭侯派骑兵侍从巡视县里。按乾道本"昭"下无"侯",据道藏本补。

[125]黄犊:小黄牛。

[126]固有令,而吏不以为事:本来有令,然而官吏不把它当回事。按乾道本"令"下有"入",据赵用贤本删。

[127]亟举其数上之:赶快把牛马入田食苗的数目报上来。

[128]皆悚惧其所而不敢为非:都惶恐谨慎地对待自己的职责而不敢为非作歹。所:职所,职责。

[129]御史:官名。春秋战国列国都有御史,为诸侯王亲近之职,掌文书及记事。污秽:行为卑鄙。

[130]阴情:隐密。

[131]西门豹:战国魏人,投女巫、三老于河,破除迷信。邺(yè):魏县名,今河北临漳县面南。

难　一(二)[1]

历山之农者侵畔[2],舜往耕焉,期年[3],甽亩正[4]。河滨之渔者争坻[5]，舜往渔焉，期年而让长[6]。东夷之陶者器苦窳[7]，舜往陶焉，期年而器牢[8]。促尼叹曰："耕、渔与陶，非舜官也[9]，而舜往为之者，所以救败也[10]。舜其信仁乎[11]！乃躬藉处苦而民从之[12]。故曰：圣人之德化乎[13]！"

　　或问儒者曰："方此时也[14]，尧安在?"其人曰[15]："尧为天子。""然则仲尼之圣尧奈何[16]?圣人明察在上位，将使下无奸也。今耕渔不争[17]，陶器不窳，舜又何德而化?舜之救败也，则是尧有失也。贤舜，则去尧之明察;圣尧，则去舜之德化[18]：不可两得也。楚人有鬻盾与矛者[19]，誉之曰[20]：'吾盾之坚，物莫能陷也[21]。'又誉其矛曰：'吾矛之利，于物无不陷也。'或曰：'以子之矛陷子之盾，何如?'其人弗能应也。夫不可陷之盾与无不陷之矛，不可同世而立[22]。今尧、舜之不可两誉，矛盾之说也[23]。且舜救败，期年已一过[24]，三年已三过。舜有尽[25]，寿有尽，天下过无已者[26];以有尽逐无已，所止者寡矣[27]。赏罚使天下必行之[28]，令曰：'中程者赏[29]，弗中程者诛。'令朝至暮变，暮至朝变，十日而海内毕矣，奚待期年[30]?舜犹不以此说尧令从己，乃躬亲，不亦无术乎[31]?且夫以身为苦而后化民者，尧、舜之所难也;处势而矫下者，庸主之所易也。将治天下，释庸主之所易，道尧、舜之所难，未可与为政也。"

[注释]

[1]"难"即辩难、辩驳之意。韩非收集了二十八则故事，以相互辩驳的形式加以议论，写就《难一》《难二》《难三》《难四》四篇文章。因篇幅过长本文节选《难一》第二则。文中韩非认为"贤舜，则去尧之明察;圣尧，则去舜之德化"，根据矛盾的排中律，尧、舜不可能同时为圣贤。韩非的目的是为了强调君主要重"势"，但客观上促进了形式逻辑与辩难文体的发展。

[2]侵畔：侵占田界。畔，田界。

[3]期年:一年。

[4]畎亩正:全部田界恢复正常。畎(quǎn):同"畎",田间小沟。

[5]河滨:黄河边上。坻(chí):水中的小洲或高地,捕渔者站立之地。

[6]让长:对年长之人谦让。

[7]陶者:制陶器之人。器:陶器。苦(gǔ):通"盬",粗劣。按古人以器物坚好者谓之"功",滥恶者谓之"苦"。窳:器物质量粗劣。

[8]牢:牢固。

[9]官:职责,职守。

[10]救败:纠正人们败坏的风气。

[11]信:确实,的确。

[12]乃躬藉处苦而民从之:竟然亲自耕田,待在艰苦的地方操劳,因而百姓听从他。躬:亲自。藉:即"藉田",古代帝王于春耕前亲耕农田,以奉祀宗庙。《汉书·文帝纪》注韦昭曰:"藉,借也。借民力以治之,以奉宗庙,且以劝率天下,使务农也。"

[13]圣人之德化乎:圣人的道德能感化人心啊!

[14]方:当。

[15]其人:代指儒者。

[16]然则仲尼之圣尧奈何:既然这样,那么孔子又为什么认为尧是圣人呢?

[17]今:如果。

[18]贤舜,则去尧之明察;圣尧,则去舜之德化:认为舜贤能,那就否定了尧的明察;认为尧圣明,那就否定了舜的德化:不可能二者都正确。

[19]鬻:卖。

[20]誉:赞美,称誉。

[21]吾盾之坚,物莫能陷也:按乾道本"盾"上无"吾",据道藏本补;又乾道本"莫"上无"物",据《太平御览》三百五十三补。陷:刺穿。

[22]不可同世而立:同时存在。

[23]今尧、舜之不可两誉,矛盾之说也:现在尧与舜不可以同时称颂,正如"无不陷"的矛与"莫能陷"的盾不能同时存在的道理一样。

[24]期年已一过:一年纠正一个错误。已:制止,纠正。

[25]舜有尽:象舜一样的人毕竟有限。

[26]无已:不能停止。

[27]以有尽逐无已,所止者寡矣:以有限来追随无限,所能纠正的过错是很少的。按"以"字乾道本置于上句"已者"上,据赵用贤本改。

[28]赏罚使天下必行之:赏罚可以使天下人绝对遵行。

[29]中程:符合法度规定,程:法度,程式。

[30]令朝至暮变,暮至朝变,十日而海内毕矣,奚待期年:法令早晨下达,人们的过错晚上就能改变;法令晚上下达,过错到第二天早晨就能改变。十天时间全国可改变完毕,为什么要等一年呢!

[31]舜犹不以此说尧令从己,乃躬亲,不亦无术乎:况且那种使自身受苦来感化百姓的办法,就连尧、舜也很难做到;处在"势"位来矫正臣下的办法,即使是平庸的君主也容易做到。按"矫"乾道本作"骄",顾广圻曰:"道藏本同,今本'骄'作'令'。当作'骄',《外储说右篇》云:'榜檠矫直。'"今据改。

显　学[1]

世之显学,儒、墨也。儒之所至[2],孔子也。墨之所至,墨翟也。自孔子之死也,有子张之儒,有子思之儒,有颜氏之儒,有孟氏之儒,有漆雕氏之儒,有仲良氏之儒,有孙氏之儒,有乐正氏之儒[3]。自墨子之死也,有相里氏之墨,有相夫氏之墨,有邓陵氏之墨[4]。故孔、墨之后,儒分为八,墨离为三,取舍相反不同[5],而皆自谓真孔、墨,孔、墨不可复生,将谁使定世之学乎[6]?孔子、墨子俱道尧、舜,而取舍不同,皆自谓真尧、舜,尧、舜不复生,将谁定儒、墨之诚乎[7]?殷、周七百余岁,虞、夏二千余岁[8],而不能定儒、墨之真;今乃欲审尧、舜之道于三千岁之前,意者其不可必乎[9]!无参验而必之者,愚也;弗能必而据之者,诬也^[10]。故明据先王,必定尧、舜者,非愚则诬也。愚诬之学,杂反之行^[11],明主弗受也。

墨者之葬也^[12],冬日冬服^[13],夏日夏服,桐棺三寸^[14],服丧三月^[15],世主以为俭而礼之^[16]。儒者破家而葬^[17],服丧三年,大毁扶杖^[18],世主以为孝而礼之。夫是墨子之俭,将非孔子之侈也^[19];是孔子之孝,将非墨子之戾也^[20]。今孝、戾、侈、俭俱在儒、墨,而上兼礼之^[21]。漆雕之议^[22],不色挠,不目逃,行曲则违于臧获,行直则怒于诸侯,世主以为廉而礼之^[23]。宋荣子之议^[24],设不斗争,取不随仇,不羞囹圄,见侮不辱,世主以为宽而礼之^[25]。夫是漆雕之廉,将非宋荣之恕也^[26];是宋荣之宽,将非漆雕之暴也。今宽、廉、恕、暴俱在二子,人主兼而礼之。自愚诬之学,杂反之辞争,而人主俱听之,故海内之士,言无定术,行无常议^[27]。夫冰炭不同器而久^[28],寒暑不兼时而至^[29],杂反之学不两立而治^[30]。今兼听杂学缪行同异之辞^[31],安得无乱乎?听行如此,其于治人又必然矣^[32]。

今世之学士语治者^[33],多曰:"与贫穷地以实无资^[34]。"今夫与人相若也,无丰处旁人之利而独以完给者,非力则俭也^[35]。与人相若也,无饥馑^[36]、疾疚^[37]、祸罪之殃独以贫穷者,非侈则堕也^[38]。侈而堕者贫,而力而俭者富。今上征敛于富人以布施于贫家^[39],是夺力俭而与侈堕也,而欲索民之疾作而节用,不可得也^[40]。

今有人于此,义不入危城,不处军旅,不以天下大利易其胫一毛^[41],世主必从而礼之,贵其智而高其行,以为轻物重生之士也^[42]。夫上所以陈良田大宅,设爵禄,所以易民死命也^[43]。今上尊贵轻物重生之士^[44],而索民之出死而重殉上事^[45],不可得也。藏书策^[46],习谈论,聚徒役^[47],服文学而议说^[48],世主必从而礼之,曰:"敬贤士,先王之道也。"夫吏之所税^[49],耕者也;而上之所养,学士也。耕者则重税,学士则多赏,而索民之疾作而少言谈,不可得也。立节参民,执操不侵,怨言过于耳,必随之以剑[50],世主必从而礼之,以为自好之士[51]。夫斩首之劳不赏,而家斗之勇尊显[52],而索民之疾战距敌而无私斗[53],不可得也。国平则养儒侠,难至则用介士[54]。所养者非所用,所用者非所养,此所以乱也[55]。且夫人主于听学也,若是其言,宜布之官而用其身[56];若非其言,宜去其身而息其端[57]。今以为是也,而弗布于官;以为非也,而不息其端。是而不用,非而不息,乱亡之道也。

澹台子羽[58],君子之容也,仲尼几而取之,与处久而行不称其貌[59]。宰予之辞[60],雅而文也,仲尼几而取之,与处久而智不充其辩[61]。故孔子曰:“以容取人乎,失之子羽;以言取人乎,失之宰予[62]。”故以仲尼之智而有失实之声[63]。今之新辩滥乎宰予[64],而世主之听眩乎仲尼[65],为悦其言,因任其身[66],则焉得无失乎?是以魏任孟卯之辩[67],而有华下之患[68];赵任马服之辩[69],而有长平之祸[70]。此二者,任辩之失也。夫视锻锡而察青黄,区冶不能以必剑[71];水击鹄雁,陆断驹马,则臧获不疑钝利[72]。发齿吻形容,伯乐不能以必马[73];授车就驾,而观其末涂[74],则臧获不疑驽良[75]。观容服,听辞言,仲尼不能以必士;试之官职,课其功伐[76],则庸人不疑于愚智。故明主之吏,宰相必起于州部[77],猛将必发于卒伍[78]。夫有功者必赏,则爵禄厚而愈劝[79];迁官袭级[80],则官职大而愈治[81]。夫爵禄大而官职治,王之道也。

磐石千里[82],不可谓富;象人百万[83],不可谓强。石非不大,数非不众也,而不可谓富强者,磐不生粟[84],象人不可使距敌也。今商官技艺之士亦不垦而食[85],是地不垦,与磐石一贯也[86]。儒侠毋军劳[87],显而荣者,则民不使,与象人同事也。

夫知祸磐石象人,而不知祸商官儒侠为不垦之地、不使之民,不知事类者也[88]。

故敌国之君王虽说吾义[89],吾弗入贡而臣[90];关内之侯虽非吾行[91],吾必使执禽而朝[92]。是故力多则人朝,力寡则朝于人,故明君务力[93]。夫严家无悍虏[94],而慈母有败子。吾以此知威势之可以禁暴,而德厚之不足以止乱也。

夫圣人之治国,不恃人之为吾善也,而用其不得为非也[95]。恃人之为吾善也,境内不什数[96];用人不得为非[97],一国可使齐[98]。为治者用众而舍寡[99],故不务德而务法。夫必恃自直之箭[100],百世无矢;恃自圜之木[101],千世无轮矣。自直之箭,自圜之木,百世无有一,然而世皆乘车射禽者何也?隐栝之道用也[102]。虽有不恃隐栝而有自直之箭、自圜之木,良工弗贵也[103]。何则?乘者非一人,射者非一发也。不恃赏罚而恃自善之民,明主弗贵也。何则?国法不可失,而所治非一人也。故有术之君,不随适然之善[104],而行必然之道。

今或谓人曰[105]:‘使子必智而寿,则世必以为狂[106]。夫智,性也[107];寿,命也。性命者,非所学于人也,而以人之所不能为说人[108],此世之所以谓之为狂也。谓之不能然,则是谕也,夫谕性也[109]。以仁义教人[110],是以智与寿说也,有度之主弗受也[111]。故善毛嫱、西施之美[112],无益吾面;用脂泽粉黛,则倍其初[113]。言先王之仁义,无益于治;明吾法度,必吾赏罚者,亦国之脂泽粉黛也。故明主急其助而缓其颂[114],故不道仁义。

今巫祝之祝人曰[115]:“使若千秋万岁[116]。”千秋万岁之声聒耳[117],而一日之寿无征于人[118],此人所以简巫祝也[119]。今世儒者之说人主,不善今之所以为治,而语已治之功;不审官法之事,不察奸邪之情,而皆道上古之传誉、先王之成功[120]。儒者饰辞曰[121]:"听吾言,则可以霸王。"此说者之巫祝,有度之主不受也。故明主举实事,去无用,不道仁义者故[122],不听学者之言。

今不知治者必曰:"得民之心。"欲得民之心而可以为治,则是伊尹、管仲无所用也[123],将听民而已矣[124]。民智之不可用,犹婴儿之心也。夫婴儿不剔首则腹痛[125],不揊痤则寖益[126]。剔首、揊痤,必一人抱之,慈母治之,然犹啼呼不止,婴儿子不知犯其所小苦致其所大利也[127]。今上急耕田垦草以厚民产也[128],而以上为酷;修刑重罚以为禁邪也[129],而以上为严;征赋钱粟以实仓库,且以救饥馑、备军旅也[130],而以上为贪[131];境内必知介而无私解[132],并力疾斗[133],所以禽虏也[134],而以上为暴。此四者,所以治安也,而民不知悦也。夫求圣通之士者[135],为民知之不足师用[136]。昔禹决江浚河[137],而民聚瓦石[138];子产开亩树桑[139],郑人谤訾[140]。禹利天下,子产存郑[141],皆以受谤,夫民智之不足用亦明矣。故举士而求贤智,为政而期适民[142],皆乱之端,未可与为治也。

[注释]

[1]显学:即显赫的学派。文章批判当时的显学儒学和墨家,认为儒家的"仁义"与墨家的"节用"皆为杂学,互相矛盾,只会使国家混乱。统治者应实行法治,即重农、修刑、征赋、力战,使国家强大。本篇为《韩非子》的重要篇章,代表了韩非的主要思想。

[2]儒之所至:儒家达到最高成就的人。

[3]子张:孔子弟子,姓颛(zhuān)孙,名师,陈人。少孔子四十八岁。子思:孔子孙子,名伋,曾为鲁缪公师。著《子思》二十三篇,相传《礼记》中的《中庸》、《坊记》、《缁衣》出于《子思》。颜氏:皮锡瑞《经学历史》曰:"孔门弟子有颜氏八(颜无繇、颜回、颜幸、颜高、颜祖、颜之仆、颜哙、颜何),未必即是子渊(颜回)。"故颜氏无法确指是谁。有人以为

是颜渊,但颜渊死在孔子前,是否有其弟子传其学无法考证。孟氏:孟轲,子思的再传弟子,著《孟子》,发挥孔子、子思的学说。漆雕氏:孔子弟子,姓漆雕,名启,字子开。他的后学著《漆雕子》十二篇,今亡。仲良氏:仲梁子,战国时鲁国人,陈奇猷认为他兼有曾参、子夏二家之学脉。孙氏:公孙尼子,孙子的再传弟子,著《公孙尼子》二十八篇。或以为"孙氏"即"孙卿"(荀况),陈奇猷曰"本篇乃斥儒者,谅韩非不致诋毁其师",故仍以公孙尼子为是。乐正氏,姓乐正,名子春,春秋时鲁国人,曾参的弟子,以孝闻名。按以上韩非叙述孔子以后儒家的八个学派。

[4]相里氏:相里勤,为墨家中的"别墨",注重勤俭力行。相里氏:一作伯夫氏。邓陵氏:邓陵子,楚国人,为后期墨家中南方一派,注重墨家理论。按以上韩非叙述墨子以后墨家的三个学派。

[5]取舍相反不同:对儒、墨学说的取舍相互矛盾,各不相同。反:矛盾。

[6]孔、墨不可复生,将谁使定世之学乎:孔子、墨子不能重生,叫谁来判定世上这些学派的真假呢? 按乾道本无"孔墨"二字,据赵用贤本补。

[7]诚:真实情况。

[8]殷、周七百余岁,虞、夏二千余岁:商末周初距今七百多年,虞末夏初距今二千多年。陈奇猷曰:"儒家之学起于周公,周公当殷末周初之世,自殷末周初到韩非七百余岁。墨家托始于夏禹,禹当虞末夏初之世,自虞末夏初至韩非二千余岁。殷:商代。虞:虞代,舜在位的时代。"

[9]今乃欲审尧、舜之道于三千岁之前,意者其不可必乎:现在竟想详细考察三千多年前的尧舜之道,想来无法确定吧。意:料想。

[10]弗能必而据之者,诬也:不能确定就用作依据,这是欺骗。

[11]杂反之行:杂乱矛盾的行为,按乾道本"反"下无"之"字,据赵用贤本补。

[12]葬:丧葬制度。

[13]冬日冬服:冬天死了就穿冬天的衣服下葬。按墨家主张"节用",故一切从简,死后不另做葬衣。

[14]桐棺:桐木制的棺材。桐木质地疏松,易腐烂,故桐棺指质地朴素的棺材。"桐棺三寸"表明棺板极薄,与儒家主张几重棺椁的厚葬制度

形成鲜明对照。

[15]服丧:为父母死丧。

[16]世主以为俭而礼之:当世君主认为他们节俭因而礼遇他们。按乾道本"世"下无"主",卢文弨曰:"主字脱,据下文补。"今据补。

[17]破家:倾家荡产。

[18]大毁扶杖:悲痛过度,需人搀扶才能起身,拄着拐杖才能行走。

[19]是墨子之俭,将非孔子之侈也:肯定墨子的节俭,就要否定孔子的奢侈。

[20]戾:乖戾,不近人情。即不孝。

[21]上兼礼之:君主同样礼遇他们。

[22]议:主张。

[23]不色挠,不目逃,行曲则违于臧获,行直则怒于诸侯,世主以为廉而礼之:受到威胁时,脸色不屈服,眼神不躲闪。如果自己行为不正,连奴仆都应避让;行为正直,连诸侯也敢怒责,当世君主认为他们正直而礼遇他们。挠:屈服。违:避开。臧获:奴婢的贱称。廉:正直。

[24]宋荣子:即宋钘(jiān),《孟子》中作宋牼(kēng)。战国时宋国人,属黄老学派。《荀子·非十二子》认为墨翟、宋钘为同一学派,强调功用、节俭,不重等级。韩非此处乃秉承师说,将宋荣子归入墨家。

[25]设不斗争,取不随仇,不羞囹圄,见侮不辱,世主以为宽而礼之:不与人争斗,不寻人报仇,身陷监狱不以为愧,受到侮辱不以为耻,当世君主认为他们宽厚而礼遇他们。没:提倡。取:采取。囹圄(líng yú):监狱。

[26]恕:宽恕、宽容、宽厚。

[27]言无定术,行无常议:言、行没有固定的宗旨、准则。术:道术、主张、宗旨。议:通"仪",准则。

[28]不同器而久:不能长久地放在同一容器中。

[29]不兼时而至:不能同时到来。

[30]杂反之学不两立而治:杂乱矛盾的学说不能并存治理国家。

[31]缪行:荒谬的行为。缪,通"谬"。同异:相互矛盾。

[32]听行如此,其于治人又必然矣:听言、行事像这样,他们治理百姓也必

然混乱呀。

[33]学士:学者。

[34]与贫穷地以实无资:施与财产给贫穷困窘之人,来充实他们匮乏的资财。按陈奇猷曰:"'地'字当衍。下云'征敛于富人以布施于贫家。'是与贫穷者乃征自富人,征自富人者当为资财而非地可征。"今从之。

[35]今夫与人相若也,无丰处旁人之利而独以完给者,非力则俭也:如果有人与别人条件相当,没有丰收的年成和其他收入的利益,独独能自给自足的,那不是因为勤劳就是因为节俭。夫(fú):那些人。相若:相似,相当。完给:供给充足。按乾道本"若"作"善",俞樾曰:"善字皆若字之误,与人相若也,犹曰钧是人也。"今据改。下文同此。

[36]饥馑:荒年。饥:五谷不收。馑:菜蔬欠收。

[37]疚:病。

[38]堕:通"惰",懒惰。

[39]征敛:征收。

[40]欲索民之疾作而节用,不可得也:想求得百姓努力耕作和俭省节用,是不可能的。索:寻求。

[41]义不入危城,不处军旅,不以天下大利易其胫一毛:讲道义不进危险的城市,不置身于军队中,不肯为天下的大利益而牺牲他小腿上的一根汗毛。按此为战国杨朱一派"为我"思潮。易:交换。胫(jìng):小腿。

[42]以为轻物重生之士也:认为他是轻视物质看重生命的人。

[43]夫上所以陈良田大宅,设爵禄,所以易民死命也:君主之所以拿出肥沃的田地、宽敞的住宅,设置官爵和俸禄,是为了用它来换取百姓卖命的。

[44]尊贵:尊敬推崇。

[45]出死:出生入死。重殉上事:把为君主的事业献身看得很重要。

[46]策:由竹简、木简编成的书籍。

[47]徒役:弟子、门徒。

[48]服:练习,熟悉。文学:指文献经典,如《诗》《书》《礼》《乐》等儒家经典。按此指儒家招收门徒讲学。

[49]所税:收税的对象。

[50]立节参民,执操不侵,怨言过于耳,必随之以剑:讲求气节,聚集民众,坚守节操而不容侵犯,听到怨恨自己的话,必定拔剑拼命。参:聚集。

[51]自好(hào)之士:爱惜自己声誉的人。

[52]家斗:私家争斗。

[53]距敌:抵抗敌人。距:通"拒"。

[54]国平则养儒侠,难至则用介士:国家太平时就供养儒生和游侠,祸难到来时就用甲士去作战。介:铠甲。

[55]所养者非所用,所用者非所养,此所以乱也:所供养的不是要使用的人,所使用的人又不是所供养的人,这就是混乱的原因。

[56]若是其言,宜布之官而用其身:如果肯定他的话,就应由官方推行,并任用他。

[57]息其端:制止苗头。

[58]澹台子羽:姓澹台,名灭明,字子羽,春秋时鲁国人,孔子弟子。

[59]君子之容也,仲尼几而取之,与处久而行不称其貌:有着君子的容貌,孔子接近他收为弟子,与他相处久了却发现他的行为和仪表不相称。容:仪容,仪表。几:接近。取:选中,相中。

[60]宰予:字子我,又称宰我,春秋时鲁国人,孔子弟子,以善辩闻名。

[61]与处久而智不充其辩:与他相处久了却发现他的智慧不及口才。

[62]以容取人乎,失之子羽;以言取人乎,失之宰予:按《史记·仲尼弟子列传》记载与此相反,澹台灭明相貌丑陋,为孔子不喜,后澹台终成大儒,故孔子曰:"吾以言取人,失之宰予;以貌取人,失之子羽。"失:失误。又按"处"下乾道本无"久",据赵用贤本补。

[63]以仲尼之智而有失实之声:凭借孔子的智慧,还有看人不符实际的感慨。

[64]新辩:新出的辩说。滥:超过。

[65]眩:迷惑,糊涂。

[66]为悦其言,因任其身:因为喜爱他们的言论,于是任用他们。

[67]孟卯:即芒卯,战国时魏相,以善辩著称。

[68]华下之患:前273年,孟卯率魏军、赵军攻韩,秦将白起率兵救韩,在

华下大败魏赵联军,孟卯逃走,死伤十五万,魏国割地求和。华下,韩地名,即华阳,今河南密县东北。

[69] 马服:即马服君,战国时赵国名将赵奢的封号。此指其子赵括。

[70] 长平之祸:前260年,秦将白起攻赵,与赵将廉颇相持于长平。赵王中了秦的反间计,撤换廉颇,以赵括为大将。赵括只会纸上谈兵,结果赵军大败,被坑杀四十多万。长平:赵地名,今山西高平县西。

[71] 视锻锡而察青黄,区冶不能以必剑:只看炼剑时掺锡多少和火苗的颜色,就连区冶也不能断定剑的好坏。锻锡:古代锻炼金属时掺的锡。青黄:古代锻炼金属的火苗颜色。区冶:即欧冶子,春秋时越国人,善铸剑。

[72] 水击鹄雁,陆断驹马,则臧获不疑钝利:在水中斩杀鹄和雁,在陆地上劈杀大小马匹,即使奴婢也不会弄错剑的利钝。鹄:天鹅。驹:小马。

[73] 发齿吻形容,伯乐不能以必马:只看马的牙口和外形,就连伯乐也不能断定马的优劣。发:打开,掰开。吻:嘴唇。形容:形体容貌。

[74] 授车就驾,而观其末涂:给马套上车让它奔跑,看它终点能到哪。涂:通“途”。

[75] 驽良:劣马和良马。

[76] 课其功伐:考核他的功绩。课:考核。

[77] 州部:古代地方基层行政单位。

[78] 卒伍:古代军队基层行政单位。百人为“卒”,五人为“伍”。

[79] 爵禄厚而愈劝:爵禄丰厚的人更会勉励自己。劝:勉励,劝勉。

[80] 迁官袭级:升官加级。

[81] 治:治理好政事。

[82] 磐石:扁厚的大石。此指石头地,戈壁。

[83] 象人:偶人,俑人。古代殉葬时用木头、陶土等做的假人。

[84] 粟:古以粟为黍、稷、粱、秫的总称。今称粟为谷子,去壳后称小米。此处代指粮食。

[85] 商官:用钱买到官爵的商人。技艺之士:手工业者。

[86] 一贯:一样。

[87] 毋军劳:没有军功。毋,同“无”。

[88]夫知祸磐石象人,而不知祸商官儒侠为不垦之地、不使之民,不知事类者也:知道把石头地和俑人看作祸害,却不知道高官、儒生和游侠就像不能耕种的土地、不能使唤的人一样也是祸害,这是不明白事情的类比呀。按"知祸"乾道本作"祸知",顾广圻曰:"祸知,当作知祸,以此知祸与下句不知祸相对也。"今据改。

[89]敌国:国力、地位相当的国家。敌,匹敌。说:通"悦",喜爱,喜欢。

[90]吾弗入贡而臣:我们无法使他进贡称臣。

[91]关内之侯:即关内侯,战国时魏国、秦国设置的一种爵位。

[92]执禽:古代臣下朝见天子或诸侯时有持禽类作礼物的制度,大夫执雁,卿执羔,表示臣服。

[93]务:致力,从事。

[94]严家无悍虏:管束严厉的家庭没有凶悍的奴仆。

[95]不恃人之为吾善也,而用其不得为非也:不依靠人们自我完善,而是使他们不做坏事。

[96]不什数:无法用十来计算,即不足十个。什:通"十"。

[97]不得为:按"得"下乾道本无"为",顾广圻曰:"今本得下有为字。"今据补。

[98]齐:整齐划一。

[99]为治者用众而舍寡:治理国家的人采对多数人行之有效的办法而舍弃对少数人有效的方法。

[100]箭:制箭的竹杆。

[101]圜:通"圆"。

[102]隐栝之道用也:是因为采用矫正的办法。隐栝(guā):矫正竹木弯曲的器具。

[103]良工弗贵:能工巧匠也不被看重。

[104]不随适然之善:不追求人们的偶然善行。

[105]或:有人。

[106]狂:通"诳",欺骗。

[107]性:本性。

[108]说:通"悦",使……高兴。

[109]谓之不能然,则是谕也,夫谕性也:告诉别人让他聪明长寿这事办不
　　　到,这是明确告知,表明人本性如此。谕:告知,使理解。

[110]仁义:按"仁"下乾道本无"义",顾广圻曰:"今本仁下有义字,按依
　　　下文当有。"今据补。

[111]度:法度。

[112]善:称赞。毛嫱、西施:"毛嫱"又作"毛嫱",二者均为春秋时期
　　　美女。

[113]用脂泽粉黛,则倍其初:用脂粉眉黛,就能比原先加倍美丽。

[114]急其助而缓其颂:重视对治国有帮助的事物,而轻视对先王的颂扬。

[115]巫:古代以歌舞降神替人祈祷为业的人。祝:古代祭祀时司祭礼之
　　　人,替人用言语向鬼神祈祷求福。祝人:祝福大家。

[116]使若千秋万岁:按"万岁"乾道本作"万秋",下文"千秋",乾道本作
　　　"千岁",今据道藏本改。若:你。

[117]括耳:在耳旁聒噪不休。括:通"聒"。

[118]征:应验。

[119]简:轻视。

[120]传誉:传闻声誉。成功:成就的功业。

[121]儒者饰辞:儒者修饰言辞。按乾道本"儒"下无"者","饰"作"释",
　　　王先慎曰:"有者字是,释当作饰,今据增改。"今从之。

[122]者:通"诸",之。从俞樾说。故:事情。

[123]伊尹:见《说难》注[47]。管仲:见《说林上》注[90]。

[124]将听民而已矣:只得听任民众罢了。

[125]不剔首则腹痛:不剃头就会肚痛。此为古代迷信。剔:同"剃",用刀
　　　刮去毛发。

[126]不揃痤则寖益:不剖开疖子就会渐渐加重。揃:当为"䠠",同"副",
　　　《说文》副:判也。下文"揃"字同此。从王先慎说。痤(cuó):疖子。
　　　寖:渐渐。

[127]犯其所小苦致其所大利:遭受小痛获得大利益。犯:遭遇,遭受。

[128]垦草:开垦荒地。厚:使……增多。

[129]修刑重罚:设置刑法加重处罚。

［130］且:将要。

［131］以上为贪:按乾道本无"上"字,顾广圻曰:"今本'以'下有'上'字。今据补。

［132］境内必知介而无私解:全国人都知道要做甲士而不会私下逃避兵役。解:离散。

［133］疾斗:努力战斗。

［134］禽:通"擒",擒获。

［135］圣通:圣明通达。

［136］为民知之不足师用:因为百姓的智慧不值得学习和采用。知:通"智"。

［137］决:开凿壅塞,疏通水道。浚:疏浚。

［138］民聚瓦石:百姓堆积瓦砾石块阻拦夏禹治水。

［139］子产:春秋郑国人,名侨,字子产。自郑简公时始执国政,当时晋、楚争霸,郑国弱小,处于两强之间,子产周旋其间,卑抗得宜,保持无事。开亩树桑:开垦田地种桑养蚕。

［140］谤訾:诽谤诋毁。

［141］存:保存,保全。

［142］适民:迎合百姓。按乾道本"夫求圣道之"下文字原残缺,今据迂评本补七十六字。

战国策

　　《战国策》一书,是战国时代游说之士的言论总集。其原作者今已不可考。西汉末年,刘向主持校理群书时,汇集《国策》、《国事》、《短长》、《修书》等底本,加以校订、编辑而成。刘向以其书的内容多为"战国时游士辅所用之国,为之策谋",故定名为《战国策》。全书共三十三篇。编成以后,至东汉末年,高诱为之作注。后多散佚,今之通行本已非刘向、高诱本之原貌,为后世校订本。

　　此书记事,上继春秋,下迄秦汉之际,记载了二百四五十年的重要史实。其历史价值非常重要,为司马迁修《史记》所取材之重要文献。同时,此书又具有很好的文学性,其文辞华丽,气势浩大,逻辑鲜明,是先秦散文典范之作。书中文章具有较高的可读性,内容丰富,充满智能。刘向在《战国策辑录》中评之曰:"皆高才秀士,度时君之所能行,出奇策异智,转危为安,运亡为存,亦可喜,皆可观。"

苏秦始将连横[1]

　　苏秦始将连横[2],说秦惠王曰[3]:"大王之国,西有巴、蜀、汉中之利[4],北有胡、貉、代、马之用[5],南有巫山、黔中之限[6],东有肴、函之固[7]。田肥美,民殷富,战车万乘,奋击百万[8],沃野千里,蓄积饶多,地势形便,此所谓天府[9],天下之雄国也。以大王之贤,士民之众,车骑之用,兵法之教[10],可以并诸侯,吞天下,称帝而治,愿大王少留意,臣请奏其效[11]。"

秦王曰:"寡人闻之,毛羽不丰满者,不可以高飞;文章不成者[12],不可以诛罚;道德不厚者,不可以使民;政教不顺者,不可以烦大臣。今先生俨然不远千里而庭教之[13],愿以异日[14]。"

苏秦曰:"臣固疑大王不能用也。昔者神农伐补遂[15],黄帝伐涿鹿而禽蚩尤[16],尧伐骓兜[17],舜伐三苗[18],禹伐共工[19],汤伐有夏[20],文王伐崇[21],武王伐纣[22],齐桓任战而伯天下[23]。由此观之,恶有不战者乎?古者使车毂击驰[24],言语相结[25],天下为一;约从连横,兵革不藏[26];文士并饬[27],诸侯乱惑;万端俱起,不可胜理;科条既备[28],民多伪态;书策稠浊[29],百姓不足;上下相愁,民无所聊[30];明言章理[31],兵甲愈起;辩言伟服,战攻不息[32];繁称文辞,天下不治[33];舌弊耳聋,不见成功[34];行义约信,天下不亲[35]。于是,乃废文任武,厚养死士,缀甲厉兵[36],效胜于战场。夫徒处而致利,安坐而广地[37],虽古五帝、三王、五伯[38],明主贤君,常欲坐而致之,其势不能,故以战续之[39]。宽则两军相攻,迫则杖戟相撞,然后可建大功[40]。是故兵胜于外,义强于内;武立于上,民服于下。今欲并天下,凌万乘,诎敌国,制海内,子元元[41],臣诸侯,非兵不可!今之嗣主,忽于至道,皆惛于教,乱于治,迷于言,惑于语,沈于辩,溺于辞。以此论之,王国不能行也[42]。"

说秦王书十上,而说不行[43]。黑貂之裘弊,黄金百斤尽,资用乏绝,去秦而归[44]。赢縢履蹻[45],负书担橐[46],形容枯槁,面目犁黑,状有归色[47]。归至家,妻不下纴[48],嫂不为炊,父母不与言。苏秦喟叹曰:"妻不以我为夫,嫂不以我为叔,父母不以我为子,是皆秦之罪也。"乃夜发书,陈箧数十,得太公《阴符》之谋[49],伏而诵之,简练以为揣摩[50]。读书欲睡,引锥自刺其股,血流至足[51]。曰:"安有说人主不能出其金玉锦绣,取卿相之尊者乎?"期年揣摩成,曰:"此真可以说当世之君矣!"

于是,乃摩燕乌集阙[52],见说赵王于华屋之下[53],抵掌而谈[54]。赵王大悦,封为武安君[55]。受相印,革车百乘,(绵)〔锦〕绣千纯[56],白璧百双,黄金万溢[57],以随其后。约从散横,以抑强秦。

故苏秦相于赵而关不通[58]。当此之时,天下之大,万民之众,王侯之威,谋臣之权,皆欲决苏秦之策。不费斗粮,未烦一兵,未张一士,未绝一弦[59],未折一矢,诸侯相亲,贤于兄弟。夫贤人在而天下服,一人用而天下从。故曰:式于政,不式于勇[60];式于廊庙[61],不式于四境之外。当秦之隆[62],黄金万溢为用,转毂连骑,炫熿于道[63],山东之国,从风而服[64],使赵大重。且夫苏秦特穷巷掘门、桑户棬枢之士耳[65],伏轼撙衔[66],横历天下,廷说诸侯之王,杜左右之口,天下莫之能伉[67]。

将说楚王,路过洛阳,父母闻之,清宫除道,张乐设饮[68],郊迎三十里。妻侧目而视,倾耳而听,嫂蛇行匍伏[69],四拜自跪而谢。苏秦曰:"嫂,何前倨而后卑也[70]?"嫂曰:"以季子之位尊而多金。"苏秦曰:"嗟乎!贫穷则父母不子,富贵则亲戚畏惧。人生世上,势位富贵,盖可忽乎哉[71]!"

[注释]

[1]本篇选自《秦策一》。原无篇题,现以开篇第一句为篇题。下各篇同此。本篇讲述了苏秦起初游说秦惠王连横不成,归家苦心研读,游说六国联合抗秦,而终于成就六国拜相事业的经过。是《战国策》中最为典型的说客发迹故事。

[2]苏秦(?—前284):字季子,东周洛阳(今河南洛阳东)乘轩里人,著名说客。《史记·苏秦传》载:其弟代,代弟厉,皆以游说合纵名显诸侯。

《史记索隐》:"苏秦字季子,盖苏忿生之后,己姓也。谯周云:'秦兄弟五人,秦最少。兄代,代弟厉及辟、鹄,并为游说之士。'"按:今据马王堆汉墓出土帛书《战国纵横家书》,可知《索隐》之说较可靠。苏代当为苏秦之兄,且成名早于苏秦。连横:关于合纵连横,古注说法有细微差别,但基本是一致的。即中原六国联合共抗秦国,称为合纵;而中原诸国与秦结盟攻打其它,称为连横。《韩非子·五蠹》:"从者,合众弱以攻一强也,而横者,事一强以攻众弱也。"高诱注:"合关东从,通之秦,故曰连横者也。"

[3]秦惠王:秦孝公子,名驷。前337年—前311年在位。即位十三年后改元始僭王号,故此处称"王",当为追录之文。

[4]西有巴、蜀、汉中之利:巴、蜀,二国名。巴,今四川巴县,其境东至奉节,西抵僰道,北接汉中,南极黔涪。秦惠王时张仪灭之。蜀,今四川成都,其境包括今松潘、邛崃、洪雅、彭县等地。秦惠王后九年,司马错伐蜀灭之。汉中,今陕西汉中,其境包括今陕西终南山以南沔县以下,湖北竹山以上,汉水流域之地。秦惠王时置巴、蜀、汉中三郡。利,富饶。高诱注:"利,饶也。"

[5]北有胡、貉、代、马之用:胡、貉、代、马,皆是地名。胡,指林胡、楼烦之地。今山西朔县以北是古林胡地;岢岚、岚县以北是古楼烦地。貉,今河北东北部以外,辽宁西部一带,即古貉地。代,今河北蔚县东北,战国时为赵襄子所灭。马,为马邑,今山西朔县。苏秦说秦王时,此四地皆非秦地。

[6]南有巫山、黔中之限:巫山、黔中皆楚地。巫山在今四川巫山县北。黔中,郡名,楚置,今湖南常德、沅陵、澧县及湖北公安等地。秦昭王三十年,秦取楚巫、黔中郡。限:要塞、险要之阻。《说文解字》:"限,阻也。"

[7]东有肴、函之固:肴,一作"殽",或作崤,山名,在今河南洛宁县渑池县之间有险塞。函,函谷关,在今河南灵宝县北四十里。固:牢坚,指难攻易守。

[8]奋击:指能奋勇作战之士。

[9]天府:富饶肥沃之地。

[10]车骑之用：即兵车战马准备充足。用，《国语·郑语》："时至而求用。"韦昭注："用，备也。"兵法之教：指秦兵训练有素。兵法，指战阵之法。教，演习，训练。

[11]奏其效：即进言陈述事情的功效。奏，进言。效，功效。

[12]文章：高诱注："青与赤谓之文，赤与白谓之章。"这里指法令。

[13]俨然：庄重严肃的样子。庭：宫廷。

[14]愿以异日：即愿他日请教。异日，他日。《史记·苏秦传》："方诛商鞅，疾辩士，弗用。"这里是秦惠王不用苏秦之策的推托之辞。

[15]神农：炎帝之号，姜姓。补遂：国名。遂，一作"逐"。《春秋后语》作"辅遂"。

[16]黄帝伐涿鹿而禽蚩尤：《太平御览》卷三〇三引文无"而禽蚩尤"四字。黄帝，号轩辕氏。蚩尤，九黎之君，喜兵好战，黄帝与之大战于涿鹿，擒杀了蚩尤。

[17]尧：高辛氏次子，封于陶及唐，号陶唐氏。驩兜：尧时司徒，被尧放逐于崇山。

[18]舜：姚姓，国于虞，号有虞氏。三苗：古国族名，其居住地在洞庭、彭蠡之间。

[19]禹伐共工：禹，姒姓，鲧之子，辅佐帝舜治理洪水。共工，官名。据《尚书·尧典》及《孟子》，舜流放共工于幽州。按：据《尧典》，"流共工于幽州，放驩兜于崇山，窜三苗于三危"三事皆为舜摄位时所为。

[20]汤伐有夏：汤，子姓，名履，亦名天乙，商部落首领。有夏，指夏之君桀。商汤因桀无道而伐灭之，建商朝。

[21]文王伐崇：文王，指周文王姬昌。崇，商代方国名，在今山西户县。崇侯虎为商纣王卿士，因其助纣为虐，被文王伐灭。

[22]武王伐纣：武王，姬发，周文王之子。纣，又称帝辛，商之末帝，荒淫无道。武王灭商建周。

[23]齐桓任战而伯天下：齐桓，即齐桓公，姜姓，名小白，齐僖公之子。任，用。伯，诸侯之首，同"霸"。高诱注："用兵战而尚仁义，帅诸侯朝天子，故曰伯天下。"

[24]使车毂击驰：此句形容使臣乘坐的车来往频繁。毂，车轮上辐条凑集

的部位。击，撞击。金正炜《战国策补释》按："《汉书·匈奴传》:'辩
者毂击于外。'注:'言使车交驰，其毂相击也。'此衍'驰'字，'击'与
'结'、'一'为韵。"

[25]言语相结:用言语相结约。

[26]兵革不藏:此句是说战事频繁，兵器甲胄都不收藏起来。兵，兵器。
革，用革制成的甲胄。藏，收藏，贮藏。

[27]文士:指辩士。饬:一作'饬'。"饬"字为字书所无，作"饬"当"修治"
之意则文意可通。"饬"可能为"饬"字形近之误。

[28]科条:指法律法令条文。

[29]书策稠浊:这句是说各种文章书籍多而杂乱。书策，泛指文章书籍。
策，竹简。稠浊，高诱注:"稠，多。浊，乱也。"

[30]上下相愁，民无所聊:高诱注:"上下，君臣也。刑法失中，故相愁。
愁，则民无所聊赖者也。"这句是说(由于刑法失中)君主与臣民互相
愁怨，致使百姓无以聊生。

[31]明言章理:这句是说言语道理明白彰显。明，明显。章，同"彰"，彰
显，与"明"同意。

[32]辩言伟服:雄辩的言辞，奇异的服饰。金正炜《战国策补释》按:
"'伟'与'玮'通。王逸《天问章句·序》:'琦玮谲诡。''玮'固与
'诡'义同。《史记·刘贾传》:'岂不伟哉!'《汉书·荆燕吴传》作
'岂不危哉'。'危'即'诡'之省也。伟服，犹诡服。《尔雅·释诂》:
'服，事也。'《管子·任法篇》:'无伟服，无奇行。'《韩非·说疑篇》:
'有务奉下直曲，怪言伟服瑰称，以眩民耳目者。'并与同义。"

[33]繁称文辞，天下不治:高诱注:"去本事末，多攻文辞，以相加诬。故曰
天下不治也。"这句是说当时世风以文辞为尚，对天下治平无利反害。

[34]舌弊耳聋，不见成功:这句是说游说之士徒劳口舌，当政者疲于游说
之辞如同不闻，尽管如此，仍不见治定功成。

[35]行义约信，天下不亲:这句是说行动靠义来约束，约定靠信用来维持，
然而不能使天下相亲。

[36]缀甲厉兵:连缀铠甲，磨砺兵器。缀，缝缀，连缀。厉，同"砺"，磨砺。

[37]徒处而致利，安坐而广地:这句是说仅仅不行动就能获得利益，安然

而坐就能扩大领地。致,致使,使来。广,使动用法,增广之意。

[38]五帝、三王、五伯:五帝,指黄帝、颛顼、帝喾、帝尧、帝舜;三王,指夏
禹、商汤、周武王;五伯,又称"五霸",指齐桓公、晋文公、秦穆公、宋襄
公、楚庄王。

[39]势:力量。续:接续。高诱注:"续,犹备其势也。"

[40]宽:指距离远。迫:接近。

[41]凌万乘,诎敌国:凌驾在万乘大国之上,使敌对的国家屈服。凌,凌驾
于上。万乘,指大国。诎,同"曲",使屈服。子元元:爱民如子。高诱
注:"子,爱也。元元,善也。"一本止一"元"字。元元,鲍彪注曰:
"元,善也。民之善类,故称元。"

[42]本段是苏秦以当时形势游说秦惠王的言辞。主要指出天下时局混
乱,动荡不安,说客辩士充斥于道却难有成事者,故苏秦自知不能为
秦惠王所用。

[43]而说不行:指秦惠王不用苏秦连横之计。

[44]黑貂之裘弊,黄金百斤尽,资用乏绝,去秦而归:高诱注:"苏秦仕赵,
赵王资貂裘黄金,使说秦王,破关中之横,与赵同从,从,则相亲也。
秦王不肯从,故苏秦用金尽,而貂裘坏弊也。"此说存疑,苏秦仕赵之
说无依据,且与苏秦说秦王连横之题有矛盾。弊,坏破之意。

[45]赢縢履屩:即打着裹腿,穿着草鞋。赢,鲍彪本作"赢"。《韩非子·外
储说下》:"赢胜而履屩。""赢胜"即"赢縢"。赢,即裹之意。《淮南
子·修务》:"于是乃赢粮跣足。"注:"赢,裹也。"縢,即今之裹腿布。
屩(juē),草鞋。

[46]负书担橐:即背着书挑着担囊。橐,即囊之意。高诱注:"橐,囊也。
无底曰囊,有底曰橐。"

[47]犁黑:形容面色枯槁。犁,黑黄色。状有归色:归,高诱注:"归,当作
'愧'。愧,惭也。音相近,故作'归'耳。"此说更符合文义。即说苏
秦游说不成,处境困窘,因而感到惭愧。

[48]妻不下纴:这句是说苏秦的妻子见到苏秦无礼,不下织机。纴,织布
帛的纱缕,此处指织布机。

[49]太公:即齐太公姜尚,辅助周文王、武王伐纣建周。阴符:传说为姜太

公所著兵书。

[50]简:即拣择之意。练:即练习、熟练。揣摩:即揣度研摩。

[51]血流至足:足,《史记·苏秦传》及《太平御览》引文皆作"踵"。王念孙《读书杂志·战国策》按:"作'踵'者是也。今本作'足',传写脱其右畔耳。《曲礼》曰:'行不举足,车轮曳踵。'是'足'为总名,而'踵'为专称。踵着于地,故血流至踵而止。若泛言其足,则其意不明。《庄子》亦言'汗流至踵',不言至足也。"则此句作"血流至踵"为是。

[52]摩:顺、沿。燕乌集阙:地名,不详。据文意当在自周至赵的沿路上。

[53]赵王:指赵肃侯,名语,前349年—前326年在位。华屋:指诸侯所居之屋。高诱注:"华屋,夏屋。山名也。言赵王屋清高似山也。"《史记·平原君列传》、《滑稽列传》等皆有"华屋",谓诸侯之屋高大华丽。

[54]抵掌而谈:此言二人态度亲密,谈话时距离很近。抵掌,拉着手。高诱注:"抵,据也。"

[55]封为武安君:赵王将武安邑作为苏秦的封邑,故苏秦又称为武安君。武安,赵邑,在今河北武安县。

[56]纯(tún):即束。《仪礼·士昏礼》郑玄注:"纯帛,束帛也。"

[57]溢:同"镒"。镒,古代货币单位,二十两为一镒。

[58]关不通:关,指函谷关。这句是说,苏秦合纵关东六国,而使秦不能通关于关东六国。

[59]未绝一弦:没有用断一根弓弦。这里指没有动用武力。绝,断。

[60]式于政,不式于勇:这句是说,使用政治谋略,而不是用勇力。式,即用之意。

[61]廊庙:即官府和朝廷的统称。

[62]秦:指苏秦。隆:即兴盛。

[63]转毂连骑,炫熿于道:此句极言苏秦鼎盛时的威风情形。转毂连骑,言车轮翻转,随行骑兵相连成队。毂,车轮。炫熿,煊赫之意。

[64]从风而服:这句是说,六国诸侯皆归化服从苏秦之谋。高诱注:"风,化也。"

[65]穷巷掘门、桑户棬枢之士:这句是说苏秦本为贫寒之士。掘,同"窟"。桑户,指用桑条编成门。棬枢,把木条揉成门轴。高诱注:"卷揉桑条假以为户枢耳。"棬(quān),同"桊",曲木制成的杯盂。

[66]伏轼撙衔:此句是描述苏秦乘车游历诸国的情形。轼,车前横木,用作扶手。撙(zǔn),勒。衔,马勒子。

[67]廷说诸侯之王:在宫廷上游说诸侯国的君主。天下莫之能伉:这句是说天下士人没有能与苏秦的才能、地位相抗衡的。伉,一本作"抗",二字相通。即相当、对等之意。

[68]清宫:清扫宫室。除道:打扫道路。张乐设饮:陈列乐器(准备乐舞),备置酒宴。

[69]蛇行匍伏:形容伏在地上像蛇一样。匍伏,即匍匐。

[70]何前倨而后卑也:此句是苏秦问其嫂为什么以前不恭敬,而之后又变得很谦卑了呢?即后来成语"前倨后恭"的出典。倨,倨傲,不恭敬。卑,谦卑。

[71]盍:即"何"之意。忽:轻视。

楚绝齐齐举兵伐楚[1]

楚绝齐[2],齐举兵伐楚。陈轸谓楚王曰[3]:"王不如以地东解于齐,西讲于秦[4]。"楚王使陈轸之秦,秦王谓轸曰[5]:"子秦人也[6],寡人与子故也[7],寡人不佞[8],不能亲国事也[9],故子弃寡人事楚王。今齐、楚相伐,或谓救之便[10],或谓救之不便,子独不可以忠为子主计[11],以其余为寡人乎[12]?"陈轸曰:"王独不闻吴人之游楚者乎?楚王甚爱之,病,故使人问之,曰:'诚病乎?意亦思乎[13]?'左右曰:'臣不知其思与不思,诚思则将吴吟[14]。'今轸将为王吴吟。王不闻夫管与之说乎[15]?有两虎诤人而斗者[16],管庄子将刺之[17],管与止之曰:'虎者戾虫[18],人者甘饵也。今两虎诤人而斗,小者必死,大者必伤。子待伤虎而刺之,则是一举而兼两虎也[19]。无刺一虎之劳,而有刺两虎之名。'齐、楚今战,战必败。败[20],王起兵救之,有救齐之利,而无伐楚之害。"

[注释]

[1]本篇选自《秦策二》。原文末有"计听知覆逆……听无失本末者难惑"五十一字。王念孙《读书杂志·战国策》按:"自'计听'以下五十一字,与上文绝不相属。……当在上篇(《齐助楚攻秦》)'计失于陈轸,过听于张仪'之下。上篇所言楚所以几亡者,由于计之失,听之过,故此即继之曰:'计听知覆逆者,唯王可也。''唯'与'虽'同,'王'读如王天下之'王'。言人主计听能知覆逆者,虽王天下可也。下文云'计失而听过,能有国者寡也',亦承上篇而言。此篇所记陈轸之言,《史记·张仪传》有之,而独无'计听'以下五十一字。则此五十一字明是上篇之错简也。"依王氏说,今删此五十一字。

[2]楚绝齐:绝,绝交。据《史记·楚世家》、《秦本纪》、《张仪传》,此事发生在秦惠王后元十二年,齐宣王八年,即周赧王二年。

[3]陈轸:夏人,仕于多国,曾仕秦、齐,现为楚臣。楚王:即楚怀王熊槐(《诅楚文》作"相"),前328年—前299年在位。怀王三十年(前299)入秦,被扣留,前296年死于秦国。

[4]讲:和解,讲和。

[5]秦王:即秦惠王。

[6]子秦人也:子,你。指陈轸。高诱注:"轸先仕于秦,故言秦人也。"

[7]故:故旧之交。

[8]不佞:不才。此是谦词。

[9]不能亲国事也:言不能亲政。亲,亲自治理。高诱注:"亲,尤知也。"

[10]便:利益,好处。

[11]子独不可以忠为子主计:这句是说,陈轸不可只为忠于楚怀王而给楚王出谋划策。子,指陈轸。子主,指楚怀王。计,谋划。

[12]以其余为寡人乎:这句是说,在为楚王谋划之余也来给秦王谋划

一下。

[13]意:同"抑",语气词。金正炜《战国策补释》按:"'意'与'抑'通。《论语·学而篇》:'抑与之与?'《汉石经》作'意'。……'意亦'犹'抑亦',文并与此同。"思:思念故国。

[14]吴吟:作吴地人的歌吟。这里是说,陈轸将以秦国人(即自己人)的身份为秦王谋划。这里引用"吴吟"的典故,是表示自己虽在楚国做官,可没有忘记自己是秦国人。吟,歌吟。

[15]管与:一本作"卞与",人名。《史记》作"管竖子"。

[16]诤:一本作"争"。作"争"是。

[17]管庄子:《论语·宪问》作"卞庄子"。《史记·陈轸附传》索隐引《战国策》作"馆庄子","谓逆旅舍其人字庄子者,或作'卞庄子'也"。

[18]戾:贪婪。

[19]兼:两得。

[20]战必败败:金正炜《战国策补释》按:"此文本作'战必败一',言二国战则必败其一也。'一'误为'二',古书重文亦作二画,因误复'败'字。鲍注'必有一败',是所见本犹未误也。战必败一,则孰救孰伐不可知。救齐伐楚,皆虚设之词,故不嫌与篇首之文不合。钱、刘云'一无下败字',亦非。盖以'战必败'为句而省'一'字,于义仍未完也。"即当为"战必败一。败,……"。

秦王谓甘茂[1]

秦王谓甘茂曰[2]:"楚客来使者多健[3],与寡人争辞[4],寡人数穷焉[5],为之奈何?"甘茂对曰:"王勿患之!其健者来使者[6],则王勿听其事[7];其需弱者来使[8],则王必听之。然则需弱者用,而健者不用矣!王因而制之[9]。"

[注释]

[1]本篇选自《秦策二》。甘茂仕秦历经秦惠王、武王、昭王三世。其在惠王时初得势,武王元年立为左丞相,昭王元年出奔。据此,本篇所载当为武王时事。

[2]秦王:指秦武王,前310年—前307年在位。

[3]楚客来使者多健:这句是说,楚国来的使者多是强辩口才好的人。楚客,指楚国使者。健,高诱注:"健者,强也。"

[4]争辞:即辩论。

[5]数穷:屡次(被辩得)很困窘。穷,困窘。

[6]其健者来使者:后一"者"字,疑为衍字。据下文,"其需弱者来使"与此句相对而无"者"字。

[7]听其事:即接受他(所请求)的事。听,听从,接受。

[8]其需弱者来使:即楚国派软弱的使者来使。需,同"懦"。

[9]王因而制之:王因此就能控制驾驭局面了。制,控制,驾驭。

邹忌修八尺有余[1]

邹忌修八尺有余[2],身体昳丽[3]。朝服衣冠,窥镜,谓其妻曰:"我孰与城北徐公美[4]?"其妻曰:"君美甚,徐公何能及君也!"城北徐公,齐国之美丽者也。忌不自信,而复问其妾曰:"吾孰与徐公美?"妾曰:"徐公何能及君也!"旦日客从外来,与坐谈,问之客曰:"吾与徐公孰美?"客曰:"徐公不若君之美也。"明日,徐公来。孰视之[5],自以为不如;窥镜而自视,又弗如远甚[6]。暮,寝而思之曰:"吾妻之美我者,私我也[7];妾之美我者,畏我也;客之美我者,欲有求于我也。"

于是入朝见威王[8],曰:"臣诚知不如徐公美,臣之妻私臣,臣之妾畏臣,臣之客欲有求于臣,皆以美于徐公。今齐地方千里,百二十城,宫妇左右,莫不私王;朝廷之臣,莫不畏王;四境之内,莫不有求于王。由此观之,王之蔽甚矣[9]!”王曰:“善。”乃下令:“群臣吏民,能面刺寡人之过者[10],受上赏;上书谏寡人者,受中赏;能谤议于市朝[11],闻寡人之耳者[12],受下赏。”

令初下,群臣进谏,门庭若市。数月之后,时时而间进[13]。期年之后[14],虽欲言,无可进者。燕、赵、韩、魏闻之,皆朝于齐。此所谓战胜于朝廷[15]。

[注释]

[1] 本篇选自《齐策一》。本篇题目又常被称为《邹忌讽齐王纳谏》。本篇体现了委婉、巧妙进谏的方式,从另一角度刻画了战国说客的风采。

[2] 邹忌:一作“驺忌”,战国时齐人,齐威王时被任为相国,后封于下邳,称成侯。修八尺有余:即身高八尺多。修,长。

[3] 身体:鲍彪本作“而形貌”,似义更胜。昳丽:犹如光艳照人。昳(yì),有光泽。

[4] 我孰与城北徐公美:我与城北徐公谁美? 徐公,据姚宏注,《十二国史》作“徐君平”。

[5] 孰视:仔细观看。孰,同“熟”。

[6] 远甚:相差很远。

[7] 私:爱,偏爱。

[8] 威王:即齐威王,姓田名因齐,一作“婴齐”。前356年—前320年在位。

[9] 王之蔽甚矣:这句是说,大王受的蒙蔽太厉害了。蔽,受蒙蔽。

[10] 面刺:即当面举出过失。刺,批评指出。高诱注:“刺,举也。”

[11] 谤议于市朝:这句是说,人们在公开场合,公开提意见。谤,批评、指责。市朝,是人民与官吏聚集的地方。市,市集。朝,朝廷。

[12] 闻寡人之耳者:闻,此处为使动用法,即使寡人听见。

[13] 间:间断,指有间断时间。

[14] 期年:即一周年。

[15]此所谓战胜于朝廷:这就是所说的,内修政治而不用武力就可以战胜别国。

苏秦为赵合从说齐宣王[1]

苏秦为赵合从[2],说齐宣王[3]曰:"齐南有太山[4],东有琅邪[5],西有清河[6],北有渤海[7],此所谓四塞之国也[8]。齐地方二千里,带甲数十万,粟如丘山。齐车之良[9],五家之兵[10],疾如锥矢,战如雷电,解若风雨[11],即有军役,未尝倍太山、绝清河、涉渤海也[12]。临淄之中七万户,臣窃度之,下户三男子[13],三七二十一万,不待发于远县,而临淄之卒,固以二十一万矣。临淄甚富而实,其民无不吹竽、鼓瑟、击筑、弹琴、斗鸡、走犬、六博、蹋鞠者[14];临淄之途,车毂击[15],人肩摩,连衽成帷[16],举袂成幕[17],挥汗成雨;家敦而富,志高而扬[18]。夫以大王之贤与齐之强,天下不能当。今乃西面事秦,窃为大王羞之!

"且夫韩、魏之所以畏秦者,以与秦接界也。兵出而相当,不至十日,而战胜存亡之机决矣[19]。韩、魏战而胜秦,则兵半折[20],四境不守;战而不胜,以亡随其后。是故韩、魏之所以重与秦战而轻为之臣也。

"今秦攻齐则不然,倍韩、魏之地[21],至闱阳晋之道[22],径亢父之险[23],车不得方轨[24],马不得并行,百人守险,千人不能过也。秦虽欲深入,则狼顾[25],恐韩、魏之议其后也。是故恫疑虚猲[26],高跃而不敢进,则秦不能害齐,亦已明矣。夫不深料秦之不奈我何也,而欲西面事秦,是群臣之计过也。今无臣事秦之名,而有强国之实,臣固愿大王之少留计[27]。"

齐王曰:"寡人不敏[28],今主君以赵王之教诏之[29],敬奉社稷以从。"

[注释]

[1]本篇选自《齐策一》。讲述了苏秦为赵使齐,游说齐宣王与东方诸国合纵抵抗强秦。游说从齐国的强盛国势,到齐与秦的力量对比,以及齐与秦的外交关系进行了透辟的分析,使齐宣王不仅从利益角度,更从心理上下决心与秦国对抗,苏秦从而漂亮地完成了游说合纵的使命。

[2]苏秦为赵合从:苏秦以合纵说赵肃侯,赵封苏秦为武安君,资苏秦车马以约诸侯。说韩、魏,而后至齐。合纵,六国联合结纵约共同对抗秦国。从,同"纵"。

[3]齐宣王:即田辟疆,威王之子。约前319年—前301年在位。

[4]太山:即泰山。

[5]琅邪:山名,在今山东诸城县东南一百五十里。

[6]清河:即济水。以河道清深而得名。齐西以济水与赵为界。

[7]渤海:在齐国北境,位于辽东半岛和山东半岛之间。

[8]四塞之国:这句是说,齐国的地理环境是四面有险可固守的。四塞,即四面皆有险要。

[9]齐车:《史记》引作"三军"。

[10]五家之兵:齐桓公任用管仲治理国政,建五家之兵制,即五家各出一人为兵,编为一轨。高诱注:"五家,五国。"与齐制不合,疑其本作"五都"。《燕策》中又载齐制为"五都之兵"。

[11]锥矢:比喻锐利。雷电:比喻威力。风雨:比喻聚散迅速。

[12]绝、涉:都是渡的意思。直渡为绝,没膝以上为涉。

[13]下户:当从《史记》作"不下户"。不下户三男子,言每户不少于三个男子,可以当兵。

[14]竽:吹管乐器,与笙相似,有二十二个管子,分前后两排。瑟:弦乐器,有二十五根弦,弦头有柱,可以上下移动,用来定音。筑:形状像琴而比较大,圆头,五弦,用竹片击打。琴:七弦弹拨乐器,长三尺六寸。六博:局戏,六箸十二棋,局界左右各六道,棋六黑六白,游戏者各投六箸,行六棋,故曰六博。蹋鞠(tà jū):古代踢球游戏。用皮做成球,

用毛来填充,叫做鞠,可踢球来娱乐,是足球的雏形。蹋,足踢。

[15]毂击:形容车多,车轮相撞。毂,车轮。

[16]衽:衣襟。

[17]袂:衣袖。

[18]敦:厚。志高而扬:《史记》作"志高气扬"。

[19]战胜存亡之机决矣:战争的胜利与失败就决定了。机,机要,关键。

[20]半折:指兵力摧折一半。折,摧折。

[21]倍韩、魏之地:言韩、魏二国在齐背后。倍,同"背"。

[22]至闻:姚宏注:"'至闻',一作'过卫'。"《史记》亦作"过卫"。此当作"过卫"。阳晋:卫邑,在今山东菏泽县北。《水经注》:"匏子河出东郡濮阳县北河,经阳晋城南,苏秦所谓卫阳晋之道也。"

[23]径:取道。亢父:齐国要塞,故城在今山东济宁市南五十里。

[24]车不得方轨:这里指道路狭窄险要。方轨,即车并行。轨,车辙。

[25]狼顾:狼性多疑,行走时经常回头看,恐怕后面有人跟随。

[26]恫疑虚猲:指虚张声势,以武力威胁。猲(hè),同"喝",恐吓,威胁。

[27]留计:留心谋划计议。

[28]不敏:此为谦语。敏,聪明,通达。

[29]主君:指苏秦。据《礼记》,卿、大夫称主,至战国时,主君之称通用于上下。

昭阳为楚伐魏[1]

昭阳为楚伐魏[2],覆军杀将,得八城[3]。移兵而攻齐。陈轸为齐王使[4],见昭阳,再拜贺战胜,起而问[5]:"楚之法,覆军杀将,其官爵何也?"昭阳曰:"官为上柱国,爵为上执珪[6]。"陈轸曰:"异贵于此者何也[7]?"曰:"唯令尹耳[8]。"陈轸曰:"令尹贵矣!王非置两令尹也,臣窃为公譬可也[9]。楚有祠者[10],赐其舍人卮酒[11]。舍人相谓曰:'数人饮之不足,一人饮之有余。

请画地为蛇,先成者饮酒.'一人蛇先成,引酒且饮之,乃左手持
卮,右手画蛇,曰:'吾能为之足.'未成[12],一人之蛇成,夺其卮,
曰:'蛇固无足,子安能为之足.'遂饮其酒.为蛇足者,终亡其
酒.今君相楚而攻魏,破军杀将,得八城,不弱兵[13],欲攻齐,齐
畏公甚,公以是为名足矣,官之上非可重也[14].战无不胜而不
知止者,身且死,爵且后归[15],犹为蛇足也."昭阳以为然,解军
而去.

[注释]

[1]本篇选自《齐策二》.讲述了陈轸以画蛇添足的故事巧妙化解了楚将
　　昭阳即将对齐展开的武力攻势,将一场血腥战争用三言两语化于
　　无形.

[2]昭阳:楚国将领.

[3]覆军:覆灭魏军.八城:其地不详.《史记·楚世家》:"楚怀六年,楚使
　　柱国昭阳将兵而攻魏,破之于襄陵,得八邑."则此八邑应在襄陵附近.

[4]陈轸为齐王使:陈轸是时仕于秦,为秦惠王使于齐,楚将昭阳移兵攻
　　齐,陈轸又作为齐王使者,见昭阳.齐王,指齐威王.

[5]起而问:一本作"起而请问".有"请"字是.

[6]上柱国:楚制,上柱国为勋官,在令尹之下,诸卿之上.执珪:为爵名,
　　功臣赐以珪,谓之执珪.

[7]异贵于此者何也:这句是说,别的官职高于上柱国的是什么?异,别
　　的.贵,显贵,指地位高.

[8]令尹:楚国宰相之称,爵位最高.

[9]臣窃为公譬可也:这句是说,我私下为您打个比方可以吗?譬可也,
　　《艺文类聚》《太平御览》皆引作"譬之可乎".姚宏、鲍彪本作"也",
　　刘向本作"乎",作"乎"是.

[10]祠:祭神.古代在春季和秋季祭祀.

[11]舍人:古代达官贵人手下养的门客,也指对手下亲近之人的通称.卮
　　　酒:一杯酒.卮,酒器,形如茶杯,可装四升.

[12]未成:《艺文类聚》、《太平御览》皆引作"为足未成"。

[13]不弱兵:《史记》、《艺文类聚》皆引作"又移兵",《太平御览》引作"又移师"。"不弱"当为"又移",形近而讹。

[14]官之上:《史记》、《艺文类聚》皆作"冠之上"。此处指官帽,当作"冠"。

[15]爵且后归:爵位将归于后人。《史记》作"爵且夺偃"。《艺文类聚》引作"爵且偃归"。《太平御览》作"爵且偃"。

齐人有冯谖者[1]

齐人有冯谖者[2],贫乏不能自存,使人属孟尝君[3],愿寄食门下。孟尝君曰:"客何好?"曰:"客无好也。"曰:"客何能?"曰:"客无能也。"孟尝君笑而受之曰:"诺。"左右以君贱之也,食以草具[4]。

居有顷,倚柱弹其剑,歌曰:"长铗归来乎[5]!食无鱼。"左右以告。孟尝君曰:"食之,比门下之客[6]。"居有顷,复弹其铗,歌曰:"长铗归来乎!出无车。"左右皆笑之,以告。孟尝君曰:"为之驾,比门下之车客[7]。"于是乘其车,揭其剑[8],过其友曰:"孟尝君客我[9]。"后有顷,复弹其剑铗,歌曰:"长铗归来乎!无以为家。"左右皆恶之,以为贪而不知足。孟尝君问:"冯公有亲乎?"对曰:"有老母。"孟尝君使人给其食用,无使乏。于是冯谖不复歌。

后孟尝君出记[10],闻门下诸客:"谁习计会[11],能为文收责于薛乎[12]?"冯谖署曰[13]:"能。"孟尝君怪之,曰:"此谁也?"左右曰:"乃歌夫长铗归来者也。"孟尝君笑曰:"客果有能也,吾负之,未尝见也。"请而见之,谢曰:"文倦于事,愦于忧,而性懧愚[14],沉于国家之事,开罪于先生。先生不羞,乃有意欲为收责

于薛乎?"冯谖曰:"愿之。"于是约车治装载券契而行[15],辞曰:
"责毕收,以何市而反[16]?"孟尝君曰:"视吾家所寡有者。"

驱而之薛,使吏召诸民当偿者,悉来合券[17]。券遍合,起矫
命以责赐诸民[18],因烧其券,民称万岁。

长驱到齐[19],晨而求见。孟尝君怪其疾也,衣冠而见之,
曰:"责毕收乎? 来何疾也!"曰:"收毕矣。""以何市而反?"冯
谖曰:"君云:'视吾家所寡有者。'臣窃计,君宫中积珍宝,狗马
实外厩,美人充下陈[20]。君家所寡有者以义耳! 窃以为君市
义。"孟尝君曰:"市义奈何?"曰:"今君有区区之薛,不拊爱子其
民[21],因而贾利之[22]。臣窃矫君命,以责赐诸民,因烧其券,民
称万岁。乃臣所以为君市义也。"孟尝君不说[23],曰:"诺,先生
休矣[24]!"

后期年[25],齐王谓孟尝君曰:"寡人不敢以先王之臣为臣。"
孟尝君就国于薛[26],未至百里,民扶老携幼,迎君道中。孟尝君
顾谓冯谖:"先生所为文市义者,乃今日见之。"冯谖曰:"狡兔有
三窟,仅得免其死耳。今君有一窟,未得高枕而卧也。请为君复
凿二窟。"孟尝君予车五十乘,金五百斤,西游于梁,谓惠王[27]
曰:"齐放其大臣孟尝君于诸侯,诸侯先迎之者,富而兵强。"于是,
梁王虚上位,以故相为上将军[28],遣使者,黄金千斤,车百乘,往
聘孟尝君。冯谖先驱诫孟尝君曰:"千金,重币也;百乘,显使
也。齐其闻之矣。"梁使三反,孟尝君固辞不往也。齐王闻之,
君臣恐惧,遣太傅赍黄金千斤[29],文车二驷[30],服剑一[31],封书
谢孟尝君曰[32]:"寡人不祥[33],被于宗庙之祟[34],沉于谄谀之
臣,开罪于君,寡人不足为也[35]。愿君顾先王之宗庙,姑反国统
万人乎[36]?"冯谖诫孟尝君曰:"愿请先王之祭器,立宗庙于
薛。"庙成,还报孟尝君曰:"三窟已就,君姑高枕为乐矣。"

孟尝君为相数十年,无纤介之祸者[37],冯谖之计也。

[注释]

[1]本篇选自《齐策四》。讲述了齐国孟尝君的门客冯谖,以其独特的行事
　　方式为孟尝君深谋远虑,定下百年安身之计。

[2]冯谖(xuān):鲍彪本作"冯暖"。《史记·孟尝君列传》作"冯驩"。《史
　　记集解》《索引》又作"冯煖"。

[3]属:同"嘱",嘱托。孟尝君:战国时齐国贵族,姓田名文,封邑薛(今山
　　东滕州南),称薛公,号孟尝君。齐愍王时为相。

[4]食以草具:给他用粗劣的餐具吃饭。草,粗,不精细。具,食器。指不
　　待冯谖为上宾。

[5]长铗归来乎:这句是说,此剑无用武之地,想和它一起回去。铗,剑。
　　归来乎,《北堂书钞》《太平御览》皆引作"归来分",当是。

[6]比门下之客:比,等。《列士传》载孟尝君厨分三等:上客食肉,中客食
　　鱼,下客食菜。

[7]车客:乘车之客,是客中高贵者。

[8]揭:高举。

[9]客我:以客礼待我。

[10]记:账簿。

[11]计会:即会计。

[12]收责于薛:到孟尝君的封邑薛去收债。责,同"债"。据《史记·孟尝
　　　君列传》:"孟尝君时相齐,封万户于薛。其食客三千人,邑入不足以
　　　奉。使人出钱于薛,岁余不入,贷钱者多不能与息,客奉将不给,孟
　　　尝君忧之,问左右何人可使收债于薛者。"

[13]署:书写。

[14]愦于忧,而性忳愚:因为忧虑而心思烦乱,而又性情懦弱。愦,心思烦
　　　乱。忳,同"懦",懦弱。

[15]约车:准备车辆。治装:整理行装。券契:即借贷凭证,双方各执其
　　　半,以为约信。

[16]责毕收:指收完债。市:买。反:同"返"。

[17]合券:对合债券。

[18]起矫命以责赐诸民:言冯谖假托孟尝君之命将债券赐于民人。矫命,

假托命令。

[19]长驱:长途驱车而不停留。

[20]美人充下陈:古时不只以财物为礼品,还经常献送妇女作为姬妾。这里是说下面陈列的侍妾都是美人。充,充满,填充。下陈,古时宾主相接陈列礼品的地方在堂下,所以叫作下陈。

[21]拊爱子其民:即安抚爱惜人民。拊,同“抚”,安抚。子,也是爱的意思。

[22]贾(gǔ)利之:象商贾那样(为您)收买了他们(薛地之民)。

[23]说:同“悦”。

[24]休:休息。

[25]后期年:此下当有脱文。王念孙《读书杂志·战国策》云:“《文选·答东阿王书》注引此,曰:‘后有毁孟尝君于愍王,孟尝君就国于薛。’据此,则‘后期年’下当有毁孟尝君于愍王之事,而今本脱去也。盖愍王听谗,是以使孟尝君就国。下文愍王为书谢孟尝君曰,寡人‘沉于谄谀之臣,开罪于君’,正谓此也。《史记·孟尝君传》载此事,亦云‘齐王惑于秦、楚之毁,遂废孟尝君’。”

[26]就国于薛:来到其封地薛。指孟尝君退居封邑。

[27]惠王:即魏惠王。此“惠”字恐误,鲍彪本改作“梁”。孟尝君后于梁惠王,与梁昭王同时。

[28]虚上位,以故相为上将军:梁王让原来的相国为上将军,留出相国的空位等待孟尝君。

[29]太傅:官名,位列三公。《尚书·周官》:“立太师、太傅、太保,兹惟三公。”赍(jī):往送。

[30]文车:绘有纹彩的车。二驷:四马驾一车为驷,二驷即两辆车。

[31]服剑:指王所佩带的宝剑。服,佩。

[32]封书谢孟尝君:齐王写书信向孟尝君谢罪。谢,谢罪。

[33]不祥:不善,不好。祥,善。

[34]祟:神所降之祸。

[35]寡人不足为也:指不足以为国君。

[36]姑:且。反:同“返”。统:统摄。万人:当为“万民”,唐人避讳“民”

字,故改"民"为"人"。

[37]纤:细。介:独。或与"芥"通,言细小。

齐宣王见颜斶[1]

齐宣王见颜斶[2],曰:"斶前!"斶亦曰:"王前!"宣王不悦。左右曰:"王,人君也。斶,人臣也。王曰'斶前',亦曰'王前',可乎?"斶对曰:"夫斶前为慕势,王前为趋士[3]。与使斶为慕势,不如使王为趋士。"王忿然作色曰:"王者贵乎?士贵乎?"对曰:"士贵耳,王者不贵。"王曰:"有说乎?"斶曰:"有。昔者秦攻齐,令曰:'有敢去柳下季陇五十步而樵采者[4],死不赦。'令曰:'有能得齐王头者,封万户侯,赐金千镒。'由是观之,生王之头,曾不若死士之陇也。"王默然不悦。

左右皆曰:"斶来,斶来!大王据千乘之地,而建千石钟[5],万石簴[6]。天下之士,仁义皆来役处;辩知并进,莫不来语;东西南北,莫敢不服。求万物不备具[7],而百姓无不亲附。今夫士之高者,乃称匹夫,徒步而处农亩,下则鄙野、监门、闾里[8],士之贱也,亦甚矣!"

斶对曰:"不然。斶闻古大禹之时,诸侯万国[9]。何则?德厚之道,得贵士之力也[10]。故舜起农亩,出于野鄙,而为天子。及汤之时,诸侯三千。当今之世,南面称寡者,乃二十四。由此观之,非得失之策与[11]?稍稍诛灭,灭亡无族之时,欲为监门、闾里,安可得而有乎哉?是故《易传》不云乎:'居上位,未得其实,以喜其为名者,必以骄奢为行。据慢骄奢[12],则凶从之。是故无其实而喜其名者削[13],无德而望其福者约[14],无功而受其禄者辱,祸必握[15]。'故曰:'矜功不立,虚愿不至。'[16]此皆幸乐其名,华而无其实德者也。是以尧有九佐[17],舜有七友[18],禹有五丞[19],汤有三辅[20],自古及今,而能虚成名于天下者,无有。是以君王无羞亟问[21],不愧下学[22];是故成其道德而扬功名于后世者,尧、舜、禹、汤、周文王是也。故曰:'无形者,形之君也[23];无端者,事之本也[24]。'夫上见其原,下通其流,至圣人明学,何不吉之有哉!老子[25]曰:'虽贵,必以贱为本;虽高,必以下为基。是以侯王称孤、寡、不毂[26],是其贱之本与?'夫孤寡者,人之困贱下位也,而侯王以自谓,岂非下人而尊贵士与[27]?夫尧传舜,舜传禹,周成王任周公旦,而世世称曰明主,是以明乎士之贵也。"

宣王曰:"嗟乎!君子焉可侮哉,寡人自取病耳!及今闻君子之言,乃今闻细人之行[28],愿请受为弟子。且颜先生与寡人游[29],食必太牢[30],出必乘车,妻子衣服丽都[31]。"

颜斶辞去曰:"夫玉生于山,制则破焉[32],非弗宝贵矣,然夫璞不完[33]。士生乎鄙野,推选则禄焉,非不得尊遂也,然而形神不全。斶愿得归,晚食以当肉[34],安步以当车[35],无罪以当贵,清静贞正以自虞[36]。制言者王也[37],尽忠直言者斶也。言要道已备矣,愿得赐归,安行而反臣之邑屋。"则再拜而辞去也。斶知足矣,归反朴,则终身不辱也[38]。

[注释]

[1]本篇选自《齐策四》。讲述了齐之高士颜斶以过人的胆量劝谏齐宣王尊士重贤,并不贪图富贵,最终辞归的高尚事迹。

[2]颜斶(chù):齐人。斶,亦作"歜"。

[3]王前为趋士:言齐王上前就是表示亲近士人。趋士,接近、亲近士人。趋,去就。

[4]去柳下季陇五十步:即距柳下季的墓五十步远。去,离,距。柳下季,春秋时鲁国人,姓展名禽字季,食邑于柳下,故又称柳下季。陇,坟墓。

[5]石:古代重量单位,三十斤为一钩,四钩为一石。钟:古代乐器,以铜
　　铸成。

[6]簴(jù):悬挂钟磬等乐器的立柱。

[7]求万物不备具:"不备具"之上据鲍彪本当脱"无"字。即当为"求万物
　　无不备具"。

[8]鄙野:鄙,边邑。野,郊外为野。古代贵族居于国和都中,农民居于鄙
　　野。监门:早晚司间门之启闭,是一种贱职。闾里:古时二十五家为一
　　里,里有巷,巷有门,称为闾。

[9]阖闻古大禹之时,诸侯万国:此说法《左传·哀公十七年》有记载:诸大
　　夫对孟孙曰:"禹会诸侯于涂山,执玉帛者万国。"

[10]德厚之道,得贵士之力也:言由贵士得到德厚的结果。

[11]非得失之策与:不是得策与失策(的缘故)吗?

[12]据慢:即傲慢。据,同"倨"。

[13]削:削弱。

[14]约:穷困。

[15]祸必握:《高士传》作"渥",即厚。

[16]矜功不立,虚愿不至:骄矜则功绩不能立,不符合实际愿望就达不到。
　　矜,骄。虚,与实相对。

[17]尧有九佐:据《说苑》,当尧之时,舜为司徒,契为司马,禹为司空,后稷
　　为田畴,夔为乐正,倕为工师,伯夷为秩宗,皋陶为大理,益掌驱禽兽。

[18]舜有七友:据《群辅录》,雄陶、方回、续牙、伯阳、东不訾、秦不虚、灵
　　甫,与舜并为历山、雷泽之游。

[19]五丞:即益、稷、皋陶、倕、契。

[20]三辅:鲍彪注认为是义伯、仲伯、咎单。

[21]无羞亟问:即不以多次询问为羞。亟问,数问。

[22]不愧下学:不以向臣下学习为耻。

[23]无形者,形之君也:无形是有形的君主。

[24]无端者,事之本也:没有开端就是事物的本原。

[25]老子:姓李名耳字伯阳,春秋时楚国苦县人,仕于周,为柱下史。著有
　　《老子》,今本八十一章。下句所引出自第三十九章。

[26]孤、寡、不穀:此三者都是君主对自己的谦称。

[27]下人:即居于人下,谦恭待人。

[28]细人之行:小人的行为。即无实德且不贵士。

[29]且颜先生与寡人游:《后汉书·蔡邕传》注引作"且愿先生与寡人游"。

[30]太牢:祭祀时,备牛、羊、豕三牲。

[31]都:美。

[32]制:治理。

[33]然夫璞不完:《蔡邕传》注引"夫璞"作"失璞",意即璞失去本来面目则不完整。此意似更胜。

[34]晚食以当肉:言晚吃饭即饥饿时吃饭,味美等于吃肉。晚,即迟。

[35]安步以当车:即把走路当成坐车。

[36]贞:正。虞,同"娱"。

[37]制言:即君主发布的命令。

[38]躅知足矣,归反朴,则终身不辱也:王念孙《读书杂志·战国策》曰:"鲍于'归'下补'真'字。吴曰:'上言大朴不完,以喻士之形神不全,故曰归反朴云云,文意甚明。添字谬。'念孙案:吴说是也。'足'、'朴'、'辱'为韵。《后汉书·蔡邕传》注引作'归反于朴,则终身不辱',句法较为完善。"

荆宣王问群臣[1]

荆宣王问群臣曰[2]:"吾闻北方之畏昭奚恤也[3],果诚何如?"群臣莫对。江一对曰[4]:"虎求百兽而食之,得狐。狐曰:'子无敢食我也[5]。天帝使我长百兽[6],今子食我,是逆天帝命也。子以我为不信,吾为子先行,子随我后,观百兽之见我而敢不走乎?'虎以为然,故遂与之行。兽见之皆走。虎不知兽畏己而走也,以为畏狐也。今王之地方五千里,带甲百万,而专属之昭奚恤;故北方之畏奚恤也,其实畏王之甲兵也,犹百兽之畏虎也。"

[注释]

[1]本篇选自《楚策一》。讲述了江一用生动的寓言故事为楚宣王排解了
　　对相国昭奚恤的怀疑。

[2]荆宣王:一本无"荆"字。《新序·体事》引作"楚宣王"。楚宣王,名良
　　夫,肃王子。

[3]昭奚恤:楚宣王之相。

[4]江一:鲍彪本作"江乙"。魏人,仕于楚。

[5]食:《春秋后语》作"啖"(dàn),与"食"意同。

[6]长百兽:为百兽之长。

庄辛谓楚襄王^[1]

　　庄辛谓楚襄王曰^[2]:"君王左州侯^[3],右夏侯^[4],辇从鄢陵
君与寿陵君^[5],专淫逸侈靡,不顾国政,郢都必危矣。"襄王曰:
"先生老悖乎^[6]?将以为楚国妖祥乎^[7]?"庄辛曰:"臣诚见其必
然者也。非敢以为国妖祥也。君王卒幸四子者不衰,楚国必亡
矣。臣请辟于赵^[8],淹留以观之^[9]。"庄辛去之赵,留五月,秦果
举鄢、郢、巫、上蔡、陈之地^[10],襄王流掩于城阳^[11]。于是使人
发驺^[12],征庄辛于赵。庄辛曰:"诺。"庄辛至,襄王曰:"寡人不
能用先生之言,今事至于此,为之奈何?"

　　庄辛对曰:"臣闻鄙语曰^[13]:'见菟而顾犬^[14],未为晚也;亡
羊而补牢^[15],未为迟也。'臣闻昔汤、武以百里昌,桀、纣以天下
亡。今楚国虽小,绝长续短^[16],犹以数千里,岂特百里哉?

　　"王独不见夫蜻蛉乎^[17]?六足四翼,飞翔乎天地之间,俯啄
蚊虻而食之,仰承甘露而饮之,自以为无患,与人无争也。不知

夫五尺童子,方将调饴胶丝[18],加己乎四仞之上,而下为蝼蚁食也。蜻蛉其小者也[19],黄雀因是以[20]。俯噣白粒[21],仰栖茂树,鼓翅奋翼,自以为无患,与人无争也。不知夫公子王孙,左挟弹[22],右摄丸[23],将加己乎十仞之上,以其类为招[24]。昼游乎茂树,夕调乎酸醎[25],倏乎之间,坠于公子之手[26]。

"夫雀其小者也,黄鹄因是以[27]。游于江海,淹乎大沼[28],俯噣鳝鲤[29],仰啮菱衡[30],奋其六翮[31],而凌清风,飘摇乎高翔,自以为无患,与人无争也。不知夫射者,方将修其蒲卢[32],治其矰缴[33],将加己乎百仞之上。被砏磻[34],引微缴[35],折清风而抎矣[36]。故昼游乎江河,夕调乎鼎鼐[37]。

"夫黄鹄其小者也,蔡圣侯之事因是以[38]。南游乎高陂[39],北陵乎巫山[40],饮茹溪流[41],食湘波之鱼[42],左抱幼妾,右拥嬖女,与之驰骋乎高蔡之中[43],而不以国家为事。不知夫子发方受命乎宣王[44],系己以朱丝而见之也。

"蔡圣侯之事其小者也,君王之事因是以。左州侯,右夏侯,辇从鄢陵君与寿陵君,饭封禄之粟[45],而戴方府之金[46],与之驰骋乎云梦之中,而不以天下国家为事。不知夫穰侯方受命乎秦王[47],填黾塞之内[48],而投己乎黾塞之外。"

襄王闻之,颜色变作[49],身体战栗。于是乃以执珪而授之为阳陵君[50],与淮北之地也[51]。

[注释]

[1]本篇选自《楚策四》。本文所记之事当在楚顷襄王二十一年秦将白起拔郢都之前,庄辛向楚襄王进谏,劝谏中运用了大量的比喻和史事来增强语言的力度,用层层推进的论述方式警醒襄王即将面临亡国的险境。

[2]庄辛:楚庄王之后,以其谥为姓。

[3]州侯:即州地之封君。州,古国名,偃姓。故城在今湖北洪湖县东北,

春秋时为楚国所灭。

[4]夏侯:夏地之封君。夏,地名,在今湖北夏口县。

[5]辇从:随从辇出,意指受宠信。辇,君主所乘之车。鄢陵君:即安陵君。安陵,在今河南偃城东南,有别于魏之安陵。寿陵:其地不详。

[6]悖:乱,惑。

[7]祅:同"妖",害物。祥:吉凶之兆,此处专指凶兆。

[8]辟于赵:避开楚国的危机而到赵国。辟,同"避"。

[9]淹留:停留、滞流。

[10]举:拔,即攻克。鄢:今湖北宜城县南。郢:今湖北江陵西北。巫:今四川巫山县东。上蔡、陈之地:据《史记·楚世家》、《白起列传》、《秦本纪》等文献记载,襄王在位期间并无秦取上蔡、陈之事,则"上蔡、陈"或为衍文。

[11]流掩于城阳:言流徙淹留于城阳。城阳,指陈城之阳,即今河南淮阳城东南,楚襄王死葬于此。

[12]发:派遣。驺:厩中所养之御马。

[13]鄙语:俗语、谚语。

[14]见菟而顾犬:菟,同"兔"。《新序·杂事》作"见兔而呼狗"。

[15]亡:丢失。牢:养牛羊的圈。

[16]绝长续短:即截长补短。

[17]蜻蛉:即蜻蜓。

[18]调饴胶丝:于丝上涂饴糖,用来粘蜻蜓。调,调制。饴,饧,糖稀。胶,粘。

[19]蜻蛉其小者也:鲍彪本无此句。

[20]雀:《新序·杂事》作"爵",古"爵"、"雀"相通。因是以:也是这样。

[21]嚼:同"啄"。

[22]挟:执,拿。弹:弹弓。

[23]摄:拈取。丸:弹弓的弹子。

[24]以其类为招:类,乃"颈"字之误。《文选》阮籍《咏怀诗》注及《春秋后语》引此皆作"以其颈为的"。

[25]夕调乎酸醎:指黄雀被用酸咸调味来作为食物。醎,俗"咸"字。

[26] 倏乎之间,坠于公子之手:钱藻、刘敞、集贤院藏本三本无此句。《新
序·杂事》、《文选·咏怀诗》注及《艺文类聚》、《太平御览》引《战国
策》亦无此句。或曰,此十字为错简,当在"为招"之后。

[27] 黄鹄:俗名天鹅,似雁而大,飞翔高远。

[28] 淹:停留。大沼:大水池,方者为池,曲者为沼。

[29] 鳀:鱼名,身圆、白额,性好偃,腹平着于地。

[30] 菱:菱角,属芰类。衡:杜衡,芳草名。

[31] 奋其六翮(hé):言张开翅膀。奋,张开。翮,羽毛中的硬管。

[32] 蒲:箭杆。卢:黑弓。

[33] 缯:同"矰",用生丝系箭而射鸟雀的方法。缴(zhuó):系在箭上的生
丝线。

[34] 被:读作披。硪:治玉之石,可用以磨矢使锐利。磻:以石镞系于缴。

[35] 引:拉。

[36] 扽(yǔn):同"陨",即坠下。

[37] 鼎:古时三足两耳的锅,多以铜制成。鼐(nài):大鼎叫做鼐。

[38] 蔡圣侯:此蔡国即下文所言之"高蔡",而非蔡仲之后迁于州来之蔡
国。蔡圣侯,即高蔡之国君。

[39] 陂(bēi):即高而坡斜的地方。

[40] 陵:登上。

[41] 饮茹溪流:《春秋后语》作"饮茹溪之流",当从之。茹溪,巫山之溪,
在今巫山县城北。

[42] 湘:水名,源出广西海阳山,至兴安东北入湖南,经零陵、衡阳、湘阴等
县入洞庭湖。

[43] 高蔡:于鬯《香草续校书》引潘和鼎云:"高蔡,乃蛮越之国。"亦称蔡,
其国境有今湖南澧县北至四川巫山之地,与楚接界,在楚之西境。

[44] 子发方受命乎宣王:子发,楚宣王之将。宣王,熊良夫,楚威王之父。
此事参见《荀子·强国》:"子发将西伐蔡,克蔡,获蔡侯。"《淮南子·
道应》:"子发攻蔡,逾之,宣王郊迎。"

[45] 饭:吃。封禄之粟:封邑收上来的收入、粟米。

[46] 戴:当从鲍彪本作"载"。方府:当为楚国库藏之地名。

[47] 穰侯:秦相魏冉。秦王:秦昭襄王。

[48] 填:堵塞。黾塞:即冥厄,亦作"黾隘",在今河南信阳西,俗称平靖。

[49] 作:当读为"怍",颜色不和为怍。

[50] 以执珪而授之为阳陵君:曾巩本"为阳陵君"前有"封之"二字,当是。
　　　阳陵,《新序》作"成陵"。

[51] 与:给。

有献不死之药于荆王者^[1]

　　有献不死之药于荆王者[2],谒者操以入[3]。中射之士问曰[4]:"可食乎?"曰:"可。"因夺而食之。王怒,使人杀中射之士。中射之士使人说王曰:"臣问谒者,谒者曰可食,臣故食之。是臣无罪,而罪在谒者也。且客献不死之药,臣食之而王杀臣,是死药也。王杀无罪之臣,而明人之欺王。"王乃不杀。

[注释]

[1] 本篇选自《楚策四》。讲述了中射之士机智地劝谏楚王不要迷信不死方术,并且得以全身而退。

[2] 荆王:即楚王。年代不详。

[3] 谒者:官名,掌宾客、受事、传达君主命令之职。操:拿、握。

[4] 中射之士:即射人在宫中供职者。

秦围赵之邯郸^[1]

　　秦围赵之邯郸。魏安釐王使将军晋鄙救赵[2]。畏秦,止于荡阴[3],不进。魏使客将军辛垣衍间入邯郸[4],因平原君谓赵王曰[5]："秦所以急围赵者，前与齐闵王争强为帝，已而复归帝[6]，以齐故。今齐闵王已益弱[7]。方今唯秦雄天下，此非必贪邯郸，其意欲求为帝。赵诚发使尊秦昭王为帝，秦必喜，罢兵去。"平原君犹豫未能有所决。

此时鲁仲连适游赵[8]，会秦围赵。闻魏将欲令赵尊秦为帝，乃见平原君曰："事将奈何矣？"平原君曰："胜也何敢言事？百万之众折于外，今又内围邯郸而不能去。魏王使将军辛垣衍令赵帝秦[9]。今其人在是，胜也何敢言事？"鲁连曰："始吾以君为天下之贤公子也，吾乃今然后知君非天下之贤公子也。梁客辛垣衍安在？吾请为君责而归之。"平原君曰："胜请召而见之于先生。"平原君遂见辛垣衍曰："东国有鲁连先生，其人在此，胜请为绍介而见之于将军。"辛垣衍曰："吾闻鲁连先生，齐国之高士也。衍，人臣也，使事有职[10]。吾不愿见鲁连先生也。"平原君曰："胜已泄之矣[11]。"辛垣衍许诺。

鲁连见辛垣衍而无言。辛垣衍曰："吾视居此围城之中者，皆有求于平原君者也。今吾视先生之玉貌，非有求平原君者，曷为久居此围城之中而不去也？"鲁连曰："世以鲍焦无从容而死者[12]，皆非也。今众人不知，则为一身[13]。彼秦者，弃礼义而上首功之国也[14]。权使其士[15]，虏使其民[16]。彼则肆然而为帝[17]，过而遂正于天下，则连有赴东海而死矣。吾不忍为之民也！所为见将军者，欲以助赵也。"辛垣衍曰："先生助之奈何？"鲁连曰："吾将使梁及燕助之。齐、楚则固助之矣。"辛垣衍曰："燕则吾请以从矣[18]。若乃梁，则吾乃梁人也，先生恶能使梁助之耶？"鲁连曰："梁未睹秦称帝之害故也，使梁睹秦称帝之害，则必助赵矣。"辛垣衍曰："秦称帝之害将奈何？"鲁仲连曰："昔齐威王尝为仁义矣，率天下诸侯而朝周。周贫且微，诸侯莫朝，而齐独朝之。居岁余，周烈王崩，诸侯皆吊，齐后往。周怒，赴于齐曰[19]：'天崩地坼[20]，天子下席[21]，东藩之臣田婴齐后至[22]，则斮之[23]。'威王勃然怒曰：'叱嗟[24]，而母婢也[25]。'卒为天下笑。故生则朝周，死则叱之，诚不忍其求也。彼天子固然，其无足怪。"辛垣衍曰："先生独未见夫仆乎？十人而从一人者，宁力不胜[26]，智不若耶？畏之也。"鲁仲连曰："然。梁之比于秦若仆耶？"辛垣衍曰："然。"鲁仲连曰："然。吾将使秦王烹醢梁王[27]。"辛垣衍怏然不悦曰[28]："嘻，亦太甚矣，先生之言也！先生又恶能使秦王烹醢梁王？"

鲁仲连曰："固也，待吾言之。昔者，鬼侯、鄂侯[29]、文王，纣之三公也。鬼侯有子而好，故入之于纣，纣以为恶，醢鬼侯。鄂侯争之急，辩之疾，故脯鄂侯[30]。文王闻之，喟然而叹，故拘之于牖里之库[31]，百日而欲舍之死。曷为与人俱称帝王，卒就脯醢之地也？齐闵王将之鲁，夷维子执策而从[32]，谓鲁人曰：'子将何以待吾君？'鲁人曰：'吾将以十太牢待子之君。'维子曰：'子安取礼而来待吾君[33]？彼吾君者，天子也。天子巡狩，诸侯辟舍[34]，纳于管键[35]，摄衽抱几[36]，视膳于堂下，天子已食，退而听朝也。'鲁人投其钥[37]，不果纳。不得入于鲁，将之薛，假涂于邹[38]。当是时，邹君死，闵王欲入吊。夷维子谓邹之孤曰[39]：'天子吊，主人必将倍殡柩[40]，设北面于南方，然后天子南面吊也。'邹之群臣曰：'必若此，吾将伏剑而死。'故不敢入于邹。邹、鲁之臣，生则不得事养，死则不得饭含。然且欲行天子之礼于邹、鲁之臣，不果纳。今秦万乘之国，梁亦万乘之国。俱据万乘之国，交有称王之名，赌其一战而胜[41]，欲从而帝之，是使三晋之大臣不如邹、鲁之仆妾也。且秦无已而帝[42]，则且变易诸侯之大臣。彼将夺其所谓不肖，而予其所谓贤；夺其所憎，而与其所爱。彼又将使其子女谗妾为诸侯妃姬，处梁之宫，梁王安得晏然而已乎？而将军又何以得故宠乎？"

于是辛垣衍起,再拜,谢曰:"始以先生为庸人,吾乃今日而知先生为天下之士也。吾请去,不敢复言帝秦。"

秦将闻之,为却军五十里。适会魏公子无忌夺晋鄙军,以救赵击秦,秦军引而去。于是平原君欲封鲁仲连。鲁仲连辞让者三,终不肯受。平原君乃置酒,酒酣,起,前以千金为鲁连寿。鲁连笑曰:"所贵于天下之士者,为人排患释难、解纷乱而无所取也。即有所取者[43],是商贾之人也,仲连不忍为也。"遂辞平原君而去,终身不复见。

[注释]

[1]本篇选自《赵策三》。秦昭王四十八年,王陵攻赵,围邯郸。魏国畏惧秦国而按兵不动,并且派大将辛垣衍游说赵王尊秦为帝以解围。本文讲述的是齐之高士鲁仲连斥责辛垣衍的懦弱行径,并尖锐地揭穿秦王残暴贪婪的真实面目,使辛垣衍惭愧而返,由此打击了秦军的嚣张气焰,最终使邯郸坚持到了解围的一刻。

[2]魏安釐王:名圉,魏昭王之子,信陵君之异母兄。晋鄙:魏国之将。

[3]荡阴:荡,应为"汤"。即汤阴,在今河南汤阴县。当时为赵魏之边界。

[4]客将军:他国人仕于魏,位将军,故称客将军。辛垣衍:复姓辛垣,名衍。姚宏本又作"新垣衍"。间入:由间路潜入。间,小路。

[5]因:由,通过。平原君:赵胜(? —前251),赵惠文王之弟,相赵惠文王及孝成王,封于东武城(今山东武城西北),平原君是其封号。

[6]前与齐闵王争强为帝,已而复归帝:秦昭王十九年,与齐闵王约同时称帝,秦昭王为西帝,齐闵王为东帝。后齐闵王听苏代劝告,废去帝号,秦昭王也除去西帝称号。复归帝,即废去西帝称号。

[7]今齐闵王已益弱:"闵王"二字当为衍字。秦围邯郸时,齐闵王已死,齐襄王在位。

[8]鲁仲连:齐人,姓鲁名仲连,亦称鲁连、鲁仲子。

[9]魏王使将军辛垣衍令赵帝秦:鲍彪本"将军"前有"客"字。

[10]使事有职:出使有事,有职责在身。

[11]胜已泄之矣:胜,平原君自称名。已泄之矣,言已将辛垣衍来说帝秦
之事告诉给鲁仲连。

[12]鲍焦:周时隐士,饰行非世,廉洁自守,采樵拾橡为生。可参见《庄子》
及《韩诗外传》。无从容而死者:言不能自得宽容而取死。从容,
宽缓。

[13]今众人不知,则为一身:言如今众人不能理解鲍焦耻居浊世而死,以
为他是为个人而死。

[14]上首功之国也:秦用商鞅,制爵二十等,以战获首级多少而记功授爵。
上,崇尚也。

[15]权使其士:权,诈。士,战士。《史记索隐》云:"以权诈使其战士。"

[16]虏使其民:虏,俘虏,奴隶。《史记索隐》云:"以奴虏使其人民。"

[17]肆然而为帝:肆逞其志而称帝。

[18]燕则吾请以从矣:言燕国已听从我的约请,尊秦为帝。

[19]赴:同"讣",通告。

[20]天崩地坼(chè):指周天子之死。坼,裂。

[21]天子下席:天子,指周烈王之子周显王。下席,谓其居丧,不敢居
正位。

[22]田婴齐:即齐威王,姓田名因齐。婴,盖为"因"之同音字。

[23]斫:即斩。

[24]叱嗟:怒斥之声。

[25]而母婢也:言显王非嫡出,出身卑贱。而,同"尔"。婢,同"卑"。

[26]宁:难道。

[27]醢:剁成肉酱。

[28]怏然:心中不服而怨怼之貌。

[29]鬼侯鄂侯:鬼侯,《史记·殷本纪》、《鲁仲连传》、《竹书纪年》皆作"九
侯"。鬼、九音通。"鬼侯"下姚宏本有"之"字,非是。鄂,一作"邘"。
鬼侯、鄂侯,皆为殷代诸侯。鬼侯城,在今河北临漳县。鄂侯城,邘
城,在今河南沁阳县。

[30]脯:肉熟为脯。此言烹煮。

[31]牖里:亦作"羑里",地名,今河南汤阴县北九里有羑里城。库:姚宏本

作"车",鲍彪本、《史记》皆作"库"。作"库"为是。库,监狱。

[32]夷维子:齐国人。夷维,本是齐国地名,今山东高密县有古安城,即莱夷维邑。夷维子,盖以邑为氏。策:马棰。

[33]子安取礼而来待吾君:言子于何典取此礼法。安,如何。取,采取。来,所自。

[34]辟舍:即避正朝而居于外舍,表示不敢以国家最高统治者自居。

[35]纳于管键:把锁钥交给天子。管,钥匙。键,锁。

[36]摄衽:揽其衣襟。抱几:搬置几案。

[37]投其钥:投钥匙于地,表示拒绝。钥,即钥匙。

[38]假涂:借路。涂,同"途"。邹:国名,在今山东邹县。

[39]孤:君、父死,臣、子称孤。

[40]倍殡柩:言改变棺柩方位,居南朝北,使天子南面以吊之。倍,同"背"。殡柩,即棺柩。

[41]赌:鲍彪本作"睹",当是。

[42]无已而帝:言不会止于称帝。无已,没有停止。

[43]即:如。

赵太后新用事[1]

赵太后新用事[2],秦急攻之。赵氏求救于齐。齐曰:"必以长安君为质[3],兵乃出。"太后不肯,大臣强谏。太后明谓左右:"有复言令长安君为质者,老妇必唾其面。"左师触詟愿见太后[4]。太后盛气而揖之[5]。入而徐趋[6],至而自谢,曰:"老臣病足,曾不能疾走,不得见久矣。窃自恕[7],而恐太后玉体必有所郄也[8],故愿望见太后。"太后曰[9]:"老妇恃辇而行。"曰:"日食饮得无衰乎[10]?"曰:"恃鬻耳[11]。"曰:"老臣今者殊不欲食,乃自强步,日三四里,少益耆食[12],和于身也。"太后曰:"老妇不能。"太后之色少解。

　　左师公曰[13]：“老臣贱息舒祺[14]，最少，不肖。而臣衰，窃爱怜之。愿令得补黑衣之数[15]，以卫王宫，没死以闻[16]。”太后曰：“敬诺。年几何矣？”对曰：“十五岁矣。虽少，愿及未填沟壑而托之[17]。”太后曰：“丈夫亦爱怜其少子乎？”对曰：“甚于妇人。”太后笑曰：“妇人异甚[18]。”对曰：“老臣窃以为媪之爱燕后贤于长安君[19]。”曰：“君过矣，不若长安君之甚。”左师公曰：“父母之爱子，则为之计深远。媪之送燕后也，持其踵而为之泣[20]，念悲其远也[21]，亦哀之矣。已行，非弗思也，祭祀必祝之，祝曰[22]：‘必勿使反。’岂非计久长，有子孙相继为王也哉？”太后曰：“然。”左师公曰：“今三世以前，至于赵之为赵，赵主之子孙侯者[23]，其继有在者乎？”曰：“无有。”曰：“微独赵[24]，诸侯有在者乎？”曰：“老妇不闻也。”“此其近者祸及身，远者及其子孙。岂人主之子孙则必不善哉[25]？位尊而无功，奉厚而无劳，而挟重器多也[26]。今媪尊长安君之位，而封之以膏腴之地[27]，多予之重器，而不及今有功于国。一旦山陵崩[28]，长安君何以自托于赵？老臣以媪为长安君计短也，故以为其爱不若燕后。”太后曰：“诺，恣君之所使之。”于是为长安君约车百乘质于齐，齐兵乃出。

　　子义闻之曰[29]：“人主之子也，骨肉之亲犹不能恃无功之尊，无劳之奉，而守金玉之重也[30]，而况人臣乎？”

[注释]

[1]本篇选自《赵策四》，又名《触龙说赵太后》。讲述了赵左师触龙用亲切、平实的语言，启发赵太后应从长远替子孙计，从而说服太后送少子长安君去齐国做人质，实现了外交计划。

[2]赵太后新用事：赵太后，赵孝成王母。孝成王方即位，太后掌政，故曰“新用事”。或云，古“新”、“亲”音通，亦可读为“亲用事”。

[3]必以长安君为质：言以长安君为人质。长安君，赵太后之少子，孝成王

之胞弟，长安是其封号。质，抵押品。

[4]左师触詟：左师，官名。春秋时，宋设左师，为执政官。战国时赵国此
职未详。触詟，姚宏本、鲍彪本皆误将"龙、言"二字合为"詟"字。《史
记·赵世家》、《汉书·古今人表》、《太平御览》引文皆作"触龙言"，
当是。

[5]揖：当误。《史记·赵世家》、《战国纵横家书》皆作"胥"，当是。胥，等
待。王念孙《读书杂志·战国策》按："下文言'入而徐趋'，则此时触
龙尚未入，太后无缘揖之也。"

[6]徐趋：小步缓慢地走。

[7]窃：暗自。恕：推己及人为恕。

[8]而：《战国纵横家书》作"与"。郄(xì)：缺陷，疲弱。

[9]太后：鲍彪注本、《战国纵横家书》皆无此二字。

[10]日食饮得无衰乎：《战国纵横家书》无"日"字，此"日"字当为上文
"曰"字之衍文而误者。衰，减少。

[11]鬻：同"粥"。

[12]耆：同"嗜"，爱、好。

[13]左师公：《战国纵横家书》作"左师触龙"，此亦"触龙"而非"触詟"
之证。

[14]息：子。舒祺：触龙儿子之名。

[15]黑衣：卫士所服之衣为黑色，此处指代卫士之职。数：《史记》、《资治
通鉴》引此皆作"缺"。

[16]没死以闻：没，《史记》、《战国纵横家书》皆作"昧"，当是。昧死以闻，
即冒死使您听说。

[17]愿及未填沟壑而托之：言希望在死之前把他托付好。填沟壑，比
喻死。

[18]妇人异甚：言妇人异于丈夫而更甚。

[19]媪：对女之年老者的尊称。燕后：太后之女嫁于燕王为后者。贤：
胜过。

[20]持：《战国纵横家书》作"攀"。踵：车后之横木。

[21]念悲其远也：《战国纵横家书》无"悲"字。

[22]祝曰:《战国纵横家书》无此"祝"字,当删之。

[23]赵主之子孙侯者:《史记》、《战国纵横家书》皆无"孙"字。

[24]微:非。

[25]岂人主之子孙:《史记》、《战国纵横家书》皆无"孙"字。

[26]重器:指宗庙祭祀之钟鼎彝器。

[27]膏腴:形容土地肥沃。

[28]山陵崩:比喻太后死。山陵,比喻其身份之尊。

[29]子义:赵国之贤人。

[30]金玉之重:即指钟鼎、圭璧,所谓的重器。

魏王欲攻邯郸[1]

　　魏王欲攻邯郸[2],季梁闻之[3],中道而反,衣焦不申[4],头尘不去[5],往见王曰:"今者臣来,见人于大行[6],方北面而持其驾,告臣曰:'我欲之楚。'臣曰:'君之楚,将奚为北面?'曰:'吾马良。'臣曰:'马虽良,此非楚之路也。'曰:'吾用多[7]。'臣曰:'用虽多,此非楚之路也。'曰:'吾御者善。''此数者愈善[8],而离楚愈远耳。'今王动欲成霸王,举欲信于天下[9]。恃王国之大,兵之精锐,而攻邯郸,以广地尊名,王之动愈数,而离王愈远耳。犹至楚而北行也。"

[注释]

[1]本篇选自《魏策四》。讲述了季梁劝谏魏王,本欲成就霸业却走上武力
　　征服这条相反的路,无异于南辕北辙。

[2]魏王:据下文"今王动欲成霸王,举欲信于天下",推知当为魏惠王。

[3]季梁:其人不详。

[4]衣焦不申:言衣缩而不抻开。焦,同"憔",即缩。申,抻展。

[5]头尘不去:王念孙《读书杂志·战国策》:"吴曰:《文选》'去'作'浴'

（阮籍《咏怀诗》注）。念孙案:作'浴'者是也。"认为"去"与"浴"是因
隶书形近而讹。

[6]大行:大路。

[7]吾用多:言费用充裕。用,资费。

[8]此数者:指上文所说的"马"、"用"、"御者"三者。

[9]信:同"伸"。

秦王使人谓安陵君[1]

　　秦王使人谓安陵君曰[2]:"寡人欲以五百里之地易安陵,安
陵君其许寡人?"安陵君曰:"大王加惠,以大易小,甚善。虽然,
受地于先王[3],愿终受之,弗敢易。"秦王不说。安陵君因使唐
且使于秦[4]。秦王谓唐且曰:"寡人以五百里之地易安陵,安陵
君不听寡人,何也?且秦灭韩亡魏,而君以五十里之地存者,以
君为长者,故不错意也[5]。今吾以十倍之地,请广于君,而君逆
寡人者,轻寡人与?"唐且对曰:"否,非若是也。安陵君受地于
先王而守之,虽千里不敢易也,岂直五百里哉[6]?"秦王怫然怒,
谓唐且曰:"公亦尝闻天子之怒乎?"唐且对曰:"臣未尝闻也。"
秦王曰:"天子之怒,伏尸百万,流血千里。"唐且曰:"大王尝闻
布衣之怒乎?"秦王曰:"布衣之怒,亦免冠徒跣[7],以头抢地
尔[8]。"唐且曰:"此庸夫之怒也,非士之怒也。夫专诸之刺王僚
也[9],彗星袭月[10];聂政之刺韩傀也[11],白虹贯日;要离之刺庆
忌也[12],仓鹰击于殿上。此三子者,皆布衣之士也,怀怒未发,
休祲降于天[13],与臣而将四矣。若士必怒,伏尸二人,流血五
步,天下缟素,今日是也。"挺剑而起。秦王色挠[14],长跪而谢之
曰[15]:"先生坐何至于此,寡人谕矣[16]。夫韩、魏灭亡,而安陵
以五十里之地存者,徒以有先生也。"

[注释]

[1]本篇选自《魏策四》,又名《唐且不辱使命》。讲述了魏人唐且出使秦国,不畏强暴,据理力争,不惜以性命相拼,最终完成使命,保住了安陵。

[2]秦王:即秦始皇,嬴政。当时尚未统一称皇帝,故仍称秦王。安陵君:魏襄王之弟,封于安陵,故号。安陵,在今河南鄢陵西北。

[3]受地于先王:指当年成侯受封于魏襄王。

[4]唐且:又作"唐雎",魏人。

[5]错意:即在意。错,同"措",置。

[6]直:犹特,单单。

[7]免冠徒跣:除去帽子,光着双足。跣,光脚。

[8]以头抢(qiāng)地:谓用头触地。抢,撞、触。

[9]专诸之刺王僚也:专诸,春秋时吴堂邑人,事公子光,藏匕首于鱼腹之中,为公子光刺杀王僚。王僚,吴王余昧之子。

[10]彗星袭月:指彗星之光侵掩了月光。此为难得一见的天文现象。同下文的"白虹贯日"一样,都是天象异征。彗星,俗称扫把星。

[11]聂政之刺韩傀也:聂政为严仲子刺杀韩傀。聂政,战国时轵城深井人。韩傀,韩国之相。

[12]要离之刺庆忌:阖闾欲杀王子庆忌,要离以诈见庆忌,以剑刺之。要离,春秋时吴人。庆忌,吴王僚之子。

[13]休祲:此处为偏意复词,单言凶兆。休,祥,吉兆。祲,厉气,凶兆。

[14]挠:屈。

[15]长跪:古人跪坐于双足之上,挺直身躯跪起叫做长跪。

[16]谕:明白。

燕昭王收破燕后即位[1]

　　燕昭王收破燕后即位[2],卑身厚币,以招贤者,欲将以报

仇。故往见郭隗先生曰[3]："齐因孤国之乱,而袭破燕。孤极知
燕小力少,不足以报。然得贤士与共国,以雪先王之耻,孤之愿
也。敢问以国报仇者奈何?"

郭隗先生对曰:"帝者与师处,王者与友处,霸者与臣处,亡
国与役处[4]。诎指而事之[5],北面而受学,则百己者至[6]。先
趋而后息,先问而后嘿[7],则什己者至。人趋己趋,则若己者
至。冯几据杖[8],眄视指使[9],则厮役之人至。若恣睢奋击[10],
呴籍叱咄[11],则徒隶之人至矣[12]。此古服道致士之法也[13]。
王诚博选国中之贤者,而朝其门下,天下闻王朝其贤臣,天下之
士必趋于燕矣。"

昭王曰:"寡人将谁朝而可?"郭隗先生曰:"臣闻古之人
君[14],有以千金求千里马者,三年不能得。涓人言于君曰[15]:
'请求之。'君遣之。三月得千里马,马已死。买其首五百金[16],
反以报君。君大怒曰:'所求者生马,安事死马而捐五百金?'涓
人对曰:'死马且买之五百金,况生马乎?天下必以王为能市
马,马今至矣。'于是不能期年,千里之马至者三。今王诚欲致
士,先从隗始;隗且见事,况贤于隗者乎?岂远千里哉?"

于是昭王为隗筑宫而师之[17]。乐毅自魏往[18],邹衍自齐
往[19],剧辛自赵往[20],士争凑燕[21]。燕王吊死问生,与百姓同
其甘苦。二十八年,燕国殷富,士卒乐佚轻战[22]。于是遂以乐
毅为上将军,与秦、楚、三晋合谋以伐齐[23]。齐兵败,闵王出走
于外。燕兵独追北入至临淄[24],尽取齐宝,烧其宫室宗庙。齐
城之不下者,唯独莒、即墨[25]。

［注释］

[1]本篇选自《燕策一》。此策追述了燕昭王由即位到报齐破国之耻,前后
　　二十八年的事情。主要侧重记述燕昭王听从郭隗的进言尊贤纳士,使
　　国势日益昌盛,最终得雪前耻。

[2]燕昭王:名职,即位于周赧王四年。收:《史记·燕世家》:"燕昭王于破燕之后即位。""收"当为"于"之误。破燕:指齐宣王六年(前314)乘燕内乱,派匡章率军攻占燕国之事。

[3]郭隗:燕昭王之谋臣。

[4]亡国与役处:亡国之君与仆役相处。

[5]诎:即屈,折节。指:同"旨",意志。

[6]百己者:指才能百倍于己者。

[7]嘿:同"默",不出声。

[8]冯:同"凭",凭靠。几:案。据:握,持。

[9]眄(miǎn)视指使:用斜眼看,用手指使派别人,形容骄纵之态。眄,斜视。

[10]恣睢:暴戾。

[11]呴(hǒu):同"吼"。籍:蹈、践。叱咄:呵骂。

[12]徒隶之人:指奴隶等卑贱的人。

[13]服道:事奉有道者。服,事。致士:招致士人。

[14]人君:姚宏本作"君人",乃误倒。今据《新序·杂事篇》、《艺文类聚·居处部》、《太平御览》、《文选·论盛孝章书》注引此作"人君"而改。

[15]涓人:宫中掌管清洁洒扫事宜的人,指君主左右亲近的内侍。

[16]首:当作"骨"为是。《新序·杂事篇》作"骨"。

[17]宫:《艺文类聚》作"馆",是。"馆"古写作"官",因误为"宫"。

[18]乐毅:中山人,后为燕昭王帅五国之师伐齐,封为昌国君。

[19]邹衍:亦作驺衍,齐国人。战国末哲学家,阴阳家的代表。游历魏、燕、赵等国,受各诸侯之尊重。著有《邹子》四十九篇,《邹子终始》五十六篇,今皆不传。

[20]剧辛:赵人,仕于燕。后为燕伐赵,为赵将庞煖所杀。

[21]凑:趋而聚。

[22]佚:同"逸",安逸。

[23]与秦、楚、三晋合谋以伐齐:五国攻齐,以燕为主,联合秦与三晋,无楚国。此"楚"字疑衍。

[24]燕兵独追北入至临淄:五国伐齐,济西一战,齐闵王溃败。乐毅谢秦、
　　赵、韩、魏之兵使归,然后独带燕军连下齐七十余城。

[25]莒(jǔ):古邑名,在今山东莒县。即墨:古邑名,在今山东平度市
　　东南。

赵且伐燕[1]

　　赵且伐燕,苏代为燕王谓惠王曰[2]:"今者臣来,过易水,蚌
方出曝[3],而鹬啄其肉[4],蚌合而钳其喙[5]。鹬曰:'今日不雨,
明日不雨,即有死蚌[6]。'蚌亦谓鹬曰:'今日不出,明日不出,即
有死鹬。'两者不肯舍,渔者得而并禽之[7]。今赵且伐燕,燕、赵
久相支[8],以弊大众[9],臣恐强秦之为渔父也。故愿王之熟计
之也[10]。"惠王曰:"善。"乃止。

[注释]

[1]本篇选自《燕策二》。且,将要。苏代以鹬蚌相争,渔人得利的道理,劝
　　止了赵将对燕的攻伐。

[2]苏代:苏秦之兄,仕于燕。燕王:指燕昭王。惠王:指赵惠文王。

[3]蚌方出曝:言蚌刚刚打开壳曝晒在日头下。曝,晒日。

[4]鹬(yù):水鸟。

[5]喙:鸟嘴。

[6]今日不雨,明日不雨:一作"今日不两,明日不两",两,即平分。今作
　　"雨",非是,或当作"两"。即有死蚌:《艺文类聚》、《太平御览》皆引作
　　"蚌将为脯",诸书所引无作"即有死蚌"者,当据此订正。

[7]禽:同"擒"。

[8]久相支:即相抗拒。《艺文类聚》引作"互相交兵"。

[9]以弊大众:这句是说,长年的战争使大众疲惫不堪。弊,疲,劳。

[10]熟计之:反复计议这件事。

昌国君乐毅为燕昭王
合五国之兵而攻齐[1]

昌国君乐毅为燕昭王合五国之兵而攻齐[2],下七十余城,尽郡县之以属燕。三城未下[3],而燕昭王死。惠王即位[4],用齐人反间[5],疑乐毅,而使骑劫代之将[6]。乐毅奔赴赵,赵封以为望诸君[7]。齐田单欺诈骑劫,卒败燕军,复收七十城以复齐。燕王悔,惧赵用乐毅承燕之弊以伐燕。

燕王乃使人让乐毅[8],且谢之曰:"先王举国而委将军[9],将军为燕破齐,报先王之仇,天下莫不振动,寡人岂敢一日而忘将军之功哉!会先王弃群臣[10],寡人新即位,左右误寡人。寡人之使骑劫代将军者,为将军久暴露于外[11],故召将军且休计事。将军过听[12],以与寡人有隙[13],遂捐燕而归赵[14]。将军自为计则可矣,而亦何以报先王之所以遇将军之意乎?"

望诸君乃使人献书报燕王曰:"臣不佞,不能奉承先王之教,以顺左右之心,恐抵斧质之罪,以伤先王之明,而又害于足下之义,故遁逃奔赵。自负以不肖之罪,故不敢为辞说。今王使使者数之罪,臣恐侍御者之不察先王之所以畜幸臣之理[15],而又不白于臣之所以事先王之心[16],故敢以书对。

"臣闻贤圣之君,不以禄私其亲,功多者授之;不以官随其爱,能当者处之。故察能而授官者,成功之君也;论行而结交者,立名之士也。臣以所学者观之,先王之举错,有高世之心[17],故假节于魏王[18],而以身得察于燕。先王过举,擢之乎宾客之中[19],而立之乎群臣之上,不谋于父兄,而使臣为亚卿[20]。臣自以为奉令承教,可以幸无罪矣,故受命而不辞。

"先王命之曰：'我有积怨深怒于齐，不量轻弱，而欲以齐为事。'臣对曰：'夫齐霸国之余教也[21]，而骤胜之遗事也[22]，闲于兵甲[23]，习于战攻。王若欲攻之，则必举天下而图之。举天下而图之，莫径于结赵矣[24]。且又淮北、宋地，楚、魏之所同愿也[25]。赵若许，约楚、魏，宋尽力，四国攻之，齐可大破也。'先王曰：'善。'臣乃口受令，具符节，南使臣于赵。顾反命[26]，起兵随而攻齐。以天之道，先王之灵，河北之地，随先王举而有之于济上[27]。济上之军奉令击齐，大胜之。轻卒锐兵，长驱至国[28]。齐王逃遁走莒，仅以身免。珠玉财宝，车甲珍器，尽收入燕。大吕陈于元英[29]，故鼎反于历室[30]，齐器设于宁台[31]。蓟丘之植，植于汶篁[32]。自五伯以来，功未有及先王者也。先王以为惬其志[33]，以臣为不顿命[34]，故裂地而封之[35]，使之得比乎小国诸侯。臣不佞，自以为奉令承教，可以幸无罪矣，故受命而弗辞。

"臣闻贤明之君，功立而不废，故著于春秋[36]；蚤知之士[37]，名成而不毁，故称于后世。若先王之报怨雪耻，夷万乘之强国，收八百岁之蓄积[38]，及至弃群臣之日，余令诏后嗣之遗义，执政任事之臣，所以能循法令，顺庶孽者[39]，施及萌隶[40]，皆可以教于后世。

"臣闻善作者，不必善成；善始者，不必善终。昔者伍子胥说听乎阖闾[41]，故吴王远迹至于郢[42]。夫差弗是也[43]，赐之鸱夷而浮之江[44]。故吴王夫差不悟先论之可以立功，故沉子胥而不悔。子胥不蚤见主之不同量，故入江而不改。夫免身全功，以明先王之迹者，臣之上计也。离毁辱之非[45]，堕先王之名者，臣之所大恐也。临不测之罪，以幸为利者，义之所不敢出也。

"臣闻古之君子，交绝不出恶声[46]；忠臣之去也，不洁其名[47]。臣虽不佞，数奉教于君子矣。恐侍御者之亲左右之说，而不察疏远之行也。故敢以书报,唯君之留意焉。"

[注释]

[1]本篇选自《燕策二》。阅读本文可参考上篇《燕昭王收破燕后即位》的
　　相关注释。破齐功臣乐毅被新即位的燕惠王猜忌,而出奔赵国。之
　　后,惠王惧其恃赵报复,而先发责怪乐毅误会自己的好意并拉拢他。
　　乐毅以委婉的口气回书致惠王,既表明自身的清白,又含蓄地指责了
　　惠王的昏庸狭隘,同时申明自己对燕的态度,不会因私报复。

[2]昌国君:乐毅之封号。昌国城,在今山东淄川县东北四十里。

[3]三城未下:三,当为"二"之误。此二城为莒和即墨。

[4]惠王:约前278年—前272年在位。

[5]用齐人反间:指齐人田单纵反间于燕曰:齐城不下者两城耳,然所以不
　　早拔者,以乐毅欲久仗兵威以服齐人,南面而王耳。

[6]骑劫:燕将。

[7]赵封以为望诸君:望诸,泽名,本齐地,乐毅自齐奔赵,赵人以此号之。

[8]让:责备。

[9]委:托付。

[10]会先王弃群臣:言正当燕昭王之死。会,恰逢,正当之时。

[11]暴:同"曝",日晒。

[12]过听:听错了。过,错、误。

[13]隙:不合。

[14]捐:弃。指乐毅奔赵之事。

[15]畜:好,宠。幸:亲爱之。

[16]白:明白。

[17]高世之心:言高尊于世上人主之心。高,超越。

[18]假节于魏王:节,信符。出关需要信符。《史记·乐毅传》:"毅为魏昭
　　王使燕。"故云假节于魏。

[19]擢之乎宾客之中:指乐毅至燕,燕昭王以客礼待之。擢,提拔。

[20]亚卿:卿之亚者。亚,次。

[21]齐霸国之余教也:教,《新序》作"业",当是。齐自桓公称霸,国以强

大。战国田氏藉其余业。

[22]骤胜:数次胜利。骤,数次。

[23]闲:习。兵甲:喻战争。

[24]莫径于结赵矣:言没有比与赵交好更直接的了。径,直接。结,交好。

[25]淮北、宋地,楚、魏之所同愿也:楚欲得淮北,魏欲得宋地,此时二地皆属齐。

[26]顾反命:回来复命。顾,回,返。反,同"返",返还。

[27]河北之地:指黄河以北,燕失于齐的土地。举:拔,攻克。济上:济水之上。

[28]国:钱藻本、《新序》作"齐"。《文选·东京赋》注、《为曹洪与魏文帝书》注、《晋纪总论》注,引文并作"齐"。作"齐"当是。作"国"者,当为后人据《史记·乐毅传》所改。

[29]大吕:齐之钟律。陈:陈列。元英:燕国宫殿名。

[30]故鼎:齐宣王伐燕时所获之燕鼎。历室:燕国宫名,在蓟县西宁台之下。

[31]齐器:燕得齐之重器。宁台:燕台名,在蓟县西四里。

[32]蓟丘之植,植于汶皇:此言燕地的植物移植到了齐之汶水上。蓟丘,燕之首都,今北京市。汶,汶水,出泰山莱芜县东北原山,西南流,至燕州城西入泗水。皇,同"篁",竹田曰篁。

[33]悁:畅快,满意。

[34]顿:坠,挫折。

[35]故裂地而封之:指燕昭王封乐毅为昌国君。

[36]春秋:泛指史书。

[37]蚤知:先见,先知。蚤,同"早"。

[38]收八百岁之蓄积:指齐从姜太公立国至乐毅下齐历时八百年。蓄积,指名器重宝。

[39]顺庶孽者:言不乱嫡庶之分。

[40]萌隶:普通百姓。

[41]伍子胥说听乎阖闾:这句是说阖闾听伍子胥之计伐楚。伍子胥,春秋末年楚国人,名员。本楚国大将,后遭灭门,出奔至吴,说吴伐楚。阖

间,一作"阖庐",名光,春秋末年吴国国君。

[42]远迹至于郢:言自吴至郢,其道远而吴人能至。

[43]夫差:阖闾之子。弗是也:不以伍子胥之言为是。

[44]赐之鸱夷而浮之江:夫差怨子胥,故以革囊盛其尸而投之江中。鸱
　　夷,革囊。

[45]离:同"罹",遭遇,遭受。

[46]交绝不出恶声:交情断绝,而不以恶言相加,以明己之长。

[47]不洁其名:言忠臣离开本国,不毁其君以自洁白。

燕太子丹质于秦亡归[1]

　　燕太子丹质于秦[2],亡归[3]。见秦且灭六国,兵以临易
水[4],恐其祸至。太子丹患之,谓其太傅鞠武曰[5]:"燕秦不两
立,愿太傅幸而图之。"武对曰:"秦地遍天下,威胁韩、魏、赵氏,
则易水以北,为有所定也。奈何以见陵之怨[6],欲排其逆鳞
哉[7]?"太子曰:"然则何由?"太傅曰:"请入,图之[8]。"

　　居之有间,樊将军亡秦之燕[9],太子容之[10]。太傅鞠武谏
曰:"不可。夫秦王之暴,而积怨于燕,足为寒心[11],又况闻樊将
军之在乎!是以委肉当饿虎之蹊[12],祸必不振矣[13]!虽有管、
晏,不能为谋[14]。愿太子急遣樊将军入匈奴以灭口[15]。请西
约三晋[16],南连齐、楚,北讲于单于[17],然后乃可图也。"太子丹
曰:"太傅之计,旷日弥久,心惽然,恐不能须臾[18]。且非独于此
也。夫樊将军困穷于天下,归身于丹,丹终不迫于强秦,而弃所
哀恋之交置之匈奴,是丹命固卒之时也。愿太傅更虑之。"鞠武
曰:"燕有田光先生者,其智深,其勇沉,可与之谋也。"太子曰:
"愿因太傅交于田先生,可乎?"鞠武曰:"敬诺。"出见田光,道太
子曰:"愿图国事于先生。"田光曰:"敬奉教。"乃造焉。

太子跪而逢迎,却行为道[19],跪而拂席。田先生坐定,左右无人,太子避席而请曰:"燕、秦不两立,愿先生留意也。"田光曰:"臣闻骐骥盛壮之时[20],一日而驰千里。至其衰也,驽马先之[21]。今太子闻光壮盛之时,不知吾精已消亡矣。虽然,光不敢以乏国事也[22]。所善荆轲[23],可使也。"太子曰:"愿因先生得愿交于荆轲[24],可乎?"田光曰:"敬诺。"即起趋出。太子送之至门,曰:"丹所报,先生所言者,国大事也,愿先生勿泄也。"田光俯而笑曰:"诺。"

偻行见荆轲[25],曰:"光与子相善,燕国莫不知。今太子闻光壮盛之时,不知吾形已不逮也,幸而教之曰:'燕、秦不两立,愿先生留意也。'光窃不自外[26],言足下于太子,愿足下过太子于宫。"荆轲曰:"谨奉教。"田光曰:"光闻长者之行,不使人疑之,今太子约光曰:'所言者,国之大事也,愿先生勿泄也。'是太子疑光也。夫为行使人疑之,非节侠士也[27]。"欲自杀以激荆轲,曰:"愿足下急过太子,言光已死,明不言也。"遂自刭而死。

轲见太子,言田光已死,明不言也。太子再拜而跪,膝下行流涕[28],有顷而后言曰:"丹所请田先生无言者,欲以成大事之谋,今田先生以死明不泄言,岂丹之心哉?"荆轲坐定,太子避席顿首曰:"田先生不知丹不肖,使得至前,愿有所道,此天所以哀燕不弃其孤也。今秦有贪饕之心,而欲不可足也。非尽天下之地,臣海内之王者,其意不餍。今秦已虏韩王[29],尽纳其地,又举兵南伐楚,北临赵。王翦将数十万之众临漳、邺[30],而李信出太原、云中[31]。赵不能支秦,必入臣。入臣,则祸至燕。燕小弱,数困于兵,今计举国不足以当秦。诸侯服秦,莫敢合从。丹之私计,愚以为诚得天下之勇士,使于秦,窥以重利[32],秦王贪其贽,必得所愿矣。诚得劫秦王,使悉反诸侯之侵地,若曹沫之与齐桓公[33],则大善矣;则不可,因而刺杀之。彼大将擅兵于外,而内有大乱,则君臣相疑。以其间诸侯得合从[34],其偿破秦必矣[35]。此丹之上愿,而不知所以委命[36],唯荆卿留意焉。"久之,荆轲曰:"此国家之大事,臣驽下,恐不足任使。"太子前顿首,固请无让。然后许诺。于是尊荆轲为上卿,舍上舍,太子日日造问,供太牢异物[37],间进车骑美女,恣荆轲所欲,以顺适其意。

久之,荆卿未有行意。秦将王翦破赵,虏赵王[38],尽收其地,进兵北略地,至燕南界。太子丹恐惧,乃请荆卿曰:"秦兵旦暮渡易水,则虽欲长侍足下,岂可得哉?"荆卿曰:"微太子言,臣愿得谒之。今行而无信,则秦未可亲也。夫今樊将军,秦王购之金千斤[39],邑万家。诚能得樊将军首,与燕督亢之地图献秦王[40],秦王必说见臣,臣乃得有以报太子。"太子曰:"樊将军以穷困来归丹,丹不忍以己之私,而伤长者之意,愿足下更虑之。"

荆轲知太子不忍,乃遂私见樊於期曰:"秦之遇将军,可谓深矣。父母宗族,皆为戮没。今闻购将军之首,金千斤,邑万家,将奈何?"樊将军仰天太息流涕曰:"吾每念,常痛于骨髓,顾计不知所出耳。"轲曰:"今有一言,可以解燕国之患,而报将军之仇者,何如?"樊於期乃前曰:"为之奈何?"荆轲曰:"愿得将军之首以献秦,秦王必喜而善见臣,臣左手把其袖,而右手揕抗其胸[41],然则将军之仇报,而燕国见陵之耻除矣。将军岂有意乎?"樊於期偏袒扼腕而进曰[42]:"此臣日夜切齿拊心也[43],乃今得闻教。"遂自刎。太子闻之驰往,伏尸而哭,极哀。既已,无可奈何,乃遂收盛樊於期之首,函封之。

于是,太子预求天下之利匕首,得赵人徐夫人之匕首,取之百金,使工以药淬之[44],以试人,血濡缕[45],人无不立死者。乃为装[46],遣荆轲。燕国有勇士秦武阳,年十二[47],杀人,人不敢与忤视[48]。乃令秦武阳为副。荆轲有所待,欲与俱,其人居远未来,而为留待。顷之未发,太子迟之,疑其有改悔,乃复请之曰:"日以尽矣,荆卿岂无意哉?丹请先遣秦武阳。"荆轲怒,叱太子曰:"今日往而不反者,竖子也!今提一匕首入不测之强秦,仆所以留者,待吾客与俱。今太子迟之,请辞决矣!"遂发。

太子及宾客知其事者,皆白衣冠以送之。至易水上,既祖[49],取道。高渐离击筑[50],荆轲和而歌,为变徵之声[51],士皆垂泪涕泣。又前而为歌曰:"风萧萧兮易水寒,壮士一去兮不复还!"复为慷慨羽声[52],士皆瞋目,发尽上指冠。于是荆轲遂就车而去,终已不顾。

既至秦,持千金之资币物,厚遗秦王宠臣中庶子蒙嘉[53]。嘉为先言于秦王曰:"燕王诚振畏慕大王之威[54],不敢兴兵以拒大王[55],愿举国为内臣,比诸侯之列,给贡职如郡县,而得奉守先王之宗庙。恐惧不敢自陈,谨斩樊於期头,及献燕之督亢之地图,函封,燕王拜送于庭,使使以闻大王。唯大王命之。"

秦王闻之,大喜。乃朝服,设九宾[56],见燕使者咸阳宫。荆轲奉樊於期头函,而秦武阳奉地图匣,以次进至陛下[57]。秦武阳色变振恐,群臣怪之,荆轲顾笑武阳,前为谢曰:"北蛮夷之鄙人,未尝见天子,故振慑[58],愿大王少假借之,使毕使于前。"秦王谓轲曰:"起,取武阳所持图。"轲既取图奉之,发图,图穷而匕首见。因左手把秦王之袖,右持匕首揕抗之[59]。未至身,秦王惊,自引而起,绝袖。拔剑,剑长,摄其室[60]。时怨急[61],剑坚,故不可立拔。荆轲逐秦王,秦王还柱而走。群臣惊愕,卒起不意,尽失其度。而秦法,群臣侍殿上者,不得持尺兵。诸郎中执兵[62],皆陈殿下,非有诏不得上。方急时,不及召下兵,以故荆轲逐秦王,而卒惶急无以击轲,而乃以手共搏之[63]。是时,侍医夏无且[64],以其所奉药囊提轲[65]。秦王之方还柱走,卒惶急不知所为,左右乃曰:'王负剑!王负剑!'遂拔以击荆轲,断其左股。荆轲废,乃引其匕首,提秦王,不中,中柱。秦王复击轲,被八创。轲自知事不就,倚柱而笑,箕踞以骂曰[66]:"事所以不成者,乃欲以生劫之,必得约契以报太子也。"左右既前斩荆轲,秦王目眩良久。而论功赏群臣及当坐者[67],各有差。而赐夏无且黄金二百镒,曰:"无且爱我,乃以药囊提轲也。"

于是,秦大怒燕,益发兵诣赵,诏王翦军以伐燕。十月而拔燕蓟城[68]。燕王喜、太子丹等,皆率其精兵东保于辽东。秦将李信追击燕王,王急,用代王嘉计[69],杀太子丹,欲献之秦。秦复进兵攻之。五岁而卒灭燕国[70],而虏燕王喜。秦兼天下。其后,荆轲客高渐离以击筑见秦皇帝,而以筑击秦皇帝[71],为燕报仇,不中而死。

[注释]

[1]本篇选自《燕策三》。此策讲述了燕太子丹由秦国人质逃归后,策划抗秦之计,派出智勇之士荆轲刺杀秦王,最终失败的经过。

[2]燕太子丹质于秦:燕太子丹,燕王喜之子。尝为人质于赵,而秦王政生长于赵,少时二人相交好。及政立为秦王,而燕太子丹为人质于秦。秦王遇太子丹不善,故太子丹怨恨秦王而逃归。

[3]亡(wáng)归:逃回。

[4]兵:秦攻燕之兵。以:同"已"。易水:燕之西界。

[5]太傅:辅弼君主之官。鞫:鲍彪本、《史记》作"鞠"。鞠武,太子丹之太傅。

[6]见陵:被欺侮。指太子丹质于秦,秦王待之不善。

[7]欲排其逆鳞哉:此言太子丹欲与秦对抗,无异于逆龙鳞招致杀身之祸。排,推击。逆鳞,《韩非子·说难》:"龙可柔驯而骑,然喉下有逆鳞径尺,人有撄之者,则必杀人,人主亦有。"

[8]请入,图之:请太子入息,以后再图谋此事。

[9]樊将军:秦将,名於期(wū jī)。因得罪秦王而逃亡至燕。

[10]容:鲍彪本作"客",《史记》作"舍"。

［11］积怨：指太子丹亡归之事。寒心：言可怕、恐惧。

［12］蹊：路径。

［13］振：救。

［14］虽有管、晏，不能为谋：管，管仲，春秋齐桓公之相。晏，晏婴，春秋齐
　　　庄公、景公时相。"为"下，鲍彪本、《史记》有"之"字。

［15］匈奴：古族名，战国时居于燕、赵之北，以游牧为生。

［16］三晋：指韩、赵、魏三国，原都属晋国，后灭晋分立为三。

［17］讲：同"媾"，联合。单于：匈奴之王称"单于"。

［18］悟：思想不清。不能须臾：急得不能等待一会儿。

［19］却：后退。道：同"导"，引导，引路。

［20］骐骥：古时千里马。

［21］驽马：劣马。

［22］不敢以乏国事也：言不会使太子所谋之事，缺人辅助。乏，缺少。指
　　　无人可谋国事。

［23］荆轲：卫人，字次非。好读书击剑。卫人谓之庆卿，之燕，燕人谓之
　　　荆卿。

［24］愿交于：《史记》作"结交于"。愿，当为衍文。

［25］偻行：致敬貌。

［26］窃不自外：不自疏外太子。

［27］节：守节义。

［28］膝下行：鲍彪注："以膝行，不立行，故言下。"王念孙《读书杂志·战国
　　　策》按："'膝行'二字之间，不当有'下'字。……《史记·刺客传》无
　　　'下'字。《文选·四子讲德论》注引策文，亦无。"则作"膝行"当是。

［29］今秦已虏韩王：指秦始皇十七年灭韩，虏韩王安。

［30］王翦：秦将军，频阳东乡人，秦始皇拜他为老师，称曰王将军。漳：漳
　　　水，在今河南、河北边界。邺：古都邑名，在今河北临漳西南邺镇村
　　　一带。

［31］李信：秦将军，陇西成纪人。太原：今山西太原市西南。云中：古郡
　　　名，在今内蒙古托克托东北。

［32］窥以重利：言示之以利，使有所欲。窥，视也。

[33]曹沫之与齐桓公:曹沫,鲁人,即曹刿。为鲁将,与齐战,三败北,鲁献遂邑之地于齐。齐桓公与鲁庄公会于柯,曹沫执匕首劫齐桓公于坛上,使返鲁之侵地。

[34]以其间诸侯得合从:诸侯趁此机会得以合纵,一起对付秦国。姚宏本重出"诸侯"二字,当为衍文,今删去。间,闲隙。

[35]其偿破秦必矣:鲍彪本无"破"字,《史记》无"偿"字。此当是策文作"偿",《史记》作"破",而两存之。

[36]不知所以委命:言不知死所。委命,委弃性命。

[37]供太牢异物:鲍彪本、《史记》"太牢"下有"具"字,或为衍文。

[38]虏赵王:秦始皇十九年,秦破赵,虏赵王迁。

[39]秦王购之金千斤:曾巩本、钱藻本作"秦王悬金千斤"。

[40]督亢:地区名,在今河北涿县东,有督亢亭、督亢陂。

[41]右手揕抗其胸:据王念孙《读书杂志·史记》,当为"右手揕其胸"。抗,当为"扰"字之讹。"扰"与"揕"音义同。《史记》作"揕",无"抗"字,《史记集解》引徐广曰:"一作'抗'。"后人误合二本而衍误。揕,刺。

[42]偏袒:上身袒露一边,以明誓。扼腕:握紧手腕,以控制情绪(愤怒、悲痛)。

[43]切齿拊心:喻愤恨发怒之态。切齿,牙齿相磨切。拊心,捶击心脏。

[44]以药淬之:指以毒药染于剑锷,烧剑入药水之中以淬之。

[45]血濡缕:言以剑伤之,血出仅如丝缕,可见匕首之利。

[46]乃为装:于是为之准备行装。

[47]年十二:鲍彪本、《史记》皆作"年十三"。

[48]人不敢与忤视:言人们畏惧他,不敢与之对视。忤,逆,即迎着。

[49]祖:出行时祭祀路神。

[50]高渐离:荆轲之友,隐于屠狗之所。筑:古代弦乐器,十三弦,形似琴。

[51]变徵:古代七声音阶中的第四个音级,比徵低半音,声调悲凉凄怆。

[52]羽声:古代五声音阶的第五个音级,声调慷慨激昂。

[53]中庶子:侍从之臣。蒙嘉:蒙恬之弟。

[54]振畏:恐惧。振,同"震"。

[55]以拒大王:鲍彪本、《史记》作"以逆军吏"。

[56]设九宾:宾,傧也。傧九人立于廷,以礼接使者。《周礼》大行人以九仪掌宾客之礼。

[57]陛:殿阶。

[58]振慑:振,同"震"。慑,亦惧。

[59]揕抗之:抗,鲍彪本、《史记》无之。当为衍文。说见前注[41]。

[60]掺:揽。室:指剑鞘。

[61]时怨急:怨,疑误,曾巩本作"恐"。鲍彪本、《史记》皆作"惶"。恐、惶义近。作"怨"非。

[62]郎中:宿卫之官。执兵:持兵器以卫。

[63]搏:击打。

[64]侍医:宫中随王上朝的御医。夏无且(jū):侍医之名。

[65]提:掷,捶击。

[66]箕:张开两腿如箕。踞:坐。

[67]当:当值。坐:坐罪。

[68]十月而拔燕蓟城:秦始皇二十一年,秦将王翦率军破燕太子军,取燕蓟城。蓟城,燕都,今北京市。

[69]代王嘉:秦始皇十九年,秦灭赵,虏赵王迁,赵公子嘉率其宗族数百人至代地,自立为代王,东与燕合兵。

[70]五岁而卒灭燕国:荆轲刺秦王在秦始皇二十年,二十五年,使王贲攻燕辽东,虏燕王喜,灭燕国。

[71]高渐离以击筑见秦皇帝,而以筑击秦皇帝:秦始皇二十六年,秦并天下,立为皇帝。高渐离逃离燕国,隐匿名姓,在宋子为人庸保。以善击筑闻于秦始皇。秦始皇召见,弄瞎其双目,使击筑。高渐离以铅置筑中,举筑击秦始皇,不中,被诛。《史记·刺客列传》有记载。宋子,县名,故城在赵州平棘县北三十里,今属河北巨鹿。

卫人迎新妇[1]

卫人迎新妇,妇上车,问:"骖马[2],谁马也?"御曰:"借之。"

新妇谓仆曰^[3]："拊骖，无笞服^[4]。"车至门，扶^[5]，教送母^[6]："灭灶，将失火。"入室见臼，曰："徙之牖下^[7]，妨往来者。"主人笑之。此三言者，皆要言也，然而不免为笑者，蚤晚之时失也。

[注释]

[1]本篇选自《宋卫策》。此策以生动的民间故事阐发了说话要合时宜。

[2]骖马：四马驾车，两旁的马叫做骖马。

[3]仆：即指御者。

[4]拊骖，无笞服：击打骖马，不要击打服马。拊、笞，皆击之意。服，夹辕之马为服。高诱注："拊，击也。两旁曰骖，辕中曰服。击其骖则中两服马不劳笞也。"

[5]扶：高诱注："扶，谓下车。"

[6]送母：即送新妇之保姆。

[7]牖：窗户。

礼　记

　　《礼记》，又称《小戴礼记》，是阐述古代礼制、礼仪和儒家思想的集大成之作。

　　《礼记》成书的过程比较复杂。在先秦典籍中，"记"是对经文的解释和补充。《礼记》中的篇章就是在儒家传习、讲授礼经(包括今文礼经《仪礼》和《礼古经》)的过程中逐渐形成的。原来并未独立成书，或附于经文之后，或单篇流行。西汉时礼学家戴德、戴圣分别对"记"加以搜辑、整理，纂集成书。戴德编成八十五篇，称《大戴礼记》，戴圣编成四十九篇，称《小戴礼记》。东汉郑玄为《小戴礼记》作注，彰显其义，使之由经的附庸上升为经。从此《礼记》就专指《小戴礼记》，被列为儒家典籍"十三经"之一。《礼记》非出自一人之手，亦非成于一时之作。多数为战国时孔门七十子后学所著，也有秦汉儒生的作品。

　　《礼记》的内容比较博杂。和《仪礼》不同，《礼记》重点不在记述各种仪节，而在阐发礼仪、礼制的意义和蕴涵，追述礼制的源流，集中阐述儒家的礼学思想。在古代社会，礼的范围几乎是无所不包的，它涵盖了政治文化的各个方面，包括政治、哲学、宗教、艺术、军事、经济等等，因此《礼记》对于了解、研究中国古代文化，尤其是先秦文化思想史具有非常重要的史料价值。

　　《礼记》中有很多广为流传的精彩篇章。其中,《檀弓》是最具有文学性的,形式短小精悍,语言简洁生动,历来被古文家所推重。《学记》、《乐记》、《中庸》属于论说性的文章,分析透辟,语言流畅,文气贯通,亦是散文史上的名篇。

曾子易箦[1]

　　曾子寝疾[2],病[3]。乐正子春坐于床下[4],曾元、曾申坐于足[5],童子隅坐而执烛[6]。

　　童子曰:"华而睆[7],大夫之箦与[8]?"子春曰:"止[9]!"曾子闻之,瞿然曰:"呼[10]!"曰:"华而睆,大夫之箦与?"曾子曰:"然。斯季孙之赐也[11],我未之能易也[12]。元,起易箦!"曾元曰:"夫子之病革矣[13],不可以变[14]。幸而至于旦[15],请敬易之。"曾子曰:"尔之爱我也不如彼[16]。君子之爱人也以德,细人之爱人也以姑息[17]。吾何求哉? 吾得正而毙焉,斯已矣[18]。"举扶而易之,反席未安而没[19]。

[注释]

[1]本篇选自《礼记·檀弓上》。原无篇题,现篇题是后加的。下各篇同此。本篇记述了曾子在临死之前坚决换掉不符合自己身份的床席的故事,反映了他对礼制的遵循和恪守。曾子:孔子弟子。名参,字子舆。鲁国南武城(今山东费县)人。在孔门中以孝著称。被后世尊为孔门圣人。易:更换。箦(zé):竹床席。

[2]寝疾:卧病。寝,卧。疾,较轻的病。

[3]病:病重、病危,程度比"疾"高。

[4]乐正子春:曾参的弟子。

[5]曾元、曾申:曾子的两个儿子。坐于足:坐在脚旁。

[6]隅:角落。

[7]华而睆(huàn):华丽而有光泽。睆,光滑亮泽的样子。

[8]大夫之簀与:孙希旦《礼记集解》云:"大夫之簀,言此簀华美,乃大夫之所用,曾子未尝为大夫,则不当寝之,言此以讽之也。"与,疑问语气词,同"欤"。

[9]止:意为让童子不要多言。

[10]瞿(jù)然:惊动的样子。呼(xū):通"吁",虚弱无力时呼气的声音。郑玄注云:"呼,虚惫之声。"

[11]斯:代词,此、这。季孙:春秋末鲁国大夫,专擅国政。

[12]我未之能易也:我(因为病重)没能换掉它。易,更换。

[13]夫子:古代对男子的尊称。革(jí):通"亟",危急。

[14]变:变动。

[15]旦:天亮。

[16]彼:指童子。

[17]君子之爱人也以德,细人之爱人也以姑息:意思是,君子爱人是成全别人的美德,小人爱人是放纵别人以苟且偷安。细人:小人,见识短浅的人。姑息:放纵别人,苟且偷安。

[18]吾得正而毙焉,斯已矣:意思是,我能死得合乎正礼,这就行了。毙:死。

[19]举扶而易之,反席未安而没:扶曾子起来更换床席,再放回席子上,还没有躺稳就死了。反:同"返",返回。没:通"殁",死亡。

公子重耳对秦客[1]

晋献公之丧[2],秦穆公使人吊公子重耳[3],且曰:"寡人闻之,亡国恒于斯[4],得国恒于斯。虽吾子俨然在忧服之中,丧亦不可久也,时亦不可失也[5]。孺子其图之[6]。"以告舅犯[7]。舅犯曰:"孺子其辞焉[8]。丧人无宝,仁亲以为宝[9]。父死之谓何[10]?又因以为利,而天下其孰能说之[11]?孺子其辞焉!"

　　公子重耳对客曰:"君惠吊亡臣重耳[12]。身丧父死,不得与于哭泣之哀,以为君忧[13]。父死之谓何?或敢有他志,以辱君义[14]。"稽颡而不拜[15],哭而起,起而不私[16]。

　　子显以致命于穆公[17]。穆公曰:"仁夫公子重耳[18]!夫稽颡而不拜,则未为后也,故不成拜[19];哭而起,则爱父也;起而不私,则远利也[20]。"

[注释]

[1]本篇选自《礼记·檀弓下》。记述了晋献公死后,秦穆公派人慰问重耳,劝其回国,重耳得体应对,婉言谢绝的故事。重耳:晋献公的儿子,即晋文公,春秋时晋国国君。晋献公在位时,欲立其宠妃骊姬之子奚齐为太子,太子申生因而自杀。公子重耳也因受骊姬谗害,出亡在外长达十九年。逃亡在狄时,晋献公死,秦穆公派人慰问他,劝他趁机回国即位。

[2]晋献公:春秋时晋国国君。姓姬名诡诸。前677年—前651年在位。在位期间使晋国逐渐强大,先后灭霍、魏、狄及虢、虞诸国。晚年因宠幸骊姬,太子申生自杀,诸公子出奔,造成内乱。

[3]秦穆公:春秋时秦国国君。姓嬴名任好。前659年—前621年在位。重用由余、百里奚、蹇叔等贤人,使秦国逐渐强大。韩原之战中打败晋国,俘获晋惠公。后违背蹇叔之言袭击郑国,被晋国大败于殽。穆公自励图强,最终打败晋国,封殽尸而还。之后西进伐戎,益国十二,开地千里,称霸西戎。成为春秋五霸之一。吊:对死者家属进行慰问。

[4]恒于斯:常常在这个时候。恒:常常。斯:代词,此、这。这里指国君去世,新君即将即位的交替之时。

[5]"虽吾子俨然在忧服之中"三句:意思是,虽然你严肃庄重地在居忧服丧之中,逃亡在外也不可太久,(回国的)时机也不可丢失。俨然:严肃庄重的样子。忧服:为父母居忧服丧。忧:指父母的丧事。丧:逃亡。后"丧人"、"身丧"之"丧"同此。

[6]孺子其图之:请你考虑一下吧。孺子,对能继承天子、诸侯王位的公子

的称呼。其,副词,表示请求和愿望。图,考虑、谋划。

[7]以告舅犯:重耳把这件事告诉舅犯。舅犯,即狐偃,字子犯。重耳的舅舅,故又称舅犯。晋国大夫。当时随重耳逃亡在外。归国后,辅助重耳称霸。

[8]孺子其辞焉:你还是辞谢他吧。

[9]"丧人无宝"二句:意思是,逃亡的人没有什么宝贵的东西,对亲人仁爱才是可宝贵的。仁亲:对亲人仁爱。

[10]父死之谓何:父亲死了是何等的事情? 意思是父丧是很大的不幸。

[11]"又因以为利"二句:意思是,又凭借(父丧),把它作为谋利的手段,天下人又有谁能(替你)辩解这件事。因:凭借。以:介词,把、用。其:助词,表强调。说:解释、辩解。

[12]惠:敬辞,惠顾、惠临之义。亡臣:逃亡在外的臣子。

[13]"身丧父死"三句:意思是,我逃亡在外,父亲又去世了,我不能参加他的丧礼,去他灵前哭泣,使贵国国君为我担忧。与:参与、参加。

[14]"或敢有他志"二句:意思是,又怎敢有其他的念头,来侮辱贵国国君对我的恩义。或:副词,相当于"又"。

[15]稽颡而不拜:叩头而不拜谢。稽颡(qǐ sǎng),古代居丧时答拜客人之礼。拜时屈膝,以额触地。颡,额头。

[16]私:与使者私谈。

[17]子显以致命于穆公:子显把这些情况向秦穆公禀告。子显,即公子縶,字子显,秦穆公派去慰问重耳的使者。郑玄注引卢氏云:"古者名、字相配,显当作'絷'。"致命,禀告,覆命。

[18]仁夫公子重耳:公子重耳真是仁爱啊! 夫,语气词。

[19]后:继承人。不成拜:按照古代丧礼,作为丧主的继承人应当稽颡并拜谢使者。因重耳不以继承人自居,故只稽颡不拜谢,所以说"不成拜"。

[20]远利:远离了(自己的)私利。意思是重耳不假借回国为君父服丧而图谋君位。

杜蒉扬觯[1]

　　知悼子卒[2]，未葬。平公饮酒[3]，师旷、李调侍[4]。鼓钟[5]。杜蒉自外来，闻钟声，曰："安在[6]？"曰："在寝[7]。"杜蒉入寝，历阶而升[8]，酌[9]，曰："旷饮斯[10]。"又酌，曰："调饮斯。"又酌，堂上北面坐饮之[11]。降，趋而出[12]。

　　平公呼而进之，曰："蒉！曩者尔心或开予[13]，是以不与尔言。尔饮旷何也？"曰："子卯不乐[14]。知悼子在堂，斯其为子卯也大矣[15]。旷也，大师[16]也，不以诏[17]，是以饮之也。""尔饮调何也？"曰："调也，君之亵臣也[18]。为一饮一食，亡君之疾[19]，是以饮之也。""尔饮何也？"曰："蒉也，宰夫也[20]。非刀匕是共，又敢与知防[21]，是以饮之也。"平公曰："寡人亦有过焉。酌而饮寡人。"杜蒉洗而扬觯[22]。公谓侍者曰："如我死，则必毋废斯爵也[23]。"至于今，既毕献，斯扬觯，谓之杜举。

[注释]

[1]本篇选自《礼记·檀弓下》。通过描述宰夫杜蒉三次"扬觯"，巧妙进谏以及晋平公纳谏的故事，反映了遵循礼制的思想。杜蒉(kuài)：《左传》作"屠蒯"。晋平公的宰夫。扬：举起。觯(zhì)：古代饮酒器。

[2]知悼子：即晋国大夫荀盈，又称知伯、知盈。其先祖荀首食采邑于知，故以知为氏。悼是其谥号。卒于鲁昭公九年(前533)。

[3]平公：即晋平公，名彪，晋国国君。前557—前532年在位。

[4]师旷：字子野。晋国乐师。目盲，善辨音律。李调：晋平公的宠幸之臣。侍：作陪。

[5]鼓：敲击。钟：古代的一种乐器。

[6]安在：意思是，国君在哪里？

[7]寝：寝宫。

[8]历阶:快步登阶。孙希旦《礼记集解》云:"历阶,即栗阶,谓升阶不聚足也。"

[9]酌:斟酒。

[10]饮:这里的饮酒含有罚酒之意。后文的"饮"同此。斯:代词,指这杯酒。

[11]堂上北面坐饮之:在堂上向北面坐着自己喝了。北面,古代君坐北朝南,臣拜君皆面向北而行礼。坐,古人席地而坐,坐时双膝跪在席上,臀部压在脚后跟上。

[12]降:下阶。趋:急走。

[13]曩者尔心或开予:刚才你或许有意启发我。曩者,刚才。开,开导,有谏诤之意。

[14]子卯不乐:殷纣王在甲子日自焚,夏桀在乙卯日被放逐,所以古代君王把甲子、乙卯两日看作忌日,不举乐,以有所警惧。一说用五行观点解释,认为子卯是二阴并行,主凶,故王者忌之,不举乐。陆德明《经典释文》引张晏云:"子刑卯,卯刑子,相刑之日,故以为忌。而云夏殷亡日,不推汤武以兴乎?"可备一说。

[15]知悼子在堂,斯其为子卯也大矣:意思是,知悼子的灵柩还停在堂上,这比甲子、乙卯的忌日更严重了。《礼记·杂记》云:"君为卿大夫,比葬不食肉,比卒哭不举乐。"知悼子是晋平公的大臣,平公的哀痛应甚于子卯的忌日,所以说"斯其为子卯也大矣"。

[16]大(tài)师:掌管奏乐的官职。大,同"太"。

[17]不以诏:不把这个道理告诉您。诏,告诉。

[18]亵(xiè)臣:宠幸亲近之臣。

[19]为一饮一食,亡国之疾:为了有点吃喝,忘了国君的过失。亡,通"忘"。疾,过失、弊病。

[20]宰夫:掌管宰割牲畜的小官。

[21]"非刀匕是共"三句:意思是,我作为宰夫不专心在厨房做事供应酒食,又胆敢干预主持防阻谏诤之事,这是越职的行为,所以罚自己酒。匕(bǐ):古代进食的工具,相当于勺、匙。共:通"供",供应,供给。与:干预、参与。知:主持、掌管。防:防阻谏诤。

[22]洗:要向君献酒,所以先把酒杯洗净。

[23]毋废斯爵:不要废弃这只酒杯。爵,古饮酒器,这里与"觯"意同。

[24]"至于今"四句:意思是,直至今日,每当献酒完毕之后,就像这样举起
酒杯,并把这个动作称之为"杜举"。

苛政猛于虎[1]

孔子过泰山侧,有妇人哭于墓者而哀。夫子式而听之[2],
使子路问之曰[3]:"子之哭也,壹似重有忧者[4]。"而曰[5]:"然。
昔者吾舅死于虎[6],吾夫又死焉[7],今吾子又死焉。"夫子曰:
"何为不去也[8]?"曰:"无苛政。"夫子曰:"小子识之[9],苛政猛
于虎也。"

[注释]

[1]本篇选自《礼记·檀弓下》。通过孔子与妇人的寥寥几句对话,点出了
"苛政猛于虎"的深刻主题,表现了儒家反对暴政,提倡仁政的礼治思
想。苛政猛于虎:苛刻的政令比老虎还要凶猛。政,政令、政策。一说
"政"通"征",指赋税徭役。王引之《经义述闻》:"'政'读曰'征',谓
赋税及徭役也……古字'政'与'征'通。"亦通。

[2]夫子:指孔子。式:通"轼",车前横木,供人凭靠。这里指扶轼而立以
示郑重。

[3]子路:名仲由,字子路,一字季路。孔子弟子。

[4]壹:一定,的确。重(chóng)有忧:忧伤重重。重,重叠、多。

[5]而:乃。孔颖达疏云:"妇人哭毕乃答之。"

[6]舅:对丈夫父亲的称呼。死于虎:意即被老虎咬死。

[7]又死焉:又死于此,指又被老虎咬死。焉,兼词,兼有介词"于"和代词
"是"的作用。

[8]去:离开。

[9]小子:对年幼的人或对弟子的称呼,这里是孔子对弟子的称呼。识(zhì):通"志",记住。

不食嗟来之食[1]

齐大饥[2]。黔敖为食于路[3],以待饿者而食之。有饿者,蒙袂辑屦[4],贸贸然来[5]。黔敖左奉食,右执饮[6],曰:"嗟,来食!"扬其目而视之[7],曰:"予唯不食嗟来之食[8],以至于斯也[9]。"从而谢焉[10]。终不食而死[11]。曾子闻之曰:"微与[12]!其嗟也可去,其谢也可食[13]。"

[注释]

[1]本篇选自《礼记·檀弓下》。以寥寥数语描绘了一个宁死而不食嗟来之食的狷洁耿介之士的形象。嗟(jiē):叹词,表示感叹。郑玄注云:"嗟来食,虽闵而呼食之,非敬辞也。"孔颖达疏云:"见其饿者困,咨嗟愍之,故曰'嗟乎来食'。"嗟来之食后来用以形容带有侮辱性的施舍。

[2]齐大饥:齐国发生大的饥荒。

[3]黔敖:齐平公时的士。为食于路:在路边做饭。

[4]蒙袂(mèi):以袖蒙面,不愿让人看见。袂,衣袖。辑屦(jù):拖着鞋子走路。辑,敛,拖着。屦,用麻、革制成的鞋。

[5]贸贸然:眼光迷迷糊糊、蒙昧不清的样子。贸,通"眊"。

[6]左奉食,右执饮:左手捧着饭,右手拿着汤。奉(pěng),同"捧"。饮,汤。

[7]扬其目:(那个饥饿的人)抬起他的眼睛。

[8]唯:因为。

[9]以至于斯:才到了这个地步。

[10]从:往就,到。谢:道歉。

[11]终:到底、最终。

[12]微与:恐怕不对吧!微,副词,表示否定,相当于"非"。与,同"欤",用于句末,表测度。

[13]其嗟也可去,其谢也可食:意思是,别人呼喝你,你可以离去;别人已经道歉了,也就可以吃了。

晋献文子成室[1]

　　晋献文子成室,晋大夫发焉[2]。张老[3]曰:"美哉轮焉[4]!美哉奂焉[5]!歌于斯[6],哭于斯[7],聚国族于斯[8]。"文子曰:"武也得歌于斯,哭于斯,聚国族于斯,是全要领以从先大夫于九京也[9]。"北面再拜稽首[10]。君子谓之善颂善祷[11]。

[注释]

[1]本篇选自《礼记·檀弓下》。记述了赵文子的新居落成后,大夫张老和赵文子之间的应对之辞。献文子:即赵武,又称赵文子、赵孟。晋国大夫赵盾之孙,赵朔之子。曾任晋国执政。谥文。献文亦为谥号。郑玄注云:"献之谓贺也。"可备一说。

[2]发:致,送。指前往送礼、祝贺。

[3]张老:晋国大夫。

[4]轮焉:房屋高大的样子。焉,助词,用于形容词或副词后,相当于"然"、"……的样子"。

[5]奂焉:房屋众多、盛大的样子。奂,众多、盛大。一说,"奂"同"焕",指文采鲜明的样子。王引之《经义述闻》云:"'奂'同'焕',文彩鲜明。……'美哉焕焉'者,室有文彩奂然明也。"

[6]歌于斯:在这里祭祀作乐。歌:指祭祀作乐。古礼大夫祭祀无乐,而从赵文子开始奏《肆夏》之乐。张老之言有讽刺其僭越之义。

[7]哭:指居丧哀泣。

[8]聚国族:和宗族宾友聚会宴饮。

[9]全要领:保全腰和颈,即免于刑戮而得到善终。要,同"腰"。领,颈。
孔颖达疏云:"古者罪重腰斩,罪轻颈刑。"故这里以"要"、"领"指代全
身。先大夫:赵武对其父亲、祖父的称呼。九京:即九原,山名,在山西
新绛县北。晋国卿大夫的墓地都在九原。后"九原"成为墓地的代称。
按,郑玄注以"京"为"原"字之误。《国语·晋语》:"赵文子与叔向游
于九原。"亦作"九京"。清胡鸣玉《订讹杂录》卷二云:"方氏曰:'九京
即九原。指其冢之高曰京,指其地之广曰原。'则九京、九原本通用。"
盖九京、九原虽语义偏重不同,但所指应同为一地。

[10]北面再拜稽首:向北面拜两次并叩头。北面,见《杜蒉扬觯》篇注。再
拜,连续拜两次,是比较隆重的礼节。稽首,古代表示敬重的一种跪
拜礼,拜时叩头到地。

[11]颂:赞美。祷:为自己祈福。孙希旦《礼记集解》云:"张老因颂寓规,
故为善颂;文子闻义则服,故为善祷。"

赵文子观于九原[1]

赵文子与叔誉观乎九原[2]。文子曰:"死者如可作也[3],吾
谁与归[4]?"叔誉曰:"其阳处父乎[5]?"文子曰:"行并植于晋
国[6],不没其身[7],其知不足称也[8]。""其舅犯乎[9]?"文子曰:
"见利不顾其君[10],其仁不足称也。我则随武子乎[11]!利其君
不忘其身,谋其身不遗其友[12]。"晋人谓文子知人。文子其中退
然如不胜衣[13],其言呐呐然如不出其口[14]。所举于晋国管库
之士[15],七十有余家,生不交利,死不属其子焉[16]。

[注释]

[1]本篇选自《礼记·檀弓下》。通过赵文子论人以及晋人对赵文子的评
论,表现了他的贤能与廉洁。赵文子:即赵武。见前篇注[1]。观:巡
游、巡视。九原:见前篇注[9]。

[2]叔誉：即羊舌肸，名肸，字叔向，一字叔肸。晋平公太傅。

[3]作：起，即复活之义。

[4]吾谁与归：我跟随谁呢？归，跟从、追随。

[5]其阳处父乎：阳处父怎么样？阳处父，晋襄公时的太傅，专权独断。大夫贾季本为中军帅，阳处父擅自降其为中军佐，以赵盾为中军帅。贾季因此而怨恨他。襄公卒后，贾季派族人狐鞫居杀之。

[6]行并植于晋国：在晋国行事专权刚直。并，专权。植，通"直"，刚直。

[7]不没其身：不得善终。没，终、尽。

[8]其知不足称：他的智慧不值得称道。知，同"智"。

[9]舅犯：见《公子重耳对秦客》篇注[7]。

[10]见利不顾其君：见到自己的利益就不顾念君王。

[11]随武子：即士会，名会，字季，晋国大夫。食邑于随、范，故又称随会、随季、范会、范季。武为谥号。先后辅佐晋文公、襄公、灵公、成公、景公五君。《左传·襄公二十七年》赞随武子之德云："文子之家事治，言于晋国无隐情。"称其"光复五君，以为盟主"。

[12]利其君不忘其身，谋其身不遗其友：为国君谋利而能顾念自己的利益，为自身谋利而能不丢下朋友的利益。遗，丢下，遗弃。

[13]文子其中退然如不胜衣：文子身体柔弱得像禁不起衣服。中，身。退然，柔弱的样子。退，通"隤(tuí)"，柔弱。胜(shēng)，禁得起。

[14]呐呐：指说话迟钝不清。

[15]举：推举、推荐。管库之士：主管仓库的人。管，掌管、主管。

[16]生不交利，死不属其子焉：活着的时候不跟他们有私利的交往，死的时候也不把自己的孩子托付给他们。意思是赵文子非常廉洁。交，交涉、交往。属，同"嘱"，托付、委托。

学　记(节选)[1]

发虑宪[2]，求善良，足以謏闻[3]，不足以动众。就贤体远[4]，足以动众，未足以化民[5]。君子如欲化民成俗[6]，其必由学乎[7]！

玉不琢，不成器；人不学，不知道[8]。是故古之王者建国君民[9]，教学为先。《兑命》曰[10]："念终始典于学[11]。"其此之谓乎[12]。

虽有嘉肴[13]，弗食不知其旨也[14]；虽有至道[15]，弗学不知其善也。故学然后知不足，教然后知困[16]。知不足，然后能自反也[17]；知困，然后能自强也。故曰：教学相长也[18]。《兑命》曰："学学半[19]。"其此之谓乎。

古之教者，家有塾[20]，党有庠[21]，术有序[22]，国有学[23]。比年入学[24]，中年考校[25]。一年视离经辨志[26]，三年视敬业乐群[27]，五年视博习亲师[28]，七年视论学取友[29]，谓之小成；九年知类通达[30]，强立而不反[31]，谓之大成。夫然后足以化民易俗[32]，近者说服[33]，而远者怀之[34]，此大学之道也。《记》曰[35]："蛾子时术之[36]。"其此之谓乎。

大学之教也，时教必有正业[37]，退息必有居学[38]。不学操缦[39]，不能安弦[40]；不学博依[41]，不能安诗；不学杂服[42]，不能安礼；不兴其艺[43]，不能乐学[44]。故君子之于学也，藏焉、修焉、息焉、游焉[45]。夫然，故安其学而亲其师，乐其友而信其道[46]。是以虽离师辅而不反[47]。《兑命》曰："敬孙务时敏，厥修乃来[48]。"其此之谓乎。

大学之法[49]，禁于未发之谓豫[50]，当其可之谓时[51]，不陵节而施之谓孙[52]，相观而善之谓摩[53]。此四者，教之所由兴也。

发然后禁，则扞格而不胜[54]；时过然后学，则勤苦而难成；杂施而不孙[55]，则坏乱而不修[56]；独学而无友，则孤陋而寡闻；燕朋逆其师[57]，燕辟废其学[58]。此六者，教之所由废也。

学者有四失^[59]，教者必知之。人之学也，或失则多^[60]，或失则寡，或失则易^[61]，或失则止^[62]。此四者，心之莫同也^[63]。知其心，然后能救其失也。教也者，长善而救其失也^[64]。

凡学之道，严师为难^[64]，师严然后道尊，道尊然后民知敬学^[65]。是故君之不臣于其臣者二^[67]：当其为尸则弗臣也^[68]，当其为师则弗臣也。大学之礼，虽诏于天子^[69]，无北面^[70]。所以尊师也。

善学者，师逸而功倍^[71]，又从而庸之^[72]；不善学者，师勤而功半，又从而怨之。善问者，如攻坚木^[73]，先其易者，后其节目^[74]，及其久也，相说以解^[75]；不善问者反此^[76]。善待问者如撞钟^[77]，叩之以小者则小鸣，叩之以大者则大鸣，待其从容，然后尽其声^[78]；不善答问者反此。此皆进学之道也^[79]。

[注释]

[1]本篇是《礼记》中的教育学文献，较系统地阐述了儒家的教育思想、教育制度、原则和方法，并提出了尊师重道的思想。郑玄注云："名'学记'者，以其记人教学之义。"

[2]发虑宪：发动思虑。宪，思虑，和"虑"同义。俞樾《群经平议·大戴礼记二》云："原宪字子思，是'宪'有'思'义。"

[3]谀（xiǎo）闻：小的名声。谀：小。

[4]就贤体远：接近贤人，亲近疏远的士人。就，接近，前往。体，亲近。远，指疏远的士人。

[5]化民：教化、化育百姓。

[6]成俗：形成良好的风俗。

[7]其必由学乎：大概一定要通过教育吧。学，教育、教学。

[8]道：指儒家的一整套政治伦理道德学说。

[9]建国君民：建设国家、统治人民。君，统治、治理。

[10]《兑命》：《尚书》篇名，记述殷代高宗贤相傅说的命辞和讲话。兑（yuè），通"说（悦）"。今《尚书》都作《说命》。

[11]念终始典于学:思念终和始都放在学习上。念,思念、思虑。典,从事。

[12]其此之谓乎:大概说的就是这个意思吧。

[13]嘉肴:美味的饭菜。嘉,美,善。

[14]弗:不。旨:味美。

[15]至道:终极的道理。

[16]教然后知困:教过别人后才知道自己的困窘。

[17]自反:自我反省。

[18]教学相长:教和学是互相促进的。

[19]学(xiào)学半:教和学各是促进自己学识增长的一半。学(xiào):同"教",教学的意思。《尚书·说命》此句作"教学半"。

[20]家有塾:古时百里以内,二十五家为闾,同在一巷,巷首有门,门旁边的学堂叫"塾"。

[21]党有庠:五百家为党,党中的学校叫"庠"。

[22]术(suì)有序:一万二千五百家为遂,遂中的学校叫"序"。术:通"遂"。

[23]国有学:天子和诸侯国中的学校叫"学"。分小学和大学两级。

[24]比年:每年。比,连续。

[25]中年:隔一年。中,间隔的意思。考校(jiào):考察、考核。

[26]一年视离经辨志:入学一年审察他经文断句的能力,辨别他志趣的趋向。视,审察。离经,断句读。

[27]敬业乐群:专心于学业,乐于和同学交往。

[28]博习亲师:广博地学习,亲近尊敬师长。

[29]论学取友:能讨论学术上的是非,选择朋友。

[30]知类通达:能辨别事物的类别,触类旁通。

[31]强立而不反:临事刚强独立,不违反师道。反,违背。

[32]夫:发语词,无义。然后:这样以后。易俗:改变风俗。

[33]近者说(yuè)服:使附近的人都心悦诚服。说,通"悦",喜悦。

[34]远者怀之:使远方的人来归附。怀,使归附、归顺。

[35]《记》:这里指古代解释《礼》经的文字。

[36] 蛾(yǐ)子时术之：意思是，小蚂蚁时常(向大蚂蚁)学习衔泥，最终堆成大土堆。蛾，同"蚁"，蚂蚁。

[37] 时教必有正业：四时的教学一定有正当的教学科目。时教，四时的教学，指春秋教以礼乐，冬夏教以诗书。正业，指儒家正统、正当的教学科目，包括后文所说的"弦"、"诗"、"礼"等。

[38] 退息必有居学：休息时一定有课外所学的项目。退息，指课外和假日退居休息。居学，指私居时所学，即课外的学习，包括后文所说的"操缦"、"博依"、"杂服"等，统称为"艺"。

[39] 操缦(màn)：操弄杂乐。缦，杂乐。

[40] 安弦：弹好琴瑟。安，指能熟练应对，后文的"安诗"、"安礼"、"安学"之"安"同此。弦，指琴瑟等乐器。

[41] 博依(yǐ)：能广博地譬喻。依，譬喻。

[42] 杂服：指古代各种服制。一说，服为从事之义。杂服即指洒扫、应对、投壶、沃盥等细碎的事。亦通。

[43] 兴(xìng)：喜悦。艺：指礼、乐、射、御、书、数各种技艺。

[44] 学：指正业的学习。

[45] 故君子之于学也，藏焉、修焉、息焉、游焉：所以君子对于学习，要存于心中，时刻修习，休息时也学，闲暇时也学。

[46] 夫然，故安其学而亲其师，乐其友而信其道：能够这样，因此能安心于学业，亲敬师长，乐于和同学切磋，信奉自己所学的道理。

[47] 是以虽离师辅而不反：所以即使离开了师长、同学也不会违背自己信奉的道理。辅，朋友、同学。

[48] 敬孙(xùn)务时敏，厥修乃来：恭敬谦逊，时刻努力，所进修的学业才能有所成。"敬孙"，今《尚书·说命》作"孙志"。孙，通"逊"。务，致力于。敏，勤勉、努力。厥，代词，相当于"其"。

[49] 大学之法：大学教人的方法。

[50] 禁于未发之谓豫：在事物尚未萌芽之前就禁止叫做预防。豫，预防。

[51] 当其可之谓时：在合适的时候(进行教育)叫做合乎时宜。

[52] 不陵节而施之谓孙：不超越教育的次第而施行教育叫做恭顺。孙，通"逊"，恭顺。

[53]相观而善之谓摩:相互观摩而受益叫做切磋。摩,切磋、琢磨。

[54]扞(hàn)格:格格不入。胜:施行、起作用。

[55]杂施:杂乱无章地施行教育。

[56]修:修治。

[57]燕朋逆其师:轻慢朋友会违背师训。燕朋,轻慢地对待朋友。燕,轻慢、不尊重。

[58]燕辟:轻慢老师的譬喻。辟,通"譬",譬喻。一说燕辟为燕游邪辟。

[59]失:过失。

[60]则:助词,相当于"之"。

[61]易:变易,指见异思迁。

[62]止:停止,指画地自限,浅尝辄止。

[63]此四者,心之莫同也:这四种过失的产生,是由于人心不同。

[64]长善:增长优点。

[65]凡学之道,严师为难:求学之道最难做到的是尊敬老师。严,尊敬。

[66]敬学:恭敬地对待学习。

[67]君之不臣于其臣者二:君主不以对待臣子的态度对待臣子的情况有两种。

[68]尸:古代祭祀中代死者接受祭飨的人。何休《公羊传》注云:"天子以卿为尸,诸侯以大夫为尸,卿大夫以下以孙为尸。"

[69]虽诏于天子:即使是对天子讲授。诏,告。

[70]无北面:指老师不必面朝北行臣子之礼。

[71]师逸而功倍:老师安闲而收到的教育效果却成倍。

[72]庸之:归功于老师。庸,功劳。

[73]攻:砍伐。

[74]节目:指树木枝干交接、纹理纠错有结的地方。

[75]相说(tuō)以解:枝干互相脱离而分解。说,通"脱",脱落、脱离。

[76]反此:与这种情况相反。

[77]待:对待。

[78]待其从容,然后尽其声:必须撞钟的人从容不迫,然后钟声才会余韵悠扬而尽。意思是,必须提问的人从容不迫,教的人才会把自己所知

的都告诉他。待,必须,需要。

[79]进学:增进学问。

乐　记(节选)[1]

凡音之起,由人心生也。人心之动,物使之然也[2]。感于物而动,故形于声[3]。声相应,故生变[4];变成方[5],谓之音;比音而乐之[6],及干戚羽旄[7],谓之乐。

乐者,音之所由生也,其本在人心之感于物也[8]。是故其哀心感者,其声噍以杀[9];其乐心感者,其声啴以缓[10];其喜心感者,其声发以散[11];其怒心感者, 其声粗以厉;其敬心感者,其声直以廉[12];其爱心感者,其声和以柔。六者,非性也[13],感于物而后动。是故先王慎所以感之者[14]。故礼以道其志[15],乐以和其声[16],政以一其行[17],刑以防其奸[18]。礼乐刑政,其极一也[19],所以同民心而出治道也[20]。

凡音者,生于人心者也;乐者,通伦理者也[21]。是故知声而不知音者,禽兽是也;知音而不知乐者,众庶是也[22]。唯君子为能知乐。是故审声以知音[23],审音以知乐,审乐以知政[24],而治道备矣[25]。是故不知声者不可与言音,不知音者不可与言乐。知乐,则几于知礼矣[26]。礼乐皆得,谓之有德。德者得也。

是故乐之隆[27],非极音也[28];食飨之礼[29],非致味也[30]。《清庙》之瑟[31],朱弦而疏越[32],一倡而三叹[33],有遗音者矣[34]。大飨之礼[35],尚玄酒而俎腥鱼[36],大羹不和[37],有遗味者矣[38]。是故先王之制礼乐也,非以极口腹耳目之欲也[39],将以教民平好恶而反人道之正也[40]。

乐者为同,礼者为异[41]。同则相亲,异则相敬。乐胜则流[42]，礼胜则离[43]。合情饰貌者[44]，礼乐之事也。礼义立，则贵贱等矣[45]；乐文同[46]，则上下和矣[47]；好恶著[48]，则贤不肖别矣。刑禁暴，爵举贤，则政均矣[49]。仁以爱之，义以正之，如此则民治行矣[50]。乐由中出，礼自外作[51]。乐由中出故静，礼自外作故文[52]。大乐必易，大礼必简[53]。乐至则无怨[54]，礼至则不争。揖让而治天下者，礼乐之谓也[55]。暴民不作，诸侯宾服[56]，兵革不试[57]，五刑不用[58]，百姓无患，天子不怒，如此则乐达矣[59]。合父子之亲[60]，明长幼之序，以敬四海之内[61]。天子如此，则礼行矣。大乐与天地同和[62]，大礼与天地同节[63]。和故百物不失，节故祀天祭地[64]。明则有礼乐[65]，幽则有鬼神[66]。如此则四海之内，合敬同爱矣[67]。礼者殊事，合敬者也[68]。乐者异文，合爱者也[69]。礼乐之情同，故明王以相沿也[70]。故事与时并[71]，名与功偕[72]。

[注释]

[1]本篇是《礼记》中集中阐述关于"乐"的理论思想的专篇，反映了儒家的礼乐教化观。

[2]人心之动，物使之然也：意思是，人心的活动是由于受到外物的触动。

[3]形于声：表现于声音。

[4]声相应，故生变：各种声音互相应和，所以产生变化。

[5]变成方：变化形成一定章法。

[6]比：指按一定音律排列。

[7]及干戚羽旄：配上干戚羽旄。干戚，盾和斧头，是武舞的舞具。羽旄（máo），雉鸟的羽毛和牦牛尾，是文舞的舞具。

[8]本：产生的根本。

[9]噍（jiāo）以杀（shài）：急促而衰微。

[10]啴（chǎn）以缓：宽舒而缓和。。

[11]发以散：焕发昂扬而畅快。

[12]直以廉：刚直而方正。

[13]性:天性。

[14]是故先王慎所以感之者:所以前代的圣王都慎重对待用以感发人心的东西。

[15]道(dǎo)其志:引导人们的志向。道,同"导",引导。

[16]和其声:协调人们的声音。

[17]一其行:统一人们的行为。

[18]刑:刑罚。防其奸:防止人们的邪恶。

[19]极:终极目的。

[20]所以同民心而出治道也:用以统一人心,实现治平之道。

[21]伦理:事物的类别和名分,这里指儒家的人伦道德准则。伦,类别。理,名分。

[22]众庶:众多的百姓。庶,百姓、平民。

[23]审:审察。

[24]审乐以知政:意思是,审察音乐就可以知道政教的得失。

[25]治道:治国的方法、措施。

[26]几:将近、接近。

[27]隆:盛大。

[28]极音:指穷尽音律之美。

[29]食(sì)飨(xiǎng)之礼:指食礼和飨礼,都是古代宴饮宾客之礼。

[30]致味:指竭尽滋味之美。

[31]《清庙》之瑟:歌唱《清庙》之诗时所弹的瑟。《清庙》,《诗经·周颂》首篇,是周公祭祀周文王时的颂歌。

[32]朱弦:用煮熟并染成红色的丝做的弦(这样发出的声音就沉浊)。疏越:疏通底孔(这样发出的声音就迟缓)。越,瑟底下的小孔。

[33]一倡而三叹:一人领唱三个人和声。倡,领唱。

[34]遗音:指未尽的余音。

[35]大飨之礼:合祀先王的祭礼,即袷祭。

[36]尚:推崇。玄酒:指祭祀时用以代酒的水。玄,黑色。上古时人认为水为黑色。俎腥鱼:把生鱼放在俎上。俎,古代祭祀时放牲口的礼器。腥鱼,生鱼。腥,指生肉。

[37]大羹:肉汤。

[38]遗味:指未尽的余味。

[39]非以极口腹耳目之欲也:不是用来穷尽人们口腹和耳目的欲望。极,
穷尽。

[40]将以教民平(pián)好恶而反人道之正也:是要教导人民能辨别好恶,
回到做人的正道上。平,通"辨",辨别。反,同"返",返回。

[41]乐者为同,礼者为异:乐的作用是和同,礼的作用是别异。

[42]胜:过分。流:放纵、侮慢。

[43]离:疏离、隔阂。

[44]合情:指用乐来协和内心的感情。饰(chì)貌:指用礼来检制外在的
仪表。饰,通"饬",端正、检制。

[45]贵贱等矣:指贵贱就有了等级区分。

[46]文:指乐的表现形式。

[47]上下和矣:指在上位的和在下位的就会相处融洽。

[48]著:明显。

[49]刑禁暴,爵举贤,则政均矣:意思是,用刑罚来禁止暴乱,用爵赏来举
拔贤人,那样政治就均平了。

[50]仁以爱之,义以正之,如此则民治行矣:用仁来爱民,用义来纠正邪
恶,这样对百姓的治理就施行了。

[51]乐由中出,礼自外作:意思是,乐从内心发出,礼从外表表现出来。
中,内心。外,外表、外貌。作,兴起。

[52]文:指礼有各种仪节、动作。

[53]易:简易。简:简单。

[54]至:施行。

[55]揖让而治天下者,礼乐之谓也:能恭敬谦逊地治理天下,说的就是礼
乐的运用。

[56]宾服:服从,归顺。

[57]革:革制的兵器。试:用。

[58]五刑:指古代五种刑罚:墨、劓、宫、刖、大辟。说见《尚书·吕刑》。一
说指甲兵、斧钺、刀锯、钻凿、鞭扑五种刑罚。说见《国语·鲁语上》。

　　或指五种法律:野刑、军刑、乡刑、官刑、国刑。说见《周礼·秋官·大
　　司寇》。

[59]达:畅行通达。

[60]合:和睦、和谐。

[61]以敬四海之内:使天下的百姓都互相爱敬。四海,指天下。

[62]大乐与天地同和:大乐和天地一样和谐。

[63]大礼与天地同节:大礼和天地一样有秩序。节,秩序。

[64]和故百物不失,节故祀天祭地:和谐所以万物不失其本性,有秩序所
　　以祭祀天地(以报答天地成就万物之功)。

[65]明:指人世间。

[66]幽:指阴间。

[67]合敬同爱:指相敬相爱。

[68]礼者殊事,合敬者也:礼的各种仪节不同,但都表达了相敬之情。

[69]乐者异文,合爱者也:乐的各种表现形式不同,但都表达了相爱之情。

[70]礼乐之情同,故明王以相沿也:礼乐表达的爱敬之情是相同的,所以
　　圣明的君王都相继沿用。

[71]事与时并,名与功偕:意思是,君王的事业和时代相应,名望和功绩相
　　偕。偕,共同。

晏子春秋

《晏子春秋》,是记载春秋时期齐国人晏婴言行的书。晏婴(前580? 一前500),名婴,字仲,谥号平。齐国夷维(今山东高密)人,是继管仲之后的又一著名良相。《晏子春秋》一书,分为内篇六卷,外篇二卷,以小故事的形式记载了晏婴治国爱民的脍炙人口的事迹,以及生活中的许多趣事。

本文从中选取几篇有代表性的故事,突出反映晏子对君主的忠直进谏,以及他善于辞令的方面。其文采特点主要在于充满机智和逻辑性的语言。

景公病久不愈,欲诛祝史以谢,晏子谏[1]

景公疥且疟,期年不已[2]。召会谴、梁丘据、晏子而问焉[3],曰:"寡人之病病矣[4],使史固与祝佗巡山川宗庙[5],牺牲圭璧[6],莫不具备,数其常多先君桓公,桓公一则寡人再[7]。病不已,滋甚[8],予欲杀二子者以说于上帝[9],其可乎?"

会谴、梁丘据曰:"可。"晏子不对。

公曰:"晏子何如?"晏子曰:"君以祝为有益乎?"公曰:"然。""若以为有益,则诅亦有损也。君疏辅而远拂[10],忠臣拥塞,谏言不出。臣闻之,近臣嘿[11],远臣暗[12],众口铄金[13]。今自聊摄以东[14]，姑尤以西者[15]，此其人民众矣，百姓之咎怨谤诽，诅君于上帝者多矣[16]。一国诅，两人祝，虽善祝者不能胜也[17]。且夫祝直言情，则谤吾君也；隐匿过，则欺上帝也[18]。上帝神，则不可欺；上帝不神，祝亦无益[19]。愿君察之也。不然，刑无罪，夏、商所以灭也[20]。"公曰："善解余惑，加冠[21]！"

命会谴毋治齐国之政，梁丘据毋治宾客之事，兼属之乎晏子[22]。晏子辞，不得命，受相退，把政，改月而君病悛[23]。

公曰："昔吾先君桓公，以管子为有力，邑狐与谷以供宗庙之鲜，赐其忠臣，则是多忠臣者[24]。子今忠臣也，寡人请赐子州款[25]。"辞曰："管子有一美，婴不如也；有一恶，婴不忍为也，其宗庙之养鲜也[26]。"终辞而不受。

[注释]

[1]本篇选自《晏子春秋·内篇谏上第一》，讲述了晏婴用机智巧妙的方法来劝谏齐公，不应因自己久病不愈而怪罪祝史的祷告无用，同时阐述了不应滥刑的治国道理，最终景公接受谏言。

[2]疥(jiè)：疥疮。疟(nuè)：疟疾。期(jī)年：一年。已：停止，指病不愈。

[3]会谴：齐国大臣。梁丘据：齐国大臣。

[4]病病：病更加重。后一"病"字，指病危，病重。

[5]史固：史，官名，掌文书、典籍及天时、星历。固，是史官的名字。祝佗：祝，官名，由男巫担任，是祠庙中司祭礼之人。佗，是祝官的名字。

[6]牺牲：古代祭祀所用牲畜的统称。圭璧：圭、璧都是美玉，也用于祭祀。

[7]桓公一则寡人再：这句是说，桓公祭祀用一件祭品，我则用两倍于他的祭品。

[8]滋甚：(病情)更加厉害。

[9]说：同"悦"，使高兴。

[10]辅：指辅佐的人。拂(bì)：也指辅助监督的人。

[11]嘿(mò)：同"默"，沉默不语。

[12]暗(yīn)：默不作声。

[13]众口铄金:众人的口舌所毁谤的足以熔掉金属。用来形容舆论的力量很大。这里指民怨沸腾。

[14]聊摄:地名。故城在今山东省聊城西北十五里。

[15]姑尤:水名。姑,即大沽河。尤,即小沽河。姑水起于北海,行三百里,绝齐国东界,入南海。

[16]咎怨谤诽:埋恨指责。这句是说,在这人民众多的地方,怨恨指责您,向上帝诅咒君主您的百姓多着呢。

[17]这句是说,一国的人都在诅咒,只有两个人祝祷,即使再善于祝祷的人,也不能胜过全国人的诅咒啊!

[18]这句是说,况且,如果祝祷时直言不讳说实情的话,就会讲指责您的话;如果隐瞒您的过错,就是欺骗上帝。

[19]这句是说,如果上帝有神灵,那就是不可欺骗的;如果上帝没有神灵,那就算是祝祷也没有用处。

[20]刑:这里是杀戮的意思。这句是说,杀戮无罪的人,这正是夏和商灭亡的原因呀。

[21]加冠:戴上帽子。晏子为进谏先行脱下帽子,以示冒犯君主,戴罪进言。齐景公最终接受了谏言,所以让晏子戴上帽子,以示无罪。

[22]宾客之事:指外交接待宾客的职务。属(zhǔ):委托,交付。这句是说,下令不准会谴再参与齐国的政事,不准梁丘据再掌管接待宾客的职务,把所有这些事都交给晏子管理。

[23]晏子辞,不得命,受相退:一说,当为"晏子辞,不得命,受,相退"。意思是,晏子辞谢,得不到准许,只好接受,掌管了会谴和梁丘据被免退的职务。相,是掌管的意思。把政:主持政务。改:更。改月:过了一个月。悛(quān):止。一说,即"痊"字。

[24]桓公:即齐桓公,名小白。春秋时五霸之一。管子:姓管,名夷吾,字仲(?—前645)。春秋时齐颍水人。齐国的著名宰相。力:功。狐:地名,不详。谷:地名,在今山东东阿县治。邑狐与谷:把狐与谷两地作封邑赐予他(管子)。鲜:新杀的鸟兽。古代杀鸟兽来祭祀非宗庙祭祀的常礼。这就是下文晏子所说的管子"有一恶"。多:嘉奖。

[25]州款:地名,不详。

[26]这句是说,管仲具有的任一美德,我都比不上;但他有一个坏处,我也
　　是不愿照做的,那就是用鸟兽的肉来供奉宗庙的祭祀。

景公怒封人之祝不逊,晏子谏[1]

　　景公游于麦丘[2],问其封人曰[3]:"年几何矣?"对曰:"鄙人
之年八十五矣[4]。"公曰:"寿哉! 子其祝我[5]。"封人曰:"使君
之年长于胡[6],宜国家。"公曰:"善哉! 子其复之。"曰:"使君之
嗣,寿皆若鄙臣之年[7]。"公曰:"善哉! 子其复之。"封人曰:"使
君无得罪于民。"公曰:"诚有鄙民得罪于君则可,安有君得罪于
民者乎?"

　　晏子谏曰:"君过矣! 彼疏者有罪,戚者治之,贱者有罪,贵
者治之;君得罪于民,谁将治之[8]? 敢问:桀、纣,君诛乎? 民
诛乎[9]?"

　　公曰:"寡人固也[10]。"于是赐封人麦丘以为邑。

[注释]

[1]本篇选自《晏子春秋·内篇谏上》,讲述了晏子借封人的祝祷,向齐景
　　公说明了君主不应轻视、得罪人民的道理。不逊:不恭敬。

[2]麦丘:战国时齐国之邑,在今山东省商河县西北。

[3]封人:即邑中的人。

[4]鄙人:即小人。鄙,这里是谦辞,下文"鄙臣"同。

[5]这句是说,高寿啊! 请您为我祝祷吧。

[6]胡:俞樾认为指的是齐国的先君胡公静。胡公历周懿王、孝王、夷王,
　　享国长久,寿考令终,所以封人以他为祝词。

[7]嗣:后代子孙。

[8]戚者:指亲近的人。这几句是说,如果国君疏远的人有了罪过,亲近的大臣就会惩处他,地位低的人有了罪过,位高的人就会惩处他;可要是国君得罪了老百姓,谁会来惩处他呢?

[9]这几句是说,请问:夏桀、商纣,他们是被国君除掉的? 还是被老百姓除掉的?

[10]固:浅陋。

景公欲祠灵山、河伯以祷雨,晏子谏[1]

齐大旱逾时[2],景公召群臣问曰:"天不雨久矣,民且有饥色[3]。吾使人卜,云,祟在高山广水[4]。寡人欲少赋敛以祠灵山[5],可乎?"群臣莫对。

晏子进曰:"不可! 祠此无益也。夫灵山固以石为身[6],以草木为发,天久不雨,发将焦,身将热,彼独不欲雨乎? 祠之无益。"

公曰:"不然,吾欲祠河伯,可乎?"

晏子曰:"不可! 河伯以水为国,以鱼鳖为民,天久不雨,泉将下,百川竭[7],国将亡,民将灭矣,彼独不欲雨乎? 祠之何益!"

景公曰:"今为之奈何?"

晏子曰:"君诚避宫殿暴露,与灵山、河伯共忧,其幸而雨乎[8]!"

于是景公出野居暴露[9],三日,天果大雨,民尽得种时。景公曰:"善哉! 晏子之言,可无用乎! 其维有德[10]。"

[注释]

[1]本篇选自《晏子春秋·内篇谏上》,讲述了晏子在齐国遇大旱时,谏阻齐景公祭祀山神、河神以求雨的想法,并劝谏景公与民同分忧,最终

等到降雨。

[2]逾时:过了农时。

[3]且:将要。

[4]这句是说,我让人占卜,他说,作祟的在高山和大水之中。

[5]少:稍微。少赋敛以祠灵山:稍微征收一些赋税来祭祀山神。

[6]固:本来。

[7]泉将下,百川竭:据吴则虞《晏子春秋集释》,当为"水泉将下,百川将竭"。意思是,泉水的水位下降,河流将要枯竭。

[8]避:离开。暴(pù)露:暴,同"曝"。即露晒于外。这句是说,如果您能走出宫殿到外面去,和山神、河伯共同分担忧患,或许有幸能下雨吧。

[9]居:当为衍字。

[10]这几句是说,晏子的话能不采纳吗?他的话包含了德呀。维:句中语助词。

景公衣狐白裘不知天寒,晏子谏[1]

景公之时,雨雪三日而不霁[2]。公被狐白之裘[3],坐堂侧陛[4]。晏子入见,立有间[5],公曰:"怪哉!雨雪三日而天不寒。"晏子对曰:"天不寒乎?"公笑。

晏子曰:"婴闻古之贤君饱而知人之饥,温而知人之寒,逸而知人之劳。今君不知也。"公曰:"善!寡人闻命矣。"

乃令出裘发粟[6],与饥寒[7]。令所睹于涂者,无问其乡,所睹于里者,无问其家;循国计数,无言其名,士既事者兼月,疾者兼岁[8]。

孔子闻之曰:"晏子能明其所欲,景公能行其所善也[9]。"

[注释]

[1]本篇选自《晏子春秋·内篇谏上》,讲述了齐景公冬日穿狐裘而不知天气的寒冷,晏子进谏景公做君主应当体察百姓的疾苦,景公接受谏言。

[2]雨(yù)：这里作动词，是下雪、降雪的意思。霁(jì)：雪停放晴。

[3]被：同"披"。狐白：狐腋下的白毛。

[4]陛：当为"阶"字之误。

[5]有间(jiàn)：一会儿。

[6]出裘：即去裘，脱去皮袍。发粟：发放粮食。

[7]与饥寒：一说，当作"以与饥人"。

[8]涂：同"途"，道路。事：工作，指有职业。这几句是说，命令凡是在路上看到饥寒交迫的百姓，不要问他是哪乡的人；在村上看见这样的人，不要问他是哪家的；在全国内进行全面的调查计数，不用问姓名，凡是已经有工作的人就发给他两个月的粮食，有病不能工作的就发给他两年的口粮。

[9]这句是说，孔子听说了这件事，说："晏子善于说明他想做的事，景公能够实行他认为是好的事。"

景公欲杀犯所爱之槐者，晏子谏[1]

景公有所爱槐，令吏谨守之，植木县之[2]，下令曰："犯槐者刑[3]，伤之者死。"

有不闻令，醉而犯之者，公闻之曰："是先犯我令。"使吏拘之，且加罪焉[4]。

其女子往辞晏子之家[5]，托曰[6]："负郭之民贱妾[7]，请有道于相国[8]，不胜其欲[9]，愿得充数乎下陈[10]。"

晏子闻之，笑曰："婴其淫于色乎[11]？何为老而见畔[12]？虽然，是必有故。"令内之[13]。

女子入门，晏子望见之，曰："怪哉！有深忧。"进而问焉，曰："所忧何也？"

对曰："君树槐县令，犯之者刑，伤之者死。妾父不仁[14]，不闻令,醉而犯之,吏将加罪焉。妾闻之,明君莅国立政[15],不损禄,不益刑[16],又不以私恚害公法[17],不为禽兽伤人民,不为草木伤禽兽,不为野草伤禾苗。吾君欲以树木之故杀妾父,孤妾身,此令行于民而法于国矣。虽然,妾闻之,勇士不以众强凌孤独,明惠之君不拂是以行其所欲[18]。此譬之犹自治鱼鳖者也,去其腥臊者而已[19]。昧墨与人比居,庚肆而教人危坐[20]。今君出令于民,苟可法于国,而善益于后世,则父死亦当矣,妾为之收亦宜矣。甚乎!今之令不然,以树木之故,罪法妾父,妾恐其伤察吏之法[21],而害明君之义也[22]。邻国闻之,皆谓吾君爱树而贱人,其可乎?愿相国察妾言以裁犯禁者。”

晏子曰:“甚矣!吾将为子言之于君。”使人送之归。

明日,早朝,而复于公曰[23]:“婴闻之,穷民财力以供嗜欲谓之暴,崇玩好,威严拟乎君谓之逆[24],刑杀不辜谓之贼[25]。此三者,守国之大殃。今君穷民财力,以羡馈食之具[26],繁钟鼓之乐,极宫室之观,行暴之大者;崇玩好,县爱槐之令[27],载过者驰[28],步过者趋[29],威严拟乎君,逆之明者也;犯槐者刑,伤槐者死,刑杀不称[30],贼民之深者[31]。君享国[32],德行未见于众[33],而三辟著于国[34],婴恐其不可以莅国子民也[35]。”

公曰:“微大夫教寡人[36],几有大罪以累社稷,今子大夫教之,社稷之福,寡人受命矣。”

晏子出,公令趣罢守槐之役[37],拔置县之木,废伤槐之法,出犯槐之囚。

[注释]

[1]本篇选自《晏子春秋·内篇谏下》,讲述了一人因酒醉冒犯了景公喜爱的槐树而被治罪,其女自投到晏子门下陈说冤情,晏子挺身进谏而最终释放了犯槐的人。

[2]植木:竖木桩。县:同“悬”。

[3]犯:触犯。刑:处以刑罚。

[4]加罪:从重治罪。

[5]女子:"女"字当为衍文。子,古时男女通称,这里是指女儿。辞:陈说。一说,"辞"是衍文。

[6]讬:托词,假装说。一说,当为"说"。

[7]负廓:即"负郭",城边。贱妾:古时女子表示谦卑的自称。

[8]有道:有所陈述。

[9]不胜其欲:禁不住这样的愿望。

[10]下陈:古时宾主相接陈列礼品的地方在堂下,所以叫做下陈。而古时不只以财物为礼品,还经常献送妇女作为姬妾,统称为下陈。这里犯人之女是说要来充做侍妾。

[11]其:岂,难道。

[12]犇:同"奔",私奔。

[13]内:同"纳",接纳,纳入。

[14]不仁:即不仁智,糊里糊涂。

[15]莅(lì):临。莅国:统治国家。

[16]不损禄,不益刑:不随意减损人们的俸禄,不随意增加刑罚。

[17]恚(huì):怨怒。

[18]惠:同"慧"。拂:违。是:正确的,真理。这句是说,贤明的国君是不会违背正道来做他想做的事的。

[19]这句是说,比如说我们自己下厨烹制鱼鳖,只是要去掉腥臊味(君主惩处百姓,也是只要改掉他的过错就行了)。

[20]昧墨:黑暗。比居:相挨着同处。庚肆:指露天的集市。危坐:端坐。这句是说,就像是在黑暗中要与别人共同相处,在集市上却让人正襟危坐一样(严刑峻法也同样让人不能安心)。

[21]察吏之法:清正官吏所奉行的法令。

[22]明君之义:贤明君主的德义。

[23]复:回禀。

[24]崇玩好,威严拟乎君谓之逆:崇尚自己喜欢的玩赏之物,使它的威严好像君主一样,这叫做"逆"。

［25］不辜:无罪。

［26］羡:增。馁:王念孙认为可能是"饮"字之误。

［27］县:同"悬"。

［28］驰:(驾车)快跑。

［29］趋:小步快跑。

［30］不称:不相当。

［31］贼:残害。

［32］享国:即在国君之位。

［33］见:同"现"。

［34］三辟:指"暴、逆、贼"三种罪恶的行为。著:彰显,显著。

［35］子民:以民为子,即做百姓的君主。

［36］微:如果没有,如果不是。

［37］趣(cù):同"促",赶紧。罢:撤掉。役:差事。

景公冬起大台之役,晏子谏[1]

晏子使于鲁,比其返也[2],景公使国人起大台之役[3],岁寒不已,冻馁之者乡有焉[4],国人望晏子[5]。

晏子至,已复事[6],公延坐[7],饮酒乐,晏子曰:"君若赐臣,臣请歌之。"歌曰:"庶民之言曰[8]:'冻水洗我,若之何! 太上靡散我,若之何[9]!'"歌终,喟然叹而流涕[10]。

公就止之曰[11]:"夫子曷为至此? 殆为大台之役夫[12]! 寡人将速罢之。"

晏子再拜[13]。出而不言,遂如大台[14],执朴鞭其不务者[15],曰:"吾细人也[16],皆有盖庐[17],以避燥湿,君为一台而不速成,何为?"国人皆曰:"晏子助天为虐。"

晏子归,未至,而君出令趣罢役,车驰而人趋[18]。

　　仲尼闻之，喟然叹曰："古之善为人臣者，声名归之君，祸灾归之身，入则切磋其君之不善[19]，出则高誉其君之德义，是以虽事惰君，能使垂衣裳[20]，朝诸侯[21]，不敢伐其功[22]。当此道者，其晏子是耶[23]。"

［注释］

[1] 本篇选自《晏子春秋·内篇谏下》，讲述了晏子在朝内以歌劝谏景公罢除冬天盖大台的劳役，而出朝就将景公的过错揽在自己身上，最终使君主废除了兴建大台的役事。

[2] 比其返也：等他返回的时候。景公起大台是在晏子出使鲁国还没回到齐国的时候。一说，"返"当为"出"。

[3] 起大台之役：兴起搭建大台的工程。

[4] 这句是说，忍饥挨冻去服劳役的人每乡都有。

[5] 这句是说，国都的人民都盼望着晏子回来（为他们请命）。

[6] 复事：回复出使的情况。

[7] 延：设请。

[8] 庶民：老百姓。

[9] 太上：指国君。靡散：消灭、作践。这首歌的意思是：冰凉的冻水浸泡着我，（快冻死了）怎么办！国君作践俺们，又能怎么办！

[10] 喟然：长叹的样子。涕：泪。

[11] 就：靠近。

[12] 殆（dài）：大概。夫：疑问语气词，即"吗"。

[13] 再拜：拜了两拜。

[14] 如：至，到。

[15] 朴（pū）：鞭打用的器具。执朴鞭其不务者：拿着木棍抽打那些不干活的人。

[16] 细人：小人，小民。

[17] 盖庐：房屋。盖，当为"盍"之误，而"盍"应读为"阖"，即阖庐，是住房的意思。

[18]趣(cù):同"促",急忙,赶紧。这句是说,晏子回去,还没到家,国君就下命令赶紧停止工程,于是大家就车驰人跑的散了。

[19]切磋:探讨,研究。这句是说,入朝就琢磨怎样改正君主决策的过失。

[20]垂衣裳:穿着长大的衣服,用来形容悠闲的样子,古代用此来表示君王圣贤无为而治的境界。

[21]朝诸侯:使诸侯前来朝拜,即称霸天下。

[22]伐:夸耀。

[23]这句是说,可以称得上有这样品德,大概也就是晏子吧。

景公猎逢蛇虎,以为不详,晏子谏[1]

景公出猎,上山见虎,下泽见蛇。归,召晏子而问之曰:"今日寡人出猎,上山则见虎,下泽则见蛇,殆所谓不祥也[2]?"

晏子对曰:"国有三不祥,是不与焉[3]。夫有贤而不知,一不祥;知而不用,二不祥;用而不任[4],三不祥也。所谓不祥,乃若此者。今上山见虎,虎之室也;下泽见蛇,蛇之穴也。如虎之室[5],如蛇之穴,而见之,曷为不祥也!"

[注释]

[1]本篇选自《晏子春秋·内篇谏下》,讲述了晏子借解答景公疑问的机会,阐明了治理国家要以任人唯贤为重的道理。

[2]殆:大概。也:同"邪",疑问语气词。

[3]与:在其中。这句是说,国家有三件事是不祥的,这个不在其中。

[4]任:信任。

[5]如:往,到。

景公养勇士三人，无君臣之义，晏子谏[1]

公孙接、田开疆、古冶子事景公[2]，以勇力搏虎闻[3]。晏子过而趋[4]，三子者不起[5]，晏子入见公曰："臣闻明君之蓄勇力之士也[6]，上有君臣之义，下有长率之伦[7]，内可以禁暴，外可以威敌，上利其功，下服其勇，故尊其位，重其禄。今君之蓄勇力之士也，上无君臣之义，下无长率之伦，内不以禁暴，外不可威敌，此危国之器也[8]，不若去之。"

公曰："三子者，搏之恐不得，刺之恐不中也。"

晏子曰："此皆力攻勍敌之人也[9]，无长幼之礼。"

因请公使人少馈之二桃，曰："三子何不计功而食桃？"

公孙接仰天而叹曰："晏子，智人也！夫使公之计吾功者，不受桃是无勇也，士众而桃寡，何不计功而食桃矣。接一搏特猏而再搏乳虎[10]，若接之功，可以食桃而无与人同矣。"援桃而起[11]。

田开疆曰："吾仗兵而却三军者再[12]，若开疆之功，亦可以食桃，而无与人同矣。"援桃而起。

古冶子曰："吾尝从君济于河[13]，鼋衔左骖[14]，以入砥柱之流[15]。当是时也，冶少不能游，潜行，逆流百步，顺流九里，得鼋杀之，左操骖尾，右挈鼋头，鹤跃而出。津人皆曰：'河伯也！'若冶视之[16]，则大鼋之首[17]。若冶之功，亦可以食桃，而无与人同矣。二子何不反桃[18]！"抽剑而起。

公孙接、田开疆曰："吾勇不子若，功不子逮，取桃不让，是贪也；然而不死，无勇也。"皆反其桃，挈领而死[19]。

古冶子曰："二子死之，冶独生之，不仁；耻人以言[20]，而夸其声[21]，不义；恨乎所行[22]，不死，无勇。虽然，二子同桃而节^[23],冶专其桃而宜^[24]。"亦反其桃,挈领而死。

使者复曰:"已死矣。"

公殓之以服,葬之以士礼焉^[25]。

[注释]

[1]本篇选自《晏子春秋·内篇谏下》,讲述了晏子利用齐王三勇士的性格特点,巧妙的替国君除去了骄横跋扈的三个勇猛之士。

[2]公孙接:姓公孙,名接,齐顷公之孙。田开疆:姓田,名开疆,齐国陈氏族人。古冶子:姓古,名冶。

[3]以勇力搏虎闻:以勇猛有力、能与猛虎搏斗而闻名。

[4]趋:小步快走,表示恭敬。

[5]这句是说,三个人都不起立致意。

[6]蓄:养。

[7]长率:即上下级关系。

[8]器:器物,东西。

[9]勍(qíng):同"强"。

[10]特:雄兽。狷:三岁的兽,正是体壮力大的时候。乳虎:正在哺乳的母虎,是最凶的时候。

[11]援:拿住。

[12]仗兵:拿着兵器。却:使退却,打退。

[13]济于河:渡黄河。

[14]鼋(yuán):大鳖。衔:咬住。左骖:左边驾车的骖马。古时四马驾车,居外侧的叫做骖马。

[15]砥柱:原为河南三门峡东北黄河中的一个石山,此处河水险急,山立水中如柱,故称。

[16]若冶视之:"若"字当为衍字。

[17]则大鼋之首:据邢昺《尔雅疏》,"首"下当补"也"字。

[18]反:同"返",放回。

[19]挈(qì)领:即刎颈。挈,同"契",用力割断。领,这里是指脖颈。

[20]耻人以言:用言语来羞辱别人。

[21]夸其声:夸耀自己的名声。

[22]恨乎所行:痛恨自己的不义行为。

[23]节:合理,适度。

[24]专:独占。专其桃:"其"字或为衍文,"专桃"与文中的"同桃"对文。

　　宜:合适,合宜。这两句是说,他们两个同吃一桃才合理,我独吃一桃
　　才相宜。

[25]这句是说,景公让人给他们穿戴整齐入殓,用士一级的礼仪埋葬了
　　他们。

景公夜从晏子饮,晏子称不敢与[1]

　　景公饮酒,夜移于晏子[2],前驱款门曰[3]:"君至!"晏子被
玄端[4]立于门曰:"诸侯得微有故乎[5]？国家得微有事乎？君
何为非时而夜辱[6]？"公曰:"酒醴之味,金石之声,愿与夫子乐
之。"晏子对曰:"夫布荐席[7],陈簠簋者[8],有人,臣不敢
与焉[9]。"

　　公曰:"移于司马穰苴之家[10]。"前驱款门,曰:"君至!"穰
苴介胄操戟立于门曰[11]:"诸侯得微有兵乎[12]？大臣得微有叛
者乎？君何为非时而夜辱?"公曰:"酒醴之味,金石之声,愿与
将军乐之。"穰苴对曰:"夫布荐席,陈簠簋者,有人,臣不敢
与焉。"

　　公曰:"移于梁丘据之家。"前驱款门,曰:"君至!"梁丘据左
操瑟,右挈竽[13],行歌而出[14]。公曰:"乐哉！今夕吾饮也。微
此二子者,何以治吾国;微此一子者,何以乐吾身[15]？"

　　君子曰:"圣贤之君,皆有益友,无偷乐之臣,景公弗能及,
故两用之,仅得不亡[16]。"

[注释]

[1]本篇选自《晏子春秋·内篇杂上》,讲述了齐景公夜里想去找大臣喝酒,结果去了晏子和司马穰苴家都被他们严肃地拒绝了,最后到了梁丘据家受到了逢迎的事情。

[2]"晏子"下当有"之家"二字。

[3]前驱:先行的人,引路的使者。款门:叩门。

[4]被:同"披"。玄端:《太平御览》作"朝衣"。

[5]得微:微,即"无"。"得无",有没有,是否。这句是说,各诸侯国是否有变故?

[6]非时:不是时候,指国君夜间造访。辱:谦辞,表示承蒙驾临。

[7]布荐席:摆下席面,即摆开宴席。

[8]陈簠簋(fǔ guǐ):陈列盛着食物的器具。

[9]"夫布荐席"几句是说,摆下宴席,端上盛满食物的器皿,这样的事有人去做,但是我不敢这样奉陪。这里晏子认为国君在深夜造访人臣应当是来商谈紧急的国事的,而不应当是来饮酒作乐的,所以严肃地拒绝了。下面司马穰苴也是因此拒绝了景公。

[10]司马穰(ráng)苴(jū):春秋时齐国的大将军,著名的军事家。

[11]介胄:介,铠甲。胄,头盔。这里活用作动词,作"穿上铠甲,戴上头盔"讲。这里是说,司马穰苴听说国君驾临,以为有军事活动而全副武装,严阵以待。

[12]有兵:发生战事。

[13]左操瑟,右挈竽:左手拿着瑟,右手拿着竽。瑟、竽,都是古代的乐器。

[14]行歌而出:边唱边走出来。

[15]这几句是说,没有那两位先生(晏子、司马穰苴),谁来为我治理国家?没有这一位,谁来让我快活啊?

[16]这几句是说,有君子评论这件事说:"圣贤的君主都有益友,而没有苟且行乐的臣子,景公比不上圣贤的君主,他两者都任用,刚刚好能够不灭亡。"

晏子使楚,楚为小门, 晏子称使狗国者入狗门[1]

晏子使楚,以晏子短[2],楚人为小门于大门之侧而延晏子[3]。晏子不入,曰:"使狗国者从狗门入[4];今臣使楚,不当从此门入。"

傧者更道从大门入[5],见楚王。王曰:"齐无人邪?"

晏子对曰:"临淄三百闾[6],张袂成阴[7],挥汗成雨[8],比肩继踵而在[9],何为无人?"

王曰:"然则子何为使乎?"

晏子对曰:"齐命使,各有所主,其贤者使使贤王,不肖者使使不肖王。婴最不肖,故直使楚矣[10]。"

[注释]

[1]本篇选自《晏子春秋·内篇杂下》,讲述了晏子出使楚国,被楚国人刁难从小门进入,而晏子巧妙的化解保全了国格和个人的尊严。

[2]短:矮小。

[3]延:引请。

[4]使:出使。

[5]傧者:外交中接待宾客的官员。

[6]闾:古代居民的组织单位,五家为一比,五比为一闾。

[7]袂:衣袖。张袂成阴:展开衣袖就可以遮住太阳变成荫凉。

[8]挥汗成雨:挥去汗水就像下雨一样。

[9]比肩继踵:肩并着肩,脚后跟挨着脚后跟。以上三句都是形容人多。

[10]不肖:无能。直:该当。

楚王欲辱晏子,指盗者
为齐人,晏子对以橘[1]

　　晏子将至楚[2],楚闻之[3],谓左右曰:"晏婴,齐之习辞者也[4],今方来[5],吾欲辱之,何以也?"

　　左右对曰:"为其来也[6],臣请缚一人,过王而行,王曰:'何为者也?'对曰:'齐人也。'王曰:'何坐[7]?'曰:'坐盗。'"

　　晏子至,楚王赐晏子酒,酒酣[8],吏二缚一人诣王[9],王曰:"缚者曷为者也?"

　　对曰:"齐人也,坐盗。"

　　王视晏子曰:"齐人固善盗乎?"

　　晏子避席对曰[10]:"婴闻之,橘生淮南则为橘,生于淮北则为枳[11],叶徒相似,其实味不同。所以然者何? 水土异也。今民生长于齐不盗,入楚则盗[12],得无楚之水土使民善盗耶?"

　　王笑曰:"圣人非所与熙也[13],寡人反取病焉[14]。"

[注释]

[1]本篇选自《晏子春秋·内篇杂下》,讲述了晏子出使楚国,楚王欲以齐国出盗贼来羞辱晏子,晏子用橘子生长在不同环境下就会长出不同的果实为据,对楚王进行了有力的反击。

[2]至:当为"使"。

[3]"楚"下当脱一"王"字。

[4]习辞:善于言辞,能说会道。

[5]方:将要。

[6]为:相当于"于",即"在"、"当"的意思。

[7]坐:即犯罪。

[8]酣:酒喝得正畅快。

[9]诣:来见。

[10]避席:离开座席,表示郑重和严肃。

[11]枳(zhǐ):木名,似橘而果实味酸。

[12]得无:难道不是。

[13]熙:同"嬉",戏弄。这句是说,圣人是不可以和他开玩笑的。

[14]病:羞辱。

吕氏春秋

《吕氏春秋》又名《吕览》,是先秦诸子中一部独具特色的作品。它由秦相国吕不韦及其门下宾客编纂而成。全书共一百六十篇,二十六卷,分为十二纪、八览、六论三部分。

吕不韦,生年不详,卒于秦始皇十二年(前235)。他原是阳翟(今河南禹县)的大富商。因帮助秦庄襄王获得王位而被封为文信侯,做了秦国的丞相。秦始皇即位后,仍被尊为相国。但后因与秦始皇政见不同等原因被秦始皇免职,最终饮鸩自杀。

《吕氏春秋》编写于战国末期秦国即将统一天下之际。当时天下诸侯都喜欢招揽门客游士,身居强秦相位之尊的吕不韦也不甘落后,他集数千宾客之力编写此书,目的即在于适应秦国统一天下的历史潮流,为大一统的封建王朝提供治国方略。

《吕氏春秋》一向被称为杂家之书,它儒道兼采,又糅和农、墨、阴阳、名、法诸家之说,将各家学说统一于治国安邦的主导思想之下,并将其融会贯通。如它在论述为君之道时,大讲君道无为、顺任自然的思想,吸取了大量的道家学说。在治国方略中则以源于儒家的仁政德治思想为主,提倡礼乐教化,并辅以刑罚,借鉴了法家学说而又有所不同。另外,《吕氏春秋》在哲学、军事、音乐、医学、农业、天文、科技等方面都有较系统的阐述或独到的见解,是研究先秦学术的重要参考资料。

《吕氏春秋》在文学上亦有其艺术特点。如它善于运用寓言及历史传说等论证说理,生动深刻,说服力强。在推理上谨严细密,层层深入。文笔自然流畅,富于感染力。

重　己[1]

三曰:倕[2],至巧也。人不爱倕之指,而爱己之指,有之利故也[3]。人不爱昆山之玉、江汉之珠[4],而爱己之一苍璧小玑[5],有之利故也。今吾生之为我有,而利我亦大矣。论其贵贱,爵为天子,不足以比焉;论其轻重,富有天下,不可以易之;论其安危,一曙失之[6],终身不复得。此三者,有道者之所慎也。

有慎之而反害之者,不达乎性命之情也[7]。不达乎性命之情,慎之何益?是师者之爱子也[8],不免乎枕之以糠;是聋者之养婴儿也,方雷而窥之于堂[9]。有殊弗知慎者[10]。

夫弗知慎者,是死生存亡可不可未始有别也。未始有别者,其所谓是未尝是,其所谓非未尝非。是其所谓非,非其所谓是,此之谓大惑。若此人者,天之所祸也[11]。以此治身,必死必殃[12];以此治国,必残必亡。

夫死殃残亡,非自至也,惑召之也。寿长至常亦然[13]。故有道者不察所召[14],而察其召之者,则其至不可禁矣[15]。此论不可不熟[16]。

使乌获疾引牛尾[17],尾绝力勯[18],而牛不可行,逆也。使五尺竖子引其棬[19],而牛恣所以之[20],顺也。世之人主贵人[21],无贤不肖[22],莫不欲长生久视[23],而日逆其生,欲之何益?凡生之长也,顺之也;使生不顺者,欲也。故圣人必先适欲[24]。

　　室大则多阴,台高则多阳;多阴则蹶[25],多阳则痿[26]。此阴阳不适之患也。是故先王不处大室,不为高台,味不众珍[27],衣不燀热[28]。燀热则理塞[29],理塞则气不达[30];味众珍则胃充[31],胃充则中大鞔[32],中大鞔而气不达。以此长生可得乎?昔先圣王之为苑囿园池也[33],足以观望劳形而已矣[34];其为宫室台榭也[35],足以辟燥湿而已矣[36];其为舆马衣裘也[37],足以逸身暖骸而已矣[38];其为饮食酏醴也[39],足以适味充虚而已矣[40];其为声色音乐也,足以安性自娱而已矣。五者,圣王之所以养性也,非好俭而恶费也[41],节乎性也[42]。

[注释]

[1]本篇选自《孟春纪》。主旨是讲重己养生之道,认为适欲节性才能长生久视。

[2]倕(chuí):传说是尧时的巧匠。

[3]有之利故也:是(对自己)有利的缘故。

[4]昆山之玉:指昆仑山所产的玉石。相传昆山之玉用炉炭烧三天三夜而色泽不变,故成为美玉的代称。江汉之珠:指长江、汉水流域所产的夜明珠,代指上好的珍珠。

[5]苍璧:含石多的玉。玑:不圆的珍珠。

[6]一曙:相当于"一旦"、"一朝"。

[7]达:通达。性命之情:指生命之理。情,理。

[8]师:指古代的乐官,由盲人担任。

[9]方雷而窥之于堂:意思是,正当雷响的时候却抱着婴儿在堂上窥望。

[10]有殊弗知慎者:又甚于不知道小心谨慎的人。有,通"又"。殊,甚于,过于。

[11]天之所祸:天所降祸的对象。

[12]殃:遭受祸殃。

[13]寿长至常亦然:意思是,长寿的到来常常也是这样。寿长,相当于"长

寿"。

[14]所召:招致的结果。

[15]禁:制止。

[16]熟:深知。

[17]乌获:战国时秦武王的力士,能举千钧的重量。疾:快速。引:拉。

[18]绝:断。勯(dān):竭,尽。

[19]竖子:小孩。棬(juàn):同"桊",穿在牛鼻上的环。

[20]恣:听任。之:到。

[21]人主:指君主、王侯。贵人:指公卿大夫。

[22]无:无论。

[23]长生久视:指长寿。

[24]适欲:使欲望适度。

[25]蹷(jué):一种足部肌肉痿缩的寒症。

[26]痿:身体某部位肌肉痿缩的病症,不能行动。

[27]味不众珍:饮食不求丰盛珍奇。

[28]燀(dǎn):过度。

[29]理塞:脉理闭塞。

[30]达:畅通。

[31]充:满。

[32]中:内脏,这里指腹部。鞔(mèn):通"懑",闷胀。

[33]苑囿:畜养禽兽的地方,大的叫苑,小的叫囿。

[34]劳形:即活动形体,古人养生的一种方法。

[35]台:土堆成的高台。榭:建在高台上的敞屋。

[36]辟:同"避",避开。

[37]舆:车厢,泛指车。

[38]逸:使……安逸。

[39]酏醴(yǐ lǐ):用粥酿制的甜酒。

[40]适味:适合口味。充虚:指填饱肚肠。

[41]费:浪费。

[42]节:调和。

尽　数[1]

　　二曰：天生阴阳、寒暑、燥湿、四时之化、万物之变，莫不为利，莫不为害[2]。圣人察阴阳之宜，辨万物之利以便生[3]，故精神安乎形，而年寿得长焉。长也者，非短而续之也，毕其数也[4]。毕数之务[5]，在乎去害[6]。何谓去害？大甘、大酸、大苦、大辛、大咸[7]，五者充形则生害矣[8]。大喜、大怒、大忧、大恐、大哀，五者接神则生害矣[9]。大寒、大热、大燥、大湿、大风、大霖、大雾[10]，七者动精则生害矣[11]。故凡养生，莫若知本，知本则疾无由至矣。

　　精气之集也，必有入也[12]。集于羽鸟，与为飞扬[13]；集于走兽，与为流行[14]；集于珠玉，与为精朗[15]；集于树木，与为茂长[16]；集于圣人，与为夐明[17]。精气之来也，因轻而扬之[18]，因走而行之，因美而良之，因长而养之，因智而明之。

　　流水不腐，户枢不蝼[19]，动也。形气亦然[20]。形不动则精不流，精不流则气郁[21]。郁处头则为肿、为风[22]，处耳则为挶、为聋[23]，处目则为䁾、为盲[24]，处鼻则为鼽、为窒[25]，处腹则为张、为疛[26]，处足则为痿、为蹶[27]。

　　轻水所[28]，多秃与瘿人[29]；重水所[30]，多尰与躄人[31]；甘水所，多好与美人[32]；辛水所[33]，多疽与痤人[34]；苦水所，多尪与伛人[35]。

　　凡食，无强厚味[36]，无以烈味重酒[37]，是以谓之疾首[38]。食能以时，身必无灾。凡食之道，无饥无饱，是之谓五藏之葆[39]。口必甘味[40]，和精端容[41]，将之以神气[42]，百节虞欢[43]，咸进受气[44]。饮必小咽[45]，端直无戾[46]。

　　今世上卜筮祷祠[47]，故疾病愈来。譬之若射者[48]，射而不中,反修于招^[49],何益于中? 夫以汤止沸^[50],沸愈不止,去其火则止矣。故巫医毒药^[51],逐除治之,故古之人贱之也,为其末也。

[注释]

[1]本篇选自《季春纪》。主旨也是讲养生之道。认为要"尽数"(尽其天年),就要"去害"、"务本",使精气流动。

[2]莫不为利,莫不为害:没有一样不对人有利,也没有一样不对人有害。

[3]便生:给生命带来便利。

[4]毕:尽。数:寿数,指人的自然寿命。

[5]务:要务。

[6]去:避开。

[7]大:指过度、过分。

[8]充形:充满形体。

[9]接神:和精神相接。

[10]霖:指连下几日的大雨。

[11]动精:摇动人体内的精气。

[12]精气之集也,必有入也:意思是,精气的聚集必定要寄托于某物。集,聚集。入,入于某物,即寄托于某物。

[13]与:因,凭借。

[14]流行:移动,行走。

[15]精朗:精美明亮。

[16]茂长:繁茂高大。

[17]敻(xiòng)明:远大高明,指有大智慧。敻,远,大。

[18]因轻而扬之:意思是,藉着轻巧而使它飞翔。因,凭借,藉着。

[19]户枢:门上的转轴。蝼(lóu):天蝼,即蠹,一种蛀虫。这里是蛀蚀的意思。

[20]形气亦然:人的形体、精气也是这样。

[21]郁:郁结。

[22]处:处于,在。肿:头部胀痛。风:因外感风邪导致的风寒、风湿等病症。

[23]㧪(jū):一种耳疾。

[24]曃(miè):眼眶红肿。

[25]鼽(qiú)、窒:都是指鼻塞。

[26]张(zhàng):同"胀",腹部胀痛。疛(zhǒu):小腹疾病。

[27]痿:肌肉痿缩,不能行动。蹶(jué):一种足部肌肉痿缩的寒症。

[28]轻水:指缺乏矿物质的水。所:地方。

[29]瘿(yǐng):颈部肿瘤,俗称大脖子。

[30]重水:指含矿物质过多的水。

[31]尰(zhǒng):脚肿。躄(bì):脚不能行走。

[32]好、美:指形体健美。

[33]辛水:辛辣的水。

[34]疽(jū):块状恶疮。痤(cuó):疖子。

[35]尪(wāng):骨骼弯曲的病症。伛(yǔ):驼背。

[36]无:通"毋",不要。强厚味:味道厚重浓烈。

[37]重酒:味道厚重浓烈的酒。

[38]疾首:导致疾病的开端。

[39]五藏:即五脏,脾、肺、肾、肝、心。葆:通"宝",珍宝。

[40]甘味:可口的食物。

[41]和精端容:使精神和平,端正仪容。

[42]将:调养。神气:即精气。

[43]百节:指全身的关节。虞:通"娱",欢乐。

[44]咸进受气:都受到气的滋养。

[45]小咽:小口吞咽。

[46]戾:弯曲。

[47]上:通"尚",崇尚。卜筮:古代占卜,用龟甲称卜,用蓍草称筮。祷祠:祈福求神称祷,得福谢神称祠。

[48]射者:射箭的人。

[49]招:箭靶。

[50]汤:热水。

[51]毒药:指辛烈的药物。

论 人[1]

四曰:主道约[2],君守近[3]。太上反诸己[4],其次求诸人。其索之弥远者[5],其推之弥疏[6];其求之弥强者[7],失之弥远。

何谓反诸己也?适耳目[8],节嗜欲[9],释智谋[10],去巧故[11],而游意乎无穷之次[12],事心乎自然之涂[13]。若此则无以害其天矣[14]。无以害其天则知精[15],知精则知神[16],知神之谓得一[17]。

凡彼万形,得一後成。故知一[18],则应物变化[19],阔大渊深,不可测也;德行昭美[20],比于日月[21],不可息也[22];豪士时之[23],远方来宾[24],不可塞也[25];意气宣通[26],无所束缚,不可收也。故知知一,则复归于朴[27],嗜欲易足,取养节薄[28],不可得也[29];离世自乐[30],中情洁白[31],不可量也[32];威不能惧,严不能恐,不可服也[33]。故知知一,则可动作当务[34],与时周旋,不可极也[35];举错以数[36],取与遵理,不可惑也;言无遗者[37],集肌肤[38],不可革也[39];谗人困穷[40],贤者遂兴,不可匿也[41]。故知知一,则若天地然[42],则何事之不胜[43]?何物之不应[44]?譬之若御者[45],反诸己,则车轻马利[46],致远复食而不倦[47]。

昔上世之亡主[48],以罪为在人,故日杀僇而不止[49],以至于亡而不悟。三代之兴王[50],以罪为在己,故日功而不衰[51],以至于王[52]。

何谓求诸人?人同类而智殊[53],贤不肖异,皆巧言辩辞以自防御,此不肖主之所以乱也[54]。

凡论人,通则观其所礼[55],贵则观其所进[56],富则观其所养[57],听则观其所行[58],止则观其所好[59],习则观其所言[60],穷则观其所不受[61],贱则观其所不为。喜之以验其守[62],乐之以验其僻[63],怒之以验其节[64],惧之以验其特[65],哀之以验其人[66],苦之以验其志。八观六验,此贤主之所以论人也。论人者,又必以六戚四隐[67]。何谓六戚?父、母、兄、弟、妻、子。何谓四隐?交友、故旧、邑里、门郭[68]。内则用六戚四隐,外则用八观六验,人之情伪、贪鄙、美恶无所失矣[69]。譬之若逃雨污[70],无之而非是[71]。此先圣王之所以知人也。

[注释]

[1]本篇选自《季春纪》。主旨是论述为君之道要"反诸己",其次"求诸人"。要用"八观六验"、"六戚四隐"来考察识别别人,即"论人"。

[2]主道:君主之道。约:简约。

[3]君守:君主的操守。近:近身,近旁。这里指君主自身。

[4]太上:最上,最好。反诸己:反求于自身。

[5]索:求。弥:更加。

[6]推:离开。疏:远。

[7]强:强力,勉力。

[8]适耳目:使声色适度。耳目,这里指声色。

[9]节:节制。嗜欲:嗜好欲望。

[10]释:放弃。

[11]巧故:伪诈。

[12]游意乎无穷之次:心意遨游于无限的空间。次,指处所。

[13]事:放任。涂:道路。

[14]天:指人的天性。

[15]精:微妙。

[16]神:指事物的自然规律。

[17]一:指万物的本源,即"道"。

[18]故知一:依许维遹《吕氏春秋集释》之说,下文"故知知一"一共出现
　　三次,此处也当作"故知知一"。知知一,即知道得道的道理。

[19]应:适应。

[20]昭美:彰明美好。

[21]比:并列。

[22]息:灭。

[23]时:时常。之:到。

[24]宾:宾服,归顺。

[25]塞:阻止。

[26]意气:意志,气脉。宣通:疏通。

[27]朴:本质,本性。

[28]节:节制。薄:少。

[29]得:指被他人获得。

[30]离世:超离世俗。

[31]中情:指内心。

[32]量:依陈奇猷《吕氏春秋校释》之说,"量"字当是"墨"字之误。墨,
　　染黑。

[33]服:屈服。

[34]动作当务:举动行为合于时务。

[35]极:穷尽。

[36]举错:措施。错,通"措"。数:礼数。

[37]遗:遗失。

[38]集肌肤:与人肌肤相接。集,通"接",连接。

[39]革:更改。

[40]谗人:进谗言的小人。

[41]匿:隐藏,隐匿。

[42]若天地然:像天地一样。

[43]胜:承担,经得起。

[44]应:相应。

[45]御者:驾驭车马的人。

[46]利:迅疾。

[47]致远:跑很远的路。致,到,达。复:再,又。

[48]上世:先代。亡主:亡国之君。

[49]僇(lù):通"戮",杀。

[50]三代之兴王:指夏、商、周三代兴国的君主。

[51]日功而不衰:每日都有功业而不衰倦。

[52]王(wàng):称王。

[53]殊:不同。

[54]乱:迷惑,糊涂。

[55]通:显达。礼:礼敬,礼遇。

[56]进:荐举。

[57]养:指蓄养门客。

[58]听:听言。

[59]止:止息,安居。好(hào):喜好。

[60]习:近习,指接近君主。

[61]穷:困穷。

[62]喜之以验其守:使他高兴以检验他的操守。

[63]僻:通"癖",癖性,癖好。

[64]节:节制,气度。

[65]特:独特的品行。

[66]人:为人的准则。

[67]戚:亲戚。隐:凭依。

[68]邑里:指邻里。门郭:"郭"当为"郎"之误。孙诒让《札迻》云:"若作
　　'郭',则在国门之外,相去疏远,不当与交友、故旧、邑里并举矣。"门
　　郎即指左右近侍之臣。

[69]情:真诚。伪:虚伪。

[70]污:沾湿,淋湿。

[71]无之而非是:没有地方不被淋湿。

适　音[1]

　　四曰：耳之情欲声[2]，心不乐，五音在前弗听[3]。目之情欲色[4]，心弗乐，五色在前弗视[5]。鼻之情欲芬香，心弗乐，芬香在前弗嗅。口之情欲滋味，心弗乐，五味在前弗食[6]。欲之者，耳目鼻口也；乐之弗乐者[7]，心也。心必和平然后乐，心必乐，然后耳目鼻口有以欲之。故乐之务在于和心[8]，和心在于行适[9]。

　　夫乐有适，心亦有适。人之情，欲寿而恶夭[10]，欲安而恶危，欲荣而恶辱，欲逸而恶劳，四欲得，四恶除，则心适矣。四欲之得也，在于胜理[11]。胜理以治身则生全以[12]，生全则寿长矣。胜理以治国则法立，法立则天下服矣。故适心之务在于胜理。

　　夫音亦有适。太巨则志荡[13]，以荡听巨则耳不容[14]，不容则横塞[15]，横塞则振[16]。太小则志嫌[17]，以嫌听小则耳不充，不充则不詹[18]，不詹则窕[19]。太清则志危[20]，以危听清则耳谿极[21]，谿极则不鉴[22]，不鉴则竭[23]。太浊则志下[24]，以下听浊则耳不收[25]，不收则不抟[26]，不抟则怒。故太巨、太小、太清、太浊皆非适也。何谓适？衷音之适也[27]。何谓衷？大不出钧[28]，重不过石[29]，小大轻重之衷也。黄钟之宫[30]，音之本也，清浊之衷也。衷也者适也，以适听适则和矣[31]。乐无太[32]，平和者是也。

　　故治世之音安以乐[33]，其政平也[34]；乱世之音怨以怒，其政乖也[35]；亡国之音悲以哀，其政险也[36]。凡音乐通乎政，而移风平俗者也[37]。俗定而音乐化之矣[38]。故有道之世，观其音而知其俗矣，〔观其俗而知其政矣〕[39]，观其政而知其主矣。

故先王必托于音乐以论其教[40]。《清庙》之瑟[41]，朱弦而疏越[42]，一唱而三叹[43]，有进乎音者矣[44]。大飨之礼[45]，上玄尊而俎生鱼[46]，大羹不和[47]，有进乎味者也。故先王之制礼乐也，非特以欢耳目、极口腹之欲也[48]，将以教民平好恶[49]，行理义也。

[注释]

[1]本篇选自《仲夏纪》。主要论述了如何使心适、音适，从而达到"和"的境界，并阐述了音乐在政治中的重要作用。适，指合宜，合适。

[2]情：本性。欲声：想要听到声音。

[3]五音：古乐中有宫、商、角、徵、羽五音，这里泛指音乐。

[4]欲色：想要看到各种颜色。

[5]五色：青、黄、赤、白、黑五种颜色，泛指各种色彩。

[6]五味：酸、苦、甘、辛、咸，泛指各种味道。

[7]之：连词，表示并列关系，相当于"与"。

[8]乐之务在于和心：愉悦的关键在于心境和平。务，关键。

[9]行适：行动合适。

[10]恶：厌恶。夭：早死。

[11]胜理：即合理。胜，相当，相称。

[12]生全：指保全生命。以：当作"矣"。《群书治要》所引正作"矣"。一说，据上下文例，不应有"以"字，当删。

[13]巨：大。志荡：心志动荡。

[14]容：容纳。

[15]横塞：充塞。

[16]振：摇动。

[17]嫌：通"慊"，不足。

[18]詹(dàn)：足够。

[19]窕(tiǎo)：不充实，有间隙。

[20]清：指声音清越。危：因高而恐惧。

［21］谿（xī）极：空虚。

［22］鉴：审察，鉴别。

［23］竭：衰竭。

［24］下：低下。

［25］收：使声音聚集。

［26］抟（zhuān）：通"专"，专一。

［27］衷（zhòng）：合适，恰当。

［28］大不出钧：指钟音律度最大不能超过钧所发的声音。钧，古代度量钟音律度大小的器物。

［29］重不过石：指钟的重量不得超过一石。石，古代重量单位，一百二十斤为一石。

［30］黄钟之宫：黄钟是古乐十二律之一，是所有乐律的标准。黄钟之宫即用黄钟律所定的宫音。

［31］以适听适则和矣：意思是，用合适的心情听合适的声音就是达到了"和"。

［32］乐无太：音乐不要过分。无，通"毋"，不要。

［33］治世：指清明安定之世。以：连词，相当于"而"。

［34］平：平定，安定。

［35］乖：荒谬，背理。

［36］险：险恶。

［37］"凡音乐通乎政"二句：依孙蜀丞先生《吕氏春秋举正》之说，本应作"凡音乐通乎政而风乎俗者也"。"乎"因形近误为"平"，"移"乃后人妄加。风乎俗，潜移默化地影响世俗人心。风，感化，教化。

［38］俗定而音乐化之矣：意思是，风俗的形成是音乐感化的作用。

［39］观其音而知其俗矣：依王念孙《吕氏春秋校本》，此句下今本误脱"观其俗而知其政矣"一句。

［40］论其教：申明他的教化。

［41］《清庙》之瑟：歌唱《清庙》之诗时所弹的瑟。《清庙》，《诗经·周颂》首篇，是周公祭祀周文王时的颂歌。

［42］朱弦：用煮熟并染成红色的丝做的弦。疏越：疏通底孔（这样发出的

声音就迟缓)。越,瑟底下的小孔。

[43]一唱而三叹:一人领唱三个人和声。

[44]进乎音者:超过了音乐本身的东西。

[45]大飨之礼:合祀先王的祭礼,即祫祭。

[46]上:通"尚",推崇。玄尊:盛玄酒的酒器。玄,黑色。玄酒指祭祀时用
作酒的清水。上古时人认为水为黑色。俎生鱼:把生鱼放在俎上。
俎,古代祭祀时放祭品的礼器。

[47]大羹:肉汤。不和:不调和五味。

[48]特:仅仅,只是。极:穷尽。

[49]平(pián):通"辨",辨别。

禁　塞[1]

　　四曰:夫救守之心,未有不守无道而救不义也[2]。守无道
而救不义,则祸莫大焉[3],为天下之民害莫深焉[4]。

　　凡救守者,太上以说[5],其次以兵。以说则承从多群[6],日
夜思之,事心任精[7],起则诵之[8],卧则梦之,自今单唇干肺[9],
费神伤魂,上称三皇五帝之业以愉其意[10],下称五伯名士之谋
以信其事[11],早朝晏罢[12],以告制兵者[13],行说语众[14],以明
其道。道毕说单而不行,则必反之兵矣[15]。反之于兵,则必斗
争,〔斗争〕之情[16],必且杀人,是杀无罪之民以兴无道与不义者
也。无道与不义者存,是长天下之害[17],而止天下之利,虽欲幸
而胜[18],祸且始长[19]。

　　先王之法曰"为善者赏,为不善者罚",古之道也,不可
易[20]。今不别其义与不义[21],而疾取救守[22],不义莫大焉,害
天下之民者莫甚焉[23]。故取攻伐(者)不可[24],非攻伐不可[25],
取救守不可,非救守不可,取,惟义兵为可[26]。兵苟义[27],攻伐

亦可,救守亦可。兵不义,攻伐不可,救守不可。使夏桀、殷纣无
道至于此者[28],幸也[29];使吴夫差、智伯瑶侵夺至于此者[30],
幸也;使晋厉、陈灵、宋康不善至于此者[31],幸也。若令桀、纣知
必国亡身死,殄无后类[32],吾未知其(厉)为无道之至于此
也[33];吴王夫差、智伯瑶知必国为丘墟[34],身为刑戮[35],吾未知
其为(不善无道)侵夺之至于此也[36];晋厉知必死于匠丽氏[37],
陈灵知必死于夏征舒[38],宋康知必死于温[39],吾未知其为不善
之至于此也。此七君者,大为无道不义:所残杀无罪之民者,不
可为万数[40]。壮佼老幼胎膜之死者[41],大实平原[42],广堙深溪
大谷[43],赴巨水[44],积灰填沟洫险阻[45]。犯流矢[46],蹈白
刃[47],加之以冻饿饥寒之患,以至于今之世,为之愈甚[48]。故
暴骸骨无量数[49],为京丘若山陵[50]。世有兴主仁士[51],深意念
此,亦可以痛心矣,亦可以悲哀矣。

　　察此其所自生,生于有道者之废,而无道者之恣行[52]。夫
无道者之恣行,幸矣。故世之患,不在救守,而在于不肖者之幸
也。救守之说出,则不肖者益幸也,贤者益疑矣[53]。故大乱天
下者,在于不论其义而疾取救守。

[注释]

[1]本篇选自《孟秋纪》。主旨是反对"救守"(即救援防守)之说,认为应
　　当把战争正义与否看作攻伐或救守的标准。禁塞,即禁止阻塞,指禁
　　止救守妨碍正义之师的攻伐。实质是为秦统一六国提供学说上的
　　依据。

[2]"夫救守之心"一句:意思是,救守的本心,没有不是为无道之君防守,
　　救援不义之主的。

[3]祸莫大焉:灾祸没有比这更大的。莫,没有。焉,代词,指代"守无道而
　　救不义"的情况。

[4]为天下之民害莫深焉:对天下百姓造成的危害没有比这更深的。

[5] 太上:最上,最好。说(shuì):游说。

[6] 承从多群:依许维遹《吕氏春秋集释》之说,"承从多群"当作"聚徒成群"。

[7] 事:用。任:用。精:精神。

[8] 诵:述说。

[9] 自今:从今以后。单唇干肺:唇力耗尽,肺气干枯。形容人说话太多。单,通"殚",尽。

[10] 三皇五帝:指传说中上古的帝王。说法颇多,一般三皇指伏羲、神农、黄帝,五帝指伏羲、神农、黄帝、尧、舜。愉:使人愉悦。

[11] 五伯:即五霸。指春秋时先后称霸一时的五位诸侯。说法不一。一般指齐桓公、晋文公、秦穆公、楚庄王、吴王阖闾。伯,通"霸"。信:证明。

[12] 晏罢:指晚上退朝。晏,晚上。罢,停止。

[13] 告:劝说。制兵者:指敌军的主帅。制,统率。

[14] 行说:传布自己的主张。行,传布、宣扬。语(yù)众:告诉众人。

[15] "道毕说单而不行"二句:意思是,道理说完了,主张说尽了,仍然不被施行,那就必定要转而诉诸武力。单,通"殚",尽。

[16] 之情:依毕沅之说,当作"斗争之情"。情,实情。

[17] 长:滋长。

[18] 幸而胜:侥幸取胜。

[19] 祸乃始长:祸患才开始滋长。

[20] 易:改变。

[21] 别:区别,辨别。

[22] 疾:急速。取:采取。

[23] 甚:超过。

[24] 者:依陈奇猷《吕氏春秋校释》之说,"者"字当为衍文。

[25] 非:反对。

[26] 义兵:正义的军队。

[27] 苟:假如。

[28] 桀:夏代最后一个君主,以荒淫暴虐著称。纣:商代亡国之君,有名的

暴君。

[29]幸:侥幸。

[30]夫差:春秋末期吴国君主,吴王阖闾之子。前495年—前473年在位。夫椒一战中大败越国,使越臣服。但吴国最终被越王勾践所灭,夫差自杀身亡。智伯瑶:即智襄子,春秋末期晋国智氏集团的首领,灭掉范氏、中行氏之后,独掌晋国大权。后被韩、赵、魏三家所灭。侵夺:侵略,掠夺。

[31]晋厉:晋厉公,姓姬名寿曼。春秋时晋国国君。前581年—前573年在位。荒淫无道,被晋大夫栾书、中行偃劫持于晋大夫匠丽氏之家,三个月后被杀。陈灵:即陈灵公。姓妫名平国。春秋时陈国国君。前614年—前599年在位。陈灵公与大臣孔宁、仪行父都与夏姬私通,后三人在夏姬家饮酒时,灵公被夏姬子夏征舒所杀。宋康:即宋康公,名偃,战国时宋国国君,前328年—前286年在位。曾灭齐、楚,败魏国于温地。后被齐、楚、魏三国合力攻灭,三分其地。

[32]殄(tiǎn):断绝。

[33]厉:依陈昌齐《吕氏春秋正误》之说,"厉"字因上下文而衍,当删。

[34]丘墟:废墟。

[35]身为刑戮:自身遭到刑罚、杀戮。

[36]不善无道:依俞樾《诸子平议》之说,此文承上文而言,"不善无道"当为衍文,否则与上文不相应。

[37]匠丽氏:见注[31]。

[38]夏征舒:见注[31]。

[39]温:见注[31]。

[40]不可为万数:不能用万来计量,形容数量之多。

[41]壮佼(jiǎo):指青壮年。佼,强健。牍(dú):胎儿夭折。

[42]实:充满。

[43]堙(yīn):阻塞。

[44]赴巨水:奔入大河。

[45]沟洫(xù):田间的水道。险:高峻的地方。

[46]犯:冒着。矢:箭。

[47] 蹈:踏。白刃:锋利的刀。

[48] 愈:更加。甚:厉害。

[49] 暴(pù)骸骨无量数:曝晒的尸骨多得数不过来。暴,同"曝",曝晒。

[50] 京丘:古代战争结束后,战胜者将敌人的尸首合土筑成高冢,以炫耀武功,称为"京丘",也叫"京观"。

[51] 兴主:奋发有为的君主。仁士:仁义之士。

[52] "察此其所自生"三句:意思是,考察这种情况产生的原因,就在于有道的人被废除,而无道的人恣意妄行。

[53] 疑:犹疑不前。

精　通[1]

五曰:人或谓兔丝无根[2]。兔丝非无根也,其根不属也[3],伏苓是[4]。慈石召铁[5],或引之也[6]。树相近而靡[7],或柎之也[8]。圣人南面而立[9],以爱利民为心,号令未出而天下皆延颈举踵矣[10],则精通乎民也[11]。夫贼害于人,人亦然[12]。

今夫攻者,砥厉五兵[13],侈衣美食[14],发且有日矣[15],所被攻者不乐,非或闻之也[16],神(者)先告也[17]。身在乎秦[18],所亲爱在于齐,死而志气不安,精或往来也[19]。

德也者,万民之宰也[20]。月也者,群阴之本也[21]。月望则蚌蛤实[22],群阴盈;月晦则蚌蛤虚[23],群阴亏。夫月形乎天[24],而群阴化乎渊[25];圣人形德乎己[26],而四方咸饬乎仁[27]。

养由基射兕[28],中石,矢乃饮羽[29],诚乎兕也[30]。伯乐学相马[31],所见无非马者,诚乎马也。宋之庖丁好解牛[32],所见无非(死)牛者[33],三年而不见生牛,用刀十九年,刃若新磨研[34],顺其理[35],诚乎牛也。

钟子期夜闻击磬者而悲[36],使人召而问之曰:"子何击磬之悲也^[37]?"答曰:"臣之父不幸而杀人,不得生;臣之母得生,而为公家为酒^[38];臣之身得生,而为公家击磬。臣不睹臣之母三年矣。昔为舍氏睹臣之母^[39],量所以赎之则无(有)〔财〕,而身固公家之(财)〔有〕也^[40]。是故悲也。"钟子期叹嗟曰^[41]:"悲夫,悲夫!心非臂也,臂非椎非石也^[42]。悲存乎心而木石应之,故君子诚乎此而谕乎彼^[43],感乎己而发乎人^[44],岂必强说乎哉^[45]?"

周有申喜者^[46],亡其母^[47],闻乞人歌于门下而悲之^[48],动于颜色^[49],谓门者内乞人之歌者^[50],自(觉)〔见〕而问焉^[51],曰:"何故而乞?"与之语^[52],盖其母也。故父母之于子也,子之于父母也,一体而两分^[53],同气而异息^[54]。若草莽之有华实也^[55],若树木之有根心也,虽异处而相通,隐志相及^[56],痛疾相救^[57],忧思相感,生则相欢,死则相哀,此之谓骨肉之亲。神出于忠而应乎心^[58],两精相得,岂待言哉^[59]?

[注释]

[1]本篇选自《季秋纪》。认为人的精气相通,君主爱民、利民,天下之民就会归顺。精通,即精气相通的意思。

[2]兔丝:即菟丝。蔓生,寄生在其他植物上的一种药草。

[3]属(zhǔ):连接。

[4]伏苓:即茯苓。寄生在松根上的块球状菌类。古人认为茯苓就是菟丝的根。《淮南子·说山篇》:"千年之松,下有茯苓,上有兔丝。"又,《说林篇》:"茯苓掘,兔丝死。"

[5]慈石:即磁石,俗称吸铁石。

[6]或:有,指有一种引力。

[7]靡(mó):通"摩",摩擦。

[8]䶅(rǒng):推。

[9]南面而立:古代以坐北朝南为尊位,君主皆南面而坐。这里指作君主。

[10]延颈举踵:伸长脖子,抬起脚跟,指百姓都坐立不安,翘首盼望。

[11]精通乎民:精气与人民相通。

[12]夫贼害于人,人亦然:伤害他人,他人也这样(延颈举踵)。

[13]砥厉:磨石。细的为砥,粗的为厉。这里是磨砺的意思。五兵:五种
兵器,说法不一。一般指矛、戟、钺、楯、弓矢。

[14]侈衣美食:穿华丽的衣服,吃精美的食物。指将士战前所得的赏赐。

[15]发:出发,出征。且:将。

[16]非或闻之也:并非有人已听到了消息。或,不定代词,相当于"有人"。

[17]者:依陈昌齐《吕氏春秋正误》,按文义,"者"字为衍文,当删。

[18]乎:介词,相当于"于"。

[19]死而志气不安,精或往来也:意思是,在齐国的人死了,身在秦国的人
会觉得心神不安,这是精气有所往来的结果。

[20]宰:主宰。

[21]群阴之本:众多属阴之物的根本。阴,和"阳"相对,古代以阴阳解释
万物化生。

[22]月望则蚌蛤实:意思是,十五日月满,蚌蛤的肉就会长满。月望,指农
历每月的十五日,月亮盈满。

[23]月晦:指农历每月的最后一日,月尽。虚:虚空。

[24]形乎天:在天空中显现。形,显现,表现。

[25]化乎渊:在深渊中变化。

[26]形德乎己:在自己身上显现德行。

[27]四方咸饬乎仁:各地的人都用仁来整治自己。咸,都。饬(chì),
整治。

[28]养由基:春秋时楚国人,善射,百发百中。先:依毕沅校,当为"兕"之
误。"兕"乃"兕"之或体。"兕",古代一种犀牛类的兽名。

[29]饮羽:箭深入石中,尾部羽毛隐没不见。饮,隐没。

[30]诚:心神专一。先:见注[28]。

[31]伯乐:相传是春秋秦穆公时人,善于相马。

[32]庖(páo)丁:名叫"丁"的厨师。庖,厨师。一说庖丁即为厨师之称。
庖丁解牛事参见《庄子·养生主》。解,分解,分割。

[33]死：依陈昌齐《吕氏春秋正误》之说，"死"字为衍文。

[34]磨研：磨。

[35]理：指牛的肌理。

[36]钟子期：春秋时楚国人，精通音律。夜闻击磬者而悲：夜里听到击磬的，声音很悲凉。磬，一种打击乐器。

[37]子何击磬之悲也：你为什么击磬发出这样悲凉的声音？

[38]二"为"字：前者是替、给之义，后者是制、造之义。

[39]昔：指昨夜。为：介词，相当于"在"。舍氏：《新序》卷四载此作"舍市"，疑原文当作"舍市"，指客馆。

[40]"量所以赎之则无有"二句：依许维遹《吕氏春秋集释》之说，"有"、"财"二字当互易，否则于义不通。量，思量。固，本来。

[41]叹嗟：叹息，感叹。

[42]椎(chuí)：指击磬的工具。石：指磬。

[43]谕：表明，表现。

[44]感乎己而发乎人：自己身上有所感而在别人身上表现出来。

[45]强：勉强。

[46]申喜：人名，周人。

[47]亡：丢失，这里是失散的意思。

[48]乞人：乞丐。

[49]动于颜色：在脸色上有所表现，即变了脸色。颜色，脸色。

[50]内：同"纳"，接纳，让……进来。

[51]自觉：依许维遹《吕氏春秋集释》之说，"觉"字应作"见"。自见，即亲自与别人见面。

[52]与之语：和她说话。之，指代乞人。

[53]两分：分为两处。

[54]息：呼吸。

[55]草莽：丛生的草木。华实：花和果实。

[56]隐志相及：内心的志向相连接。

[57]痛疾相救：有痛苦疾病互相救护。

[58]神出于忠而应乎心：精神出自内心，并能在彼此心中应和。忠，通

"中",指内心。

[59]两精相得,岂待言哉:双方精气彼此投合,难道还需要言语吗?

务　本[1]

六曰:尝试观上古记[2],三王之佐[3],其名无不荣者,其实无不安者[4],功大也。《诗》云[5]:"有渰凄凄[6],兴云祁祁[7],雨我公田[8],遂及我私[9]。"三王之佐,皆能以公及其私矣。俗主之佐,其欲名实也与三王之佐同,而其名无不辱者[10],其实无不危者[11],无公故也[12]。皆患其身不贵于国也,而不患其主之不贵于天下也[13];皆患其家之不富也,而不患其国之不大也:此所以欲荣而愈辱,欲安而益危[14]。安危荣辱之本在于主,主之本在于宗庙[15],宗庙之本在于民,民之治乱在于有司[16]。《易》曰:"复自道,何其咎,吉[17]。"以言本无异则动卒有喜[18]。今处官则荒乱[19],临财则贪得[20],列近则持谀[21],将众则罢怯[22],以此厚望于主[23],岂不难哉?

今有人于此,修身会计则可耻[24],临财物资尽则为己[25],若此而富者,非盗则无所取[26]。故荣富非自至也,缘功伐也[27]。今功伐甚薄而所望厚,诬也[28];无功伐而求荣富,诈也[29]:诈诬之道,君子不由[30]。

人之议多曰:"上用我则国必无患[31]。"用己者未必是也,而莫若其身自贤[32]。而己犹有患,用己于国,恶得无患乎[33]?己,所制也[34];释其所制[35],而夺乎其所不制[36],悖[37],未得治国治官可也。若夫内事亲[38],外交友,必可得也[39]。苟事亲未孝[40],交友未笃[41],是所未得,恶能善之矣[42]?故论人无以其所未得[43],而用其所已得,可以知其所未得矣。

古之事君者，必先服能然后任[44]，必反情然后受[45]。主虽
过与[46]，臣不徒取[47]。《大雅》曰[48]："上帝临汝，无贰尔
心[49]。"以言忠臣之行也。解在郑君之问被瞻之义也[50]，薄疑
应卫嗣君以无重税[51]。此二士者，皆近知本矣。

[注释]

[1] 本篇选自《有始览》。主旨讲为臣的应先公后私，修身自贤，以国家、民
众为本。务本，致力于根本。

[2] 尝：曾经。上古记：上古的典籍。

[3] 三王：夏、商、周三代君主，指夏禹、商汤、周文王，或指夏禹、商汤、周武
王。三王是儒家推崇的圣王，代表了其政治理想。佐：辅佐之臣。

[4] 实：指实利，与名号之"名"相对。安：安稳。

[5] 《诗》：所引诗见《诗经·小雅·大田》。

[6] 晻(yǎn)：阴雨。今本《诗经》作"渰"。凄凄：阴凉寒冷。

[7] 兴云祁祁：指天上阴云密布。祁祁，众多的样子。今本作"兴雨祁祁"。

[8] 雨(yù)：下雨。公田：古代实行井田制，把九百亩的地划成九个区，形
如"井"字，中间的是公田，周围八个区是私田。

[9] 遂及我私：于是也下到我的私田里。私，私田。

[10] 辱：耻辱。

[11] 危：危险。

[12] 无公故也：没有为公家着想的缘故。

[13] "皆患其身不贵于国也"二句：意思是，都担忧自身的地位在国内不显
贵，而不担忧他们的君主在天下的地位不显贵。患，担忧。

[14] "此所以欲荣而愈辱"二句：这正是他们想要荣耀却更耻辱，想要安稳
却更危险的原因。

[15] 宗庙：天子、诸侯祭祀祖宗的场所。古人很重视宗庙的祭祀，宗庙是
王室国家的代称。

[16] 有司：指百官。古代官吏分职办事，各有专司，故称有司。

[17] 复自道，何其咎，吉：《周易》"小畜"卦的初九爻辞。意思是，回到自

己的道路,有什么灾祸? 吉利。

[18]以言本无异则动卒有喜:意思是,这是说只要根本没有改变,举动最
　　终会有喜庆。卒,最终。

[19]处官:居官。荒乱:荒废迷乱。

[20]临:面临,面对。

[21]列近:处于近臣的地位。近,近习之臣。持谏:无所进谏。持,僵持,
　　无所作为。

[22]将众:率兵。罢(pí)怯:疲劳胆怯。罢,通"疲",疲劳。

[23]以此厚望于主:凭这些对君主有所奢望。

[24]修身会计:从事会计,这里有廉俭理财的意思。会计,从事于财务及
　　出纳等事。

[25]尽:通"赆",指古人见面时赠送的财物。

[26]非盗则无所取:除非偷盗就无法取得(财物)。

[27]缘:凭借。功伐:功劳。伐,功劳。

[28]诬:欺骗。

[29]诈:欺骗。

[30]由:采取。

[31]上:指君主。

[32]"用己者未必是也"二句:意思是,其实任用自己未必国家就没有祸
　　患,(要使国家没有祸患)没有比使自身贤德更重要的了。

[33]恶(wū):疑问代词,怎能。

[34]己,所制也:己身是自己所能控制的。

[35]释:放弃。

[36]夺乎其所不制:夺取他所不能控制的(国家与政务)。

[37]悖:荒悖。

[38]事:侍奉。亲:指父母。

[39]必可得也:指一定能够(治国、治官)。

[40]苟:假如。

[41]笃:诚挚,笃实。

[42]善:称善,赞扬。

[43]无:通"毋",不要。

[44]服:用。能:才能。

[45]必反情然后受:必须先反省自身才能接受俸禄。反情,指反省自身。

[46]过与:过多的给予。

[47]徒:白白地。

[48]《大雅》:所引诗见于《诗经·大雅·大明》。

[49]上帝临汝,无贰尔心:意思是,上帝监视着你们,你们不要有贰心。临,从上视下,这里指监视。

[50]解:解释,解说。郑君之问被瞻之义:指被瞻用齐桓公不听管仲临终箴言,以致死后虫流出户之事讽谏郑穆公,希望其能任人唯贤的故事。郑君,指郑穆公,春秋时郑国君主。被瞻,郑国大夫。义,通"议",谏议。

[51]薄疑应卫嗣君以无重税:指薄疑劝卫嗣君不要收重税,以养民富民的故事。薄疑,战国时卫臣。卫嗣君,卫平侯之子,战国时卫国君主,因卫国弱小,秦国贬称其为君。

孝 行[1]

一曰:凡为天下[2],治国家,必务本而后末[3]。所谓本者,非耕耘种殖之谓[4],务其人也。务其人,非贫而富之,寡而众之[5],务其本也。务本莫贵于孝。人主孝[6],则名章荣[7],下服听[8],天下誉;人臣孝,则事君忠,处官廉,临难死;士民孝,则耕芸疾,守战固[9],不罢北[10]。夫孝,三皇五帝之本务,而万事之纪也[11]。

夫执一术而百善至,百邪去,天下从者,其惟孝也[12]!故论人必先以所亲,而后及所疏[13];必先以所重,而后及所轻。今有人于此,行于亲重,而不简慢于轻疏,则是笃谨孝道[14],先王之所以治天下也。故爱其亲,不敢恶人;敬其亲,不敢慢人。爱敬尽于事亲,光耀加于百姓[15],究于四海,此天子之孝也。曾子曰:"身者,父母之遗体也[16]。行父母之遗体[17],敢不敬乎?居处不庄[18],非孝也;事君不忠,非孝也;莅官不敬[19],非孝也;朋友不笃[20],非孝也;战陈无勇[21],非孝也。五行不遂[22],灾及乎亲,敢不敬乎?"《商书》曰[23]:"刑三百,罪莫重于不孝。"

曾子曰:"先王之所以治天下者五:贵德[24]、贵贵[25]、贵老、敬长、慈幼[26]。此五者,先王之所以定天下也。所谓贵德,为其近于圣也[27];所谓贵贵,为其近于君也;所谓贵老,为其近于亲也[28];所谓敬长,为其近于兄也;所谓慈幼,为其近于弟也。"

曾子曰:"父母生之,子弗敢杀[29];父母置之[30],子弗敢废;父母全之[31],子弗敢阙[32]。故舟而不游,道而不径,能全支体[33],以守宗庙,可谓孝矣。"

养有五道[34]:修宫室,安床第[35],节饮食,养体之道也;树五色,施五采,列文章[36],养目之道也;正六律,和五声,杂八音[37],养耳之道也;熟五谷,烹六畜,和煎调[38],养口之道也;和颜色,说言语,敬进退[39],养志之道也。此五者,代进而序用之[40],可谓善养矣。

乐正子春下堂而伤足[41],瘳而数月不出[42],犹有忧色。门人问之曰:"夫子下堂而伤足,瘳而数月不出,犹有忧色,敢问其故?"乐正子春曰:"善乎而问之[43]!吾闻之曾子,曾子闻之仲尼:父母全而生之,子全而归之,不亏其身,不损其形,可谓孝矣。君子无行咫步而忘之[44]。余忘孝道,是以忧。"故曰,身者非其私有也,严亲之遗躬也[45]。

民之本教曰孝[46],其行孝曰养[47]。养可能也,敬为难;敬可能也,安为难[48];安可能也,卒为难[49]。父母既没,敬行其身,无遗父母恶名,可谓能终矣。仁者,仁此者也[50];礼者,履此者也;义者,宜此者也;信者,信此者也;强者,强此者也。乐自顺此生也,刑自逆此作也^[51]。

[注释]

[1]本篇选自《孝行览》,阐述治理国家以孝道为本。文中屡引曾子、乐正子春的话,表明杂家对儒家学说的吸收。

[2]为:治理。

[3]务本而后末:致力于根本然后处理末节。

[4]殖:种植。

[5]非贫而富之,寡而众之:并非使贫穷的富贵,人口少的众多。

[6]人主:君主。

[7]章:显明,显著。

[8]下服听:臣下信服听从。

[9]守战固:守国攻战坚定不移。

[10]罢(pí):失败。北:军队败走,泛指失败。

[11]纪:纲纪。

[12]其:表推测语气,大概。

[13]论人必先以所亲,而后及所疏:评论人必定先看他对亲人的态度,然后再推及到他对一般人的态度。及:推及。

[14]行于亲重,而不简慢于轻疏,则是笃谨孝道:对与自己关系亲近重要的人行孝道,而且对与自己关系轻微疏远的人不怠慢,那么这就是专一谨慎地行孝道。笃:专一。

[15]加:施加。

[16]身者,父母之遗体也:身体是父母所生的。遗:遗留。

[17]行:使用。

[18]居处不庄:闲居休息不恭敬。处,休息。庄,恭敬。

[19]莅官:当官。

[20]笃:忠诚,诚实。

[21]陈:通“阵”,布阵,此指作战。

[22]五行不遂:这五点做不到。

[23]《商书》:此为佚《书》。高诱注云:“商汤所制法也”。

[24]贵德:崇尚道德。

[25]贵贵:尊重地位高贵的人。

[26]慈幼:爱护幼小的人。

[27]近于圣:接近圣贤。

[28]亲:父母。

[29]父母生之,子弗敢杀:父母生下了自己,子女不敢毁坏。

[30]置:养育。

[31]全:保全。

[32]阙:损伤。

[33]舟而不游,道而不径,能全支体:过河要乘船而不游水,出行应走大路而不走小路,能保全四肢身体。意思是避免危险。支:通"肢",四肢。

[34]养有五道:养身之道有五条。

[35]安床第:使卧具舒适。第(zǐ):竹编的床垫子,也指床。

[36]树五色,施五采,列文章:树立五色,设置五彩,排列花纹。

[37]正六律,和五声,杂八音:使六律合度,五声和谐,八音相配。六律:相传黄帝时刘伦截竹为管,以管的长短来分别声音的高低清浊;乐律有十二,阴阳各六,阳为律,阴为吕;六律即黄钟、太簇、姑洗、蕤宾、夷则、无射。五声:古乐五声音阶的五个阶名:宫、商、角、徵、羽。又称五音。八音:古代称金、石、丝、竹、匏、土、革、木为八音。金为钟,石为磬,琴瑟为丝,箫管为竹,笙竽为匏,埙为土,鼓敔为革,柷敔为木。

[38]熟五谷,烹六畜,和煎调:蒸熟五谷,煮熟六畜,调和五味。五谷:麻(稻)、菽、麦、稷、黍。六畜:马、牛、羊、猪、狗、鸡。

[39]和颜色,说言语,敬进退:脸色和悦,言语动听,举止恭敬。

[40]代进而序用之:依次更替实行。按"序"原作"厚",据王引之说改,"序"亦"代",即更替。

[41]乐正子春:见《韩非子·说林下》注[155]。

[42]瘳(chōu):病愈。

[43]善乎而问之:你们问得真好啊!而:你,你们。

[44]君子无行咫步而忘之:君子一举一动都不能忘记孝道。

[45]严亲之遗躬也:身体是父母遗留下来的。躬,身,身体。

[46]本教:根本的教养。

[47]养:奉养父母。

[48]安:安逸。

[49]卒:终,始终如一。

[50]仁者,仁此者也:仁义就是以孝道为仁。

[51]乐自顺此生也,刑自逆此作也:欢乐是从遵循孝道而产生,刑法是从违背孝道而施行。

贵　因[1]

七曰:三代所宝莫如因[2],因则无敌。禹通三江五湖,决伊阙[3],沟回陆[4],注之东海,因水之力也。舜一徙成邑[5],再徙成都,三徙成国,而尧授之禅位[6],因人之心也。汤、武以千乘制夏、商,因民之欲也。如秦者立而至[7],有车也;适越者坐而至,有舟也。秦、越,远涂也[8],竧立安坐而至者[9],因其械也。

武王使人候殷[10],反报岐周曰[11]:“殷其乱矣!”武王曰:“其乱焉至[12]?”对曰:“谗慝胜良[13]。”武王曰:“尚未也[14]。”又复往,反报曰:“其乱加矣!”武王曰:“焉至?”对曰:“贤者出走矣。”武王曰:“尚未也。”又往,反报曰:“其乱甚矣!”武王曰:“焉至?”对曰:“百姓不敢诽怨矣。”武王曰:“嘻!”遽告太公[15],太公对曰:“谗慝胜良,命曰戮[16];贤者出走,命曰崩[17];百姓不敢诽怨,命曰刑胜[18]。其乱至矣,不可以驾矣[19]。”故选车三百,虎贲三千[20],朝要甲子之期[21],而纣为禽[22]。则武王固知其无与为敌也[23]。因其所用,何敌之有矣!

武王至鲔水[24],殷使胶鬲候周师[25],武王见之。胶鬲曰:“西伯将何之[26]?无欺我也!”武王曰:“不子欺[27],将之殷也。”胶鬲曰:“曷至[28]?”武王曰:“将以甲子至殷郊,子以是报

矣!"胶鬲行。天雨,日夜不休,武王疾行不辍。军师皆谏曰:
"卒病,请休之。"武王曰:"吾已令胶鬲以甲子之期报其主矣,今
甲子不至,是令胶鬲不信也[29]。胶鬲不信也,其主必杀之。吾
疾行,以救胶鬲之死也。"武王果以甲子至殷郊,殷已先陈矣[30]。
至殷,因战,大克之。此武王之义也。人为人之所欲[31],己为人
之所恶[32],先陈何益?适令武王不耕而获[33]。

武王入殷,闻殷有长者,武王往见之,而问殷之所以亡。殷
长者对曰:"王欲知之,则请以日中为期。"武王与周公旦明日早
要期[34],则弗得也。武王怪之,周公曰:"吾已知之矣。此君子
也。取不能〔殉〕其主,有以其恶告王,不忍为也[35]。若夫期而
不当[36],言而不信,此殷之所以亡也,已以此告王矣。"

夫审天者[37],察列星而知四时[38],因也;推历[39],视月行
而知晦朔[40],因也;禹之裸国[41],裸入衣出[42],因也;墨子见荆
王,锦衣吹笙[43],因也;孔子道弥子瑕见釐夫人[44],因也;汤、武
遭乱世,临苦民[45],扬其义,成其功[46],因也。故因则功,专则
拙[47]。因者无敌,国虽大,民虽众,何益?

[注释]

[1]本篇选自《慎大览》,强调君主应该顺应时势,善于凭借外物。陈奇猷
以为乃杂取阴阳家言。

[2]三代所宝莫如因:夏商周三代所宝贵的莫过于顺应时势、凭借外物了。
因,顺应,凭借。

[3]伊阙:山名。《水经注》十五"伊水":"伊水又北入伊阙。昔大禹疏以
通水,两山相对,望之若阙,伊水历其间北流,故谓之伊阙矣。"

[4]沟回陆:沟通回陆泽。陈奇猷以为"回陆"即"圃陆"、"大陆",是古代
洪水泛滥时形成的大泽,今从之。

[5]一徙成邑:迁徙了一次形成城邑。意指百姓爱戴舜,乐于跟随。

[6]禅:禅让。

[7]如:意同"适",到,往。

[8]涂:同"途"。

[9]竫(jìng):安,静。

[10]候:侦察,探听。

[11]岐周:西周。周初国在岐山,故称岐周。

[12]焉至:达到什么地步?

[13]谗慝胜良:邪恶之人胜过了忠良之人。谗慝:恶言恶意,指邪恶之人。

[14]尚未也:还未乱到极点。

[15]遽:急,速。太公:周初人。姜姓,吕氏,名尚。相传钓于渭滨,为周文
　　王发现,尊为师,号太公望。后辅佐周武王灭商,建立周朝,封于齐,
　　为齐国始祖。

[16]命曰虐:称之为暴虐。

[17]崩:崩溃。

[18]刑胜:刑法太重。

[19]驾:通"加",增多。

[20]虎贲:勇士。

[21]朝要甲子之期:约定甲子日早晨为期到达。要(yāo):约定。

[22]禽:通"擒"。

[23]固知其无以为敌:本来知道殷商无法与自己抗衡。

[24]鲔(wěi)水:水名。

[25]胶鬲:殷周时人。原为殷王纣臣。遭纣之乱,隐遁为商,文王于鬻贩
　　鱼盐之中得其人,举之以为臣。

[26]西伯将何之:西伯将要到什么地方去?西伯:西方诸侯之长,即周
　　文王。

[27]不子欺:不欺骗你。

[28]曷:通"曷",何。

[29]不信:失信。

[30]陈:通"阵",列阵。

[31]人为人之所欲:武王做人们希望的事情。

[32]己:此指纣王。

[33]适令武王不耕而获:恰恰让武王不战而胜。

[34]早要期:早早地赴约。

[35]取不能其主,有以其恶告王,不忍为也:进不能殉主,又要把自己国君的过错告诉您,不忍心这么做。取:同"趣",趋向。陈奇猷以为"不能"后面脱一"殉"字,今从之。有:同"又"。

[36]期而不当:约定了却不赴约。

[37]审天:观测天象。

[38]列星:众星。

[39]推历:推演历法。

[40]晦朔:夏历每月的最后一天和第一天。

[41]裸国:传说中的古代西方国家,其人不穿衣服。

[42]裸入衣出:裸体进去,穿衣出来。指入乡随俗。

[43]锦衣吹笙:按墨子提倡节用、非乐,所以"锦衣吹笙"只是为了顺应楚王。

[44]道:通过。弥子瑕:见《韩非子·说难》注[71]。釐(xī)夫人:卫灵公夫人南子。

[45]临苦民:面对着痛苦的人民。

[46]成其功:成就功业。

[47]专则拙:只凭个人的力量就会失败。

察　今[1]

八曰:上胡不法先王之法[2]?非不贤也,为其不可得而法。先王之法,经乎上世而来者也,人或益之,人或损之,胡可得而法?虽人弗损益,犹若不可得而法。东夏之命[3],古今之法,言异而典殊[4]。故古之命多不通乎今之言者,今之法多不合乎古之法者。殊俗之民,有似于此。其所欲同,其所为异[5]。口惽之命不愉[6],若舟车衣冠滋味声色之不同。人以自是,反以相诽[7]。天下之学者多辩,言利辞倒[8],不求其实,务以相毁,以胜为故[9]。先王之法,胡可得而法?虽可得,犹若不可法。凡先王之法,有要于时也[10]。时不与法俱至,法虽今而至,犹若不可法。故择先王之成法[11],而法其所以为法[12]。先王之所以为法者,何也?先王之所以为法者,人也,而己亦人也。故察己则可以知人,察今则可以知古。古今一也,人与我同耳。有道之士,贵以近知远,以今知古,以所见知所不见[13]。故审堂下之阴[14],而知日月之行,阴阳之变;见瓶水之冰,而知天下之寒,鱼鳖之藏也;尝一脟肉[15],而知一镬之味[16],一鼎之调[17]。

荆人欲袭宋,使人先表澭水[18]。澭水暴益[19],荆人弗知,循表而夜涉[20],溺死者千有余人,军惊而坏都舍[21]。向其先表之时可导也[22],今水已变而益多矣,荆人尚犹循表而导之,此其所以败也。今世之主法先王之法也,有似于此。其时已与先王之法亏矣[23],而曰此先王之法也,而法之,以为治[24],岂不悲哉?

故治国无法则乱,守法而弗变则悖,悖乱不可以持国。世易时移,变法宜矣。譬之若良医,病万变,药亦万变。病变而药不变,向之寿民[25],今为殇子矣[26]。故凡举事必循法以动,变法者因时而化,若此论则无过务矣[27]。夫不敢议法者,众庶也[28];以死守法者,有司也[29];因时变法者,贤主也。是故有天下七十一圣[30],其法皆不同。非务相反也,时势异也。故曰良剑期乎断[31],不期乎镆铘[32];良马期乎千里,不期乎骥骜[33]。夫成功名者,此先王之千里也。

楚人有涉江者,其剑自舟中坠于水,遽契其舟[34],曰:“是吾剑之所从坠[35]。”舟止,从其所契者入水求之。舟已行矣,而剑不行,求剑若此,不亦惑乎?以故法为其国[36],与此同。时已徙矣,而法不徙,以此为治,岂不难哉?

　　有过于江上者,见人方引婴儿而欲投之江中^[37],婴儿啼。人问其故,曰:"此其父善游。"其父虽善游,其子岂遽善游哉^[38]?以此任物^[39],亦必悖矣。荆国之为政,有似于此。

[注释]

[1]本篇选自《慎大览》,阐述因时变法的思想。文章认为,先王之法只是适应特定时代需要的,"时不与法俱至,法虽今而至,犹若不可法";应该舍弃"先王之成法,而法其所以为法",根据时代需要制定新法。如果象循表夜涉、刻舟求剑、引婴投江那样因循守旧不知变通,最终只有失败。

[2]上胡不法先王之法:君上为什么不效法先王的法度?

[3]东夏之命:东夷少数民族和华夏中原诸国的名称。命:名。

[4]典:典制。

[5]其所欲同,其所为异:他们所想的相同,但是所作所为不同。按原文作"其所为欲同,其所为欲异",据陶鸿庆、蒋维乔说改。

[6]口惽之命不愉:由于地方语音迥异导致人们无法沟通。惽:通"吻",吴汝纶以为"口惽之命"即方音。愉:通"谕",晓谕。

[7]人以自是,反以相诽:人们自以为是,反过来互相指责。

[8]言利辞倒:言辞锋利,是非颠倒。

[9]以胜为故:以争胜为能事。故:事。

[10]要(yāo):符合,适应。

[11]择:通"释",舍弃。成法:现成的法令。

[12]法其所以为法:效法先王制定法令的根据。

[13]以所见知所不见:按"以"下原有"益"字,据毕沅、许维遹说删。

[14]阴:阴影,即太阳、月亮的影子。

[15]胹(luán):通"脔",切成块状的鱼肉。"一胹肉"即一块肉。

[16]镬(huò):古时指无足的鼎,用以煮肉及鱼腊等物。

[17]调:调和。

[18]表澭水:在澭水上做标记。

［19］暴益：突然上涨。

［20］循表而夜涉：依照标记在晚上渡河。

［21］军惊而坏都舍：军队惊慌得像城中房舍倒塌一样。而：如。

［22］向其先表之时可导也：当初他们做标记时是可以渡过去的。

［23］亏：通"诡"，不同。

［24］以为治：按"以"下据许维遹说，应有"此"字。

［25］寿民：长寿之人。

［26］殇（shāng）子：未成年而死的孩子。

［27］无过务：没有错事。务：事。

［28］众庶：一般的老百姓。

［29］以死守法者，有司也：死守成法的，是官吏。

［30］圣：圣贤君主。

［31］期乎断：期待它斩断东西。

［32］镆铘：宝剑的通称。

［33］骥骜：良马的通称。

［34］契：刻。

［35］是吾剑之所从坠：这是我的剑掉下去的地方。

［36］以故法为其国：按各本"以"下有"此"字，王念孙曰上"此"字因下文"以此"而衍，今据删。

［37］引：拉着。

［38］遽：就。

［39］以此任物：用这种方法处理事情。任：处理。按各本无"以"字，许维遹曰："王念孙校本‘此’上补一‘以’字。"今据补。

去　宥[1]

　　七曰：东方之墨者谢子[2]，将西见秦惠王[3]。惠王问秦之墨者唐姑果[4]。唐姑果恐王之亲谢子贤于己也[5]，对曰："谢子,东方之辩士也。其为人甚险[6],将奋于说,以取少主也[7]。"
王因藏怒以待之。谢子至,说王,王弗听。谢子不说[8],遂辞而
行。凡听言以求善也,所言苟善,虽奋于取少主,何损?所言不
善,虽不奋于取少主,何益?不以善为之悫[9],而徒以取少主为
之悖,惠王失所以为听矣。用志若是,见客虽劳,耳目虽弊,犹不
得所谓也[10]。此史定所以得行其邪也[11],此史定所以得饰鬼
以人、罪杀不辜,群臣扰乱,国几大危也。人之老也,形益衰而智
益盛。今惠王之老也,形与智皆衰邪?

荆威王学书于沈尹华,昭釐恶之[12]。威王好制[13],有中谢
佐制者[14],为昭釐谓威王曰:"国人皆曰:王乃沈尹华之弟子
也。"王不说,因疏沈尹华。中谢,细人也[15],一言而令威王不闻
先王之术,文学之士不得进,令昭釐得行其私。故细人之言,不
可不察也。且数怒人主[16],以为奸人除路[17],奸路以除,而恶
壅却[18],岂不难哉?夫激矢则远[19],激水则旱[20],激主则
悖[21],悖则无君子矣。夫不可激者,其唯先有度[22]。

邻父有与人邻者,有枯梧树,其邻之父言梧树之不善也,
邻人遽伐之。邻父因请而以为薪。其人不说曰:"邻者若此其
险也,岂可为之邻哉?"此有所宥也[23]。夫请以为薪与弗请,
此不可以疑枯梧树之善与不善也。齐人有欲得金者,清
旦[24],被衣冠[25],往鬻金者之所[26],见人操金,攫而夺之[27]。
吏搏而束缚之[28],问曰:"人皆在焉,子攫人之金,何故?"对吏
曰[29]:"殊不见人[30],徒见金耳。"此真大有所宥也。夫人有
所宥者,固以昼为昏,以白为黑,以尧为桀。宥之为败亦大矣。
亡国之主,其皆甚有所宥邪?故凡人必别宥然後知[31],别宥则
能全其天矣[32]。

[注释]

[1]本篇选自《先识览》,阐述去除主观偏见以认识事物的本质。

[2]谢子:《说苑·杂言篇》作"射子",姓谢,关东人,学墨子之道。

[3]秦惠王:战国秦国国君,名驷,秦孝公之子。

[4]唐姑果:《说苑》作"唐姑",《淮南子》作"唐姑梁",亦为墨家一支。

[5]亲:亲近。贤:超过。

[6]险:阴险,奸邪。

[7]将奋于说,以取少主也:将要极力游说,以讨太子欢心。

[8]说:通"悦"。

[9]不以善为之愨:不凭他意见好认为他诚实。为:通"谓"。愨(què):忠厚,诚实。

[10]用志若是,见客虽劳,耳目虽弊,犹不得所谓也:用心如此,会见宾客即使很疲劳,耳朵眼睛即使疲弊,还是得不到宾客言谈的意旨。

[11]史定:秦史官,名定。陈奇猷以为即"陈轸",待考。

[12]荆威王:楚威王,名熊商。书:文献典籍。沈尹华:威王大臣,生平不详。昭釐:楚国大夫,生平不详。

[13]制:法度,制度。

[14]中谢:侍奉帝王的近臣。佐制者:辅佐君王制定法制之人。

[15]细人:小人物,地位卑贱之人。

[16]数怒:多次激怒。

[17]除路:扫清仕进道路。

[18]奸路以除,而恶壅却:奸人仕进之路已开,却又厌恶贤人之路堵塞。壅却:堵塞。

[19]激矢则远:用力往后拉箭,箭就射得远。

[20]激水则旱:阻挡水流,水势就凶猛。激:阻挡水流。旱:通"悍"。

[21]激主则悖:激怒君主,君主就悖谬。

[22]夫不可激者,其唯先有度:无法激怒的,大概只有心中先存准则的君主吧。

[23]宥:通"囿",局限,蔽塞。

[24]清旦:清晨。

[25]被:通"披"。

[26]鬻(yù):卖。

[27]攫:抓,抓取。

[28]搏:捕捉。

[29]吏:衍文,从孙人和说。

[30]殊:根本。

[31]别宥:区别蔽塞。

[32]全其天:保全自身。

疑　似[1]

　　三曰:使人大迷惑者,必物之相似也。玉人之所患,患石之似玉者;相剑者之所患,患剑之似吴干者[2];贤主之所患,患人之博闻辩言而似通者[3]。亡国之主似智,亡国之臣似忠。相似之物,此愚者之所大惑,而圣人之所加虑也,故墨子见歧道而哭之[4]。

　　周宅酆、镐[5],近戎人。与诸侯约:为高葆祷于王路[6],置鼓其上,远近相闻。即戎寇至[7],传鼓相告,诸侯之兵皆至,救天子。戎寇当至[8],幽王击鼓,诸侯之兵皆至,褒姒大说[9],喜之。幽王欲褒姒之笑也,因数击鼓,诸侯之兵数至而无寇。至于后戎寇真至,幽王击鼓,诸侯兵不至,幽王之身乃死于丽山之下[10],为天下笑。此夫以无寇失真寇者也。贤者有小恶以致大恶,褒姒之败,乃令幽王好小说以致大灭。故形骸相离,三公九卿出走。此褒姒之所用死[11],而平王所以东徙也[12],秦襄、晋文之所以劳王而赐地也[13]。

　　梁北有黎丘部[14],有奇鬼焉,善效人之子姓昆弟之状[15]。邑丈人有之市而醉归者[16],黎丘之鬼效其子之状,扶而道苦之[17]。丈人归,酒醒,而诮其子曰[18]:"吾为汝父也,岂谓不慈哉？我醉，汝道苦我，何故？"其子泣而触地曰："孽矣[19]！无此事也。昔也往责于东邑[20]，人可问也。"其父信之，曰："嘻！是必夫奇鬼也！我固尝闻之矣。"明日端复饮于市[21]，欲遇而刺杀之。明旦之市而醉，其真子恐其父之不能反也，遂逝迎之[22]。丈人望其真子，拔剑而刺之。丈人智惑于似其子者，而杀于真子。夫惑于似士者而失于真士，此黎丘丈人之智也。

疑似之迹，不可不察，察之必于其人也[23]。舜为御[24]，尧为左[25]，禹为右[26]，入于泽而问牧童，入于水而问渔师，奚故也？其知之审也[27]。夫孪子之相似者，其母常识之，知之审也。

[注释]

[1]本篇选自《慎行论》，强调明辨相似之物，否则易被迷惑酿成恶果。

[2]吴干：宝剑名，春秋吴国干将所铸。

[3]博闻辩言而似通：见闻广博、能言善辩似乎通达事理。

[4]见歧道而哭之：见道路纷歧可南可北使人难以捉摸，因而哭泣。按《淮南子·说林训》曰："杨子见逵路而哭之，为其可以南可以北；墨子见练丝而泣之，为其可以黄可以黑。"是"墨子"当作"杨朱"。

[5]周宅酆、镐：周在酆、镐建都。酆（fēng）：古地名，亦作"丰"，周文王灭崇侯虎作丰邑，在今陕西户县东。镐（hào）：古地名，周武王灭商，从丰邑迁都于此，又称"镐京"、"宗周"、"西都"，在今陕西西安西南。

[6]为高葆祷于王路：在大路上修筑高大的土堡。葆：通"堡"，小城。祷：通"堵"，土堡，从俞樾说。

[7]即：一旦。

[8]当至：陈昌齐曰："别本作'尝至'，是也。"许维通以为"当"读为"尝"，同声假借。其说是。

[9]褒姒（bāo sì）：周幽王宠姬，周时褒国女子，姒姓。

[10]幽王击鼓，诸侯兵不至，幽王之身乃死于丽山之下：按毕沅曰："旧本无'幽王击鼓，诸侯兵不至'九字，'之身'倒作'身之'，今并从《御览》三百三十八补正。"今从之。丽（lí）山：又作"骊山"，在今陕西临潼

东南。

[11]用:以,因此。

[12]平王:周幽王子,名宜臼。幽王被犬戎所杀,平王即位,东迁洛邑,以避犬戎,是为东周。

[13]秦襄、晋文之所以劳王而赐地也:秦襄公、晋文侯所以起兵勤王而被赐土地的原因。劳王:勤王。按各本"王"下有"劳"字,今据王念孙说删。

[14]梁:诸侯国名。黎丘:河南虞城县北。部:古代地方行政区划名,方三十里为部。

[15]善效人之子姓昆弟之状:按各本"善"作"喜","姓"作"姪",今据王引之说改。子姓:子孙。昆:兄。

[16]丈人:老人。

[17]扶而道苦之:搀扶他回家,在路上苦苦折磨他。

[18]诮(qiào):责备,呵斥。

[19]孽:通"辥",无中生有,从章太炎说。或以为即妖孽,亦通。

[20]责:催债,讨债。

[21]端:特地,故意。

[22]逝:往。

[23]察之必其人也:审察时一定要找到适当之人。

[24]御:御者,即车夫。

[25]左:古人乘车以左为尊,此指尊者。

[26]右:车右,担任警卫工作。

[27]知之审:知道得很清楚。

察　传[1]

六曰:夫得言不可以不察[2]。数传而白为黑,黑为白。故狗似玃[3],玃似母猴[4],母猴似人,人之与狗则远矣。此愚者之所以大过也。闻而审，则为福矣，闻而不审，不若无闻矣。齐桓公闻管子于鲍叔，楚庄闻孙叔敖于沈尹筮[5]，审之也，故国霸诸侯也。吴王闻越王句践于太宰嚭[6]，智伯闻赵襄子于张武[7]，不审也，故国亡身死也。

凡闻言必熟论[8]，其于人必验之以理。鲁哀公问于孔子曰：“乐正夔一足[9]，信乎？”孔子曰：“昔者舜欲以乐传教于天下[10]，乃令重黎举夔于草莽之中而进之[11]，舜以为乐正。夔于是正六律，和五声，以通八风[12]，而天下大服。重黎又欲益求人，舜曰：‘夫乐，天地之精也，得失之节也[13]，故唯圣人为能和。和[14]，乐之本也。夔能和之以平天下，若夔者一而足矣[15]。’故曰‘夔一足’，非‘一足’也[16]。”宋之丁氏，家无井而出溉汲[17]，常一人居外。及其家穿井，告人曰：“吾穿井得一人。”有闻而传之者曰：“丁氏穿井得一人。”国人道之，闻之于宋君。宋君令人问之于丁氏，丁氏对曰：“得一人之使[18]，非得一人于井中也。”求能之若此[19]，不若无闻也。子夏之晋[20]，过卫，有读史记者曰[21]：“晋师三豕涉河[22]。”子夏曰：“非也，是己亥也。夫‘己’与‘三’相近，‘豕’与‘亥’相似。”至于晋而问之，则曰“晋师己亥涉河”也。

辞多类非而是，多类是而非[23]。是非之经[24]，不可不分。此圣人之所慎也。然则何以慎？缘物之情及人之情以为所闻[25]，则得之矣。

[注释]

[1]本篇选自《慎行论》，说明应对传言进行辨察，以定其是非，因为“辞多类非而是，多类是而非”。文章提出察传的方法在于“缘物之情及人之情以为所闻”，有实事求是的作风。

[2]得言：听到传闻。

[3]玃(jué)：一种大猴子，又泛指一般的猴子。

［4］母猴:猕猴。

［5］孙叔敖:春秋楚国令尹。沈尹筮(或作沈尹巫、沈尹茎、沈尹竺、沈尹
　　蒸,《史记》作虞丘相)荐之于楚庄王以自代。开凿芍陂,灌田万顷。相
　　传三任令尹而不喜,三次去职而不悔。

［6］太宰嚭(pǐ):吴王夫差太宰,名伯嚭,以官职为氏,故称"太宰嚭"。吴
　　败越后,他接受越国贿赂,怂恿夫差答应越国求和。最终越灭吴。

［7］智伯:即智伯瑶,参见《韩非子·说林上》注［34］。赵襄子:晋国六卿
　　之一。张武:智伯瑶家臣,曾劝智伯瑶联合韩康子、魏桓子攻赵襄子,
　　后韩氏、魏氏、赵氏暗中勾结,反灭掉智伯瑶。

［8］熟论:深入考察。熟:仔细,精审。

［9］夔(kuí):人名,传说为舜时乐官。一足:一只脚。

［10］传教:传布政教。按古人有乐教的传统。

［11］重黎:司天地之官,掌管时令。草莽:民间。

［12］通:调和。八风:八方之风。按各家"八风"之说不同,《吕氏春秋·有
　　始览》曰:东北曰炎风,东方曰滔风,东南曰熏风,南方曰巨风,西南曰
　　凄风,西方曰飂风,西北曰厉风,北方曰寒风。

［13］节:关键。

［14］和:按各本无"和"字,据许维通说补。

［15］足:足够。

［16］故曰"夔一足",非"一足"也:所以说"夔一个就够了",并不是"一只
　　脚"。

［17］溉汲:打水。

［18］得一人之使:得到一个人使唤。

［19］求能之若此:按王范之曰:"'智'字古书或作'能'。《列子·黄帝》:
　　'物之以能鄙相笼。'《释文》:'一本作智鄙相笼。'疑为智,读如知。
　　'求能之若此',即言'求知之若此'。"今从之。

［20］子夏:卜商,字子夏。春秋卫人,孔子弟子。长于文学,相传曾讲学于
　　西河。

［21］史记:史书。

［22］豕(shǐ):猪。

[23]辞多类非而是,多类是而非:言辞很多似乎错误而实际正确,也有很多似乎正确而实际错误。

[24]经:界线。

[25]缘:顺着,根据。为:判断,审察。

贵　直[1]

一曰;贤主所贵莫如士。所以贵士,为其直言也。言直则枉者见矣[2]。人主之患,欲闻枉而恶直言[3]。是障其源而欲其水也[4],水奚自至? 是贱其所欲而贵其所恶也,所欲奚自来?

能意见齐宣王[5]。宣王曰:"寡人闻子好直,有之乎?"对曰:"意恶能直[6]? 意闻好直之士,家不处乱国,身不见污君。今身得见王[7],而家宅乎齐[8],意恶能直?"宣王怒曰:"野士也[9]!"将罪之。能意曰:"臣少而好事,长而行之[10],王胡不能与野士乎[11],将以彰其所好耶?"王乃舍之。若能意者[12],使谨乎论于主之侧,亦必不阿主[13]。不阿,主之所得岂少哉? 此贤主之所求,而不肖主之所恶也。

狐援说齐湣王曰[14]:"殷之鼎陈于周之廷[15],其社盖于周之屏[16],其干戚之音在人之游[17]。亡国之音不得至于庙,亡国之社不得见于天,亡国之器陈于廷,所以为戒。王必勉之! 其无使齐之大吕陈之廷[18],无使太公之社盖之屏[19],无使齐音充人之游。"齐王不受。狐援出而哭国三日[20],其辞曰:"先出也,衣绤绔;后出也,满囹圄[21]。吾今见民之洋洋然东走而不知所处[22]。"齐王问吏曰:"哭国之法若何?"吏曰:"斩[23]。"王曰:"行法!"吏陈斧质于东闾[24],不欲杀之,而欲去之。狐援闻而蹶往过之[25]。吏曰:"哭国之法斩,先生之老欤? 昏欤?"狐援曰:"曷为昏哉?"于是乃言曰:"有人自南方来,鲋入而鲵居[26],使人之朝为草而国为墟[27]。殷有比干,吴有子胥,齐有狐援。已不用若言[28],又斩之东闾,每斩者以吾参夫二子者乎[29]!"狐援非乐斩也[30],国已乱矣,上已悖矣,哀社稷与民人,故出若言。出若言非平论也[31],将以救败也,固嫌于危[32]。此触子之所以去之也,达子之所以死之也[33]。

赵简子攻卫[34],附郭[35],自将兵。及战,且远立,又居于屏蔽犀橹之下[36]。鼓之而士不起。简子投桴而叹曰[37]:"呜呼!士之速弊一若此乎[38]!"行人烛过免胄横戈而进曰[39]:"亦有君不能耳,士何弊之有[40]?"简子艴然作色[41]曰:"寡人之无使,而身自将是众也[42],子亲谓寡人之无能[43],有说则可[44],无说则死!"对曰:"昔吾先君献公即位五年[45],兼国十九[46],用此士也。惠公即位二年[47],淫色暴慢,身好玉女[48],秦人袭我,逊去绛七十[49],用此士也。文公即位二年,厎之以勇[50],故三年而士尽果敢;城濮之战[51],五败荆人,围卫取曹,拔石社[52],定天子之位[53],成尊名于天下,用此士也。亦有君不能耳,士何弊之有?"简子乃去屏蔽犀橹,而立于矢石之所及[54],一鼓而士毕乘之[55]。简子曰:"与吾得革车千乘也[56],不如闻行人烛过之一言。"行人烛过可谓能谏其君矣。战斗之上[57],桴鼓方用,赏不加厚,罚不加重,一言而士皆乐为其上死。

[注释]

[1]本篇选自《贵直论》,阐述君主应该尊重直言之士。齐湣王不纳直言而国破,赵简子采纳直言而建功,说明君主对直言之士的态度极为重要。

[2]枉者:邪曲之事。见:显现。

[3]欲闻枉而恶直言:想闻知邪曲之事却又厌恶直言进谏。

[4]障其源而欲其水:堵塞水源又想得到水。

[5]能意:姓能,名意,齐国士人。

[6]恶:哪里。

[7]今身:各本作"身今",按王念孙曰:"'身今'二字《治要》作'今身',当乙正。"今从之。

[8]宅:安,处。

[9]野士:粗野之士。

[10]长而行之:成年后一直这么做。

[11]与:亲近。陈奇猷以为通"豫",即快乐,亦通。

[12]若能意者:象能意这样的人。按王念孙曰:"'能意'上《治要》有'若'字,当据补。"今从之。

[13]使谨乎论于主之侧,亦必不阿主:假使让他在君主身边谨慎地议事,也必定不会阿谀君主。

[14]狐援:战国时齐国大臣。齐湣王:齐宣王之子,名地。

[15]殷之鼎陈于周之廷:殷商的鼎陈列在周的朝廷。按"鼎"为国家社稷的象征,周灭商,迁其九鼎于洛邑。

[16]其社盖于周之屏:它的神社被周的房屋遮盖。社:祭祀社神(土地之神)之所,亦为国家的象征。屏:屏障,此指周兴建的房舍。

[17]其干戚之音在人之游:它的宫廷舞乐被用在周人的游乐中。干戚之音:武舞的音乐。古时舞乐有文武之分,文舞执羽旄,武舞执干戚。干:盾。戚:古兵器名,似大斧,一说即斧。

[18]大吕:齐钟名,乐器。

[19]太公:田常之孙田和,原为齐宣公相,后逐宣公子康公,自立为齐侯。

[20]哭国:为国家痛哭。

[21]先出也,衣绤纻;后出也,满囹圄:先离开的,还可穿布衣;后离开的,遭难满监狱。绤(chī):细葛布。纻(zhù):苎麻,此指苎麻制的粗布。

[22]洋洋然:无所归的样子。

[23]斮(zhuó):斩。

[24]东闾:东门。

[25]蹶往过之:跑着去见狱官。蹶:疾行,跑。过:访,见。

[26]鲋入而鲵居:进来时象鲋鱼那么谦恭,住下后象鲸鲵那样凶残。鲋(fù):鲫鱼,形体短小。鲵(ní):雌鲸,唉食小鱼。按陈奇猷以为狐援之语为隐语、预言,指依附于南方楚国的淖齿入齐,杀湣王,与燕国分

齐之侵地。其言甚是。

[27]使人之朝为草而国为墟:使人家的朝廷变为荒野,国都变为废墟。

[28]若言:这些话。

[29]每斯者以吾参夫二子者乎:图谋杀我的人是要把我和比干、伍子胥相提并论吧! 每:通"谋",谋求,从于省吾说。参:等同。

[30]乐斯:乐于被杀。

[31]平论:公平之论,持平之论。

[32]固嫌于危:本来会接近危言耸听。嫌:近似,近于。

[33]此触子之所以去之也,达子之所以死之也:按《吕氏春秋·慎大览》载其事。昌国君乐毅率五国军队攻齐,齐以触子为大将。齐王派人羞辱威胁触子,命其开战,触子恼羞成怒,刚交战就鸣金收兵。齐军大败,触子乘车独自离去。达子率齐军残部驻守,向齐王请求赏赐士卒,又被羞辱。最后达子战死,齐王出奔。

[34]赵简子:即赵鞅,春秋末期晋国执政的卿。

[35]附:接近,逼近。郭:外城,古代在城的外围加筑的一道城墙。

[36]又居于屏蔽犀橹之下:又躲在屏障与犀牛皮的盾牌后面。橹:盾。按"屏蔽犀橹"各本作"犀蔽屏橹",据许维遹说改。

[37]桴(fú):鼓槌。

[38]士之速弊一若此乎:士卒变坏快到这地步! 弊:坏。

[39]行人:官名,掌管朝觐聘问等外交事务。烛过:人名。免胄横戈:摘下头盔,横握长戈,以示尊敬。

[40]亦有君不能耳,士何弊之有:只是您有些地方没做到罢了,士卒有什么不好? 亦:不过,只是。士:按毕沅曰:"旧本脱'士'字,今从《御览》补,与下文合。"今从之。

[41]艴然作色:勃然变色。艴(bó)然:盛怒的样子。

[42]寡人之无使,而身自将是众也:我不委派别人,而是亲自统率士卒。而:按毕沅曰:"'而'旧讹'汝',今从《御览》改正。"今从之。

[43]亲:当面。

[44]说:说法,解释。

[45]献公:晋献公,春秋晋国国君。

[46]兼国:兼并诸侯国。

[47]惠公:晋献公子。

[48]淫色暴慢,身好玉女:耽于声色,残暴傲慢,喜好美女。

[49]逊去绛七十:逃到离国都绛城七十里的地方。逊:逃遁。去:距离。

[50]厎:通"砥",砥砺,激励。

[51]城濮之战:古代一次以弱胜强的著名战役。春秋时晋楚战于城濮。楚强晋弱,晋军先退九十里,选择楚军薄弱的两翼,给予沉重打击,大败楚军。

[52]石社:地名。

[53]定天子之位:周襄王之弟大叔带引狄师伐周,襄王出奔郑地氾。次年晋文公勤王,率兵诛杀大叔带,重立襄王。事见《左传》僖公二十四年、二十五年。

[54]立于矢石之所及:站在弓箭、投石的射程以内。

[55]毕乘:全部登上城墙。乘:登。

[56]与:与其。革车:兵车。

[57]上:时。

主要参考文献

尚 书

〔汉〕孔安国传(伪):《尚书》,《四部丛刊》本。

〔汉〕孔安国(伪),〔唐〕孔颖达疏:《尚书正义》,《十三经注疏》本,中华书局 1979 年版。

〔宋〕蔡沈撰:《书经传说汇纂》,《四库全书》本。

〔清〕阎若璩撰:《尚书古文疏证》,《四库全书》本。

〔清〕孙星衍撰:《尚书今古文注疏》,《平津馆丛书》本。

左 传

〔晋〕杜预注:《春秋左传集解》,上海人民出版社 1977 年版。

〔晋〕杜预注,〔唐〕孔颖达疏:《春秋左传注疏》,《十三经注疏》本。

〔清〕洪亮吉撰:《春秋左传诂》,中华书局 1987 年版。

杨伯峻编著:《春秋左传注》,中华书局 1981 年版。

沈玉成译注:《左传选译》,人民文学出版社 1989 年版。

国 语

《国语》,《四部备要》本、《四部丛刊》本。

薛安勤、王连生注译:《国语译注》,吉林文史出版社 1991 年版。

论 语

〔魏〕何晏集解,〔宋〕邢昺疏:《论语注疏》,《四库全书》本。

〔宋〕朱熹集注:《论语集注》,清内府覆宋淳祐十二年大字本。

〔清〕刘宝楠撰:《论语正义》,清同治五年刻本。

程树德集释:《论语集释》,中华书局 1990 年版。

杨伯峻译注:《论语译注》,中华书局 1980 年版。

唐满先译注:《论语今译》,江西人民出版社 1982 年版。

老 子

〔魏〕王弼注:《老子注》,中华书局 1954 年版。

〔清〕魏源撰:《老子本义》,中华书局 1954 年版。

朱谦之撰:《老子校释》,中华书局 1984 年版。

高亨撰:《重订老子正诂》,中华书局 1959 年版。

《老子》,马王堆汉墓帛书本,文物出版社 1976 年版。

冯达甫译注:《老子译注》,上海古籍出版社 1991 年版。

孙 子

〔魏〕曹操等注:《孙子十家注》,中华书局 1954 年版。

李零等撰:《兵家宝鉴》,河北人民出版社 1991 年版。

李零撰:《吴孙子发微》,中华书局 1997 年版。

孟 子

〔汉〕赵岐注:《孟子》,《四部丛刊》本。

〔汉〕赵岐注,〔宋〕孙奭疏:《孟子注疏》,《十三经注疏》本。

〔清〕焦循撰:《孟子正义》,中华书局 1987 年版。

杨伯峻撰:《孟子译注》,中华书局 1960 年版。

李炳英选注:《孟子文选》,人民文学出版社 1985 年版。

刘鄂培撰:《孟子选讲》,北京古籍出版社 1990 年版。

董洪利、王丽萍编著:《亚圣——孟子的理想》,台北大村文化出
　　版事业有限公司 1998 年版。

墨　子

〔周〕墨翟撰:《墨子》,《四库全书》本。

〔清〕王念孙撰:《读书杂志》,北京中国书店 1985 年版。

〔清〕俞樾撰:《墨子平议》,《春在堂全书》本。

〔清〕孙诒让撰:《墨子间诂》,中华书局 1986 年版。

管　子

〔清〕戴望撰:《管子校正》,中华书局 1954 年版。

郭沫若、闻一多、许维遹撰:《管子集校》,科学出版社 1956
　　年版。

庄　子

〔晋〕郭象注,〔唐〕成玄英疏:《南华真经注疏》,《丛书集成初
　　编》本。

〔清〕郭庆藩撰:《庄子集释》,中华书局 1954 年版。

〔清〕王先谦撰:《庄子集解》,中华书局 1954 年版。

〔清〕王念孙撰:《读书杂志》,北京中国书店 1985 年版。

〔汉〕司马迁撰:《史记》,中华书局 1982 年版。

马叙伦撰:《庄子义证》,商务印书馆 1930 年版。

王叔岷撰:《庄子校释》,台湾商务印书馆 1947 年版。

张默生撰:《庄子新释》,齐鲁书社 1993 年版。

商君书

〔清〕严可均校:《商君书校》,浙江书局刊《二十二子》本。

朱师辙撰:《商君书解诂定本》,古籍出版社 1956 年版。

高亨撰:《商君书注译》,中华书局 1974 年版。

高亨撰:《诸子新笺》,齐鲁书社 1980 年版。

简书撰:《商君书笺正》,台北广文书局 1975 年版。

蒋礼鸿撰:《商君书锥指》,中华书局 1986 年版。

〔清〕孙诒让撰:《札迻》,中华书局 1989 年版。

郑良树撰:《商鞅及其学派》,上海古籍出版社 1989 年版。

陶鸿庆撰:《陶鸿庆学术论著——读诸子札记》,浙江人民出版社 1998 年版。

荀　子

〔清〕王先谦撰:《荀子集解》,中华书局 1954 年版。

骆瑞鹤撰:《荀子补正》,武汉大学出版社 1997 年版。

韩非子

《韩非子旧注》,景宋乾道元年刊本。

《韩非子旧注》,明正统十年刊《道藏》本。

《校正韩非子》,明万历十年吴郡赵氏刊“管韩合刻”本。

《韩非子集评》,明吴兴凌氏刊“集评”朱墨套印本。

〔清〕顾广圻撰:《韩非子识误》,清嘉庆二十三年全椒吴氏刊“韩晏合刻”本。

〔清〕卢文弨撰:《群书拾补》,清乾隆五十年刊《抱经堂丛书》本。

〔日〕松皋圆撰:《定本韩非子纂闻》,日本昭和七年崇文院排印本。

〔日〕太田方撰:《韩非子翼毳》,日本大正六年东京富山房排印本。

（以上俱用严灵峰编《无求备斋韩非子集成》本，台北成文出版
　社 1980 年版）

杨树达撰：《积微居读书记》，中华书局 1962 年版。

王焕镳撰：《韩非子选》，中华书局 1965 年版。

陈奇猷撰：《韩非子集释》，上海人民出版社 1974 年版。

韩非子校注组校注：《韩非子校注》，江苏人民出版社 1982
　年版。

〔清〕王先慎撰：《韩非子集解》，中华书局 1998 年版。

刘师培撰：《刘师培全集》，中共中央党校出版社 1997 年版（据
　《刘申叔先生遗书》宁武南氏校印本影印）。

战国策

〔汉〕高诱注：《战国策》，万有文库本。

〔清〕王念孙撰：《读书杂志》，北京中国书店 1985 年版。

〔清〕金正炜撰：《战国策补释》，贵阳金氏十梅馆刊本。

郭人民撰：《战国策校注系年》，中州古籍出版社 1988 年版。

礼　记

〔汉〕郑玄注，〔唐〕孔颖达疏：《礼记正义》，《十三经注疏》本。

〔清〕孙希旦撰：《礼记集解》，中华书局 1989 年版。

〔汉〕郑玄注，〔唐〕贾公彦疏：《周礼注疏》，《十三经注疏》本。

〔晋〕杜预注，〔唐〕孔颖达疏：《春秋左传注疏》，《十三经注
　疏》本。

〔汉〕何休注，〔唐〕徐彦疏：《春秋公羊传注疏》，《十三经注
　疏》本。

〔汉〕孔安国传（伪），〔唐〕孔颖达疏：《尚书正义》，《十三经注

　　疏》本。

〔清〕胡鸣玉撰:《订讹杂录》,《丛书集成初编》本。

〔清〕王引之撰:《经义述闻》,江苏古籍出版社 1985 年版。

〔清〕俞樾撰:《群经平议》,《春在堂全书》本。

晏子春秋

〔清〕孙星衍、黄以周校:《晏子春秋》,上海古籍出版社 1989
　　年版。

吴则虞撰:《晏子春秋集释》,中华书局 1962 年版。

吕氏春秋

〔汉〕高诱注,〔清〕毕沅校:《吕氏春秋新校正》,中华书局 1954
　　年版。

陈昌齐撰:《吕氏春秋正误》,《丛书集成初编》本。

〔汉〕毛亨传,〔汉〕郑玄笺,〔唐〕孔颖达疏:《毛诗正义》,《十三
　　经注疏》本。

〔魏〕王弼、〔晋〕韩康伯注,〔唐〕孔颖达疏:《周易正义》,《十三
　　经注疏》本。

〔汉〕刘向撰:《新序》,《丛书集成初编》本。

〔汉〕刘安等撰,〔汉〕高诱注:《淮南子》,中华书局 1954 年版。

〔唐〕魏徵等辑:《群书治要》,《四部丛刊》本。

〔清〕王念孙撰:《读书杂志》,北京中国书店 1985 年版。

〔清〕俞樾撰:《诸子平议》,中华书局 1954 年版。

〔清〕孙诒让撰:《札迻》,中华书局 1989 年版。

于省吾撰:《双剑誃诸子新证》,中华书局 1962 年版。

许维遹撰:《吕氏春秋集释》,中国书店 1985 年版。

陈奇猷撰:《吕氏春秋校释》,学林出版社 1984 年版。

王范之著:《吕氏春秋选注》,中华书局 1981 年版。

张双棣、张万彬、殷国光、陈涛等撰:《吕氏春秋译注》,北京大学
　　出版社 2000 年版。

〔日〕松皋圆撰:《毕校吕览补正》,稿本。